福州大学哲学社会科学学术著作出版资助计划项目

欧阳修散文『风神』研究

卓希惠 著

社会科学文献出版社
SOCIAL SCIENCES ACADEMIC PRESS (CHINA)

序

  本书是希惠在博士学位论文《欧阳修散文"风神"研究》基础上修改整理而成，即将付梓，索序于我，作为她的导师，于义不应推辞，在此谈谈一些感想，对希惠有个交代，同时也向学界同仁请教。

  欧阳修散文研究是个"熟题"，如何选择切入点，是摆在研究者面前的一道难题。希惠对研究现状做了充分了解，广泛收集和细致梳理资料，最终选取最能代表欧阳修散文特质的"六一风神"为研究对象。"六一风神"这一论题深为学界所重视，已取得不少研究成果，但尚有不少创新空间，如"风神论"的产生、形成，以及与传统的"形神论""风骨论""神韵说"有何关联？哪些文体突出地体现"六一风神"？"六一风神"的情感意蕴与思想内涵是什么？表现手法与艺术结构、语言特点与审美类型又是如何呈现的？其史学渊源与特点是什么？与"史迁风神"的关系究竟如何？"六一风神"在欧阳修散文中以及在古代散文史上有何价值与意义？这都是值得思考和努力解决的问题。选择这一题目，很有学术价值，不仅对欧阳修散文研究有意义，对整个古代散文史、文学理论史研究也有意义。作为希惠著作的第一见证人，也是第一读者，我觉得此书以下几点特色值得一谈。

  一、对"六一风神"这一论题涉及的方方面面做了多向度的深入细致的探究。如概念的界定辨析、情感意蕴与思想内涵的深度挖掘、文体分布与历时阶段的细心考察、形成原因分析、价值定位等。这是拓展、深化、细化研究，在学界已有相关成果的基础上进一步挖掘和阐发，推动式创新，新见迭出。

  二、材料翔实富赡。特别注重材料的挖掘、整理，尽可能"竭泽而渔"式地全面占有原始材料，注重主次轻重取舍，言必有据，一切靠材料说话，由材料自然得出结论。这是实证性研究，不做凌虚蹈空之论，不做无根之游谈，避免观念先行、先入之见，有救弊之功，实践了严谨学风。

三、注重理论和方法的科学运用。运用比较、归纳、综合等方法，辨析"风神"与"形神"、"风骨"、"神韵"等概念异同；运用数据分析，呈现欧阳修人生不同阶段、不同文体的"风神"；梳理历代学人的评点，总结规律。

四、学术视野开阔。不满足于就事论事，而注重关联性研究。既有对相近概念的深入辨析与横向比较，又有对概念形成过程的历时性考察；既注重概念本身内涵的探究，又追溯其渊源以及对后世的影响；既注重文学特征，又重视史学因素，文史交融；既重微观的个案辨析，又重宏观的整体理论概括；既重客观描述，又重主观创造性评价。将政治、文化背景分析贯穿其中，点线面兼顾，纵横结合，古今贯通，有理论深度，是比较全面、立体、系统的研究，而非平面、单向度的研究。她澄清了不少长期以来模糊、片面的认识，将这一论题研究大大向前推进。

博士学位论文得到了外审专家和答辩专家的肯定，希惠付出的心血终于有了结果，我也感到欣慰。在此基础上，希惠进一步精益求精，深入思考，补充、修正、润色，又断断续续花费一年时间，才把完整的书稿拿出来出版。我对她这种严谨认真的态度是赞赏的。本书在观点提炼及理论深化方面尚有进一步提升的空间，如能将材料消化得更好些，我相信会更精彩。希惠于工作与家庭两不误之外，克服一般人难以克服的困难，焚膏继晷，兀兀穷年，出色地完成博士学位论文写作，难能可贵。希惠正当盛年，为人厚朴，执着学术，很有发展潜力，继续不懈努力，我相信定会取得更大成绩。

是为序。

欧明俊

2017 年 5 月 30 日于仓山醉醒斋

目 录

绪　论 …………………………………………………………… 001

第一章　"风神"概念演进与"六一风神"界说 ……………… 018
　第一节　"风神"概念演进 ……………………………………… 018
　第二节　"风神"与"六一风神"界说 ………………………… 027

第二章　"六一风神"之内涵与文体分布 …………………… 042
　第一节　"六一风神"之内涵 …………………………………… 046
　第二节　"六一风神"之文体分布 ……………………………… 055

第三章　"六一风神"之动态考察 …………………………… 065
　第一节　初显偶见期：天圣九年（1031）至景祐二年（1035）…… 067
　第二节　显明发展期：景祐三年（1036）至庆历五年（1045）…… 072
　第三节　全面绽放期：庆历六年（1046）至治平元年（1064）…… 083
　第四节　老成精熟期：治平二年（1065）至熙宁五年（1072）…… 092

第四章　"六一风神"之情感意蕴 …………………………… 100
　第一节　幼孤遭谗——人生之叹 ……………………………… 102
　第二节　交游零落——友情之慨 ……………………………… 108
　第三节　忧世伤时——现实之忧 ……………………………… 119
　第四节　感慨今古——历史之思 ……………………………… 126

第五章 "六一风神"之思想内涵 ·· 133
  第一节 "六一风神"之生命情怀 ·· 133
  第二节 "六一风神"之历史关怀 ·· 158

第六章 "六一风神"之表现手法与结构艺术 ································ 173
  第一节 表现手法 ·· 174
  第二节 立意构思 ·· 198
  第三节 结构艺术 ·· 209

第七章 "六一风神"之语言特点与审美类型 ································ 232
  第一节 语言特点 ·· 233
  第二节 审美类型 ·· 249

第八章 "六一风神"之形成原因与价值定位 ································ 270
  第一节 "六一风神"之形成原因 ·· 270
  第二节 "六一风神"在欧阳修散文中的价值定位 ························· 279
  第三节 "六一风神"在中国散文史上的价值定位 ························· 286

结 论 ··· 295

参考文献 ··· 300

后 记 ··· 305

绪 论

一 选题意义

欧阳修是古代文学大家,集文人、学者、政治家身份于一体,又博古通今,多专多能,在许多领域都很有建树,于文学、史学、经学、目录学、金石学、谱牒学等都有很高的造诣,且多具开拓之功。此外,他又长于音乐、书法,"以道德文章为一代宗师"(《宋史·欧阳修传》),对当时的政风、士风、学风、文风,乃至整个时代的风气都有不小的影响。作为一个在文学史、思想史、文化史有着广泛影响的名副其实的文化名人,欧阳修身上承载着丰富深厚的文化"基因",同时又泽被当时与后代。因此,研究这样一个大家,是具有典范意义的。

"六一风神"作为欧阳修散文独特艺术风格和高度艺术成就的美称,它与传统的"形神论""风骨论""神韵论""史迁风神"等都有一定的联系,又有自身的特点与本质规定性,对后代特别是明代"台阁体"、唐宋派及清代桐城派的古文创作都有一定的影响。因此,具体、全面、深刻地把握其内涵与外延,既纵向把握它的源流,又横向深化认识它的本质属性,明确它在散文中上的坐标定位,是十分必要的。学界学人前辈的研究极大地加深、拓宽了人们对"六一风神"独特审美意蕴的理解与把握,在某些领域,如对"六一风神"感慨淋漓、委曲顿跌、情韵悠长的本质属性与审美内涵的认识已经颇为深入,对"六一风神"概念形成过程的探究也比较到位,对"六一风神"与"史迁风神"、欧阳修史书、墓志碑表等文体的文学价值与史传手法等的研究也颇为丰富。可以说,学人关于欧阳修散文艺术审美特质相关方面的钻研已经十分细致、深透。但笔者在对研究资料的爬梳整理之后,还是能发现一些尚需深入思考与阐发的空间,如

"风神论"的产生、形成,以及与传统的"形神论""风骨论""神韵说"有何关联?什么样的文体类型更为集中、鲜明地呈现"六一风神"的风采?其情感内涵具体体现在哪些方面?其叙事性特征又是如何呈现的?它与"史迁风神"的关系究竟如何?"六一风神"在欧阳修散文与中国散文史上有何价值与意义?这都是本书试图在前人研究的基础上,希望得到的更加具体、明确的答案,同时这也是本书撰写的动力、价值与意义。学界前辈的研究也为本研究积累了丰富珍贵的经验与成果,使本书的研究更加切实可行。

二 研究现状

欧阳修文集版本有数十种之多,现今流传较广的是以《四部丛刊》本为母本的《欧阳修全集》(世界书局,1936)和今人李逸安点校的以清代嘉庆二十四年欧阳修二十七代孙欧阳衡编订的《欧阳文忠公全集》为底本的《欧阳修全集》(中华书局,2001)。本书的写作即以李逸安点校本为依据。由于我国大陆和台湾地区所收藏的南宋本欧集均为残本,而存于日本的天理本欧集基本保留了南宋刊本的原形,所以洪本健以《四部丛刊》的周必大本为底本,以日本天理大学附属天理图书馆所珍藏的南宋本欧集为主要参校本而撰成的《欧阳修诗文集校笺》(上海古籍出版社,2009),是欧阳修研究的新成果。此外,洪本健编纂的《欧阳修资料汇编》(全三册)(中华书局,1995),对学界从事欧阳修研究提供了很大的便利。另有各种选本,选注者分别有:王瑛、杜维沫、陈新、施培毅、陈蒲清、蔡斌芳、东晓芬、林冠群、周济夫、宋心昌、黄光斗、王水照、王宜瑷、曾枣庄、陈必祥、安越、郭正忠、汪涌豪、汪习波、黄进德、朱亮等。此外,还有众多的校笺、选译、赏析类著作。

近五十年来的欧阳修及其散文研究概况,据不完全统计,评论性著作有五十多部。其中以"欧阳修""欧阳修传""评传"为书名,全面评介的著作有十七部,专题研究著作有二十九部,如刘子健《欧阳修的治学与从政》(台湾,1963)和《欧阳修——十一世纪的新儒家》(香港,1967)、张健《欧阳修之诗文及文学评论》(台湾,1973)、裴普贤《欧阳修诗本义研究》(台湾,1981)、曾子鲁《韩欧文探胜》(香港,1993)等。大陆这边主要有刘德清《欧阳修论稿》(1991)、张仁福《中国南北文化的反差——韩欧文风的文化透视》(1992)、严杰《欧阳修年谱》(1993)、洪本健《欧阳修资料汇编》（1995）、刘文源编《庐陵文章耀千古——全国首届欧阳修学术讨论会论文集》（1999）、顾永新《欧阳修的文学与学术成就》（2000）以及《欧阳修学术研究》（2003）、刘德清《欧阳修纪年录》（2006）、朱刚和刘宁主编《欧阳修与宋代士大夫》（2007）、唐柯主编《醉翁神韵——纪念欧阳修千年诞辰文集》（2007）等。

（一）境外关于欧阳修及其散文的研究

近现代关于欧阳修散文的研究，国外以日本京都学派的主要奠基人之一内藤湖南（1866~1934）最具代表性，提出了著名的宋代近世说，阐释了不同于唐代文化的宋代文化，构想了以唐宋转型论为核心的宋史观，影响深远。对于欧阳修所撰《新五代史》的文体特点及史学渊源，内藤湖南给予了极高的评价："因为是私撰所以可以按照自己的想法来自由撰写，巧妙地将春秋笔法融入史记的叙事体之中，创造出一种新的古文体笔法。"① 首先，关于欧阳修的专门研究。美籍华裔学者刘子健的专著《欧阳修的治学与从政》② 和刘若愚的《欧阳修研究》③，或多从史学的角度剖析，或着眼于其文学评论，都涉及欧阳修生平及其学术思想、学术成就等，他们都以宏观的全景式的研究视野著称，阐述清晰，是其优长之处。艾朗诺（Ronald C. Egan）的英文专著 The Literary Works Of Ou Yang Hsiu，集中研究欧阳修的文学作品与文学成就，对欧阳修文学作品的解读多有独到理解。东英寿的《复古与创新——欧阳修散文与古文复兴》④，发扬了日本汉学长期形成的长于史实、文献考辨的优良传统，对欧阳修文集版本进行了缜密细致的考察，尤其对被日本尊为"国宝"的天理图书馆藏本做了迄今为止所见最为详尽的考评，认定其版本价值居现存欧集之首。黄一权是韩国当代专力于欧阳修研究的学者，其《欧阳修散文研究》对欧阳修散文做了较为系统的研究，以创作历程、散文类型、散文思想内容与艺术风格及成就、影响与地位四个板块构架全书，纵向的历时性描述与横向的共时性分析相结合，整体感较强。在其博士论文的基础上，黄一权又发表了多篇关于韩国欧阳修研究状况的系列论文，如《韩国欧阳修散文研究的现

---

① 〔日〕内藤湖南：《内藤湖南全集·支那史学史》第11卷，东京：筑摩书房，1997。
② 〔美〕刘子健：《欧阳修的治学与从政》，台北：台湾新文丰出版公司，1984。
③ 〔美〕刘若愚：《欧阳修研究》，台北：台湾商务印书馆，1989。
④ 〔日〕东英寿：《复古与创新——欧阳修散文与古文复兴》，上海古籍出版社，2005。

状与前瞻》①、《欧阳修著作初传韩国的时间及其刊行、流布的状况》②、《试论韩国史书及文人对欧阳修散文的评价与论说》③、《韩国欧阳修诗词研究的现状与展望》④ 等,对韩国学界的欧阳修研究做全景式的考察。其次,与欧阳修相关的研究。境外欧阳修研究成果除上述系统研究或专题研究论著外,散见于宋代历史、学术与文学研究论著中的欧阳修研究也值得重视。这类成果虽非专论,但经梳理和提炼,其中有价值的见解是对欧阳修整体研究的丰富和增添。如美国包弼德的《斯文:唐宋思想的转型》⑤,以欧阳修为研究交会点,认为欧阳修连接着他前后的范仲淹、王安石、司马光、苏轼、程颐等人,说明在当时的政治与文学领域,欧阳修是发挥重要作用的关键人物。土田健次郎《道学之形成》⑥ 一书,认为欧阳修与道学的形成密切相关,其身上体现了新潮流的特征。还有德国顾彬《中国文学史》中有关欧阳修散文研究的部分,日本佐藤一郎《中国文章论》有关宋代古文创作的部分,都是富有作者创见的内容。国外欧阳修研究的单篇论文主要有:M. A. Locke 的《欧阳修的早年生活及其与宋代古文运动兴起的关系》,Colin Hawes 的 *Mundane Transcendence: Dealing with the Everyday in Ou yang Xiu's Poetry*,连心达的《孤芳自赏的醉翁——欧阳修散文中的精英意识》,小林义广的《欧阳修研究的现状和课题》和《欧阳修的后半生与宗族》等。整体来看,海外欧阳修研究从研究的视域上看,有全景式、局部式和分散式三种;海外汉学界的欧阳修研究成果虽不似国内学界那样繁盛,但自20世纪后半叶以来不同时期出现了代表性研究者及其代表性成果,他们的欧阳修研究或采用新的方法和视角,或提出一己新见,值得我们总结和借鉴。

(二) 国内关于欧阳修散文"风神"的相关研究现状

当前学界对于欧阳修散文"风神"亦即"六一风神"的相关研究,自

---

① 〔韩〕黄一权:《韩国欧阳修散文研究的现状与前瞻》,《中国文学研究》1999年第4期。
② 〔韩〕黄一权:《欧阳修著作初传韩国的时间及其刊行、流布的状况》,《复旦学报》2000年第2期,第131~140页。
③ 〔韩〕黄一权:《试论韩国史书及文人对欧阳修散文的评价与论说》,《中国比较文学》2001年第2期,第43~61页。
④ 〔韩〕黄一权:《韩国欧阳修诗词研究的现状与展望》,《杭州师范学院学报》2001年第2期,第71~75页。
⑤ 〔美〕包弼德:《斯文:唐宋思想的转型》,刘宁译,江苏人民出版社,2001。
⑥ 〔日〕土田健次郎:《道学之形成》,上海古籍出版社,2010。

20世纪90年代以来，就有不少的关注与研究成果。如刘德清《欧阳修论稿》①、王水照《欧阳修散文创作的发展道路》②、祝尚书《北宋古文运动发展史》③、洪本健《略论"六一风神"》④、周明《论"六一风神"——欧阳修散文的审美特质》⑤、黄一权《欧阳修散文研究》⑥、邓国光《古代批评的"神"论——茅坤〈史记钞〉初探》⑦、马茂军《宋代散文史论》⑧、林春虹《茅坤与明中期散文观的演进》⑨、刘宁《叙事与"六一风神"——由茅坤"风神"观切入》⑩、袁晓薇和李本红《"富贵山林"与"六一风神"——对欧阳修散文艺术风格的一种文化心理阐释》⑪、洪本健《欧阳修的"和气"与"六一风神"》⑫，等等，均涉及"六一风神"相关问题的研究。学界普遍肯定，"六一风神"是对欧阳修散文艺术风格特征与审美内涵的精要概括。如刘德清将"六一风神"作为欧阳修散文独特的艺术风格，说："欧阳修的散文创作，追求新意，不拘成规，常常从表达思想感情出发，率性而作，信笔所至，形成自己独特的艺术风格。这就是后人一再艳称的'六一风神'。"⑬ 洪本健说："欧阳修的散文以'六一风神'见称于世，偏向阴柔一路发展，显示出前所未有的以情韵取胜的典型而成熟的艺术风格，这是对古代散文多姿多态的发展所作出的杰出贡

---

① 刘德清：《欧阳修论稿》，北京师范大学出版社，1991，第262~276页。
② 王水照：《欧阳修散文创作的发展道路》，《社会科学战线》1991年第1期，第269~278、284页。
③ 祝尚书：《北宋古文运动发展史》，巴蜀书社，1995，第172~182页。
④ 洪本健：《略论"六一风神"》，《文学遗产》1996年第1期，第61~68页。
⑤ 周明：《论"六一风神"——欧阳修散文的审美特质》，《江苏教育学院学报》1999年第7期，第54~60页。
⑥ 〔韩〕黄一权：《欧阳修散文研究》，华东师范大学出版社，2003。
⑦ 邓国光：《古代批评的"神"论——茅坤〈史记钞〉初探》，《首都师范大学学报》2006年第1期，第83~88页。
⑧ 马茂军：《宋代散文史论》，中华书局，2008，第32~43、147~160页。
⑨ 林春虹：《茅坤与明中期散文观的演进》，博士学位论文，首都师范大学，2009，第126~139页。
⑩ 刘宁：《叙事与"六一风神"——由茅坤"风神"观切入》，《文学遗产》2011年第2期，第100~107页。
⑪ 袁晓薇、李本红：《"富贵山林"与"六一风神"——对欧阳修散文艺术风格的一种文化心理阐释》，《福建论坛》2012年第12期，第144~148页。
⑫ 洪本健：《欧阳修的"和气"与"六一风神"》，《国学学刊》2014年第2期，第119~127页。
⑬ 刘德清：《欧阳修论稿》，北京师范大学出版社，1991，第262页。

献。"① 周明认为,"六一风神"四个字是清代文评家陈衍对欧阳修散文美学风貌的概括,得到了众多散文研究家的肯定,但这一概括不是陈氏凭空臆想而得,而是在自宋代以来几百年间欧文研究成果的基础上提炼而成的。② 黄一权说:"历来评论欧文艺术风格的术语不可胜数。其中,最为简明扼要地抓住欧文的艺术成就的恐怕莫过于'六一风神'一词。"③ 马茂军说:"'六一风神'是历来评论家对欧阳修散文独特风格的美称。"④ 张新科《论欧阳修的杂体传记》说:"(欧阳修散文)以平易自然、委婉含蓄、情韵悠扬著称于世,被人誉为'六一风神'。"⑤ 林春虹说:"风神论虽然早已存在,但进入史传批评领域却是茅坤的发明,它为史传文以及广义上的叙事文提供了一个艺术美学范式,也启发了古人在散文层面的审美取向。"⑥ 张德建认为"六一风神"中包含着"闲散的生活态度和生活方式"⑦。袁晓薇、李本红说:"'六一风神'作为对欧阳修散文艺术风格的概括,也是从一个侧面折射出宋代士人独特的文化心态。"⑧ 陈湘琳说:"欧阳修的六一风神所体现的,就不只是一种文学的书写方式,或者美学的意趣观照,而更是一种独特的文学观念的养成,是对宋初崇尚率意敏速风气的反拨。这种文学风神不只成为欧阳修长时间的个人标志,同时依托这种感慨淋漓的文字承载,欧阳修与其同代人,还有他们的文学创作、他们的文化性情、他们的精神理念、他们动人的生命体验,因此而得以穿越长远时空的限制,感染、影响无数后人——不朽由此成为可能,而北宋一代新观念、新文风的形成亦因此成为可能。"⑨ 刘宁说:"欧文深于叙事,且在叙事方式上与《史记》多有近似,'六一风神'的情韵之美要与六一

---

① 洪本健:《略论"六一风神"》,《文学遗产》1996年第1期,第61~68页。
② 周明:《论"六一风神"——欧阳修散文的审美特质》,《江苏教育学院学报》1999年第7期,第54~60页。
③ 〔韩〕黄一权:《欧阳修散文研究》,华东师范大学出版社,2003,第109页。
④ 马茂军:《宋代散文史论》,中华书局,2008,第149页。
⑤ 张新科:《论欧阳修的杂体传记》,载刘德清、欧阳明亮编《欧阳修研究》,学林出版社,2008,第91页。
⑥ 林春虹:《茅坤风神论与古代散文叙事美学的形成》,《福州大学学报》2011年第6期,第81页。
⑦ 张德建:《"欧学"的提出与明初台阁文学》,载刘德清、欧阳明亮编《欧阳修研究》,学林出版社,2008,第292页。
⑧ 袁晓薇、李本红:《"富贵山林"与"六一风神"——对欧阳修散文艺术风格的一种文化心理阐释》,《福建论坛》2012年第12期,第144~148页。
⑨ 陈湘琳:《欧阳修的文学世界与生命情境》,博士学位论文,复旦大学,2010,第187页。

之文独特的叙事之法,结合起来观察。"① 如上所述,众多学人的研究,都从不同角度丰富了我们对"六一风神"的认识与了解,以下将着重介绍学界几位研究者对"六一风神"的专门研究成果。

刘德清《欧阳修论稿》在"欧阳修的散文风格"一节中,专门谈及了"六一风神",将"六一风神"作为欧阳修散文独特的艺术风格,在谈及"风神"范畴的渊源时说:"'风神'一说,在理论上援引了南朝刘勰'风骨说'、晚唐司空图'韵味说'以及南宋严羽'入神说'的成果,既指不可言传的散文风度、神韵,也指建筑在充实思想内容基础上的风骨、神髓。"② 对于"六一风神"的艺术内涵,刘德清从古人的评论中梳理了以下三个方面:慷慨呜咽,遒劲清逸;裁节有法,曲尽其情;抑扬顿挫,跌宕多变。这三个方面涉及欧阳修文章的情感基调、艺术风格、叙事特点及表现方式。在此基础上,刘德清概括了"六一风神""作为一种生动、遒劲的艺术风格"的四种特征:第一,平易自然,婉曲有致;第二,纡余委备,顿挫抑扬;第三,偏于阴柔,情韵绵邈;第四,含蓄蕴藉,诗味醇浓。"平易自然"指其行文表达和语言运用的特点而言,"婉曲有致"与"纡余委备,顿挫抑扬"都是指欧文艺术的表现方式,"偏于阴柔"则指欧文审美风格属归,"情韵绵邈"及"含蓄蕴藉,诗味醇浓"都是指欧文的审美内涵。可以说,刘德清的研究,主要涉及了"六一风神"情感特征及艺术表现等审美内涵的重要方面。

洪本健倾极大心力于1995年编纂成的《欧阳修资料汇编》(全三册),对欧阳修研究实有莫大功劳。之后,他在《文学遗产》上发表《略论"六一风神"》③ 一文,引起学界的关注。他从作为政治活动家、史学家、古文家的欧阳修的身份特点入手,阐述了"六一居士"的特点,指出欧阳修既有政治家的忧患意识、史学家的盛衰思考,又富有文学家的情感波澜,综合而形成"六一风神"的作家前提。接着,文章从三个方面探讨了"六一风神"的特点:一是作为标志的散文诗化;二是作为本质特征的情感外显;三是作为类型属归的阴柔之美。具体而言,首先,他认为蕴蓄吞吐、一唱三叹、声韵动人、节奏鲜明等无不是散文诗化的重要表现。这是就欧

---

① 刘宁:《叙事与"六一风神"——由茅坤"风神观"切入》,《文学遗产》2011年第2期,第100~107页。
② 刘德清:《欧阳修论稿》,北京师范大学出版社,1991,第263~264页。
③ 洪本健:《略论"六一风神"》,《文学遗产》1996年第1期,第61~68页。

文外在的表现形式而言的，与刘德清所言"诗味醇浓"的意思是相近的。其次，欧文情意深挚、情韵绵邈的鲜明情感性特征，则构成"六一风神"的实质与内核，这与刘德清"情韵绵邈"的理解也是比较接近的，但更强调、凸显"风神"情感的外显性特征。最后，"六一风神"在风格类型上，当属于"韵味深美""情合阴柔"，得于《史记》的阴柔之美一路，也与刘德清"偏于阴柔"的概括较为接近。综上所述，洪本健在刘德清关于"六一风格"特征理解的基础上，更加强调、凸显了"六一风神"在外在表现形式上散文诗化的特点、在本质特征上情感外显的特点及"偏于阴柔"的审美类型。2014年，洪本健又发表《欧阳修的"和气"与"六一风神"》一文，指出欧阳修个性气质中的"和气"，早年甚弱，贬滁后变强，至晚年甚强，与之相反的是"英气"则因年纪的增长由强而弱，而欧文"六一风神"风格的形成正源于欧阳修以"和气"为主导的人格修养。洪本健强调说，"六一风神"即极致的抒情，欧文从容的气度、荡漾的笔调、无穷的唱叹和韵味，都发自欧公真挚阔大的情怀，自然也离不开他那"和气"主导的令人崇敬的人生。[1]

周明《论"六一风神"——欧阳修散文的审美特质》认为，"六一风神"是对欧阳修散文审美特质最准确的概括。文章首先探究了从北宋直到晚清，文论家们对欧阳修散文的思想、艺术做出的种种评论，认为"风神"概念自明代茅坤首提，经过明、清两代的发展，直至近代陈衍完整提出"六一风神"概念，其间经历了几百年的形成发展过程。接着，从美学角度，梳理总结了"六一风神"偏于阴柔之美的三个风格特点：一往情深的情韵之美；一唱三叹的往复之美；一波三折的摇曳之美。最后，作者阐述了"六一风神"美学内涵形成的原因。[2] 值得注意的是，周明对"风神"概念的历时考察，并认为这个概念有较宽较深的内涵，包括作品的内容、精神、气度，还包括谋篇布局、语言风格、文字技巧等方面的要素，所以它是一个美学的概念。这对后之学者从叙事角度把握"六一风神"，有一定的启发。

韩国学者、复旦大学博士黄一权的《欧阳修散文研究》[3]，其中第三章"欧阳修散文的艺术成就"以更大的篇幅更加详细、更为全面地探究了

---

[1] 洪本健：《欧阳修的"和气"与"六一风神"》，《国学学刊》2014年第2期，第119页。
[2] 周明：《论"六一风神"——欧阳修散文的审美特质》，《江苏教育学院学报》1999年第7期，第54~60页。
[3] 〔韩〕黄一权：《欧阳修散文研究》，华东师范大学出版社，2003，第109~167页。

"六一风神"这一范畴。他以有关"六一风神"诸问题的论析为重点,探讨欧文的艺术成就。黄一权先是追溯了"风神"概念的形成发展过程,在刘德清和周明关于"六一风神"渊源阐述的基础上,更为详细、具体、深入地探究了"风神"概念从人物品评到书画评论再至文学批评的演变经过。黄一权还探究了"六一风神"这一称谓的由来,考证它出现的时间段,再梳理"风神"与"六一"这两个概念各自的内涵,以及最终融合成为一个专有名词"六一风神"的发展过程。黄一权认为欧文的"风神"机轴正是由《史记》而来,说明欧文与司马迁《史记》之间存在着明晰的承继关系。在梳理"六一风神"内涵认识三个阶段的基础上,黄一权阐述了"六一风神"的几个方面的特点:第一,与叙事手法有关。它是欧阳修叙事文的突出属性,在叙事技法上,裁节有体、简洁有法、叙事次序井然、形象生动,结构章法严谨巧妙,谨于布置、巧于安排又一唱三叹、一波三折;文章具有纡徐委备之态、含蓄吞吐之妙,意在言外、神韵缥缈,特为夷犹顿挫之笔,富于动荡之美。第二,在语言运用上,多用虚字,感叹句、反问句,形成一种声韵之美、含蓄之美,又用语平易严洁、不艰涩,这也是欧文风神荡漾的重要方面。第三,在内容表达上,感慨淋漓是"六一风神"在情感形态方面的内涵表现,感慨的具体内容则表现为怀念朋友、追忆洛阳生活、感叹历史等。第四,在审美感觉上,"风神"表露的是一种意在言外的审美感觉、一种脱俗入神的美感,是文章中洋溢着的一种"情韵之美"。可见黄一权对"六一风神"内涵的分析与阐述颇为具体、细致而深入。而且值得注意的是,黄一权特别指出了"六一风神"与欧文的叙事手法有关,与"史迁风神"的叙事性有关,这也启发学人对"六一风神"叙事性做更为深入的研究。另外,在"六一风神"感情内涵的探讨上,此文更加细化了。此外,黄一权在书中还探究了"六一风神"与"平易自然"的关系、与"史迁风神"的关系等。总之,黄一权在刘德清、周明、洪本健等相关研究的基础上,考证了"六一风神"概念形成的时间、阶段及内涵,又从叙事手法、语言运用、内容表达、审美感觉等方面,探究了"六一风神"的实际内涵,应该说黄一权的研究是更为全面、细致、深入的。

马茂军1997年发表的论文《庆历党议与欧阳修的文学成就》,指出"六一风神"形成的社会原因、外部因素,认为庆历党议是北宋儒学复兴运动的产物,这一政治文化运动对欧阳修的人生和文学创作产生了深远影响。庆历党议的失败,使欧阳修备受打击,促成了其"六一风神"的最终形成。① 2008 年，马茂军出版了专著《宋代散文史论》，书中第二章"中国古典散文审美研究"第一节"风神：中国古典散文的美"②，在前人相关研究的基础上，对"六一风神"的思想内涵、审美特点及类型进行了深入的研究，提出了富有见地的观点。马茂军认为茅坤的风神论建立了一种崭新的审美批评范式，它突出了欧阳修对情感、对生命意识、对人的主体精神的审美价值的重视，真正能从审美角度认识中国古典散文的美。作者指出，在"唐宋八大家"中，因为"六一风神"，欧阳修的散文体现了独特的古典的韵味、中国的韵味，表现了理性与感性、热情与冷静、气势与节制、情与理的完美统一，体现了典型的中国精神、中国性格。这一独创性的观点是马茂军对"六一风神"思想及审美内涵的深度把握及其意义价值的极大肯定。马茂军对"六一风神"内涵的理解，是比较宽泛的，认为它既建立对情感、生命意识弘扬的新的古典散文的审美范式，形成以疏逸为特征的外在艺术风貌，包括议论与叙事的融化、剪裁，观点的含蓄表达，章法上的回顾照应，起伏波澜，叙事人物的宾主搭配，又凸显了对人物主体精神的重视，传人物、文章、作者之神。而且它源于古代哲学中的形神论，表现的不仅是人的精神本身，而且是精神自由和自由的生命所散发出来的潇洒旷达之美，它偏于阴柔，但兼有阳刚与阴柔二者之长。到了清代民国，虽有桐城派对欧阳修散文外在的艺术风貌和艺术形式的重视，但古典散文的风神论还是逐渐失落，越来越远离人们的视野。另外，马茂军在专著的第三章"北宋中后期的散文创作"第一节"庐陵学与欧阳修散文的六一风神"③中，还探讨了"六一风神"与"夫子气象""春秋学""庐陵史学""庐陵学之'人情说'"的关系，进一步深化和拓展了"六一风神"的内涵与外延。总之，在马茂军看来，"六一风神"的内涵是非常丰富的，它既有对人的主体精神、生命、情感及内在精神的关注，也包含外在的艺术风貌，如议论与叙事的剪裁、融合，章法上的回顾照应、起伏顿宕，在风格上则兼有阳刚与阴柔之长。它还与儒家思想的熏陶、春秋章法与义法的影响，与"史迁风神"及以"人情说"为核心的哲学观密切相关，因此成为一种崭新的中国古典散文的审美范式。

---

① 马茂军：《庆历党议与欧阳修的文学成就》，《赣南师范学院学报》1997 年第 2 期，第 47~51 页。
② 马茂军：《宋代散文史论》，中华书局，2008，第 32~43 页。
③ 马茂军：《宋代散文史论》，中华书局，2008，第 146~160 页。

刘宁于2011年在《文学遗产》上发表《叙事与"六一风神"——由茅坤"风神观"切入》一文，再次引起人们对"六一风神"的关注。① 尽管此文主要从茅坤的"风神观"切入，但对"六一风神"与欧文叙事性特征的深入研究，进一步丰富了我们对"六一风神"的认识。文章以明代茅坤《唐宋八大家文钞》中的评析为中心，认为"风神"主要针对《史记》《新五代史》中的叙事文而发，而欧文之"风神"在"唐宋八大家"中又尤为明显。刘宁认为"六一风神"虽然包含情韵之美，但情韵之美并不能赅备风神观的内涵，进而指出"风神"概念实与叙事有着密切的联系，这从《史记》和《新五代史》的人物点评中可以明显看出。它与传统文论中的"形神观"有关。因此这一概念切于叙事、适于写人，可以形成叙事中的条理、简洁、精工、传神，因此"风神"的情韵之美，是和复杂而精微的叙事艺术联系在一起的。欧阳修在"唐宋八大家"中最擅长叙事，这与他在史学叙事上的深厚造诣密切相关。这种对叙事的重视与擅长，广泛地渗透在欧阳修不同文体的写作中。欧文的叙事性特征多得于《史记》的影响与濡染，二者虽有区别，但承继关系明晰。总之，该文对"六一风神"的叙事性特征做了较为深入、细致的梳理。

关于"六一风神"与《史记》关系的研究。欧阳修自云："余固喜传人事，尤爱司马迁善传。"② 可见，欧阳修是自觉将司马迁《史记》作为历史人物传记之学习范本的。不仅如此，欧文对史迁文章的学习是比较全面且深刻的。洪本健在《欧阳修继承了司马迁的哪些精神》中，指出欧阳修在著述中有数十处提及司马迁及其《史记》，更向司马迁学习了不屈的人格精神、强烈的批判精神、可贵的实录精神、科学的疑古精神及刻苦的著述精神。③ 马雅琴《欧阳修与司马迁》认为欧阳修继承了司马迁的不屈精神、史学思想及文学理论。④ 俞樟华《试论〈史记〉与〈新五代史〉的文

---

① 刘宁：《叙事与"六一风神"——由茅坤"风神观"切入》，《文学遗产》2011年第2期，第100~107页。
② 欧阳修著、李逸安点校《欧阳修全集》卷六十五《桑怿传》，中华书局，2001，第971页。以下欧阳修作品文本均引自该书，仅标出卷数、篇名与页码。
③ 洪本健：《欧阳修继承了司马迁的哪些精神》，载刘德清、欧阳明亮编《欧阳修研究》，学林出版社，2008，第443~453页。
④ 马雅琴：《欧阳修与司马迁》，《渭南师范学院学报》2002年第1期，第197~210页。

章》①指出欧阳修在史书论赞体例、行文简洁、叙事方法、人物塑造及序论特点等方面都受到司马迁的影响。林春虹《茅坤风神论与古代散文叙事美学的形成》认为茅坤"风神论"起源于他对司马迁《史记》的推崇，因而与叙事体散文关系密切。其"风神论"着力探讨叙事散文之"形态""情感"等艺术标准问题，最终构成形神合一、情韵无穷的审美理想，这对古代散文美学尤其是叙事美学的形成具有重大意义。②王晓红《茅坤〈史记钞〉文学价值探微》认为茅坤极为推崇司马迁叙事才能，着眼于探求《史记》章法严谨、摹画精妙、手法多变的"叙事之法"，并且抓住历史人物塑造的个性化特征，挖掘《史记》的写人艺术，并认为史迁之文独具"风神"之美，呈现出"遒逸疏宕"的文章风格。③由该文对茅坤《史记》艺术的探究，我们可以发现茅坤对"六一风神"的理解，的确受到其《史记》观很深的影响。这对本书的研究也有所启发。在墓志碑表的写作方面，欧阳修也深受司马迁影响。司马迁的史传文"不虚美，不隐恶"，欧阳修也主张"事信言文"，其碑志文撰写的真实性原则，更深受司马迁史传实录原则的影响。洪本健《论欧阳修碑志文的创作》从欧阳修求实务真的创作态度、"止记大节"及寓意褒贬的创作手法等方面，论证了欧阳修的碑志文有很强的史学性特征。④陈晓芬《论欧阳修碑志文的文学意义》认为，欧阳修撰碑"有意于传久"，继承了《史记》传记文学的传统，"得史迁之风度"，富有很强的史学性，深受司马迁影响。⑤尹福佺《论欧阳修传记文学的艺术特色》也谈到欧阳修传记在叙事写人、论赞体例、夹叙夹议的表达方式及语言之平易简洁等方面，都深受《春秋》《史记》等影响。⑥总之，可以说明在叙事性、抒情性、风格色彩等方面，欧文深受

---

① 俞樟华：《试论〈史记〉与〈新五代史〉的文章》，《浙江师范大学学报》1993年第6期，第68~71页。
② 林春虹：《茅坤风神论与古代散文叙事美学的形成》，《福州大学学报》2011年第6期，第81~85页。
③ 王晓红：《茅坤〈史记钞〉文学价值探微》，《社会科学辑刊》2015年第3期，第189~194页。
④ 洪本健：《论欧阳修碑志文的创作》，《井冈山师范学院学报》2004年第4期，第5~13页。
⑤ 陈晓芬：《论欧阳修碑志文的文学意义》，《楚雄师专学报》1992年第2期，第60~65、86页。
⑥ 尹福佺：《论欧阳修传记文学的艺术特色》，《浙江师范大学学报》1999年第1期，第39~42页。

《史记》影响，而形成令人神往的摇曳多姿的独特风格。以上学界对"六一风神"的专门深入研究或相关成果，涉及欧文抒情性、叙事性、表现手法、表达方式、审美特质等思想内容与艺术形式方面，这都给笔者撰写本书以极大的启发。

"六一风神"与《新五代史》墓志碑表之叙事性研究。通过梳理材料可知，"六一风神"与欧阳修墓志碑表、序、记等文体及《新五代史》中人物传记的叙事性特征，如叙事的明晰、条理、工巧、繁简，人物形象塑造的生动、逼真、传神、写照，摹物绘形的栩栩如生等因素密切相关，与其中寄寓的浓郁抒情性也有直接联系。而学界关于以上这些文体的研究，特别是墓志碑表及《新五代史》文学性的专门研究，都为本书"六一风神"的探究，做了很好的铺垫。首先，"六一风神"的形成离不开《新五代史》人物形象塑造的生动、叙事的工巧及浓郁的抒情色彩，这也反映了欧阳修对司马迁历史人物传记的继承、吸收与借鉴。裘汉康《试论欧阳修〈新五代史〉的写作特色》[①] 认为欧阳修的《新五代史》在文字的简洁平易、笔法的婉转曲折和描述的切实生动方面颇见功力，而这正实践了他"事信言文"的主张，继承了司马迁以来的秉笔直书、注重考信的优良传统。林家骊《试论欧阳修〈新五代史〉序和论的写作技巧》认为《新五代史》有极精彩的叙事和议论，其"六一风神"与叹词、褒贬、抒情及多变、和谐的句式、章节等有关。[②] 韩兆琦、吴莺《欧阳修〈新五代史〉简论》着重从《新五代史》思想内容和艺术特色方面加以阐析，体现欧阳修对五代伦理道德、气节人格沦丧的慨叹，及在艺术上具有人物形象生动、悲剧色彩与抒情性鲜明的特点。[③] 张明华的《〈新五代史〉研究》《论〈新五代史〉的文学艺术功能》认为《新五代史》严谨的结构、性格鲜明的人物形象、寓意深刻的议论和简洁生动的语言均具有一定的文学价值和审美功能，欧阳修由此成功地实现了文学灵动性与史学真实性的有

---

① 裘汉康：《试论欧阳修〈新五代史〉的写作特色》，《中山大学学报》1986 年第 2 期，第 89~92 页。
② 林家骊：《试论欧阳修〈新五代史〉序和论的写作技巧》，《殷都学刊》1989 年第 1 期，第 80~85 页。
③ 韩兆琦、吴莺：《欧阳修〈新五代史〉简论》，《北京师范大学学报》1992 年第 3 期，第 68~77 页。

机结合。① 有的学者在探究《新五代史》文学特点与文学价值的时候，涉及了"六一风神"的一些特征。如俞樟华《试论〈史记〉与〈新五代史〉的文章》认为《新五代史》对《史记》有所借鉴，主要体现在以下几个方面：一、"叙述祖《史记》，故文辞高简"；二、"尤爱司马迁善传，欲学其作"；三、序论得《史记》风神。② 马雅琴《欧阳修与司马迁》③ 一文认为，在人格精神方面，欧阳修继承了司马迁不屈不挠从事史书写作的硬骨头精神，在史书修撰上，继承了司马迁的实录精神、以史为鉴的思想、朴素唯物主义思想及《史记》的编纂体例，以及在文学思想方面，发展了司马迁"发愤著书"说，提出"穷而后工"理论，又深得司马迁文学创作的神韵。张新科、任竞泽《褒贬祖〈春秋〉，叙述祖〈史记〉——欧阳修〈新五代史〉传记风格探微》论及了《新五代史》在叙事、写人方面学习《史记》传统，颇得史迁之神韵，如叙事简明清晰，有韵外之致，在人物刻画方面生动传神、语言谨约意深，以及情思浓郁、情感强烈、褒贬善恶、忧怀历史与现实等特点，论析颇为细致、具体。④ 其次，"六一风神"也离不开以人物形象为中心的墓志碑表的创作。它与欧阳修碑志文之叙事性及浓郁的悲情色彩同样密切相关。有关欧阳修碑志文叙事性的论文，主要涉及了立言不朽的创作目的、"事信言文"的叙事原则以及简而有法、裁节有体、写人形象、叙事生动的手法及谋篇布局的特点等方面的问题。潘友梅《创意立法　超然独鹜——论欧阳修碑志创作的成就及其对北宋文学革新的意义》阐述了欧阳修的儒家思想、政治主张及碑志的写作特点，如简而有法、"事信言文"等特点。⑤ 陈晓芬《论欧阳修碑志文的文学意义》探讨了欧阳修碑志文的文学特性，认为一直到欧阳修，碑志文才充分显示出传记文学的特征。其较高的文学价值，正是应用了《史记》等优秀传记文的创作经验，同时也继承了史传为世鉴戒之意，并体现了宋古文运

---

① 张明华：《〈新五代史〉研究》，博士学位论文，浙江大学，2005；张明华：《论〈新五代史〉的文学艺术功能》，《淮北煤炭师范学院学报》2009年第8期，第34~39页。

② 俞樟华：《试论〈史记〉与〈新五代史〉的文章》，《浙江师范大学学报》1993年第6期，第68~71页。

③ 马雅琴：《欧阳修与司马迁》，《渭南师范学院学报》2002年第1期，第197~210页。

④ 张新科、任竞泽：《褒贬祖〈春秋〉，叙述祖〈史记〉——欧阳修〈新五代史〉传记风格探微》，《陕西师范大学学报》2012年第3期，第31~40页。

⑤ 潘友梅：《创意立法　超然独鹜——论欧阳修碑志创作的成就及其对北宋文学革新的意义》，《阜阳师范学院学报》1987年第4期，第23~31页。

动文章应为世所用的精神，从而极大地拓展了碑志文的意义。①祝尚书《传史迁之风神，能出神而入化——欧阳修碑志文的文学成就》认为，所谓欧阳修碑志文得《史记》《汉书》之"风神"，首先表现在碑志文行文简而有法、叙事详略得当、工于写情等方面。②唐骥《欧阳修碑志泛览》认为欧阳修碑志文是庆历风云录，全面反映了北宋政坛上围绕改革进行的激烈斗争，在人物形象塑造、叙事方式及文章布局方面也有自己的特色，并在传人叙事上有得《史记》之传。③洪本健《论欧阳修碑志文的创作》认为欧阳修碑志文重视立言不朽的价值，坚持"事信言文"的准则，讲究求真务实、记大略小，他从《史记》中汲取丰富的营养，其友朋、亲属类碑志独具风神。④徐海容《欧阳修碑志作品的史传特色》认为欧阳修在创作碑志文时，有意识地采用史传手法，形成自己碑志文的鲜明史传特色，具体而言，如追求材料事实的准确信实、行文简而有法、碑志人物形象突出、叙述真实可靠，是文学和史学的统一。⑤李贵银《论欧阳修以史笔为碑志的成就》认为欧阳修继承传统的铭文观，其碑志文的文体职能在于纪德昭烈、传名久远，与史传的文体职能相近，欧阳修的碑志写作体现了他的史官意识、史学修养、撰史原则。⑥

由上可见，作为对欧阳修散文艺术风格与审美内涵的精要概括，自20世纪90年代以来，既有刘德清、洪本健、黄一权、马茂军等学者对"六一风神"做专门、重点的研究，又有张新科、林春虹等学者在各自的研究中，对"六一风神"有所关涉。可以说，学界学人前辈的研究极大地加深、拓宽了人们对"六一风神"独特审美意蕴的理解与把握，但也留下了一些有待继续深入、继续完善的空间。如"风神论"如何在传统"形神

---

① 陈晓芬：《论欧阳修碑志文的文学意义》，《楚雄师专学报》1992年第2期，第60~65页。
② 祝尚书：《传史迁之风神，能出神而入化——欧阳修碑志文的文学成就》，载四川大学古籍整理研究所、四川大学宋代文化研究中心编《宋代文化研究》第8辑，巴蜀书社，1999，第78~94页。
③ 唐骥：《欧阳修碑志泛览》，《宁夏大学学报》1993年第1期，第46~51页。
④ 洪本健：《论欧阳修碑志文的创作》，《井冈山师范学院学报》2004年第4期，第5~13页。
⑤ 徐海容：《欧阳修碑志作品的史传特色》，《东莞理工学院学报》2006年第4期，第64~66页。
⑥ 李贵银：《论欧阳修以史笔为碑志的成就》，《社会科学辑刊》2011年第4期，第198~201页。

观"的影响下形成？"六一风神"主要体现于哪些文体？其发展经历了哪些阶段？在不同阶段，它有什么特点？"六一风神"感慨淋漓的特点中具体包含了作者欧阳修怎样的人生感慨与思想内涵？在叙事方面有何具体的体现？"六一风神"在欧阳修散文创作及中国散文史上究竟有怎样的地位、意义与价值？等等。这些问题都构成了笔者构思撰写本书的动机与动因，虽然由于时间关系及个人的才识才力才能有限，对相关问题的探究尚不够全面透彻，而真正能推陈出新的地方也不多见，即便如此，还是希望凭一点的心得体会做抛砖引玉之资，以求于大家之批评与指正。

三 研究思路及内容

本书的研究希望通过文本细读、文献资料的深度梳理，形成对"六一风神"理论渊源、形成原因、发展阶段及文体分布的总体认识；对"六一风神"的思想情感内涵、抒情方式、叙事性特点及审美风格类型有较为深入的把握；对"六一风神"于后代的影响及其意义有一定的认识。本书研究的文本对象主要为欧阳修《居士集》《居士外集》中的序、记、墓表、碑志等文学性特征鲜明的散文作品及《新唐书》中为数不多的志论、《新五代史》中文学色彩浓厚的人物传记及史论，不包括诗、词等韵文，不包括表、奏、书、启等四六骈文与应用文字，不包括笔记体的《归田录》和《六一诗话》，也不包括《集古录跋尾》《诗本义》《易童子问》等学术性、研究性文章。在本书具体展开论述之前对研究对象进行特别辨析与说明，是必要的，因为目前学界对散文的概念与属性、内涵与外延、分类与特征还存在许多分歧，很难采用唯一的固定的标准。本书的研究内容是，试图辨析"风神"与"形神""风骨""神韵"的联系与区别，进而把握"风神"概念的渊源与特点；探究欧阳修散文"六一风神"的形成原因、发展阶段及文体分布，较为深入地把握"六一风神"的思想内涵与情感意蕴，阐析"六一风神"与叙事性特点的关系，及具体的叙事手法与表达方式；分析、概括"六一风神"的语言特点、审美特征与多元风格属性，梳理"六一风神"对后代散文创作的影响，明确其在欧文及散文史的定位等。

四 研究方法及创新之处

（一）研究方法

本书的研究主要以对文本的深入解读和对古今中外文献的细致梳理为

基础，运用比较、归纳、综合的方法，将文本解析与文艺理论阐释相结合，具体方法如下。

第一，概念辨析法：比较、辨析"风神"与"形神""风骨""神韵"等概念的含义与异同。

第二，表格与数据分析法：用表格呈现欧阳修人生不同阶段、不同文体的"风神"代表篇目，并进行数据分析，探究"六一风神"的发展阶段及文体分布范围。

第三，文本与古人评点资料的梳理细读法：围绕具体文本，按照一定主题，如情感性、叙事性等，梳理历代学人的评点，在此基础上发现与总结规律。

第四，文学鉴赏方法：对文本审美特质的感知、解读与尽可能准确地把握。

第五，文、史交融法：解析欧文中的史传手法与叙事技巧等，同时探究其史著，特别是《新五代史》中的文学性因子。

（二）创新之处

本书的研究希望对学界现有的关于"六一风神"及欧阳修散文艺术审美特质等一些具体、微观、丰富又相对分散的研究成果，进行搜集、梳理、归纳与总结，力图在学界已有成果的基础上做更进一步的探究，形成对"六一风神"的理论渊源、形成原因、文体分布范围，特别是其思想情感内涵、叙事性特点及审美风格有一个相对综合、较为全面的了解与认识，并希望借此对欧阳修散文风格的整体研究、综合研究与深入研究有所裨益。具体而言，本书在第一章的概念比较，第二章表格数据分析，第三章阶段梳理与划分，第四章情感具体内涵的分类阐述，第五章思想内涵的分类研究，第六章的表现手法、立意构思、结构艺术以及"六一风神"与欧文叙事性的关联，第七章欧文醇粹温雅风格的归纳，第八章"六一风神"在欧阳修散文及中国散文史上的定位等方面，都有在前人研究基础上总结出来的自己的一些心得体会。当然，由于本人学识能力、工作关系及科研方法等方面的原因，论文的写作还存在理论性不强、阐述深度不够等缺憾，但鉴于目前自我情况及客观条件，已属尽心尽力了，所以不足之处还请专家批评、指正。

第一章
"风神"概念演进与"六一风神"界说

中国古典美学范畴与概念往往具有抽象、感性、混然及不确定性的特征。李壮鹰说:"中国人因为倾向于从混一的整体角度来把握事物,所以他们虽然也使用概念,但他们所用的往往是未经分化的,具有多义性的概念。"① 如"风神"一词,相较"纡徐委备""抑扬跌宕""深纯温厚"等评语而言,往往显得抽象、模糊,不易把握,但除此,似乎也很难找到更加合适、精准的概念。关于"风神"的含义,《辞海》把"风神"释为"风采、神韵"②,似乎有望文释义之嫌,但要具体、准确地把握其内涵,又实属不易。的确,"风神"这一概念既形象又抽象,既明晰又模糊,它有着丰富又深刻的思想情感与艺术内涵,刘德清认为:"'风神'一说,在理论上援引了南朝刘勰'风骨说'、晚唐司空图'韵味说'以及南宋严羽'入神'说的成果,既指不可言传的散文风度、神韵,也指建筑在充实思想内容基础上的风骨、神髓。无论是'史迁风神',还是'六一风神',都有内容上的要求。"③ 通过对"风神"概念渊源、流变发展脉络的梳理,可以发现,它不仅包括作品的内容、精神、气度,还包括谋篇布局、语言风格、文字技巧等方面的要素,所以它是一个涵盖内容与形式、思想与艺术等多方面整体意蕴的美学概念。

第一节 "风神"概念演进

一 "形神"论影响下的"风神"概念

古人在艺术批评领域,常将审美对象区分为形与神两部分。所谓形,

---

① 李壮鹰:《中国诗学六论》,齐鲁书社,1989,第33页。
② 夏征农主编《辞海》,上海辞书出版社,2000,第1852页。
③ 刘德清:《欧阳修论稿》,北京师范大学出版社,1991,第263~264页。

指对象具体可感的外在形貌特征；所谓神，指隐藏在形貌中、需要透过外在形貌去深入把握的内在精神意蕴。"形神论"是传统文化中重要的哲学与美学范畴，从哲学探究至人物品藻至书画、音乐、诗文理论，它对我国的哲学思想、古典美学思想以及文学艺术创作实践，都产生了深远的影响。它又与"风神论"关系密切，对"风神论"的产生与形成有启迪和生发作用。

关于形神的认识，先秦时期至汉代就在哲学领域引发关注与探究。所谓"形本生于精，而万物以形相生"①"形具而神生"②"神者，生之本也；形者，生之具也"③ "物生有形，形有精神。能知精神，则穷理尽性"④等，形、神二者关系如何，孰轻孰重，往往是人们思考与关注的重点。到了魏晋南北朝时期，则讲究由形鉴神，人物品藻不只注重人物的外貌、骨相、功业道德，而且尤重人物的神气风韵。《世说新语》的《赏誉》《品藻》《识鉴》《容止》等大量篇幅中充分展示了人物潇洒的风度气质。如"太尉神姿高彻，如瑶林琼树，自然是风尘外物"，"庾公目中郎：'神气融散，差如得上'"，"王平子目太尉：'阿兄形似道，而神锋太隽'"⑤ 等，所谓有"神姿""神气""神锋"，主要指人内在的情感状态，人的智慧、思想、个性、气质、风度等在外在外貌上的表现，是一种由内而外综合呈现的审美风貌，即从人物外在的形貌中见其内在的精神气质与风韵。李泽厚、刘纲纪著《中国美学史》也指出："到了东晋时期，'神'这一概念，就其应用于人物品藻和艺术而言，已完全变为一个审美的范畴。"⑥

后来，这一形神兼备的审美观念又在绘画与诗文评论中不断得到呈现与强化。怎样"以形写神"，方能"形神兼备"？一般而言，人们认为"形"与"神"各有分工，也各有侧重，"形似"是基础，"神似"是目标，"以形传神"是重要的方式和手段。如东晋顾恺之在绘画中既重"形"，又重"神"，他说："若长短刚软、深浅广狭，与点睛之节，上下、

---

① 陈鼓应注译《庄子今注今译》，中华书局，1983，第569页。
② 方勇、李波译注《荀子》，中华书局，2011，第267页。
③ 司马谈：《论六家要旨》，载《史记》卷一百三十《太史公自序》，中华书局，2006，第758页。
④ 刘邵：《人物志》，兰州大学出版社，2004，第22页。
⑤ 刘义庆撰《世说新语》卷八《赏誉》，中华书局，1991，第105、111、108页。
⑥ 李泽厚、刘纲纪：《中国美学史》，中国社会科学出版社，1987，第474页。

大小、浓薄，有一毫小失，则神气与之俱变矣。"① 他又说："开妙处传神写照，正在阿睹中。"② 所谓"传神写照"，即以形传神，重视传达事物神韵的体现。到了唐代，文论中真正开始大量讨论起"形神论"的相关问题。张九龄说："意得神传，笔精形似。"③ 王昌龄云："为诗在神之于心，处心于境，视境于心，莹然掌上，然后用思，了然境象，故得形似。"④ 这都是强调论文应该综合考虑形似和传神，要将二者有机结合起来。形神论发展到晚唐至宋以后，有重"神"而轻"形"的趋势。如司空图在《二十四诗品》中，频频提及"离形得似""韵外之致""象外之象"⑤ 等概念，都说明时人对形外之"神"、韵外之"致"、味外之"旨"的充分重视。欧阳修不管论绘画、音乐或论诗、文，都十分注重以意传神，把表现作家作品的内在精神与意蕴，即"意"和"心"摆在首位。他在《鉴画》一文中说："萧条淡泊，此难画之意，画者得之，览者未必识也。故飞走、迟速、意浅之物易见，而闲和、严静、趣远之心难形。"⑥ 指出"物易见"而"心难形"。他还写了一首题画诗《盘车图》："古画画意不画形，梅诗咏物无隐情。忘形得意知者寡，不若见诗如见画。"⑦ 所谓"古画画意不画形""忘形得意"，并不是在绘画中完全舍弃"形"的摹绘，而是强调与传达这种意重于形的美学观点。他不仅论绘画如此，论音乐也是如此。其《赠无为军李道士》中论弹琴云："弹虽在指声在意，听不以耳而以心。心意既得形骸忘，不觉天地白日愁云阴。"⑧ 他指出弹琴者虽然用的是手指，但通过琴声传达的则是他的心神意绪；而听者也不应仅仅用耳朵去听琴声，而要心领神会弹琴者的精神意蕴。在这里，欧阳修重"神"的意思同样十分明显。但作为有丰厚深刻文艺素养及创作实践的作者，他也并不否定"形"对于体现"神"、传达"神"的重要意义，在《六一题跋》中，欧阳修又说："善言画者多云鬼神易为工，以谓画以形似为难，鬼神人不

---

① 顾恺之等撰、孟兆臣校释《画品·魏晋胜流画赞》，北方文艺出版社，2005，第9页。
② 房玄龄等撰《晋书·顾恺之传》，中华书局，1997，第2405页。
③ 张九龄：《曲江集》卷十六《宋使君写真图赞并序》，广东人民出版社，1986，第617页。
④ 王昌龄：《诗格》，载胡震亨《唐音癸签》，上海古籍出版社，1981，第7页。
⑤ 司空图撰，罗仲鼎、蔡乃忠注《二十四诗品》，浙江古籍出版社，2013，第76、98、99页。
⑥ 卷一百三十《鉴画》，第1976页。
⑦ 卷六《盘车图》，第99~100页。
⑧ 卷四《赠无为军李道士》，第59页。

见也。然至其阴威惨淡，变化超腾，而穷奇极怪，使人见辄惊绝，及徐而定视，则千状万态，笔简而意足，是不亦为能哉？"① 可见，欧阳修对形神关系，以形传神等问题曾做过深入的思考，并且有自己基于创作实践的心得体会，即十分重视传达事物之神，但也不轻视形的存在与表现。欧阳修由对绘画、音乐的艺术见解延伸到诗文创作上，于是在《周易·系辞》"书不尽言，言不尽意"的基础上，他提出了"书不尽言之烦，而尽其要；言不尽意之委曲，而尽其理"②的主张，强调散文创作要重视超乎形象之外的精神表现、思想把握，而这一重神、传神的思想观点与创作主张，也带来了他对文章"物外之物""景外之景""言外之致""韵外之旨"的认可与有意识的追求，并且，当这种讲究言外之意与韵外之致的审美追求与其重于感慨、好于兴叹的情感抒发方式相结合，就带来散文创作"更有情韵意态"③，"风流绝世"④，"幽情雅韵，得骚人之指趣为多"⑤的强烈审美感受，从而别具、独具"风神"之美。

在"形神论"的影响之下，"风神论"也非常重视"以形传神"，在"写形""形似"的基础上，传达作家作品内在的精神、个性、思想与风韵气质。我们从"风神"理论的形成、发展阶段可以看出，它也是侧重以人物或事物外在的形貌特征来传达、凸显内在气质风韵的。马茂军认为"六一风神"源于古代哲学中的形神论，凸显了对人物主体精神的重视，善传人物、文章、作者之神，而且"它表现的不仅是人的精神本身，而且是精神自由和自由的生命所散发出来"⑥，肯定"六一风神"来源于"形神论"。刘宁也说："（六一风神的形成）与传统文论中的'形神观'有关。"⑦ 林春虹说："'风神论'着力探讨叙事散文之'形态'、'情感'等艺术标准问题，最终构成形神合一、情韵无穷的审美理想，这对古代散文美学尤其是叙事美学的形成具有重大意义。"⑧ 笔者认为，正是在形神论哲

---

① 卷七十三《题薛公期画》，第 1058 页。
② 卷一百三十《试笔·系辞说》，第 1985 页。
③ 徐树铮：《诸家评点古文辞类纂》（第 4 册），国家图书馆出版社，2012，第 516 页。
④ 徐树铮：《诸家评点古文辞类纂》（第 4 册），国家图书馆出版社，2012，第 510 页。
⑤ 刘熙载：《艺概》卷一《文概》，上海古籍出版社，1978，第 28 页。
⑥ 马茂军：《宋代散文史论》，中华书局，2008，第 32～43 页。
⑦ 刘宁：《叙事与"六一风神"——由茅坤"风神观"切入》，《文学遗产》2011 年第 2 期，第 100～107 页。
⑧ 林春虹：《茅坤风神论与古代散文叙事美学的形成》，《福州大学学报》2011 年第 6 期，第 81 页。

学范畴的基础上,诞生了适用于人物品评、书画、文章评论的"风神论",并进而发展成为著名的"六一风神"。

二 由人物品评、书画乐论至诗文理论

魏晋南北朝是"风神"理论的萌芽时期,当时主要出现于人物品评中,这在《世说新语》、史书记载以及后人的话语中,并不少见。

(一)人物品评之"风神"

1.《世说新语》

"天锡见其(王弥)风神清令。""王子敬榭公曰'公故萧洒。'谢曰:'身不萧洒。君道身最得,身正自调畅'。"刘孝标注引《续晋阳秋》:"安弘雅有气,风神调畅也。"①

"在车中照镜语丞相曰:'汝看我眼光,乃出牛背上。'"刘孝标加注:"王夷甫盖自谓风神英俊,不至与人校。"②

2. 史书

《晋书·裴楷传》:"楷风神高迈,容仪俊爽,博涉群书,特精理义,时人谓之玉人。"③

《晋书·王恭传》:"风神简贵,志气方严。"④

《北史·清河王元怿传》:"清河王怿字宣仁,幼而敏,慧美姿貌,孝文爱之,彭城王勰甚器之,并曰:'此儿风神外伟,黄中内润。'"⑤

3. 其他

李虞中《授学士王源中户部侍郎制》:"揖黄宪而祸凶不生,亲汲黯而风神自整。"⑥

刘长卿《送薛据宰涉县》:"故人河山秀,独立风神异。"⑦

裴度说:"人之异,在风神之清浊,心志之通塞,不在于倒置眉目,反易冠带。"⑧

---

① 刘义庆撰《世说新语》卷八《赏誉》,中华书局,1991,第123页。
② 刘义庆撰《世说新语》卷六《雅量》,中华书局,1991,第87页。
③ 房玄龄等撰《晋书》卷三十五《裴楷传》,中华书局,1997,第275页。
④ 房玄龄等撰《晋书》卷八十三《王恭传》,中华书局,1997,第560页。
⑤ 李延寿撰《北史·清河王元怿传》,中华书局,1974,第716页。
⑥ 董诰等编《全唐文》卷六百九十三,上海古籍出版社,1990,第3152页。
⑦ 彭定求等编《全唐诗》卷一百五十《刘长卿诗集》,中华书局,1960,第1552页。
⑧ 董诰编《全唐文》卷五百三十八《寄李翱书》,上海古籍出版社,1990,第2419页。

范仲淹说："君风神秀特，人皆望而钦之。"①

王谠说："上为皇孙时，风神秀异，英姿隽迈。"②

由上可见，所谓"风神清令""风神英俊""风神高迈""风神简贵""风神外伟""风神自整""风神秀特""风神秀异"，既与外在的"容仪俊爽""慧美姿貌""英姿隽迈"等形貌特征有关，为可"见"、可"望"，又与内在的"安弘雅有气""博涉群书，特精理义""志气方严""黄中内润""心志之通塞"关系密切。可以说"风神论"在魏晋南北朝时期的人物品评中，也像"形神论"一样，追求一种由内而外的风神气韵，它将人物内在与众不同、优秀特异的个性、精神，通过外在卓然杰出、高超秀特的形貌特征呈现出来，从而表现出一种迥异常人的超然风姿与气韵，遂"令人产生超凡脱俗、余味不绝的审美感觉"③。

（二）书画乐论及诗文批评之"风神"

由内而外综合呈现的"风神美"概念，在唐宋时期自然地进入书画评论及诗文论、乐论领域。用"风神"表达有关的书法理论主要有唐代孙过庭、张怀瓘和宋代姜夔三人。④ 孙过庭《书谱》云："虽篆隶草章，工用多变，济成厥美，各有攸宜，篆尚婉而通，隶欲精而密，草贵流而畅，章务险而便。然后凛之以风神，温之以妍润，鼓之以枯劲，和之以闲雅，故可达其情性，形其哀乐。"⑤ 这是指书法家个人内在的精神气质通过外在书法艺术的表现，给人一种威严警备、与众不同的审美感受。张怀瓘虽认为"状貌显而易明，风神隐而难辨"⑥，但还是可以通过书法艺术的外在呈现表现创作者的个性风貌与气质神韵，他说："今虽录其品格，岂独称其才能！皆先其天性，后其学，纵异形奇体，辄以情理一贯，终不出于洪荒之外，必不离乎工拙之间，然智则无涯，法高无定，且以风神骨气者居上，妍美功用者居下。"⑦ 这是指创作者内在的自然天性可以通过书法艺术予以展示与呈现。南宋姜夔则重视"风神"特质所必需的内在人品、创新等本质规定性，也讲究外在"笔纸""向背"等外在客观因素的有机配合，如

---

① 范仲淹：《范文正公集》卷十四《龙图阁直学士工部郎中段君墓表》，四部丛刊本。
② 王谠：《唐语林》卷四《豪爽》，中华书局，1978，第120页。
③ 〔韩〕黄一权：《欧阳修散文研究》，华东师范大学出版社，2003，第111页。
④ 〔韩〕黄一权：《欧阳修散文研究》，华东师范大学出版社，2003，第112~115页。
⑤ 孙过庭：《书谱》卷七《御定佩文斋书画谱》，中华书局，1985，第3页。
⑥ 潘运告编著《张怀瓘书论》，湖南美术出版社，1997，第226页。
⑦ 潘运告编著《张怀瓘书论》，湖南美术出版社，1997，第11页。

此方能由内而外、表里相彰，遽得"风神"之美。他说："风神者，一须人品高，二须师法古，三须笔纸佳，四须劲险，五须高明，六须润泽，七须向背得宜，八须是出新意。自然长者如秀整之士，短者如精悍之徒。"①又云："襟韵不高，记忆虽多，莫湔尘俗。若风神萧散，下笔便当过人。"②他认为只有创作主体具备由内而外的"风神萧散"气质，其书法艺术方有过人之处。"风神"还被广泛地运用于诗评、乐论领域中，如韩愈《酬裴十六功曹巡府西驿途中见寄》云："遗我行旅诗，轩轩有风神"③；《南史·褚彦回传》云："彦回援琴奏《别鹄》之曲，宫商既调，风神谐畅"④；唐顺之《题夏中书画竹》云："中书醉墨满人间，此幅风神更不俗"⑤；等等，都强调对象富有生机活力，能充分体现创作者独特的精神气质。

由上可知，在书画与诗乐评论领域，先贤仍然强调"风神"由内而外的精神气质与风姿神韵的传达。它"隐而难辨"，不易捕捉与把握，但可使对象"凛之""凛然"，富于神采。在学习前人（"师法古"）的基础上，它特别强调创新、特异杰出、与众不同（"须劲险""须高明""出新意""不俗"），表现出来又是符合艺术规律的（"向背得宜""自然"）。总之，它是作者高尚人品、高旷构思、高远理想、高超追求（"人品高"）等的外在综合呈现。

三 茅坤"风神观"

前人关于"风神"概念的理解与阐释，大大丰富了"风神论"的内涵特征。在此基础上，明代茅坤借鉴传统人物品藻及书画理论"以形传神"的思想观念，并吸收史传叙事中"以形写神"的创作追求主张，将"风神"概念引入文章学批评。他重视散文创作的"写形"与"形似"，亦即重视散文写作的叙事性特征，对事件叙述、人物刻画与摹画绘形尤为讲究。在明代复古与浪漫思潮的交互影响下，茅坤对"风神"做了进一步的阐发，表达了独特的叙事与审美追求。一方面他非常强调、推崇司马迁

---

① 姜夔：《续书谱》卷七《草》，中华书局，1985，第 8 页。
② 姜夔：《续书谱》卷七《草》，中华书局，1985，第 3 页。
③ 韩愈著、杨义、蒋业伟今译《韩昌黎全集》卷四，北京燕山出版社，1996，第 160 页。
④ 李延寿撰《南史》卷二十八《褚彦回传》，中华书局，1975，第 748 页。
⑤ 唐顺之：《唐荆川先生文集》卷三，明嘉靖三十二年林叶氏宝山堂刊本。

《史记》与欧阳修散文情感丰富、感慨淋漓、感喟深长的情韵之美，他说："西京以来，独称太史公迁，以其驰骤跌宕、悲慨呜咽，而风神所注，往往于点缀指次独得妙解，譬之览仙姬于潇湘洞庭之上，可望而不可近者。累数百年而得韩昌黎，然彼固别开门户也。又三百年而得欧阳子。予览其所序次，当世将相、学士、大夫墓志碑表，与《五代史》所为梁、唐二纪及他名臣杂传，盖与太史公略相上下者。"① 并且，他在《史记钞》与《庐陵文钞》和《庐陵史钞》中多次用"感慨序次"② "凄清逸韵"③ "涕洟之词"④ "句句字字呜咽累欷"⑤ 等语词肯定史迁文章与欧阳修散文深挚浓厚的情感内蕴。另一方面，茅坤对《史记》与欧阳修散文因长于叙事而深具"风神"之美赞叹不已。从他对《史记》《汉书》《新五代史》及"唐宋八大家"古文的评点中，我们可以明确看出其"风神"观与散文叙事性的关联所在。例如：

"予览太史公描写相如事，即王摩诘诗画相似。"⑥

"予尝谓此本项羽最得意之战，而亦太史公最得意之文，千年以来，犹凛凛生色。"⑦

"序管仲始末及桓公之子五公子争立处有生色。"⑧

"写陈胜首乱处，总有生色。"⑨

"范延光为人多方略，所历生平亦多反复，欧阳公点次如画，而二千余言如一句。"⑩

"唐之所以困而及亡，由茂贞为之祟什且六七，欧公序次如画。"⑪

"通篇克用与全忠两相构衅处，及庄宗所继其父行事，慷慨大略，

---

① 茅坤：《唐宋八大家文钞·庐陵文钞引》，文渊阁四库全书本。
② 茅坤：《唐宋八大家文钞》卷四十五《庐陵文钞》，文渊阁四库全书本。
③ 茅坤：《唐宋八大家文钞》卷五十九《庐陵文钞》，文渊阁四库全书本。
④ 茅坤：《唐宋八大家文钞》卷三十九《庐陵文钞》，文渊阁四库全书本。
⑤ 茅坤：《唐宋八大家文钞》卷三十九《庐陵文钞》，文渊阁四库全书本。
⑥ 茅坤编纂、王晓红整理《史记抄》卷四十九，商务印书馆，2013，第323页。
⑦ 茅坤编纂、王晓红整理《史记抄》卷四，商务印书馆，2013，第24页。
⑧ 茅坤编纂、王晓红整理《史记抄》卷十八，商务印书馆，2013，第129页。
⑨ 茅坤编纂、王晓红整理《史记抄》卷二十五，商务印书馆，2013，第129页。
⑩ 茅坤：《唐宋八大家文钞》卷七十五《范延光传》，文渊阁四库全书本。
⑪ 茅坤：《唐宋八大家文钞》卷七十三《李茂贞传》，文渊阁四库全书本。

欧公一一一点缀生色并如画。"①
……

在评点过程中，茅坤屡屡用"如画""善写事情""明畅""生色"等语言来评价，肯定、推赏司马迁《史记》与欧阳修《新五代史》中，人物形象刻画的逼真传神与事件叙写的明晰条畅，他说："盖欧得史迁之髓，故于叙事处裁节有法，自不繁而体已完。"② 可见，明代茅坤的"风神观"既有对散文抒情特征的重视与强调，也有对散文的叙事美、叙事技法精湛而达于传神艺术的极大肯定。马茂军说："茅坤风神论的理念依据是标举了史迁风神与六一风神的经典，它的冲击力在于建立了一个新的散文传统。"③ 茅坤之后，学人纷纷就欧阳修散文的情韵美或叙事艺术的生动传神而得"风神"之美，予以评说。如艾南英云："传志一事，古之史体，龙门而后，惟韩、欧无愧立言。观其剪裁详略，用意深远，得《史》《汉》风神。"④ 清代方苞云："永叔摹《史记》之格调，而曲得其风神。"⑤ 刘大櫆云："欧公叙事之文，独得史迁风神。"⑥ 近代以来，学人也对此多有评说，并在前人基础上，提出了"六一风神"的完整概念。林纾云："故世之论文者恒以风神推六一，殆即服其情韵之美。"⑦ 吕思勉云："今观欧公全集……皆感慨系之，所谓六一风神也。"⑧ 陈衍说："世称欧阳文忠公文为'六一风神'，而莫详其所自出……一波三折，将实事于虚空中摩荡盘旋。此欧公平生擅长之技，所谓风神也。"⑨ 至此，散文视阈中的"风神"概念，最早从明代茅坤肇始，经由艾南英、方苞、刘大櫆、林纾、吕思勉、陈衍等众多学人的探究，得以最终形成"六一风神"的审美范畴，而成为对欧阳修散文主体艺术风格特征最为精当而准确的概括。

---

① 茅坤：《唐宋八大家文钞》卷六十二《庐陵史钞·本纪》，文渊阁四库全书本。
② 茅坤：《唐宋八大家文钞》卷五十一《庐陵文钞》，文渊阁四库全书本。
③ 马茂军：《宋代散文史论》，中华书局，2008，第 34~35 页。
④ 艾南英：《天佣子集》卷五《再与陈怡云公祖书》，清康熙己卯重刻家塾藏本。
⑤ 方苞：《古文约选·序例》，清同治乙巳望三益斋重刻本。
⑥ 徐树铮：《诸家评点古文辞类纂》（第 4 册），国家图书馆出版社，2012，第 185 页。
⑦ 林纾：《春觉斋论文·情韵》，人民文学出版社，1959，第 85 页。
⑧ 吕思勉：《宋代文学》，商务印书馆，1929，第 14 页。
⑨ 陈衍撰、陈步编《陈石遗集》，福建人民出版社，2001，第 1623 页。

第二节 "风神"与"六一风神"界说

一 "风神"界说

（一）"风神"与"风骨"

作为传统诗学范畴的"风骨"，是古代文艺理论研究中的重要课题。据香港学者陈耀南《〈文心〉"风骨"群说辨疑》①一文的统计，近几十年来，学界就"风骨"问题共提出了十类达六十余种的不同解释，对它的探讨，含义繁杂、论述歧义，迄今为止，仍很难有统一的结论。②像"风神""风骨"此类美学范畴，其本身难以用明晰的语言、清晰的概念予以表达，而只能诉诸直感领会，这就决定了我们在阐释其意义内涵时，往往仁者见仁、智者见智，也经常会有言不尽意的艰难、困惑与缺憾。

"风骨"与"风神"一样，在魏晋时期原本用于人物品评、品藻，作为美学范畴的基本点，也是指向人的思想情感、精神品性与个性气质等方面，这在魏晋人物品藻中有着集中的体现，是当时品藻人物的流行话语。如《晋书·赫连勃勃载记论》云："其器识高爽，风骨魁奇。"③《宋书·武帝纪》云："身长七尺六寸，风骨奇特。"④ 这指的是卓然超群、不同凡俗的内在思想、精神、个性，由外在形貌的"魁奇""奇特"等气质风貌呈现出来。"风骨"与"风神"这两个范畴中都包含一个"风"字，从前人的释义及解释中，我们基本可以判定，"风"与作家的情感、思想、个性、精神风貌相关，涉及作品的思想内容与作家的个性、情感、主体精神等。所谓"诗总六义，风冠其首，斯乃化感之本源，志气之符契也"，"是以怊怅述情，必始乎风；沉吟铺辞，莫先于骨"⑤，指的是抒发作者情感的"风"是感化、感染人心的本源，情思宛转，动人心魄。在"风骨"概念中，刘勰充分肯定情感表达在文学中的地位："人禀七情，应物斯感，感

---

① 陈耀南：《〈文心〉"风骨"群说辨疑》，载曹顺庆《文心雕龙集》，成都出版社，1990，第217页。
② 李凯：《"风骨"精神的文化阐释——兼论刘勰〈文心雕龙·风骨〉与儒家思想的联系》，《四川师范大学学报》2002年第9期，第53页。
③ 房玄龄等撰《晋书》卷一百三十《赫连勃勃载记论》，中华书局，1997，第820页。
④ 沈约：《宋书·武帝纪》，岳麓书社，1998，第2页。
⑤ 刘勰撰、周振甫注《文心雕龙注释·风骨》，人民文学出版社，1981，第320页。

物吟志,莫非自然",又云"诗者,持也,持人情性"①,"吐纳英华,莫非情性"②,认为文章是作家情感、生命、人格精神的外化,从而将"风骨"这一指向作家主观精神、情感、个性的美学范畴引入文学理论领域之中,构成了"风骨"范畴美学内涵的一个重要方面。从当代学人的理解与阐释中,我们也可以更进一步把握"风"的含义及特点。如王运熙说:"'风'是指文章的思想感情表现得鲜明爽朗。"③ 廖仲安、刘国盈在书中两说:"'风'是情志","是发自深心的,集中充沛的,合于儒家道德规范的情感和意志在文章中的表现。惟其集中充沛,才能风力遒劲。"④ 周振甫说:"'风'是内容的美学要求",又说:"'风'是感动人的力量,是符合志气的,跟内容有关。"⑤ 宗白华说:"'风'可以动人,是从情感中来。"⑥ 罗宗强认为风是"感情的力"⑦。可见,在"风骨"与"风神"概念中,"风"作为"志气之符契",自然与作家情性密切相关,而"骨"或"神"作为作家内在思想、情感和精神显现的外部风貌或特征,也与作家的主观精神、生命状态有着不可分割的联系。因此,不管是"风骨"还是"风神",都是作家内在情感、个性、精神风貌在作品中的体现,都关注人的思想情感与精神气质,强调文学与作家个体生命、精神品性之间的联系。"六一风神"也非常重视情感、生命体验、人的主体精神等在作品中的体现。欧阳修说:"(诗文)长于本人情,状风物,英华雅正,变态百出……使人读之可以喜,可以悲,陶畅酣适,不知手足之将鼓舞。"⑧ 他充分肯定作品情感抒发的艺术感染力。欧阳修在创作实践中,不仅专于情、多于情、深于情,以情动人,以情传世,其作品更是作者生命体验及主体精神的外在呈现。正如马茂军所说:"六一风神不仅是一种艺术技巧和外在艺术风貌的问题,同时也是六一居士内在精神风貌的外在显现。"⑨ 据此,我们认为在"风神"概念中,"风"主要指源于内在思想情感、个性

---

① 刘勰撰、周振甫注《文心雕龙注释·明诗》,人民文学出版社,1981,第48页。
② 刘勰撰、周振甫注《文心雕龙注释·体性》,人民文学出版社,1981,第309页。
③ 王运熙:《文心雕龙风骨论诠释》,上海古籍出版社,1986,第94页。
④ 廖仲安、刘国盈:《文心雕龙论文集》,人民文学出版社,1990,第559~562页。
⑤ 周振甫:《文心雕龙注释》,北京出版社,1981,第325~326页。
⑥ 宗白华:《艺境》,北京大学出版社,1986,第361页。
⑦ 罗宗强:《非文心雕龙驳议》,《文学批评》1978年第2期,第59~654页。
⑧ 卷七十二《书梅圣俞稿后》,第1049页。
⑨ 马茂军:《宋代散文史论》,中华书局,2008,第147页。

精神而外显的感染力，而"神"则偏于指由此而带来的神韵、风韵与韵味。关于神韵、风韵与韵味，自然离不开"一唱三叹之音""言有尽而意无穷"的审美感受，明代陆时雍《诗镜总论》对"韵"做了比较到位的阐述："物色在于点染，意态在于转折，情事在于犹夷，风致在于绰约，语气在于吞吐，体势在于游行，此则韵之所由生也。"① 这在欧阳修的散文创作中可以说是得到了淋漓尽致的呈现，此点将在"'风神'与'神韵'"章节里予以阐述，此不赘言。可以说，诗学里"风"与"神"的内涵在茅坤等人的风神论中得到统一，他们的评点中除了用"风神"一词外，又使用"神韵""风韵""风致"等别称。"风"与"神"的结合，共同成就了欧阳修散文感情深挚、感慨淋漓、精神焕发又一唱三叹、神韵超远、余味盎然，由内而外的审美感受与艺术感染力。

关于"风骨"的美学属性，刘勰在《风骨篇》中认为，"风"是"化感之本源"，"清风"为作家"意气骏爽"②的表现，是包含着作家情感、思想、生命精神的充实饱满之"气"的外扬。所谓"刚健既实，辉光乃新""情与气偕""文明以健"③等，是指一种充满力量感，具有阳刚之美的风格，这种力量实际上包含着作家情感、生命精神的至大至刚的"气"所产生的一种美学效果。④ 在美学类型与属归上，"风神"则趋向于阴柔一路。清人唐文治认为欧阳修为文深得司马迁文章"阴柔之美"，所以"丰神千古不灭"⑤。姚鼐也认为欧文风格"偏于柔之美者"⑥。钱基博说："欧文得其（指司马迁）阴柔与风神之美为多。"⑦ 洪本健将阴柔之美作为"六一风神"的属归，并总结说："欧阳修的散文以六一风神见称于世，偏向阴柔一路发展。"⑧ 章学诚指出："凡文不足以动人，所以动人者气也；凡文不足以入人，所以入人者情也。气积而文昌，情深而文挚；气昌而情挚，天下之至文也……气得阳刚而情合阴柔。"⑨ "风骨"动人以"气"，

---

① 陆时雍：《诗镜总论》，载丁福保辑《历代诗话续编》，中华书局，1983，第1423页。
② 刘勰撰、周振甫注释《文心雕龙注释·风骨》，人民文学出版社，1981，第320页。
③ 刘勰撰、周振甫注释《文心雕龙注释·风骨》，人民文学出版社，1981，第320页。
④ 范立红：《刘勰"风骨论"与儒家审美精神的历史关联》，《北方论丛》2009年第6期，第10页。
⑤ 唐文治：《国文经纬贯通大义》卷二，1925年无锡国学专修馆本。
⑥ 姚鼐：《惜抱轩全集》卷六《复鲁絜非书》，中国书店，1991，第71页。
⑦ 钱基博：《现代中国文学史·编首》，上海古籍出版社，2011，第17页。
⑧ 洪本健：《略论"六一风神"》，《文学遗产》1996年第1期，第61~68页。
⑨ 章学诚：《文史通义》卷三《史德》，上海古籍出版社，2015，第68页。

而"风神"人人以"情",故而"风骨"偏于阳刚之美,而"风神"则主要偏向于情韵悠长、纡徐委婉、吞吐含蓄、一唱三叹的阴柔之美,可见"风神"与"风骨"这两个范畴,有相同相近的含义旨向,又分属于不同的风格类型。

(二)"风神"与"神韵"

1. "神韵说"内涵

"神韵"是在中国古典诗歌独特的艺术品质,是对缥缈、自然、悠远、清旷等审美倾向的追求。"神韵"作为中国古典诗歌的一种独特的审美标准由来已久,其内涵相当丰富和复杂。在魏晋南北朝时期,它同样是作为人物风度、气质神韵的品评术语而出现的。《宋书·王敬弘传》云:"敬弘神韵冲简,识宇标峻。"①梁武帝萧衍《赠萧子显诏》谓萧子显"神韵峻举"②,指的都是人物由内而外散发出来的、特异杰出、峻拔超卓的神采风度。后来,"神韵"又被运用于绘画评论,东晋顾恺之在人物画论中提出"以形写神""传神写照"的"传神"观念,进一步丰富了"神韵"的内在蕴涵。所谓"气韵生动"③"神韵气力"④,指的是由画面呈现的一种内在的精神与活力。此后,"神韵"又由画论逐渐扩展到诗文评。

诗文评中涉及"神韵说"的,从梁代钟嵘《诗品》,至晚唐司空图《二十四诗品》,再至宋代范温《潜溪诗眼》与严羽《沧浪诗话》,一直到清代王士禛明确提出"神韵说",这一发展千年、影响甚大的诗美理想与审美标准,才最终完成了它的系统化形态。南朝时期著名的诗歌理论批评著作——钟嵘《诗品》,明确提出"文已尽而意有余"⑤的观点,它既继承了"意在言外"的古典美学思想,更形成贵深远、尚自然、"味之者无极,闻之者动心"⑥的"滋味说",代表了一种新的审美观。晚唐的司空图受"滋味说"影响很大,他十分重视诗歌的韵味,在《二十四诗品》中,他提出了"辨于味,而后可以言诗"⑦,将有没有咸酸之外的醇美诗味作为

---

① 沈约撰《宋书》卷六十六《王敬弘传》,中华书局,1974,第1729页。
② 严可均辑《全梁文》卷四《赠萧子显诏》,商务印书馆,1999,第34页。
③ 谢赫:《古画品录》,京华出版社,2000,第3页。
④ 俞剑华:《中国画论类编》,人民美术出版社,1986,第357页。
⑤ 何文焕辑《历代诗话》,中华书局,1981,第3页。
⑥ 何文焕辑《历代诗话》,中华书局,1981,第3页。
⑦ 司空图撰,罗仲鼎、蔡乃忠注《二十四诗品·与李生论诗书》,浙江古籍出版社,2013,第98页。

讨论、品评诗歌的前提条件，明确指出诗歌创作与欣赏都要追求"味外之旨"的"韵味说"。此后，北宋范温特别强调诗歌以"韵"论诗，甚至将"韵"作为诗歌是否具有美感的唯一标准："凡事既尽其美，必有其韵，韵苟不胜，亦亡其美""韵者，美之极"①，可见范温将韵致提到诗歌艺术审美的最高境界，丰富了"神韵说"的内涵，推动了"神韵说"的发展。至南宋严羽力矫宋诗之弊，倡导诗歌创作"兴趣"与"妙悟"的本质特征，其"兴趣说"既继承钟嵘《诗品》"文已尽而意有余"中"兴"之意，又吸收了司空图"韵味说"中"味外之旨"所涉及的"趣"之内涵，论诗"惟在兴趣"，彰显的是诗歌余韵深长、一唱三叹、回味无穷的审美感受与无穷韵味，总体指向一种兴象鲜明、表达委婉、文近意远的审美旨趣与诗美理想。到了清代，王士禛的"神韵说"理论，既有严羽诗论透彻之悟、优游不迫之神②，从中拈出"神"字，又受范温等人启发，拈出"韵"字，遂组合而成体现诗歌清远古淡一脉审美理想的"神韵说"。在王士禛看来，"神韵说"不仅指向诗歌含蓄深婉、清远闲适、澄淡精致的基本风格特征③，而且是一种超尘脱俗的韵致、虚无缥缈的境界。④历经千年的发展及各代诗论家的探究与感发，在诗论领域，终于完成从"滋味说"到"神韵说"理论的整理与总结。

那么，"神韵"的内涵是什么呢？从以上的阐析可以看出，在人物品评和书画评论中，它同"风骨""风神"一样，也是表现一种从内而外、特异杰出、卓然超凡的风采与神韵，强调的是作者超迈不俗的内在精神个性和独特的审美意趣之美。它离不开作者个体的生命体验与感受，是作者"气质、心态、灵性等生命状态的呈现，是他们的生命意识、生命韵致的贯通注入"⑤，包含了作者鲜明的精神个性追求，同时也是作者生命意识在艺术领域表现出的风神韵致之美。钟嵘说："文已尽而意有余，兴也"⑥，

---

① 范温：《潜溪诗眼·论韵》，载吴文治编《宋诗话全编》，江苏古籍出版社，1998，第1259页。
② 郭绍虞：《照隅室古典文学论集》，上海古籍出版社，1983，第395页。
③ 金景芝、卢萌：《"神韵说"的渊源》，《集宁师专学报》2010年第2期，第18~22页。
④ 郭绍虞：《照隅室古典文学论集》，上海古籍出版社，1983，第395页。
⑤ 周建萍：《论"神韵"范畴的审美旨向》，《徐州师范大学学报》2009年第1期，第43页。
⑥ 何文焕编《历代诗话》，中华书局，1981，第3页。

司空图说："味在咸酸之外"①，范温说："有余意之谓韵"，"于简易闲淡之中，而有深远无穷之味"②，严羽云"诗中有神韵者"，王士禛说"酸咸之外者何？味外味也。味外味者何？神韵也"③，都是对文已尽而意无穷、回味深长的悠远韵致的不懈追求，鲜明突出地指向作品难以言喻的意趣与情味。钱钟书在《管锥编》中以"远出""有余意"释"韵"，这是把握了"韵"最基本层次的含义。④季羡林对"神韵"的理解也是从文章"有余意"的意义上加以把握。⑤因此可以说，"神韵"是对中国古代文学创作丰富艺术经验及民族独特审美心理的科学总结。从美学类型而言，这是一种崇尚清远、冲淡、自然、含蓄、飘逸的审美风格，它"须清远为尚"⑥，又偏于阴柔之美属性。徐复观说："所谓韵，则实指的是表现在作品中的阴柔之美。但特须注重的是，韵的阴柔之美，必以超俗的纯洁性为基柢，所以是以'清'、'远'等观念为其内容"⑦，并以其清雅悠远的风格，传达给读者含蓄蕴藉、寻绎不尽的审美感受。因此，"神韵"的审美指向应该是"虚"而非"实"，它追求的是一种淡泊超然、自然悠远、空灵蕴藉、意在言外，又超尘脱俗、虚无缥缈的意境美，这是一种纯粹的审美，表现出对美的超越性的追求。

2."风神"与"神韵"之同与异

从以上"神韵说"的形成发展过程及内涵意蕴看，它与"风神论"的形成也存在相同相生的特点，在魏晋南北朝时期都是由人物品评迁移于书画评论中，都指向一种由内而外、特异杰出、卓然超远的风姿与神采。在对"神韵说"内涵的梳理中，我们知道"神韵"指向一种言尽意远、余韵深长、回味无穷的审美感受，是对"文已尽而意无穷"、寻绎不尽、回味深长又难以言喻的悠远韵致及意趣情味的不懈追求，这也是构成"风神"内涵的重要因素。茅坤云："神者，文章中渊然之光，窅然之思，一唱三

---

① 司空图撰，罗仲鼎、蔡乃忠注《二十四诗品·与李生论诗书》，浙江古籍出版社，2013，第98页。
② 郭绍虞：《宋诗话辑佚》，中华书局，1980，第373页。
③ 王士禛：《带经堂集·蚕尾续诗集》，清康熙五十年七略堂刻本。
④ 钱钟书：《管锥编》（第4册），中华书局，1979，第1365页。
⑤ 季羡林：《关于神韵》，《文艺研究》1989年第1期，第34~39页。
⑥ 王士禛：《池北偶谈》卷十八，民国十七年锦章图书局刊本。
⑦ 徐复观：《中国艺术精神》，春风文艺出版社，1987，第154页。

叹，余音袅袅，即之不可得，而味之又无穷者也。"① 这里的"神"就是指风神。方东树云："欧公情韵幽折，往反咏唱，令人低回欲绝，一唱三叹。"② 刘大櫆云："意到处言不到，言尽处意不尽，自太史公后，惟韩、欧得其一二。"③ 刘埙云："欧公文体，温润和平，虽无豪健劲峭之气，而于人情物理，深婉至到，其味悠然以长，则非他人所及也。"④ 吴小林说："所谓'风神'，我认为简而言之，是指一种通过意在言外的手法抒发作者审美体验的、生动传神、委婉含蓄，饶有余味的审美境界，这在欧文中表现得十分突出。"⑤ 可见，古今学人都反复强调了欧阳修文章唱叹有神、言尽意远、余韵深长、回味无穷的审美感受。"风神"与"神韵"在言尽意远、余韵深长、回味无穷的审美感受方面非常相近。而欧阳修之序文在意境的营造上，也鲜明地体现了这一特点。如《送田画秀才宁亲万州序》富于"神韵之美"⑥，《送杨寘序》是"文致曲折，古秀雅淡，言有尽而情味无穷"⑦，"大有一唱三叹之致"⑧，故"风韵尤绝"⑨，《书梅圣俞稿后》春容雅澹，有"一唱三叹处"⑩，《释祕演诗集序》"其行文又如云气往来，空濛缭绕"⑪，《苏氏文集序》"潦回反复，言尽而意不止"⑫，《礼部唱和诗序》"神韵悠然自远"⑬，《梅圣俞诗集序》"如曲终余韵，一唱三叹"⑭，"以往复容与一片神行"⑮，《江邻几文集序》"便有无限风致，此文佳处盖在字句外"⑯，"言有穷而情不可终"⑰。而且，这是"一种独特的古典的韵

---

① 茅坤著，张梦新、张大芝点校《茅坤集》，浙江古籍出版社，2012，第863页。
② 方东树著，汪绍楹校点《昭昧詹言》，人民文学出版社，1961，第276页。
③ 刘大櫆：《论文偶记》，人民文学出版社，1959，第8页。
④ 刘埙：《隐居通议》，中华书局，1985，第141页。
⑤ 吴小林：《论欧阳修在"唐宋八大家"中的地位》，载刘德清、欧阳明亮编《欧阳修研究》，学林出版社，2008，第40页。
⑥ 吴闿生：《古文范》卷四，民国八年上海朝记书庄宁波文明学社刊本。
⑦ 过珙：《古文评注》卷八，清嘉庆庚申刻本。
⑧ 唐介轩：《古文翼》卷七，清同治癸酉常熟艺文堂刻本。
⑨ 毛庆藩：《古文学余》卷三十二，光绪戊申刻本。
⑩ 吕留良：《唐宋八家古文精选·欧阳文》，清甲申吕氏家塾刊本。
⑪ 林云铭：《古文析义·初编》卷五，清康熙丙申刻本。
⑫ 何焯、崔高维点校《义门读书记》，中华书局，1987，第685页。
⑬ 孙琮：《山晓阁选宋大家欧阳庐陵全集》卷三，清康熙刻本。
⑭ 孙琮：《山晓阁选宋大家欧阳庐陵全集》卷三，清康熙刻本。
⑮ 沈德潜选评、于石校注《唐宋八家文读本》，安徽文艺出版社，1998，第371页。
⑯ 孙琮：《山晓阁唐宋八大家选·欧阳庐陵》卷三，清康熙刻本。
⑰ 储欣：《唐宋八大家类选》卷十一，清光绪壬辰湖北官书处重刻本。

味，一种中国的韵味"①，它是"风神"与"神韵"内涵相通的一个重要方面。

"神韵"与"风神"都崇尚清远、冲淡、自然、含蓄、飘逸，偏于阴柔的审美风格。魏晋时期文学的自觉使人们的审美观念也随之发生了变化，在玄学思想和人物品评之风的影响下，人们开始在人物品评、绘画、书法等不同领域，追求一种自然清远的风格，产生了"清虚""清通""高远""情致"等审美范畴。所谓"雅有远韵"②"乐彦辅道韵平淡，体识冲粹"③"敬弘神韵冲简"④"自然有雅韵"⑤ 等，虽然指的是人物闲淡、清远、通达、旷达等个性特征，但已经彰显出一种与前人、与前代不同的审美理想与审美风尚。欧文中也体现了这一清虚旷远的审美追求，如《丰乐亭记》"兴象超远"⑥"别有一种遥情远韵"⑦，《有美堂记》"胸次清旷"⑧"烟云缭绕"⑨，《岘山亭记》"神情绵邈"⑩"文境绵远，亦如草木云烟之杳霭，出没于空旷有无之间"⑪ 等，因此文章"兴致悠然，风韵倏然"⑫，遂得绝世风神。清人唐文治说："（欧文）极为清淡，而丰神千古不灭，后一段精神更觉不磨。何者？以其脱胎于《史记》者深也……韩、柳得其阳刚之美，欧、曾得其阴柔之美。"⑬ 他认为司马迁文章兼有阳刚与阴柔之美，欧阳修主要学习、继承其阴柔之美的属性特点，为"偏于柔之美者"⑭。钱基博也继承了这一观点，说："欧文得其（指司马迁）阴柔与风神之美为多……两公遂以此而为八家中毗阳、毗阴两宗之主；而后世论此两种文风者，其典型亦莫逾于是矣。"⑮ 王水照说欧阳修散文风格的美学层次——"六一风神"，是"从崇尚骨力到倾心于风神姿态，从阳刚到阴

---

① 马茂军：《宋代散文史论》，中华书局，2008，第 32 页。
② 房玄龄等撰《晋书》卷五十《庾敳传》，中华书局，1997，第 363 页。
③ 房玄龄等撰《晋书》卷六十七《郗鉴传》，中华书局，1997，第 464 页。
④ 沈约撰《宋书》卷六十六《王敬弘传》，中华书局，1974，第 1729 页。
⑤ 沈约撰《宋书》卷五十三《谢方明传》，中华书局，1974，第 1523 页。
⑥ 李刚己：《古文辞约编·杂记类》，民国十四年柏香书屋刊本。
⑦ 李刚己：《古文辞约编·序跋类》，民国十四年柏香书屋刊本。
⑧ 茅坤：《唐宋八大家文钞》卷四十八《庐陵文钞》，文渊阁四库全书本。
⑨ 沈德潜选评、于石校注《唐宋八家文读本》，安徽文艺出版社，1998，第 397 页。
⑩ 储欣：《唐宋八大家类选》卷九，清光绪壬辰湖北官书处重刻本。
⑪ 唐介轩：《古文翼》卷七，清同治癸酉常熟艺文堂刻本。
⑫ 归有光：《欧阳文忠公文选》卷七，清刻本。
⑬ 唐文治：《国文经纬贯通大义》卷二，1925 年无锡国学专修馆本。
⑭ 姚鼐：《惜抱轩全集》卷六，中国书店，1991，第 71 页。
⑮ 钱基博：《现代中国文学史·编首》，上海古籍出版社，2011，第 17 页。

柔的转变"①。洪本健将阴柔之美作为"六一风神"的属归，并总结说："欧阳修的散文以六一风神见称于世，偏向阴柔一路发展，显示出前所未有的以情韵取胜的典型而成熟的艺术风格。"②

"神韵"与"风神"都倾向营造重"虚"且超尘脱俗、虚无缥缈的意境美。富于"神韵"的作品，其审美指向往往是"虚"而非"实"，欧阳修散文就经常避开实事、实景、实物的直接叙述与描绘，注重"从虚处生情"③，以"文章虚者实之之法"④。其文或"得力在数虚字"⑤，或"通篇以虚景成文"⑥，或"数虚字宕逸入神"⑦，或"凭空幻出文字"⑧，总之是构思巧妙，新意迭出。同时，欧文又营造一种淡泊自然、含蓄空灵、意在言外又超尘脱俗、虚无缥缈的意境氛围。如被誉为最具"风神"的记文《丰乐亭记》，有避实就虚的巧妙构思："将实事于虚空中摩荡盘旋。此欧公平生擅长之技，所谓风神也"⑨；有含蓄不尽之情味与韵致："文情抑扬吞吐，绝不轻露"⑩"楮墨之外，别有一种遥情远韵"⑪；而且意境超远旷逸，令人回味无穷："兴象超远"⑫"增无数烟波"⑬"文外有一片冲澹骏邈之气"⑭，是"读之使人兴怀古之想"⑮的"古今旷调"⑯，因此是风神隽永、情韵悠然的典范之作。《浮槎山水记》也是"兴致悠然，风韵倏然"⑰，有绝世风神。《岘山亭记》是"神情绵邈"⑱，"风流绝世"⑲，"文

---

① 王水照：《欧阳修散文创作的发展道路》，《社会科学战线》1991年第1期，第269~278、284页。
② 洪本健：《略论"六一风神"》，《文学遗产》1996年第1期，第61~68页。
③ 陈曾则：《古文比》卷二，中华书局，民国二十五年铅印本。
④ 唐介轩：《古文翼》卷七，清同治癸酉常熟艺文堂刻本。
⑤ 储欣：《唐宋十大家全集录·六一居士全集录》卷五，清光绪壬午江苏书局重刻本。
⑥ 何焯著、崔高维点校《义门读书记》，中华书局，1987，第690页。
⑦ 毛庆藩：《古文学余》卷三十二，光绪戊申刻本。
⑧ 孙琮：《山晓阁唐宋八大家选·欧阳庐陵》卷三，清康熙刻本。
⑨ 陈衍撰、陈步编《陈石遗集》，福建人民出版社，2001，第1623页。
⑩ 吴闿生：《古文范》卷四，民国八年上海朝记书庄宁波文明学社刊本。
⑪ 李刚己：《古文辞约编·序跋类》，民国十四年柏香书屋刊本。
⑫ 李刚己：《古文辞约编·杂记类》，民国十四年柏香书屋刊本。
⑬ 吴楚材、吴调侯选注，安平秋点校《古文观止》卷十，中华书局，1987，第409页。
⑭ 李刚己：《古文辞约编·序跋类》，民国十四年柏香书屋刊本。
⑮ 楼昉：《崇古文诀》卷十九，文渊阁四库全书本。
⑯ 浦起龙：《古文眉诠》卷五十九，静寄东轩刻本。
⑰ 归有光：《欧阳文忠公文选》卷七，清刻本。
⑱ 储欣：《唐宋八大家类选》卷九，清光绪壬辰湖北官书处重刻本。
⑲ 徐树铮：《诸家评点古文辞类纂》（第4册），国家图书馆出版社，2012，第510页。

境绵远,亦如草木云烟之杳霭,出没于空旷有无之间"①,"文之超尘离俗,如仙子步虚,翻空而愈奇,真神来之笔"②……因此,"风神"与"风韵"一样,都指向这种"虚化"且超尘脱俗、虚无缥缈的意境之美,也可以说,这是一种纯粹的审美,表现出对美的超越性的追求。可见,"风神"吸收了"神韵说"清远飘逸、离尘脱俗、韵味悠长、情韵隽永的内涵特征,但比之"神韵",更有一种具体、形象、生动、逼真的外在神貌的表达与呈现。

从以上"风神"与"形神""风骨""神韵"概念与范畴的比较阐析中,我们似乎可以得出以下结论。第一,源自于先秦道家老庄思想的哲学范畴"形神"是"风神""风骨""神韵"三个概念产生、形成、发展、成熟的理论依据与思想根基。不论是"风神""风骨",还是"神韵",都是作者内在情感、思想、个性及主体精神在作品外在形貌上的表现、体现与呈现,内在的思想精神是"形神论"中的"神",是本质与核心,是范畴形成、发展、成熟、定型的根本依据;而外在形貌呈现的特异杰出、卓然超旷、不同凡俗的气质、风韵与姿彩,则是"形"的含义指向范围,是内在的"神"呈现于外在的"形"。但"形"并不是可有可无、无关轻重的,没有了外在具体、形象、生动且充分体现"神"的"形",内在本质的"神"便会无所附丽、无由呈现,更无法传达。当然,只有"形"的呈现,不管在外表上如何炫人耳目,如果失去了内在充实、饱满的"神",也不过是一具没有灵魂的躯壳而已。因此,"形"与"神"内外相兼、相辅相成、表里得彰,方能使在此精神内核上生成的"风神"、"风骨"与"神韵"内涵充分、饱满、丰富、厚实。如陈晓芬便认为"风神"是欧阳修心态的表露,她说欧阳修散文以"参差变化的外观形式,形象地显示了思想感情自然流转变化的图象轨迹",并认为欧文自然淡逸的风格不是"完全依赖有意识的艺术追求所能实现,确切地说,是欧阳修固有的心理特点,使其他多种创作因素最有效地显示了作用"③。刘宁也认为欧文之所

---

① 唐介轩:《古文翼》卷七,清同治癸酉常熟艺文堂刻本。
② 慕容真点校《林纾选评古文辞类纂》,浙江古籍出版社,1986,第416页。
③ 陈晓芬:《欧阳修的心态特点和他的散文风格》,《华东师范大学学报》1993年第2期,第86~91页。

以形成平易文风，也是基于"平易""简要"是欧阳修思想的核心观念。①第二，从形成、发展与成熟的过程看，"风神"与"风骨"、"神韵"三者，都经历了一个从人物品藻至书画品评再到诗文评论的过程，特别在魏晋南北朝时期，受玄学思潮的影响，三者在人物品藻与书画品评领域，得到了十分广泛的运用，都体现出由内而外的特立超群、卓然杰出、难以言喻的风姿与神韵，这是三者的共同之处。而在诗文评论领域，因具体文学评论对象的差异，三者则各有侧重，有相同与相异之处。如"风骨"论因刘勰对建安文学内涵，进行了重点、集中、鲜明、突出的探究与评论，又于《文心雕龙》中专辟"风骨"一章，故这一概念、范畴在当时尤为人们所关注，对其内涵的探讨虽历千年而不衰，但对"风"之于创作主体思想、情感的认知，及对其阳刚之美风格的归属认知还是比较趋向一致的，这也促进了"风神"内涵中，"风"之思想、情感、主体精神的探究与认知。而"神韵"内涵中"言有尽而意无穷"、一唱三叹、闲淡超远、缥缈悠然的意境美与审美旨趣，也与"风神"内涵有诸多共通且相互生发之处。第三，"形神论"影响下的"风神论"，在人物品藻、书画品评领域中，与物象、意象密切相关，当它进入散文学范畴时，则表现出与人物形象、事物形态等叙事性紧密相关的特点，对事件叙述、人物刻画与摹画精工，尤为讲究。这一叙事性特征，在欧阳修之史传文、碑志、序、记诸体中特别突出。可以说，叙事性特征是欧阳修散文进行"传神写照"、形成"风神"特征的前提与必要条件。而在叙事精工的基础上，当然还须有更高的创作要求，即叙述精工而能传神，有生色，有余味，这是文章富于"风神"的必要条件。重"神"，重视"以形传神"，借事物、对象传达作者的心神意绪，以显见的"言"传达抽象、隐约、缥缈的"意"，在"六一风神"的审美追求中，突出地表现为散文鲜明的情韵意态、旷远悠然的神韵及一唱三叹、回味深长的韵致。

二 "六一风神"界说

"形神论"影响下的"风神论"，在人物品藻、书画评论领域中，与物象、意象等关系密切，当它进入散文范畴时，则表现出与人物形象、事物

---

① 刘宁：《欧阳修提倡平易文风的思想渊源和时代意义》，《北京大学学报》1995 年第 2 期，第 82~87 页。

形态等叙事性紧密相关的特点,而史传文、碑志、序、记,甚至由人物传记引发的史论都涉及了人物形象刻画、场景形态描写、事件记叙述写等,因此"风神论"中自然就包含了形神论"传神"之"形"的模仿与刻画,亦即叙事文中的描绘、摹写与叙述。① 因此,在茅坤看来,叙事简明、条理清晰、脉络分明、裁剪合理、详略得宜、布局严谨、结构巧妙、摹画精工、人物生动、刻画逼真等,都是文章"传神"的"写形"基础,是十分必要的,如刘宁所说:"独特的叙事之道,尤其是构成'风神'的基础和关键。"② 因此可以说,这一叙事性特征是散文进行"传神写照"、形成"风神"特征的前提与必要条件。而在叙事精工的基础上,当然还须有更高的创作要求,即叙述精工而能传神,有生色,这是文章富于"风神"的必要条件。

既然不管是"形神论",还是"风神"范畴,都注重"以形传神",都既要表现出对象的外在独特的风姿神态与形体特征,又要表现、传达作家作品内在源于个性、思想、精神的神韵风致,由此形成形神兼具,且风神隽永、余韵悠扬、"言不尽而意无穷"的审美感受,即"一定要在象与不象之间,得到超物的天趣,方算是艺术。正是古人所谓遗貌取神"③。著名画家张大千说的是绘画,这一心得体会也可用于其他艺术创造,包括散文写作。因此,重"神",重视"以形传神",借事物、对象传达作者的心神意绪,以显见的言传达抽象、隐约、缥缈的意,在"六一风神"的审美追求中,也鲜明地表现为散文鲜明的情韵意态、旷远悠然的神韵及一唱三叹、回味深长的韵致。如欧阳修所说:"弹虽在指声在意,听不以耳而以心。心意既得形骸忘,不觉天地白日愁云阴。"④ 弹琴者的最高境界在于通过声音传达心神意绪,达到"心意既得形骸忘"、超然物外的绝佳境地。可见,欧阳修对以意会"神"是非常重视的,甚至达到了"遗形取神"的

---

① 黄一权、林春虹对茅坤"风神"观与"点次如画"的叙事艺术和富于动态美的传神艺术有比较详细的论述,参见〔韩〕黄一权《欧阳修散文研究》,华东师范大学出版社,2003,第133~138页;林春虹:《茅坤与明中期散文观的演进》,博士学位论文,首都师范大学,2009,第132~135页。
② 刘宁:《叙事与"六一风神"——由茅坤"风神"观切入》,《文学遗产》2011年第2期,第103页。
③ 张大千:《张大千画说》,上海书画出版社,1986,第2页。
④ 卷四《赠无为军李道士》,第59页。

境地。虽然古人云"书不尽言，言不尽意"①，但欧阳修认为要突破语言的局限与束缚，充分抓住语言能"以形传神"的优势，所谓"书不尽言之烦，而尽其要；言不尽意之委曲，而尽其理"②，就是强调散文创作要重视超乎形象之外的精神意蕴的传达与表现。这种重"神"的主张和其"发之以感慨"③的特点结合，在创作实践上就表现为更有情韵意态，"风流绝世"④，"幽情雅韵，得骚人之指趣为多"⑤，具有风神之美。作家在创作中，像画家顾恺之一样，"颊上益三毛"而"如有神明，殊胜未安时"⑥，在注重写形、形似，在各肖其人、各肖其事、各类其物、如临其境的基础上，提出更高要求，以形写神、超越表象、追求神韵、彰显内在，使文章风神盎然，意蕴丰富，并呈现超旷、缥缈、神逸的审美风貌，更给读者无限遐想、回味的空间。⑦因此，当探究"六一风神"这一概念的内涵时，我们就不能不注意到，丰裕的物质社会和"显达的社会地位"，"人格精神上的道德自信和自适放达、淡定从容的人生态度"⑧及深厚博富的学养才情、高尚雅致的道德情操、悠游闲淡的心境、丰盈饱满的精神状态，使欧阳修文章由内而外地表现出一种从容娴雅的意态和深婉不迫的气度，以及自然清雅、风流脱俗、情韵悠长的韵致。这种内在气质自然而然地呈现出来，它超越了外在的细致的形式技巧和具体的艺术特征，表现为一种既近在眉睫、如在目前，又难以指实、把握缥缈高旷的神韵与意味，从而体现出"六一风神"的丰美、丰富与丰厚。

在散文创作中，时时可见欧阳修对"以形传神"观念的思考探究与书写实践。在描写山水景物时，欧阳修往往追求"象外之象、景外之景"，赋予客观景物"言外之意""韵外之致"，尽量做到"能状难写之景，如在目前，含不尽之意，见于言外"⑨。如《醉翁亭记》中的"太守形象"，

---

① 郭彧译注《周易·系辞》，中华书局，2006，第374页。
② 卷一百三十《系辞说》，第1985页。
③ 李涂：《文章精义》，人民文学出版社，1960，第63页。
④ 徐树铮：《诸家评点古文辞类纂》（第4册），国家图书馆出版社，2012，第510页。
⑤ 刘熙载：《艺概》卷一《文概》，上海古籍出版社，1978，第28页。
⑥ 刘义庆撰《世说新语·巧艺》，中华书局，1999，第449页。
⑦ 林春虹：《茅坤风神论与古代散文叙事美学的形成》，《福州大学学报》2011年第6期，第81~85页。
⑧ 袁晓薇、李本红：《"富贵山林"与"六一风神"——对欧阳修散文艺术风格的一种文化心理阐释》，《福建论坛》2012年第12期，第144~148页。
⑨ 卷一百二十八《六一诗话》，第1952页。

作者以第三者客观叙述的视角来观照自我在山水中的"太守"形象:"太守与客来饮于此,饮少辄醉,而年又最高,故自号曰醉翁也。醉翁之意不在酒,在乎山水之间也。山水之乐,得之心而寓之酒也。"文中以"太守"之形、山水之形、百姓之形以及融人、景、事于一体的画面之形,来传达"与民同乐""乐在山水""天人合一"的深厚意蕴与隽永风神。《丰乐亭记》也借着丰乐亭之"形",来传达滁州从五代战乱至如今百姓安居乐业、天下太平祥和的盛世风神。《六一诗话》则以"以资闲谈"的方式传递潇散洒脱、闲适安宁的文人情怀与雅士风神。《梅圣俞诗集序》则认为不得志之"士",多在"山巅水涯"之环境氛围中,探究"虫鱼草木鸟兽"等景形物态,以发郁积之"忧思感愤",故达于情寓景中、情景交融、风神盎然之境界。基于对"形神"关系的深刻理解,以及对艺术创作规律的深谙于心,在鉴赏作品的过程中,欧阳修主张运用"心得意会"的方法:"乐之道深矣……听之善,亦必得于心而会以意,不可得而言也。"① 文学创作与阅读欣赏,很难用具体、明确、精准的语言进行表述,所以欧阳修始终注重心灵的体验、精神的感悟,强调创作主体与创作对象的心物合一,及接受对象与文本的心灵沟通。于是,在具体的文本创作中,欧阳修往往通过生动、逼真的形象来传达抽象、缥缈的精神内涵,从而形成兴味盎然、超远旷逸的"六一风神"。

"六一风神"对"史迁风神"的学习也是学其形而得其"神"。茅坤云:"(欧阳修)以纵横夭娇之文,写其感思悠扬之情,手法一一仿佛《史记·屈原传》,而出欧阳子手,风神特自写生,绝少依仿之迹也。"② 他指出欧文虽然在创作上学习《史记》,与司马迁手法极为相似,但主要是深得其精神气质,而极少外在生硬的模仿痕迹,即谓能达于遗其形而取其神的境界。艾南英云:"千古文章,独一史迁。史迁而后千有余年,能存史迁之神者,独一欧公。"③ 又云:"古文一道,其传于今者,贵传古人之神耳。即以史迁论之,昌黎碑志,非不子长也,而史迁之蹊径皮肉,尚未浑然。至欧公碑志,则传史迁之神矣。然天下皆慕韩之奇,而不知欧之化。"④ 他反复强调欧阳修散文能"存"且"传"史迁之风神,可见欧阳

---

① 卷七十二《书梅圣俞稿后》,第1048页。
② 茅坤:《唐宋八大家文钞》卷四十九《庐陵文钞》,文渊阁四库全书本。
③ 艾南英:《天傭子集》卷五《再与周介生论文书》,清康熙己卯重刻家塾藏本。
④ 艾南英:《天傭子集》卷五《与沈崑铜书》,清康熙己卯重刻家塾藏本。

修确是司马迁散文艺术精神的绝佳承继者。徐世溥认为"永叔出于西汉",但"当其合处,无一笔相似,故韩无一笔似《左》,欧无一笔似史迁"①。外在的"似"得其"形",而"无一笔相似"又无不相似,才是遗形得神的最佳状态。吴德旋说:"永叔之学子长,介甫之学退之,彼固未尝句模而字放(仿)之,而其行文之轨辙,各有所从出焉,岂漫然任意而为主哉?"②张文虎说:"盖永叔之效子长者,未尝无神似处,特后人功力不及,近于空疏。"③邓绎云:"欧阳修文章之于《史记》、韩愈、子思《中庸》,周敦颐《通书》《太极图说》之于《易》,皆以神似,不以形似。诚能知此,则可以究极古今之变态,而反求其真也。"④"未尝句模而字放(仿)""皆以神似,不以形似"等,都是后人对此特点颇为直接显明的概括。陈衍则是在与韩文的比较中,突出欧文对史迁风神的继承,他说:"文章之有姿态者,皆出于论说……太史公则各传赞皆以姿态见工,而《五帝本纪》《项羽本纪》二赞尤有神,传文则莫如《伯夷列传》。世称欧阳公文为六一风神,而莫详其所自出。世又称欧公得残本韩文,肆力学之。其实昌黎文,有工夫者多,有神味者少。"⑤他认为同样学习前人,欧阳修对司马迁文章的学习做到了遗形取神,而韩愈文章则工夫多于神味,外在形似重于内在神似,并因此得出"欧公文实多学《史记》,似韩者少"⑥的结论。

---

① 周亮工:《尺牍新钞》卷二,上海书店出版社,1988,第38页。
② 吴德旋:《初月楼文钞》卷二《与林仲骞书》,清光绪九年版蛟川张氏花雨楼刻本。
③ 张文虎:《覆瓿集·答刘恭甫》,载吴小林《唐宋八大家汇评》,齐鲁书社,1991,第250页。
④ 邓绎:《藻川堂谭艺·日月篇》,清光绪刊本。
⑤ 陈衍撰、陈步编《陈石遗集》,福建人民出版社,2001,第1623页。
⑥ 陈衍撰、陈步编《陈石遗集》,福建人民出版社,2001,第1623页。

第二章
"六一风神"之内涵与文体分布

欧阳修散文深情幽韵、言近意远、一唱三叹、回味无穷，令人激赏不已。茅坤认为欧阳修文章"往往点次如画，风神烨然"①，肯定其叙事描写刻画生动逼真，使读者如睹其人、如见其事、如临其境一般。高步瀛《唐宋文举要》云："永叔之文，多以风神姿媚胜。"②吴闿生云："欧公之文，丰采敷腴，风华掩映，神韵之美，冠绝百代。"③他肯定欧文风神摇曳、顾盼生神的"容仪"姿态美，能焕发无穷魅力。方东树云："欧公情韵幽折，往反咏唱，令人低回欲绝，一唱三叹，而有遗音，如啖橄榄，时有余味。"④廖燕云："韩、欧之文，悠扬澹宕。"⑤两人都赞赏欧文"风神"韵致悠扬、令人回味的美。林纾更是对欧文"风神"之美频频点赞，云："（欧文）风神自远"⑥，"欧公特为夷犹顿挫之笔，乃愈见风神"⑦，又云："欧文之多神韵"⑧，"亦自饶风韵"⑨，等等，对欧阳修散文抑扬顿挫、余味深长又含蕴丰富、极具魅力的风韵之美大加肯定与推崇。熊礼汇曾概括说道："大抵欧文中论赞、序跋、杂记等类文字，多有风神之美。而表现形式多为'感慨系之'、'一唱三叹'、'不尽说，含蓄不尽'、'抑扬顿挫'、'跌宕遒逸'、'因而慨叹淋漓'、'尤长于言情'，显得'神韵缥缈'，

---

① 茅坤：《唐宋八大家文钞》卷六十《庐陵史钞引》，文渊阁四库全书本。
② 高步瀛撰注《唐宋文举要》，上海古籍出版社，1982，第789页。
③ 吴闿生：《古文范》卷四，民国八年上海朝记书庄宁波文明学社刊本。
④ 方东树著、汪绍楹校点《昭昧詹言》，人民文学出版社，1961，第276页。
⑤ 廖燕著、屠友祥校注《二十七松堂文集》卷三《令粤诗刻序》，上海远东出版社，1999，第62页。
⑥ 林纾：《春觉斋论文》，人民文学出版社，1959，第91页。
⑦ 林纾：《春觉斋论文》，人民文学出版社，1959，第120页。
⑧ 慕容真点校《林纾选评古文辞类纂》，浙江古籍出版社，1986，第345页。
⑨ 慕容真点校《林纾选评古文辞类纂》，浙江古籍出版社，1986，第394页。

'穆穆有余韵'。"① 可以说,这是在前人研究基础上,对"六一风神"内涵所做的较为全面的概括。以下笔者将结合文本,主要梳理、综合前人评点资料,就"六一风神"的内涵试做阐析。

茅坤可以说是第一个关注到欧阳修散文"风神"特点的,在《唐宋八大家文钞·庐陵文钞》中,他多次以"风致""风韵""兴逸""兴致""逸调""韵味""佳致""风神"等词语,来评点欧阳修散文独具的特点。在《新五代史》史传人物评语中,他几次明确提到"风神"概念,而除此之外,在对其他文体的评语中,则多用含义与"风神"十分接近的"风致""风韵""兴逸""兴致""逸调""韵味""佳致"等词语。茅坤等学人此类评语关涉的文体,包括记文、序文、祭文、墓志、书信等。如:

  茅坤评《菱溪石记》:"风致倏然。"②
  茅坤评《浮槎山水记》:"风韵倏然。"③
  茅坤评《醉翁亭记》:"读已,令人神骨倏然长往矣。"④
  茅坤评《画舫斋记》:"兴逸。"⑤
  茅坤评《送梅圣俞归河阳序》:"有逸趣。"⑥
  茅坤评《送田画秀才宁亲万州序》:"风韵跌宕。"⑦
  茅坤评《续思颍诗序》:"风韵自在。"⑧
  茅坤评《集古录目序》:"近览卞廷尉古卞画题跋,亦煞有欧公风致。"⑨
  茅坤评《礼部唱和诗序》:"虽文之小者,亦好兴致。"⑩
  茅坤评《大理寺丞狄君墓志铭》:"逸调。"⑪

---

① 熊礼汇:《欧阳修对韩愈古文艺术传统的接受和超越》,载刘德清、欧阳明亮编《欧阳修研究》,学林出版社,2008,第29页。
② 茅坤:《唐宋八大家文钞》卷四十八《庐陵文钞》,文渊阁四库全书本。
③ 茅坤:《唐宋八大家文钞》卷四十八《庐陵文钞》,文渊阁四库全书本。
④ 茅坤:《唐宋八大家文钞》卷四十九《庐陵文钞》,文渊阁四库全书本。
⑤ 茅坤:《唐宋八大家文钞》卷四十九《庐陵文钞》,文渊阁四库全书本。
⑥ 茅坤:《唐宋八大家文钞》卷四十六《庐陵文钞》,文渊阁四库全书本。
⑦ 茅坤:《唐宋八大家文钞》卷四十六《庐陵文钞》,文渊阁四库全书本。
⑧ 茅坤:《唐宋八大家文钞》卷四十七《庐陵文钞》,文渊阁四库全书本。
⑨ 茅坤:《唐宋八大家文钞》卷四十七《庐陵文钞》,文渊阁四库全书本。
⑩ 茅坤:《唐宋八大家文钞》卷四十七《庐陵文钞》,文渊阁四库全书本。
⑪ 茅坤:《唐宋八大家文钞》卷五十六《庐陵文钞》,文渊阁四库全书本。

茅坤评《祭程相公文》:"韵味自佳。"①

茅坤评《与蔡君谟求书集古录序书》:"风韵佳。"②

茅坤评《与谢景山书》:"有佳致"③。

茅坤评《答李大临学士书》:"佳致"④。

茅坤评《新五代史·朱宣传》:"风神可掬。"⑤

茅坤评《新五代史·皇甫晖传》:"殊觉风神独畅。"⑥

茅坤评《新五代史·唐秦王从荣传》:"固多风神。"⑦

归有光评《新唐书·兵志论》:"风神机轴逼真太史公。"⑧

归有光评《浮槎山水记》:"兴致悠然,风韵倏然。"⑨

葛端调评《梅圣俞诗集序》:"风味宛曲。"⑩

孙琮评《送杨寘序》:"何等神采!"⑪

孙琮评《记旧本韩文后》:"叙得文之由,便写出一见可爱神情来。"⑫

孙琮评《秋声赋》:"一个'声'字,写作两番笔墨,便是两番神境。"⑬

孙琮评《礼部唱和诗序》:"神韵悠然自远。"⑭

钟惺评《菱溪石记》:"浅易中自有风致。"⑮

孙铲评《江邻几墓志铭》:"便有无限风致。"⑯

爱新觉罗·玄烨评《丰乐亭记》:"俯仰处更多闲情逸韵。"⑰

---

① 茅坤:《唐宋八大家文钞》卷五十九《庐陵文钞》,文渊阁四库全书本。
② 茅坤:《唐宋八大家文钞》卷三十八《庐陵文钞》,文渊阁四库全书本。
③ 茅坤:《唐宋八大家文钞》卷三十八《庐陵文钞》,文渊阁四库全书本。
④ 茅坤:《唐宋八大家文钞》卷三十九《庐陵文钞》,文渊阁四库全书本。
⑤ 茅坤:《唐宋八大家文钞》卷七十三《庐陵史钞·朱宣传》,文渊阁四库全书本。
⑥ 茅坤:《唐宋八大家文钞》卷七十五《庐陵史钞·皇甫晖传》,文渊阁四库全书本。
⑦ 茅坤:《唐宋八大家文钞》卷六十三《庐陵史钞·唐秦王从荣传》,文渊阁四库全书本。
⑧ 归有光:《欧阳文忠公文选》卷五,清刻本。
⑨ 归有光:《欧阳文忠公文选》卷七,清刻本。
⑩ 林云铭:《古文析义·初编》卷五,清康熙丙申刻本。
⑪ 孙琮:《山晓阁唐宋八大家选·欧阳庐陵》卷三,清康熙刻本。
⑫ 孙琮:《山晓阁唐宋八大家选·欧阳庐陵》卷四,清康熙刻本。
⑬ 孙琮:《山晓阁唐宋八大家选·欧阳庐陵》卷四,清康熙刻本。
⑭ 孙琮:《山晓阁唐宋八大家选·欧阳庐陵》卷三,清康熙刻本。
⑮ 孙琮:《山晓阁唐宋八大家选·欧阳庐陵》卷三,清康熙刻本。
⑯ 孙琮:《山晓阁选宋大家欧阳庐陵全集》卷三,清康熙刻本。
⑰ 康熙帝选、徐乾学等编《古文渊鉴》,吉林人民出版社,1998,第973页。

姚鼐评《岘山亭记》："此文神韵缥缈，如所谓吸风饮露、蝉蜕尘埃者，绝世之文也。"①

刘大櫆评《新五代史·伶官传论》："跌宕遒逸，风神绝似史迁。"②

顾锡畴评《梅圣俞诗集序》："何等淋漓丰采。"③

顾锡畴评《尚书屯田员外郎张君墓表》："风雅跌宕。"④

王符曾评《送田画秀才序》："欧公此文，情闲致逸。"⑤

沈德潜评《梅圣俞诗集序》："一片神行。"⑥

沈德潜评《新唐书·艺文志论》："抑扬顿挫，无限风神。"⑦

李刚己评《送田画秀才宁亲万州序》："以风致跌宕取胜。"⑧

徐树铮评《新五代史·一行传论》："慨叹淋漓，风神萧飒。"⑨

毛庆藩评《新五代史·伶官传论》："韵致丰神，无一不美。"⑩

姚范评《有美堂记》："风韵溢于行间。"⑪

朱心炯评《岘山亭记》："篇中每于远处传神。"⑫

唐文治评《送徐无党南归序》："丰神千古不灭。"⑬

林纾评《丰乐亭记》："乃愈见风神。"⑭

林纾评《岘山亭记》："真神来之笔！"⑮

陈衍评《丰乐亭记》："此欧公平生擅长之技，所谓风神也。"⑯

---

① 王文濡：《评校音注古文辞类纂》卷五十四，中华书局，1923。
② 徐树铮：《诸家评点古文辞类纂》（第1册），国家图书馆出版社，2012，第437页。
③ 归有光：《欧阳文忠公文选》卷六，清刻本。
④ 归有光：《欧阳文忠公文选》卷十，清刻本。
⑤ 王符曾：《古文小品咀华（甲种本）》卷四，书目文献出版社，1983，第249页。
⑥ 沈德潜选评、于石校注《唐宋八家文读本》（上），安徽文艺出版社，1998，第371页。
⑦ 沈德潜选评、于石校注《唐宋八家文读本》（上），安徽文艺出版社，1998，第459页。
⑧ 李刚己：《古文辞约编·序跋类》，民国十四年柏香书屋刊本。
⑨ 徐树铮：《诸家评点古文辞类纂》（第1册），国家图书馆出版社，2012，第429页。
⑩ 毛庆藩：《古文学余》卷三十二，光绪戊申刻本。
⑪ 王文濡：《评校音注古文辞类纂》卷五十四，中华书局，1923。
⑫ 朱心炯：《古文评注便览》卷七，清乾隆三十四年耐芳居刊本。
⑬ 唐文治：《国文经纬贯通大义》卷二，1925年无锡国学专修馆本。
⑭ 林纾：《春觉斋论文》，人民文学出版社，1959，第120页。
⑮ 慕容真点校《林纾选评古文辞类纂》，浙江古籍出版社，1986，第416页。
⑯ 陈衍撰、陈步编《陈石遗集》，福建人民出版社，2001，第1623页。

由上可见，欧阳修散文极富"风神"之美，其文之神采、神情、神境、神韵，受到评论家的广泛称誉，人们在"风致""风韵""兴逸""兴致""逸调""韵味""佳致"等内涵相似或相近的词语中，最终选择了"风神"一词作为定语，来准确概括欧文的主体风格。可以说，"六一风神"是对欧阳修散文（包括一部分文学性鲜明的史传和史论）典型艺术风格的专门称谓。它感慨淋漓、悲慨呜咽，迂回曲折、抑扬跌宕，一唱三叹、韵致悠远，感荡人心、移人性情，具有强烈的感染力与艺术魅力。

第一节 "六一风神"之内涵

一 感慨淋漓、悲慨呜咽

欧阳修散文注重作家内在悲情的抒发，其文章创作中感慨淋漓、悲慨呜咽的情感内涵是构成"六一风神"的重要元素。茅坤云："其所沿情而鼓调布词也，益畅'风神'。"① 刘大櫆云："慨叹淋漓，风神萧飒。"② 林纾云："欧阳文忠文，清音幽韵，如飘风急雨之骤至。夫飘风急雨，岂能谓之韵……凡情之深者，流韵始远，然必沉吟往复久之，始发为文。"③ 因欧文情之真、情之深、情之悲，故沉吟往复、流韵悠远，且情思摇曳、风神宕逸，极富美感。如以下所示：

《新五代史·伶官传论》"低昂反复，感慨淋漓"④，"跌宕遒逸，风神绝似史迁"⑤。

《新五代史·一行传论》"慨叹淋漓，风神萧飒"⑥。

《释秘演诗集序》"多慷慨呜咽之旨，览之如闻击筑者"⑦，"叙事感慨，无限悲壮"⑧，"俯仰悲怀，一往情深"⑨。

---

① 茅坤：《茅鹿门先生文集》卷三十一《庐陵文钞》，明刊本。
② 徐树铮：《诸家评点古文辞类纂》（第1册），国家图书馆出版社，2012，第429页。
③ 林纾：《春觉斋论文》，人民文学出版社，1959，第84~85页。
④ 吴楚材、吴调侯选注，安平秋点校《古文观止》卷十，中华书局，1987，第403页。
⑤ 徐树铮：《诸家评点古文辞类纂》（第1册），国家图书馆出版社，2012，第437页。
⑥ 徐树铮：《诸家评点古文辞类纂》（第1册），国家图书馆出版社，2012，第429页。
⑦ 茅坤：《唐宋八大家文钞》卷四十五《庐陵文钞》，文渊阁四库全书本。
⑧ 林云铭：《古文析义·初编》卷五，清康熙丙申刻本。
⑨ 唐介轩：《古文翼》卷七，清同治癸酉常熟艺文堂刻本。

《送徐无党南归序》"反复感叹"①,"淋漓悲慨,透露精神"②,"丰神千古不灭"③。

《梅圣俞诗集序》"淋漓满志,如曲终余韵,一唱三叹"④。

《丰乐亭记》"俯仰今昔,感慨系之"⑤,"感发深至"⑥,"忧深思远,声情发越"⑦,"生出感叹,情文并美"⑧,"慨幸交集,无限低徊"⑨。

《菱溪石记》"无限低徊,无限慨叹"⑩,"反复沉吟,借题寓慨"⑪。

《李秀才东园亭记》"感园之废兴"⑫,"身世之感溢于言外"⑬。

《岘山亭记》"风流感慨"⑭。

《江邻几墓志铭》"其文澹荡,其思悲慨"⑮,"作感慨调,抑扬顿挫,便有无限风致"⑯。

《祭尹师鲁文》"特写其磊落之致、悲怆之思,抑扬跌宕,绰有情致"⑰。

《秋声赋》"凛乎悲秋之意溢于言表"⑱。

……

要使作品情韵悠长、令人回味,创作者就必须把握好情感抒发的分寸

---

① 徐树铮:《诸家评点古文辞类纂》(第3册),国家图书馆出版社,2012,第332页。
② 归有光:《欧阳文忠公文选》卷六,清刻本。
③ 唐文治:《国文经纬贯通大义》卷二,1925年无锡国学专修馆本。
④ 孙琮:《山晓阁选宋大家欧阳庐陵全集》卷三,清康熙刻本。
⑤ 吴楚材、吴调侯选注,安平秋点校《古文观止》卷十,中华书局,1987,第409页。
⑥ 李刚己:《古文辞约编·序跋类》,民国十四年柏香书屋刊本。
⑦ 吴闿生:《古文范》卷四,民国八年上海朝记书庄宁波文明学社刊本。
⑧ 高步瀛撰注《唐宋文举要》,上海古籍出版社,1982,第783页。
⑨ 过珙:《古文评注》卷八,清嘉庆庚申刻本。
⑩ 孙琮:《山晓阁唐宋八大家选·欧阳庐陵》卷三,清康熙刻本。
⑪ 王文濡:《评校音注古文辞类纂》卷五十四,中华书局,1923。
⑫ 茅坤:《唐宋八大家文钞》卷四十八《庐陵文钞》,文渊阁四库全书本。
⑬ 王文濡:《评校音注古文辞类纂》卷五十四,中华书局,1923。
⑭ 茅坤:《唐宋八大家文钞》卷四十八《庐陵文钞》,文渊阁四库全书本。
⑮ 高海夫编《唐宋八大家文钞校注集评》,三秦出版社,1998,第2634页。
⑯ 孙琮:《山晓阁选宋大家欧阳庐陵全集》卷三,清康熙刻本。
⑰ 张伯行:《唐宋八大家文钞》卷六,中华书局,2010,第85页。
⑱ 吴楚材、吴调侯选注,安平秋点校《古文观止》卷十,中华书局,1987,第413页。

与力度,使情感的流露既和顺又悠长。林纾《春觉斋论文》中专设《情韵》一则,曰:"世之论文者恒以风神推六一,殆即服其情韵之美。"又云:"凡情之深者,流韵始远;然必沉吟往复久之,始发为文……盖述情欲其显,显当不邻于率;流韵欲其远,远又不至于枵。有是情,即有是韵。体会之,知其恳挚处发乎心本,绵远处纯以自然,此才名为真情韵。"① 这既是林纾从阅读欧阳修文章中获得的深刻感受,也是基于自身创作实践的心得体会。林纾认为,欧阳修文章不仅是抒情,而且其抒发的感情是经过反复沉吟、精心酝酿的,是意味深长,耐人咀嚼的,"不在快人而在动人",这样的情感明朗而不轻率,飘远而不空虚,而情思宕逸、情韵深长、意境绵邈、沁人心脾。洪本健认为"情感外显"是"六一风神"之本质。② 黄一权认为"感慨淋漓是'六一风神'在情感形态方面的内涵表现"③。马茂军对"风神说"的内涵进行了进一步的深化与阐释,他说:"不过风神说的抒情不是现代意义上随笔的轻松与自由,而在于突破了哀而不伤、怨而不怒的诗教传统,它是司马迁抒发郁愤的精神,是屈骚的哀伤怨怒,是韩愈的气盛言宜、不平则鸣,是欧阳修的文穷而后工,是中古文人的穷困潦倒满腹牢骚,是那个时代沉痛生命的感发与痛苦心灵的呐喊。可以说痛苦的心灵是风神的本质与本真。"④ 这都不失为精言要论。

二 迂回曲折、抑扬跌宕

欧阳修散文姿态横生,别为韵折,令人读之有一唱三叹,余音不绝之感。其低昂起伏、跌宕顿挫的手法愈使文情幽折动宕,使文章更富风神摇曳之美。苏洵在《上欧阳内翰第一书》中,较早对欧阳修文章"纡余委备,往复百折"⑤的风格特点做出了准确、精要的概括。方东树云:"欧公情韵幽折,往反咏唱,令人低徊欲绝,一唱三叹。"⑥ 陈兆仑云:"欧公文

---

① 林纾:《春觉斋论文·情韵》,人民文学出版社,1959,第84~85页。
② 洪本健:《略论"六一风神"》,《文学遗产》1996年第1期,第65页。
③ 〔韩〕黄一权:《欧阳修散文研究》,华东师范大学出版社,2003,第145页。
④ 马茂军:《宋代散文史论》,中华书局,2008,第36页。
⑤ 苏洵著,曾枣庄、金成礼等笺注《嘉祐集笺注·上欧阳内翰第一书》,上海古籍出版社,2001,第328页。
⑥ 方东树著、汪绍楹校点《昭昧詹言》,人民文学出版社,1961,第276页。

每于将说未说处，吞吐抑扬作态，令人欲绝。"① 文势的曲折跌宕，使情感有酝酿、有节制、有舒张、有收缩，使情感的抒发与表达不至于一泻千里、一览无遗，文情的吞吐含咽再配合文势的抑扬起伏，自然使欧公文章极富动宕变化之美，而有咏叹生神之致。林纾云："欧文讲神韵，亦于顿笔加倍留意。"② 又云："欧公特为夷犹顿挫之笔，乃愈见风神。"③ 这一迂回曲折的文势变化又是自然而然形成的："唯其笔妙古今，故能多作曲折，而无层累之迹。"④ 这种抑扬顿挫、跌宕遒逸的特点多得自"史迁风神"的影响。沈德潜云："抑扬顿挫，得《史记》神髓。"⑤ 爱新觉罗·玄烨云："抑扬顿放中无限烟波，文之神似龙门者。"⑥ 刘熙载在将欧文与韩文进行比较之后，更加明确了欧不同于韩的特点，他说："太史公文，韩得其雄，欧得其逸。雄者善用直捷，故发端便见出奇；逸者善用纡徐，故引绪乃觇入妙。"⑦ 他认为欧文区别于韩文的雄健、雄放，继承、发扬司马迁文章遒逸、飘逸的风格特点，而这一特点又与其纡徐委婉的笔法息息相关。但这种抑扬顿宕并非轻易可及，需要付出极大的艰辛，如王文濡《评校音注古文辞类纂》所云"成如容易却艰辛，宕逸处固不可及"⑧，可谓是深识创作三昧的体会之言。欧文迂回曲折、抑扬跌宕的特点在以下作品中有鲜明的体现，如下所示：

《送徐无党南归序》"反复感叹，抑扬顿挫"⑨。

《梅圣俞诗集序》"低昂婉转，又写得淋漓满志，如曲终余韵，一唱三叹，不知其几回反复也"⑩。

《释祕演诗集序》"迂回曲至"⑪，"跌宕雄奇，是欧公得意处"⑫。

---

① 陈兆仑：《陈太仆批选八大家文钞·欧文》，清光绪二十六年天津文美斋石印本。
② 林纾：《春觉斋论文》，人民文学出版社，1959，第84页。
③ 林纾：《春觉斋论文》，人民文学出版社，1959，第120页。
④ 吕留良：《唐宋八家古文精选·欧阳文》，清甲申吕氏家塾刊本。
⑤ 沈德潜选评、于石校注《唐宋八家文读本》，安徽文艺出版社，1998，第461页。
⑥ 康熙帝选、徐乾学等编《古文渊鉴》（下册），吉林人民出版社，1998，第968页。
⑦ 刘熙载：《艺概》卷一《文概》，上海古籍出版社，1978，第13页。
⑧ 王文濡：《评校音注古文辞类纂》卷四十四，中华书局，1923。
⑨ 徐树铮：《诸家评点古文辞类纂》（第3册），国家图书馆出版社，2012，第332页。
⑩ 孙琮：《山晓阁选宋大家欧阳庐陵全集》卷三，清康熙刻本。
⑪ 唐介轩：《古文翼》卷七，清同治癸酉常熟艺文堂刻本。
⑫ 毛庆蕃：《古文学余》卷三十二，光绪戊申刻本。

《丰乐亭记》"俯仰处更多闲情逸韵"①,"文情抑扬吞吐"②,"特为夷犹顿挫之笔,乃愈见风神"③,"以风致跌宕取胜"④。

《醉翁亭记》"逐层脱卸,逐步顿跌"⑤。

《画舫斋记》"如此文忽而波澜恣肆,忽而心气安闲,正尔韵致如生"⑥。

《偃虹堤记》"叙次简老,波澜动宕,通体无一平直之笔,是为高文"⑦。

《真州东园记》"异样离奇,异样曲折"⑧。

《岘山亭记》"跌宕多姿"⑨。

《江邻几墓志铭》"抑扬顿挫,便有无限风致"⑩。

《尚书屯田员外郎张君墓表》《河南府司录张君墓表》"风雅跌宕"⑪。

《太常博士尹君墓志铭》"吞吐不涉痕迹,是行文之神化处"⑫,"感慨深挚,神气跌荡,诵之使人心醉"⑬。

《祭尹师鲁文》"磊落之致、悲怆之思,抑扬跌宕,绰有情致"⑭。

《读李翱文》"曲折感怆"⑮,"备极顿挫郁勃之妙"⑯。

《新五代史·伶官传论》"抑扬顿挫"⑰,"跌宕遒逸"⑱,"抑扬顿

---

① 康熙帝选、徐乾学等编《古文渊鉴》,吉林人民出版社,1998,第973页。
② 吴闿生:《古文范》卷四,民国八年上海朝记书庄宁波文明学社刊本。
③ 林纾:《春觉斋论文》,人民文学出版社,1959,第120页。
④ 李刚己:《古文辞约编·序跋类》,民国十四年柏香书屋刊本。
⑤ 吴楚材、吴调侯选注,安平秋点校《古文观止》卷十,中华书局,1987,第411页。
⑥ 唐介轩:《古文翼》卷七,清同治癸酉常熟艺文堂刻本。
⑦ 沈德潜选评、于石校注《唐宋八家文读本》,安徽文艺出版社,1998,第395页。
⑧ 金圣叹:《天下才子必读书》卷十三,万卷出版公司,2009,第369页。
⑨ 沈德潜选评、于石校注《唐宋八家文读本》,安徽文艺出版社,1998,第399页。
⑩ 孙琮:《山晓阁选宋大家欧阳庐陵全集》卷三,清康熙刻本。
⑪ 归有光:《欧阳文忠公文选》卷十,清刻本。
⑫ 慕容真点校《林纾选评古文辞类纂》,浙江古籍出版社,1986,第364页。
⑬ 徐树铮:《诸家评点古文辞类纂》(第4册),国家图书馆出版社,2012,第211页。
⑭ 张伯行:《唐宋八大家文钞》卷六,中华书局,2010,第85页。
⑮ 林云铭:《古文析义·二编》卷七,清康熙丙申刻本。
⑯ 金圣叹选评、王之绩评注《评注才子古文》卷十二,江左书林,1914年石印本。
⑰ 沈德潜选评、于石校注《唐宋八家文读本》,安徽文艺出版社,1998,第456页。
⑱ 徐树铮:《诸家评点古文辞类纂》(第1册),国家图书馆出版社,2012,第437页。

放中无限烟波，文之神似龙门者"①。

《新唐书·艺文志论》"抑扬顿折，无限风神"②。

……

可见，欧阳修散文常于抑扬顿挫中寓无限烟波，于跌宕遒逸融淋漓之感慨，低昂婉曲，风味宛曲，余韵悠扬，并得史迁神髓，而别具"六一风神"一唱三叹、犹夷顿宕、摇曳宕逸之美。

三 言尽意远、一唱三叹

欧阳修提倡文章写作"言简而意深""简而有法"③，其"意深""有法"中包含着对为文深刻意旨、言外之意、文外之致的自觉追求。茅坤说："神者，文章中渊然之光，膏然之思，一唱三叹，余音袅袅，即之不可得，而味之又无穷者也。"④ 这里的"神"就是指风神，茅坤认为富于"风神"的文章是一唱三叹、余音袅袅，令人回味无穷的。欧公文章，往往温润和平，少豪健劲峭之气，其于人情物理，深婉至到，又情韵幽折，往复咏唱，文逸而远，悠扬澹宕，令人低回欲绝，一唱三叹，回味深长。李刚己云："楮墨之外，别有一种遥情远韵，令读者咏叹淫泆，油然不能自止。"⑤ 刘大櫆曰："昔人谓意尽而言止者，天下之至言也；然言止而意不尽者尤佳。意到处言不到，言尽处意不尽，自太史公后，惟韩、欧得其一二。"⑥ 不仅序、记、碑志等一般散文的创作如此，其《新五代史》的撰写同样具有事外远致、唱叹有神的优长。吴德旋云："事外远致，《史记》处处有之；能继之者，《五代史》也。"⑦ 王恽云："《新五代》一唱而三叹，有余音者矣。"⑧ 因此，我们完全可以说，"六一风神"是意在言外、委婉含蓄、兴象超远、韵致悠扬、饶有余味的审美境界。具体篇章而言，如：

---

① 康熙帝选、徐乾学等编《古文渊鉴》（下册），吉林人民出版社，1998，第968页。
② 沈德潜选评、于石校注《唐宋八家文读本》，安徽文艺出版社，1998，第459页。
③ 卷七十二《论尹师鲁墓志》，第1045页。
④ 茅坤著，张梦新、张大芝点校《茅坤集》，浙江古籍出版社，2012，第863页。
⑤ 李刚己：《古文辞约编·杂记类》，民国十四年柏香书屋刊本。
⑥ 刘大櫆：《论文偶记》，人民文学出版社，1959，第8页。
⑦ 吴德旋：《初月楼古文绪论》，人民文学出版社，1959，第25页。
⑧ 王恽：《秋涧先生大全文集》卷九十四，清抄本。

《梅圣俞诗集序》"曲终余韵,一唱三叹,不知其几回反复也"①。
《送徐无党南归序》"不曾一字实说,全在言外得之"②。
《苏氏文集序》"潦回反复,言尽而意不止"③。
《送曾巩秀才序》"悠扬不尽"④。
《书梅圣俞稿后》"春容雅澹,一唱三叹处,亦欧之所独擅"⑤。
《送杨寘序》"文致曲折,古秀雅淡,言有尽而情味无穷"⑥,"文发出琴之感人,大有一唱三叹之致"⑦。
《李秀才东园亭记》"身世之感溢于言外"⑧。
《真州东园记》"处处回映,便觉文澜宕往,含蕴无穷"⑨。
《丰乐亭记》《送田画秀才序》"感发深至,措注浑雄,楮墨之外,别有一种遥情远韵,令读者咏叹淫泆,油然不能自止"⑩。
《醉翁亭记》"有无限乐民之乐意隐见言外"⑪,"当日政清人和,与民同乐景象,流溢于笔墨之外"⑫,又"清微淡远,翛然弦外之音"⑬。
《相州昼锦记》"手写题面而神游题外者"⑭。
《浮槎山水记》"绝世风神,竟溢文字之外"⑮。
《江邻几墓志铭》"抑扬顿挫,便有无限风致。此文佳处盖在字句外"⑯。

---

① 孙琮:《山晓阁选宋大家欧阳庐陵全集》卷三,清康熙刻本。
② 孙琮:《山晓阁选宋大家欧阳庐陵全集》卷三,清康熙刻本。
③ 何焯著、崔高维点校《义门读书记》,中华书局,1987,第685页。
④ 何焯著、崔高维点校《义门读书记》,中华书局,1987,第688页。
⑤ 吕留良:《唐宋八家古文精选·欧阳文》,清甲申吕氏家塾刊本。
⑥ 过琪:《古文评注》卷八,清嘉庆庚申刻本。
⑦ 唐介轩:《古文翼》卷七,清同治癸酉常熟艺文堂刻本。
⑧ 王文濡:《评校音注古文辞类纂》卷五十四,中华书局,1923。
⑨ 唐介轩:《古文翼》卷七,清同治癸酉常熟艺文堂刻本。
⑩ 李刚己:《古文辞约编·杂记类》,民国十四年柏香书屋刊本。
⑪ 过琪:《古文评注》卷八,清嘉庆庚申刻本。
⑫ 唐介轩:《古文翼》卷七,清同治癸酉常熟艺文堂刻本。
⑬ 唐文治:《国文经纬贯通大义》卷六,1925年无锡国学专修馆本。
⑭ 唐介轩:《古文翼》卷七,清同治癸酉常熟艺文堂刻本。
⑮ 慕容真点校《林纾选评古文辞类纂》,浙江古籍出版社,1986,第418页。
⑯ 孙琮:《山晓阁选宋大家欧阳庐陵全集》卷三,清康熙刻本。

《泷冈阡表》"其文情恳挚缠绵，读之真觉言有尽而意无穷"①。

《资政殿学士户部侍郎文正范公神道碑铭》"无限惋惜，无限徘徊，令读者于言外得之"②。

《张子野墓志铭》"往复慨叹，令人玩味无穷，乃欧公之所长也"③。

《新五代史·伶官传论》"文外有含蓄不尽之意……推开作结，有烟波不尽之势，所谓篇终按混茫者也"④。

《新五代史·五代臣传总论》"致慨之意亦既形于笔墨矣"⑤。

……

欧阳修散文情感内涵的呜咽悲慨，抒发的吞吐犹夷、抑扬顿挫，使文情曲折迂回、摇曳往复，咏叹生神，而极富韵致悠扬、神思宕逸之美。唐文治云："欧公丰神妙绝千古，一唱三叹，皆出于天籁，临时随意点缀，故能化板为活耳。"⑥李刚己云："妙在用笔纡徐宕漾，不参死语，故文外有含蓄不尽之意。"⑦文势的纡徐曲折、俯仰跌宕，使文章富于灵动变化之时，亦添文章宕逸悠远、情思绵邈、令人遐思的美感，这是一种通过意在言外的手法抒发作者审美体验的，且生动传神、委婉含蓄、饶有余味的审美境界，是"六一风神"情思摇曳、风韵宕逸、唱叹有致的独特审美特质。

四 感荡人心、移人性情

欧阳修的作品摹写形象，生动传神，感思郁勃，情韵深长，余音袅袅，令人回味，有着十分强烈的感染人心、移人情性的作用与美感。如：

《秋声赋》"使人读之，有悲秋之意"⑧，"一种感慨苍凉之致，凄

---

① 过琪：《古文评注》卷八，清嘉庆庚申刻本。
② 沈德潜选评、于石校注《唐宋八大家文读本》，安徽文艺出版社，1998，第419页。
③ 陈曾则：《古文比》卷二，中华书局，民国二十五年铅印本。
④ 李刚己：《古文辞约编·序跋类》，民国十四年柏香书屋刊本。
⑤ 孙琮：《山晓阁选宋大家欧阳庐陵全集》卷三，清康熙刻本。
⑥ 唐文治：《国文经纬贯通大义》卷一，1925年无锡国学专修馆本。
⑦ 李刚己：《古文辞约编·序跋类》，民国十四年柏香书屋刊本。
⑧ 归有光：《欧阳文忠公文选》卷十，清刻本。

然欲绝。末归到感心劳形,自为戕贼,无时非秋,真令人不堪回首","感慨悲凉中,寓警悟意,洵堪令人猛省"①。

《憎苍蝇赋》"形容刻画,读是赋者能不惕然?"②

《泷冈阡表》"未终篇,废卷而泣……呜呼,文字之感人深矣"③,"未尝不泣涕涔涔下也"④,"只觉动人悲感,增人涕泪"⑤。

《祭石曼卿文》"凄清逸调,读之令人悲酸"⑥,"文情浓至,音节悲哀,不忍多读"⑦。

《祭吴尚书文》"情见乎词,令人阅之亦怆然有感"⑧,"感慨世道处更使人不堪多读"⑨。

《黄梦升墓志铭》"令人可歌可舞,欲泣欲笑"⑩。

《尚书都官员外郎欧阳公墓志铭》"孤子志所依之叔父,情文之哀,读之欲泣;及览所次狱事明决如神,读之欲舞"⑪。

《送杨寘序》"文能移情,此为得之"⑫。

《苏氏文集序》"予读此文,往往欲流涕"⑬,"千百世下犹令人思慕无已也"⑭。

《送徐无党南归序》"文情感喟歔欷,最足动人"⑮。

《江邻几文集序》"今昔俯仰,感喟苍凉,使人情为之移"⑯。

《内制集序》"读欧公作,为之抚然"⑰。

《新五代史·伶官传论》"始为变徵之音,继为羽声慷慨,读之不

---

① 过琪:《古文评注》卷八,清嘉庆庚申刻本。
② 归有光:《欧阳文忠公文选》卷十,清刻本。
③ 归庄:《归庄集》卷四,上海古籍出版社,2010,第298页。
④ 蔡世远:《古文雅正》卷十,清光绪乙巳宏道堂重刻本。
⑤ 吴楚材、吴调侯选注,安平秋点校《古文观止》卷十,中华书局,1987,第198页。
⑥ 过琪:《古文评注》卷八,清嘉庆庚申刻本。
⑦ 林云铭:《古文析义·初编》卷五,清康熙丙申刻本。
⑧ 张伯行:《唐宋八大家文钞》卷六,中华书局,2010,第84页。
⑨ 归有光:《欧阳文忠公文选》卷十,清刻本。
⑩ 归有光:《欧阳文忠公文选》卷九,清刻本。
⑪ 储欣:《唐宋十大家全集录·六一居士全集录》卷三,清光绪壬午江苏书局重刻本。
⑫ 吴楚材、吴调侯选注,安平秋点校《古文观止》卷十,中华书局,1987,第402页。
⑬ 茅坤:《唐宋八大家文钞》卷四十五《庐陵文钞》,文渊阁四库全书本。
⑭ 孙琮:《山晓阁选宋大家欧阳庐陵全集》卷三,清康熙刻本。
⑮ 沈德潜选评、于石校注《唐宋八家文读本》,安徽文艺出版社,1998,第385页。
⑯ 高步瀛撰注《唐宋文举要》,上海古籍出版社,1982,第681页。
⑰ 沈德潜选评、于石校注《唐宋八家文读本》,安徽文艺出版社,1998,第379页。

觉起舞"①。

《新五代史·一行传论》"为歔欷伤愤久之"②，"读之犹感怆有余思也"③。

欧阳修文章入人之深，移人情性，甚至在以议论说理为特点的应用性文章如书奏札疏等中，这一特点也是鲜明突出的。魏禧说："子尝推古今奏议，汉贾谊、晁错，宋李忠定，（本）朝王文成为第一，及再读欧阳文忠奏札，则又未尝不反复流连而不能已……而其言直切而婉，至反复而不穷。其移人之性情，入人之深，为前古奏议所未有。"④ 奏议之文尚能让人"反复流连而不能已"，可见欧公文章感染人心、移人情性的巨大感染力与艺术魅力。

第二节 "六一风神"之文体分布

"六一风神"作为欧阳修散文的主体风格，在不同文体中均有体现，但序、记、碑志、史传及史论这几种文体更得其"风神"摇曳宕逸之美，如下所示可见。

一 序

序文"风神"主要篇目举隅：

序号	文体	篇名	创作时间	"风神"评语
1	赠送序	《送梅圣俞归河阳序》	天圣九年（1031）	"有逸趣"①
2		《送田画秀才宁亲万州序》	景祐四年（1037）	"风韵跌宕"②，"丰采敷腴，风华掩映，神韵之美，冠绝百代"③，"情闲致逸"④
3		《送曾巩秀才序》	庆历二年（1042）	"悠扬不尽"⑤

---

① 王符曾：《古文小品咀华（甲种本）》卷四，书目文献出版社，1983，第255页。
② 茅坤：《茅鹿门先生文集》卷一，明刊本。
③ 蔡世远：《古文雅正》卷十，清光绪乙巳宏道堂重刻本。
④ 魏禧著、胡守仁等校点《魏叔子文集》卷十三，中华书局，2003，第667页。

续表

序号与文体		篇名	创作时间	"风神"评语
4	赠送序	《送杨寘序》	庆历七年（1047）	"文致曲折，古秀雅淡，言有尽而情味无穷"⑥，"大有一唱三叹之致"⑦，"风韵尤绝"⑧
5		《送徐无党南归序》	至和元年（1054）	"淋漓悲慨"⑨，"反复感叹，抑扬顿挫"⑩，"丰神千古不灭……以其脱胎于《史记》者深也"⑪
6	诗文集序	《书梅圣俞稿后》	明道元年（1032）	"舂容雅澹，一唱三叹处"⑫
7		《释秘演诗集序》	庆历二年（1042）	"命意最旷而逸，得司马子长之神髓矣"⑬，"篇中叙事感慨，无限悲壮，其行文又如云气往来，空濛缭绕，得史迁神髓矣"⑭
8		《外制集序》	庆历五年（1045）	"所遭逢处感慨序次，有深长言远之思"⑮，"用笔极有顿挫，言外亦感慨无穷"⑯，"数虚字宕逸入神"⑰
9		《苏氏文集序》	皇祐三年（1051）	"潦回反复，言尽而意不止"⑱
10		《礼部唱和诗序》	嘉祐二年（1057）	"神韵悠然自远"⑲
11		《梅圣俞诗集序》	嘉祐六年（1061）	"低昂婉转，又写得淋漓满志，如曲终余韵，一唱三叹"⑳，"以往复容与一片神行"㉑
12		《续思颍诗序》	熙宁三年（1070）	"风韵自在"㉒
13		《江邻几文集序》	熙宁四年（1071）	"抑扬顿挫，便有无限风致，此文佳处盖在字句外"㉓，"纡余惨怆，言有穷而情不可终，此是庐陵独步"㉔

注：①茅坤：《唐宋八大家文钞》卷四十六《庐陵文钞》，文渊阁四库全书本。
②茅坤：《唐宋八大家文钞》卷四十六《庐陵文钞》，文渊阁四库全书本。
③吴闿生：《古文范》卷四，民国八年上海朝记书庄宁波文明学社刊本。
④王符曾：《古文小品咀华（甲种本）》卷四，书目文献出版社，1983，第249页。
⑤何焯著、崔高维点校《义门读书记》，中华书局，1987，第688页。
⑥过珙：《古文评注》卷八，清嘉庆庚申刻本。
⑦唐介轩：《古文翼》卷七，清同治癸酉常熟艺文堂刻本。
⑧毛庆藩：《古文学余》卷三十二，光绪戊申刻本。
⑨归有光：《欧阳文忠公文选》卷六，清刻本。
⑩徐树铮：《诸家评点古文辞类纂》（第3册），国家图书馆出版社，2012，第322页。
⑪唐文治：《国文经纬贯通大义》卷二，1925年无锡国学专修馆本。
⑫吕留良：《唐宋八家古文精选·欧阳文》，清甲申吕氏家塾刊本。
⑬茅坤：《唐宋八大家文钞》卷四十五《庐陵文钞》，文渊阁四库全书本。

续表

注：⑭林云铭：《古文析义·初编》卷五，清康熙丙申刻本。
⑮茅坤：《唐宋八大家文钞》卷四十五《庐陵文钞》，文渊阁四库全书本。
⑯何焯著、崔高维点校《义门读书记》，中华书局，1987，第685页。
⑰毛庆藩：《古文学余》卷三十二，光绪戊申刻本。
⑱何焯著、崔高维点校《义门读书记》，中华书局，1987，第685页。
⑲孙琮：《山晓阁选宋大家欧阳庐陵全集》卷三，清康熙刻本。
⑳孙琮：《山晓阁选宋大家欧阳庐陵全集》卷三，清康熙刻本。
㉑沈德潜选评、于石校注《唐宋八家文读本》，安徽文艺出版社，1998，第371页。
㉒茅坤：《唐宋八大家文钞》卷四十七《庐陵文钞》，文渊阁四库全书本。
㉓孙琮：《山晓阁唐宋八大家选·欧阳庐陵》卷三，清康熙刻本。
㉔储欣：《唐宋八大家类选》卷十一，清光绪壬辰湖北官书处重刻本。

据上表所示，欧阳修散文中具有"风神"的序文主要篇目，包括赠送序《送梅圣俞归河阳序》《送田画秀才宁亲万州序》《送曾巩秀才序》《送杨寘序》《送徐无党南归序》5篇，和诗文集序《书梅圣俞稿后》《释祕演诗集序》《外制集序》《苏氏文集序》《礼部唱和诗序》《梅圣俞诗集序》《续思颍诗序》《江邻几文集序》8篇，共13篇。其序文之"风神美"主要体现在以下几个方面：①反复感叹，淋漓悲慨；②起伏跌宕，抑扬顿挫；③文致曲折，往复迂回；④一唱三叹，言有尽而情味无穷；⑤叙事、感慨相结合；⑥意境空蒙缭绕；⑦风韵悠扬；⑧脱胎于《史记》，得司马子长之神髓。可见，从天圣九年（1031）25岁的欧阳修开始创作富有"风神"特点的序文，一直至去世前一年的熙宁四年（1071），体现"风神"风貌的序文代表作不在少数，说明在序文创作中，"六一风神"特点的形成与显发是渐进的、逐步的，非一蹴而就，且这一审美风尚的追求是持续不断的，贯穿年轻至老年时期。此类文章往往叙事感慨，文笔飘逸，抑扬顿挫，又唱叹有致，故而风神隽永、风韵尤绝。

二　记

记体文"风神"主要篇目举隅：

序号	篇名	创作时间	"风神"评语
1	《李秀才东园亭记》	明道二年（1033）	"身世之感溢于言外"①
2	《画舫斋记》	庆历二年（1042）	"兴逸"②

续表

序号	篇名	创作时间	"风神"评语
3	《王彦章画像记》	庆历三年（1043）	"以纵横夭矫之文，写其感思悠扬之情，手法一一仿佛《史记·屈原传》，而出欧阳子手，风神特自写生，绝少依仿之迹也"③
4	《偃虹堤记》	庆历六年（1046）	"波澜动宕"④
5	《醉翁亭记》	庆历六年（1046）	"令人神骨倏然长往矣"⑤，"风月文章"⑥，"何等潇洒"⑦，"景象，流溢于笔墨之外"⑧
6	《丰乐亭记》	庆历六年（1046）	"读之使人兴怀古之想"⑨，"流动婉秀，云委波属，则欧公得意之笔也"⑩，"其俯仰今昔，感慨系之，又增无数烟波"⑪，"古今旷调"⑫，"夷犹顿挫之笔，乃愈见风神"⑬，"一波三折，将实事于虚空中摩荡盘旋。此欧公平生擅长之技，所谓风神也"⑭，"纡回百折"⑮，"文情抑扬吞吐，绝不轻露"⑯，"感发深至，措注浑雄，楮墨之外，别有一种遥情远韵"⑰，"兴象超远，气势淋漓，极瞻高眺深之概……跌宕处气韵极为沉雄，体势极为阔远……腾踔而出，魄力绝大，文外有一片冲瀜骏邈之气"⑱
7	《菱溪石记》	庆历六年（1046）	"忽然发出一段兴废之感来，无限低徊，无限慨叹"⑲，"浅易中自有风致"⑳，"感慨议论，最有情"㉑，"风致倏然"㉒
8	《真州东园记》	皇祐三年（1051）	"处处回映，便觉文澜宕往，含蕴无穷"㉓
9	《浮槎山水记》	嘉祐三年（1058）	"兴致悠然，风韵倏然"㉔，"风韵倏然"㉕，"绝世风神，竟溢文字之外"㉖
10	《有美堂记》	嘉祐四年（1059）	"胸次清旷，洗绝古今"㉗，"逐层脱卸，累如置丸，笔下亦复烟云缭绕"㉘，"风韵溢于行间"㉙
11	《相州昼锦堂记》	治平二年（1065）	"以史迁之烟波，行宋人之格调"㉚

续表

序号	篇名	创作时间	"风神"评语
12	《岘山亭记》	熙宁三年（1070）	"风流感慨"[31]，"神情绵邈"[32]，"抑扬唱叹"[33]，"神韵缥缈，如所谓吸风饮露、蝉蜕尘埃者"[34]，"文境绵远，亦如草木云烟之杳霭，出没于空旷有无之间"[35]，"文之超尘离俗，如仙子步虚，翻空而愈奇，真神来之笔"[36]，"令人玩赏不穷……行文极宕逸之妙"[37]，"跌宕多姿"[38]

注：①王文濡：《评校音注古文辞类纂》卷五十四，中华书局，1923。
②茅坤：《唐宋八大家文钞》卷四十九《庐陵文钞》，文渊阁四库全书本。
③茅坤：《唐宋八大家文钞》卷四十九《庐陵文钞》，文渊阁四库全书本。
④沈德潜选评、于石校注《唐宋八家文读本》，安徽文艺出版社，1998，第395页。
⑤茅坤：《唐宋八大家文钞》卷四十九《庐陵文钞》，文渊阁四库全书本。
⑥归有光：《欧阳文忠公文选》卷七，清刻本。
⑦储欣：《唐宋八大家类选》卷九，清光绪壬辰湖北官书处重刻本。
⑧唐介轩：《古文翼》卷七，清同治癸酉常熟艺文堂刻本。
⑨楼昉：《崇古文诀》卷十九，文渊阁四库全书本。
⑩林云铭：《古文析义·初编》卷五，清康熙丙申刻本。
⑪吴楚材、吴调侯选注，安平秋点校《古文观止》卷十，中华书局，1987，第409页。
⑫浦起龙：《古文眉诠》卷五十九，静寄东轩刻本。
⑬林纾：《春觉斋论文》，人民文学出版社，1959，第120页。
⑭陈衍撰、陈步编《陈石遗集》，福建人民出版社，2001，第1623页。
⑮毛庆蕃：《古文学余》卷三十二，光绪戊申刻本。
⑯吴闿生：《古文范》卷四，民国八年上海朝记书庄宁波文明学社刊本。
⑰李刚己：《古文辞约编·序跋类》，民国十四年柏香书屋刊本。
⑱李刚己：《古文辞约编·杂记类》，民国十四年柏香书屋刊本。
⑲孙琮：《山晓阁唐宋八大家选·欧阳庐陵》卷三，清康熙刻本。
⑳孙琮：《山晓阁唐宋八大家选·欧阳庐陵》卷三，清康熙刻本。
㉑储欣：《唐宋十大家全集录·六一居士全集录》卷五，清光绪壬午江苏书局重刻本。
㉒茅坤：《唐宋八大家文钞》卷四十八《庐陵文钞》，文渊阁四库全书本。
㉓唐介轩：《古文翼》卷七，清同治癸酉常熟艺文堂刻本。
㉔归有光：《欧阳文忠公文选》卷七，清刻本。
㉕茅坤：《唐宋八大家文钞》卷四十八《庐陵文钞》，文渊阁四库全书本。
㉖慕容真点校《林纾选评古文辞类纂》，浙江古籍出版社，1986，第418页。
㉗茅坤：《唐宋八大家文钞》卷四十八《庐陵文钞》，文渊阁四库全书本。
㉘沈德潜选评、于石校注《唐宋八家文读本》，安徽文艺出版社，1998，第397页。
㉙王文濡：《评校音注古文辞类纂》卷五十四，中华书局，1923。
㉚茅坤：《唐宋八大家文钞》卷四十八《庐陵文钞》，文渊阁四库全书本。
㉛茅坤：《唐宋八大家文钞》卷四十八《庐陵文钞》，文渊阁四库全书本。
㉜储欣：《唐宋八大家类选》卷九，清光绪壬辰湖北官书处重刻本。
㉝陈兆仑：《陈太仆批选八大家文钞·欧文》，清光绪二十六年天津文美斋石印本。

续表

注：㉞王文濡：《评校音注古文辞类纂》卷五十四，中华书局，1923。
㉟唐介轩：《古文翼》卷七，清同治癸酉常熟艺文堂刻本。
㊱慕容真点校《林纾选评古文辞类纂》，浙江古籍出版社，1986，第416页。
㊲朱宗洛：《古文一隅》卷下，清光绪十三年撷华书局刊本。
㊳沈德潜选评、于石校注《唐宋八家文读本》，安徽文艺出版社，1998，第399页。

据上表所示，欧阳修散文中，富有"风神"的记体文主要篇目有：《李秀才东园亭记》《画舫斋记》《王彦章画像记》《偃虹堤记》《醉翁亭记》《丰乐亭记》《菱溪石记》《真州东园记》《浮槎山水记》《有美堂记》《相州昼锦堂记》《岘山亭记》12篇。其记文之"风神美"主要体现在以下几个方面：①感发深至，无限慨叹；②跌宕顿挫，吞吐抑扬；③虚实结合；④迂回百折；⑤溢于言外，含蕴无穷；⑥感慨议论结合；⑦文境绵远，风韵倏然；⑧仿佛《史记》，风神特自写生。可见在以写景叙事为主的记体文创作中，欧阳修文章"风神"风貌的呈现，在景祐三年之前的创作中已呈酝酿之势，在景祐三年至庆历五年的创作，初步彰显。而庆历五年贬谪滁州之后，无辜受诬、被贬滁州的仕途挫折感慨，贬地滁州优美的山水风物，多年散文创作经验的积累，独具特色的审美追求，都在庆历五年被贬滁州的这一时段，予以了充分的融触与迸发，并不断强化与成熟，形成了别具一格的"六一风神"。在治平二年之后，由于心志衰退、归颍心切等原因，彰显"风神"的文章数量并不多，但《岘山亭记》则是欧公晚年完美的收官之笔。总之，欧阳修记文在写景状物之余，流连慨叹，往往特为犹夷顿挫、波澜动宕，别具遥情远韵，故风神盎然、韵致缥缈，是"六一风神"美文的重要组成。

三 墓志碑表

墓志碑表"风神"主要篇目举隅：

序号与文体		篇名	创作时间	"风神"评语
1	墓志铭	《张子野墓志铭》	康定元年（1040）	"往复慨叹，令人玩味无穷"①
2		《黄梦升墓志铭》	庆历三年（1043）	"叙生平交游，感慨为志"②，"独得史迁风神""遒宕古逸"③
3		《尹师鲁墓志铭》	庆历八年（1048）	"悲思激宕，风格最近太史公"④
4		《江邻几墓志铭》	嘉祐五年（1060）	"作感慨调，抑扬顿挫，便有无限风致"⑤，"宕逸处固不可及"⑥

续表

序号与文体		篇名	创作时间	"风神"评语
5	墓表	《尚书屯田员外郎张君墓表》	至和二年（1055）	"通篇交情上相累欷"[7]，"风雅跌宕"[8]
6		《河南府司录张君墓表》	嘉祐二年（1057）	"读来如云气空潭，绝无缝级之迹"[9]，"历叙交游，而俯仰身世，感叹淋漓，风神遒逸"[10]
7		《泷冈阡表》	熙宁三年（1070）	"文情恳挚缠绵，读之真觉言有尽而意无穷"[11]
8	祭文	《祭尹师鲁文》	庆历八年（1048）	"其磊落之致、悲怆之思，抑扬跌宕，绰有情致"[12]
9		《祭石曼卿文》	治平四年（1067）	"凄清逸韵"[13]，"唏嘘欲绝，可称笔笔传神"[14]

注：①陈曾则：《古文比》卷二，中华书局，民国二十五年铅印本。
②茅坤：《唐宋八大家文钞》卷五十七《庐陵文钞》，中华书局，1916。
③徐树铮：《诸家评点古文辞类纂》（第4册），国家图书馆出版社，2012，第185页。
④徐树铮：《诸家评点古文辞类纂》（第4册），国家图书馆出版社，2012，第195页。
⑤孙琮：《山晓阁选宋大家欧阳庐陵全集》卷三，清康熙刻本。
⑥王文濡：《评校音注古文辞类纂》卷四十四，中华书局，1923。
⑦茅坤：《唐宋八大家文钞》卷五十八《庐陵文钞》，文渊阁四库全书本。
⑧归有光：《欧阳文忠公文选》卷十，清刻本。
⑨林云铭：《古文析义·二编》卷七，清康熙丙申刻本。
⑩徐树铮：《诸家评点古文辞类纂》（第4册），国家图书馆出版社，2012，第142页。
⑪过珙：《古文评注》卷八，清嘉庆庚申刻本。
⑫张伯行：《唐宋八大家文钞》卷六，中华书局，2010，第85页。
⑬茅坤：《唐宋八大家文钞》卷五十九《庐陵文钞》，文渊阁四库全书本。
⑭孙琮：《山晓阁唐宋八大家选·欧阳庐陵》卷四，清康熙刻本。

据上表所示，欧阳修散文中，体现"风神"风貌的墓志碑表主要篇目包括：《张子野墓志铭》《黄梦升墓志铭》《尹师鲁墓志铭》《江邻几墓志铭》4篇墓志铭；《尚书屯田员外郎张君墓表》《河南府司录张君墓表》《泷冈阡表》3篇墓表；《祭尹师鲁文》《祭石曼卿文》2篇祭文，共9篇作品。其墓志碑表之"风神美"主要体现在以下几个方面：①感叹淋漓，恳挚缠绵；②遒宕古逸，抑扬顿挫；③玩味无穷，言有尽而意无穷；④云气空潭，自然无迹；⑤韵味自佳，风神遒逸；⑥独得史迁风神，风格最近太史公。从创作时间看，在碑表祭文创作中，没有一篇是创作于景祐三年（1036）之前的，原因一是欧阳修其时年纪尚轻，亲友朋僚多健在，碑表祭文自然不多，二是欧阳修于其时文章声名未著，请作碑表祭文者自然极少。富有"风神"的作品主要创作于景祐三年之后，此类文章多为悼念亲朋僚友所作，其感情基调因表现内容及文体特点，显得尤为悲慨凄婉，在表现上又多俯仰跌宕，遂构成"六一风神"重要的情感内涵与形式要素的又一类文体。

四 史论与史传

史论与史传"风神"主要篇目举隅：

序号	文体	篇名	创作时间	风神
1	史论	《新五代史·伶官传论》	《新五代史》创作时间约从景祐三年（1036）至皇祐五年（1053）	"低昂反复，感慨淋漓"[①]，"韵致丰神"[②]，"一唱三叹"[③]，"纡徐宕漾"[④]，"文外含蓄不尽之意"[⑤]，"烟波不尽之势"[⑥]，"篇终按混茫"[⑦]，"跌宕逍逸，风神绝似史迁"[⑧]，真是"欧公丰神妙绝千古"[⑨]，"皆出于天籁"[⑩]，"无一不美"[⑪]
2		《新五代史·一行传叙》		"恰如万顷烟波，缥缈难测……笔墨之妙，信称有神"[⑫]，"慨叹淋漓，风神萧飒"[⑬]
3		《新五代史·周臣列传赞》		"无限烟波，全在前后潆绕尽致故也"[⑭]
4		《新唐书·艺文志论》		"抑扬顿折，无限风神"[⑮]
5		《新唐书·兵志论》		"风神机轴逼真太史公"[⑯]
6	史传	《新五代史·唐秦王从荣传》		"固多风神"[⑰]
7		《新五代史·朱宣传》		"风神可掬"[⑱]
8		《新五代史·皇甫晖传》		"风神独畅"[⑲]

注：①吴楚材、吴调侯选注，安平秋点校《古文观止》卷十，中华书局，1987，第403页。
②毛庆藩：《古文学余》卷三十二，光绪戊申刻本。
③唐文治：《国文经纬贯通大义》卷一《格律警严法》，1925年无锡国学专修馆本。
④李刚己：《古文辞约编·序跋类》，民国十四年柏香书屋刊本。
⑤李刚己：《古文辞约编·序跋类》，民国十四年柏香书屋刊本。
⑥李刚己：《古文辞约编·序跋类》，民国十四年柏香书屋刊本。
⑦李刚己：《古文辞约编·序跋类》，民国十四年柏香书屋刊本。
⑧徐树铮：《诸家评点古文辞类纂》（第1册），国家图书馆出版社，2012，第437页。
⑨唐文治：《国文经纬贯通大义》卷一《格律警严法》，1925年无锡国学专修馆本。
⑩唐文治：《国文经纬贯通大义》卷一《格律警严法》，1925年无锡国学专修馆本。
⑪毛庆藩：《古文学余》卷三十二，光绪戊申刻本。

续表

注：⑫孙琮：《山晓阁选宋大家欧阳庐陵全集》卷三，清康熙刻本。
⑬徐树铮：《诸家评点古文辞类纂》（第1册），国家图书馆出版社，2012，第429页。
⑭孙琮：《山晓阁选宋大家欧阳庐陵全集》卷三，清康熙刻本。
⑮沈德潜选评、于石校注《唐宋八家文读本》，安徽文艺出版社，1998，第459页。
⑯归有光：《欧阳文忠公文选》卷五，清刻本。
⑰茅坤：《唐宋八大家文钞》卷六十三《庐陵史钞·家人传》，文渊阁四库全书本。
⑱茅坤：《唐宋八大家文钞》卷七十三《庐陵史钞·朱宣传》，文渊阁四库全书本。
⑲茅坤：《唐宋八大家文钞》卷七十五《庐陵史钞·皇甫晖传》，文渊阁四库全书本。

据上表所示，欧阳修史论与史传中，富于"风神"风貌的主要篇目包括：《新五代史》的《伶官传论》《一行传叙》《周臣列传赞》和《新唐书》的《艺文志论》《兵志论》5篇史论，以及《新五代史》中《唐秦王从荣传》《朱宣传》《皇甫晖传》3篇史传，共8篇作品。其中《伶官传论》是史论中公认最具"风神"的，如学人所评"低昂反复，感慨淋漓"①"韵致丰神"②"一唱三叹"③"纡徐宕漾""文外含蓄不尽之意""烟波不尽之势""篇终按混茫"④"跌宕遒逸，风神绝似史迁"⑤，真是"欧公丰神妙绝千古"⑥"皆出于天籁"⑦"无一不美"⑧，当为史论"风神美"之冠冕。其史论史传之"风神美"主要体现在以下几个方面：①感慨淋漓；②跌宕遒逸，抑扬顿挫；③低昂反复，纡徐宕漾；④一唱三叹，烟波不尽；⑤缥缈难测，韵致丰神；⑥风神绝似史迁，风神机轴逼真太史公。吕思勉认为"六一风神"不仅指叙事文而言，也包括议论文，甚至考证之文，他说："今观欧公全集，其议论之文如《朋党论》《为君难论》《本论》，考证之文如《辨易系辞》皆委婉曲折，意无不达，而尤长于言情。序跋如《苏氏文集序》《释祕演诗集序》，碑志如《泷冈阡表》《石曼卿墓表》《徂徕石先生墓志铭》，杂记如《丰乐亭记》《岘山亭记》等，皆感慨系之，所谓六一风神也"⑨，涵盖范围甚广。熊礼汇也说："讨论欧文的风

---

① 吴楚材、吴调侯选注，安平秋点校《古文观止》卷十，中华书局，1987，第403页。
② 毛庆藩：《古文学余》卷三十二，光绪戊申刻本。
③ 唐文治：《国文经纬贯通大义》卷一《格律警严法》，1925年无锡国学专修馆本。
④ 李刚己：《古文辞约编·序跋类》，民国十四年柏香书屋刊本。
⑤ 徐树铮：《诸家评点古文辞类纂》（第1册），国家图书馆出版社，2012，第437页。
⑥ 唐文治：《国文经纬贯通大义》卷一《格律警严法》，1925年无锡国学专修馆本。
⑦ 唐文治：《国文经纬贯通大义》卷一《格律警严法》，1925年无锡国学专修馆本。
⑧ 毛庆藩：《古文学余》卷三十二，光绪戊申刻本。
⑨ 吕思勉：《宋代文学》，商务印书馆，1929，第14页。

神美，似有两点应该注意：一是欧文中有风神美者并不限于叙事文一类，虽然茅坤等人言欧文风神多以叙事之文为例，但归有光说'风神、机轴，逼真太史公'，即指其论而言"，"大抵欧文中论赞、序跋、杂记等类文字，多有风神之美"。① 的确如此，在欧阳修《新五代史》和《新唐书》的相关史论中，多可见"风神"盎然的名篇佳作，其中最著名的篇什自然是《新五代史·伶官传论》了，从中我们充分感受到"六一风神"别样的"风情"，它或为感慨深长，或为抑扬跌宕，或为含蕴不尽、回味无穷，彰显了"六一风神"的无穷魅力。由上表，我们也可以看出，在史论中，欧阳修主要由历史人物或历史事件而生发感慨、兴叹，使文章纡徐起伏，风神跌宕，余味深长。而史传则主要通过历史人物及历史事件的叙写，鲜明、生动、传神而充分彰显"风神"。

从笔者对以上彰显"风神"文章的梳理，可知欧阳修散文"六一风神"，从文体类型角度而言，主要体现于序文、记文、碑表祭文、史论及史传这几类文体，这几类文体大都具有一定的叙事性，或具有较为鲜明的人物、景物、事物的形象，或具有详略有致、曲折明晰的事件经过，而且欧阳修在创作中，无一例外地融入浓郁丰厚的情感内涵，使文章感慨淋漓，兴叹有致，情事相生，画龙点睛，备极神采。但不管是哪类文体，感慨淋漓、兴象超远、抑扬顿宕、唱叹有致、风韵悠然，都是构成其文富于"风神"特征的必要因素，如洪本健所说："历代古文评家争相选录的脍炙人口的佳作，多具备'六一风神'以沉吟往复、抑扬吞吐、唱叹不尽、回味无穷为要素的美感。"②

---

① 熊礼汇：《欧阳修对韩愈古文艺术传统的接受和超越》，载刘德清、欧阳明亮编《欧阳修研究》，学林出版社，2008，第29页。
② 洪本健：《欧阳修的"和气"与"六一风神"》，《国学学刊》2014年第2期，第126页。

第三章
"六一风神"之动态考察

对一个作家作品风格进行阶段划分与动态考察,有时是牵强的,因为作家由于先天个性气质及后天学养的关系,往往会呈现某种有别于他人的风格特点,而随着人生阅历的展开,这一风格特点在发生相应变化的时候,也会有不同程度的稳定性,稳定与变化在不同阶段的平衡状态,使不同时期的创作风格呈现某些既相似又相异、既承继又出新的特点,因此它很难简单地一概而论,也难以截然划清界限。因此,笔者在这里进行阶段风格动态考察的目的,主要是对欧阳修散文"风神"发展变化的轨迹试做探究,而非对对象的生硬、机械肢解。以下以"六一风神"呈现的一些典型特质为依据,将欧阳修的人生经历、创作过程综合起来考虑,梳理欧阳修散文作品,将"六一风神"的彰显与呈现大致分为四个阶段。我们先来看看这四个阶段的"风神"主要篇目举隅。

阶段	时间	序文	记文	碑表祭文	史论与史传	篇数
第一阶段 初显偶见期	天圣九年(1031)至景祐二年(1035),共5年	《送梅圣俞归河阳序》《书梅圣俞稿后》2篇	《李秀才东园亭记》1篇	—	—	3篇
第二阶段 显明发展期	景祐三年(1036)至庆历五年(1045),共10年	《送田画秀才宁亲万州序》《送曾巩秀才序》《释祕演诗集序》《外制集序》4篇	《画舫斋记》《王彦章画像记》2篇	《张子野墓志铭》《黄梦升墓志铭》2篇	—	8篇

续表

阶段	时间	序文	记文	碑表祭文	史论与史传	篇数
第三阶段 全面绽放期	庆历六年（1046）至治平元年（1064），共18年	《送杨寘序》《送徐无党南归序》《苏氏文集序》《礼部唱和诗序》《梅圣俞诗集序》5篇	《偃虹堤记》《醉翁亭记》《丰乐亭记》《菱溪石记》《真州东园记》《浮槎山水记》《有美堂记》7篇	《尹师鲁墓志铭》《祭尹师鲁文》《尚书屯田员外郎张君墓表》《河南府司录张君墓表》《江邻几墓志铭》5篇	《新五代史》之《伶官传论》《一行传叙》《周臣列传赞》《唐秦王从荣传》《朱宣传》《皇甫晖传》，《新唐书》之《艺文志论》《兵志论》8篇	17篇（史论与史传除外）
第四阶段 老成精熟期	从治平二年（1065）至熙宁五年（1072），共8年	《续思颍诗序》《江邻几文集序》2篇	《相州昼锦堂记》《岘山亭记》2篇	《祭石曼卿文》《泷冈阡表》2篇	—	6篇
总计	天圣九年（1031）至熙宁五年（1072），共41年	13篇	12篇	9篇	8篇	共42篇（包括史论与史传）

  如上表所示，笔者主要是围绕"六一风神"在欧阳修人生不同时期的体现，将它分为四个阶段，当然，其中也伴随有对其人生经历起落变化的考量，"它是有一个发展过程的"①。若从欧阳修文章"风神"显发的时间阶段加以考察，除了创作具体时间无从确考的史传与史论之外〔欧阳修大概从宋仁宗景祐三年（1036）便开始业余修撰《新五代史》，被贬夷陵之后，更多时间投入其中，至皇祐五年（1053）初具草稿〕，两次贬谪、两次受诬去职事件对欧阳修散文"六一风神"的发展与完成，都起了极为明显的触发与推动作用，对他的思想与创作产生了深远的影响，促使其主体文风最终形成。就欧文"风神"的演变而言，第一阶段：从天圣九年（1031）至景祐二年（1035），此时期欧阳修古文创作还处于由骈而散的习作阶段，多系对人生哲理的抽象思考，富于"风神"的文章很少。第二阶

---

① 〔韩〕黄一权：《欧阳修散文研究》，华东师范大学出版社，2003，第23页。

段：景祐三年（1036）至庆历五年（1045），是以景祐三年欧阳修被贬夷陵为标志，被贬夷陵之后，欧阳修的政治抱负遭受挫折，自然放逸的性格有所改变，增加了对政治现实的实际理性思考，此时的散文创作风格中出现了不少新的因子，富于"风神"的文章在多种文体中均有体现。第三阶段：庆历六年（1046）至治平元年（1064），此期与上一阶段的分野是以欧阳修被贬滁州为界限，此后欧阳修的散文风格日渐成熟，充分彰显"风神"的文章不仅数量多，而且质量上乘，以《丰乐亭记》《醉翁亭记》为代表。新政的失败、人格的受辱、思想的力求豁达，使山水名物记、赠送诗文集序及碑表祭文等文体，愈显感思郁勃、感慨淋漓、感喟深长，在艺术上也全面体现出"六一风神"纡徐委备、含蓄吞吐、跌宕抑扬、情韵绵邈，得之"史迁风神"的风致神韵之美。第四阶段：治平二年（1065）至熙宁五年（1072），以欧阳修卷入"濮议之争"，受诬"长媳案"而自罢参政为标志，随着年纪渐老，气力衰竭，加之屡遭谗毁，无心恋政，期请早退，故文章之感慨良深，而"风神"艺术趋于精熟、老成，《岘山亭记》《泷冈阡表》可为代表。以下笔者结合作品文本及欧阳修人生起伏经历，稍做阐述。

第一节　初显偶见期：天圣九年（1031）至景祐二年（1035）

就欧文风格的发展变化而言，第一阶段，以景祐三年（1036）五月欧阳修被贬夷陵为界限，此时期欧阳修古文创作还处于习作阶段，由应举入仕的骈文逐渐向古文转变。西京幕府时期是其古文创作意识及观念技巧发展的重要时期。钱惟公惟演的宽容支持，僚友尹洙、谢绛、梅尧臣等的帮助与推动，诗酒唱和、游赏切磋的宽松温馨氛围，韩愈古文的熏陶与借鉴等，都极大地促进了欧阳修古文的写作。此时期的创作主要抒发年轻作者对宇宙人生、天地万物的宏观哲理思考，如《杂说三首》《非非堂记》《伐树记》《戒竹记》《游大字院记》等，多是一些因景、因物、因事引发的抽象宏观的理论思考，反映年轻的欧阳修希望对宇宙、人生做进一步探究的好奇心理，而由于未经仕途浮沉的考验及人生阅历的缺乏，对政治、现实的具体关注还不太多。他虽然在文学思想上，已经形成了较为明晰的文论观，如《与张秀才棐第二书》中对于"道"与"文"关系的思考业已比较成熟："君子之于学也务为道，为道必求知古，知古明道，而后履之以身，施之于事，而又见于文章而发之，以信后世"①，但在具体的古文创作方面，还处于"练笔"②阶段，有明显的由骈文逐渐向古文转向的痕迹，骈散结合。如《游大字院记》：

> 六月之庚，金伏火见，往往暑虹昼明，惊雷破柱，郁云蒸雨，斜风酷热，非有清胜不可以消烦炎，故与诸君子有普明后园之游。
>
> 春笋解箨，夏潦涨渠，引流穿林，命席当水，红薇始开，影照波上，折花弄流，衔觞对弈。非有清吟啸歌，不足以开欢情，故与诸君子有避暑之咏。
>
> 太素最少饮，诗独先成，坐者欣然继之。日斜酒欢，不能遍以诗写，独留名于壁而去。他日语且道之，拂尘视壁，某人题也。同共索旧句，揭之于版，以志一时之胜，而为后会之寻云。③

可见此时，欧阳修文章创作尚未达到自如运骈于散、骈散自由结合的程度，但已经在此方面有了尝试与进展。天圣九年（1031）三月至景祐元年（1034）三月，在西京留守判官任上，这是欧阳修古文学习与创作略有所成的时期。特别是明道元年（1032），二十五六岁的欧阳修就已经创作出"有逸趣"④的《送梅圣俞归河阳序》和"春容雅澹，一唱三叹"⑤的《书梅圣俞稿后》，以及景祐三年（1036）被贬夷陵之前、融入身世之感的《李秀才东园亭记》，此阶段的古文创作，代表篇目甚少，仅3篇，文体主要集中于序和记，其中两篇都是写给好友梅尧臣的。天圣九年（1031），欧阳修任西京留守推官，梅尧臣调任河阳（治在今河南孟州市）主簿，途经洛阳，与欧阳修一起优游唱和，结成终生挚友。是年秋，梅圣俞离京赴任，欧阳修先是作《送梅圣俞归河阳序》相送，后又为其诗稿写下《书梅圣俞稿后》，同一年所作的这两篇文章，一为"有逸趣"⑥，二为"春容雅

---

① 卷六十七《与张秀才棐第二书》，第978页。
② 王水照：《欧阳修散文创作的发展道路》，《社会科学战线》1991年第1期，第269~278、284页。
③ 卷六十四《游大字院记》，第928页。
④ 茅坤：《唐宋八大家文钞》卷四十六《庐陵文钞》，文渊阁四库全书本。
⑤ 吕留良：《唐宋八大家古文精选·欧阳文》，清甲申吕氏家塾刊本。
⑥ 茅坤：《唐宋八大家文钞》卷四十六《庐陵文钞》，文渊阁四库全书本。

澹，一唱三叹"①，都初显"六一风神"宕逸、咏叹的韵致之美。《送梅圣俞归河阳序》写道："故珠潜于泥，玉潜于璞，不与夫虿蛤、珉石混而弃者，其先膺美泽之气，辉然特见于外也"，"圣俞志高而行洁，气秀而色和，崒然独出于众人中"②，以珠玉之光辉终将焕发于外比喻、赞美梅尧臣的品行与才华的高尚和卓异，文笔清新，笔调闲适，颂赞之意溢于言表又不直露，颇有"逸趣"。《书梅圣俞稿后》论述了音乐与诗歌的关系，梳理诗歌发展脉络，赞誉梅诗"本人情，状风物，英华雅正，变态百出，哆兮其似春，凄兮其似秋，使人读之可以喜，可以悲，陶畅酣适，不知手足之将鼓舞也"③，为友人诗稿作序，模仿韩愈《送孟东野序》，虽有涉笔太远的缺憾，但文章讲究章法，做到层层挽合，且富于风味，故学人评为"春容雅澹，一唱三叹处"④。《李秀才东园亭记》作于明道二年（1033），欧阳修幼家随州，李氏为州南大姓，多藏书，欧多游其家，借其藏书，包括后来对欧阳修古文创作有巨大影响的韩文残本，也是于李家发现的。其《记旧本韩文后》载："予少家汉东。汉东僻陋，无学者；吾家又贫，无藏书。州南有大姓李氏者，其子尧辅颇好学，予为儿童时多游其家，见有敝筐故书在壁间，发而视之……"此文也写道："予少以江南就食居之……独城南李姓为著姓，家多藏书，训子孙以学。予为童子时，与李氏诸儿戏其家……"可见欧阳修于李家实有幼时之情与交游之旧，文章重点不在写园亭之景，而是以虚生实，重点放在由园林废兴引发的人事时物沧桑之变，抚今追昔之际，发无限感慨，有不胜今昔之情，且"身世之感溢于言外"⑤，俯仰之际，唱叹生神。由上可见，自天圣九年（1031）三月，欧阳修来到洛阳，于钱惟演幕府任职西京留守推官之后至景祐三年（1036）之前，欧阳修在由骈文逐步转向学习古文、古文技巧日益精进之时，便逐渐开始追求一种意在言外、一唱三叹、咏叹生神的古文风姿美。学人"有逸趣""春容雅澹，一唱三叹处""身世之感溢于言外"的评价，也昭示了欧文此时已初具"风神"之美。但就第一阶段的总体创作而言，此类作品毕竟还在少数，比较有代表性的作品篇目仅3篇，文体也仅限于序和记，

---

① 吕留良：《唐宋八家古文精选·欧阳文》，清甲申吕氏家塾刊本。
② 卷六十六《送梅圣俞归河阳序》，第963页。
③ 卷七十二《书梅圣俞稿后》，第1049页。
④ 吕留良：《唐宋八家古文精选·欧阳文》，清甲申吕氏家塾刊本。
⑤ 王文濡：《评校音注古文辞类纂》卷五十四，中华书局，1923。

此时初步流露的"风神"美或是一种无意识的流露而已，也可说明欧文"六一风神"之主体风格尚未形成。除了以上3篇文章，从其他序文创作情况来看，欧文"风神"之要素确实尚未具备，如作于明道二年（1033）的《送廖倚归衡山序》中，所谓"其蒸为云霓，其生为杞梓，人居其间，得之为俊杰"，虽已彰显古文笔法与笔意，但学习韩愈的痕迹明显，"宛似昌黎公笔，非欧阳公本色"①。《张应之字序》具体创作时间无考，但文章最后一段有"余与君同以进士登科，又同为吏于此"的话，据《年谱》，欧阳于天圣九年（1031）三月至景祐元年（1034）三月在西京留守推官任，故知此文当作于此数年内，从文中"君早以孝廉文艺考行于乡里，荐之于有司，而又试其用于春官者之选。深中隐厚，学优道充，其有以应乎物矣"②等的用语表达来看，文章散体用语表达已达于比较自然流畅之致，但尚未彰显譬如感慨淋漓、跌宕顿挫、一唱三叹、余韵悠扬等显著特征的"六一风神"。从记文创作情况来看，《伐树记》作于天圣九年（1031），时作者二十五岁，初抵西京（今洛阳），文章用寓言的形式驳斥了庄子"才者死不才者生"之说。此为对话形式写就的哲思小文，学习庄子寓言的痕迹较为明显。《丛翠亭记》作于明道元年（1032），文章云："九州皆有名山以为镇，而洛阳天下中，周营、汉都，自古常以王者制度临四方，宜其山川之势雄深伟丽，以壮万邦之所瞻"，"盖其名在祀典，与四岳俱备天子巡狩望祭，其秩甚尊，则其高大殊杰当然"③，是"早岁学唐之文"④，但"学柳州而未粹者"⑤，还没形成自己独特的风格。《明因大师塔记》作于景祐元年（1034），文云："及朱氏有中土，后唐倚并为雄，亦卒以王，既而晋祖又以王，汉又以王。遭时之故，相次出三天子。刘崇父子又自为国。故民熟兵斗，饷军死战，劳苦几百年不得息。既而圣人出，四方次第平，一日兵临城门，系继元以归。"⑥以明因大师之语回顾五代动乱历史，以及今日太平时日之幸，因此是"特本其所言以感慨今古云"⑦，虽有"风

---

① 归有光：《欧阳文忠公文选》卷六，清刻本。
② 卷六十三《张应之字序》，第958页。
③ 卷六十四《丛翠亭记》，第929页。
④ 何焯著、崔高维点校《义门读书记》，中华书局，1987，第693页。
⑤ 王文濡：《评校音注古文辞类纂》卷五十四，中华书局，1923。
⑥ 卷六十四《明因大师塔记》，第931页。
⑦ 茅坤：《唐宋八大家文钞》卷四十九《庐陵文钞》，文渊阁四库全书本。

神"的约微迹象，但主要还是受韩愈文影响，所谓"亦学《圬者传》"①也。相较于散体的古文，此期骈文的创作于欧阳修而言，似乎更为得心应手，如《会圣宫颂》作于天圣九年（1031），天圣八年正月，宋仁宗于西京永安县作会圣宫，次年三月，奉安太祖、太宗、真宗御容于宫内，欧阳修时为西京留守推官，特作此颂，以显仁宗之德。文曰："臣伏见国家采《汉书》原庙之制，作宫于永安，以备园寝。欲以盛陵邑之充奉，昭祖宗之光灵，以耀示于千万世，其盛德也"，"四夷承命，欢和以宾，奔走万里，顾非有干戈告让之命，文移发召之期，而犀珠、象牙、文马、毁玉，旅于阙庭，纳于厩府，如司马令，无一后先"，"陛下夙夜虔共，嗣固洪业，纂服守成之勤。基构累积，显显昌昌，益大而光，称于三后之意，可谓至孝"②……骈体写作是娴熟而自如的，而这从反面也可说明，此时欧阳修散体古文的写作还不够自如、自在、自由与自然。在第二阶段之后开始出现"风神"摇曳的碑表祭文，在此时期，只有作于景祐二年（1035），欧阳修为其岳父杨大雅撰写的《谏议大夫杨公墓志铭》一篇。茅坤虽云："本世系以次，累欷悲慨之旨"③，但仍不足以称"风神"摇曳之文。景祐三年（1036）之前欧阳修的碑表祭文作品尚无一篇"风神"代表性篇目，原因其实也不难理解：一是欧阳修其时年纪尚轻，亲友朋僚多健在，碑表祭文自然不多；二是欧阳修于其时文章声名未著，请作碑表祭文者自然极少。此外，《新五代史》《新唐书》的撰写于此期也尚未着手，因此也从见其"风神"之作。《上范司谏书》作于明道二年（1033），本年章献太后崩，仁宗亲政，召范仲淹拜右司谏。欧阳修寄厚望于范仲淹，希望他积极履职，进言进谏，有裨时政，文章"气力健、光焰长，少年熟读可以发才气，可以生议论"④，与韩愈《阳城论》内容风格相近。《代人上王枢密求先集序书》是仁宗景祐元年（1034）替人代笔求序所作，文章提出"事信言文传远"的重要观点，且文情跌宕，"有起伏、有开阖，气雄而华宕"⑤，有"文家往复之妙"⑥。虽说学习韩愈《送孟东野》"逊其逸宕"⑦，但我们

---

① 何焯著、崔高维点校《义门读书记》，中华书局，1987，第699页。
② 卷五十八《会圣宫颂》，第840~841页。
③ 茅坤：《唐宋八大家文钞》卷五十四《庐陵文钞》，文渊阁四库全书本。
④ 谢枋得《文章轨范》卷四，清同治五年刻本。
⑤ 康熙帝选、徐乾学等编《古文渊鉴》（下册），吉林人民出版社，1998，第955页。
⑥ 储欣：《唐宋十大家全集录·六一居士外集录》卷一，清光绪壬午江苏书局重刻本。
⑦ 金圣叹：《天下才子必读书》卷十三，万卷出版公司，2009，第360页。

还是能从中看出欧文逐渐追求曲折跌宕、开阖变化的章法结构美的倾向。何焯认为欧阳修早期之文往往模拟而无自得，内蕴尚欠丰厚，至贬谪夷陵之后，乃大有改观，他说："模拟而无自得，此公早岁文尔。大抵欧自夷陵，苏自黄州以后，皆以谪处穷僻有余闲，致力于经史，乃弥深厚也。"① 这虽有批评过甚之嫌，但也不无道理。

从以上创作实际情况来看，此期欧阳修的文章创作尚处于由入仕应举时的以骈文创作为主，逐渐转向以韩愈文章为学习对象的古文创作。天圣三年至明道二年的西京幕府时期是其古文学习的重要阶段，三篇初显"风神"的代表作品就是出现于这一时期。但此时的"风神"彰显大概是无意识的，不仅文章数量少，而且"风神"元素并不特别典型、集中，因此还只算得上是"风神"初显偶见期。

第二节 显明发展期：景祐三年（1036）至庆历五年（1045）

景祐三年（1036），欧阳修因积极参政，支持范仲淹，作《与高司谏书》，触怒以吕夷简为代表的保守一派，终至被贬夷陵，从而逐渐形成纡徐曲折、反复吞吐、风姿摇曳、一唱三叹的"六一风神"。《能改斋漫录》记欧阳修语曰："吾昔贬官夷陵，彼非人境也。方壮年，未厌学，欲求史、汉一观。"② 何焯亦云："大抵欧自夷陵，苏自黄州以后，皆以谪处穷僻有余闲，致力于经史，乃弥深厚也。"③ 他们均指出欧阳修自夷陵之贬后，更加致力于经史，理性思考增强，散文内涵愈发丰富深厚，多于感叹，也更富曲折含蓄的情韵之美。王水照说："第一次被贬（即夷陵之贬）对他的思想、性格和创作发生了深刻的影响。"④ 黄一权认为"六一风神"应是从贬谪夷陵以后开始形成的。⑤ 严杰说："自贬夷陵后，欧阳修诗中最显著的变化是开始渗进理性思考"，而"离开夷陵后，面对卑弱国势、深重时弊，

---

① 何焯著、崔高维点校《义门读书记》，中华书局，1987，第680~681页。
② 吴曾：《能改斋漫录》卷十三"欧阳公多谈吏事"记欧公语，上海古籍出版社，1960，第377页。
③ 何焯著、崔高维点校《义门读书记》，中华书局，1987，第680~681页。
④ 王水照：《欧阳修散文创作的发展道路》，《社会科学战线》1991年第1期，第269~278、284页。
⑤ 〔韩〕黄一权：《欧阳修散文研究》，华东师范大学出版社，2003，第21页。

欧阳修诗中的理性思考很自然地扩大到了社会政治范围"①。欧诗是如此，欧文未尝不是如此。"行见江山且吟咏，不因迁谪岂能来"②，贬谪的经历触发了欧阳修对人生、社会、政治等问题的深入思考，增加了文章的理性色彩，散文风格也日渐含蓄吞吐、委婉曲折。《随园诗话》卷一载庄有恭诗云："庐陵事业起夷陵，眼界原从阅历增。况有文章堪润色，不妨风骨露峻增。"③欧阳修的散文在这一阶段发生了不少风格方面的重要变化。因此，我们将景祐三年（1036）被贬夷陵至庆历五年（1045）被贬滁州之前，称为"六一风神"的显明发展期。

贬官夷陵既是欧阳修仕途上失意的时期，又是思想和创作上提升的时期。在夷陵任上，他表现出儒家知识分子随遇而安的人生态度和仁政爱民的思想。公事之余，他有充足的时间与朋友交往，能自由自在地游玩山水，醉心于笔墨，寄情于自然，初步形成了清新自然、平易疏放、委婉清深的文章特色。这期间，"风神"兴发的特点，首先在序文创作方面比较鲜明地呈现出来，他创作了 4 篇"风韵跌宕"④的序文，包括景祐四年（1037）创作的"丰采敷腴，风华掩映，神韵之美，冠绝百代"⑤"情闲致逸"⑥的《送田画秀才宁亲万州序》，"已露六一风神端倪"⑦。同是庆历二年（1042）所作《送曾巩秀才序》充满"悠扬不尽"⑧的风韵，而《释祕演诗集序》更是以"命意最旷而逸"⑨"叙事感慨，无限悲壮，其行文又如云气往来，空濛缭绕"⑩的特点，成为此期"六一风神"显发的代表性篇目之一。庆历五年（1045）所作《外制集序》也是"所遭逢处感慨序次，有深长言远之思"⑪"用笔极有顿挫，言外亦感慨无穷"⑫"数虚字宕

---

① 严杰：《欧阳修诗歌创作阶段论》，《文学遗产》1998 年第 4 期，第 69~77 页。
② 卷十《黄溪夜泊》，第 168 页。
③ 袁枚：《随园诗话》卷一，浙江古籍出版社，2011，第 19 页。
④ 茅坤：《唐宋八大家文钞》卷四十六《庐陵文钞》，文渊阁四库全书本。
⑤ 吴闿生：《古文范》卷四，民国八年上海朝记书庄宁波文明学社刊本。
⑥ 王符曾：《古文小品咀华（甲种本）》卷四，书目文献出版社，1983，第 249 页。
⑦ 马茂军：《宋代散文史论》，中华书局，2008，第 133 页。
⑧ 何焯著、崔高维点校：《义门读书记》，中华书局，1987，第 688 页。
⑨ 茅坤：《唐宋八大家文钞》卷四十五《庐陵文钞》，文渊阁四库全书本。
⑩ 林云铭：《古文析义·初编》卷五，清康熙丙申刻本。
⑪ 茅坤：《唐宋八大家文钞》卷四十八《庐陵文钞》，文渊阁四库全书本。
⑫ 何焯著、崔高维点校：《义门读书记》，中华书局，1987，第 685 页。

逸入神"①，风神显露无遗。此外，欧阳修还创作了"兴逸"②的记体文《画舫斋记》与"风神特自写生"③的《王彦章画像记》，以及"往复慨叹，令人玩味无穷"④、"遒宕古逸"、"独得史迁风神"⑤、堪为"逸调"⑥的《张子野墓志铭》《黄梦升墓志铭》2篇碑表祭文。此期，"风神"兴发的主要作品包括序、记、碑表祭文共计8篇，或许还包括一部分从景祐三年开始撰写的史论文。从数量上，较之第一阶段的初显偶见，此期作品数量的确增多了不少，最重要的是出现了"风神"隽永的名篇佳作，如《送田画秀才宁亲万州序》《张子野墓志铭》《黄梦升墓志铭》，都脍炙人口，广为传诵。

第一阶段与第二阶段的分界点是景祐三年（1036）欧阳修被贬夷陵。时范仲淹因言事忤宰相吕夷简，落职知饶州，欧阳修遂上《与高司谏书》切责司谏高若讷，若讷以此书上闻，五月，欧阳修即贬为夷陵令。欧阳修作《与高司谏书》时，不过三十岁，"年少激昂慷慨……凛凛正气，可薄日月"⑦，所以此文虽在文笔上有曲折之致，但文气昂扬，文势峻发，冲决而下，咄咄逼人，令对手无所遁逃、无由招架。孙琮《山晓阁唐宋八大家选》云："欧公之文，大抵婉转委折，低昂尽致，独此文切责司谏，纯作严紧直遂之笔，并无一语委曲……层层敲击无剩隙，想见欧公之义形于色，故不觉其词之径、情之直。至今读之，犹令人通身汗下，不知司谏当日竟何以为颜也。"⑧储欣云："公所以义激于中，发上指冠也。怒骂之文，辞气砢磊不平。"⑨沈德潜云："棱角峭厉，略无委曲，愤激于中，有不能遏抑者……气盛，故言言愤激，不暇含蓄。"⑩全文气盛、文激、愤慨、怒骂，与后来从容悠游、纡徐委婉、吞吐犹夷的"六一风神"差异甚大。景祐三年（1036），他在离开朝廷赴夷陵上任途中，经留江陵时写了《与尹师鲁第一书》，文中说："俟到夷陵写去，然后得知修所以处之之心也。又

---

① 毛庆藩：《古文学余》卷三十二，光绪戊申刻本。
② 茅坤：《唐宋八大家文钞》卷四十九《庐陵文钞》，文渊阁四库全书本。
③ 茅坤：《唐宋八大家文钞》卷四十八《庐陵文钞》，文渊阁四库全书本。
④ 陈曾则：《古文比》卷二，中华书局，民国二十五年铅印本。
⑤ 徐树铮：《诸家评点古文辞类纂》（第4册），国家图书馆出版社，2012，第185页。
⑥ 茅坤：《唐宋八大家文钞》卷四十九《庐陵文钞》，文渊阁四库全书本。
⑦ 爱新觉罗·弘历：《唐宋文醇》卷二十三，中国三峡出版社，1997，第292页。
⑧ 孙琮：《山晓阁唐宋八大家选·欧阳庐陵》卷一，清康熙刻本。
⑨ 储欣：《唐宋十大家全集录·六一居士外集录》卷一，清光绪壬午江苏书局重刻本。
⑩ 沈德潜选评、于石校注《唐宋八家文读本》，安徽文艺出版社，1998，第354页。

常与安道言，每见前世有名人，当论事时，感激不避诛死，真若知义者，及到贬所，则戚戚怨嗟，有不堪之穷愁形于文字，其心欢戚无异庸人，虽韩文公不免此累，用此戒安道慎勿作戚戚之文。"① 这是给好友尹洙的回信，表明自己对待这次贬谪并不后悔的坚决态度，同时也勉励朋友不要因贬谪"戚戚怨嗟，有不堪之穷愁形于文字"，要以豁达、通脱的态度来面对。在去贬所夷陵途中，欧阳修又作《读李翱文》，云："凡昔翱一时人，有道而能文者，莫若韩愈。愈尝有赋矣，不过羡二鸟之光荣，叹一饱之无时尔。此其心使光荣而饱，则不复云矣。若翱独不然，其赋曰：'众嚣嚣而杂处兮，咸叹老而嗟卑。视予心之不然兮，虑行道之犹非。'……呜呼！使当时君子皆易其叹老嗟卑之心，为翱所忧之心，则唐之天下岂有乱与亡哉！"② 这表明了他不以个人利益得失为意的思想。此时他对个人与国事、现实的关系进行了更深的思考，深化着文章内涵：一方面，个人仕途的浮沉起伏，人生阅历的逐渐丰富，使文章内涵愈发丰厚而深沉；另一方面，国家内忧外患时局形势的不断发展变化，也逐渐深化着欧文情感的内涵。林云铭云："宋宝元以后，契丹方炽，元昊继兴，炎炎之势，其可忧，比唐尤甚。无奈韩、范诸君子负天下重望者，皆以夏竦之奸，不能安其位。时在朝诸臣，偷得一时粗安，厝火积薪，亦非纯不知畏。以身在局中，一涉忧世之言，便有许多碍上碍下处。比不得疏远之人，置身局外，可以肆臆而谈也。然时事至此，益不可问矣。"③ 因此，在《读李翱文》中，欧阳修称扬唐李翱有忧时忧世之心，其实质却是借李翱做个引子，将自己对反对派的愤恨与不满，对国事的忧虑与热忱，寄托于对李翱的赞许与嗟怀中。文中情感基调以"愤世"④"感慨悲愤"⑤ 为主，但更多"顿挫郁勃之妙"⑥，复添"哀音凄恻，骚情雅致"⑦ 的情韵之美。这也说明欧阳修在贬夷陵之后，内心虽有苦闷、不平，但并不以己之荣辱为忧戚之由，而是立足于国事与现实之忧，这就有别于韩愈的为一己之荣衰而喜忧，将自己的命运与国家命运联系在一起，体现欧阳修以国事为大的宽广襟怀。另外，

---

① 卷六十九《与尹师鲁第一书》，第 998~999 页。
② 卷七十一《读李翱文》，第 1050 页。
③ 林云铭：《古文析义·二编》卷七，清康熙丙申刻本。
④ 茅坤：《唐宋八大家文钞》卷六十《庐陵文钞》，文渊阁四库全书本。
⑤ 归有光：《欧阳文忠公文选》卷十，清刻本。
⑥ 金圣叹：《天下才子必读书》卷十三，万卷出版公司，2009，第 365 页。
⑦ 孙琮：《山晓阁唐宋八大家选·欧阳庐陵》卷四，清康熙刻本。

这也表明欧阳修希望在文章创作中，能克制自己的情绪，理性地予以抒发，节制情感的洪流，使其变得深沉、缓慢、迂回。如此，文章则发而为慨叹流连、迂徐委曲，又感染人心，这对"六一风神"的形成是很有助益的。对比欧阳修被贬前后的文章，我们可以发现这一前后强烈的反差，而随着时间的推移，欧文的这种感慨低回、慨叹情深、感喟悠长的情感表达特征愈发鲜明。

此期，欧阳修还撰写了一系列阐述历史、政治、现实问题的论议性文章，如《正统论》（七篇）、《为君难论》（上、下）、《本论》（上、中、下）等，体现了作者对政治现实问题更多更深的关注与思考。如庆历二年（1042）写的《为君难论》，大量援引《史记》史实例证君主听言之难，同时也自觉学习司马迁手法与笔法，叙议结合，叙事生动、场景逼真，有叙事文之鲜明特征，又学习司马迁《伯夷列》写法，"通篇以议论为叙事"①，叙议结合，既达于说理明畅、论证有力，又以议为叙，通脱灵活，文法自如，得《史记》手法笔法处颇多。庆历三年（1043）八月，仁宗召臣下问以国家大事，范仲淹等人上书要求革新政治，"庆历新政"从此开始。庆历四年（1044），欧阳修作《朋党论》。其时，宋仁宗进用杜衍、富弼、韩琦、范仲淹等人，酝酿改革，得到欧阳修等谏官的大力支持，但遭到守旧势力的强烈反对，吕夷简、夏竦等又大造舆论，诬蔑富、范、欧等为"朋党"，欧阳修乃作此论进呈仁宗，从而更加触怒保守派，被视为欲拔之而后快的眼中钉，后遂有"张甥案"之构与滁州之贬。《正统论》《本论》《为君难论》《朋党论》等论议性文章的撰写，表明欧阳修对现实政治的参与程度更高，对历史、政治、现实等问题思考更加深入，其思想也更趋理性，因而由庆历党争引发的内心激荡、深沉思索，配合情感抒发上的节制而中和，文章既感染人心又不丧失原则与理性。

这一时期欧文初步形成清新自然、平易疏放的特色。文章之风神韵致首先比较充分地体现于序文创作中。作于景祐四年（1037）的《送田画秀才宁亲万州序》，是"风韵跌宕"②"情闲致逸"③之文。文章借送田画入蜀，将蜀地自五代以来由乱而治局势、蜀地山川之秀、田家前盛后衰之慨、自身失意之感等交相融合，文笔轻盈，意蕴绵缈，富于风神韵致之

---

① 茅坤：《唐宋八大家文钞》卷四十《庐陵文钞》，文渊阁四库全书本。
② 茅坤：《唐宋八大家文钞》卷四十六《庐陵文钞》，文渊阁四库全书本。
③ 王符曾：《古文小品咀华（甲种本）》卷四，书目文献出版社，1983，第249页。

美，如王符曾所云"无心出岫之云，忽然来鸣之鸟，皆于闲处见妙"①，储欣云"文情所至，艳尽巴蜀千里江山之秀"②，吴闿生云"欧公之文，丰采敷腴，风华掩映，神韵之美，冠绝百代"③。它是这个时期富于"六一风神"的代表性文章，或许可以说是欧阳修最早的一篇比较充分彰显"六一风神"的散文。而《襄州谷城县夫子庙碑记》对古礼亡佚多加慨叹，所谓"慨古礼之亡处多韵折"④ 也。文章给人一种"灭没荒凉，断碑风雨"⑤ 的感觉，张伯行云"观其用笔是从《封禅书》脱来"⑥，林纾云"一种悲梗悬盼之心，均在言外"⑦，可见此记"风神"稍显。作于庆历二年（1042）的《画舫斋记》，是"韵致如生"⑧ 的"兴逸"⑨ 文章，也称得上是"风神"略显的作品。但并非此期所有的记文都富于"风神"之美，如作于同一年的《峡州至喜亭记》，言己初至峡州夷陵，夷陵地僻物陋，但民风淳朴有加，故己初始不喜，后继至喜的心理情感变化，文笔流畅，内容充实，但并不见"风神"之迹。景祐五年（1038）二月，欧阳修从夷陵赴光化军乾德（今湖北光化）县，于舟中作《游鯈亭记》，文曰："盖其击壶而歌，解衣而饮，陶乎不以汪洋为大，不以方丈为局，则其心岂不浩然哉！"又曰："然则，水波之涟漪，游鱼之上下，其为适也，与夫庄周所谓惠施游于濠梁之乐何以异？乌用蛟鱼变怪之为壮哉？故名其亭曰游鯈亭。"⑩ 其中约略可见庄子自由洒脱、行云流水之态，但于"风神"之鲜明特征亦不十分明晰。

被贬夷陵之后，欧阳修文章叙议结合，兼以抒情的表达方式更多地得到运用，感情的深度也有所增强，悲慨低回、咏叹不尽的抒情特征也愈发鲜明。此期欧阳修在墓志碑表情感的抒写上，已由"写情可涕"⑪，愈转愈

---

① 王符曾：《古文小品咀华（甲种本）》卷四，书目文献出版社，1983，第249页。
② 储欣：《唐宋十大家全集录·六一居士全集录》卷五，清光绪壬午江苏书局重刻本。
③ 吴闿生：《古文范》卷四，民国八年上海朝记书庄宁波文明学社刊本。
④ 茅坤：《唐宋八大家文钞》卷四十五《庐陵文钞》，文渊阁四库全书本。
⑤ 孙琮：《山晓阁唐宋八大家选·欧阳庐陵》卷三，清康熙刻本。
⑥ 张伯行：《唐宋八大家文钞》卷六，中华书局，2010，第67页。
⑦ 慕容真点校《林纾选评古文辞类纂》，浙江古籍出版社，1986，第409页。
⑧ 唐介轩：《古文翼》卷七，清同治癸酉常熟艺文堂刊本。
⑨ 茅坤：《唐宋八大家文钞》卷四十九《庐陵文钞》，文渊阁四库全书本。
⑩ 卷六十三《游鯈亭记》，第939页。
⑪ 茅坤：《唐宋八大家文钞》卷五十九《庐陵文钞》，文渊阁四库全书本。

深，达于"缠绵凄恻"①"淋漓郁勃"②。特别是康定元年（1040），欧阳修创作出了感慨淋漓、悲惋凄凉、令人回味、极具"风神"的墓志佳作《张子野墓志铭》。此篇情感抒发的特点，得到学人的一致强调与肯定。归有光云："工于写情，略于序事，极淋漓骚郁之致。"③ 唐介轩云："历叙平生之旧，朋友之恩，悲欢聚散，俯仰情深。"④ 陈曾则云："往复慨叹，令人玩味无穷，乃欧公之所长也。"⑤ 可以说，极尽称美之辞。这也可以说是此期感慨淋漓、风神隽永的墓志碑铭代表篇目之一。庆历之后的序、记文中，感慨悲凄的特征也愈发明显。如作于庆历二年（1042）的《释祕演诗集序》，以释祕演、石曼卿之"盛衰兴感"⑥，写自己与他们之间的友谊，悲慨曼卿之亡与祕演之沦落，情感深挚、俯仰悲慨。作于庆历三年（1043）的《王彦章画像记》，除了叙述五代梁将王彦章的忠勇善战和高尚节操，又对他因小人谗害不被信用表示了惋惜同情，并进而由王彦章事联系北宋当时屡遭西夏等外族侵扰的现实，及自己谋划却不为朝廷所用的愤慨。他在为王彦章抱不平之际，也嗟叹自己的不遇，可以说是"借像表传、借传表意"⑦ 的有为之文，文章"述其以奇取胜以叹时事"⑧，叙事议论兼感慨，尤为感发人心。庆历五年（1045）三月，欧阳修为自己知制诰期间所拟诏令的结集——《外制集》作序，是为《外制集序》。关于此文，茅坤云："公本知制诰时，所遭逢处感慨序次，有深长言远之思。"⑨ 归有光云："本遭逢处感慨次序，其忧深，其言远，其源深而流长。"⑩ 何焯云："用笔极有顿挫，言外亦感慨无穷。"⑪ 以上均可说明，此时期欧文在情感内涵上，由于被贬夷陵的经历及参与朝政程度的加深，情感内涵更加丰厚深刻，而在情感的抒情上也更注重感慨淋漓、感喟深长、感思激荡的方式与特征。

---

① 吕留良：《晚村先生八家古文精选·欧阳文精选》，清刻本。
② 王文濡：《评校音注古文辞类纂》卷四十六，中华书局，1923。
③ 归有光：《欧阳文忠公文选》卷九，清刻本。
④ 唐介轩：《古文冀》卷七，清同治癸酉常熟艺文堂刻本。
⑤ 陈曾则：《古文比》卷二，中华书局，民国二十五年铅印本。
⑥ 毛庆蕃：《古文学余》卷三十二，光绪戊申刻本。
⑦ 浦起龙：《古文眉诠》卷六十，静寄东轩刻本。
⑧ 黄震著，张伟、何忠礼主编《黄震全集》卷六十一，浙江大学出版社，2013，第1873页。
⑨ 茅坤：《唐宋八大家文钞》卷四十五《庐陵文钞》，文渊阁四库全书本。
⑩ 归有光：《欧阳文忠公文选》卷六，清刻本。
⑪ 何焯著、崔高维点校《义门读书记》，中华书局，1987，第685页。

此期欧文还有意识地学习司马迁历史人物传记的写法，特意突出人物奇异超群、与众不同的个性品质，而文章风格有时也呈现出刚健雄迈的特点。作于庆历元年（1041）的《石曼卿墓表》，所谓"轩昂俱惊俗"，"读书不治章句，独慕古人奇节伟行非常之功，视世俗屑屑，无足动其意者"。文章主要突显石延年豪迈纵放、特异超群、不同流俗的气质与精神风貌，同时对其才不被世用深为叹惜："若曼卿者，非徒与世难合，而不克所施，亦其不幸不得至乎中寿，其命也夫！其可哀也夫！"① 文章因对象个性特点也洋溢着豪迈劲健的风格，王帷夏云："只于纵酒豪放中摹写其英雄之概。"② 储欣云："勃勃有奇气。读墓表，真昂昂若千里之驹。"③ 浦起龙云："健笔足以配豪气。"④ 由于对石曼卿了解之深，欧阳修对曼卿个性、精神风貌的刻画尤为生动、逼真，确是"深知曼卿，如印在心，不觉笔下描画得欲哭欲笑"⑤。同时体现欧阳修与朋友之间深厚的情谊，文章基调也伴随着悲慨与凄清："以悲慨带叙事"⑥，"凄清逸调，读之令人悲酸"⑦。庆历二年（1042）所作《释惟俨文集序》一文，也是主要突显释惟俨为人气质的与众不同，其奇人奇品，"奇气"勃发的特点。吕留良云："欧阳作两释集序，皆有奇气。"⑧ 这种"勃勃有奇气"⑨，也得于司马迁文章。归有光云："竟是列传体，其奇伟历落亦从太史公游侠传得来者也。"⑩ 文章风格也因此显得"奇崛变化不测"⑪。《释祕演诗集序》也是以"奇"名篇，"通篇总以'奇'字作骨"⑫ "奇绝"⑬ "磊落纵恣"⑭ "笔情恣肆"⑮

---

① 卷二十四《石曼卿墓表》，第 373～375 页。
② 孙琮：《山晓阁唐宋八大家选·欧阳庐陵》卷四，清康熙刻本。
③ 储欣：《唐宋十大家全集录·六一居士全集录》卷二，清光绪壬午江苏书局重刻本。
④ 浦起龙：《古文眉诠》卷六十二，静寄东轩刻本。
⑤ 归有光：《欧阳文忠公文选》卷十，清刻本。
⑥ 茅坤：《唐宋八大家文钞》卷五十八《庐陵文钞》，文渊阁四库全书本。
⑦ 蔡铸：《古文评注补正》卷八，载韩欣整理《汇评详注古文观止》，天津古籍出版社，2010，第 646 页。
⑧ 吕留良：《唐宋八家古文精选·欧阳文》，清甲申吕氏家塾刊本。
⑨ 储欣：《唐宋十大家全集录·六一居士全集录》卷五，清光绪壬午江苏书局重刻本。
⑩ 归有光：《欧阳文忠公文选》卷六，清刻本。
⑪ 储欣：《唐宋八大家类选》卷十一，清光绪壬辰湖北官书处重刻本。
⑫ 朱宗洛：《古文一隅·卷下》，清光绪十三年撷华书局刊本。
⑬ 储欣：《唐宋十大家全集录·六一居士全集录》卷五，清光绪壬午江苏书局重刻本。
⑭ 储欣：《唐宋十大家全集录·六一居士全集录》卷五，清光绪壬午江苏书局重刻本。
⑮ 毛庆蕃：《古文学余》卷三十二，光绪戊申本刻本。

"跌宕雄奇"①"文亦疏宕有奇气"②，全文均是奇人奇品奇才奇行的写照。《王彦章画像记》叙述了王彦章的忠勇善战和高尚节操，特别对王彦章的以奇取胜战术战功称颂不已，文章"述其以奇取胜以叹时事"③，"纵横恣肆，如蛟腾虎跃，绝为高作"④。这几篇文章都可看成是其时年龄尚不及三十五岁的欧阳修在散文创作上学习司马迁文章"好奇"的旨趣风尚，因而在文风上一定程度地呈现出"雄奇""豪迈""劲健"的风格特点，这从反面也可以说明此时以纡徐委婉、阴柔之美为特性的"六一风神"，尚未成为欧文创作的主导风格。

而在墓志碑铭的写作中，由学习、承继《史记》而来的叙事性成分也愈来愈多了。这时期的墓志碑铭撰写，在叙事技巧与能力上，有一定的提升，但此类文体中大部分作品"风神"特征彰显尚不十分明晰。如作于宝元二年（1039）的《尚书户部侍郎赠兵部尚书蔡公行状》，他在撰写墓志碑铭的叙事技巧与能力方面，有了一定的提高。茅坤云："蔡公宽重正直处，摹写有生色。"⑤王元启云："公记事文多学《史记》，贯穿驰骤，非可以常律拘。"⑥而于同年所写的《薛质夫墓志铭》，则看不出"风神"特征。《司封员外郎许公行状》是"叙事中矩矱"，于"风神"之顿宕起伏、低昂委曲处似有所不及。到了庆历时期，欧阳修在叙事方面对司马迁《史记》的学习，有日渐增强之势，甚至声响节奏无一不合，能得史迁之神。作于庆历二年（1042）的《御书阁记》，记述御书阁的由来与兴废，并阐发佛与老的区别及佛易兴而老难振的原因。茅坤云"叙事类太史"⑦，归有光云"颇似史迁"⑧。《翰林侍读学士给事中梅公墓志铭》，是欧阳修于庆历二年为梅尧臣叔父梅询所作，此文在叙事手法与笔意上学习《史记》，而能出神入化。茅坤云"直叙逼太史公"⑨，归有光云"杂之史迁集中，竟

---

① 毛庆蕃：《古文学余》卷三十二，光绪戊申刻本。
② 储欣：《唐宋八大家类选》卷十一，清光绪壬辰湖北官书处重刻本。
③ 黄震著，张伟、何忠礼主编《黄震全集》卷六十一，浙江大学出版社，2013，第1873页。
④ 孙琮：《山晓阁唐宋八大家选·欧阳庐陵》卷三，清康熙刻本。
⑤ 茅坤：《唐宋八大家文钞》卷五十九《庐陵文钞》，文渊阁四库全书本。
⑥ 王元启：《读欧记疑》卷一，食旧堂丛书本。
⑦ 茅坤：《唐宋八大家文钞》卷四十八《庐陵文钞》，文渊阁四库全书本。
⑧ 归有光：《欧阳文忠公文选》卷七，清刻本。
⑨ 茅坤：《唐宋八大家文钞》卷五十四《庐陵文钞》，文渊阁四库全书本。

不可复辨"①，张裕钊云"此文尤近史公，声响节奏无一不合"②。《南阳县君谢氏墓志铭》，是为梅尧臣之妻谢氏夫人所作的墓志铭，在叙事角度与分寸上也把握得很好。文章从梅尧臣书信的角度，曲曲叙出谢氏生平："只就其夫言，曲曲叙出，何凄婉乃尔"③，又重点突出，个性鲜明："叙治家，叙知人，叙忧世，不必多及琐屑，足称贤妇人矣。字里行间俱带凄惋之气"④，"叙女德简，叙书词纤悉"⑤，而"法度恰好"⑥。

此时，欧文中已经有几篇在叙事与抒情方面完全融为一体，既得"史迁风神"悲慨呜咽的情感内涵与抒情特征，又学习史迁叙事生动、传人逼真之法，在更高水平上体现了"六一风神"的特质。《释祕演诗集序》一文，不仅其感慨淋漓、悲慨激荡的特点得"史迁风神"，而且在叙事方面，欧阳修也有意识地学习司马迁之命意、手法与风格，如"篇中命意最旷而逸，得司马子长之神髓矣"⑦，"篇中叙事感慨，无限悲壮，其行文又如云气往来，空濛缭绕，得史迁神髓矣"⑧，"直起直落，直转直接，具无穷变化，纯是潜气内转，可与子长诸表序参看"⑨，达到感情抒发与叙事特征的巧妙融合。作于庆历三年（1043）的《黄梦升墓志铭》，则叙事与抒情融为一体，文章写人叙事极其传神，使读者如见其人，如闻其声，又感慨嗟叹人物失意沉沦之不幸人生。茅坤云："叙生平交游，感慨为志。"⑩ 可以说其实现了叙事与抒情感慨的完美融合，独得司马迁文章风神，取得墓志铭创作的很高水准，因此刘大櫆云："欧公叙事之文，独得史迁风神，此篇遒宕古逸，当为墓志第一。"⑪ 作于庆历四年（1044），悼念亡叔的《尚书都官员外郎欧阳公墓志铭》，在抒情叙事的结合上也比较成功，文章叙事剪裁极为得体，又深切地表达了对叔父的悼念之情。储欣云"孤子志所依之叔

---

① 归有光：《欧阳文忠公文选》，清刻本。
② 徐树铮：《诸家评点古文辞类纂》（第4册），国家图书馆出版社，2012，第244页。
③ 王文濡：《评校音注古文辞类纂》卷四十六，中华书局，1923。
④ 沈德潜选评、于石校注《唐宋八家文读本》，安徽文艺出版社，1998，第442页。
⑤ 茅坤：《唐宋八大家文钞》卷五十七《庐陵文钞》，文渊阁四库全书本。
⑥ 归有光：《欧阳文忠公文选》卷九，清刻本。
⑦ 茅坤：《唐宋八大家文钞》卷五十四《庐陵文钞》，文渊阁四库全书本。
⑧ 林云铭：《古文析义·初编》卷五，清康熙丙申刻本。
⑨ 毛庆蕃：《古文学余》卷三十二，光绪戊申刻本。
⑩ 茅坤：《唐宋八大家文钞》卷五十七《庐陵文钞》，文渊阁四库全书本。
⑪ 徐树铮：《诸家评点古文辞类纂》（第4册），国家图书馆出版社，2012，第185页。

父，情文之哀，读之欲泣；及览所次狱事明决如神，读之欲舞"①，沈德潜云"孤子为叔父草志，自应有此缠绵凄惋之情，后叙理民折狱四事，简而有法，详略得宜"②，均不无道理。

《吉州学记》与《外制集序》，是这时期两篇古雅闳大、浑厚朴茂、老成典则的文章，初步彰显了"六一风神"雍容和缓、温雅醇粹的特点。庆历三年（1043）八月，范仲淹等人上书要求革新政治，"庆历新政"从此开始。兴办学堂则是新政重要内容之一。欧阳修于庆历四年（1044）写了《吉州学记》，文中记叙了吉州学堂建立的前后情况，同时强调了学校教化作用之大。文云："学有堂筵斋讲，有藏书之阁，有宾客之位，有游息之亭，严严翼翼，壮伟闳耀，而人不以为侈"，"而得时从先生、耆老，席于众宾之后，听乡乐之歌，饮献酬之酒，以诗颂天子太平之功"③。学人所评"典刑之文"④ "思见道化之成"⑤ "格局阔大，波澜老成" "和平而工者也" "极炜煌钜丽之观"⑥ "董醇贾茂，兼而有之"⑦ "文之得大体者"⑧ "意思气象俱胜"⑨ "浑厚朴茂"⑩ "不但体裁闳达，而兼有至性缠绵"⑪ "议论正大，文笔茂美，卓然儒者之文"⑫ 等，都对此文雍和典雅之风度、浑厚朴茂之气质，称赏不已。《外制集序》也是如此，储欣云"尔雅深厚，盛汉之文也"⑬ "雍容古雅，西汉文辞，可以冠欧之序"⑭，浦起龙云"序为自作，而体近承制，一路顺叙，风度雍容，风度其本色，体制则式后矣"⑮，毛庆蕃云"进退揖让，有君子之风"⑯，可见也是富于雍容和雅、

---

① 储欣：《唐宋十大家全集录·六一居士全集录》卷三，清光绪壬午江苏书局重刻本。
② 沈德潜选评、于石校注《唐宋八家文读本》，安徽文艺出版社，1998，第440页。
③ 卷三十九《吉州学记》，第572~573页。
④ 茅坤：《唐宋八大家文钞》卷四十九《庐陵文钞》，文渊阁四库全书本。
⑤ 黄震著，张伟、何忠礼主编《黄震全集》卷六十一，浙江大学出版社，2013，第1873页。
⑥ 爱新觉罗·玄烨：《御选古文渊鉴》卷四十五，四库全书本。
⑦ 储欣：《唐宋十大家全集录·六一居士全集录》卷五记，清光绪壬午江苏书局重刻本。
⑧ 张伯行：《唐宋八大家文钞》卷六，中华书局，2010，第78页。
⑨ 何焯著、崔高维点校《义门读书记》，中华书局，1987，第693页。
⑩ 沈德潜选评、于石校注《唐宋八家文读本》，安徽文艺出版社，1998，第391页。
⑪ 陈兆仑：《陈太仆批选八大家文钞·欧文》卷一，清光绪二十六年天津文美斋石印本。
⑫ 蔡世远：《古文雅正》卷十，清光绪乙巳宏道堂重刻本。
⑬ 储欣：《唐宋十大家全集录·六一居士全集录》卷五序，清光绪壬午江苏书局重刻本。
⑭ 储欣：《唐宋八大家类选》卷十一，清光绪壬辰湖北官书处重刻本。
⑮ 浦起龙：《古文眉诠》卷五十九，静寄东轩刻本。
⑯ 毛庆蕃：《古文学余》卷三十二，光绪戊申刻本。

宏大朴茂的"风神"风度气质的文章。

由上可见,这个时期欧阳修的散文创作已经完成了由骈至散的华丽蜕变,同时在这一演变中又包含着许多新变的因子,其中有多种艺术特征与风貌的呈现,如感慨深长者有之,叙议兼以抒情者有之,雍容和雅者有之,雄奇劲健者有之,等等。总体而言,此时在作者散文展现的多元风貌的"花朵"中,"风神"风貌已得到鲜明彰显,学习"史迁风神"的痕迹愈发明显,"风神"花朵渐已成为欧文百花园中最为醒目的一枝。

第三节 全面绽放期:庆历六年(1046)至治平元年(1064)

相比于夷陵之贬,庆历五年(1045),新政失败、欧阳修受诬"张甥案"而导致的滁州之贬,则是对欧阳修侮辱甚巨,使他遭受重创、备感委屈的一次重大打击。它就像一个关键的临界点与分水岭,愈发催化了欧阳修散文"六一风神"主体风格的全面绽放。治平二年(1065)之后,欧阳修卷入关于英宗生父称谓的"濮议之争"中,后又受诬"长媳案",自罢参政,恳请外任,求退致仕之意愈为强烈。因此,我们将贬滁后的庆历六年(1046)至治平二年(1065)之间这一时期,称为欧文创作的第三阶段,亦即"六一风神"的全面绽放期。夷陵之贬,欧阳修坚持不作"戚戚之文"[①],正气凛然,斗志依然昂扬。而此次滁州之贬,新政失败的打击更加沉痛,又遭受人格的巨大侮辱,且年届四十,心态自然与十年前不同。在庆历七年(1047)给挚友梅尧臣的书信中,欧阳修不加掩饰地袒露了自己的心扉,他说:"某此愈久愈乐,不独为学之外有山水琴酒之适而已。小邦为政期年,粗有所成,固知古人不忽小官,有以也……他事非独不挂口,亦不关心,固无浅深可示人也。某母老多病,而身才过四十,顿尔心阑,出处君子大节,有所未果,不敢效俗夫妄言尔。"[②] 信中言自己此时"顿尔心阑",心态之不同,心境之沉潜由此可见。滁州之贬后,欧阳修将自己被贬的忧愁哀怨之情寄于"山水琴酒之适",而名篇杰作《醉翁亭记》等也就创作于此期力求消解、排忧遣愁的复杂曲折心态之中。马茂军说:

---

① 卷六十九《与尹师鲁第一书》,第997页。
② 卷一百四十九《与梅圣俞书》(二十),第2454页。

"庆历新政失败了,庆历党人全部被贬出京城,'国家不幸诗家幸',欧阳修却因此创作了一系列名篇杰作","六一风神"形成于整个庆历党议期"①。洪本健也指出:"贬官滁州后的三段生涯,和气渐增,并成为其气质之主导。欧文中所见到特有的风采、情韵、意态,即'六一风神',正源于其以和气为主导的人格修养。因此,'六一风神'在贬滁以前的作品中不是没有,但主要还是见于以和气为主导的贬滁后的生涯中。"② 的确,此阶段不论是序、记还是碑表、祭文,在作品数量和"风神"审美特质的充分彰显上,都是最多和最鲜明的。此期"风神"隽永的记文就达7篇,仅庆历六年(1046)一年,欧阳修就创作了4篇极具"风神"的记文:有"波澜动宕"③的《偃虹堤记》,有"令人神骨倏然长往"④的《醉翁亭记》以及"风致倏然"⑤的《菱溪石记》,特别是"读之使人兴怀古之想"⑥"夷犹顿挫之笔,乃愈见风神"⑦"别有一种遥情远韵"⑧"兴象超远,气势淋漓……文外有一片冲瀜骏邈之气"⑨的《丰乐亭记》,"更是达到了'六一风神'精神的最高点"⑩。"这二篇文章(指《醉翁亭记》和《丰乐亭记》)堪为六一风神成熟的标志和典范。"⑪ 这种风貌的创作一直贯穿于皇祐、嘉祐年间,如"含蕴无穷"⑫"兴致悠然,风韵倏然"⑬"绝世风神,竟溢文字之外"⑭"风韵溢于行间"⑮的《真州东园记》《浮槎山水记》《有美堂记》等,都是风韵悠然的记文。序文中重要的作品有5篇,它们是《送杨寘序》《苏氏文集序》《送徐无党南归序》《礼部唱和诗序》

---

① 马茂军:《宋代散文史论》,中华书局,2008,第133页。
② 洪本健:《欧阳修的"和气"与"六一风神"》,《国学学刊》2014年第2期,第126页。
③ 沈德潜选评、于石校注《唐宋八家文读本》,安徽文艺出版社,1998,第395页。
④ 茅坤:《唐宋八大家文钞》卷四十九《庐陵文钞》,文渊阁四库全书本。
⑤ 茅坤:《唐宋八大家文钞》卷四十八《庐陵文钞》,文渊阁四库全书本。
⑥ 楼昉:《崇古文诀》卷十九,文渊阁四库全书本。
⑦ 林纾:《春觉斋论文》,人民文学出版社,1959,第120页。
⑧ 李刚己:《古文辞约编·序跋类》,民国十四年柏香书屋刊本。
⑨ 李刚己:《古文辞约编·杂记类》,民国十四年柏香书屋刊本。
⑩ 〔韩〕黄一权:《欧阳修散文研究》,华东师范大学出版社,2003,第23页。
⑪ 马茂军:《宋代散文史论》,中华书局,2008,第134页。
⑫ 唐介轩:《古文翼》卷七,清同治癸酉常熟艺文堂刊本。
⑬ 归有光:《欧阳文忠公文选》卷七,清刻本。
⑭ 慕容真点校《林纾选评古文辞类纂》,浙江古籍出版社,1986,第418页。
⑮ 王文濡:《评校音注古文辞类纂》卷五十四,中华书局,1923。

《梅圣俞诗集序》等，都具有"言有尽而情味无穷"[①]"大有一唱三叹之致"[②]"风韵尤绝"[③]"言尽而意不止"[④]"反复感叹，抑扬顿挫"[⑤]"丰神千古不灭"[⑥]"神韵悠然自远""曲终余韵，一唱三叹"[⑦]"以往复容与一片神行"[⑧]的审美特质，是成熟且具"六一风神"典型风貌的序文。此外，还有悲思激荡、慨叹淋漓的碑表祭文5篇，如"悲思激宕，风格最近太史公"[⑨]的《尹师鲁墓志铭》，"磊落之致，悲怆之思，抑扬跌宕，绰有情致"[⑩]的《祭尹师鲁文》，"风雅跌宕"[⑪]的《尚书屯田员外郎张君墓表》，"读来如云气空濛，绝无缝级之迹"[⑫]"历叙交游，而俯仰身世，感叹淋漓，风神遒逸"[⑬]的《河南府司录张君墓表》，以及"宕逸处固不可及"[⑭]"便有无限风致"[⑮]的《江邻几墓志铭》等。三种文类的"风神"代表性篇目竟达17篇之多。另外，《伶官传论》以结构"低昂反复"[⑯]、"跌宕遒逸"[⑰]、韵味隽永、"一唱三叹"[⑱]、"含蓄不尽之意"而深得史迁风神之美，所谓"风神绝似史迁"[⑲]"妙绝千古"[⑳]"欧公丰神"等皆是言此。由此篇风神特征成熟而典型的风格风貌上判断，作于庆历六年（1046）至皇祐五年（1053）这几年的可能性极大。因此可以看出，这一阶段，代表作品数量极多，思想艺术精湛的名篇佳作也不少，特别是《丰乐亭记》《醉翁亭记》《伶官传论》等作品，充分彰显了成熟而典型的"六一风神"，使欧

[①] 过琪：《古文评注》卷八，清嘉庆庚申刻本。
[②] 唐介轩：《古文翼》卷七，清同治癸酉常熟艺文堂刊本。
[③] 毛庆藩：《古文学余》卷三十二，光绪戊申刻本。
[④] 何焯著，崔高维点校《义门读书记》，中华书局，1987，第688页。
[⑤] 徐树铮：《诸家评点古文辞类纂》（第3册），国家图书馆出版社，2012，第332页。
[⑥] 唐文治：《国文经纬贯通大义》卷二《一唱三叹法》，1925年无锡国学专修馆本。
[⑦] 孙琮：《山晓阁选宋大家欧阳庐陵全集》卷三，清康熙刻本。
[⑧] 沈德潜选评、于石校注《唐宋八家文读本》，安徽文艺出版社，1998，第371页。
[⑨] 徐树铮：《诸家评点古文辞类纂》（第4册），国家图书馆出版社，2012，第195页。
[⑩] 张伯行：《唐宋八大家文钞》卷六，中华书局，2010，第85页。
[⑪] 归有光：《欧阳文忠公文选》卷十，清刻本。
[⑫] 林云铭：《古文析义·二编》卷七，清康熙丙申刻本。
[⑬] 徐树铮：《诸家评点古文辞类纂》（第4册），国家图书馆出版社，2012，第142页。
[⑭] 王文濡：《评校音注古文辞类纂》卷四十四，中华书局，1923。
[⑮] 孙琮：《山晓阁选宋大家欧阳庐陵全集》卷三，清康熙刻本。
[⑯] 吴楚材、吴调侯选注，安平秋点校《古文观止》，中华书局，1987，第403页。
[⑰] 徐树铮：《诸家评点古文辞类纂》（第1册），国家图书馆出版社，2012，第437页。
[⑱] 唐文治：《国文经纬贯通大义》卷一《格律警严法》，1925年无锡国学专修馆本。
[⑲] 徐树铮：《诸家评点古文辞类纂》（第1册），国家图书馆出版社，2012，第437页。
[⑳] 唐文治：《国文经纬贯通大义》卷一《格律警严法》，1925年无锡国学专修馆本。

公文章风范传于千古而不朽于世。以下我们依据时间先后顺序，对欧阳修此阶段的散文创作情况稍做分析。

新政失败、受诬被贬使欧阳修的内在情感愈加丰富、复杂，而他又有意识地以理节情，以道理节制情感的激流，发而为委婉曲折、感慨连连的感思与浩叹，故而文章中感慨深沉、感喟深长、低回慨叹的特点也就愈发鲜明、突显了。如作于庆历六年（1046）的《菱溪石记》，借五代伪将刘金的盛衰慨叹历史的兴废与更替。作者情感的抒发是委婉曲折的。他借题寓慨，而非直接抒情，又以议为叙，曲折跌宕。这是一篇"行文委曲幽妙""却自风致翛然"①的记物兴怀文章。同年所作的《丰乐亭记》也是一篇"感慨系之"②"最有深情"③的记文。作于皇祐三年（1051）的《真州东园记》，由真州"今日为园之美，一一倒追，未有之荒芜，更有情韵意态"④，欧阳修因兴而追忆其废，俯仰之间，感慨深长。作于皇祐三年（1051）的《苏氏文集序》，是欧阳修为亡友苏舜钦文集所作的序。苏舜钦因积极参加庆历新政，被反对派视为眼中钉，受谗被贬，后又卒于官。《宋史·文苑四·苏舜钦传》记载："范仲淹荐其才，召试，为集贤校理，监进奏院。舜钦娶宰相杜衍女，衍时与仲淹、富弼在政府，多引用一时闻人，欲更张庶事。御史中丞王拱辰等不便其所为。会进奏院祠神，舜钦与右班殿直刘巽辄用鬻故纸公钱召妓乐，间夕会宾客。拱辰廉得之，讽其属鱼周询等劾奏，因欲摇动衍。事下开封府劾治，于是舜钦与巽俱坐自盗除名，同时会者皆知名士，因缘得罪逐出四方者十余人。世以为过薄，而拱辰等方自喜曰：'吾一举网尽矣。'"⑤可见，受贬而死的苏舜钦实为党争之牺牲品，欧阳修将他所遗文集录为十卷，并亲笔撰写了这篇序文。文章专门为子美受诬被贬终卒之不幸抱不平，伤其不遇，愤其为世所摈，充满感伤之情。吕留良云"其情深至……悲痛之深，语意反复丛杂"⑥，储欣云"流涕唏嘘，此古人情至之作"⑦，沈德潜云"序中极言有文无命，徘徊惋

---

① 茅坤：《唐宋八大家文钞》卷四十八《庐陵文钞》，文渊阁四库全书本。
② 吴楚材、吴调侯选注，安平秋点校《古文观止》卷十，中华书局，1987，第409页。
③ 储欣：《唐宋八大家类选》卷十一，清光绪壬辰湖北官书处重刻本。
④ 陈曾则：《古文比》卷二，中华书局，民国二十五年铅印本。
⑤ 脱脱等撰《宋史》卷四百四十二《苏舜钦传》，中华书局，2000，第10179页。
⑥ 吕留良：《晚村先生八家古文精选·欧阳文精选》，清刻本。
⑦ 储欣：《唐宋八大家类选》卷十一，清光绪壬辰湖北官书处重刻本。

惜，令后人读之，犹觉悲风四起"①，等等，可以说此文感慨淋漓、感喟深长的特点是十分突出的。《送徐无党南归序》借赠送序感慨士人的生命意义与价值，并进而引发对人生"三不朽"的思考与慨叹。欧阳修说："草木鸟兽之为物，众人之为人，其为生虽异，而为死则同，一归于腐坏澌尽泯灭而已。而众人之中，有圣贤者，固亦生且死于其间，而独异于草木鸟兽众人者，虽死而不朽，愈远而弥存也。其所以为圣贤者，修之于身，施之于事，见之于言，是三者所以能不朽而存也。"② 文章反复感叹，"淋漓悲慨，透露精神"③，又"无限唏嘘感慨"④，"最足动人"⑤，自有风神荡逸之美。《梅圣俞诗集序》肯定梅尧臣诗歌创作的高度成就是由于作者"内有忧思感愤之郁积"，因情成文，故"穷而后工"。文章又对梅尧臣沦落下僚、坎坷终生寄予了深切同情。文章议论悲慨，曲折顿宕，低昂婉转，又曲终余韵，一唱三叹，因此也是风韵绵邈、"一片神行"⑥ 的名篇佳作。《河南府司录张君墓表》是嘉祐二年（1057）欧阳修为昔日洛阳友人张汝士所作墓表。文章既是对张汝士的悼念，也引发了作者对洛阳旧游的深情怀念。吕留良云"此篇以感慨为主，即其叙述交游生平处，亦皆带着感慨之意，此是文章线索"⑦，刘大櫆云"感叹淋漓，风神遒逸，当与黄梦升、张子野并为志墓之绝唱"⑧，这一感思郁结、感喟深长的特点，是此文"风神"彰显的重要元素。《江邻几墓志铭》也是"其思悲慨"⑨"志多悲感"⑩ 的作品，孙鑛云："只是悼亡意，作感慨调，抑扬顿挫，便有无限风致。此文佳处盖在字句外。"⑪《祭梅圣俞文》祭悼在嘉祐五年（1060）京师暴发的传染病中，染疾而殁的梅尧臣。对于这位多年的挚友至交，祭文将两人处处对照着写，更显示出对至亲挚友离世的无尽哀恸。孙琮《山晓阁唐宋八大家选·欧阳庐陵》云："皆是将自己夹说，写尽痛悼齿友先亡

---

① 沈德潜选评、于石校注《唐宋八家文读本》，安徽文艺出版社，1998，第368页。
② 卷四十四《送徐无党南归序》，第631页。
③ 孙琮：《山晓阁唐宋八大家选·欧阳庐陵》卷三，清康熙刻本。
④ 储欣：《唐宋八大家类选》卷十一，清光绪壬辰湖北官书处重刻本。
⑤ 沈德潜选评、于石校注《唐宋八家文读本》，安徽文艺出版社，1998，第385页。
⑥ 沈德潜选评、于石校注《唐宋八家文读本》，安徽文艺出版社，1998，第371页。
⑦ 吕留良：《晚村先生八家古文精选·欧阳文精选》，清刻本。
⑧ 王文濡：《评校音注古文辞类纂》卷四十五，中华书局，1923。
⑨ 归有光：《欧阳文忠公文选》卷九，清刻本。
⑩ 茅坤：《唐宋八大家文钞》卷五十七《庐陵文钞》，文渊阁四库全书本。
⑪ 孙琮：《山晓阁选宋大家欧阳庐陵全集》卷三，清康熙刻本。

神理。"① 王文濡《评校音注古文辞类纂》云:"无一句一字不自肺腑中流出,足以当'真挚'二字。"② 因此,这也是一篇"悲怆刺骨"③的风神文章。

在公事之余,以山水自适、求山水之乐,不仅可以消解心中的愁闷,也是欧阳修对儒家安贫乐道、与民同乐思想的理解与实践。在《答李大临学士书》中,欧阳修说:"足下知道之明者,固能达于进退穷通之理。能达于此,而无累于心,然后山林泉石可以乐;必与贤者共,然后登临之际有以乐也。"④ 其体现出对山水之乐和与民同乐思想的理解与体悟。在这种忧愁而求安适、郁结又复平和的心态的作用之下,此阶段"风神"隽永的作品,除了感思愈为丰富、感喟愈为深长之外,在摹物绘形的生动、形象、传神、情境氛围的营造及神致风韵的表现方面上也多有明显的特征。如《丰乐亭记》中"其上丰山耸然而特立,下则幽谷窈然而深藏,中有清泉滃然而仰出。俯仰左右,顾而乐之。于是疏泉凿石,辟地以为亭,而与滁人往游于其间。"⑤ 景致秀美,情景生动,如至目前,令人有身处太平安宁盛世的神怡和乐之感。此与苏舜钦《寄题丰乐亭》诗歌中描写的情境:"名之丰乐者,此意贵在农。使君何所乐,所乐惟年丰,年丰讼诉息,可使风化浓。游此乃可乐,岂徒悦宾从,野老共歌呼,山禽相迎逢。把酒谢白云,援琴对孤松,境清岂俗到,世路徒冲冲"⑥ 有异曲同工之妙。徐文昭谓之"太平气象,跃跃从纸上出现"⑦,孙琮谓之"自是盛世祯祥,不同衰飒陋习"⑧,如此文章自然也就具有了一种"和平深雅"⑨的阔大气象,而情与景融、俯仰兴怀的跌宕顿挫,使文情的表达愈加波澜起伏,也更增添文章吞吐含蕴的委婉曲折之美与风神宕逸之美。《古文观止》云:"作记游文,却归到大宋功德、休养生息所致,立言何等阔大。其俯仰今昔,感慨系之,又增无数烟波。"⑩ 陈衍云:"永叔文以序跋杂记为最长,杂记尤

---

① 孙琮:《山晓阁唐宋八大家选·欧阳庐陵》卷四,清康熙刻本。
② 王文濡:《评校音注古文辞类纂》卷七十四,中华书局,1923。
③ 茅坤:《唐宋八大家文钞》卷五十九《庐陵文钞》,文渊阁四库全书本。
④ 王文濡:《评校音注古文辞类纂》卷七十四,中华书局,1923。
⑤ 王文濡:《评校音注古文辞类纂》卷七十四,中华书局,1923。
⑥ 苏舜钦:《苏舜钦集》卷四《寄题丰乐亭》,上海古籍出版社,2011,第38页。
⑦ 归有光:《欧阳文忠公文选》卷七,清刻本。
⑧ 孙琮:《山晓阁唐宋八大家选·欧阳庐陵》卷三,清康熙刻本。
⑨ 何焯著、崔高维点校《义门读书记》,中华书局,1987,第694页。
⑩ 吴楚材、吴调侯选注,安平秋点校《古文观止》卷十,中华书局,1987,第409页。

以《丰乐亭》为最完美……然后说由乱到治与由治回想到乱，一波三折，将实事于虚空中摩荡盘旋。此欧公平生擅长之技，所谓风神也。"① 李刚己云："感发深至，措注浑雄，褚墨之外，别有一种遥情远韵，令读者咏叹淫泆，油然不能自止。"② 可见，这是一篇极为典型的情文并美、"风神"隽永的佳作。《醉翁亭记》的诗情画意、情境如画、情景交融，也是构成其"风神"摇曳的重要因素。楼昉云："此文所谓笔端有画。"③ 李腾芳云："'峰回路转，有亭翼然临于泉上者，醉翁亭也'，一'翼'字将亭之情、亭之景、亭之形象俱写出，如在目前，可谓妙绝矣。"④ 文章层叠顿宕，含不尽之意见于言外，极富摇曳动荡的风神韵致。过珙云："从滁出山，从山出泉，从泉出亭，从亭出人，从人出名，一层二层复一层，如累叠阶级，逐级上去，节脉相生，妙矣。"⑤ 唐介轩云："当日政清人和，与民同乐景象，流溢于笔墨之外。"⑥ 余诚云："风平浪静之中，自具波澜潆洄之妙。笔歌墨舞，纯乎化境，洵是传记中绝品。"⑦ 唐文治云："清微淡远，翛然弦外之音。"⑧ 因此文流风余韵之醇美，学人甚至评其为"风月文章"⑨。《送杨寘序》以琴声慰藉不得志的杨寘，文章在描摹琴声上引用典故与比喻，使琴声在表达人物之叹、之忧、之愁方面，具体、形象且生动，"真有琴声出于纸上"⑩，"此文满纸皆琴声"⑪，令人读之印记尤深。文云："夫琴之为技小矣，及其至也，大者为宫，细者为羽，操弦骤作，忽然变之，急者凄然以促，缓者舒然以和。如崩崖裂石，高山出泉，而风雨夜至也；如怨夫寡妇之叹息，雌雄雍雍之相鸣也。其忧深思远，则舜与文王、孔子之遗音也；悲愁感愤，则伯奇孤子、屈原忠臣之所叹也。喜怒

---

① 陈衍撰、陈步编《陈石遗集》，福建人民出版社，2001，第 1623 页。
② 李刚己：《古文辞约编·序跋类》，民国十四年柏香书屋刊本。
③ 楼昉：《崇古文诀》卷十八，文渊阁四库全书本。
④ 李腾芳：《李文庄公全集》卷九，载郑奠、谭全基编《古汉语修辞学资料汇编》，商务印书馆，1980，第 401 页。
⑤ 过珙：《古文评注》卷八，清嘉庆庚申刻本。
⑥ 唐介轩：《古文翼》卷七，清同治癸酉常熟艺文堂刊本。
⑦ 余诚：《古文释义》卷八，上海锦章图书局石印本。
⑧ 唐文治：《国文经纬贯通大义》卷六《心境两间法》，1925 年无锡国学专修馆本。
⑨ 归有光：《欧阳文忠公文选》卷七，清刻本。
⑩ 爱新觉罗·弘历：《御选唐宋文醇》卷二十五，清光绪三年浙江书局重刻本。
⑪ 唐文治：《国文经纬贯通大义》卷二《一唱三叹法》，1925 年无锡国学专修馆本。

哀乐，动人心深。"① 可以说是"备极形容"②，有韩愈《听颖师弹琴》之妙。文章以琴声达意，以琴声移情，既慰友人心怀之郁郁，复使读者闻之心旷而神怡，赠序文致曲折，古秀雅淡，言有尽而情味无穷。林纾云"文之幽渺凄厉，如秋宵之风雨"③，称得上是"风韵尤绝"④ 的文章。《秋声赋》摹写物态，"满纸皆秋声"⑤、极妍尽态，情景如至目前，"神足矣"⑥。孙琮云："读前幅写秋声之大，真如狂风怒涛，令人怖恐；读末幅写虫声之小，真如嫠妇夜泣，令人惨伤。一个'声'字，写作两番笔墨，便是两番神境。"⑦ 钟惺云："秋声无形者也，却写得形色宛然，读之使人悄然而悲，肃然而恐，真可谓绘风手矣。"⑧ 秋声本无可写，却借其色、其容、其气、其意，引出其声，一种感慨苍凉之致，凄然欲绝之态扑面而来，确是情文绝胜的上好文章。《真州东园记》虽以许子春的口述来写，叙东园今兴昔废之景，但极为生动形象，文云："芙渠芰荷之的历，幽兰白芷之芬芳，与夫佳花美木列植而交阴，此前日之苍烟白露而荆棘也……"⑨ 文章以虚生实，俯仰顿挫，风神摇曳。《浮槎山水记》写浮槎之山水亦是情景生动，如在目前："既又登浮槎，至其山，上有石池，涓涓可爱，盖羽所谓乳泉漫流者也……至于荫长松，藉丰草，听山溜之潺湲，饮石泉之滴沥，此山林者之乐也。"⑩ 山水之清新可爱与名士之儒雅风流交融汇合，可谓"风韵翛然"⑪ 也，而"绝世风神，竟溢文字之外"⑫。作于嘉祐四年（1059）的《有美堂记》写道："今其民幸富完安乐，又其习俗工巧，邑屋华丽，盖十余万家，环以湖山，左右映带；而闽商海贾，风帆浪舶，出入于江涛浩渺烟云杳霭之间，可谓盛矣。"⑬ 以虚生实，生动形象，情景如

---

① 卷四十四《送杨寘序》，第629页。
② 徐树铮：《诸家评点古文辞类纂》（第3册），国家图书馆出版社，2012，第323页。
③ 慕容真点校《林纾选评古文辞类纂》，浙江古籍出版社，1986，第228页。
④ 毛庆蕃：《古文学余》卷三十二，光绪戊申刻本。
⑤ 唐文治：《国文经纬贯通大义》卷二《一唱三叹法》，1925年无锡国学专修馆本。
⑥ 唐文治：《国文经纬贯通大义》卷二《一唱三叹法》，1925年无锡国学专修馆本。
⑦ 孙琮：《山晓阁唐宋八大家选·欧阳庐陵》卷四，清康熙刻本。
⑧ 孙琮：《山晓阁唐宋八大家选·欧阳庐陵》卷四，清康熙刻本。
⑨ 卷四十《真州东园记》，第581页。
⑩ 卷四十《浮槎山水记》，第583页。
⑪ 茅坤：《唐宋八大家文钞》卷四十八《庐陵文钞》，文渊阁四库全书本。
⑫ 慕容真点校《林纾选评古文辞类纂》，浙江古籍出版社，1986，第418页。
⑬ 卷四十《有美堂记》，第585页。

见，而且清华朗润、"胸次清旷，洗绝古今"①。文章又将钱塘与金陵层层比照，层层推出有美堂，沈德潜云"逐层脱却，累如置丸，笔下亦复烟云缭绕"②，储欣云"形容两地盛衰各极，情景如在目前，篇中胜观在此。数层脱却，一气滚下，又极纡余袅娜"③，可见是曲折层叠，又自然顺畅，有迂回委婉之妙，确是"风韵溢于行间，诵之锵然"④。《礼部唱和诗序》作于嘉祐二年（1057），是年正月，欧公权知礼部贡举。同试官有韩子华（绛）、王禹玉（珪）、范景仁（镇）、梅公仪（挚），并辟梅尧臣参与其事。在此间，欧公与礼部同僚多有唱和之作，后集录其诗为《礼部唱和诗》。欧阳修为之写了这篇序。茅坤云："虽文之小者，亦好兴致。"⑤ 孙琮云："虽说志数人离合，然急转到览者有取，以见通篇所重，而神韵悠然自远。"⑥ 因此，这也是一篇得"风神"之美的文章。

欧阳修所撰史传与史论中，富于"风神"的代表性篇目包括：《新五代史》的《伶官传论》《一行传叙》《周臣列传赞》《唐秦王从荣传》《朱宣传》《皇甫晖传》和《新唐书》的《艺文志论》《兵志论》等。其中《伶官传论》是史论中最具"风神"的，当为史论"风神美"之冠冕。另两篇传论也是"风神"盎然的作品，如《一行传叙》是"恰如万顷烟波，缥缈难测……笔墨之妙，信称有神"⑦"慨叹淋漓，风神萧飒"⑧，《周臣列传赞》是"无限烟波，全在前后漾绕尽致故也"⑨。《新唐书》中两篇史论，也是无限"风神"得之史迁，如《艺文志论》是"抑扬顿折，无限风神"⑩，《兵志论》是"风神机轴逼真太史公"⑪。《新五代史》的三篇人物传记则是从人物形象刻画生动、逼真及叙事的鲜明、清晰、传神等方面彰显"风神"，如《唐秦王从荣传》是"欧阳公点次从荣篡弑明宗处固多

---

① 茅坤：《唐宋八大家文钞》卷四十八《庐陵文钞》，文渊阁四库全书本。
② 沈德潜评选、于石校注《唐宋八家文读本》，安徽文艺出版社，1998，第397页。
③ 储欣：《唐宋八大家类选》卷十一，清光绪壬辰湖北官书处重刻本。
④ 王文濡：《评校音注古文辞类纂》卷五十四，中华书局，1923。
⑤ 茅坤：《唐宋八大家文钞》卷四十七《庐陵文钞》，文渊阁四库全书本。
⑥ 孙琮：《山晓阁唐宋八大家选·欧阳庐陵》卷三，清康熙刻本。
⑦ 孙琮：《山晓阁选宋大家欧阳庐陵全集》卷三，清康熙刻本。
⑧ 徐树铮：《诸家评点古文辞类纂》（第1册），国家图书馆出版社，2012，第429页。
⑨ 孙琮：《山晓阁选宋大家欧阳庐陵全集》卷三，清康熙刻本。
⑩ 沈德潜评选、于石校注《唐宋八家文读本》，安徽文艺出版社，1998，第459页。
⑪ 归有光：《欧阳文忠公文选》卷五，清刻本。

风神"①,《朱宣传》是"内朱瑾行事甚倔强狙狡可鄙,而欧公语次,风神可掬"②,《皇甫晖传》"皇南晖本骁悍反复,而欧公点次,殊觉风神独畅,令人览其传则怒目裂眦起矣"③。可见,在史论中,欧阳修主要由历史人物或历史事件而生发感慨、兴叹,使文章纡徐起伏、风神跌宕、余味深长。而史传则主要通过历史人物及历史事件的叙写鲜明、生动、传神而充分彰显"风神"。

第四节 老成精熟期:治平二年(1065)至熙宁五年(1072)

治平二年(1065),年已五十九岁的欧阳修连上六表,恳陈病变,请辞政事,朝廷屡批答不允。此年四月,宋英宗下诏请崇奉其生父濮王典礼,由此揭开经年不息的濮议之争序幕,后欧阳修一派虽获曹太后支持,取得胜利,却遭到保守一派的嫉恨,被诬为与长媳有染的"长媳案",后虽得辩明,但欧阳修蒙此大辱,执意自罢参政,去职外任,遂出知亳州。熙宁三年(1070),在青州、蔡州任上,欧阳修又因指陈《青苗法》弊端,并擅止散发青苗钱,被认为反对王安石变法,受到朝廷诘责,退休之念愈为迫切,在屡上表请求致仕而未得批允之后,终于在熙宁四年(1071)被许归田。从治平二年(1065)至他去世的熙宁五年(1072),是欧阳修人生的尾声,也是其文章"六一风神"的最后完成期。这一时期,从数量而言,彰显"六一风神"的作品,较之第三阶段要少一些。但序、记、碑表祭文也都写得"风神"盎然,且情感的表达方面更显悲慨凄凉,是更富"神韵缥缈"④"情不可终"⑤的"凄清逸韵"⑥。王水照认为这段时期的散文集中表达了"迟暮之感",流露出老之将至的迟暮心态,在创作上时有出语重复之病,乃至老人式的细致絮叨,但这"反而增添了感人的力量",

---

① 茅坤:《唐宋八大家文钞》卷六十三《庐陵史钞·家人传》,文渊阁四库全书本。
② 茅坤:《唐宋八大家文钞》卷七十三《庐陵史钞·朱宣传》,文渊阁四库全书本。
③ 茅坤:《唐宋八大家文钞》卷七十五《庐陵史钞·皇甫晖传》,文渊阁四库全书本。
④ 王文濡:《评校音注古文辞类纂》卷五十四,中华书局,1923。
⑤ 储欣:《唐宋八大家类选》卷十一,清光绪壬辰湖北官书处重刻本。
⑥ 茅坤:《唐宋八大家文钞》卷五十九《庐陵文钞》,文渊阁四库全书本。

形成文章低回慨叹、情韵绵长之风神美①。此期有记文2篇，如治平二年（1065）创作的《相州昼锦堂记》既承继"史迁风神"的特点，又形成以欧阳修为代表的宋人文章独特的风韵神姿。熙宁三年（1070）创作的《岘山亭记》，更是"风流感慨"②"神情绵邈"③"抑扬唱叹"④"风流绝世"⑤"超尘离俗"⑥"跌宕多姿"⑦ 的神来之笔，堪称晚年"风神"隽永的典范作品。序文方面包含"风韵自在"⑧"抑扬顿挫，便有无限风致"⑨"言有穷而情不可终"⑩ 的《续思颍诗序》《江邻几文集序》2篇作品。碑表祭文的创作在情感抒发上更为深挚，悲情郁思，感荡人心，有"凄清逸韵"⑪"唏嘘欲绝，可称笔笔传神"⑫ 的《祭石曼卿文》，以及"文情恳挚缠绵，读之真觉言有尽而意无穷"⑬ 的《泷冈阡表》2篇。此阶段代表性作品包括序、记、碑表祭文共计6篇，从数量而言，显然远不及第三阶段，但也出现了影响深远的《岘山亭记》《泷冈阡表》，且风格老成精熟，是"六一风神"的完成期。

第四阶段从治平二年（1065）始至熙宁五年（1072）终，嘉祐八年（1063）宋仁宗去世，嗣子赵曙继位，是为宋英宗。至治平元年（1064）始，朝廷上围绕英宗生父濮安懿王的称谓发生了"濮议"之争。⑭ 以欧阳修、韩琦为代表的执政派认为英宗应该称生父为"皇考"，御史吕诲等认为应该称"皇伯"，并指责欧阳修"首开邪议"，此争议持续经年，欧阳修更成为"台谏派"主攻的目标，最后虽执政派胜出，台谏派被贬，但风波并未平息。至治平四年（1067），欧阳修又被蒋之奇、彭思永等人诬为

---

① 王水照：《欧阳修散文创作的发展道路》，《社会科学战线》1991年第1期，第269~278、284页。
② 茅坤：《唐宋八大家文钞》卷四十八《庐陵文钞》，文渊阁四库全书本。
③ 储欣：《唐宋八大家类选》卷九，清光绪壬辰湖北官书处重刻本。
④ 陈兆仑：《陈太仆批选八大家文钞·欧文》，清光绪二十六年天津文美斋石印本。
⑤ 徐树铮：《诸家评点古文辞类纂》（第4册），国家图书馆出版社，2012，第510页。
⑥ 慕容真点校《林纾选评古文辞类纂》，浙江古籍出版社，1986，第416页。
⑦ 沈德潜选评、于石校注《唐宋八家文读本》，安徽文艺出版社，1998，第399页。
⑧ 茅坤：《唐宋八大家文钞》卷四十七《庐陵文钞》，文渊阁四库全书本。
⑨ 孙琮：《山晓阁唐宋八大家选·欧阳庐陵》卷三，清康熙刻本。
⑩ 储欣：《唐宋八大家类选》卷十一，清光绪壬辰湖北官书处重刻本。
⑪ 茅坤：《唐宋八大家文钞》卷五十九《庐陵文钞》，文渊阁四库全书本。
⑫ 孙琮：《山晓阁唐宋八大家选·欧阳庐陵》卷四，清康熙刻本。
⑬ 过珙：《古文评注》卷八，清嘉庆庚申刻本。
⑭ 附录卷二《神宗实录本传》，第2656页。

"帷薄不修",与长媳吴氏关系暧昧,受诬为"长媳案"①。案情虽由朝廷查核,证明纯属"诬罔",宋神宗也两降手诏予以安慰,但欧阳修深知此为反对派对其人身的又一次攻击,身为宰辅,又以"道德文章为一代宗师"的欧阳修蒙此奇耻大辱,再无心执政,决意求退,以全晚节。其实,在整个治平年间至熙宁四年终得致仕的这七八年间,欧阳修不断求退,先是请辞参政,自请外任,又屡屡上表,恳陈病变,请辞政事,连上《再乞外任第一表》《乞补馆职札子》等,均未应允。遭逢"长媳案"之后,欧阳修决然自罢参政,更连上五表、五札子以"衰病之缠绵",不愿"坐尸厚禄"为由,乞求致仕,归老颍州。至熙宁三年(1070),又因部分反对王安石"熙宁变法",擅止散发青苗钱,受到朝廷诘责。熙宁四年(1071),在连续上三表请求致仕之后,终被应允,致仕归田。由这几年的过程可见,在治平元年之后,欧阳修已经逐渐无意于仕进,或自请外任,或自罢参政,或恳请致仕,已不复庆历年间的参政热情,一方面是年纪渐老、身体欠佳的原因,如其《蔡州再乞致仕第一表》中所云"臣年日加老,病益交攻。新春以来,旧苦增剧。中痟渴涸,注若漏卮;弱胫零丁,兀如槁木。加以睛瞳气晕,几废视瞻,心识昏耗,动多健忘"②,目疾加上日渐严重的糖尿病,使欧阳修愈加萌生求退之意。另一方面是政治主张与反对派之间的差别越来越大,又屡受打击,遂更加无意于参政。那么在这样一个经历背景之下,欧阳修人生最后一个阶段的散文创作又呈现怎样的特点,这是我们此节着重探究的内容。

此期,欧阳修由于心志衰退、归颍心切等原因,彰显"风神"的文章数量并不多,但《岘山亭记》则是欧公晚年完美的收官之笔。记文作于熙宁三年(1070),时作者由青州改知蔡州(今河南汝南),应襄阳知府史中辉之约作本记。岘山,在今湖北襄阳市南汉水边,又名岘首山,因羊祜、杜预而出名,文云:"岘山临汉上,望之隐然,盖诸山之小者,而其名特著于荆州者,岂非以其人哉。其人谓谁?羊祜叔子、杜预元凯是已。"因岘山而思及前贤之流风余韵:"至于风流余韵蔼然被于江汉之间者,至今人犹思之,而于思叔子也尤深。"又因羊祜、杜预求"名"引发作者对留名传世问题的思考与慨叹:"传言叔子尝登兹山,慨然语其属,以谓此山

---

① 附录卷二叶涛:《重修实录本传》记载案讼由来,第2665~2671页。
② 卷九十四《蔡州再乞致仕第一表》,第1413页。

常在，而前世之士皆已湮灭于无闻，因自顾而悲伤"，"然独不知兹山待己而名著也。元凯铭功于二石，一置兹山之上，一投汉水之渊。是知陵谷有变，而不知石有时而磨灭也"，"此襄人之所欲书也。若其左右山川之胜势，与夫草木云烟之杳霭，出没于空旷有无之间，而可以备诗人之登高，写离骚之极目者，宜其览者自得之"①。文章有忆古，有思今，有写景，有抒情，有议论，俯今追昔之际，令人不胜感思慨叹。茅坤云："风流感慨，正是岘山亭文字，与孟浩然《岘山诗》并绝今古。"② 孙琮云："处处迴绕二子，真如绮锦縠文、细细迴环。"③ 文章以"思"字串起古人与今人，"起伏顿挫"④"跌宕多姿"⑤，又"俯仰揖让"⑥"抑扬唱叹"⑦，"行文极宕逸之妙"⑧，神情绵邈，引发读者悠远之遐思。朱宗洛云："一路婉转而入，其郁然深秀之致，自露行间，令人玩赏不穷。"⑨ 唐介轩云："末后一束，文境绵远，亦如草木云烟之杳霭，出没于空旷有无之间。"⑩ 文章中岘山郁然深秀之景、历史人物之流风余韵、今人感思慨叹之情、文境绵远缥缈之姿、文思跌宕起伏之致，都令读者感思悠长、徘徊流连、难以忘怀，无愧于晚年老成精熟的风神宕逸佳作。除此记文之外，欧阳修第四阶段还有一篇富于"风神"的记文，即作于英宗治平二年（1065）的《相州昼锦堂记》，是为韩琦任相州知州时所建昼锦堂作的记，堂名反用《汉书·项籍传》中"富贵不归故乡，如衣锦夜行"之句意，文中借昼锦堂称颂韩琦之道德功业："仕宦而至将相，富贵而归故乡，此人情之所荣，而今昔之所同也。盖士方穷时，困阨闾里，庸人孺子皆得易而侮之；若季子不礼于其嫂，买臣见弃于其妻。一旦高车驷马，旗旄导前而骑卒拥后，夹道之人，相与骈肩累迹，瞻望咨嗟，而所谓庸夫愚妇者奔走骇汗，羞愧俯伏，以自悔罪于车尘马足之间。此一介之士得志当时，而意气之盛，昔人比之

---

① 卷四十《岘山亭记》，第588页。
② 茅坤：《唐宋八大家文钞》卷四十八《庐陵文钞》，文渊阁四库全书本。
③ 孙琮：《山晓阁唐宋八大家选·欧阳庐陵》卷三，清康熙刻本。
④ 过琪：《古文评注》卷八，清嘉庆庚申刻本。
⑤ 沈德潜选评、于石校注《唐宋八家文读本》，安徽文艺出版社，1998，第399页。
⑥ 朱心炯：《古文评注便览》卷七，清乾隆三十四年耐芳居刊本。
⑦ 陈兆仑：《陈太仆批选八大家文钞·欧文》卷一，清光绪二十六年天津文美斋石印本。
⑧ 朱宗洛：《古文一隅》卷下，清光绪十三年撷华书局刊本。
⑨ 朱宗洛：《古文一隅》卷下，清光绪十三年撷华书局刊本。
⑩ 唐介轩：《古文翼》卷七，清同治癸酉常熟艺文堂刊本。

衣锦之荣者也。"① 文章引用史实，将历史人物之神色形态、历史情境之真切逼真惟妙惟肖地展现出来，又曲折反映出复杂微妙的世态人情，因此楼昉云："文字委曲，善于形容。"② 文章又以历史人物事迹反衬韩琦不以荣华富贵自诩的高尚品格，如过珙所云："题曰'昼锦'，却反把衣锦之荣一笔扫开，此最是欧公善于避俗处。前后赞颂韩公，皆是实事，初无溢美。如此功德文章，正堪并传不朽。"③ 文章史实议论紧密配合，又以叙为议，观点鲜明，议论高卓，行文委婉曲折，有宋文长于议论之特点，又有司马迁文章善于形容、曲折变化之特色，确如茅坤所云："以史迁之烟波，行宋人之格调。"④ 此外，还有一篇雍容和雅、浑雄冲瀚、气象阔大的《仁宗御飞白记》，此文作于治平四年（1067）。是年欧阳修因蒋之奇诬其"帷薄不修"而请罢参知政事，以观文殿学士、刑部尚书出知亳州，赴任途中，在颍州稍事停留，拜访了颍州知州陆经，观赏陆经所藏仁宗御书，并应陆经所请，作此篇。飞白，汉字书体的一种，笔画露白，似枯笔所写，相传为后汉蔡邕所创。文云："治平四年夏五月，余将赴亳，假道于汝阴，因得阅书于子履之室，而云章烂然，辉映日月，为之正冠肃容，再拜而后敢仰视，盖仁宗皇帝之御飞白也。"欧阳修由仁宗之书法思及仁宗之惠政，曰"仁宗之德泽涵濡于万物者，四十余年，虽田夫野老之无知，犹能悲歌思慕于垅亩之间，而况儒臣学士，得望清光，蒙恩宠，登金门而上玉堂者乎？"⑤ 茅坤云："文不用意处却有一片浑雄冲瀚精神。"⑥ 王符曾云："欧公之文所以独步一时者，涉笔便有声响，落纸都成烟云。"⑦ 孙琮云："如此序一起一结，何等阔大，何等气焰，不独飞白为天子御书气家不凡，即此文序天子御书，其气象亦自不凡，古人作文肖题如此。"⑧ 可见这是一篇风度雍容、气象浑融的作品。

此期富于"风神"的序文，其中之一是作于熙宁三年（1070）的《续思颍诗序》，皇祐元年（1049），欧阳修知颍州时，就为其西湖之胜景及淳

---

① 卷四十《相州昼锦堂记》，第586页。
② 楼昉：《崇古文诀》卷十八，文渊阁四库全书本。
③ 过珙：《古文评注》卷八，清嘉庆庚申刻本。
④ 茅坤：《唐宋八大家文钞》卷五十四《庐陵文钞》，文渊阁四库全书本。
⑤ 卷四十《仁宗御飞白记》，第587页。
⑥ 茅坤：《唐宋八大家文钞》卷四十八《庐陵文钞》，文渊阁四库全书本。
⑦ 王符曾：《古文小品咀华（甲种本）》卷四，书目文献出版社，1983，第253页。
⑧ 孙琮：《山晓阁唐宋八大家选·欧阳庐陵》卷三，清康熙刻本。

朴之民风所吸引，常思以后以此地作为归老之所，后来陆续写下不少思归颍上的诗作，治平四年（1067）作《思颍诗后序》，在治平四年（1067）至熙宁三年（1070）四月间又写下了十多首同类作品，本文即是这些诗作的序。文云："皇祐二年，余方留守南都，已约梅圣俞买田于颍上。其诗曰：'优游琴酒逐渔钓，上下林壑相攀跻。及身强健始为乐，莫待衰病须扶携。'此盖余之本志也。时年四十有四。其后丁家艰，服除还朝，遂入翰林为学士。忽忽七八年间，归颍之志虽未遑也，然未尝一日少忘焉……庶几览者知余有志于强健之时，而未偿于衰老之后，幸不讥其践言之晚也。"① 序中既道出作者归隐田园的迫切想望，也流露出一生坎坷挫折的感喟之情，是一篇"风韵自在"②"串叙俯仰之情，有韵有骨"③的序文作品。《江邻几文集序》序江邻几遗文，是神宗熙宁四年（1071）所作的又一篇富于"风神"的序文。文章由序文集而忆及洛阳旧游零落、衰亡相继的景况，不胜悲凄慨叹。孙琮《山晓阁唐宋八大家选》云："欧公作《子美文集序》，纯是十分痛惜；今作《邻几文集序》，又纯是十分感慨。"④储欣云："一意累折而下，纡余惨怆，言有穷而情不可终，此是庐陵独步。"⑤ 陈衍云："欧阳永叔《江邻几文集序》全写友朋交好，零落可悲之情而层累而下。"⑥ 这是一篇感情深挚、感慨深沉、感思郁勃而流露无限风致的文章。

在墓志碑表的写作方面，此期有几篇极具特点的文章。一是因写作对象个性刚直坚毅，文风也随之呈现雄毅刚健特点的作品。如作于宋英宗治平二年（1065）的《徂徕石先生墓志铭》，文章在继承史传叙事重点突出、剪裁有体、摹写刻切、须眉毕现的基础上，生动逼真地传达出人物之风神概貌，而且神气萧飒，文笔健畅。墓主石介和欧阳修为同年进士，是北宋前期诗文革新运动代表人物之一，又力辟佛、老，为"庆历新政"摇旗呐喊，后"新政"夭折，石介成为众矢之的，乃至身后谤焰益炽。文章中作者极力肯定石介遇事敢为、无所顾忌的刚直果敢精神，且刻画墓主性情形

---

① 卷四十二《续思颍诗序》，第604页。
② 茅坤：《唐宋八大家文钞》卷四十七《庐陵文钞》，文渊阁四库全书本。
③ 孙琮：《山晓阁唐宋八大家选·欧阳庐陵》卷三，清康熙刻本。
④ 孙琮：《山晓阁唐宋八大家选·欧阳庐陵》卷三，清康熙刻本。
⑤ 储欣：《唐宋八大家类选》卷十一，清光绪壬辰湖北官书处重刻本。
⑥ 陈衍撰、陈步编《陈石遗集》，福建人民出版社，2001，第1626页。

貌生动逼真，又洋溢着崇敬、赞美之情：

> 徂徕鲁东山，而先生非隐者也，其仕尝位于朝矣，鲁之人不称其官而称其德，以为徂徕鲁之望，先生鲁人之所尊，故因其所居山以配其有德之称，曰徂徕先生者，鲁人之志也。
>
> 先生貌厚而气完，学笃而志大，虽在畎亩，不忘天下之忧。以谓时无不可为，为之无不至，不在其位，则行其言。吾言用，功利施于天下，不必出乎己；吾言不用，虽获祸咎，至死而不悔。其遇事发愤，作为文章，极陈古今治乱成败，以指切当世。贤愚善恶，是是非非，无所讳忌。世俗颇骇其言，由是谤议喧然，而小人尤嫉恶之，相与出力必挤之死。先生安然，不惑不变，曰："吾道固如是，吾勇过孟轲矣。"①

沈德潜云："略位称德，正是重先生处。此史氏书法也，文亦有泰山岩岩气象。秉正嫉邪，其刚劲之概可以想见。"② 他十分肯定文章对石介形神气貌的传达与表现。文章"文笔健畅"③，气象"宏伟"④，很好地表现了石介崇高的人格气岸。张裕钊云："发端以远得逸，而以雄直之气行之，神气萧飒而兀岸，乃欧文所罕者。"⑤ 吴汝纶云："此欧文之极有气势者。"⑥ 这种雄健风格也是欧阳修自年轻时就形成的，至晚年虽已罕见，但因多种因素的触发，于此文中又得以呈现。

此期显现"风神"风貌的主要是文情浓至、音节悲哀、凄清逸韵、笔笔传神、转换顿束、排宕百折的《祭石曼卿文》，表现出欧阳修对亡友落落不拘、轩昂惊俗风范的钦敬之情，及对其不幸而亡的深切悼念，情感极为抑郁悲凉。徐文昭云："字字泪，随笔堕。"⑦ 林云铭云："文情浓至，音节悲哀，不忍多读。"⑧ 文章不仅文情悲抑，而且跌宕起伏，极章法之妙。

---

① 卷三十四《徂徕石先生墓志铭》，第506页。
② 沈德潜选评、于石校注《唐宋八家文读本》，安徽文艺出版社，1998，第424页。
③ 蔡世远：《古文雅正》卷十，清光绪乙巳宏道堂重刻本。
④ 何焯著、崔高维点校《义门读书记》，中华书局，1987，第706页。
⑤ 王文濡：《评校音注古文辞类纂》卷四十六，中华书局，1923。
⑥ 徐树铮：《诸家评点古文辞类纂》（第4册），国家图书馆出版社，2012，第202页。
⑦ 归有光：《欧阳文忠公文选》卷十，清刻本。
⑧ 林云铭：《古文析义·初编》卷五，清康熙丙申刻本。

作于熙宁三年（1070）知青州任上的《泷冈阡表》，是欧阳修晚年最为成功的墓表作品，也是一篇极具"风神"的佳作。皇祐五年（1053），欧阳修四十八岁时撰成《先君墓表》，又在六十四岁时，据墓表旧稿修改而成此文，可见此文构思及成文过程的漫长，也说明欧阳修对此文的重视。文章以娓娓之语，日常之言，从母言来写父亲，却感人至深，令人唏嘘不已。父亲之慷慨廉洁、仁爱孝顺、爱子情深等个性品质，通过人物平常平凡平淡之语曲曲传出，且感人肺腑，不胜悲凄。文章不仅写情深挚，而且描摹人物，刻画形态，生动逼真，如至目前。总之，这是一篇"格愈高，义愈深，气愈充，神愈王"[①]、情与事俱、形与神兼、情韵悠长的"风神"之文。

由上可见，从治平二年（1065）至去世的熙宁五年（1072），是欧阳修人生的尾声，也是其文章"六一风神"彰显的老成精熟期。此阶段代表性作品包括序、记、碑表祭文共计6篇，从数量而言，比第一阶段略多，但不及第二阶段，更远不及第三阶段，数量虽少，但质量不乏上乘，如出现了几篇神韵缥缈、广为流传的名篇佳作，如被称为"神来之笔"[②]的《岘山亭记》及出于血性的《泷冈阡表》，均堪称晚年"风神"的典范作品，为"六一风神"的全面显发与彰示画上圆满的句号。由此可见，"六一风神"的形成并非一蹴而就，它经历了一个初显偶见、显明发展、全面绽放及老成精熟的完整过程，这也是一个由隐及显、由模糊至清晰、由次要至主导的发展过程。

---

① 徐树铮：《诸家评点古文辞类纂》（第4册），国家图书馆出版社，2012，第180页。
② 慕容真点校《林纾选评古文辞类纂》，浙江古籍出版社，1986，第416页。

第四章
"六一风神"之情感意蕴

由"六一风神"文体分布情况看,欧阳修散文不论是序文、记文、碑表祭文还是史论史传,其得"风神美"的首要因素都是情感浓郁、感慨淋漓、情思激荡。其中既有序文的"所遭逢处感慨序次,有深长言远之思"①"用笔极有顿挫,言外亦感慨无穷"②,有记文的"俯仰今昔,感慨系之"③"发出一段兴废之感来,无限低徊,无限慨叹"④,有碑表祭文的"历叙交游,而俯仰身世,感叹淋漓,风神遒逸"⑤"唏嘘欲绝,可称笔笔传神"⑥,还有史论史传的"感慨淋漓"⑦"慨叹淋漓,风神萧飒"⑧等,皆因其感怀深切、感叹淋漓、感思郁勃的鲜明特征,又"风神机轴逼真太史公"⑨,遂使文章极富"风神"宕溢之美。而这显然与欧阳修重视散文情感抒发的思想密不可分,他说:"喜怒哀乐,必见于文。"⑩一任情感的清流在行文中自由流走。《秋声赋》中"人为动物,惟物之灵,百忧感其心,万事劳其形,有动于中,必摇其精"⑪,《梅圣俞诗集序》中"忧思感愤之郁积,其兴于怨刺"⑫,也都指出创作者情感的兴发或由"百忧"或因"万事",内

---

① 茅坤:《唐宋八大家文钞》卷四十五《庐陵文钞》,文渊阁四库全书本。
② 何焯著、崔高维点校《义门读书记》,中华书局,1987,第685页。
③ 吴楚材、吴调侯选注,安平秋点校《古文观止》卷十,中华书局,1987,第409页。
④ 孙琮:《山晓阁唐宋八大家选·欧阳庐陵》卷三,清康熙刻本。
⑤ 徐树铮:《诸家评点古文辞类纂》(第4册),国家图书馆出版社,2012,第142页。
⑥ 孙琮:《山晓阁唐宋八大家选·欧阳庐陵》卷四,清康熙刻本。
⑦ 吴楚材、吴调侯选注,安平秋点校《古文观止》卷十,中华书局,1987,第524页。
⑧ 徐树铮:《诸家评点古文辞类纂》(第1册),国家图书馆出版社,2012,第429页。
⑨ 归有光:《欧阳文忠公文选》卷五,清刻本。
⑩ 卷三十四《徂徕石先生墓志铭》,第507页。
⑪ 卷十五《秋声赋》,第256页。
⑫ 卷四十三《梅圣俞诗集序》,第612页。

心受到外界事物触动，情思摇荡，或郁积了"忧思感愤"，从而创作出真情动人的作品。此外，《本末论》中"《诗》之作也，触事感物，文之以言，美者美之，恶者刺之，以发其揄扬怨愤于口，道其哀乐喜怒于心，此诗人之意也"①，《薛简肃公文集序》中"至于失志之人，穷居隐约，苦心危虑而极于精思，与其有所感激发愤惟无所施于世者，皆一寓于文辞。故曰穷者之言易工也"②，《鸣蝉赋》中"是以穷彼思虑，耗其血气，或吟哦其穷愁，或发扬其志意。虽共尽于万物，乃长鸣于百世"③，等等，都强调人生际遇下性情对文学的作用。同时，他也十分重视作品能充分发挥感染人心的作用："本人情，状风物，英华雅正，变态百出，哆兮其似春，凄兮其似秋，使人读之可以喜，可以悲。"④

关于欧阳修文章情感深挚、悲思激荡、情致缠绵、以情动人的特点，特为学人所称颂，储欣云"言有穷而情不可终，此是庐陵独步"⑤，林纾云"世之论文者恒以风神推六一，殆即服其情韵之美"⑥。而悲慨凄凉、哀婉深切之情思格调，更增添了欧阳修作品之深情美韵。归有光云："累欷感慨，不知文生情、情生文也。"⑦ 茅坤云："欧阳公之文……往往以忧谗畏讥之余，发为呜咽涕凌之词，怨而不诽，悲而不伤，尤觉有感动处。"⑧ 姚永朴云："宋诸家惟欧公有其情韵不匮处。"⑨ 如前所云，感慨之情确是构成"六一风神"的重要元素。幼年失怙的孤苦伶仃、驳斥高司谏而导致的夷陵之贬、新政失败受诬谪迁滁州、子女友朋的亡故零落、因濮议而致的"长媳案"等人生的痛苦与折磨，自始至终，噬啮着欧阳修敏感的内心，使这种百感交集的悲情一经触发，便萦回缠绕，欲罢不能，终而发为低回抑扬、一唱三叹的深长喟叹。马茂军说："'六一风神'形成于庆历党议时期诗人两次贬谪中，建立外在功业、改革朝政的冲天壮志不能实现，便被压抑成为一种回肠荡气的仰天长叹，悲慨咏叹之情便成为欧文中的主要情

---

① 卷六十一《本末论》，第892页。
② 卷四十三《薛简肃公文集序》，第618页。
③ 卷十五《鸣蝉赋》，第255页。
④ 卷七十二《书梅圣俞稿后》，第1048页。
⑤ 储欣：《唐宋八大家类选》卷十一，清光绪壬辰湖北官书处重刻本。
⑥ 林纾：《春觉斋论文·情韵》，人民文学出版社，1959，第85页。
⑦ 归有光：《欧阳文忠公文选》卷十，清刻本。
⑧ 茅坤：《唐宋八大家文钞》卷三十七《庐陵文钞》，文渊阁四库全书本。
⑨ 姚永朴编《姚永朴文学研究法 姚永朴史学研究法》，吉林人民出版社，2013，第70页。

绪。"① 这一悲慨咏叹之情的生发与彰显，有其基于现实人生的基底。所谓"感人心，情之至"②，与太史公"共感愤身世而伤悼不遇者"③ 相类似，欧阳修文章也是"说到穷极处，每参以身世兴衰之感"④，并因此形成"六一风神"感情浓郁、感慨淋漓、情思荡漾、风韵隽永之美。以下笔者将围绕欧阳修散文的思想意蕴及情感抒发特点，结合其生平经历、作品文本及学人评论，试做较为细致的剖析。

第一节 幼孤遭谗——人生之叹

一 幼年失怙、孤苦无依之悲婉凄凉

欧阳修四岁时父亲去世，由孤母郑氏抚养长大。早年失怙，备尝孤艰的身世经历，使欧阳修对人生有一种挥之不去的悲情体验。吴充《欧阳公行状》云："公幼孤，家贫无资，太夫人以荻画地，教以字书。"⑤ 韩琦《欧阳文忠公墓志铭》云："公自四岁而孤，母韩国太夫人郑氏守志不夺，家虽贫，力自营赡，教公为学。"⑥ "幼孤""家贫"是欧阳修童年现实生活境况的真实写照，这一孤苦不幸的遭际在欧阳修内心刻下了极其深刻的印痕，使他在年长之后每每忆及，都忍不住反复叨念与嗟叹。在为亲人撰写碑表墓铭或与友朋同僚的书信中，每涉身世，口不离"幼孤""孤艰""孤苦""孤穷""孤贱""孤拙""孤危""孤心"之语，而且多次反复出现。⑦ 至熙宁三年（1070），已入暮年的欧阳修在给父亲所作墓表中，仍旧嗟叹自己"四岁而孤"之"不幸"。⑧ 这种"孤危之迹，势渐难安"⑨ 的情感状态自少至老，一直持续，伴随终生，每每感发于文章当中。有时是托物比类，触物兴感，如《黄杨树子赋并序》中"偏依最险之处，独立无人

---

① 马茂军：《宋代散文史论》，中华书局，2008，第149页。
② 修海林、罗小平：《音乐美学通论》，上海音乐出版社，2002，第97页。
③ 李刚己：《李刚己先生遗集》卷二，民国六年都门刊本。
④ 章廷华：《论文琐言》卷一，1914年沧粟斋丛刻本。
⑤ 附录卷三吴充：《欧阳公行状》，第2693页。
⑥ 附录卷三韩琦：《欧阳文忠公墓志铭》，第2700页。
⑦ 陈湘琳：《欧阳修的文学世界与生命情境》，博士学位论文，复旦大学，2010，第15～21页。
⑧ 卷二十五《泷冈阡表》，第393页。
⑨ 卷一百五十二《与薛少卿公期》其十一，第2508页。

之迹……负劲节以谁赏,抱孤心而谁识?"① 言黄杨树虽"负劲节"却"独立无人之迹",无人识其"孤心",作者以树自拟,在才华自矜、清高自负、孤芳自赏中,流露深深的身世飘零、孤苦无依之感,又以此喻自己因耿直忠言被从京城贬往穷荒偏僻之地,似黄杨树"负劲节""抱孤心"而不受人赏识,满腔不平抑郁之气借此鲜明生动之形象委婉流露,故储欣曰:"公谪令夷陵时赋此,托物比类,其词甚文。"② 不仅青年时期有此孤单之感,到中年、老年,欧阳修仍对幼年之失怙孤寒念念不忘。在墓志碑表写作中,这种感慨淋漓、感喟深长的特点更加鲜明。《泷冈阡表》是欧阳修为父亲所作墓表,倾诉了自己幼年失怙之悲怆凄凉,写得情深文婉,恳挚缠绵。父亲去世时,欧阳修方四岁,对父亲的印象并不清晰,故此文全从母言写出父亲来,慈母的一片苦心切意也就倾注于字里行间,很深切地表达了对父母的怀念。《泷冈阡表》写道:

> 修不幸,生四岁而孤。太夫人守节自誓,居穷,自力于衣食,以长以教,俾至于成人。太夫人告之曰:"汝父为吏廉,而好施与,喜宾客。其俸禄虽薄,常不使有余,曰'毋以是为我累'。故其亡也,无一瓦之覆,一垄之殖,以庇而为生。吾何恃而能自守邪?吾于汝父,知其一二,以有待于汝也。自吾为汝家妇,不及事吾姑,然知汝父之能养也。汝孤而幼,吾不能知汝之必有立,然知汝父之必将有后也。吾之始归也,汝父免于母丧方逾年,岁时祭祀,则必涕泣曰:'祭而丰不如养之薄也。'间御酒食,则又涕泣曰:'昔常不足而今有余,其何及也!'吾始一二见之,以为新免于丧适然耳。既而其后常然,至其终身未尝不然。吾虽不及事姑,而以此知汝父之能养也。汝父为吏,尝夜烛治官书,屡废而叹。吾问之,则曰:'此死狱也,我求其生不得尔。'吾曰:'生可求乎?'曰:'求其生而不得,则死者与我皆无恨也,矧求而有得邪?以其有得,则知不求而死者有恨也。夫常求其生犹失之死,而世常求其死也。'回顾乳者剑汝而立于旁,因指而叹曰:'术者谓我岁行在戌将死,使其言然,吾不及见儿之立也,后当以我语告之。'其平居教他子弟,常用此语,吾耳熟焉,故能详

---

① 卷十五《黄杨树子赋并序》,第 254 页。
② 储欣:《唐宋十大家全集录·六一居士全集录》卷一,清光绪壬午江苏书局重刻本。

也。其施于外事，吾不能知；其居于家无所矜饰，而所为如此，是真发于中者邪。呜呼！其心厚于仁者邪，此吾知汝父之必将有后也。汝其勉之！①

文章历叙家常，却无一字不入情，无闲语不入妙，更从太夫人口中叙其贤德，意真词切，一字一泪，感情恳挚缠绵，慈母良父之形象更如至目前，不愧为"欧公集中之至文也"②。蔡世远云："余每读《出师表》及《泷冈阡表》，未尝不泣涕滂滂下也。"③ 归庄云："余读欧阳子《泷冈阡表》，未终篇，废卷而泣。余素刚忍少泪，家人相视惊怪，不知其所以然。呜呼，文字之感人深矣！"④ 林纾云："此至文也……盖不能以文字目之，当以一团血性说话目之。"⑤ 学人谓之可与韩愈《祭十二郎文》相提并论，共为千古至性文字。幼孤的欧阳修，婚后又连丧二妻和多个子女。写于明道二年（1033）的《述梦赋》，是欧阳修悼念亡妻胥氏之作，"其词哀以思"⑥。文曰：

夫君去我而何之乎？时节逝兮如波。昔共处兮堂上，忽独弃兮山阿。呜呼！人羡久生，生不可久，死其奈何。死不可复，惟可以哭。病予喉使不得哭兮，况欲施乎其他。愤既不得与声而俱发兮，独饮恨而悲歌。歌不成兮断绝，泪疾下兮滂沱。行求兮不可过，坐思兮不知处。可见惟梦兮，奈寐少而寤多。或十寐而一见兮，又若有而若无，乍若去而若来，忽若亲而若疏。杳兮倏兮，犹胜于不见兮，顾此梦之须臾……绿发兮思君而白，丰肌兮以君而癯。君之意兮不可忘，何憔悴而云惜。愿日之疾兮，愿月之迟，夜长于昼兮，无有四时。惟音容之远矣，于恍惚以求之。⑦

长歌当哭，相思成梦，凄咽悲怆，不能自已。庆历三年（1043），长

---

① 卷二十五《泷冈阡表》，第393页。
② 归有光：《欧阳文忠公文选》卷十，清刻本。
③ 蔡世远：《古文雅正》卷十，清光绪乙巳宏道堂重刻本。
④ 归庄：《归庄集》，上海古籍出版社，2010，第298页。
⑤ 慕容真点校《林纾选评古文辞类纂》，浙江古籍出版社，1986，第351页。
⑥ 刘埙：《隐居通议》，中华书局，1985，第44页。
⑦ 卷五十八《述梦赋》，第836页。

女欧阳师夭亡,至此,年未四十的欧阳修,已丧其三个子女,真乃"一割痛莫忍,屡痛谁能当"①。《哭女师》更是淋漓尽致地抒发了失去爱女的悲痛之情:

> 暮入门兮迎我笑,朝出门兮牵我衣。戏我怀兮走而驰,旦不觉夜兮不知四时。忽然不见兮一日千思。日难度兮何长,夜不寐兮何迟!暮入门兮何望,朝出门兮何之?怳疑在兮杳难追,髧两毛兮秀双眉。不可见兮如酒醒睡觉,追惟梦醉之时。八年几日兮百岁难期。于汝有顷刻之爱兮,使我有终生之悲。②

丧女之痛,悲怀难遣,以至精神恍惚,痛彻心扉。刘埙评曰:"悲哀缱绻,殆骨肉之情不能忘邪?"③ 由于此,欧阳修对人生的悲感体验也就愈发真切和深刻,《秋声赋》即由自然界之秋引起作者整个人生之悲戚。文曰:"嗟乎!草木无情,有时飘零。人为动物,惟物之灵,百忧感其心,万事劳其形,有动于中,必摇其精。"④ 赋作由自然界之秋声、秋色、秋容进而感慨人生之演变与衰老,在情景如现的意境氛围中深寓人生之忧思,文章"悲秋之意,溢于言表"⑤,又"悲壮顿挫"⑥,使人闻声兴叹,悄然而悲。其抒人生忧感,真可谓"一种感慨苍凉之致,凄然欲绝……真令人不堪回首"⑦,孙琮《山晓阁选宋大家欧阳庐陵全集》云:"自伤衰老为一篇主意。"⑧ 是为确论。

二 仕途坎坷、屡遭谗毁之悲愤忧戚

欧阳修个性耿直刚烈,积极议政,遇事敢言,屡屡得罪反对派,于是诬陷诽谤,接踵而至,先有景祐年间力挺范仲淹、厉责高若讷而被贬夷陵,再有庆历年间力主革新,受诬而成"张甥案"并被贬滁州,再往后又

---

① 卷二《白发丧女师作》,第39页。
② 卷五十八《哭女师》,第840页。
③ 刘埙:《隐居通议》,中华书局,1985,第44页。
④ 卷十五《秋声赋》,第256页。
⑤ 吴楚材、吴调侯选注,安平秋点校《古文观止》卷十,中华书局,1987,第413页。
⑥ 楼昉:《崇古文诀》卷十八,文渊阁四库全书本。
⑦ 过珙:《古文评注》卷八,清嘉庆庚申刻本。
⑧ 孙琮:《山晓阁选宋大家欧阳庐陵全集》卷四,清康熙刻本。

有濮议之争而致"长媳案",自请外任……因此,欧阳修于遭谗罹患处,就不能不有忧谗畏讥、呜咽累欷之思,这一特点在其所上朝廷表、启中尤为突出。茅坤云:"欧阳公之文多逋逸可诵,而于表、启间,则往往以忧谗畏讥之余,发为呜咽涕洟之词,怨而不诽,悲而不伤,尤觉有感动处。"① 如《滁州谢上表》作于庆历五年(1045),庆历新政中,反对派极力诽谤构陷新党,欧阳修义愤填膺地为范仲淹、韩琦等辩白,遂遭到反对派忌恨,构为"张甥案"被贬滁州。表中欧阳修思及自己幼孤失怙:"伏念臣生而孤苦,少则贱贫。同母之亲,惟存一妹",充满悲凄之感,同时,对反对派的恶意诬陷极其愤慨:"然臣自蒙睿奖,尝列谏垣,论议多及于贵权,指目不胜于怨怒。若臣身不黜,则攻者不休,苟令谗巧之愈多,是速倾危之不保。必欲为臣明辩,莫若付于狱官;必欲措臣少安,莫若置之闲处。使其脱风波而远去,避陷阱之危机。虽臣善自为谋,所欲不过如此。"② 此"忧谗之言"③ 既愤慨,又悲凄,是欧阳修面对无端羞辱、打击时愤激情感的集中爆发。《亳州谢上表》也是抒发这一受诬被谤的愤激之情:"若乃枢机宜慎,而见事辄言;陷阱当前,而横身不避。窃寻前载,未有能全。一昨怨出仇家,构为死祸。造谤于下者,初若含沙之射影,但期阴以中人;宣言于廷者,遂肆鸣枭之恶音,孰不闻而掩耳?"④ 此外,《谢宣召入翰林表》"句句字字呜咽累欷"⑤,《亳州乞致仕第二表》是"写情输悃之言"⑥"惋恻动人"⑦,《南京留守谢上表》"情曲"⑧,《南京留守谢上表》"其情曲,其思忧"⑨,《谢擅止散青苗钱放罪表》"至于遭谗罹患处,更多呜咽累欷之思"⑩,《外制集序》"本知制诰时所遭逢处感慨序次,有忧深言远之思"⑪,等等,皆是有感于自身经历与仕宦险恶经历而作,从而呈现情曲词悲、呜咽累欷、惋恻动人的情感特征。

---

① 茅坤:《唐宋八大家文钞》卷三十七《庐陵文钞》,文渊阁四库全书本。
② 卷九十《滁州谢上表》,第1321~1322页。
③ 茅坤:《唐宋八大家文钞》卷三十七《庐陵文钞》,文渊阁四库全书本。
④ 卷九十三《亳州谢上表》,第1386页。
⑤ 茅坤:《唐宋八大家文钞》卷三十七《庐陵文钞》,文渊阁四库全书本。
⑥ 茅坤:《唐宋八大家文钞》卷三十七《庐陵文钞》,文渊阁四库全书本。
⑦ 张伯行:《唐宋八大家文钞》卷五,中华书局,2010,第66页。
⑧ 茅坤:《唐宋八大家文钞》卷三十七《庐陵文钞》,文渊阁四库全书本。
⑨ 归有光:《欧阳文忠公文选》卷三,清刻本。
⑩ 茅坤:《唐宋八大家文钞》卷三十七《庐陵文钞》,文渊阁四库全书本。
⑪ 茅坤:《唐宋八大家文钞》卷四十五《庐陵文钞》,文渊阁四库全书本。

欧阳修遇挫遭贬之际，多借他人之酒杯浇己胸中之块垒，其《读李翱文》借李翱之忧世，反衬自己忧世被讥之愤，将满腔忠心为国之情含蓄托出，文章写道：

> 恨翱不生于今，不得与之交；又恨予不得生翱时，与翱上下其论也。
> ……
> 呜呼！使当时君子皆易其叹老嗟悲之心，为翱所忧之心，则唐之天下予岂有乱与亡哉！
> 然翱幸不生今时，见今之事，则其忧又甚矣。奈何今之人不忧也？余行天下，见人多矣，脱有一人能如翱忧者，又皆贱远，与翱无异。其余光荣而饱者，一闻忧世之言，不以为狂人，则以为病痴。予不怒则笑之矣。呜呼！在位而不肯自忧，又禁他人使皆不得忧，可叹也夫！①

欧阳修以国事为怀、忧念国事，时政的乖离、群小的攻击、党争的倾轧、友朋的不幸等，都令作者感激愤悱，不能自已，此文在称赞李翱忧国之心的同时，感慨世人不仅不忧心国事，反而以忧虑国事为耻，为此，欧阳修深感悲愤，严加指斥。茅坤云"其结胎全在感当时事上，归重于愤世"②，归有光云"感慨悲愤，其深情都在时事上"③，唐介轩云"但借'叹老嗟卑'数语，发出胸中不可一世之意。情词悲壮，寄慨无穷"④。所言极是。《送田画秀才宁亲万州序》以田家昔日战功殊荣与今田画秀才之落拓相对照，又借田画不幸境遇浇自己被贬夷陵之不平，感慨不满之意含蓄托出。林纾说："古来功臣之后，式微者多，田画虽为仁朗之孙，亦不得志于时。当其赴万州省亲时，适过夷陵；夷陵，公之贬所也，颇有牢骚，故借田画之行，稍稍发泄。"⑤ 所言当是。《祭丁学士文》在为好友丁元珍不幸鸣不平之时，也借以抒发自己的愤懑，如张伯行所云"公生平遭

---

① 卷七十一《读李翱文》，第1049~1050页。
② 茅坤：《唐宋八大家文钞》卷四十五《庐陵文钞》，文渊阁四库全书本。
③ 归有光：《欧阳文忠公文选》卷十，清刻本。
④ 唐介轩：《古文翼》卷七，清同治癸酉常熟艺文堂刻本。
⑤ 慕容真点校《林纾选评古文辞类纂》，浙江古籍出版社，1986，第229页。

诮得谤,见愠于群小,特发其感愤之意于斯文"①,为自己和好友丁元珍得谤被贬抒泄感愤之情。景祐三年(1036),永叔贬夷陵,尹洙亦贬郢州,其作《与尹师鲁第一书》述两人遭贬之事云:

> 五六十年来,天生此辈(指怯懦者。——笔者注),沉默畏慎,布在世间,相师成风。忽见吾辈作此事,下至灶间老婢,亦相惊怪,交口议之。不知此事古人日日有也,但问所言当否而已。又有深相赏叹者,此亦是不惯见事人也。可嗟世人不见如往时事久矣!往时砧斧鼎镬,皆足烹斩人之物,然士有死不失义,则趋而就之,与几席枕藉之无异。有义君子在傍,见有就死,知其当然,亦不甚叹赏也。史册所以书之者,盖特欲警后世愚懦者,使知事有当然而不得避尔,非以为奇事而诧人也。幸今世用刑至仁慈,无此物,使有而一人就之,不知作何等怪骇也。②

对反对派的排挤、攻击感到义愤填膺,并进而反讽讥刺,激愤之中又抒发欧、尹两人君子坦荡之怀与亢厉之节,而此文也成为欧阳修书信中叙议俱佳、耐人讽诵之作。林纾概括总结道:"(欧公)夷陵一贬,大类昌黎之阳山、潮阳,即不牢骚,竟成为口头纯熟之语,一触即及其事,非介介于怀也。不过世多失意之人,不妨以己之失意为之衬托,倒觉分外亲密。凡穷愁人往往觅其同类以自慰,即此意也。"于是,欧阳修频频"将己身纳入其中","使人读之慨然"③。可见,欧阳修"天性忧挚,字字血泪"④,家庭身世之悲、仕途波折之苦,每每触发于心,倾吐为文,或直抒胸臆,或借景抒情,或借事寓慨,每每多于情、深于情,使欧文情深意挚、感喟深长,饶有韵致。

第二节 交游零落——友情之慨

为亲朋僚友作墓志碑铭,欧阳修认为不仅要"乐道天下之善以传",

---

① 张伯行:《唐宋八大家文钞》卷六,中华书局,2010,第85页。
② 卷六十九《与尹师鲁第一书》,第998页。
③ 慕容真点校《林纾选评古文辞类纂》,浙江古籍出版社,1986,第355页。
④ 唐文治:《国文经纬贯通大义》卷一《格律警严法》,1925年无锡国学专修馆本。

传其善于后世，而且要记录"平生之旧、朋友之恩与其可哀者"①，记录下珍贵的平日友朋交游旧恩，以慰悲思。吕留良云："欧公文，凡叙述故旧交游之情，缠绵凄恻，最可玩诵。"② 陈平原说："将自己扯进来，目的是拉近与读者的距离，可见欧氏为人为文的谦恭与平易。突出交情，渲染离合，这其实符合赠别的古意；当然，其中也不无高论难得而情谊易求的策略选择。"③ 因自幼失怙，饱尝孤独寂寞之苦，欧阳修对情感弥加珍视，成年后对所交友人朋好，诚心直道、一以肺腑，但人有悲欢离合，此事古难全，每当亲朋好友因故离别或离世，总能使欧阳修内心伤痛不已、悲怀难遣，其时之文便往往悲思激荡、缠绵凄恻，令人动容。

一 总写交游之情——"凡叙述故旧交游之情，缠绵凄恻"

欧阳修为友人朋僚作碑志，往往将自己与对方的生平交游作为主线，追怀往昔之交好，哀悼友人之不幸，似老友叙旧，平易亲切，如至目前，又感慨嗟叹，动人情性。《黄梦升墓志铭》以自己与梦升的四次交游为线索，表现梦升历次不同景况，悲悼梦升不得志，读者似乎亲眼看见一个有才华横溢的才子就此日渐衰颓，终至困顿而亡，让人同情之余，不胜感慨唏嘘。梅尧臣是欧阳修任职西京留守推官时即引为至交的终生挚友，欧公爱重其才华，推重其人品，哀鸣其不幸境遇，且珍视友谊，伤悼其亡。其于梅尧臣，既为之作墓志铭，又为其诗集作序，反复抒发两人之间真挚的情谊。天圣九年（1031），欧阳修任西京留守推官，梅尧臣调任河阳主簿，途经洛阳，与欧阳修相见，自春徂秋，两人优游唱和，结成终生挚友。是年秋，梅圣俞离京赴任，欧阳修为之写下《送梅圣俞归河阳序》，序文写两人结识于洛阳："洛阳天子之西都，距京师不数驿，缙绅仕宦杂然而处，其亦珠玉之渊海欤！予方据是而择之，独得于梅君圣俞"，从两人的结识交游写起，饱含着两人的惺惺相知，洋溢着作者对挚友梅圣俞才华的赞许与爱慕："故珠潜于泥，玉潜于璞，不与夫蜃蛤珉石混而弃者，其先腴美泽之气，辉然特见于外也"，以及对其品行高洁的称颂："圣俞志高而行洁，气秀而色和，崭然独出于众人中。"文章又写两人交游之欢畅："余尝与之徜徉于嵩洛之下，每得绝崖倒壑、深林古宇，则必相与吟哦其间，始

---

① 卷二十七《张子野墓志铭》，第411页。
② 吕留良：《唐宋八家古文精选·欧阳文》，清甲申吕氏家塾刊本。
③ 陈平原编著《中国散文小说史》，北京大学出版社，2010，第114页。

而欢然以相得，终则畅然，觉乎熏蒸浸渍之为益也，故久而不厌。"文末再次肯定梅尧臣才品譬如精玉，一定会辉光于世："然所谓能先群物而贵于世者，特其异而已，则光气之辉然者，岂能掩之哉！"欧阳修后来又作《书梅圣俞稿后》，以乐作论，独抒与梅尧臣的"知音之言"①："然夫前所谓心之所得者，如伯牙鼓琴，子期听之，不相语而意相知也。"② 乾隆云"今观欧、苏二人书跋，如遇圣俞于高山流水之间矣"③，是为得之。《祭梅圣俞文》作于嘉祐五年（1060），此年春季京师流行传染病，梅尧臣殁于疫中，欧阳修为他作墓志，又撰此文。他们是至交，所以欧阳修把他们两人处处对照着写，更显示出失去至亲挚友的无尽哀恸："念昔河南，同时一辈，零落之余，惟予子在。子又去我，余存无几。凡今之游，皆莫余先，纪行琢辞，子宜余责。送终恤孤，则有众力；惟声与泪，独出余臆。"④ 王文濡《评校音注古文辞类纂》云"无一句一字不自肺腑中流出，足当真挚二字"⑤，确为一篇"悲怆刺骨"⑥ 之文。《苏氏文集序》在为庆历盟友苏舜钦人生不幸抱不平的同时，抒发了对苏舜钦古文才华的爱重，文章以学古文为二者结识之渊源：

> 子美之齿少于予，而予学古文反在其后。天圣之间，予举进士于有司，见时学者务以言语声偶挑裂，号为时文，以相夸尚。而子美独与其兄才翁及穆参军伯长，作为古歌诗杂文，时人颇共非笑之，而子美不顾也。其后天子患时文之弊，下诏书讽勉学者以近古，由是其风渐息，而学者稍趋于古焉。独子美为于举世不为之时，其始终自守，不牵世俗趋舍，可谓特立之士也。⑦

作者重其才华，并惜其不遇。如孙琮所云："子美为欧公好友，欧公为子美知己，今人亡物在，能不痛惜？故通篇纯作呜咽怜惜语，正是因题设色，另

---

① 茅坤：《唐宋八大家文钞》卷六十《庐陵文钞》，文渊阁四库全书本。
② 卷七十二《书梅圣俞稿后》，第1048页。
③ 爱新觉罗·弘历：《唐宋文醇》卷二十二，中国三峡出版社，1997，第281~282页。
④ 卷五十《祭梅圣俞文》，第701页。
⑤ 王文濡：《评校音注古文辞类纂》卷七十四，中华书局，1923。
⑥ 茅坤：《唐宋八大家文钞》卷五十九《庐陵文钞》，文渊阁四库全书本。
⑦ 卷四十三《苏氏文集序》，第614页。

作一种笔墨……读一过，想见古人爱才心事，千百世下犹令人思慕无已也。"①序中极言挚友苏舜钦有文无命，徘徊惋惜，令后人读之，顿生悲感。

有时，欧阳修是直抒对挚友离世的沉痛哀悼与深切思念，如《祭石曼卿文》。石曼卿卒于庆历元年（1041），欧阳修当时作有《石曼卿墓表》和长诗《哭曼卿》，过了二十六年，墓木成林，作者又祭悼这位挚友，充溢着对其豪迈不羁、轩昂脱俗风范的钦敬。文中写道：

> 呜呼曼卿！生而为英，死而为灵。其同乎万物生死而复归于无物者，暂聚之形；不与万物俱尽而卓然其不朽者，后世之名。此自古圣贤，莫不皆然，而著在简册者，昭如日星。
>
> 呜呼曼卿！吾不见子久矣，犹能仿佛子之平生。其轩昂磊落，突兀峥嵘，而埋藏于地下者，意其不化为朽壤，而为金玉之精。不然生长松之千尺，产灵芝而九茎。奈何荒烟野蔓，荆棘纵横，风凄露下，走磷飞萤。但见牧童樵叟，歌吟而上下，与夫惊禽骇兽，悲鸣踯躅而咿嘤。今固如此，更千秋而万岁兮，安知其不穴藏狐貉与鼯鼪？此自古圣贤亦皆然兮，独不见夫累累乎旷野与荒城？
>
> 呜呼曼卿！盛衰之理，吾固知其如此，而感念畴昔，悲凉凄怆，不觉临风而陨涕者，有愧乎太上之忘情。②

文章深情悲怀，歌哭哀悼，感动人心。关于此文多于情、深于情、悲于情的特点，学人评论极多。如"凄清逸调"③"字字泪，随笔堕""凄凉"④"透骨相思"⑤"凄凉满目""唏嘘欲绝"⑥"情致缠绵凄恻"⑦"凄清逸调，读之令人悲酸"⑧"文情浓至，音节悲哀，不忍多读"⑨，等等，文章意势矫健，音节苍凉，更将此文悲情特征的强调推向极致。

---

① 孙琮：《山晓阁选宋大家欧阳庐陵全集》卷三，清康熙刻本。
② 卷五十《祭石曼卿文》，第705~706页。
③ 茅坤：《唐宋八大家文钞》卷五十九《庐陵文钞》，文渊阁四库全书本。
④ 归有光：《欧阳文忠公文选》卷十，清刻本。
⑤ 金圣叹：《天下才子必读书》卷十三，万卷出版公司，2009，第370页。
⑥ 孙琮：《山晓阁唐宋八大家选·欧阳庐陵》卷四，清康熙刻本。
⑦ 储欣：《唐宋十大家全集录·六一居士全集录》卷五，清光绪壬午江苏书局重刻本。
⑧ 过珙：《古文评注》卷八，清嘉庆庚申刻本。
⑨ 林云铭：《古文析义·初编》卷五，清康熙丙申刻本。

欧阳修的碑志文，在为一人作铭时，往往以交游聚散为线索，带起众多相关的友朋故旧，道出"一时名贤胜概"，这是欧阳修有别于他人之处，为"庐陵独绝也"①。《张子野墓志铭》就是这样一篇以一人带多人，兴发交游盛衰之感的墓志之作。作者由张先一人忆及西京时期，众多幕府文士歌酒酬唱的快意生活："一府之士，皆魁杰贤豪，日相往来，饮酒歌呼，上下角逐，争相先后以为笑乐，而尧夫、子野退然其间，不动声气，众皆指为长者"，后感怀于交游聚散与人事盛衰："然后知世之贤豪不常聚，而交游之难得为可惜也"②。文章在叙述中夹以议论和抒情感慨，低回唱叹，慨叹万端，林云铭云："只把平日好友不能常聚处，转入不能久存，发出一番感慨。"③ 林纾云："写得极热闹，结束得极荒凉，使人读之慨然，此文字容易动人处也。"④ 全文以交游生死聚散之情，兴叹成文，感慨淋漓，可见欧文善以交游故旧之情融入铭文中，以少带多，使盛衰离合聚散之感慨自见于文章的特点。此外，《尚书屯田员外郎张君墓表》也是以西京之游为背景写两人情谊："其在河南时，予为西京留守推官，与谢希深、尹师鲁同在一府。其所与游，虽他掾属宾客，多材贤少壮驰骋于一时。"为张谷作墓表而言及谢绛、尹洙等人，并及一时贤朋，"是交游故旧之文。表张君而触及希深、师鲁诸人，别有感慨"⑤。《河南府司录张君墓表》也是为张汝士一人作表而带及一时名贤："初天圣、明道之间，钱文僖公守河南，公，王家子，特以文学仕至贵显，所至多招集文士。而河南吏属，适皆当时贤材知名士，故其幕府号为天下之盛，君其一人也。"此文同样是悲叹"感歔"⑥，"呜咽感慨，如泣如诉"⑦，文情凄恻无比。此外，《江邻几墓志铭》也是以一人带多者，兴发感情，情思荡漾之文。文章由墓主江邻几回忆起"天圣中，与尹师鲁、苏子美游，知名当时"的情景，联系苏舜钦得罪被贬之事，兴发"零落可悲之情"⑧，其感思故旧，淋漓郁结，

---

① 浦起龙：《古文眉诠》卷六十一，静寄东轩刻本。
② 卷二十七《张子野墓志铭》，第 410～411 页。
③ 林云铭：《古文析义·二编》卷七，清康熙丙申刻本。
④ 慕容真点校《林纾选评古文辞类纂》，浙江古籍出版社，1986，第 355 页。
⑤ 储欣：《唐宋十大家全集录·六一居士全集录》卷二，清光绪壬午江苏书局重刻本。
⑥ 茅坤：《唐宋八大家文钞》卷五十八《庐陵文钞》，文渊阁四库全书本。
⑦ 孙琮：《山晓阁选宋大家欧阳庐陵全集》卷四，清康熙刻本。
⑧ 陈衍撰、陈步编《陈石遗集》，福建人民出版社，2001，第 1626 页。

"抑扬顿挫，便有无限风致"①。因此，此类文章的共同特点是"历叙交游，而俯仰身世，感叹淋漓，风神遒逸"②也。欧阳修为友朋作传作序，也以交情离合为线索，抒发聚散兴衰之情。如《释祕演诗集序》就是这样一篇以"交情离合缨络其间"③"多慷慨呜咽之旨"④的文章。作者因石延年结识释祕演，写三人交游始末及生平之盛衰，并于其中俯仰悲怀。《释惟俨文集序》在写法上与此相近，写主角释惟俨也是以石延年引入，同样是以宾衬主，写出三人的交情聚散离合。为尹洙兄源作《太常博士尹君墓志铭》，先以交游尹氏兄弟两人说起，平易而亲切："自天圣、明道之间，予与其兄弟交，其得于子渐者如此。"后哀悼尹源之逝，并以尹洙个性、人生境遇及不幸与尹源相对照、映衬，抒发两兄弟皆寿命不永的慨叹。

二 抚今追昔、俯仰沉吟——"盛时不审其衰，衰后始追其盛"

在与友朋旧游的交往中，欧阳修特别善于俯仰盛衰、抚今追昔，发而为怀。他说："平生笑言，俯仰今昔。"⑤ 又云："感念畴昔，悲凉凄怆，不觉临风而陨涕者，有愧乎太上之忘情。"⑥ 林纾云："欧公一生本领，无论何等文字，皆寓抚今追昔之感。"⑦ 陈平原也说："欧阳修更长于抚今追昔，俯仰沉吟，琐琐细细而又波澜曲折，叙悲处确实最能显示欧文的风神情韵。"⑧ 以上评论可见，欧文擅长在追怀今昔之中，寓人事盛衰兴废之感，如此，行文更加抑扬顿挫、跌宕起伏、曲折有致，情韵也更加悠远绵长，令人回味，自然风神遒逸隽永。

《河南府司录张君墓表》先言往昔西京交游之盛："初天圣、明道之间，钱文僖公守河南，公、王家子，特以文学仕至贵显，所至多招集文士。而河南吏属，适皆当时贤材知名士，故其幕府号为天下之盛，君其一人也。文僖公善待士，未尝责以吏职，而河南又多名山水，竹林茂树，奇花怪石，其平台清池上下，荒墟草木之间，余得日从贤人长者赋诗饮酒以

---

① 孙琮：《山晓阁选宋大家欧阳庐陵全集》卷三，清康熙刻本。
② 徐树铮：《诸家评点古文辞类纂》（第4册），国家图书馆出版社，2012，第142页。
③ 方苞：《古文约选·欧阳永叔文约选》，清同治乙巳望三益斋重刻本。
④ 茅坤：《唐宋八大家文钞》卷四十五《庐陵文钞》，文渊阁四库全书本。
⑤ 卷四十九《祭郑宣徽文》，第696页。
⑥ 卷五十《祭石曼卿文》，第706页。
⑦ 慕容真点校《林纾选评古文辞类纂》，浙江古籍出版社，1986，第355页。
⑧ 陈平原：《中国散文小说史》，北京大学出版社，2010，第121页。

为乐。"后言交游零落，非贬即死，或老且衰："自君卒后，文僖公得罪，贬死汉东，吏属亦各引去。今师鲁死且十余年，王顾者死亦六七年矣，其送君而临穴者及与君同府而游者十盖八九死矣，其幸而在者不老则病且衰，如予是也。"于是，前后俯仰，抚今追昔，盛衰之变，流连感叹，伤怀不已："呜呼！盛衰生死之际，未始不如是，是岂足道哉？"①储欣云"前历叙往昔，后一波直叙目前景而感慨无穷"②，沈德潜云"中写文僖宾佐僚吏宴游文酒之盛，末段以二十五年情事收摄通篇，不啻读士衡《叹逝》，感慨淋漓，极文章之能事"③，文章叙交游，叹身世，感叹淋漓，风神遒逸。欧公文在抚今追昔之中往往寓盛衰兴废之感，尤长于写盛时不审其衰，衰后始追其盛，故更加使人感慨低回。《张子野墓志铭》也是先言西京交游之盛："初，天圣九年，予为西京留守推官，是时，陈郡谢希深、南阳张尧夫与吾子野，尚皆无恙。于时一府之士，皆魁杰贤豪，日相往来，饮酒歌呼，上下角逐，争相先后以为笑乐，而尧夫、子野退然其间，不动声气，众皆指为长者。"后言交游零落，衰亡相继："初在洛时，已哭尧夫而铭之；其后六年，又哭希深而铭之；今又哭吾子野而铭。于是又知非徒相得之难，而善人君子欲使幸而久在于世，亦不可得也。呜呼，可哀也已！"林纾云："文之长处，尤在写盛时不审其衰，衰后始追其盛"，"出以抚今追昔之语"④。的确，在叙述中夹以议论和抒情感慨，更使读者低回唱叹，慨叹万端而风神隽永。

欧阳修为友人作序，也往往于文章中叙及朋友之谊，并兴发聚散存亡之叹，台湾学者何寄澎说："诗文集序作品以'志人'（人物神采）、'抒怀'（己身感慨）二线为主轴之写作方式，中唐以下渐有，然未具系统，未成定调，直至欧阳始形塑此种文体鲜明之美学风格，同时构成欧阳'六一风神'之重要部分。"⑤ 不无道理。《释祕演诗集序》先言初时三人结交，以豪奇之士相许，歌吟笑呼、饮酒畅游，何其壮盛快活："以气节相高，二人欢然无所间。曼卿隐于酒，祕演隐于浮屠，皆奇男子也。然喜为

---

① 卷二十五《河南府司录张君墓表》，第386~387页。
② 储欣：《唐宋十大家全集录·六一居士全集录》卷二，清光绪壬午江苏书局重刻本。
③ 沈德潜选评、于石校注《唐宋八家文读本》，安徽文艺出版社，1998，第449页。
④ 慕容真点校《林纾选评古文辞类纂》，浙江古籍出版社，1986，第353~355页。
⑤ 何寄澎：《欧阳修诗文集序作品小论》，载莫砺锋编《第二届宋代文学国际研讨会论文集》，江苏教育出版社，2003，第694页。

歌诗以自娱，当其极饮大醉，歌吟笑呼，以适天下之乐，何其壮也"，后来却或亡或衰，悲凄困顿："曼卿已死，祕演亦老病。嗟夫！二人者，予乃见其盛衰，则余亦将老矣"，故序祕演诗集的目的之一就是"因道其盛时，以悲其衰"①。文章"以'盛''衰'二字为眼目"②，"以盛、衰二字生情"③，毛庆蕃云"盛衰兴感，笔情恣肆，人我胥忘矣"④。《送田画秀才宁亲万州序》以田家昔日战功殊荣与今日田画秀才之落拓困顿相对照："当此时，文初之祖从诸将西平成都及南攻金陵，功最多，于时语名将者，称田氏。田氏功书史官，禄世于家，至今而不绝，及天下已定，将率无所用其武，士君子争以文儒进，故文初将家子，反衣白衣"，田氏昔显今晦，原因是"彼此一时，亦各遭其势而然也"⑤，林纾云"古来功臣之后，式微者多，田画虽为仁朗之孙，亦不得志于时……顾祖烈炳于史中，而文孙乃白衣落拓，此足悲也"⑥，不无道理。《江邻几文集序》为江邻几作序，却忆及梅尧臣、苏舜钦等旧游，遂俯仰今昔，感怀盛衰，不能自已：

  自明道、景祐以来，名卿钜公往往见于余文矣。至于朋友故旧，平居握手言笑，意气伟然，可谓一时之盛。而方从其游，遽哭其死，遂铭其藏者，是可叹也。盖自尹师鲁之亡，逮今二十五年之间，相继而殁为之铭者至二十人，又有余不及铭与虽铭而非交且旧者，皆不与焉。呜呼，何其多也！不独善人君子难得易失，而交游零落如此，反顾身世死生盛衰之际，又可悲夫！而其间又有不幸罹忧患、触网罗，至困厄流离以死，与夫仕宦连蹇、志不获申而殁，独其文章尚见于世者，则又可哀也欤！然则虽其残篇断稿，犹为可惜，况其可以垂世而行远也？故余于圣俞、子美之殁，既已铭其圹，又类集其文而序之，其言尤感切而殷勤者，以此也。

  陈留江君邻几，常与圣俞、子美游，而又与圣俞同时以卒。余既

---

① 卷四十三《释祕演诗集序》，第611页。
② 过琪：《古文评注》卷八，清嘉庆庚申刻本。
③ 朱心炯：《古文评注便览》卷七，清乾隆三十四年版刊本。
④ 毛庆蕃：《古文学余》卷三十二，光绪戊申刻本。
⑤ 卷四十四《送田画秀才宁亲万州序》，第624页。
⑥ 慕容真点校《林纾选评古文辞类纂》，浙江古籍出版社，1986，第229页。

志而铭之,后十有五年,来守淮西,又于其家得其文集而序之。①

茅坤云"只道其故旧凋落之意隐然可见"②,徐文昭云"只于故旧凋落处感慨悲伤"③,高步瀛《唐宋文举要》云"今昔俯仰,感喟苍凉,使人情为之移"④,既是序文,更是感悼零落之文。总而言之,欧公文常于俯仰今昔之际,感慨人物盛衰变化,尤令人嗟叹伤感,令人涵咏不能自已。

三 为友鸣不幸,抱不平——"一片抑郁、一片愤懑"

欧阳修任职西京,不仅结识众多文学主张相近的文友,如梅尧臣、苏舜钦、谢绛、尹洙等,而且许多还成为日后庆历革新中志同道合的盟友,更因为卷入庆历新政,欧阳修和盟友或遭贬谪,或受排挤,或受谗毁,大都遭到了挫折与不幸。苏舜钦就是其中境遇极其不幸的一位。因为是宰相杜衍之婿,被反对派陷构,遂因小事被贬死。在为苏舜钦所作文集序和墓志铭及相关诗作中,欧阳修都对子美被诬遭贬的不幸悲愤不已,为之鸣不平,文章往往写得抑郁愤懑,使人感慨郁勃。在为苏舜钦所作《苏氏文集序》中,欧阳修充分发抒了这种悲愤哀叹之情:"嗟吾子美,以一酒食之过,至废为民而流落以死。此其可以叹息流涕,而为当世仁人君子之职位宜与国家乐育贤材者惜也。"⑤序文既抒抑郁愤懑之情,又作呜咽怜惜之语。茅坤云"欧阳子于其没也,特为之歔欷涕洟,而吊悲不及其用"⑥,归有光云"子美为世所摈死,故文多悲悯。读一过,使人感慨流涕"⑦,一死一生,乃见两人深厚交情,文章徘徊惋惜,悲痛之深,语意反复丛杂,学人所谓"歔欷涕洟⑧""纯作呜咽怜惜语"⑨"徘徊惋惜""悲风四起"⑩……都共同指出此文充满强烈、浓郁的情感色彩,感情深挚,悲慨呜咽,令人动容的特点。《湖州

---

① 卷四十三《江邻几文集序》,第 617~618 页。
② 茅坤:《唐宋八大家文钞》卷四十五《庐陵文钞》,文渊阁四库全书本。
③ 归有光:《欧阳文忠公文选》卷六,清刻本。
④ 高步瀛撰注《唐宋文举要》,上海古籍出版社,1982,第 681 页。
⑤ 卷四十三《苏氏文集序》,第 614 页。
⑥ 茅坤:《茅鹿门先生文集》卷四,明刊本。
⑦ 归有光:《欧阳文忠公文选》卷六,清刻本。
⑧ 茅坤:《茅鹿门先生文集》卷四,明刊本。
⑨ 孙琮:《山晓阁选宋大家欧阳庐陵全集》卷三,清康熙刻本。
⑩ 沈德潜选评、于石校注《唐宋八家文读本》,安徽文艺出版社,1998,第 368 页。

长史苏君墓志铭》更是在为苏舜钦作墓志之际，为其不幸悲愤不已："予为集次其文而序之，以著君之大节与其所以屈伸得失，以深消世之君子当为国家乐育贤材者，且悲君之不幸。"孙琮《山晓阁选宋大家欧阳庐陵全集》云"子美以被诬坐贬，莫白其冤，故通篇皆写得抑郁愤懑……读之，纯是一片抑郁，一片愤懑。此文之深于情者，故文传而情亦与之俱传"①，沈德潜云"子美屈抑以死。作志铭者，宜悲愤不自已也"②，深为知者之言。

尹洙更是为庆历新政摇旗呐喊，"而其身终以贬死"③的悲剧人物，欧阳修先撰有浩然长慨的《尹师鲁墓志铭》，悲痛记述："师鲁凡十年间，三贬官，丧其父，又丧其兄。有子四人，连丧其三。女一适人，亦卒。而其身终以贬死。"后又作声泪俱下的《祭尹师鲁文》，为尹洙之死极抒悲怆感思与悲愤之情。祭文云：

> 嗟乎师鲁！辩足以穷万物，而不能当一狱吏；志可以狭四海，而无所措其一身……嗟乎师鲁！世之恶子之多，未必若爱子者之众。何其穷而至此兮，得非命在乎天而不在乎人……自子云逝，善人宜哀；子能自达，予又何悲？惟其师友之益，平生之旧，情之难忘，言不可究。嗟乎师鲁！自古有死，皆归无物。惟圣与贤，虽埋不殁。尤于文章，焯若星日。子之所为，后世师法。④

为尹洙之死抱不平，哀悼其不幸遭际，颂扬其人格之伟岸。归有光云"哀以愤"⑤，蔡铸云"凄清逸调，读之令人悲酸"⑥。文章抒发"哀以愤"⑦的情感内涵，其中既有为品德高尚、忠心为国又才华卓异的挚友尹洙的逝去而哀伤悲叹，又有为他屡受反对派打击报复而贬死愤慨不已，悲愤慨叹，抑郁愤懑，无以言表。

---

① 孙琮：《山晓阁选宋大家欧阳庐陵全集》卷四，清康熙刻本。
② 沈德潜选评、于石校注《唐宋八家文读本》，安徽文艺出版社，1998，第432页。
③ 卷二十八《尹师鲁墓志铭》，第433页。
④ 卷四十九《祭尹师鲁文》，第694页。
⑤ 归有光：《欧阳文忠公文选》卷十，清刻本。
⑥ 蔡铸：《古文评注补正》卷八，载韩欣整理《汇评详注古文观止》，天津古籍出版社，2010，第646页。
⑦ 归有光：《欧阳文忠公文选》卷十，清刻本。

《祭资政范公文》中，欧阳修也以极愤慨之语，发泄对反对派攻讦范仲淹的极度不满："公曰彼恶，谓公好讦；公曰彼善，谓公树朋。公所勇为，谓公躁进；公有退让，谓公近名。谗人之言，其何可听！先事而斥，群议众排。有事而思，虽仇谓材……举世之善，谁非公徒？谗人岂多，公志不舒？善不胜恶，岂其然乎？成难毁易，理又然欤？"① 以事理反常而生其愤激之情，发为逆折之文，弥觉奇峭，茅坤云"公与范公同治同难，故痛特深"，为范仲淹忠于国事、品节高尚却屡遭打压愤懑不已，是"全为罹党论抒愤，言之不足，长言之也"②。此外，《黄梦升墓志铭》是为梦升等抱才之人却屈于下位感愤激昂："以抱才之人而屈于下位，不遇知己，宜感愤激昂而不能自已也。"③《梅圣俞诗集序》为挚友梅尧臣诗集作序，称赏其诗，更伤其"穷"，如过珙所云"意者穷而后工，非特诗也。而永叔特于诗发之，一篇虽序其诗，终伤其穷。盖诗既穷而后工，写其穷，正是写其诗。郁勃顿挫，须看其始终一片怜才至意处"④。文章感思淋漓，令人印象深刻。《古文观止》云"通篇写来，低昂顿折，一往情深"⑤，林云铭云"婉曲淋漓，感叹欲绝"⑥，孙琮《山晓阁唐宋八大家选·欧阳序陵》云"低昂婉转""淋漓满志"⑦，既指向此文浓郁的情感性特征。《集贤院学士刘公墓志铭》感慨传主刘仲原才不尽用，所以"文多累欷"⑧。《翰林侍读学士给事中梅公墓志铭》同情梅尧臣叔父梅询的不幸，"深悲其不遇"⑨。《祭丁学士文》为自己和好友丁元珍得谤被贬抒发感愤之情，张伯行云"公生平遭谗得谤，见愠于群小，特发其感愤之意于斯文"⑩，等等，都是为友朋之不幸遭遇抱不平，以疏泄愤懑之情的作品。

由上可见，欧阳修对友人朋好怀有异常真挚、深厚的感情，当文友荟萃，诗酒唱和，则歌呼醉吟，极尽欢畅；当挚友离别，则留恋不舍、思念感伤；当友人被贬，则仗义执言，愤慨激切；当友朋离世，则撰碑作序，

---

① 卷四十九《祭资政范公文》，第 697~698 页。
② 浦起龙：《古文眉诠》卷六十二，静寄东轩刻本。
③ 沈德潜选评、于石校注《唐宋八家文读本》，安徽文艺出版社，1998，第 438 页。
④ 过珙：《古文评注》卷八，清嘉庆庚申刻本。
⑤ 吴楚材、吴调侯选注，安平秋点校《古文观止》卷十，中华书局，1987，第 400 页。
⑥ 林云铭：《古文析义·初编》卷五，清康熙丙申刻本。
⑦ 孙琮：《山晓阁唐宋八大家选·欧阳庐陵》卷三，清康熙刻本。
⑧ 茅坤：《唐宋八大家文钞》卷五十三《庐陵文钞》，文渊阁四库全书本。
⑨ 何焯著、崔高维点校《义门读书记》，中华书局，1987，第 704 页。
⑩ 张伯行：《唐宋八大家文钞》卷六，中华书局，2010，第 85 页。

沉痛哀悼；当交游零落，生死相继，则俯仰盛衰，悲慨呜咽。黄宗羲《论文管见》云："文以理为主，然而情不至，则亦理之郛廓耳。庐陵之志交友，无不呜咽；子厚之言身世，莫不凄怆；郝陵川之源之入故都，其言皆恻恻动人。古今自有一种文章，不可磨灭，真是'天若有情天亦老'者。而世不乏堂堂之阵，正正之旗，皆以大文目之，顾其中无可移人之情者，所谓刿然无物者也。"①

第三节　忧世伤时——现实之忧

庆历时代范仲淹的"先天下之忧而忧，后天下之乐而乐"②无疑是宋人政治责任感、历史使命感及自觉担当精神的典型代表，对于有宋仁人志士而言，更是一种积极的召唤。在文章创作上，宋人也十分重视经世致用，赵汸云："至唐韩子、宋欧阳公、曾子固相继而出，始考诸经以立言，其器识之大、学问之博、志节之固，又足振而兴之。文辞之用，于是为贵。"③重视、发挥文为世用，服务于社会现实的功能，是宋文的一大特点。谢肇淛云："欧阳永叔、苏子瞻之文章，洪忠宣、文信国之忠义，皆灼无可议，而且有用于时者。"④作为宋代士大夫的典型代表之一，欧阳修自然也是宋人治世精神的积极践行者。欧阳修是一位刚正有为的政治家，几经政治斗争的风霜雪雨，仕途起落浮沉，历经坎坷与磨难。他进入官场之际，正是北宋阶级矛盾和民族矛盾日趋尖锐之时，外有契丹、西夏的侵凌，内有革新与守旧的矛盾，对国家的政治危机与官场的腐败黑暗，他有深刻的了解与认识。他积极有力，奋力向前，范仲淹拜右司谏，欧阳修上激切满怀的《上范司谏书》，范以言事被黜，欧仗义执言，致书切责司谏高若讷，因此贬官夷陵。阅官署陈年公案，见枉直乖错不可胜数，他愤慨不已。召还朝廷后，全力支持范仲淹推行庆历新政。政治革新失败，范仲淹、杜衍、韩琦、富弼等人因党论罢去朝职，他愤然上书为之辩护，被守旧派视作眼中钉，横遭诬陷而降知滁州。正如欧公自己所言"壮年犹勇

---

① 黄宗羲：《金石要例》卷一《论文管见》附，丛书集成本。
② 范仲淹：《范文正公文集》卷三《岳阳楼记》，中华书局，1985，第 19 页。
③ 赵汸：《赵征君东山先生存稿》卷三《潜溪后集序》，清康熙二十年刊本。
④ 谢肇淛：《五杂组》卷十三《事部》，中华书局，1959，第 391 页。

为，刺口论时政"，以致"十年困风波，九死出槛阱"①。晚年，又因濮议之争被诬以"帷薄不修"，蒙冤受屈，身心俱疲，乃至终于请辞致仕，归老田园。这位历仕仁宗、英宗、神宗三朝的元老重臣，几乎终身置于政治斗争的漩涡之中，他既对内忧外患充满忧虑与关切，又对国泰民安充满期盼与向往，"岂知身愈危，惟恐职不称"②，系怀现实，忧心政事，是其生命中不能承受之重。忧怀现实还与其文学致用观有关，欧阳修认为"文章系乎治乱之说"，主张作家应"见其弊而识其所以革之者，才识兼通，然后其文博辨而深切，中于时病，而不为空言"③，即为文者要善于从历史盛衰治乱中汲取经验，以古人史事载之，既是"明古"，亦弃空言，它切实服务于社会政治，是为经世致用。即便是考古，欧阳修也要"考寻前世以来求圣贤君子之所为""以求国家之治，贤愚之任"④，可见其强烈的济世用世之心。从欧公文章当中，我们可以更加真切地感受其忧时忧国的热忱，及用世理想无由实现的悲怆。

一 积极进言参政议政，直言政事得失

欧阳修积极参与政治革新，勇于进谏，遇事敢言，其奏议文既直言政事之阙失，又移人性情，入人深心。魏禧云："及再读欧阳文忠奏札，则又未尝不反复流连而不能已。公为人正直和平，而遇事敢言，特其措置之方、天下大略大计，不能与四公比。而政事之阙失、人之贤不肖，则知必言，言必尽，而其言直切而婉，至反复而不穷。其移人之性情，入人之深，为前古奏议所未有。"⑤《通进司上皇帝书》一文，作者广泛引用《史记》事实为论据，说明国家应施行多方面的政策措施，特别是通漕运、尽地利、权商贾三个举措，以达于国强民富、抵御强敌的目的，亦可见作者热心朝政之衷心。孙琮《山晓阁选宋大家欧阳庐陵全集》云："此篇大旨，只在丰财，以为持久之计，而丰财大旨，又只在通漕运、尽地利、权商贾三事而已。"⑥《准诏言事上书》用《史记》中所载人物典故为论据，论证

---

① 卷五《述怀》，第 89 页。
② 卷五《述怀》，第 89 页。
③ 卷六十八《与黄校书论文章书》，第 989 页。
④ 卷一百三十七《投时相书》，第 2167 页。
⑤ 魏禧著、胡守仁等校点《魏叔子文集》卷十三，中华书局，2003，第 667 页。
⑥ 孙琮：《山晓阁选宋大家欧阳庐陵全集》卷一，清康熙刻本。

选拔人才要因材选能，不计出身，他说："臣又闻古语曰'将相无种'。故或出于奴仆，或出于军卒，或出于贼盗，惟能不次而用之，乃为名将耳。"① 主张今日当择贤而用，举贤用人。徐文昭云："天下国家之经略具焉，千秋万世之药石备矣。"② 顾锡畴云："通达国体，洞悉事机。"③ 也是在征引史实，论证观点当中倾泻对国事的关切之情。

欧阳修感于朝事，发而为言，或义激于中，情切词径，或情深意婉，用意恳切，动人以情。《与高司谏书》作于景祐三年（1036），时范仲淹因言事忤宰相吕夷简，落职知饶州，欧公上此书切责司谏高若讷，讥其不仅不出力救范仲淹，反而诋范不贤当贬，以饰己不谏之过，满腔抑愤不平之气溢于言表。孙琮《山晓阁选宋大家欧阳庐陵全集》云"此文切责司谏，纯作严紧直遂之笔……层层敲击，几无剩隙，想见欧公之义形于色，故不觉其词之径、情之直。至今读之，犹令人通身汗下，不知司谏当日竟何以为颜也"④，储欣云"公所以义激于中，发上指冠也"⑤，指出文章强烈的情感性特征，使人宛见欧公当年义愤填膺之形象。《论选皇子疏》是"情动主上"⑥之文，宋仁宗无男嗣，欧阳修进言在亲族中选一人当皇子，文章处处为对方着想，细意体察对方心思，写得深情婉切，"情致缠绵，忠爱悱恻"⑦，令人动容。《论美人张氏恩宠宜加裁损札子》谏言仁宗裁削张氏美人恩宠，防微杜渐，这既有助于保全张氏，也有益于保全国君以及朝廷的稳定，也是情婉而切入重点。贾昌朝交结近侍，日进逸言，国君不觉，信而用之，欧阳修作《论贾昌朝除枢密使札子》论昌朝之奸，欲使国君加以辨别，文章"言词和平委曲，使听者不逆于心"⑧。《论江淮官吏札子》指斥朝廷"威不施于迎贼之将，罚不加于弃城之官"的弊端，其中"祖宗艰难创造"一段，情感深切，"呜咽淋漓"⑨。《纵囚论》论唐太宗贞观六年（632）纵死囚归家，及期归而赦原之事，认为太宗纵囚不合人情

---

① 卷四十六《准诏言事上书》，第 649~650 页。
② 归有光：《欧阳文忠公文选》卷一，清刻本。
③ 归有光：《欧阳文忠公文选》卷一，清刻本。
④ 孙琮：《山晓阁选宋大家欧阳庐陵全集》卷一，清康熙刻本。
⑤ 储欣：《唐宋十大家全集录·六一居士全集录》卷一，清光绪壬午江苏书局重刻本。
⑥ 储欣：《唐宋十大家全集录·六一居士全集录》卷一，清光绪壬午江苏书局重刻本。
⑦ 爱新觉罗·弘历：《唐宋文醇》卷二，中国三峡出版社，1997，第 354 页。
⑧ 张伯行：《唐宋八大家文钞》卷五，中华书局，2010，第 59 页。
⑨ 储欣：《唐宋十大家全集录·六一居士全集录》卷一，清光绪壬午江苏书局重刻本。

常理，文曰："刑入于死者，乃罪大恶极，此又小人之尤甚者也。宁以义死，不苟幸生，而视死如归，此又君子之尤难者也。"太宗之举，"是以君子之难能，期小人之尤者以必能也"。上有所恃以求名而纵，因有所冀以求免而归，是"上下交相贼"，"可偶一为之尔"，不能"屡为之"。因此文末结曰："不可为常者，其圣人之法乎？是以尧、舜、三王之治，必本于人情，不立异以为高，不逆情以干誉。"① 层层剖析，穷事理而"曲尽人情"②，文章借史事曲折反映自己对政事的看法，发表政治理想。

《朋党论》作于庆历四年（1044），其时宋仁宗进用杜衍、富弼、韩琦、范仲淹等人，酝酿改革，得到欧阳修等谏官的大力支持，但遭到守旧势力的强烈反对，吕夷简、夏竦等又大造舆论，诬蔑富、范、欧等为"朋党"，欧阳修乃作此论进呈仁宗。文章先总括说朋党之论自古有之，人君贵能分辨，接着推出"小人无朋，惟君子则有之"的观点，后广泛列举史实，引用《史记》《后汉书》《旧五代史》中典故，从正反两面进一步说明人君信用君子之朋则国兴，而禁、杀君子之朋则国亡，贵在能鉴古知今，分辨并信用。文章不仅观点鲜明，论证有力，而且"其论小人无朋一段，善形容小人之情状，真如铸鼎象物"③，因此是一篇形象鲜明、情辞恺切的说理文章。《为君难论下》着重阐述人君听言之难，全篇以《史记》所载赵王不听廉颇劝告，任用纸上谈兵的赵括为将，终至长平之战巨大失败的史实为据论证观点，以议论为叙事，甚似司马迁《史记》写法。茅坤云："若史迁之传伯夷，却又通篇以议论为叙事，正与此互相发明。"④ 文章既引《史记》史实为据，又学史迁手法，以议论为叙事，更如太史公极力形容，形神皆肖，深得太史公笔意，且以史为据，劝谏当国者善于听言。

此外，《论契丹侵地界状》"剖分忧惧，绝精绝确"⑤，《论乞主张范仲淹富弼等行事札子》以见欧公"倦倦忠爱"⑥，《荐司马光札子》可见"其推贤让善、公忠为国之心"⑦，《乞补馆职札子》"可谓深识治体之论"⑧，

---

① 卷十七《纵囚论》，第 287～288 页。
② 茅坤：《唐宋八大家文钞》卷四十二《庐陵文钞》，文渊阁四库全书本。
③ 张伯行：《唐宋八大家文钞》卷五，中华书局，2010，第 70 页。
④ 茅坤：《唐宋八大家文钞》卷四十，文渊阁四库全书本。
⑤ 储欣：《唐宋十大家全集录·六一居士全集录》卷一，清光绪壬午江苏书局重刻本。
⑥ 张伯行：《唐宋八大家文钞》卷五，中华书局，2010，第 59 页。
⑦ 张伯行：《唐宋八大家文钞》卷五，中华书局，2010，第 62 页。
⑧ 张伯行：《唐宋八大家文钞》卷五，中华书局，2010，第 63 页。

《乞添上殿班札子》"诚忠爱之至情，而亦寓防微之深意也"①，《本论》是"大有关于世道之文"②，等等。可以说，欧阳修之论说文，往往以人情事理为依托，说理透辟而安详，尤善于层层逼近，"往复百折"③，"反复尽意及复叠"④，又风貌"蔼然"⑤，有曲折委婉、温醇深厚之致。

二 借古托物抒怀，资治当世

欧阳修非常重视历史的资治功能，认为"文章系乎治乱之说"，为文者要善于从历史盛衰治乱中汲取经验，因此作家不仅要有"才"，还要有"识"，需"才识兼通"，学贯古今，然后其文方能"博辩而深切"，服务于现实："见其弊而识其所以革之者"，"中于时病而不为空言"⑥。他触目时艰，常常寄语古人，发抒忧时之心。《读李翱文》一文，将李翱与韩愈对照，认为李翱忧怀时事，而韩愈仅及于己身之荣辱，又将李之忧世与今人之不忧世且笑他人忧世做对比，感慨世风不良："使当时君子皆易其叹老嗟悲之心，为翱所忧之心，则唐之天下岂有乱与亡哉！然翱幸不生今时，见今之事，则其忧又甚矣。奈何今之人不忧也？余行天下，见人多矣，脱有一人能如翱忧者，又皆贱远，与翱无异。其余光荣而饱者，一闻忧世之言，不以为狂人，则以为病痴。予不怒则笑之矣。呜呼！在位而不肯自忧，又禁他人使皆不得忧，可叹也夫！"⑦文章将对国事的忧怀寄托于李翱，感慨悲愤，哀音凄恻，动人性情。欧公借李翱作引，将自己感于时事、忧怀时事之良苦用心，寄寓其中，故行文曲折婉转而感怆，情词悲壮又感人肺腑，无怪金圣叹感叹曰："此真大臣忧时之言。"⑧《王彦章画像记》中，欧阳修借王彦章事抒怀，以古喻今，劝惩后世，他说："今国家罢兵四十年，一旦元昊反，败军杀将，连四五年，而攻守之计至今未决。予尝独持用奇取胜之议，而叹边将屡失其机，时人闻予说者，或笑以为

---

① 张伯行：《唐宋八大家文钞》卷五，中华书局，2010，第63页。
② 唐介轩：《古文翼》卷七，清同治癸酉常熟艺文堂刻本。
③ 苏洵著，曾枣庄、金成礼等笺注《嘉祐集笺注·上欧阳内翰第一书》，上海古籍出版社，2001，第328页。
④ 姚鼐：《古文辞类纂》，世界书局，1936，第44页。
⑤ 孙琮：《山晓阁唐宋八大家选·欧阳庐陵》卷四，清康熙刻本。
⑥ 卷六十八《与黄校书论文章书》，第987页。
⑦ 卷七十一《读李翱文》，第1050页。
⑧ 金圣叹选评、王之绩评注《评注才子古文》卷十二，江左书林，1914年石印本。

狂，或忽若不闻，虽予亦惑，不能自信。及读公家传，至于德胜之捷，乃知古之名将必出于奇，然后能胜。然非审于为计者不能出奇，奇在速，速在果，此天下伟男子之所为，非拘牵常算之士可到也。每读其传，未尝不想见其人。"① 从五代王彦章善出奇而取胜事联想到今日局势之危急，己之主张受讽，感慨良深。浦起龙认为此记与《新五代史·死节传》一样，都是以史谕今的借像表传、借传表意文章。所谓"警发当时用兵者之不尚奇也"②，"凭今吊古，纯是一片低昂思慕心事"③，"述其以奇取胜，以叹时事"④ 等评语，都说明这是一篇传述古人事迹却旨在当下现实的致世文章。《本论》用历史事实做论据，以五代之乱反面论证兵无制、用无节、国家无法度之害，对照当今宋世，不乏财、不乏兵、不乏贤、不乏暇，本可成就治世、盛世，却"一切苟且，不异五代之时，此甚可叹也"，充满浓厚的忧患意识。当欧阳修撰写《新五代史》时，往往因史事兴发对时政的联想，及对朝事的感慨，遂忧愤交加、悲慨低回。如写作《唐六臣传论》之时，因唐六臣事而思及当世党争愈演愈烈时事，不禁忧愤交集，如毛庆藩所云："党人之说，始于韩、范、文、富，宋治之所以不成也。至党人碑立，而北宋亡矣。文忠身处其时，忧愤交集，其因唐六臣而发也，直以痛哭出之，非徒流涕长太息而已。真气盘郁，遂成不朽之言。"⑤ 孙琮《山晓阁选宋大家欧阳庐陵全集》亦云："欧公手论唐臣，心关时事，故于朋党之祸痛切言之。一起疾声痛呼，直指朋党之祸，非为唐末而发，为时事也。中、后详指切责，历陈朋党之祸，亦非为唐末而发，为时事也。一结提醒人主，引传切戒，亦非为唐末而发，为时事也。本意是将朋党论唐事之失，今却是将唐事证朋党之祸，非留心时政者，何能迫切言之若是。"⑥ 此剖析不仅翔实具体，而且切中肯綮。

欧阳修对宋继五代之后，道德沦丧、礼乐崩塌的现实，感愤不已，多次于文中慨叹当世礼法废而不存。《襄州谷城县夫子庙碑记》惜古礼之不行，赞县令狄栗能恢复古礼："言古礼之不行为可惜，而狄君能复古礼为可称

---

① 卷三十九《王彦章画像记》，第571页。
② 徐一夔：《始丰稿》卷十，文渊阁四库全书本。
③ 孙琮：《山晓阁选宋大家欧阳庐陵全集》卷四，清康熙刻本。
④ 黄震著，张伟、何忠礼主编《黄震全集》卷六十一，浙江大学出版社，2013，第1873页。
⑤ 毛庆藩：《古文学余》卷三十二，光绪戊申刻本。
⑥ 孙琮：《山晓阁选宋大家欧阳庐陵全集》卷三，清康熙刻本。

也","慨古礼之亡处多韵折"①。《新唐书·礼乐志论》也是在写史中悲古礼之亡佚,所谓"古礼之亡久矣,欧阳公于此亦无限悲慨"②,所评是也。《太常博士周君墓表》颂赞墓主笃于礼法:"居父母丧,与其兄某、弟某居于倚庐,不饮酒食肉者三年;其言必戚,其哭必哀,除丧而瘅然不能胜人事者,盖久而后复。"③文章"以孝行一节立其总概,相为感慨始终"④,"至举世废礼,反复感叹,对面托出周君,才成一篇文字"⑤。欧阳修在感怀古今时势,抚今追昔之际,寄寓了以史为戒、珍惜当下的殷切期望。《丰乐亭记》在滁地由乱而治的历史时代背景下展开,俯仰今昔之际,感慨连连。《菱溪石记》因石而思及其主人之富贵磨灭,子孙泯没,而此石独存,于此反复沉吟,借题寓慨,借石寓意,望后人能引史为戒,珍惜当下。《送田画秀才宁亲万州序》在赠别题材中融入作者感怀古今时势,俯仰百年沧桑变化,并寄寓作者对朝廷不能择贤而进的忧虑,所谓"感古今时势之不同"⑥。有时欧阳修还将友人不幸境遇与忧时伤世之情结合起来抒发。如《湖州长史苏君墓志铭》哀悼好友苏舜钦不幸遭贬卒,并感伤朝廷不能用人之失,"于惋惜之中寓哀时之意"⑦。庆历二年(1042),曾巩赴礼部应进士试而落选,欧阳修作《送曾巩秀才序》以赠,文章既重曾巩之学问人品,又以曾巩落第事指斥朝廷科举之失,如王昊所言:"朝廷取才,一凭有司之法去取之,自有得而有失也,永叔细细拈出,感叹之意,虽若送秀才,而讥刺直在朝廷矣。"⑧

浦起龙云:"古人作一文,每有一番怅触。"⑨欧文往往托物抒怀,旨在现实。欧阳修耿介刚直,积极进言,毫无避讳,故每每被反对派视为眼中钉,欲拔之而后快。《憎苍蝇赋》便是有感于政敌小人之诽谤中伤,托物抒怀,借物寓意,愤而成篇,以表达对攻击者的极大不满和极度蔑视,将他们比喻为愚蠢自私、蝇营狗苟、令人作呕的苍蝇,以泄心头之恨。叶梦得《避暑录话》云:"欧阳文忠滁州之贬,作《憎蝇赋》,晚以濮庙事,

---

① 茅坤:《唐宋八大家文钞》卷四十九《庐陵文钞》,文渊阁四库全书本。
② 茅坤:《唐宋八大家文钞》卷四十三《庐陵文钞》,文渊阁四库全书本。
③ 卷二十四《太常博士周君墓表》,第378页。
④ 茅坤:《唐宋八大家文钞·庐陵文钞》卷四十三《庐陵文钞》,文渊阁四库全书本。
⑤ 徐树铮:《诸家评点古文辞类纂》(第4册),国家图书馆出版社,2012,第159页。
⑥ 高步瀛撰注《唐宋文举要》,上海古籍出版社,1982,第688页。
⑦ 王文濡:《评校音注古文辞类纂》卷四十六,中华书局,1923。
⑧ 孙琮:《山晓阁选宋大家欧阳庐陵全集》卷三,清康熙刻本。
⑨ 浦起龙:《古文眉诠》卷六十,静寄东轩刻本。

亦厌言者屡困不已,又作《憎蚊赋》。苏子瞻扬州题诗之谤,作《黠鼠赋》。皆不能无芥蒂于中而发于言,欲茹之不可。故惟知道者为能忘心。"①唐龙云:"即公《苍蝇》一赋,宛然诗人刺谗之意。"② 文中以可恶可厌亦复可怜可笑可叹之苍蝇嘲讽是非颠倒、恶意中伤之小人,愤恨、埋怨、鄙夷、无奈之情溢于言表。作者使用《左传》《汉书》《后汉书》中语典,或摹事物之形,或摹外物之状,极力刻画苍蝇肮脏愚蠢、令人作怄之态,如"尔形至眇,尔欲易盈,杯盂残沥,砧几余腥,所希秒忽,过则难胜"③。句中"秒忽"一语出自《后汉书·律历志》:"夫数出秒忽,以成毫厘,毫厘积累,以成分寸。"形象刻画苍蝇形体微小、欲望易足、所需甚微,却终日营营、不知所为的蠢态,生动贴切。苍蝇之喧扰打搅竟使"王衍何暇于清谈""贾谊堪为之太息",这源于《晋书·王衍传》和《汉书·贾谊传》的典故运用,于控诉指斥的严肃气氛中增添了诙谐幽默的情调,讽刺意味十足,如归有光《欧阳文忠公文选》云:"小人乱国,先辈已有定论,故往往于诗赋中托物示憎,如《苍蝇赋》是也。形容刻画,读是赋者能不惕然?"④

第四节 感慨今古——历史之思

一 史书之慨叹

在"唐宋八大家"中,欧阳修是唯一一位既参修官史,又独撰私史的古文大家,在史学史上,一人独占两史的情况也几乎是绝无仅有的。不仅是著史,而且熔铸了欧阳修对历史、现实、人生的深沉感思。刘熙载云:"欧阳公《五代史》诸论,深得'畏天悯人'之旨。"⑤ 缪荃孙云:"欧阳公伤五季之乱,《五代史》序论,尽以'呜呼'一冠其篇首。"⑥ 著史本为记述客观存在史实,但在著史过程中,欧公屡屡情不能已,而以感慨嗟叹之语融入其中,使其史书带上了浓厚的主观情感色彩。何乔新云:

---

① 彭元瑞:《宋四六话》,中华书局,1985,第198页。
② 唐龙:《渔石集》卷二《欧阳文集序》,丛书集成本。
③ 卷十五《憎苍蝇赋》,第259页。
④ 归有光:《欧阳文忠公文选》卷十,清刻本。
⑤ 刘熙载:《艺概》卷一《文概》,上海古籍出版社,1978,第28页。
⑥ 缪荃孙:《云自在龛随笔》卷二《论史》,人民出版社,2013,第23页。

"其为论，必以'呜呼'发之，盖以乱世之书，故致其慨叹之意也。"①洪本健说："作为一个好学不倦的学者，欧阳修熟读经史著作，览尽历代兴衰，并竭尽心力编修《唐书》和《新五代史》……他收集、阅读了大量有关五代的史料，有感于其时国家的分裂、战乱的频仍、法制的废弛、道德的沦丧，心情十分沉重。他'书人而不书天'，在修史中充满了对人事的不尽的慨叹。"② 这都是洞察欧公著史情见乎辞、感怀深切的心得之言。

欧文情见乎辞、感怀深切的特点首先表现在史论撰述中。其《新五代史》序论常常采用夹叙夹议又饱含感情的写法，往往在简练而又生动的史事叙述中，表现出作者对于人物事件的评价和鲜明倾向。序论是传记文的有机组成部分，或作于开头或作于结尾，或引启下文，或综括大端，往往花费笔墨不多，但能抓住人物、事件的要害，进行有效评断。如《伶官传论》《宦者传论》《唐明宗本纪论》《周本纪论》等，都是叙议结合，感慨深沉的文字。《伶官传论》先以感慨的语气提出："呜呼！盛衰之理，虽曰天命，岂非人事哉"的命题，接着叙述后唐庄宗受父遗命，以三矢报仇，并发愤图强之事，但如此英才却因宠溺数伶人，而遭到破国亡身、朝代更迭的悲剧，最后推导出"忧劳可以兴国，逸豫可以亡身""祸患常积于忽微，而智勇多困于所溺"③，王朝的盛衰兴亡主要取决于人事的道理。文章叙事生动，语言简洁而传神，使读者如见其人，如临其境；议论深切而精到，又感慨深沉，风神宕逸，历来为人所推崇。此外，欧阳修史论借史兴感的不少，多因五代战乱纷纭的历史兴发感慨。如《晋出帝纪论》感慨五代后晋历史，发为"痛切"④，《冯道传论》中"借妇人女子以感慨当世儒生"⑤，《王进传论》因"五代名器之滥极矣"⑥ 而愤惋悲酸，《五代臣传总论》慨叹五代之时仅五十年，而更易五姓，历十三君。士生其间，全节者少，欧公"致慨之意亦既形于笔墨"⑦。《一行传论》学司马迁《伯夷传》低昂屈曲的行文特点，为五代德行高尚、忠于当朝之士作传，同时慨叹五

---

① 何乔新：《何文肃椒丘先生策府群玉文集》卷上，清雍正九年刊本。
② 洪本健：《略论"六一风神"》，《文学遗产》1996年第1期，第62页。
③ 欧阳修：《新五代史》卷三十七《伶官传论》，中华书局，1974，第397页。
④ 茅坤：《唐宋八大家文钞》卷四十三《庐陵文钞》，文渊阁四库全书本。
⑤ 茅坤：《唐宋八大家文钞》卷四十四《庐陵文钞》，文渊阁四库全书本。
⑥ 茅坤：《唐宋八大家文钞》卷四十四《庐陵文钞》，文渊阁四库全书本。
⑦ 孙琮：《山晓阁选宋大家欧阳庐陵全集》卷三，清康熙刻本。

代乱世忠臣义士何其少也，文章"淋漓感慨，悲凉呜咽"①"感怆有余思"②，故"得太史公之神髓"③。《伶官传论》言后唐庄宗兴盛时是"英雄俶傥"，英姿勃发，尔而国灭身亡，何其狼狈衰败，"低昂反复，感慨淋漓，直可与史迁相为颉颃"④，或被直接视为"史迁之文"⑤。《唐六臣传论》因唐六臣事思及当世朋党之说，深为国事忧虑。

欧阳修还在《新五代史》中对卖国求荣者的罪行，进行了深刻地揭露及严厉地批判，如石敬瑭为了取代唐废帝，出卖了燕云十六州，以讨得契丹人的援助，建立了晋朝，并自称儿皇帝，后来石敬瑭养子晋出帝石重贵不甘"孙皇帝"的屈辱，奋起与契丹开战，却遭契丹入屠京师，最终晋朝灭亡。欧阳修对后晋立以契丹亦亡于契丹之史实，感慨深沉地叹息道："呜呼，自古祸福成败之理，未有如晋氏之明验也！其始以契丹而兴，终为契丹所灭……盖夫本末不顺而与夷狄共事者，常见其祸，未见其福也。可不戒哉！可不戒哉！"⑥ 史书中还具体详细地描写了卖国贼张彦泽的可悲结局："百官皆请不赦，而都人皆投状疏其恶，乃命高勋监杀之。彦泽前所杀士大夫子孙，皆衰绖杖哭，随而垢詈，以杖朴之，彦泽俯首无一言。行至北市，断腕出锁，然后用刑。勋剖其心祭死者，市人争破其脑，脔其肉而食之。"⑦ 字里行间包含着对他引狼入室、卖主求荣行径的愤慨、谴责与痛心。而对于抗击戎敌的英雄之士，欧阳修则不吝赞美与歌颂，如《王晏球传》中，作者在生动具体地描绘了唐将王晏球大破契丹胜利的情景之后，抑制不住满心的欣喜，热情洋溢地写道："于是时，中国之威几于大震，而契丹少衰伏矣，自晏球始也。"⑧ 周世宗柴荣是五代时期的杰出人物，书中热情歌颂了他收复失地的英雄壮举，而对其英年早逝而致大功未竟表示了深切的惋惜："不幸世宗遇疾，功志不就。然瀛、莫、三关，遂得复为中国之人，而十四州之俗，至今陷于夷狄。彼其为志岂不可惜，而

---

① 高步瀛撰注《唐宋文举要》，上海古籍出版社，1982，第667页。
② 蔡世远：《古文雅正》卷十，清光绪乙巳宏道堂重刻本。
③ 蔡世远：《古文雅正》卷十，清光绪乙巳宏道堂重刻本。
④ 吴楚材、吴调侯选注，安平秋点校《古文观止》卷十，中华书局，1987，第403页。
⑤ 金圣叹选评、王之绩评注《评注才子古文》卷十二，江左书林，1914年石印本。
⑥ 欧阳修：《新五代史》卷二十九《景延广传》，中华书局，1974，第324页。
⑦ 欧阳修：《新五代史》卷五十二《张彦泽传》，中华书局，1974，第600页。
⑧ 欧阳修：《新五代史》卷四十六《王晏球传》，中华书局，1974，第510页。

其功不亦壮哉！夫兵之变化屈伸，岂区区守常谈者所可识也？"① 正因为欧阳修于《新五代史》叙事中饱含感情，又议论深切，遂令人于感慨万千之际回味无穷。

《新五代史》往往在记载历史人物事迹、塑造历史人物形象的过程中，触发兴感。如读《唐继岌传》，可知"欧公摹写明畅，殊为呜咽，可为后世人主宠幸后宫、浊乱朝政者之戒"②；读《敬翔传》，则为唐昭宗与朱全忠"上下积猜"③，遂"酿成篡弑之乱"④ 而悲戚不已。《死节传》于"王彦章、裴约及刘仁赡，尤为呜咽，或欲泣下"⑤；《死事传》在《死节传》详录王彦章、裴约及刘仁赡三人事迹之外，复录死事者十五人，"以十五人者不足以配三人之烈，然不忍遗之也，故别之曰'死事'"⑥，其中载叙情事"尤为惨咽"⑦；《温韬传》写温韬之掘发诸陵，实令"万世所共愤咽而流涕者也"⑧，而《李煜世家》本末细事不足观，但"欧公序次其骄侈削弱处可涕"⑨；《康延孝传》由后唐庄宗不能用康延孝，康延孝卒以猜忌叛之史实兴发感慨。在客观记史叙史时融入作史者浓郁丰富的情感色彩，这是《新五代史》文学性特征鲜明的一大特点。

欧阳修不仅在人物的刻画、事件的叙述中寄寓褒贬评判，而且像司马迁的"太史公曰"一样，在史传文后直接抒发对人物、事件的看法与评价，将叙事、抒情、议论结合。如《新五代史·周臣传论》云："自古治君少而乱君多，况于五代，士之遇不遇者，可胜叹哉！"⑩《新五代史·王进传论》云："至如进者，徒以疾足善走而秉旄节，何其甚欤……易否泰消长，君子小人常相上下，视在上者如进等，则其在下者可知矣。予书进事，所以哀斯人之乱，而见当时贤人君子之在下者，可胜道哉！可胜道哉！"⑪ 特别是《新五代史·一行传论》，欧阳修云："吾意必有洁身自负

---

① 欧阳修：《新五代史》卷七十三《四夷附录第二》，中华书局，1974，第 904~905 页。
② 茅坤：《唐宋八大家文钞》卷六十三《庐陵史钞·家人传》，文渊阁四库全书本。
③ 茅坤：《唐宋八大家文钞》卷六十四《庐陵史钞·梁臣传》，文渊阁四库全书本。
④ 茅坤：《唐宋八大家文钞》卷六十四《庐陵史钞·梁臣传》，文渊阁四库全书本。
⑤ 茅坤：《唐宋八大家文钞》卷六十九《庐陵史钞·死节传》，文渊阁四库全书本。
⑥ 茅坤：《唐宋八大家文钞》卷六十九《庐陵史钞·死事传》，文渊阁四库全书本。
⑦ 茅坤：《唐宋八大家文钞》卷六十九《庐陵史钞·死事传》，文渊阁四库全书本。
⑧ 茅坤：《唐宋八大家文钞》卷七十三《庐陵史钞·温韬传》，文渊阁四库全书本。
⑨ 茅坤：《唐宋八大家文钞》卷七十八《庐陵史钞·李煜世家》，文渊阁四库全书本。
⑩ 欧阳修：《新五代史》卷三十一《周臣传论》，中华书局，1974，第 346 页。
⑪ 欧阳修：《新五代史》卷四十九《王进传论》，中华书局，1974，第 559 页。

之士,嫉世远去而不可见者……吾又以谓必有负材能、修节义,而沉伦于下,泯没而无闻者。"① 他认为为五代这些"一行"即精诚专一的忠节之士传扬声名,是自己义不容辞的责任。文章议论高卓,为"史汉以来所不到者"②,又曲折抑扬,感慨深挚,情思悲凉,"俯仰情深"③"犹感怆有余思"④,且晓谕现实,资为世用,使人洞见作者作史以关切时事之用心。《新五代史·前蜀王建世家论》就前蜀统治时期,境内屡屡出现所谓祥瑞现象发出议论,指出前人以麟、龙、龟、凤出现为嘉瑞,纯粹属于妄语,其立言多据于《史记》之《武帝本纪》、《司马相如传》及《五帝本纪》等资料,文章引证翔实,论证有力,令人信服,故读此文,能令"世之言祥瑞者扪心退矣"⑤。

二 其他散文之叹史

欧阳修作为史官,不仅重视图书、文献的搜集、保存,重视典籍、碑铭的真伪考证、校勘,而且这种长期形成的史学修养,自然地体现在散文创作上,其中一个特点便是对人、事、物之历史渊源、演变过程的重视、梳理及叙述,这在其记、序、墓志碑铭等文体中尤为突出。欧阳修的记文,往往在写景叙事中,俯仰古今,兴发对历史的感喟及对社会现实的深度关切之情。如《丰乐亭记》,就由滁州之丰乐亭联想到滁地五代动乱的历史,由昔而今,由乱至治,俯仰今古,充溢着一种历史的沧桑感与深邃感。文曰:"滁于五代干戈之际,用武之地也。昔太祖皇帝尝以周师破李景兵十五万于清流山下,生擒其将皇甫晖、姚凤……"⑥ 作者特于史实史事俯仰兴怀,低回唱叹,望古情深,使人更识今日安乐之得来不易,而需倍加珍惜。《菱溪石记》以五代伪将刘金所有菱溪石为线索,在抚今思昔之际,流露社会盛衰、朝代更替、物是人非、今昔巨变的历史纵深感与沧桑之情。孙琮云:"此篇记石、记菱溪,平平无奇,至记石为刘金故物,忽然发出一段兴废之感来,无限低徊,无限慨叹,正如晨钟朝发,唤醒无

---

① 欧阳修:《新五代史》卷三十四《一行传序》,中华书局,1974,第369页。
② 茅坤:《唐宋八大家文钞》卷四十四《庐陵文钞》,文渊阁四库全书本。
③ 浦起龙:《古文眉诠》卷六十二,静寄东轩刻本。
④ 蔡世远:《古文雅正》卷十,清光绪乙巳宏道堂重刻本。
⑤ 茅坤:《唐宋八大家文钞》卷四十四《庐陵文钞》,文渊阁四库全书本。
⑥ 卷三十九《丰乐亭记》,第575页。

数梦,梦不止,作悲伤憔悴语也。"① 文章以石带人,借题寓慨,低回嗟叹,感慨议论,行文委曲,风致倏然,有《史记》俯仰唱叹、跌宕摇曳之风神美。欧阳修有时将现实置于历史背景或情境中,通过比较,流露挥之不去的今昔之感,从而突显文章主旨。如《有美堂记》中,作者别具匠心地将抒写对象置于动乱的时代历史背景下来展开,使文章洋溢着历史的沧桑感与厚重感,令人嗟叹。②《李秀才东园亭记》在感怀时光流逝、时代推移之时,记录随州李公佐东园之今昔变化,在抚今追昔中,寄寓着对时光推移、时代变迁的喟叹。

《苏氏文集序》极推重好友苏舜钦文章:"其见遗于一时,必有收而宝之于后世者。虽其埋没而未出,其精气光怪已能常自发见,而物亦不能掩也。"更为其不幸遭逸而贬死鸣不平。文章中欧阳修将苏舜钦的文章创作,置于唐代以来文章盛衰的历史背景下来写:

> 予尝考前世文章政理之盛衰,而怪唐太宗致治几乎三王之盛,而文章不能革五代之余习。后百有余年,韩、李之徒出,然后元和之文始复于古。唐衰兵乱,又百余年而圣宋兴,天下一定,晏然无事。又几百年,而古文始盛于今。自古治时少而乱时多,幸时治矣,文章或不能纯粹,或迟久而不相及,何其难之若是欤?岂非难得其人欤?苟一有其人,又幸而及出于治世,世其可不为之贵重而爱惜之欤?嗟吾子美,以一酒食之过,至废为民而流落以死。以其可以叹息流涕,而为当世仁人君子之职位宜与国家乐育贤材者惜也。③

深切慨叹今处难逢兴盛之时代,苏子美又极富文才,却时与境乖,事与愿违,使人愈发哀其不幸。《廖氏文集序》一文中,欧阳修将自己和廖倚明经辨伪的观点和做法放在孔子以来伪说纷纭以致乱经的历史背景下,使其学术研究有了一种历史的纵深感,也深化了其研究的现实意义:"自孔子没而衰,接乎战国,秦遂焚书,六经于是中绝。汉兴,盖久而后出,其散乱磨灭既失其传,然后诸儒因得措其异说于其间,如《河图》、《洛书》,怪妄之尤甚者。余尝哀夫学者知守经以笃信,而不知伪说之乱经也,屡为

---

① 孙琮:《山晓阁唐宋八大家选·欧阳庐陵》卷三,清康熙刻本。
② 卷四十《有美堂记》,第585页。
③ 卷四十三《苏氏文集序》,第614页。

说以黜之。"① 《薛简肃公文集序》从唐刘禹锡、柳宗元及名臣姚崇、宋璟说起，证实古人于事业、文章往往难以两相兼得："如唐之刘、柳无称于事业，而姚、宋不见于文章"，以此为铺垫，说明薛奎却能"兼于两得也"："公之事业显矣，其于文章，气质纯深而劲正，盖发于其志，故如其为人。"② 以古人之难兼衬托、称美对方事业文章之俱善，令人信服之余，也有一种时代的变迁感。《新唐书·礼乐志论》叙次有唐一代之礼，洞彻源流，能见其大，如沈德潜云："西汉之世，礼定于叔孙通，乐定于李延年、司马相如，具其名而精意不存矣，况汉京以后乎？作者洞彻源流，能见其大，而叙次有唐一代之礼，明整典核。议论笔力，两擅其胜。"③ 《王彦章画像记》为五代梁将王彦章画像作记，有效地补充完善了旧史，文章在称赏王彦章忠勇多谋之余，伤其不幸，既感慨叹息，又宛转委曲，有得"风神"之助。《明因大师塔记》以明因大师之言，记五代时乱，以见今日之安定和乐，"感慨今古"④，在人物嗟叹感慨之语中，流露历史变迁的沧桑感。

总而言之，由史实史事生发，或叹赏，或谴责，或悲痛，或嗟怀，感慨无不深沉、议论无不深切、褒贬无不鲜明，叙事、议论、抒情融为一体，在充分彰显欧阳修杰出叙事才能的同时，令读者深刻感受其对历史、对国家、对现实的仁者之心、忧国之怀与爱憎之情。综上所言，欧阳修或因自己身世之孤苦悲凄，或因仕途之波折坎坷，或因亲友朋好之离合聚散，或因现实道路之险恶难行，或因历史之盛衰兴废，总之，由古而今，由历史而现实，由己而社会，一人、一事、一物总能泛起欧阳修内心之阵阵涟漪，引发作者俯仰兴慨，沉吟咏叹，由此便使其文更加情思荡漾、感思绵长、回味无穷。

---

① 卷四十三《廖氏文集序》，第615页。
② 卷四十三《薛简肃公文集序》，第618~619页。
③ 沈德潜选评、于石校注《唐宋八家文读本》，安徽文艺出版社，1998，第454页。
④ 茅坤：《唐宋八大家文钞》卷四十九《庐陵文钞》，文渊阁四库全书本。

第五章
"六一风神"之思想内涵

第一节 "六一风神"之生命情怀

一 人生忧怀与现实忧思

（一）生命意识与人生忧怀

欧阳修对人类生命本质及士人人生价值有十分强烈的关注与思考。他认为人的生命物质形式与其他生物体是一样的，它终将随着躯体的消逝而不复存在，他说："达士所齐，万物一类"①，"人之死，骨肉臭腐，蝼蚁之食尔"②，"草木鸟兽之为物，众人之为人，其为生虽异，而为死则同，一归于腐坏、澌尽、泯灭而已"③，甚至人的肉身存在反不及草木等生物体："奈何以非金石之质，欲与草木而争荣"④。这也是人类无法突破的界限，思及于此，不免令人黯然神伤。然而欧阳修并没有陷于消极的悲哀与慨叹中，他还是乐观而理智地认识到人类比之万物，有着不可替代的优越性。他说："则有知莫如人。人者，万物之最灵也"⑤，"人为动物，惟物之灵"⑥，人类的躯体不免于沦亡，但是人的精神意识、生命价值与意义，可以通过"吟哦""长鸣"⑦，通过著书立说，发扬志意，作为文章，成就事业，凭借文字表达

---

① 卷十五《鸣蝉赋》，第255页。
② 卷十五《杂说三首》，第263页。
③ 卷四十四《送徐无党南归序》，第631页。
④ 卷十五《秋声赋》，第256页。
⑤ 卷十八《怪竹辩》，第313页。
⑥ 卷十五《秋声赋》，第256页。
⑦ 卷十五《鸣蝉赋》，第254页。

所思所感，从而实现"虽死而不朽，逾远而弥存也"①，精神超越生命形体物质形式的不朽存在，"昭乎百世之上而仰乎百世之下"②，体现出存世留名、传诸不朽的永恒性，充分彰显人类区别于万物的优越性。作为士人，多有自我表达、留存、传不朽的自觉意识、强烈愿望与传世能力："人于其间，所以为贵，盖已巧其语言，又能传于文字。是以穷彼思虑，耗其血气，或吟哦其穷愁，或发扬其志意。虽共尽于万物，乃长鸣于百世"③，"其贵乎万物者，亦精气也。其精气不夺于物，则蕴而为思虑，发而为事业，著而为文章"④。基于此，他积极追求并践行"修之于身，施之于事，见之于言"⑤ 的人生理想，对"功施当世圣贤事，不然文章千载垂"⑥ 有着热切的期许。当许多文友、挚友因遭遇困厄而不幸离世时，他们生前所著文章"顽强地向世人显示曾经存在的生命，传示出不可摧折的生命意志力"⑦，所谓"斯文，金玉也，弃掷埋没粪土，不能销蚀。其见遗于一时，必有收而宝之于后世者。虽其埋没而未出，其精气光怪已能常自发见，而物亦不能掩也"⑧。欧阳修深刻意识到文章是士人生命意识、人生意志与精神境界的绝佳载体，它坚定地向后世呈示着生命意义与人生价值。它"虽抑于一时，必将申于后世而不可掩也"⑨，其本身的价值与意义并不会因外在环境的打压而消失，即使"不幸罹忧患，触网罗，至困厄流离以死，与夫仕宦连蹇、志不获申而殁，独其文章尚见于世"⑩，这正是他为许多亡友"类集其文而序之"的原因。重视发挥文章的传世功用，延伸生命的价值与意义，实现人生超越时空以达生命之不朽，这一意识在欧阳修的生活中是不断得到强化的，是欧阳修"对人物命运在广袤时空中的深沉思索"⑪。欧阳修还对人类生存命运与外

---

① 卷四十四《送徐无党南归序》，第631页。
② 卷十五《杂说三首》，第263页。
③ 卷十五《鸣蝉赋》，第255页。
④ 卷十五《杂说三首》，第263页。
⑤ 卷四十四《送徐无党南归序》，第631页。
⑥ 卷六《答圣俞莫饮酒》，第101页。
⑦ 陈晓芬：《生命儒道文章——欧阳修创作主张探原》，《文艺理论研究》2002年第4期，第59页。
⑧ 卷四十三《苏氏文集序》，第613页。
⑨ 卷四十三《仲氏文集序》，第617页。
⑩ 卷四十三《江邻几文集序》，第618页。
⑪ 王永：《从欧阳修碑志文看宋初士人的"言事"热情》，载刘德清、欧阳明亮编《欧阳修研究》，学林出版社，2008，第119页。

部环境关系做了较为深入的思考,如《伐树记》里说东园有樗,无用而遭砍伐;东园又有杏,有用而得幸存,因此想到庄子所说的有用之材和无用之材。樗和栎因不材而终天年,有用之桂、漆因有用而伤夭,于是欧阳修借客人之口,发出"凡物幸之与不幸,视其处之而矣"①的感慨,暗寓了人生亦如是的道理。

韩愈的"物不平则鸣"说,说明人与万物都有自我表现的需要和渠道,那么对于士人,这种借语言文字表达思想愿望,体现生命意识、人格精神的意识就更为迫切了。马茂军先生在《中国古典散文风神论——从"六一风神"说起》一文中,对风神说进行了溯源,在对风神论的内涵进行探讨时,指出风神说的抒情,"在于突破了哀而不伤,怨而不怒的诗教传统,它是司马迁抒发郁愤的精神,是屈骚的哀伤怨怒,是韩愈的气盛言宜、不平则鸣,是欧阳修的文穷而后工,是中古文人的穷困潦倒满腹牢骚,是那个时代沉痛生命的感发与痛苦心灵的呐喊。可以说痛苦的心灵是风神本质与本真"②。直承屈骚的哀怨精神、司马迁的"发愤著书"说与韩愈的"不平则鸣"说,欧阳修提出了揭示作家人生困境与创作成就关系的"穷而后工"说,深入地发掘了作家人生失意、情感抑郁对文章创作的原发动力。他在《梅圣俞诗集序》中说:"凡士之蕴其所有而不得施于世者,多喜自放于山巅水涯外见虫鱼草木风云鸟兽之状类,往往探其奇怪。内有忧思感愤之郁积,其兴于怨刺,以道羁臣、寡妇之所叹,而写人情之难言,盖愈穷则愈工。然则非诗之能穷人,殆穷者而后工也。"③ 正因为作家"不得施于世""内有忧思感愤之郁积",所以能"写人情之难言",创作也就"愈穷则愈工"了。在《薛简肃公文集序》里,欧阳修又一次强调了这一观点:"至于失志之人,穷居隐约,苦心危虑而极于精思,与其有所感激发愤惟无所施于世者,皆一寓于文辞。故曰穷者之言易工也"④,此即司马迁所言"此人皆意有所郁结,不得通其道,故述往事,思来者。乃如左丘无目,孙子断足,终不可用,退而论书策,以舒其愤,思垂空文以自见"⑤之意也。当身陷困厄之境而"苦心危虑""极于精思"之时,创作

---

① 卷六十四《伐树记》,第928页。
② 马茂军:《宋代散文史论》,中华书局,2008,第36页。
③ 卷四十三《梅圣俞诗集序》,第612页。
④ 卷四十三《薛简肃公文集序》,第619页。
⑤ 班固撰《汉书》卷六十二《司马迁传·报任安书》,中华书局,2007,第619页。

主体往往会对现实生活、生命真谛做进一步的深层思索，为痛苦的心灵寻找依托与慰藉，而这时的创作也就自然地发出穷苦之音，充满了命运抗争的力量和对世情不公的感慨——因为它是作家生命体验与情感状态的真实体现，也更深地契合了生命的真谛，因此也更加感染人、打动人，也更容易流传千古而传诸不朽。

（二）政治忧思与道德忧怀

欧阳修身上表现出传统士人对国事时政的强烈关注与忧怀。他重视进言进贤选人之道。储欣云："天下之治乱，视言路之通塞。"说明进言进谏对治政的重要性，而欧阳修每每忧心国家政治之长治久安，"公亲见仁宗用谏之效，而唯恐以一人一事坏之，可谓忧深虑微，明达治体矣"①，故常常以进言进谏为己任，体现出传统士大夫忧怀天下的责任感与使命意识。这一时期士大夫言事热情高涨，也是北宋时期时代风气使然。王永在《从欧阳修碑志文看宋初士人的"言事"热情》一文中，谈到欧阳修所撰名臣显宦碑志中，多记载北宋士人论事以进言、争事以建言、评事以立言的典型事迹，以此说明北宋士大夫关注现实的忧患意识，及以进言献策、论事议政为己任的强烈责任感与使命感。② 如《金部郎中赠兵部侍郎阎公神道碑铭》记载了太宗、真宗对文士的访求及礼遇："太宗皇帝遣使者行视天下，使者还，言公可用。召见奏事，语言鄙然，殿中皆耸动。太宗奇之，拜太子洗马、知岳州。""公虽居许王府，而真宗素知其贤，数诏访以经术，谓之阎君子。真宗即位，问公何在？左右具言所以然，即时召之。已在道，拜金部郎中、知青州。"③ 在这种激励活跃的氛围之中，文人习文言事的热情在潜滋暗长。蔡襄对仁宗皇帝积极进言，君臣颇为相得："于此之时，言事之臣无日不进见，而公之补益为尤多。"④ "公（指曾致尧）当太宗、真宗时，言事屡见听用，自言西事不合而去，遂以卒于外。然在外所言，如在朝廷而任言责者，至其难言，则人有所不敢言者。"⑤ 杨谐也是为言事死而后已的名臣："'臣偕不幸，犹以垂闭之口，言天下莫大之忧

---

① 储欣：《唐宋十大家全集录·六一居士全集录》卷一，清光绪壬午江苏书局重刻本。
② 王永：《从欧阳修碑志文看宋初士人的"言事"热情》，《北方论丛》2008年第1期，第91~94页。
③ 卷二十《金部郎中赠兵部侍郎阎公神道碑铭》，第321页。
④ 卷三十五《端明殿学士蔡公墓志铭》，第520页。
⑤ 卷二十《尚书户部郎中赠右谏议大夫曾公神道碑铭》，第330页。

为陛下无穷之虑者，其事有五，以毕臣志，死无所恨。惟陛下用臣言，不必哀臣死也。'言讫而卒，不及其私。"① 一些文士更因进言得纳而被委以重任，如曾致尧"数上书言事，太宗奇之，召拜著作佐郎，直史馆"②，等等。士大夫们的进谏、争论基本上都是具体的社会现实问题，充分彰显了北宋士大夫强烈的参政议政热情，及浓厚的忧患意识与使命感。欧阳修为好友石介作墓志，嘉许其进言用世，同时也是自己人生信条、人生实践的真实深刻写照。他说："先生貌厚而气完，学笃而志大，虽在畎亩，不忘天下之忧。以谓时无不可为，为之无不至，不在其位，则行其言。吾言用，功利施于天下，不必出乎己；吾言不用，虽获祸咎，至死而不悔。其遇事发愤，作为文章，极陈古今治乱成败，以指切当世，贤愚善恶，是是非非，无所讳忌。"③ 此处既写石介，也写自己。的确，"欧阳公立朝说直不回"④"欧阳文忠公以直谏敢言闻当世"⑤，已成为人们的共识。不仅于名臣显宦的碑志中多载其人进言事迹，更在许多疏奏札子等上行文中，恳切而坚定、直接又委婉地阐明自己希望朝廷言路通畅、治政措施得当、选贤纳能的迫切期望与美好愿想。在《论台谏官唐介等宜早牵复札子》《论乞主张范仲淹富弼等行事札子》《荐司马光札子》《乞补馆职札子》等文章中，都可见作者对国君寄予纳谏杜逸、选贤用能厚望的良苦用心，以及绻绻爱国忧政之心，故"可谓深识治体之论""其推贤让善、公忠为国之心，千载犹可想见云"⑥，不为虚语也。

欧阳修也关注军事对敌之道。宋朝建立以来，崇奉重文抑武的国策，积贫积弱、外族侵扰、边患无穷，一直是困扰统治者的一大难题，在军事对敌方面，欧阳修一直怀着居安不忘备军的忧患意识，在《论军中选将札子》中，他说："历考前世有国之君，多于无事之际，恃安忘危，备患不谨，使祸起仓卒而至败亡者有矣，然未有于用兵之时，而反忘武备如今日者。"这体现其居安思危、有备无患的前瞻意识与忧患精神，也是他钻研历史得出的心得体会。《西边事宜第一状》《论契丹侵地界状》等都是他针

---

① 卷二十九《翰林侍读学士右谏议大夫杨公墓志铭》，第440页。
② 卷二十《尚书户部郎中赠右谏议大夫曾公神道碑铭》，第328页。
③ 卷三十四《徂徕石先生墓志铭》，第506页。
④ 启功等主编《唐宋八大家全集·曾巩集》，国际文化出版公司，1997，第672页。
⑤ 艾南英：《天佣子集》卷四《刘亦荣先生稿序》，清康熙己卯重刻家塾藏本。
⑥ 储欣：《唐宋十大家全集录·六一居士全集录》卷五，清光绪壬午江苏书局重刻本。

对抗敌固边问题提出的建议。欧阳修甚至在对前代军事将领的缅怀中，借古喻今，表达自己对当今军事问题的见解与看法。

欧阳修忧怀朝政弊端。对于朝廷政策之失误，欧阳修更是忧怀悲愤，难以自禁。如《送曾巩秀才序》讥讽朝廷科举之失，不能正确取人，如王昊所云"讥刺直在朝廷矣"①。《湖州长史苏君墓志铭》对好友苏舜钦之不幸沦亡伤怀不已，作者既哀子美人生之不幸，也替朝廷不能正确用人表示惋惜。欧阳修绻绻忠爱之心也流淌于著史过程中，他著《新五代史·唐六臣传赞》，以史论今，借言唐末朋党之争史事，实为忧心时事。浦起龙云："文所言，与六臣了无交涉。公之时，党论方大起，心有忧之，乃借题发愤，言之如此也。太息痛恨，独为唐末道哉？"② 毛庆藩云："至党人碑立，而北宋亡矣。文忠身处其时，忧愤交集，其因唐六臣而发也。"③ 这真是深契欧阳修之心的言说。《论选皇子疏》《论美人张氏恩宠宜加裁损札子》等文，表面上是关心国君之家事，其实是关乎宗庙社稷之重的国事政体之言。此外，还有《论贾昌朝除枢密使札子》之忧小人乱政，《论杜衍范仲淹等罢政事状》之愤贤人被贬，《论罢修奉先寺等状》之忧大兴土木，劳民伤财："臣见自古人君好兴土木者，自《春秋》、《史记》，历代以来并皆书为过失，以示万世。"④《论禁无名子伤毁近臣状》之望杜奸谗纳贤能："今若下容谗间，上不主张，则不惟才智之臣无由展效，亦恐忠义之士自兹解体"，"谗言罔极，自古所患"⑤。还有《本论》一文，用历史事实做论据：以五代之乱反面论证兵无制、用无节、国家无法度之害，对照当今之宋世，不乏财、不乏兵、不乏贤、不乏暇，本可成就治世、盛世，却"一切苟且，不异五代之时，此甚可叹也"，充满浓厚的忧患意识，是有关于世道之文。《读李翱文》中对不忧时忧世之不良社会风气的忧怀，也是感于时事之文，如学人所云"庐陵触目时艰，寄语李君"⑥。《新五代史·冯道传论》借妇人女子之忠节，讽刺如冯道般的无耻士人。

居安思危的现实忧患意识是传统士人普遍拥有的，在创作中，欧阳修

---

① 孙琮：《山晓阁选宋大家欧阳庐陵全集》卷三，清康熙刻本。
② 浦起龙：《古文眉诠》卷六十二，静寄东轩刻本。
③ 毛庆藩：《古文学余》卷三十二，光绪戊申刻本。
④ 卷一百零八《论罢修奉先寺等状》，第1639~1640页。
⑤ 卷一百零六《论禁无名子伤毁近臣状》，第1619页。
⑥ 孙琮：《山晓阁唐宋八大家选·欧阳庐陵》卷四，清康熙刻本。

往往自觉不自觉地抒发这一思想。如《菱溪石记》在感慨历史盛衰兴亡之外，更是告诫当世统治者要居安思危，否则盛衰兴废、朝代变更，物是人非的悲剧便会重现。《丰乐亭记》更是在俯仰古今之际，由滁地由乱而治的历史及今日的安定祥和，告诫人们一定要居安思危、珍惜当世这来之不易的和平盛世。即使在《送田画秀才宁亲万州序》此类赠送序中，欧阳修都不忘告诫当代世人要"想创业之艰难，识治平之有由，抚安乐之适时，惧危亡之不戒"①，居安思危，不忘苦难，珍视美好。所谓"辨论坚确，救时为心"②"深得畏天悯人之旨"③等，即是言此。

欧阳修表现出对君子操守的极大重视与对道德沦丧的深切忧怀。生活于积贫积弱之北宋时期的欧阳修有着士人和政治家所特有的忧患意识。这种忧患意识指向两个方面：忧道与忧世。忧世，书中另有阐述，此不赘言。而忧道，是自孔子以来士之古老情怀。《论语·述而》："子曰：德之不修，学之不讲，闻义不能徙，不善不能改，是吾忧也。"④《论语·卫灵公》："子曰：君子谋道不谋食……君子忧道不忧贫。"⑤可见，忧道是指向个体道德心性的培育，欧阳修对此也深有感触。在《送秘书丞宋君归太学序》中，他认为"陋巷之士甘藜藿而修仁义，毁誉不干其守，饥寒不累其心，此众人以为难，而君子以为易。"⑥在《与尹师鲁书》中他再言："又常与安道言，每见前世有名人，当论事时，感激不避诛死，真若知义者。及到贬所，则戚戚怨嗟，有不堪之穷愁形于文字，其心欢戚无异庸人，虽韩文公不免此累，用此戒安道慎勿作戚戚之文。"⑦他衷心希望自己与友人能提高自身的心性修养，不叹老嗟卑，不戚戚于一己之悲，而要"居闲僻处，日知进道而已"，致力于自身道德修养的提升。欧阳修很重视道德建设，自身即以"文章道德为一代宗师"，道德之于他有一个鲜明的标识，即"君子"。他对"君子"的界定是：君子"所守者道义，所行者忠信，

---

① 爱新觉罗·弘历：《御选唐宋文醇》卷二十五，清光绪三年浙江书局重刻本。
② 欧阳修：《中国古代名家诗文集·欧阳修集》卷四，黑龙江人民出版社，2005，第1802页。
③ 刘熙载：《艺概》卷一《文概》，上海古籍出版社，1978，第28页。
④ 徐志刚译注《论语通译·述而》，人民文学出版社，1997，第75页。
⑤ 徐志刚译注《论语通译·卫灵公》，人民文学出版社，1997，第204页。
⑥ 卷四十四《送秘书丞宋君归太学序》，第630页。
⑦ 卷六十九《与尹师鲁书》，第999页。

所惜者名节"①。而道义、忠信、名节,几乎可以说涵盖了报国处世、修身为人的所有道德内容和人生责任,所以欧阳修说:"以之修身,则同道而相益;以之事国,则同心而共济,终始如一。"②君子之道任重而道远,非一日而成,因此长期的、不懈的道德修炼是必需的:"人之有君子也,其任亦重矣。万世之所治,万物之所利,故曰'自强不息',又曰'死而后已'者,其知所任矣。然则君子之学也,其可一日而息乎!"③在著史的过程中,对五代以来社会风气的败坏与伦理道德的沦丧,欧阳修伤怀不已,他说:"当五代时,僭窃分裂,丧君亡国不胜数,士之不得守其节与不能守者,世皆习而不怪。"④他不仅在思想上坚守道德,在实践中也是身体力行。欧阳修曾因支持范仲淹痛斥高若讷遭贬,及至范仲淹复起,欲辟欧为掌书记,欧阳修却委婉地谢绝了,他说:"同其退不同其进可也"⑤,这样的人格修养实令人敬佩有加。而且他在位极人臣之际,却屡次上表请辞致仕,能保持"进以为时,退以全终"⑥ "直言正行" "凛然忠义之气"⑦ 的高尚品节。

二 留名意识与垂世不朽

重名声、求不朽的传统在我国早就存在。据《左传》记载,春秋时代穆叔和郑子产都谈及如何死而不朽的问题,曾得出:"'大上有立德,其次有立功,其次有立言。'虽久不废,此之谓不朽"⑧ 的结论,把立德、立功、立言视为不朽的标志,作为人生追求的终极目标。孔子亦云"君子疾没世而名不称焉"⑨,也是在这方面对后世产生重大影响。

(一) 求"立名",惧无闻的传统心理

对于士大夫而言,以文"立言",以文留名,以文存世,传诸不朽,相对于"立德"的不易指实、"立功"的渺茫难期,几乎就是唯一的途径

---

① 卷十七《朋党论》,第297页。
② 卷十七《朋党论》,第297页。
③ 卷十五《杂说三首》,第264页。
④ 卷三十五《零陵县令赠尚书都官员外郎吴君墓碣铭》,第479页。
⑤ 附录卷二《宋史本传》,第2650页。
⑥ 郑侠:《西塘集·上致政欧阳少师书》,福州大华印书局排印本。
⑦ 杨士奇著,刘伯涵、朱海点校《东里文集》卷二《滁州重建醉翁亭记》,中华书局,1998,第18页。
⑧ 郭丹译《左传》,中华书局,2014,638页。
⑨ 徐志刚译注《论语通译·卫灵公》,人民文学出版社,1997,第201页。

了，这也是历朝历代众多的士人，往往以"立言"作为人生终极追求的重要原因。欧阳修也对留传后世、垂名不朽极其看重。其《廖氏文集序》云："余之有待于后者远矣，非汲汲有求于今世也。"① 《杂说三首》云："著而为文章，昭乎百世之上而仰乎百世之下！"② 这都可以看出欧阳修对声名传播后世的深切期许。正如陈晓芬先生在评价欧阳修生命观时所言："人作为万物之最灵，其生命价值还应显现出超越生命物质形态而永恒垂世的效应。"③ 正是基于对不朽名声的重视与期许，欧阳修在思考文学创作活动时，能从"传世行远"的角度去审慎对待。他非常重视生命的价值，重视文章传世的作用，认为这是成就君子人格与生命意义的重要手段。《代人上王枢密求先集序书》中，欧阳修遍举荀卿、孟轲、贾谊、屈原等例子，以推导出"君子之所学也，言以载事，而文以饰言，'事信言文'，乃能表见于后世"④ 的结论。他极其重视诗文的社会价值，特别注重诗文与士人生命意义的关联。在《祭尹师鲁文》中云："自古有死，皆归无物。惟圣与贤，虽埋不殁。"⑤《祭石曼卿文》云："不与万物俱尽而卓然其不朽者，后世之名。"⑥ 有闻于世、有名于后在他心目中占据着极其重要的地位，的确，自少至老，欧阳修都极其重视自己的声名，期望垂传后世，以志不朽。著名的《上范司谏书》一文，体现出年轻欧阳修对载诸史册之重视："有司之法行乎一时，君子之讥著之简册而昭明，垂之百世而不泯，甚可惧也。"⑦ 他希望士人不论是为政还是为文，都能成就垂范当世、载诸史册、昭明后世、百世不泯的理想。而写于晚年的《读书》一诗则在回忆自己自少至老之人生经历时，流露出浓厚的希冀名垂后世的愿望："吾生本寒儒，老尚把书卷……平生颇论述，铨次加点窜。庶几垂后世，不默死刍豢。"⑧ 欧阳修在人生的宦海沉浮中，始终坚守名节、崇尚德义。他个性耿直，犯颜直谏，虽屡受诬陷诽谤，但刚毅不屈，与庆历名臣一道，砥砺士气，倡导名节，对当时士风建设起到了极大的促进作用。对此，时人多

---

① 卷四十三《廖氏文集序》，第615页。
② 卷十五《杂说三首》，第263页。
③ 陈晓芬：《传统与个性——唐宋六大家与儒佛道》，上海古籍出版社，2002，第100页。
④ 卷六十八《代人上王枢密求先集序书》，第984页。
⑤ 卷四十九《祭尹师鲁文》，第694页。
⑥ 卷五十《祭石曼卿文》，第705页。
⑦ 卷六十七《上范司谏书》，第974页。
⑧ 卷九《读书》，第139页。

有赞誉。韩琦云:"独步文章世孰先,直声孤节亦无前。"① 曾巩云:"四海文章伯,三朝社稷臣。功名垂竹帛,风义动簪绅。"② 苏轼云:"事业三朝之望,文章百世之师。"③ 王安石云:"惟公生有闻于当时,死有传于后世。"④ 这些当时一流人物的中肯评价,都道出欧阳修对声誉名节的珍视、对垂传后世的执着与实践。

留名存世思想还体现在欧阳修对忠义重节的历史人物的推扬与评价里。他对有忠义节气和才能且重视声名的历史人物赞赏不已。五代梁将王彦章本一武人,却以"豹死留皮,人死留名"作为人生信条,最后力战不屈而死,欧阳修不仅将王彦章的事迹列入《死节传》,予以最高的嘉奖,而且实地调查,为其画像作记,并一再强调"每读其传,未尝不想见其人",就是要让其"义勇忠信"⑤之节彰明于后世,教育后人,如徐一夔所说:"五季之世,死节之臣为不多见,使彦章之忠义不白于天下,后世无以为人臣劝,因著于篇。"⑥ 所言甚是。欧阳修对这一人物形象的塑造、刻画,文章的选材、写法以及融入的感情、态度等,像极了司马迁《史记》中的英雄人物传记,以至学人甚至认为夹杂在司马迁人物传记中也不易区分。除了为历史人物作传扬名之外,欧阳修更多的是致力于为友朋同僚显名后世撰碑作铭。墓表碑铭,传逝者生平,颂逝者功业名节,是传世扬名的适佳文体。欧阳修碑志文数量众多,成就斐然,深为学者文人所激赏。⑦ 欧阳修不仅重视自己及亲人的名节、声名,期冀能传垂后世,不朽于千古,也于友朋、同僚的人生经历、身世功业的叙述与感慨中,抒发人生之憾恨与悲慨,又往往以"惟为善者能有后,而托于文字者可以无穷"⑧ 相慰藉。《河南府司录张君墓表》感慨时光荏苒,岁月如梭,文中回忆往昔西京从游之盛况,感慨张君去逝后之冷落,流露今昔变化、世事沧桑之感,寄

---

① 韩琦撰,李之亮、徐正英笺注《安阳集编年笺注》(上)卷十六《寄致仕欧阳少师》,巴蜀书社,2000,第554页。
② 曾巩:《曾巩集》卷六《寄致仕欧阳少师》,中华书局,1984,第83页。
③ 毛德富等主编《苏东坡全集》卷二十七《贺欧阳少师致仕启》,北京燕山出版社,1998,第3365页。
④ 王安石:《临川先生文集》卷八十六《祭欧阳文忠公文》,中华书局,1959,第894页。
⑤ 卷三十九《王彦章画像记》,第570页。
⑥ 徐一夔:《始丰稿》卷十,文渊阁四库全书本。
⑦ 参见洪本健《论欧阳修碑志文的创作》,《井冈山师范学院学报》2004年第4期,第5~13页。
⑧ 卷二十五《河南府司录张君墓表》,第386页。

希望于张尧夫能借文字之流传而不朽于千古。另一篇是他在任翰林学士时所写的《尚书屯田员外郎张君墓表》也于慨叹中流露今昔之感，亦以"则必有称于后世，君其是已"① 相告慰。这一感伤友朋零落之余，惟有文章传世之慰的情感蕴涵至老而不变。晚年所作《江邻几文集序》亦云："不独善人君子难得易失，而交游零落如此，反顾身世死生盛衰之际，又可悲夫！而其间又有不幸罹忧患、触网罗，至困厄流离以死，与夫仕宦连蹇、志不获申而殁，独其文章尚见于世者，则又可哀也欤！然则虽其残篇断稿，犹为可惜，况其可以垂世而行远也？"② 在叹伤友朋零落之际，仍归重于"死而有文章可传者"③。友朋的逝去、交游的零落都不能不使多情善感的欧阳修感慨低回，在嗟叹盛衰之际，欣慰友朋能托文字于无穷，传名于身后。

（二）承继前贤，光大家族文化的责任意识

在情文深婉、动人悲感、增人涕泪的晚年"风神"代表作之《泷冈阡表》中，以母亲郑氏平凡又深情的话语回忆父亲欧阳观对自己的敦敦希望："（父云）'吾不及见儿之立也，后当以我语告之。'""此吾知汝父之必将有后也。汝其勉之！夫养不必丰，要于孝；利虽不得博于物，要其心之厚于仁。吾不能教汝，此汝父之志也。'修泣而志之，不敢忘。"④ 父亲通过母亲话语，寄予欧阳修的谆谆期望，同时也表明了欧阳修谨记父训的承继决心及恳切态度。可见欧阳修是以有闻于世、有传于后、荣身显亲为自己的人生目标，而在当时就以"入副枢密，遂参政事""天子推恩，褒其三世"的荣耀显扬祖上，庇赖后代，更以"文章道德为一代宗师"，享誉当代，"足以表见于后世"⑤，传诸不朽。承继先圣，弘扬文化，传播后世的责任与担当意识在欧阳修文集中也有充分体现。欧阳修《诗谱补亡后序》中说："昔者圣人已殁，六经之道几熄于战国，而焚弃于秦。自汉已来，收拾亡逸，发明遗义，而正其讹缪，得以粗备，传于今者岂一人之力哉！"⑥ 感惜贤圣文化传扬之不易。至和二年（1055）作的《答宋咸书》，感慨"六经之旨失其传，其有不可得而正者，自非孔子复出，无以得其真

---

① 卷二十四《尚书屯田员外郎张君墓表》，第381页。
② 卷四十三《江邻几文集序》，第617页。
③ 陈衍撰、陈步编《陈石遗集》，福建人民出版社，2001，第1626页。
④ 卷二十五《泷冈阡表》，第393~394页。
⑤ 卷二十五《泷冈阡表》，第394页。
⑥ 卷四十二《诗谱补亡后序》，第602页。

也","茫乎前望已远之圣人而不可见,杳乎后顾无穷之来者"①,"前望""后顾"的形容颇有绍先知古、承继文明、垂范后世的期许、憧憬与信笃。"联系书简中那茕茕独立,茫然无依,似被抛掷于洪荒宇宙之中的强烈情感,则隐约透露欧阳修在书写之当下开始重视历史世系,思考自我在历史长流定位的心理变化。"② 庆历三年(1043),欧阳修由通判滑州,入谏台,知制诰,其《外制集序》感叹学者文章见用于世者,何其少乎,望以自己之微力载天子之意,有功于时政,彰示后世:"嗟夫!学者文章见用于世鲜矣,况得施于朝廷而又遭人主致治之盛。若修之鄙,使竭其材犹恐不称,而况不能专一其职,此予所以常遗恨于斯文也……虽不能尽载明天子之意,于其所述百得一二,足以章示后世。"③ 在入谏院,作制文时,欧阳修也时刻牢记彰显天子之意于后世的目的。关于欧阳修承继正统,发扬文化的功绩与贡献,后人多有评论。叶盛说:"夫六经而下,左丘明传《春秋》,而千万世文章实祖于此。继丘明者司马子长,子长为《史记》。而力量过之,在汉为文中之雄。继子长者韩子,深醇正大,在唐为文中之王。继韩子者欧阳公,渊永和平,在宋为文中之宗。"④ 李龄云:"三代之文至战国,变而为纵横荒诞之说,夺紫乱朱,文斯弊矣。汉之文虽不及古,犹有先王之遗烈,历晋、魏、齐、梁而光芒气焰埋蚀已尽。唐韩愈氏始宗孟而振起之。唐之文涉五季而弊,宋欧阳修复推韩,而折之于至理。使斯文正气可以扶持人心,羽翼六经者,二公之力也。"⑤ 正是看到了欧阳修在承继文化、弘扬后世方面所做出的贡献。

欧阳修重视家族世系文化的传承。他于嘉祐四年(1059)完成《欧阳氏谱图》,在序中,欧阳修梳理了欧阳氏族的起源、变迁、仕宦、经历,并由此建构家谱,建构先祖形象,探寻自我在其中的定位,自我的定位亦于此建立:"传于家者,以忠事君,以孝事亲,以廉为吏,以学立身。吾先君诸父之所以行于其躬,教于其子弟者,获承其一二矣。"⑥ 为父作阡表,首创私人家谱,同样有出于为亲人、家族显垂后世的考虑。著名的

---

① 卷四十七《答宋咸书》,第666页。
② 参见谢佩芬《欧阳修书牍探论》,载刘德清、欧阳明亮编《欧阳修研究纪念欧阳修一千年诞辰国际学术研讨会论文集》,学林出版社,2008,第288~289页。
③ 卷四十一《外制集序》,第596页。
④ 叶盛:《水东日记》卷二十三,中华书局,1980,第230页。
⑤ 金幼孜:《金文靖公集》卷首,明成化四年刻本。
⑥ 卷七十四《欧阳氏谱图序》,第1068页。

《泷冈阡表》是作者晚年所作,欧阳修何以在父亲去世六十多年后才作墓表,"盖有待也"一语或许能为我们提示重要的线索,文中详尽具体地交代了自己历任的官职及先祖因此获赠的封号等殊荣,并说道:"惟我祖考,积善成德,宜享其隆,虽不克有于其躬,而赐爵受封,显荣褒大,实有三朝之锡命。是足以表见于后世,而庇赖其子孙矣。乃列其世谱,具刻于碑。"① 光宗耀祖,显荣当代,垂名后世,可以说这是对父亲最好的告慰了。王沂说"欲其亲之不朽","此铭志所以作","能俾死者无所憾"②,这是对欧阳修创作《泷冈阡表》目的的恰切评价。"欧阳修本身对文章传之不朽的根深蒂固观念或是其中一个主要的缘由(指欧阳修在父逝后六十多年方作墓表)"③,不无道理。因此,欧阳修创为私人家谱,梳理、建构家族世系源流的做法,也是出于个人及家族显名后世的考虑。

(三)传扬良善、垂范后世的责任意识与传世能力

欧阳修《送徐无党南归序》有言:"其所以为圣贤者,修之于身,施之于事,见之于言,是三者所以能不朽而存也。"在"三不朽"中,当以"立德"为首:"修于身矣,而不施于事,不见于言,亦可也。"④ 欧阳修重视碑铭等"彰善而著无穷"⑤ 的功能,重视传人物孝谨、忠信的道德品质与才能。他说:"乐道天下之善以传焉。"⑥ 可见对"善"的记录和弘扬是欧阳修传文体文章的追求目标。道德品评则构成其主要内容:"其孝谨闻于其族,其信义著于其友,其才能称于其官,是皆可书以传。"⑦ 人物的品格和才能是其评价的中心,如给范仲淹、王旦、余靖等人的墓志铭均是这样。他认为为善坚于金石,更能传后世:"自古圣贤之传也,非皆托于物,固能无穷也,乃知为善之坚,坚于金石也。"⑧ 为父亲作墓表《泷冈阡表》,也紧扣父亲"廉""仁"两个重要品质展开,以此作为父亲传诸后世的依据。欧阳修为他人作墓表,总是特意选择对方的高品义节为着眼点。如《尚书屯田员外郎李君墓表》表彰墓主爱民之政德,刻石扬名:

---

① 卷二十五《泷冈阡表》,第394~395页。
② 王沂:《伊滨集》卷十三,四库全书珍本初集本。
③ 陈湘琳:《欧阳修的文学世界与生命情境》,博士学位论文,复旦大学,2010,第34页。
④ 卷四十四《送徐无党南归序》,第631页。
⑤ 卷二十八《永州军事判官郑君墓志铭》,第428页。
⑥ 卷二十七《张子野墓志铭》,第410页。
⑦ 卷三十八《司封员外郎许公行状》,第558页。
⑧ 卷一百四十三《集古录跋尾·唐人书杨公史传记》,第2307页。

"呜呼，其何以章乃德？俾其孙刻石于隧，以永君之扬。"① 又如《大理寺丞狄君墓志铭》："盖其生也，以不知于世而止于是，若其殁而又无传，则后世遂将泯没，而为善者何以劝焉？此予之所欲铭也。"② 为孝友、恭谨、礼让而温仁的连处士作墓表，也是"惧应山之人不复能知处士之详也。乃表其墓，以告于后人"③。如此等等，一再强调作铭的目的，正是要传善于后。可以说，欧阳修几乎无时无刻不在思考着人生的终极意义，无所不在地为自己、为亲友、为古人、为社会做着有传于后的努力。在欧阳修看来，"立言"不仅能使自身名著于当世，垂范不朽，而且可以帮助他人传扬声名，载诸史册。于是，怀抱义不容辞地为贤仁者传的责任意识，借自己在文坛上的声名及社会上的影响，欧阳修积极地为亲人友朋、同道僚盟、皇公巨卿、僧佛诸流等序集撰碑，以生花妙笔，各传其实，各现其貌，各见其心。"欧阳修充分注意到，散文中的多种文体与人事紧密联系在一起，如书序、碑志、史传诸体，无不关及书写对象，这类文章与其说是作者立言传世的依托，毋宁说在表彰传扬书写对象的过程中，首先为传主的扬名传世起到了重要的媒介作用。正是这一点，使欧阳修感受到散文写作承担着一份特殊的责任。他认为，有能力进行散文写作的人，应该自觉地担起此责，使散文这一功能获得最大限度的发挥。"④ 因此，仅有传世意识是不够的，还需具备相应的资质、文才与能力，方能承担起为自己、亲友、朋僚、历史人物等贤仁之人传诸不朽、垂范后世的责任。

欧阳修认为士人传世不朽，在具体方法上是丰富多样的。如告于史、铭之石、序诗文集行于世。此外，以艺传、以物事传等也都是垂传后世的有效方式。在《仲氏文集序》中，欧阳修说："君之既没，富春孙莘老状其行以告于史，临川王介甫铭之石以藏诸幽，而余文序其集以行于世。"⑤ 他指出将人物生平事迹告知史官，或刻于墓志碑铭之上，或请名人为作品集作序等，都是传将后世的渠道与方式。在士人常规的传世方式之外，欧阳修认为也可以艺传，以物事传，等等。以琴传者，如宝元二年（1039），

---

① 卷二十四《尚书屯田员外郎李君墓表》，第 371 页。
② 卷二十八《大理寺丞狄君墓志铭》，第 428 页。
③ 卷二十四《连处士墓表》，第 377 页。
④ 陈晓芬：《生命儒道文章——欧阳修创作主张探原》，《文艺理论研究》2002 年第 4 期，第 59 页。
⑤ 卷四十三《仲氏文集序》，第 616 页。

欧阳修居襄城时结识琴僧知白,由知白所弹琴曲,生发出对人生的感慨及恐精湛琴艺不传于后的忧思:"吾闻夷中琴已久,常恐老死无其传。夷中未识不得见,岂谓今逢知白弹。遗音仿佛尚可爱,何况之子传其全。"① 以字书传者,如:"然则字书之法,虽为学者之余事,亦有助于金石之传也。"② 以物事传者,如筑堤利民的滕宗谅,做到了堤以人传,人以文传:"夫虑熟谋审,力不劳而功倍,作事可以为后法,一宜书。不苟一时之誉,思为利于无穷,而告来者不以废,二宜书。岳之民人与湖中之往来者,皆欲为滕侯纪,三宜书。以三宜书不可以不书,乃为之书。"③ 欧阳修好嗜集古,其中一个重要原因即是志录古人、古事、古物,不使其泯灭无闻。自年轻时始,欧阳修即多方求集古物,不仅于"前世金石遗文",而且"自三代以来古文奇字,莫不皆有"④。到至和元年(1054),欧阳修于颍州居丧期间,作《集古录目》八九十篇。晚年续写、改定,成《集古录跋尾》十卷。在与同道之友刘原父的书信中,欧阳修说:"集聚多且久,无不散亡,此物理也。不若举取其要,著为一书,谓可传久。"⑤ 关于集古之由,欧阳修说得很明确:"因感夫物之终弊,虽金石之坚不能以自久,于是始欲集录前世之遗文而藏之。"⑥ 他明确道出忧虑碑石古物随时间流逝终将湮灭不存,故集录而藏之,使之流传后世的目的。

总之,在传世意识上,欧阳修继承了先秦以来儒家"三不朽"的思想,以立言传世、垂范后世作为自己的人生终极目标,承传了父辈的理想与夙愿,希望能光大家族文化,同时也思考着自己在历史传承中的定位。传扬良善、垂世不朽,为自己、为他人、为社会、为文化,肩负着这样的使命意识与责任感,也具备传扬不朽的文才与能力,因此在人生道路上明确了奋斗的目标,并最终完成时代与历史的使命,共同为后世留下了不朽的名篇佳作。

三 盛衰思考与怀旧留念

欧阳修云:"平生笑言,俯仰今昔。"⑦ 又云:"感念畴昔,悲凉凄怆,

---

① 卷五十三《送琴僧知白》,第746页。
② 卷七十《与蔡君谟求书集古序书》,第1022页。
③ 卷六十四《偃虹堤记》,第942页。
④ 卷七十《与蔡君谟求书集古录序书》,第1022页。
⑤ 卷一百四十八《与刘侍读原父》其二,第2418页。
⑥ 卷一百三十八《集古录跋尾·唐孔子庙堂碑》,第2187~2188页。
⑦ 卷四十九《祭郑宣徽文》,第696页。

不觉临风而陨涕者,有愧乎太上之忘情。"①抚今思昔、俯仰盛衰、感慨兴废、嗟怀叹咏,悲凉凄怆,是欧阳修于文章中每每兴发、抒泄的情感内容与情绪体验。对此,李刚己云:"欧公文字,凡言及朋友之死生聚散与五代之治乱兴亡,皆精采焕发。"②林纾云:"欧阳修一生本领,无论何等文字,盖得一'追'字诀,追昔,追怀前事也。抚今追昔,俯仰沉吟,有令人涵咏不能自已者","文之长处,尤在写盛时不审其衰,衰后始追其盛"③。对欧阳修文章俯仰今昔、感慨盛衰、涵咏兴废的特点,林纾可以说是深契于心。欧阳修或因物之兴盛追忆前之衰败,或因人事之衰亡感慨曾经之兴盛,或叙自身或新故之遭际得失及彼此相与之离合变迁,皆抚今追昔,不胜其感慨,以情为经,而事与理系焉,在抑扬俯仰之间,在感慨盛衰之际,令人唱叹涵咏而不能已,使人印象犹深。此类篇章,十分感人,故传诵亦广。《释祕演诗集序》《释惟俨文集序》《苏氏文集序》《江邻几文集序》《张子野墓志铭》《黄梦升墓志铭》《河南府司录张君墓表》《礼部唱和诗序》《续思颍诗序》等,均在此列。

年轻时的欧阳修,已表现出易于兴感的特质。友朋的聚散往往触发欧阳修的感慨嗟叹,如《书怀感事寄梅圣俞》"相别始一岁,幽忧有百端。乃知一世中,少乐多悲患"④,《与梅圣俞》其一"人生不一岁,参差遂如此。因思百年中,升沉生死,离合异同,不知后会复几人,得同不得同也"⑤的深重慨叹。对美好事物的眷怀与留恋,也是欧阳修文章每每感怀今昔、俯仰兴怀的重要触媒。西京游览之畅快,歌呼笑吟之欢乐,友朋交游之情谊,长官钱惟演之宽容与鼓励,都使这一段生活欢快、愉悦而美好。如此美好时光总是转瞬即逝,故离别之际,颇为感伤。眷怀美好,伤怀盛衰,缅怀洛邑生活,感伤文友聚散,是此后欧阳修人生中每每兴发的情感与创作的母题。梳理欧阳修散文,可以发现欧阳修每每于今昔人物、事物、景物、时势之变中,兴发深沉的喟叹与感慨。以下试分类言之。

(一)盛衰思考

1. 感怀友朋死生聚散

尹洙、谢绛、尹源、张先、张汝士等,皆为欧阳修西京旧游,后来友

---

① 卷五十《祭石曼卿文》,第705页。
② 李刚己:《古文辞约编·序跋类》,民国十四年柏香书屋刊本。
③ 慕容真点校《林纾选评古文辞类纂》,浙江古籍出版社,1986,第355页。
④ 卷五十二《书怀感事寄梅圣俞》,第730页。
⑤ 卷一百四十九《与梅圣俞》其一,第2443~2444页。

朋存亡相续，令人忆旧思昔，感伤不已。这种情怀每每兴发于为故旧所撰墓志碑铭中，抑扬跌宕、低回起伏，感荡人心。《张子野墓志铭》哀悼张子野之亡，并眷怀西京之美好，继而感怀畴昔，嗟叹伤怀。文中忆旧思今，不胜今昔盛衰之感："于时一府之士，皆魁杰贤豪，日相往来，饮酒歌呼，上下角逐，争相先后以为笑乐……然虽洛人至今皆以谓无如向时之盛，然后知世之贤豪不常聚，而交游之难得为可惜也。"①《河南府司录张君墓表》于友人张尧夫去世多年后改葬之际，再次兴发盛衰之感。文中感慨时光流逝，一晃之间，张尧夫去世已二十五年，又回忆往昔西京从游之盛况，感慨张君逝后之冷落，流露今昔变化、世事沧桑之感。《尚书屯田员外郎张君墓表》也于哀悼墓主中慨叹今昔之变。《黄梦升墓志铭》悲黄梦升不见世用，抑郁困顿，于人物生平叙述中生发兴废之感。文章"历叙平生之旧，朋友之恩，悲欢聚散，俯仰情深"②，"以交游之聚散、生死，感叹成文，淋漓郁勃"③，充分体现欧文长于兴发盛衰之感，善叙友朋聚散离别之情的内容与情感特点。这种感聚散、叹盛衰的情感又常与人生之不遇、生命之无常、祸福之难料相交融，从而加深与强化了这一情感体验的思想内涵。

　　既有衰时始追其盛，也有盛时忧惧其衰的感怀。嘉祐年间，欧阳修任翰林学士，知礼部贡举。《礼部唱和诗序》由当日与同僚作诗唱和之欢乐思及将来之零落，乐而生悲，这是易于盛衰兴感的作者特有的心绪与情感体验："壮者有时而衰，衰者有时而老，其出处离合，参差不齐"，故而以此诗集与序"追惟平昔，握手以为笑乐"，记录当下拥有而终将逝去的快乐与美好，否则将来唯有"慨然掩卷而流涕嘘唏者"而已。果不其然，当嘉祐馆阁离散，欧阳修又再次忆昔感今、嗟叹连连："时余在翰林，以孟飨致斋《唐书》局中，六人者相与饮弈欢然，终日而去。盖一时之盛集也。明年夏，邻几、圣俞卒。又九年，而原甫、长文卒。自嘉祐己亥至今熙宁辛亥，一纪之间，亡者四，存者三，而择之遭酷吏以罪废，景仁亦以言事得罪。独余顽然蒙上保全，贪冒宠荣，不知休止。然筋骸惫矣，尚此勉强，而交游零落，无复情悰。其盛衰之际，可以悲夫！"④追忆过往，抚

---

① 卷二十七《张子野墓志铭》，第 410~411 页。
② 唐介轩：《古文翼》卷七，清同治癸酉常熟艺文堂刻本。
③ 姚鼐：《古文辞类纂评注》（下），安徽教育出版社，1995，第 1274 页。
④ 卷一百四十二《集古录跋尾·赛阳山文》，第 2290 页。

今思昔，睹物伤情，感怀嗟叹，悲怆凄凉，可以说这种情怀自年轻至老年，丝毫不变，备感动人。除了追悼洛阳文友、嘉祐馆臣，眷怀西京美好与礼部嘉会，流露浓厚的盛衰兴感之外，欧阳修也每每于其他墓志祭文中发抒时光易逝、往事难再、友朋离散、生死难期的深沉感慨。《祭程相公文》感慨人物存亡之变与时光飞逝："昔者尊酒，歌欢笑谑；今而一觞，涕泪沾落。死生忽焉，自古常然。抚棺为诀，夫复何言！"①《祭王深甫文》抚今思昔之际，悼念伤怀："念昔居颍，我壮而子方少年，今我老矣，来归而送子于泉。"②《苏氏文集序》悼念苏舜钦，也是以废斥之感融入文章，盛衰参会。《答连职方》："场屋之游，四十年之旧，零落之余，所存者几？而吾二人者，邈焉各在一方。"③《释祕演诗集序》感怀今昔人物与物事之变，洋溢着时光飞逝、美好不再、衰亡散聚、生死相续的深沉嗟叹。过珙云"以'盛''衰'二字为眼目"④，储欣云"用'盛''衰'二字生情"⑤，浦起龙云"又以盛衰变易作激楚声"⑥，都指出欧文长于盛衰兴感的特点。

2. 兴发今昔人事时物之变

以物为媒介或触发物，抚今追昔，兴发人事时物之变，也是欧阳修俯仰兴废的重要方式。如《七贤画序》，由画忆及父亲，流露今昔存亡之慨。文章以绘有《七贤图》的绢画为中心和线索，从父亲为官之清正廉洁至父卒唯留此图，至图暗装轴作为家传故物，永久留念。序文以时间先后为序，"某始生""生四岁""此某十许岁时""后三十余年""更可传百余年""后二十年""今又二十三年"，流露浓厚的今昔感慨，围绕着故物，充满对父亲、母亲及家族文化传承的深厚情感。正如林景亮所言："大致序《七贤画》之以往与现在及将来……不胜今昔之感，顺势点明作序，以见饶有深意，亦情之不容已也。"⑦ 或由书法、文章等故物触发今昔变化的感伤之情。《跋观文王尚书举正书》一文由王举正文章笔迹忆及当年与王举正、谢绛等交游故事，如今他们皆不在人世，从而抒发今非昔比的感

---

① 卷五十《祭程相公文》，第698页。
② 卷七十二《祭王深甫文》，第1044页。
③ 卷一百五十一《答连职方庶》其三，第2497页。
④ 过珙：《古文评注》卷八，清嘉庆庚申刻本。
⑤ 储欣：《唐宋八大家类选》卷十一，清光绪壬辰湖北官书处重刻本。
⑥ 浦起龙：《古文眉诠》卷五十九，静寄东轩刻本。
⑦ 林景亮：《评注古文读本》，中华书局，1916。

慨。挚友梅尧臣去世了，不复见己集古之成果："昔在洛阳，与余游者皆一时豪隽之士也……此叙之作，既无谢、尹之知音，而《集录》成书，恨圣俞之不见也。悲夫！"① 熙宁三年（1070），六十四岁的欧阳修跋梅尧臣诗，作《跋醉翁吟》，睹物思人，物是人非，追怀圣俞："明年，改元嘉祐，与圣俞作此诗。后五年，圣俞卒。作诗殆今十有五年矣，而圣俞之亡亦十年也。阅其辞翰，一为泫然，遂轴而藏之。"② 可见这种情感深植于心，一经触发，便感慨不已。

或触景生情，感叹时光流逝，人事变迁，乃至心境转变。《李秀才东园亭记》由随州乡土园亭之变感怀光阴荏苒、人事变迁："予为童子，与李氏诸儿戏其家，见李氏方治东园，佳木美草，一一手植，周视封树，日日去来园间甚勤……久而乃归，复行城南，公佐引予登亭上，周寻童子时所见，则树之蘖者抱，昔之抱者栱，草之茁者丛，荄之甲者今果矣。问其游儿，则有子，如予童子之岁矣。相与逆数昔时，则于今七闰矣，然忽忽如前日事，因叹嗟徘徊不能去。噫！予方仕宦奔走，不知再至城南登此亭复几闰，幸而再至，则东园之物又几变也。"③ 文章"感园之废兴"④，"止叙其今昔之感"⑤，"不胜今昔之情"⑥。《真州东园记》详写真州东园今日景致之美，并追忆其昔日荒凉之景，因今之兴而忆昔之废，抑扬俯仰，流露今昔时物之变的感慨，所谓"今日为园之美，一一倒追未有之荒芜，更有情韵意态"⑦。

或俯仰今古，感慨时物、制度之变。欧阳修晚年自号"六一居士"，不仅善属词作文，而且有"琴一张"，妙解音律，擅于弹奏。跋文《琴阮记》《书琴阮记后》等文，由得琴弹琴兴发人生感悟："官愈高，琴愈贵，而意愈不乐。在夷陵时，青山绿水，日在目前，无复俗累，琴虽不佳，意则萧然自释。及做舍人、学士，日奔走于尘土中，声利扰扰盈前，无复清思，琴虽佳，意则昏杂，何由有乐？乃知在人不在器，若有以自适，无弦

---

① 卷一百三十四《集古录目序题记》，第 2061 页。
② 卷七十三《跋醉翁吟》，第 1064 页。
③ 卷六十四《李秀才东园亭记》，第 933 页。
④ 茅坤：《唐宋八大家文钞》卷四十八《庐陵文钞》，文渊阁四库全书本。
⑤ 孙琮：《山晓阁选宋大家欧阳庐陵全集》卷四，清康熙刻本。
⑥ 储欣：《唐宋十大家全集录·六一居士全集录》卷一，清光绪壬午江苏书局重刻本。
⑦ 陈曾则：《古文比》卷二，中华书局，民国二十五年铅印本。

可也。"① 星移斗转，虽官位日高，但名利凡俗扰攘，心境日坏，终悟出琴不在贵，重要的是人的心情心境的舒畅与闲适。《河南府重修净垢院记》借河南府洛阳佛寺之废兴流露时物盛衰之感："河南自古天子之都，王公戚里、富商大姓处其地，喜于事佛者，往往割脂田、沐邑、货布之赢，奉祠宇为庄严。故浮图氏之居与侯家主第之楼台屋瓦，高下相望于洛水之南北，若弈棋然。及汴建庙社，称京师，河南空而不都，贵人、大贾废散，浮图之奉养亦衰。岁坏月隳，其居多不克完，与夫游台、钓池并为榛芜者，十有八九。净垢院在洛北，废最甚，无刻识。"② 《襄州谷城县夫子庙碑记》"极论今丧礼之废"③，叹惜礼制之废亡。《答祖择之书》梳理师道之历史沿革，慨叹师道之渐坏："某闻古之学者必严其师，师严然后道尊，道尊然后笃敬，笃敬然后能自守，能自守然后果于用，果于用然后不畏而不迁。三代之衰，学校废。至两汉，师道尚存，故其学者各守其经以自用……后世师法渐坏，而今世无师，则学者不尊严，故自轻其道。"④ 或由物之前后不同，兴发物事多变之感。《集古录跋尾·唐孔子庙堂碑》云："余为童儿时，尝得此碑以学书，当时刻画完好。后二十余年复得斯本，则残缺如此。因感夫物之终弊，虽金石之坚不能以自久，于是始欲集录前世之遗文而藏之。"⑤ 他还对唐末五代以来，书法遭受破坏的现象感慨不已："自唐末干戈之乱，儒学文章扫地而尽。宋兴百年之间，雄文硕学之士，相继不绝，文章之盛，遂追三代之隆。独字书之法，寂寞不振，未能比踪唐世之一人，余每以为恨。"⑥ 又云："而后世偷薄，渐趋苟简，久而遂至于废绝欤？今士大夫务以远自高，忽书为不足学，往往仅能执笔，而间有以书自名者，世亦不甚知为贵也。"⑦ 因而，欧阳修搜集了前代许多书法家的真迹与法帖，如王羲之、王献之、颜真卿、柳公权、钟繇、虞世南、褚遂良、张旭、李阳冰等，包括草、行、楷、篆等各种书体，寄希望于书法能兴盛于宋。

---

① 卷一百五十五《书琴阮记后》，第 2575 页。
② 卷六十四《河南府重修净垢院记》，第 925 页。
③ 周必大：《庐陵周益国文忠公集》卷三十五《平园续稿》，清道光二十八年刻本。
④ 卷六十九《答祖择之书》，第 1009 页。
⑤ 卷一百三十八《集古录跋尾·唐孔子庙堂碑》，第 2187~2188 页。
⑥ 卷一百三十七《集古录跋尾·范文度摹本兰亭序二》，第 2163 页。
⑦ 卷一百四十二《集古录跋尾·唐辨石钟山记》，第 2287 页。

3. 慨叹历史时运变迁

欧阳修认为文章寄乎治乱，应见弊识革，有益朝政。在《与黄校书论文章书》中，他说："文章系乎治乱"，"中于时病而不为空言"，"究其兴废，迹其本末"①。赞扬兄长欧阳晒"能读前史，识其盛衰之迹"②，皆可见欧阳修对历史及政治时势的关注，希望以文章反映时代兴废之迹，探究社会演变规律。欧阳修文章或直接针对历史事实，或借人物事迹，抒发时世推演、朝代更替的兴亡之叹。《新五代史·伶官传论》云："呜呼！盛衰之理，虽曰天命，岂非人事哉！"他认为国家的治乱、盛衰虽说是上天的意志，但更重要的是取决于人事。文章以"以'盛'、'衰'二字作主"③，以后唐之盛衰兴亡为眼目，兴发朝代更替、历史盛衰的感慨。《明因大师塔记》借人物之口，写明因大师对自身"生不见干戈"的庆幸，慨叹由五代之乱至今时之治的历史盛衰演变。《孙氏碑阴记》将人物家世与盛衰治乱相联系："惟吾二家之盛衰，与时治乱而上下，故屈于彼而伸于此"，并流露明确的传世意识与今昔之叹："其世德遗文，由后有人，克保不坠，故晦于昔而显于今。将刻铭于碑，表之墓隧，以昭示来世子孙，其以为如何？"④

或借景抒情，于写景状物中兴发时代盛衰之感。在与友朋的书信中，欧阳修言己写景状物，多是抒写"感仰之抱"，达于"以传于远"⑤的目的。《丰乐亭记》"记一亭，而由唐及宋，上下数百年之治乱"⑥，文章叙干戈用武以至平定休息，由乱而治，时势变迁，低回俯仰，感慨嗟叹，"其俯仰今昔，感慨系之"⑦，读之使人兴怀古之想。由物及人，流露历史的沧桑感的还有《菱溪石记》，文章考证菱溪怪石的来历、处境和菱溪名称的沿革，其间穿插菱溪石主人刘金家世盛衰的叙述，借溪石主人的转换，"感夫人物之废兴"，生发五代朝代更替、历史兴衰的时势变迁之感。王文濡云："因石立亭，从而及其主人，富贵磨灭，子孙泯没，而此石独

---

① 卷六十八《与黄校书论文章书》，第989页。
② 卷六十三《游鯈亭记》，第939页。
③ 唐文治：《国文经纬贯通大义》卷一《格律警严法》，1925年无锡国学专修馆本。
④ 卷六十四《孙氏碑阴记》，第943页。
⑤ 卷一百五十《与费县苏殿丞》其一，第2472页。
⑥ 沈德潜：《唐宋八家文读本》卷十二，清光绪壬寅宁波汲绠斋石印本。
⑦ 吴楚材、吴调侯选注，安平秋点校《古文观止》卷十，中华书局，1987，第409页。

存,反宜沉吟,借题寓慨。"①《跋三绝帖》因"澄心堂纸"(南唐后主李煜监制的一种细薄光润的纸,以南唐烈祖李昪所居澄心堂得名),暗含历史变迁之感:"余家尝得南唐后主澄心堂纸,曼卿为余以此纸,书其《筹笔驿》诗","南唐澄心堂纸为世所珍,今人家不复有"②,浅淡之语中饱含着时代更迭、物事沧桑之感。

陈平原在论及欧阳修文章风格及艺术特点时,说:"欧文不以奇思妙想惊世,而以感慨遥深动人。所谓感慨,不外历史兴衰与个人生死,正是文人兼史家的欧氏所长。"③他肯定欧文的感慨几可以概括为历史兴衰与个人生死两种类型,而这正是文人兼史家的欧阳修之特长。而这一感慨生死离合、咏叹变化穷达,长于抚今追昔,俯仰沉吟的写法更增添了欧文的风神情韵。

(二)怀旧留念

欧阳修"性嗜好古",有着十分浓厚的保存留念意识。例如,他非常重视书籍整理与建设。无论是传世图书,还是当代新作,也不管是宫廷赏赐的正史,还是民间流传的散篇诗文,都能一概予以收集和珍藏,既萃集精华,又广收博采,表现出浓厚的集古留存意识与好尚,也体现出他的远见卓识与博大胸怀。欧阳修曾多次上书保存史料札子,希望古籍史料得以更好地集存传世。嘉祐三年(1058),欧阳修上奏《论编学士院制诏札子》,针对景祐以来朝廷诏令未加汇编、渐成散佚的现状,建议建立学士院草诏存案制度,尽力保存史料。他还写有《论史馆日历状》,呈请朝廷重视日历、时政记、起居注的记载和编修工作。④ 欧阳修在任职馆阁时,就曾上书建议编纂学士院草录,希望朝廷重视图书建设和书籍保存。他说:"臣伏见国家承五代之余,建万世之业,诛灭僭乱,怀来四夷,封祀天地,制作礼乐。至于大臣进退,政令改更,学士所作文书,皆系朝廷大事。示于后世,则为王者之训谟;藏之有司,乃是本朝之故实。自明道以前,文书草稿,尚有编录。景祐以后,渐成散失。臣曾试令类聚,收拾补缀,十已失其五六。使圣宋之盛,文章诏令废失湮沦,缓急事有质疑,有

---

① 王文濡:《评校音注古文辞类纂》卷五十四,中华书局,1923。
② 卷一百二十八《六一诗话》,第1956页。
③ 陈平原:《中国散文小说史》,上海人民出版社,2014,第110页。
④ 卷一百一十一《论史馆日历状》,第1687~1688页。

司无所检证。"①

从年轻时期至晚年，欧阳修集古好古、保存留念意识始终没有消退，屡屡彰显于诗文之中。天圣九年（1031），年仅二十四岁的欧阳修作《游大字院记》，文章为任西京留守推官时作，记当日与同僚游览胜况，文中云："非有清吟啸歌，不足以开欢情，故与诸君子有避暑之咏。太素最少饮，诗独先成，坐者欣然继之。日斜酒欢，不能遍以诗写，独留名于壁而去。他日语且道之，拂尘视壁，某人题也。同共索旧句，揭之于版，以志一时之胜，而为后会之寻云。"② 其指出今日题壁记游是为他日后会之记，由此可见年轻时的欧阳修已有强烈的保存留念意识。《七贤画序》为皇祐五年（1053）丁母忧时作，文章以家传《七贤图》的绢画为中心和线索，企望存图记思，弘扬家风，以为永念："某忝立朝，惧其久而益朽损，遂取《七贤》，命工装轴之，更可传百余年。以为欧阳氏旧物，且使子孙不忘先世之清风，而示吾先君所好尚。又以见吾母少寡而子幼，能克成其家，不失旧物。"③《书春秋繁露后》一文在探讨《汉书·董仲舒传》载仲舒所著书情况时，感慨"董生之书流散而不全"④。他往往有意识地编纂诗文集，如"嘉祐二年，余与端明韩子华（绛）、翰长王禹玉（珪）……凡锁院五十日，六人者相与唱和，为古律歌诗一百七十余篇，集为三卷。"⑤即《礼部唱和诗集》三卷，今佚。嘉祐六年（1061）欧阳修任枢密副使时作的《内制集序》，也是出于纪念留存的目的。序中言及任职翰林学士时所作制词的情况，文末讲自己终将告老隐退于山水，但以此集文章可资纪念："呜呼！予且老矣，方买田淮、颍之间。若夫凉竹簟之暑风，曝茅檐之冬日，睡余支枕，念昔平生仕宦出处，顾瞻玉堂，如在天上。因览遗稿，见其所载职官名氏，以较其人盛衰先后，孰在孰亡，足以知荣宠为虚名，而资笑谈之一噱也。亦因以夸于田夫野老而已。"⑥ 对于极其仰慕的古文家韩愈，欧阳修更是一生致力韩愈文集的收藏与整理，他说："凡三十年间，闻人有善本者，必求而改正之"⑦，其时韩文集本多讹舛，唯欧阳修

---

① 卷一百一十一《论编学士院制诏札子》，第1685页。
② 卷六十四《游大字院记》，第928页。
③ 卷六十五《七贤画序》，第951~952页。
④ 卷七十二《书春秋繁露后》，第1051页。
⑤ 卷一百二十七《归田录》，第1937页。
⑥ 卷四十一《内制集序》，第598页。
⑦ 卷七十二《记旧本韩文后》，第1056页。

所集版本屡更校正，终于勘成善本，使韩集盛传于宋代，对宋古文之发展影响巨大。

同时，欧阳修也十分重视友朋诗文集的汇编、整理与保存。他一生交游甚广，师友众多，且多为一时学界俊彦，作品传世甚众。欧阳修重视友朋诗文集的汇编，认为"虽其残篇断稿，犹为可惜，况甚可以垂世而行远也"①，对友人之作一篇一稿，都觉弥足珍惜，寄希望于友人能以文字垂传后世。因此，他在他们生前就注意收集和保存，友人去世后则及时整理并公布于世。如挚友梅尧臣病逝，欧阳修"因索于其家，得其遗稿千余篇，并旧所藏，辍其尤者六百七十七篇，为一十五卷"②，又改写了序文。皇祐三年（1051），苏子美"亡后四年，始得其平生文章遗稿于太子太傅杜公之家，而集录之以为十卷"③。嘉祐二年（1057），杜衍去世，欧阳修"集在南都时唱和诗为一卷，以传二家之子孙，又发箧得公手书简尺歌诗，类为十卷而藏之"④。于石延年，则惋惜其几百篇诗歌"旋弃不复惜，所存今几余"⑤；于石介，则感叹其"旧稿偶自录，沧溟之一蠡。其余谁付与，散失存几何！"⑥不管为长篇或为短制，不管是雅或是俗，不管是诗文还是其他，不管是前贤之语还是后进之言，欧阳修都希望保护留存，不使散佚。对国家图书古籍整理保存政策的建议，对自己、友朋、后进作品的珍惜、收集与整理，以及有意识地搜集古物、集古勘古，都体现了欧阳修强烈的历史意识和人文情怀，以及弘扬传统文化的巨大热情和责任感。

欧阳修"性颛而嗜古"⑦，在年轻的时候就表现出鲜明的好古考古之意识与趣向，如景祐元年（1034）入京将任馆阁校勘时作的《投时相书》云："独好取古书文字，考寻前世以来圣贤君子之所为，与古之车旗、服器、名色等数，以求国家之治、贤愚之任。至其炳然而精者，时亦穿蠹盗取，饰为文辞，以自欣喜。"⑧他表示自己犹好取古书文字、考寻前代制度，以资用当世。关于《集古录》的编纂，更是体现了欧阳修好古嗜古、

---

① 卷四十三《江邻几文集序》，第 617 页。
② 卷四十三《梅圣俞诗集序》，第 613 页。
③ 卷四十三《苏氏文集序》，第 613 页。
④ 卷七十三《跋杜祁公书》，第 1058 页。
⑤ 卷一《哭曼卿》，第 19 页。
⑥ 卷三《读徂徕集》，第 43 页。
⑦ 卷一百三十四《集古录目序》，第 2061 页。
⑧ 卷六十七《投时相书》，第 981 页。

集古勘古、搜集整理、保存传世的强烈意识与责任使命。欧阳修先后用了十八年时间，即从宋仁宗庆历五年（1045）至嘉祐七年（1062），收集金石拓本一千卷，"上自周穆王以来，下更秦、汉、隋、唐、五代，外至四海九州，名山大泽，穷崖绝谷，荒林破冢，神仙鬼物，诡怪所传，莫不皆有"①。宋仁宗嘉祐八年（1063），他命儿子欧阳棐"撮其大要，别为录目"，编成《集古录目》，又把有跋语的四百余篇抄撮在一起，编成《集古录跋尾》十卷。在与刘敞的书信中，欧阳修说："集聚多且久，无不散亡，此物理也。不若举取其要，著为一书，谓可传久。"②又在《集古录跋尾》中不断提及"患其磨灭"③，流露对古书记载谬误的无限感慨："汉之金石之文存于今者盖寡，惜其将遂摩灭，而图记所载讹谬若斯，遂使汉道草莽之贤湮没而不见"④、"因感夫物之终弊，虽金石之坚不能以自久，于是始欲集录前世之遗文而藏之"⑤。广泛搜集，整理保存，以之传世，此即欧阳修集古的目的所在。清代著名学者钱大昕曾说过："文籍传写，久而舛讹，唯吉金乐石，流传人间，虽千百年之后，犹能辨其点画而审其异同，金石之寿，实大有助于经史焉。"⑥欧阳修首次大规模收藏金石铭刻，编目录，写跋尾，碑史互证，不仅极大地有裨于史学研究，而且实现了保留存世的目的。正如蔡襄所云："以永叔之文章与所趣尚，举而行之，极于不泯，岂假书字之工而后传哉？"⑦

创为私家修谱的举动也充分彰显了欧阳修重渊源、存史料、续古人的保存传世意识。魏晋南北朝至隋唐，门第相尚，修谱风气鼎盛。经过唐末五代之乱，世族势力受到沉重打击，宋王朝建立以后，鼓励庶族地主阶级参政，士大夫大都出身于中、小地主阶级，因此，社会上门第观念淡化，族谱衰微。为了拯救古老的谱牒学，欧阳修首创私家修谱的风气。熙宁二年（1069），六十三岁的欧阳修撰定《欧阳氏谱图》。关于创为私人修家谱的创作动机，欧阳修曾感慨地说："呜呼！前世士大夫世家著之谱牒……

---

① 卷一百三十四《集古录目序》，第600页。
② 卷一百四十八《与刘侍读原父》其六，第2420页。
③ 卷一百三十五《集古录跋尾·后汉鲁相置孔子庙卒史碑》，第2107页。
④ 卷六十九《与王源叔问古碑字书》，第1004页。
⑤ 卷一百三十八《集古录跋尾·唐孔子庙堂碑》，第2187~2188页。
⑥ 钱大昕：《潜研堂文集》卷二十五《〈山左金石志〉序》，浙江古籍出版社，1997，第398页。
⑦ 蔡襄：《蔡襄全集》，福建人民出版社，1999，第541页。

此古人所以为重也。不然，则士生于世，皆莫自知其所出，而昧其世德远近，其所以异于禽兽者，仅能识其父祖尔。其可忽哉！"① 又云："前世常多丧乱，而士大夫之世谱未尝绝也。自五代迄今，家家亡之，由士不自重，礼俗苟简之使然。虽使人人自求其家，犹不可得。"② 这是有感于五代以来，世乱相继，谱牒废绝的现实而作。在私修家谱上，欧阳修创为谱式，改革族谱体例，使私谱体例规范化、通俗化，成为后世效仿的模式，终于使古老的谱牒学在濒临衰亡的绝境中，再次焕发生机，从而促使后来明、清两代的谱学繁荣。

治平四年（1067），他自罢参政，出知亳州。在亳州随笔记录史官不载的朝廷遗事、社会风俗以及士大夫逸闻趣事，命名为《归田录》，欧阳修谈到著述的目的云："《归田录》者，朝廷之遗事，史官之所不记，与夫士大夫笑谈之余而可录者，录之以备闲居之览也。"③ 其表明作《归田录》是要记载"遗事""可录者"，同样体现出鲜明的记录保存意识。在《六一诗话》中欧阳修也是考证史实，记录轶事。他采用史家笔法真实记载，反映当时的社会风俗风貌，记载诗人的逸闻趣事，收录古代佚诗和零章断句，辑入史传小说没有记载的一些历史事实，这些都为研究当时的社会状况提供了宝贵的资料，具有较高的学术价值和史料价值。的确，保存留念、传之后世，已经成为欧阳修深植于内心的创作意识与史学素养。

第二节 "六一风神"之历史关怀

一 求真信实与褒贬劝惩

（一）求真信实、实事求是

实录精神是我国古代史学的一个优良传统。早在先秦时期就有董狐直书等优良传统，汉代班固赞扬《史记》"其文直，其事核，不虚美，不隐恶，故谓之实录"④，并将它作为自己的治史准则，后来更得到历代正直、进步史学家的肯定、继承，逐渐形成了中国古代优良的史学传统。所谓

---

① 卷一百三十六《集古录跋尾·后汉太尉刘宽碑阴题名》，第2146页。
② 卷七十《与王深甫论世谱帖》，第1017页。
③ 卷一百二十六《归田录序》，第601页。
④ 班固撰《汉书》卷六十二《司马迁传》，中华书局，2007，第614页。

"良史以实录直书为贯"①，"据其功业之实而言之"②，即是言指。继承《春秋》以来史书直书其事的实录精神，欧阳修云："圣人之于《春秋》，用意深，故能劝戒切，为言信，然后善恶明。夫欲著其罪于后世，在乎不没其实。其实尝为君矣，书其为君；其实篡也，书其篡。各传其实而使后世信之……惟不没其实以著其罪，而信乎后世。"③ 又云："史者，国家之典法也，自君臣善恶功过，与其百事之废置，可以垂劝戒、示后世者，皆得直书而不隐。故自前世有国者，莫不以史职为重。"④ 他明确强调"直书而不隐"的修史的原则。欧阳修这种严肃认真、求是信实的态度，得到后人的肯定。如赵翼云："盖薛史第据各朝实录，故成之易，而记载或有沿袭失实之处。欧史博采群言，旁参互证，则真伪见而是非得其真。故所书事实，所纪月日，多有与旧史不合者，卷帙虽不及薛史之半，而订正之功倍之。文直事核，所以称良史也。"⑤

对事实的信守，也是欧阳修散文创作的前提。他说："事信言文，乃能表见于后世"⑥，把"事信"置于"言文"之前，要求文章首先要信实求真，严格符合客观现实，方能传世。又云："君子之于学也务为道，为道必求知古，知古明道，而后履之以身，施之于事，而又见于文章而发之，以信后世。"⑦ 他认为士人之所以知古明道，立德、立功、立言，其最终目的还是要取信于后世。因此，欧阳修十分看重碑志文等文体的写作，充分发掘此类文体接近于史书的信实传世功能，实现自己传诸后世的理想。对于范仲淹、尹洙这两位十分崇敬的长辈、盟友，欧阳修为他们如实客观地撰写墓志碑铭，在范碑之中录载范、吕二公顾全大局，"欢然相约，戮力平贼"⑧、冰释前嫌的客观事实，而于尹洙这位对自己古文创作有较大影响的挚友，欧阳修也是秉持求实公正的态度，客观理性地评判其在北宋古文革新运动中的功绩，不因时局而曲为之说，亦不因友善而虚美之，深得史官秉笔直书之风。此虽得不到范家人的理解，但作者深信"此文（指

---

① 刘知几：《史通》卷十四《惑经》，上海古籍出版社，2015，第362页。
② 曾国藩：《经史百家杂钞（上）》，岳麓书社，2015，第79页。
③ 卷十七《魏梁解》，第299页。
④ 卷一百一十一《论史馆日历状》，第1687页。
⑤ 赵翼：《廿二史札记》卷二十一，中华书局，1963，第416页。
⑥ 卷六十八《代人上王枢密求先集序书》，第984页。
⑦ 卷六十七《与张秀才棐第二书》，第978页。
⑧ 卷二十一《资政殿学士户部侍郎文正范公神道碑铭》，第332页。

范公碑）出来，任他奸邪谤议近我不得也。要得挺然自立，彻头须步步作把道理事，任人道过当，方得恰好"①，"述吕公事，于范公见德量包宇宙，忠义先国家。于吕公事各纪实，则万世取信。非如两仇相讼，各过其实，使后世不信，以为偏辞也"②，都是不惧现实及历史考验的宣言。"某于师鲁，岂有所惜"③ 的剖白之论、恳切之情，也是欧阳修以"不虚美"为写作标纲的责任使然。因为只有行文信实无虚、准确无误，所记之人方能传于后世，以至永存。

基于信实求真方可传世的认识，欧阳修十分认真、严谨地对待碑志文的写作。为人作墓表，担心事实不确，于是"再三去问"，"不避一时忉忉"④，只有这样，才能"垂永久也"⑤。他反复强调"须慎重，要传久远，不斗速也""所纪事，皆录实，有稽据"⑥"皆宜更加考正"⑦，等等，可见欧阳修忠于本事与求真务实的创作态度。在学术研究中，也以"阙其不知，慎所传以惑世"⑧"校雠之际，决于取舍，不可不慎"⑨ 的严谨态度来对待。对于撰文中的疏忽，欧阳修亦不讳言，能实事求是地承认差错。苏轼云："欧阳文忠公撰《范文正神道碑》，载章献太后临朝，仁宗欲率百官朝正太后，范公力争乃罢。其后轼先君奉诏修太常因革礼，求之故府，而朝正案牍具在。考其始末，无谏止之事，而有已行之明验。先君质之于文忠公，曰：'文正公实谏而卒不从，墓碑误也，当以案牍为正耳。'"⑩ 凡载于碑文中的事情，必记之有据，推之有理。甚至墓主与作者曾"争议于朝"，而其子孙因欧阳修之声名与其碑志信实，更能传世之故，依然要请欧阳修为之撰写，这在《翰林侍读学士右谏议大夫杨公墓志铭》一文中讲得十分清楚："修为谏官时，尝与公争议于朝者，而且未尝识公也。及其葬也，其子不以铭属于他人而以属修者，岂以修言为可信也欤？然则铭之

---

① 卷一百五十《书简·与姚编礼》，第 2482 页。
② 卷一百五十《与渑池徐宰无党》其四，第 2474 页。
③ 卷一百五十《书简·答孔嗣宗》，第 2483 页。
④ 卷二十五《右班殿直赠右羽林军将军唐君墓表》，第 387 页。
⑤ 卷一百四十九《书简》卷六《与梅圣俞》，第 2443 页。
⑥ 卷七十《与杜诉论祁公墓志书》，第 1020 页。
⑦ 卷四十七《与曾巩论氏族书》，第 665 页。
⑧ 卷四十一《帝王世次图序》，第 591 页。
⑨ 卷一百四十一《集古录跋尾·唐田弘正家庙碑》，第 2270 页。
⑩ 毛德富等主编《苏东坡全集》卷七十二《范文正谏止朝正》，北京燕山出版社，1998，第 5148 页。

其可不信?"① 可见，欧阳修是以真实性作为碑志传世的重要标准。

（二）褒贬劝惩、垂于世戒

关于"史传"文体，刘勰《文心雕龙》云："夫子悯王道之缺，伤斯文之坠……因鲁史以修《春秋》，举得失以表黜陟，征存亡以标劝戒""表征盛衰，殷鉴兴废""善恶偕总，腾褒裁贬，万古魂动"②，指出史传文体善于表鉴盛衰兴废，适于褒贬评断的功能。"秦人不暇自哀而后人哀之，后人哀之而不鉴之，亦使后人而复哀后人也"③，古人修史的目的，就是希望古为今鉴，不要重蹈覆辙。宋中叶之所以重修《唐书》及《五代史》，一个重要因素就在于旧史是"粗成卷帙，而实多漏略，义例无次，首末相违"，更因为这样的史书"不可以垂劝戒，示久远"④，故须重修。欧阳修在《与尹师鲁第一书》中，也直接谈及对"史"的看法："史册所以书之者，盖特欲警后世愚懦者，使知事有当然而不得避尔，非以为奇事而诧人也。"⑤ 他也曾赞赏石介"其戒奸臣、宦女，则有《唐鉴》"⑥。

关于欧阳修《新五代史》深寓褒贬评判、义例精严的特点，学人多有论及。朱右云："《五代史》宋仁宗以卢多逊所修失实，命欧阳修复加删述……其立例皆寓褒贬，为法甚精。"其又云："欧阳公当一代文章宗匠，而尤着意于笔削，庶几乎马、班之亚欤！"⑦ 杨士奇云："前史文章，卓然高出，为世师法者，司马迁《史记》、班固《前汉书》及公此书而已。"⑧《四库全书总目》云："大致褒贬祖《春秋》，故义例谨严……欧史如《公》《穀》之发例，褒贬分明……修之文章，冠冕有宋。此书一笔一削，尤具深心，其有裨于风教者甚大。"⑨ 章学诚虽然不满《新五代史》"逐文字而略于事实"，但还是肯定"其有佳处，则本纪笔削深得《春秋》法度，实马、班以来所不能及"⑩。王鸣盛引陈师锡语云："五代距今百余年，故

---

① 卷二十九《翰林侍读学士右谏议大夫杨公墓志铭》，第442页。
② 周振甫：《文心雕龙注释》，人民文学出版社，1981，第169页。
③ 刘斯奋、刘斯翰：《唐诗》，暨南大学出版社，2015，第201页。
④ 杨杰：《无为集》卷九《唐史属辞序》，南城李氏宜秋馆校刊宋人集乙编本。
⑤ 卷六十九《与尹师鲁第一书》，第998页。
⑥ 卷三十四《徂徕石先生墓志铭》，第506页。
⑦ 朱右：《白云稿》卷五《三史钩玄序》，文渊阁四库全书本。
⑧ 杨士奇著，刘伯涵、朱海点校：《东里文集》，中华书局，1998，第18页。
⑨ 永瑢、纪昀主编《四库全书总目提要》卷四十六史部正史类二，海南出版社，1999，第265页。
⑩ 章学诚：《文史通义新编新注》，浙江古籍出版社，2005，第422页。

老垂绝，无能道说者。史官秉笔之士，文采不足以耀无穷，道学不足以继述作，使五十余年间废兴存亡之迹，奸臣贼子之罪，忠臣义士之节，不传于后世，来者无所考焉。惟庐陵欧阳公慨然以自任，潜心累年而后成。其事迹实录详于旧记，而褒贬义例仰师《春秋》，由迁、固而来，未之有也。文集附《四胡国史》本传，亦称其法严词约，多取《春秋》遗旨，殆与《史》《汉》相上下。"①的确，欧阳修以《春秋》《史记》为楷模，在《新五代史》写作过程中，处处寓谨严之义例，劝善彰恶，警醒人心，深为世戒。对此，欧阳修是有自觉意识的。他说："史者，国家之典法也，自君臣善恶功过，与其百事之废置，可以垂劝戒、示后世者。"②又说："圣人之于《春秋》，用意深，故能劝戒切，为言信，然后善恶明。"③他充分肯定了史书寓劝诫、明善恶的重要意义。朱鹤龄对《新五代史》的褒贬评判做了细致分析："欧阳公深究治乱之源，故其序五代之事，特起变例。传义儿，戒乱本也；传伶官，惜灭梁之功而自弃也；传六臣，原唐之所以降为五代也；六臣与义儿、伶官相次，著其类也；五代之臣，传十一，而杂传十九，明无适而非臣也；无适非臣，故终五代无人臣焉，而惟王彦章以死节书甚矣，其笔削严而垂戒切也。"④的确，在各体传论评断中，欧阳修处处体现出褒善贬恶、资世警劝的用意。《一行传论》赞五代持节忠义之士，惧其名不彰声不显，故为之撰传作论，如文中所云："自古材贤有温于中而不见于外，或穷居陋巷，委身草莽，虽颜子之行，不遇仲尼而名不彰，况世变多故，而君子道消之时乎！"关于此文彰善励俗的作用，沈德潜云："世教败坏之后，不能苛求完人，有一节可以维人心、砥末俗者，必表而著之，此史氏之苦心也。"⑤浦起龙云："当文残俗坏之余，求为世道人心表率，俯仰情深，可以得作史之用心焉。"⑥蔡世远云："得太史公之神髓，可以阐幽，可以励俗。"⑦《伶官传论》希望由后唐庄宗破国亡身的悲剧中得出的"忧劳可以兴国，逸豫可以亡身"结论，能给当世统治者以警戒，如钱大昕所云："伶官，贱者，不足立传，欧阳修专

---

① 王鸣盛：《十七史商榷》卷九十三，上海古籍出版社，2013，第1404页。
② 卷一百一十一《论史馆日历状》，第1687页。
③ 卷十七《魏梁解》，第298页。
④ 朱鹤龄：《愚庵小集》卷十三，上海古籍出版社，1979年影印本。
⑤ 沈德潜：《唐宋八家文读本》卷十四，清光绪壬寅宁波汲绠斋石印本。
⑥ 浦起龙：《古文眉诠》卷六十二，静寄东轩刻本。
⑦ 蔡世远：《古文雅正》卷十，清光绪乙巳宏道堂重刻本。

叙其事为一篇，以为后世鉴戒。"①《唐废帝本纪论》中"明者虑于未萌而先知，暗者告以将及而不惧"，则警示人们做事要有预见性。《晋臣景延广传论》中"自古祸福成败之理，未有如晋氏之验也，其始以契丹而兴，终为契丹所灭。盖夫本末不顺而与夷狄共事者，常见其祸，未见其福也。可不戒哉！可不戒哉！"是要给屈辱事敌、以敌为友的北宋君臣上一堂生动的政治警示课，希望他们保持清醒的头脑，不要妄想以讨好换取永久的和平与安定。《宦者传论》则痛切透快，当为世鉴："宦者之祸，千古共愤。此篇历叙其所以固宠之故，及人主欲去之难，言言痛切，字字透快。凡为治者，当以此论为鉴"②，"只是'深于女祸'一句意。名论卓然，可为千古龟鉴"③。《冯道传论》贬斥冯道，冀其有益风教，为世垂鉴："取一绝无耻者，与极节烈者同论，不加点窜，自然成文。此等最有关于风教"④，"借妇人女子以感慨当世儒生，有三叹遗音"⑤。《唐继岌传》写庄宗嬖于色立刘后，刘后险侧，为中官左右，而强其子继岌以贼杀大将郭崇韬于蜀，以致社稷存亡更替、战乱频仍，深寓呜咽之情，此"可为后世人主宠幸后宫、浊乱朝政者之戒"⑥。《唐六臣传赞》是欧阳修以史论今，非只论唐臣，实心关时事，历陈朋党之祸，痛切言之，结尾处"提醒人主，引传切戒"⑦，阐明自己作传之目的，如沈德潜所云："见朋党之说足以戕贼君子，断丧国家，借唐末事以监诫天下后世。噫嘻！意深远矣。"⑧《刘延朗传》叙刘延朗等五人拥废帝为乱，已而遂及与废帝俱亡，也是"序次其事明爽，可为鉴戒"⑨。《皇甫遇传赞》"其断敬翔处，使人知党恶之戒；其断皇甫处，使人知见义不为之失。二子虽死，又奚足道？如此持论，真史家卓识"⑩。《唐明宗论》也是"中多明言，可为世戒"⑪。不仅《新五代史》中扬善斥恶，深寓褒贬，警戒当世，《新唐书》史论中，这一著史目

---

① 钱大昕：《廿二史考异》，凤凰出版社，2008，第708页。
② 唐介轩：《古文翼》卷七，清同治癸酉常熟艺文堂刻本。
③ 吴楚材、吴调侯选注，安平秋点校《古文观止》卷十，中华书局，1987，第405页。
④ 蔡世远：《古文雅正》卷十，清光绪乙巳宏道堂重刻本。
⑤ 茅坤：《唐宋八大家文钞》卷四十四《庐陵文钞》，文渊阁四库全书本。
⑥ 茅坤：《唐宋八大家文钞》卷六十三《庐陵史钞·家人传》，文渊阁四库全书本。
⑦ 孙琮：《山晓阁选宋大家欧阳庐陵全集》卷三，清康熙刻本。
⑧ 沈德潜：《唐宋八大家文读本》卷十四，清光绪壬寅宁波汲绠斋石印本。
⑨ 茅坤：《唐宋八大家文钞》卷六十五《庐陵史钞·唐臣传》，文渊阁四库全书本。
⑩ 孙琮：《山晓阁选宋大家欧阳庐陵全集》卷三，清康熙刻本。
⑪ 茅坤：《唐宋八大家文钞·庐陵文钞》卷十五，文渊阁四库全书本。

的，同样彰明无晦。《食货志论》中，欧阳修言聚敛之臣与人主之肆欲取之无节、用之无度，遂"法愈烦，弊愈滋，民愈病，而国随以亡"，文章言之痛切，为"有唐一代言，不独为有唐一代监也"①，"用不节而逞无艺之徵，取既尽而踵覆亡之祸，逆推侧卸，为戒无穷"②，正是以史鉴当世与鉴后世的有力佐证。

关于墓志碑铭的彰善功能，欧阳修是十分重视的。他说："铭所以彰善而著无穷。"③ 门生曾巩在《寄欧阳舍人书》中称"铭志之著于世，义近于史"，"其辞之作，所以使死者无有所憾，生者得致其严"，有"近乎史"的"警劝之道"④。师生二人都充分肯定墓志碑铭彰善警劝的功能，观点非常一致。在实际创作中，欧阳修切实贯彻了这一原则。《大理寺丞狄君墓志铭》："若其殁而又无传，则后世遂将泯没，而为善者何以劝焉？此予之所欲铭也。"⑤ 欧阳修撰此墓志，目的是传扬狄栗政绩及善行于后世。《连处士墓表》："连处士，应山人也。以一布衣终于家，而应山之人至今思之。其长老教其子弟，所以孝友、恭谨、礼让而温仁，必以处士为法……自卒至今二十年，应山之长老识处士者，与其县人尝赖以为生者，往往尚皆在，其子弟后生闻处士之风者，尚未远，使更三四世至于孙曾，其所传闻，有时而失，则惧应山之人不复能知处士之详也。乃表其墓，以告于后人。"⑥ 这也是要将连处士"孝友、恭谨、礼让而温仁"的优良风范传于后世，劝谕世人。《太常博士周君墓表》表彰墓主孝行之美德，使传于世，如周必大所云："当时欧阳文忠公为作墓表，极论今丧礼之废，推为笃行君子……亦岂公表于金石，垂劝来世之意耶？"⑦《北海郡君王氏墓志铭》"亦世风励俗之深意"⑧。《资政殿学士户部侍郎文正范公神道碑铭》不仅写范仲淹生平事迹，而且于其中见政局状况，直寓深意。浦起龙云："公遭时遇主，而身实为消长倚伏之标的，文于前后际俯仰萦回，有深意

---

① 沈德潜：《唐宋八大家文读本》卷十四，清光绪壬寅宁波汲绠斋石印本。
② 浦起龙：《古文眉诠》卷六十二，静寄东轩刻本。
③ 卷二十八《永州军事判官郑君墓志铭》，第427页。
④ 曾巩：《曾巩集·寄欧阳舍人书》，中华书局，1984。
⑤ 卷二十八《大理寺丞狄君墓志铭》，第428页。
⑥ 卷二十四《连处士墓表》，第376~377页。
⑦ 周必大：《庐陵周益国文忠公集·平园续稿》卷三十五《彭孝子千里墓表》，清道光二十八年刻本。
⑧ 姚鼐：《古文辞类纂评注》，安徽教育出版社，1995，第1316页。

焉。惟西垂政绩,乃出手夸齐处,特以位置中权,不阑他语,踌躅审局,毫发无憾。"① 章廷华云:"欧文之所以可贵者,以多经世之言,具有史法也。如范文正公碑文,于当时朝政之盛衰、贤奸之情状,洞烛无遗,非仅叙范公事实已也。"② 他认为欧阳修文章不仅叙述事实,更以事喻今,多经世之言,深具史法。

欧阳修记体文中也有不少借题寓意,劝诫世人的篇章。如《王彦章画像记》借王彦章事抒怀,传古人品德事迹于后世,以古喻今。《菱溪石记》中欧阳修因故物感慨朝代兴废、物是人非:"嗟夫!刘金者虽不足道,然亦可谓雄勇之士,其平生志意岂不伟哉。及其后世,荒堙零落,至于子孙泯没而无闻,况欲长有此石乎?用此可为富贵者之戒。"③ 以五代故将刘金留存菱溪石为戒,警劝当世者不要汲汲于富贵,因为随着时间流逝,石虽或存,而人终不免于"富贵磨灭,子孙泯没"的命运,因此,富贵是不足倚恃、不能长存的,文章借题寓慨,劝诫世人。《吉州学记》寓劝学之意,"望后之人毋废慢天子之诏,是一篇关键处"④。欧阳修序文中同样寓劝世之道。《送田画秀才宁亲万州序》是以其祖先勋业,动其仁孝之思,非颂扬其先世与单纯地凭吊往事,故曰"史笔何疑"⑤!《送祕书丞宋君归太学序》蔼然有情致,对世胄子弟有教育意义:"世胄子弟,当书一通,勒之座右。"⑥ 欧阳修论议文中援古规今、劝惩资世的痕迹也是明显的。《朋党论》言兴亡治乱,取鉴后世:"又以兴亡治乱之迹反复推说,庶几觉悟世主,其言真龟监也。"⑦《为君难论下》以古喻今,感慨深切:"盖是时皇祐持重之臣渐绌,熙宁主事之辈将兴,公盖援古规今,不禁言之深切。"⑧

褒贬善恶,融道德价值判断于历史叙事当中,是欧阳修《新五代史》继承《春秋》微言大义、褒贬义例的重要体现。《四库全书总目》云:"大致褒贬祖《春秋》,故义例谨严……修之文章,冠冕有宋。此书一笔一

---

① 浦起龙:《古文眉诠》卷六十一,静寄东轩刻本。
② 章廷华:《论文琐言》卷一,1914 年沧粟斋丛刻本。
③ 卷四十《菱溪石记》,第 579 页。
④ 张伯行:《唐宋八大家文钞》卷六,远方出版社,2001,第 119 页。
⑤ 孙琮:《山晓阁唐宋八大家选·欧阳庐陵》卷三,清康熙刻本。
⑥ 张伯行:《唐宋八大家文钞》卷六,远方出版社,2001,第 115 页。
⑦ 吕留良:《唐宋八家古文精选·欧阳文》,清甲申吕氏家塾刊本。
⑧ 孙琮:《山晓阁选宋大家欧阳庐陵全集》卷三,清康熙刻本。

削，尤具深心，其有裨于风教者甚大。"① 毫无疑问，"寓意特深"、有"事外远致"② 的《新五代史》是欧阳修师法《春秋》、暗寓褒贬、以史资世的精心结撰之作。对五代人物，欧阳修每每于作传叙事中，对其个性、品德、行为、功绩等做出道德评判。对于比较符合其政治理想与封建伦常的历史人物，欧阳修往往褒扬有之，对他们的不幸遭遇则流露深切的惋惜与感慨。如《唐明宗本纪论》肯定唐明宗即位起，就减罢宫人、伶官，废内藏库，不近声色，不乐游猎的有德之行："存位七年，天五代之君，最为长世，兵革粗息，年屡丰登，鹰民实赖以休息……"《周本纪论》则称扬周世宗是位有为之君："区区五六年间，取秦陇，平淮西，复三关，威式之声震慑夷夏，而方内延儒学文章之士，考制度、修通礼、定正乐、议刑统，其制作之法皆可乡乞于后世。"通过对以上两位君主的颂扬，体现了欧阳修对清明政治、英明君主的向往。欧阳修把忠于职守、不事二主，最终以死殉国者列入《死节传》。在《死节传论》中，他写道："呜呼，天下恶梁久矣！然士之不幸而生其时者，不为之臣可也，其食人之禄者，必死人之事，如彦章者，可谓得其死哉！自古忠臣义士之难得也，五代之乱，三人者，或出于军卒，或出于伪国之臣，可胜叹哉，可胜叹哉。"对死节之士的称赏、敬佩，对五代乱世的感慨与嗟叹，对英雄遭难的同情与惋惜，完全溢于言语之外。在《梁太祖本纪论》《梁家人传论》《冯道传序》等传论中，欧阳修对不义、残忍、寡廉鲜耻的人物，则极尽贬损与斥责。特别在某些篇章中，对社会上是非不分、贤愚颠倒的现象深怀不满。有的借古喻今，影射现实。如《周臣传论》批评乱国之君常置愚不肖于上，没其材能，使君子、小人背失其所，从而感慨"士之遇不遇者，可胜叹哉"！欧阳修对历史上因忠言直谏而远谪边地的大臣表示深切的同情，其褒贬态度异常鲜明，同时也含蓄地影射了他所处的北宋时期政坛上贤愚不分、是非颠倒的政治局面。欧阳修参加范仲淹发起的"庆历新政"，为国家、为正义仗义执言，却遭贬夷陵、滁州等地，故而在编撰《新五代史》之际，借史以明志，借史以抒情，借序论表明自己的感慨和对朝廷的不满。这一借史喻今、借史明志的写法与《史记》很像，使读者不由自主地想起《史记》中《孔子世家》《屈原贾生列传》等篇的论赞，也像《史

---

① 永瑢、纪昀主编《四库全书总目提要》卷四十六史部正史类二，海南出版社，1999，第265页。

② 吴德旋：《初月楼古文绪论》，人民文学出版社，1959，第25页。

记》一样，形成了史书强烈的感情色彩，大大增强了史书的文学性特征。清王鸣盛《十七史商榷》指出："欧史纪传各赞，皆有深意。"① 在写给尹师鲁、梅尧臣的信中，欧阳修说："吾等弃于时，聊欲因此粗伸其心。""有深意""伸其心"已经将欧阳修借史言志、寓情于史，发挥史书彰善瘅恶的功能的创作意图鲜明地揭示出来。因此，求真守信、褒善贬恶，发为兴感，慨叹淋漓，使《新五代史》传论、墓志碑表、序、记等文体洋溢着浓郁的抒情色彩，使"六一风神"特征明白显发、余韵悠扬、唱叹生神。

二 重视人事与崇尚德义

对于王朝盛衰兴亡原因的回答，欧阳修是明确的。他在《伶官传论》中说："盛衰之理，虽曰天命，岂非人事哉？原庄宗之所以得天下，与其所以失之者，可以知之矣！"② 并以后唐庄宗李存勖成败盛衰的典型事例证实了这一重人事、轻天命的观点。《新五代史》中《李守贞传》也以生动的事例阐述了这一观点，后汉护国军节度使李守贞曾经自以为天命在我，阴谋夺权，但最后以兵败城破，自焚而死告终，借此严肃批判了天命观。欧阳修还阐述了他对"天人关系"的看法："王者畏天以临民，天道在人而可信。"③ "人事者，天意也"，这是他关于"天人关系"的基本观点。

从人事出发，欧阳修强烈反对五行灾异、祥瑞谶纬迷信之说。天命论的具体表现形式是五行灾异。汉代董仲舒、刘向等对此附会曲说，造成的思想的混乱。欧阳修在《新唐书》卷三十四《五行传序》中予以痛斥批驳。他一反陈规，在《新唐书·五行志》中只著灾异，而削其事应，这与《旧唐书·五行志》形成鲜明的对比。欧阳修对"祥瑞"，也深恶痛绝。在《前蜀世家》传论中批判说："自秦、汉以来，学者多言祥瑞，虽有善辨之士，不能祛其惑也！予读《蜀书》，至于龟、龙、麟、凤、驺虞之类世所谓王者之嘉瑞，莫不毕出于其国，异哉！然考王氏之所以兴亡成败者，可以知之矣。或以为一王氏不足以当之，则视时天下治乱，可以知之矣。"④ 反对迷信谶纬之说，有北宋时代背景的原因。北宋朝廷从建立以来就极力提倡佛教和道教。宋真宗为了粉饰太平，又大搞天书、符瑞等闹剧，在此

---

① 王鸣盛：《十七史商榷》卷九十三，上海古籍出版社，2013，第1404页。
② 欧阳修撰《新五代史》卷三十七《伶官传论》，中华书局，1974，第397页。
③ 卷五十九《赏以春夏赋》，第854页。
④ 欧阳修撰《新五代史》卷六十三《前蜀世家第三》，中华书局，1974，第794~795页。

历史背景下，欧阳修在《新五代史》中极力宣传"虽曰天命，岂非人事"的观点，在《新五代史》的本纪中有意识地只书人而不书天，在《新唐书·五行志》序中敢于批判董仲舒、刘向、班固以来"天人之变"的谬论，又一反历来的传统，只著灾异，不书事应，都希望以古喻今，为北宋统治者敲起警钟。

　　唐末五代，兵荒马乱，封建伦理纲常受到大冲击、大破坏，礼崩乐坏。当是时，有臣弑其君者、子弑其父者，有朝秦暮楚、判反无常者，有历事数朝、寡廉鲜耻者，有里通外敌、卖主求荣者……真可谓"五代之乱，君不君，臣不臣，父不父，子不子，至于兄弟、夫妇人伦之际，无不大坏，而天理几乎其灭矣"①。历经战乱之后新建的宋王朝，急切需要重振伦理纲常，以适应新朝形势的需要。因此，重振纲常、崇尚节义、倡导道德治国经世，是重要的一环。欧阳修云："偶自弱龄，粗知学古，谓忠义可以事国，名节可以荣身"②，"道德仁义，所以为治"③，"有德则兴，无德则绝"④，又云："盖得其要，则虽万国而治，失其所守，则虽一天下不能以容，岂非一本于道德哉"⑤，认为"道德"是"为治之原"，其根本则是伦理纲常，而伦理纲常的最核心的部分是"父子君臣之义"。欧阳修著史，多以德行信义、伦常品节为标准进行善恶褒贬："夫《春秋》，上明三王之道，下辨人事之纪，别嫌疑，明是非，定犹豫，善善恶恶，贤贤贱不肖，存亡国，继绝世，补敝起废，王道之大者也。"⑥ 在《新五代史》的纂述中，他褒扬忠义历史人物，树立道德风范的典型。以封建伦理纲常衡量五代人物，认为无可訾议、具全节，可入《死节传》的只有三人："语曰：'世乱识忠臣。'诚哉！五代之际，不可以为无人。吾得全节之士三人焉。"⑦ 他认为入此传的王彦章、裴约、刘仁瞻，是能代表当时最高道德典范的历史人物："自古忠臣义士之难得也！五代之乱，三人者，或出于军卒，或出于伪国之臣，可胜叹哉！可胜叹哉！"⑧ 除此之外，虽最后死事殉

---

① 欧阳修撰《新五代史》卷三十四《一行传序》，中华书局，1974，第370页。
② 卷九十《颍州谢上表》，第1327页。
③ 欧阳修撰《新五代史》卷四十六《王建立传论》，中华书局，1974，第514页。
④ 欧阳修、宋祁撰《新唐书》卷一《高祖本纪赞》，中华书局，1975，第20页。
⑤ 欧阳修撰《新五代史》卷六十《职方考序》，中华书局，1974，第713页。
⑥ 司马迁撰《史记》卷一百三十《太史公自序》，中华书局，1959，第3297页。
⑦ 欧阳修撰《新五代史》卷三十二《死节传序》，中华书局，1974，第347页。
⑧ 欧阳修撰《新五代史》卷三十二《死节传论》，中华书局，1974，第353页。

国，但于大节大亏的，只能入《死事传》，既表现出实事求是的史学观，又体现出欧阳修褒贬严格的史学意识。在褒扬忠义之节的同时，对于奸邪无耻之徒，欧阳修往往不留情面地予以贬责、批判。如唐末朱温篡权，张文蔚、张策、赵光逢等六人卖主求荣，毫无廉耻，欧阳修斥之为一群"庸懦不肖、倾险狡猾，趋利卖国之徒"①。五代时期总共五十三年，但其间却经历了五个朝代，十三个帝王，由于更迭太快，各方面秩序都崩坏难立。在欧阳修看来，五代像孔子所处的春秋时代一样，是"礼崩乐坏，三纲五常之道绝，而先王之制度文章扫地而尽于是"的社会。于是，在《十国世家年谱》中欧阳修说："《春秋》因乱世而立治法，本纪以治法而正乱君。"冯道是《新五代史》在气节人格方面所着力讥讽的重要人物。对时人甚为称颂的这一五代人物，欧阳修极显贬斥之意，认为其不顾名节、安享尊荣，事五姓、相六帝，历事数朝，毫无廉耻之心，将其打入《杂传》，并进行了严厉地鞭挞，说："予读冯道《长乐老叙》，见其自述以为荣，其可谓无廉耻者矣。"②

三 以史为鉴与资治当世

通过总结历史上的盛衰兴亡之迹、成败得失之道，以指导现实的对策或解决当时面临的具体困难，这种模式可称之为"戒鉴"模式。《尚书·召诰》云"我不可不监于有夏，亦不可不监于有殷"，《诗经·荡》"殷鉴不远，在夏后之世"，《易》称"多识前言往行，以畜其德"，讲的都是以史为鉴的意思。在进步史学家的观念里，历史之成败兴亡多因由人事，刘知几云"论成败者，固当以人事为主"③，司马光说"鉴前世之兴衰，考当今之得失，嘉善矜恶，取是舍非"④等，都明确指出重史治史的目的在于以史治世，充分发挥史书资鉴当世、劝喻世人、服务现实的作用。

欧阳修治史更是与其积极参与庆历革新的现实生活和古文运动的实际动力关系密切。吴怀祺认为"欧阳修的政治活动、修史实践和提倡古文运动结合在一起"⑤，张新科、任竞泽在论文中说："《新五代史》史论中这

---

① 欧阳修撰《新五代史》卷三十五《唐六臣传序》，中华书局，1974，第376页。
② 欧阳修撰《新五代史》卷五十四《冯道传》，中华书局，1974，第611页。
③ 刘知几：《史通·杂说》，上海古籍出版社，1978。
④ 司马光：《温国文正司马公文集·进资治通鉴表》，四部丛刊本。
⑤ 吴怀祺：《中国史学思想通史》（宋辽金卷），黄山书社，2002，第47页。

种深沉的盛衰兴亡之感是欧阳修史学思想的核心，这与他的政治观点和文学思想是密不可分的，也就是说，欧阳修修史的目的与他的庆历新政和古文运动紧密联系在一起的。"① 在修撰《新五代史》及撰写古文时，欧阳修往往将历史与现实相联系，以史为鉴，以史资世。他说"吾等弃于时，聊欲因此（撰写史著）粗伸其心"②，表明他想通过其史书，含蓄表达他的政治思想，因此其史学观与政治、现实是密切联系的。如《新五代史·唐六臣传》就与北宋庆历年间的朋党之争紧密关联。传记以朱温为篡皇位，找借口大肆诛杀唐臣事，借题发挥作"朋党"之论，论曰："汉、唐之末，举其朝皆小人也，而其君子者何在哉！当汉之亡也，先以朋党禁锢天下贤人君子，而立其朝者，皆小人也，然后汉从而亡。及唐之亡也，又先以朋党尽杀朝廷之士，而其余存者，皆庸懦不肖倾险之人也，然后唐从而亡。"③ 以朋党为汉唐亡国之因由，此中寓有深意。正因为宋仁宗时，朝中党论大兴，为国忧时、力求变革的正义之臣如范仲淹、富弼等受诬陷、诽谤与排挤，欧阳修因此借此发端，抨切时事，大声疾呼，以期引起执政者的注意。因此，清代史学家赵翼云："宋仁宗时，朝右党论大兴，正人皆不安其位，故借以发端，警切时事，不觉其大声疾呼也。"④ 的确如此，欧阳修于此借古讽今，议有所发，论有所指，抨击时政，抒发无法抑制的愤慨之情及忧世忧国之情。文章既叙史实，因史而发，又立足今世，忧国忧时，寄殷殷期望于宋仁宗，望其以史为鉴，区别忠奸，分辨是非，使国家朝廷免陷于危亡当中。《新五代史·晋出帝纪》中，欧阳修对晋出帝的批评也是与北宋英宗时朝廷上闹得沸沸扬扬的"濮议之争"紧密联系。晋出帝石重贵生父敬儒早卒，出帝当皇帝后追封生父为宋王，并称之为皇伯，对此欧阳修批评他为"灭绝天性"，指出"臣其父而爵之，以欺天下也"⑤。这其实是针对当时朝廷上发生"濮议之争"而言的。宋仁宗三子早亡，无男嗣，立族兄濮安懿王子宗实继承皇位，是为英宗。治平二年（1065），仁宗卒，围绕着英宗应当称仁宗为"皇伯"或"皇考"的称谓，

---

① 张新科、任竞泽：《褒贬祖〈春秋〉，叙述祖〈史记〉——欧阳修〈新五代史〉传记风格探微》，《陕西师范大学学报》2012年第3期，第37页。
② 卷六十九《与尹师鲁第一书》，第998页。
③ 欧阳修撰《新五代史》卷三十五《唐六臣传论》，中华书局，1974，第382页。
④ 赵翼：《廿二史札记》卷二十一，中华书局，1963，第416页。
⑤ 欧阳修撰《新五代史》卷九《晋出帝纪》，中华书局，1974，第98页。

朝廷上出现了针锋相对的两派。欧阳修从古代礼制出发，认为英宗仍应尊生父为"皇考"，尊仁宗为"皇伯"，从而引发轩然大波。归有光云"谕铲欧阳公有感于当日濮议，故言言痛切如此"①，指出这也是以史讥时的典型范例。

欧阳修宣扬《春秋》《史记》以来的"大一统"思想与北宋严峻的外患现实有关。北宋建立于五代战乱基础之上，立国后就备受契丹和西夏的侵扰，面临十分严重的军事危机。有识之士、以天下为己任的士大夫们普遍有一种压迫感与忧患意识，同时也是承继着史学家大一统的优良传统。欧阳修说："今宋之为宋，八十年矣……然而财不足用于上而下已弊，兵不足威于外而敢骄于内，制度不可为万世法而日益丛杂，一切苟且，不异于五代之时。"② 欧阳修先后撰《原正统论》《明正统论》《秦论》《魏论》等七篇文章，自觉继承和阐发《春秋》以来"大一统"的思想。他于史书中严厉贬斥后晋"起于夷狄，以篡逆得天下"，痛斥石敬瑭割地给契丹，甘做儿皇帝的可耻行为。他对周世宗伐契丹、收复失地的行为大加赞赏，称颂其"南平淮甸，北伐契丹，乘其胜威，击其昏殆"的伟大勋业及"威武之声震慑夷夏"的巨大威望，并进一步指出："自古夷狄服叛，虽不系中国之盛衰，而中国之制夷狄，则必因其强弱。"③ 对其英年早逝，未能完成收复燕云十六州的伟大宏愿深表惋惜，也对北宋统治者没能继续此项伟大事业，收复国土，使国家归于一统表示了隐约的批评。辨明正统、"不伪梁"的主张关系到北宋得国、宋朝合法性的问题。当时人们从封建伦理纲常的角度，认为朱温篡唐而立的梁国，为僭越，是不合法的，不承认梁国的历史地位。而欧阳修从历史实际出发，指出梁国"彼有梁之土地，臣梁之吏民，立梁之宗庙社稷，而能杀生赏罚以制命于梁人，则是梁之君矣，安得曰伪哉"④，积极为之正名，也有出于为有宋王朝做合法解释的需要。北宋朝廷在欧阳修去世之后，对其谥号有过这样的讨论："其文卓然，自成一家，比司马迁、扬雄、韩愈无所不及而有过之者。方天下溺于末习，为章句声律之时，闻公之风，一变为古文，咸知趋尚根本，使朝廷文明不愧于三代、汉、唐者。太师之功，于教化治道为最多，如太师真可谓

---

① 归有光：《欧阳文忠公文选》卷五，清刻本。
② 卷六十《本论上》，第862~863页。
③ 欧阳修撰《新五代史》卷七十三《四夷附录二》，中华书局，1974，第904页。
④ 卷十六《或问》，第274页。

'文'矣。"① 说明欧阳修以史资世，深于教化治道的努力是获得了当世认可的。

因此，在史书的撰写、历史的感怀与明确的史学观的指导下，秉持求真信实、实事求是，侧重人事、崇德尚义，以史为鉴、资治当世的治史原则，欧阳修将满腔忧国忧世之怀、朝代兴废之感、道德沦丧之叹、褒贬劝惩之意与郁愤不平之气，通过生动传神的叙事与深切沉痛的感慨，含蓄委婉地表达出来，使文章"六一风神"愈为彰显。

---

① 附录卷一《谥议》，第 2622 页。

第六章
"六一风神"之表现手法与结构艺术

"六一风神"的彰显离不开文章的叙事性特征，离不开文章的叙事技巧与篇章结构的布置与安排。茅坤说："一切结构裁剪有法"①，"须看他顿挫纡徐，往往叙事中伏议论，风神萧飒处"②。何焯说："无限议论都化在叙事中"，"议论妙有裁剪"，否则"一片写去，了无风神"③。王文濡《评校音注古文辞类纂》中说："就请铭之文，略施剪裁，便尔成此，妙在不漏一事，不赘一辞，而先后轻重，位置得序。'风神'骀宕，犹其余事。"④剪裁得法、熔裁有方，文章详略有致，脉络明晰，事理清楚，便容易使作者及所写事件、人物内在的精神、实质通过外在良好的表达与表现，得以彰显，否则平平写去，不分详略，不施剪裁，眉目不清，重点主旨不突显，就无法使文章内在的神韵充分、完美地呈现，自然是了无风神。钱基博在将朱熹文章与欧文进行比照之后，说："'朱熹这文'大抵醇实出曾巩，疏快似苏轼，而结笔稍驰流韵；未若欧公之谨于布置，饶有'风神'。"⑤他也肯定欧文善于安排，谨于布置，而饶有"风神"。当代学界在前人研究基础上，也认可并反复强调"六一风神"与文章叙事性的密切关联。如黄一权《欧阳修散文研究》中说："'风神'是与叙事手法有关的。"⑥ 马茂军在《宋代散文史论》中说："风神讲究议论和叙事的融化，讽喻观点的含蓄表达，议论叙事的剪裁，章法上的回顾照应，起伏波澜，

---

① 茅坤：《唐宋八大家文钞·论例》，文渊阁四库全书本。
② 茅坤：《唐宋八大家文钞》卷九十二，文渊阁四库全书本。
③ 何焯著、崔高维点校《义门读书记》，中华书局，1987，第572页。
④ 王文濡：《评校音注古文辞类纂》卷八，中华书局，1923。
⑤ 钱基博：《中国文学史》，中华书局，1993，第635页。
⑥ 〔韩〕黄一权：《欧阳修散文研究》，华东师范大学出版社，2003，第133页。

叙事人物的宾主搭配,皆是风神的外在风貌。"① 刘宁《叙事与"六一风神"——由茅坤"风神观"切入》认为"六一风神"虽然包含情韵之美,但情韵之美并不能赅备风神观的内涵,进而指出"风神"概念实与叙事有着密切的联系。② 可见,欧公文章"风神"之美不仅得诸其情感的深挚浓郁与抒情的感喟深长、唏嘘感慨,还与其文之叙事性特征息息相关。文章叙事方面的剪裁得法、叙议情结合、结构的起伏跌宕、巧于安排等,都是构成"六一风神"的重要方面。以下笔者试做较为具体的剖析。

第一节　表现手法

一　叙事特征:鲜明突出,变化多端

善于叙事,是良史之才的先决条件。许慎《说文解字》释"史"云:"史,记事者也。"③ 唐代史学评论家刘知几指出:"凡史之称美者,以叙事为先。"④ 司马迁的《史记》,向来以"善序事理"⑤ 见称。作为真正意义上的史学家,欧阳修在中国传统史学中,一人独占两史,《新唐书》与人合撰,《新五代史》则为独撰,当他进行散文创作时,自然有意识无意识地将史家叙事之法融入其中,并带来其散文叙事简洁、条理清晰、节裁有体、刻画生动、摹写逼真、细节传神的鲜明特点,甚至打破文体界限,以史笔为文,体现出他高超杰出的叙事才能,也因此区别于唐宋其他散文大家。茅坤曾将欧阳修与苏轼做比较,认为欧长于叙事,而苏长于议论,短于叙事,他说:"盖欧得史迁之髓,故于叙事处裁节有法,自不繁而体已完。苏则所长在策论纵横,于史家学或短。此两公互有短长,不可不知。"⑥ 在点评欧阳修《集贤校理丁君墓表》一文时,陈曾则云:"此文与王安石《秘阁校理丁君墓志铭》二文,比而观之,介甫文笔劲悍有力,然

---

① 马茂军:《宋代散文史论》,中华书局,2008,第38页。
② 刘宁:《叙事与"六一风神"——由茅坤"风神观"切入》,《文学遗产》2011年第2期,第100～107页。
③ 许慎:《说文解字》,中华书局,1963,第65页。
④ 刘知几:《史通》卷六,上海古籍出版社,1978,第165页。
⑤ 班固撰《汉书·司马迁传赞》,中华书局,2007,第622页。
⑥ 茅坤:《唐宋八大家文钞》卷五十《庐陵文钞》,文渊阁四库全书本。

不及欧阳叙事之周到。"① 他认为王安石虽文笔劲悍有力，而于叙事才能也不及欧。欧文长于叙事的特点，主要继承了司马迁《史记》以来史传文学叙事的优良传统。苏轼称欧阳修"记事似司马迁"②，茅坤云其"叙事类太史"③，方苞云"欧公叙事仿《史记》"④，茅坤更是反复强调欧阳修能得太史公叙事之神髓："太史公没，上下千余年间，所得太史公序事之文之髓者，惟欧阳子也"⑤，"宋诸贤叙事，当以欧阳公为最。何者？以其调自史迁出，一切结构裁剪有法，而中多感慨俊逸处"⑥。关于欧阳修文章叙事特点的研究，当代学者多从其史书，特别是从《新五代史》的角度进行研究，如张明华的博士论文及张新科的相关文章⑦等；有的学者着重从欧阳修碑志文的叙事性切入研究，如祝尚书、陈晓芬、洪本健等的文章⑧；有的研究涉及欧阳修散文的叙事性特点及所接受的《史记》影响，如刘宁的相关论文⑨；等等。以上学者的成果都为笔者此方面的研究做了很好的铺垫，但在综合考察不同文体，文史结合的研究方面，似乎还有进一步探究的空间，因此本节试图观照欧阳修文章叙事性的总体特色，并探究其与"六一风神"的关系，希望在此方面有所收获。

（一）熔裁有体，详略得当

蒋彤云："古人称史才，才者裁也。序事有裁制之难，其要唯在轻重而已……此法惟三史（指《史记》《汉书》《新五代史》。——笔者注）深

---

① 陈曾则：《古文比》卷三，中华书局，民国二十五年铅印本。
② 附录卷五苏轼：《居士集序》，第2756页。
③ 茅坤：《唐宋八大家文钞》卷四十八《庐陵文钞》，文渊阁四库全书本。
④ 王文濡：《评校音注古文辞类纂》卷三，中华书局，1923。
⑤ 茅坤：《茅鹿门先生文集》卷四《与唐凝庵礼部书》，明刊本。
⑥ 茅坤：《唐宋八大家文钞·凡例》，文渊阁四库全书本。
⑦ 张明华：《〈新五代史〉研究》，博士学位论文，浙江大学，2005；张新科、任竞泽：《褒贬祖〈春秋〉，叙述祖〈史记〉——欧阳修〈新五代史〉传记风格探微》，《陕西师范大学学报》2012年第3期，第31~40页。
⑧ 祝尚书：《传史迁风神，能出神而入化——论欧阳修碑志文的文学成就》，载四川大学古籍整理研究所、四川大学宋代文化研究中心编《宋代文化研究》（第8辑），巴蜀书社，1999，第78~94页；陈晓芬：《论欧阳修碑志文的文学意义》，《楚雄师专学报》1992年第2期，第60~65页；洪本健：《论欧阳修碑志文的创作》，《井冈山师范学院学报》2004年第4期，第5~13页。
⑨ 刘宁：《叙事与"六一风神"——由茅坤"风神"观切入》，《文学遗产》2011年第2期，第100~107页。

得其妙。"① 可见剪裁对史书叙事的重要性。艾南英云："传志一事，古之史体，龙门（指司马迁。——笔者注）而后，惟韩、欧无愧立言。观其剪裁详略，用意深远，得《史》《汉》之风神。"② 他认为欧阳修文章善于剪裁，详略得当的特点，承继《史记》《汉书》，能得其"风神"。的确，擅长叙事的欧阳修在创作散文时，熔裁有体，选材典型，重点突出，详略得宜。他为文提倡简练，反对冗繁，所谓"文简而意深"，就是他对墓志铭写作的基本要求。在墓志碑铭写作中，欧阳修选取人物生平中的重要方面，突显人物性格主要特征，记大略小，合理剪裁，这些都是达于文章脉络明晰、风神彰显的适佳途径。《尹师鲁墓志铭》这篇墓志就很好地贯彻了欧阳修为文追求简洁、止记大节、裁剪得当而风神彰显的特点。对于尹洙的生平事迹，欧阳修经过认真的筛选，撇开他足以自傲的文学、议论和才能，着重突出其忠义之节，所以整篇文章显得异常简洁，主旨突出而人物风神显露无遗。《徂徕石先生墓志铭》的主旨突出，既突显传主石介的高尚品德："反复推衍徂徕之独立学古处，分明畅足""秉正嫉邓，其刚劲之概可以想见"③，又剪裁得体，详略有致，"尤妙在起处十行已尽其生平"④，有形容有概括，人物风神彰显。欧阳修为不同人物作墓志，因人而异，范仲淹政绩功业至大且丰，多不胜记，故止记大者，梅尧臣事业少，无可记，故记其纤悉，以见欧阳修因人、因材撰写，善于选材裁剪。如《资政殿学士户部侍郎文正范公神道碑铭》，均举范仲淹有关于国家大事者，着重突显人物之品德才能，于小事则一概略而不述，取舍得当，全文仅一千四百余字，既突显其生平大略，又极其简括，语简意赅。归有光云"欧阳碑文正公，仅千四百言，而生平已尽"⑤，沈德潜云"欧公识重轻，能裁割处"⑥，"叙事能扼其大，措词不觉其繁，是欧公极意经营文字"⑦。《梅圣俞墓志铭》为挚友梅尧臣作墓志，梅无甚大功业，于是文章重写其纤微："述其问疾之众、吊丧之多，不过至纤悉事，写来能令文章神采倍

---

① 蒋彤：《丹棱文钞·上黄南坡太守论志传义例书》，载《丛书集成续编》（第141册），上海书店出版社，1994，第244页。
② 艾南英：《天傭子集》卷五《再与陈怡云公祖书》，清康熙己卯重刻家塾藏本。
③ 沈德潜选评、于石校注《唐宋八家文读本》，安徽文艺出版社，1998，第424页。
④ 徐树铮：《诸家评点古文辞类纂》（第4册），国家图书馆出版社，2012，第202页。
⑤ 归有光：《欧阳文忠公文选》卷八，清刻本。
⑥ 沈德潜选评、于石校注《唐宋八家文读本》，安徽文艺出版社，1998，第419页。
⑦ 王文濡：《评校音注古文辞类纂》卷二十，中华书局，1923。

增,真是奇笔"①,详尽处不厌其烦,简括处极其扼要,熔裁得体,详略得当,而风神彰显。

在墓志碑表的写作当中,欧阳修能根据对象特点与内容需要,有叙事有抒情,内容各有侧重,写法亦自不同,但都能做到重点突出,详略有致,条理明晰,凸显文章内在神韵。《尚书都官员外郎欧阳公墓志铭》是欧阳修为叔父作墓志铭,既抒发了恳挚深切的"缠绵凄惋之情",又叙叔父理民折狱四事,思路明晰,"简而有法,详略得宜"②。《石曼卿墓表》总叙其生平处,采用略而不详的方法,而突显石延年善于治兵处,"此乃表其大者"③。《胡先生墓表》重点突出北宋理学先驱人物之一的胡瑗善为师道的特点,通篇以胡瑗善于为师为主旨,茅坤云:"胡安定生平所著见者,师道一节,故通篇摹写尽在此。"刘大櫆云:"叙安定之善于教学,而摹写其弟子之盛且贤,淋漓生色。末及东归,而诸生执弟子礼,以为余波。"④ 因为文章始终表其大者,论其要者,所以在叙事明晰、主旨突显之余,墓主胡瑗重于师道、精于教法、善于为师,深受学生尊崇的特点与人物风貌也就得到了充分的展示。在写景记事的记体文中,欧阳修也是根据文章主旨及景物特点进行剪裁,详略得当,从而彰显文章"风神"之美的。如《真州东园记》从"园之广百亩"至"辟其后以为射宾之圃",是"先撮记园之大略",简要地总括景物概况,而从"芙渠芰荷之的历"至"麚麜鸟兽之嗥音也",则是"细记园之景物"⑤,详记景物之风貌特征,如此详略得体,凹凸有致,使真州东园今昔兴废之景如至目前。《偃虹堤记》通过作者与送信人的问答,阐明偃虹堤是为救助舟民而建,寄寓了作者希望执政者替民兴利除害的理想,文章既有建堤缘由的陈说,又有对建堤者的称美;有问答,又有收束总结,结构极其"精密变化"⑥,但文章还是写得简括精炼,又起伏跌宕,故云"叙次简老,波澜动宕,通体无一平直之笔,是为高文"⑦。叙事写人的记体文同样体现这一写作特点,如《王彦章画像记》重点凸显五代梁将王彦章既忠且勇的性格特征,但文章于此

---

① 孙琮:《山晓阁选宋大家欧阳庐陵全集》卷四,清康熙刻本。
② 沈德潜选评、于石校注《唐宋八家文读本》,安徽文艺出版社,1998,第440页。
③ 何焯著、崔高维点校《义门读书记》,中华书局,1987,第701页。
④ 徐树铮:《诸家评点古文辞类纂》(第4册),国家图书馆出版社,2012,第146页。
⑤ 何焯著、崔高维点校《义门读书记》,中华书局,1987,第691页。
⑥ 浦起龙:《古文眉诠》卷六十,静寄东轩刻本。
⑦ 沈德潜选评、于石校注《唐宋八家文读本》,安徽文艺出版社,1998,第395页。

两个方面，并不平均着墨，其写"勇"处不过一二句，言简意赅，不及其余，而写"忠"处，则洋洋洒洒数十言，有详有略，有轻有重，跌宕起伏，灵活多变，使主人公王彦章人物形象鲜明而生动，逼真而传神，孙琮说得好："此篇分作五段，第一段，叙王公忠勇，写勇处只用一二句形容便见千人辟易，写忠处，却用数十言流连赞叹，已自低徊不尽。"① 可见此文剪裁有致、详略得当的优长。此外，《释惟演文集序》虽是为他人文集作序，但重点则落在写人身上，而且"叙人详，叙文略，互照自晓"②，同样是因主题需要来安排行文，人物风神显发，令读者有如目睹一般。因此可以说，欧阳修叙事，往往能删繁就简，裁剪有法，详略得当，重点突出，概括性强，真正做到叙事周到而精当，遂添文章叙事生动、传神之风神美。

（二）"止记大节"，主旨突显

欧阳修认为，要达到"期于久远"的传世目的，为文特别是撰写碑志，应该遵循"文字简略，止记大节"，"然能有意于传久，则须纪大而略小"③"然所纪事，皆录实，有稽据，皆大节与人之所难者"④ 的创作原则，可见欧公心中自有一套剪裁详略、凸显重点的方法与原则。浦起龙云："唐宋大家碑志之文，宜以庐陵为正式，仿选但录交游聚散诸篇，而遗其大者，谨择一二，垂为体概焉。"⑤ 因传不朽的留名意识影响到欧阳修"以道德文章为一代宗师"的声望，友朋、同僚之亲属及后人往往对欧阳修有求而作。在所撰的这些墓志碑铭中，欧阳修每每能根据或抓住最能够反映对方本质风貌的个性特征、生平经历、才华品质、能力功绩等方面来体现，如传范仲淹、薛奎等重其品德与政治才干；传石介、尹洙等重其品节；传苏洵、梅尧臣等重其诗文；传胡瑗、孙明复等重其师道；传苏舜钦、黄梦升等哀其不幸；传曾致尧、欧阳颖等重其吏材；传石延年、释祕演等重其个性。关于欧阳修散文，特别是墓志碑铭传写人物，精于选材，存其大要，止记大节，长于人物形象塑造，突显人物鲜明个性的特点，学者也多有言及。沈德潜云："作文必寻一事作主，如欧公于苏子美，则以不遇为主，于石守道则以刚介为主，于苏明允则以能文为主，于梅圣俞则

---

① 孙琮：《山晓阁唐宋八大家选·欧阳庐陵》卷三，清康熙刻本。
② 浦起龙：《古文眉诠》卷五十八，静寄东轩刻本。
③ 卷七十《与杜䜣论祁公墓志书》，第1020页。
④ 卷七十《再与杜䜣论祁公墓志书》，第1021页。
⑤ 浦起龙：《古文眉诠》卷六十一，静寄东轩刻本。

以能诗为主，而此篇（指《胡先生墓表》）则以师道为主，盖主意为干而枝叶从之，所以能一线贯穿也。"①孙琮《山晓阁选宋大家欧阳庐陵全集》云："圣俞工于诗，故墓志特表其诗；明允工于文，故墓志特表其文……写圣俞之诗，名倾当世；写明允能文，亦名擅天下。写圣俞为诗，笑骂谑浪皆入于诗，何等怡愉；写明允为文，闭户发愤，抑不敢发，何等刻苦。写来又是绝对。"②在实际创作中，《资政殿学士户部侍郎文正范公神道碑铭》是"直叙事系天下国家之大者耳"③，《镇安军节度使同中书门下平章事赠中书令谥文简程公墓志铭》是"叙事直而多大体"④，都践行了欧阳修"文学简略，止记大节，期于久远"的创作要求。

在具体创作中，欧阳修主要抓住人物道德品质、政治才干、诗文成就等几个方面来凸显人物特征，彰显文章风神。首先，欧阳修非常重视道德伦理，崇尚声名节气。他说："偶自弱龄，粗知学古，谓忠义可以事国，名节可以荣身"⑤，"道德仁义，所以为治"⑥，"有德则兴，无德则绝"⑦，又说："所守者道义，所行者忠信，所惜者名节"⑧。欧阳修不满五代以来"士大夫忠义之气，至于五季，变化殆尽"⑨、道德伦理沦丧衰颓的现实，因此对人物事迹的记载，也多着眼于其生平经历中名节之重与道德之崇。马茂军云："庆历党议既是一场政治斗争，又是一场以儒家伦理为武器，品评士人，砥砺名节，激励士风的运动。"⑩欧阳修为范仲淹作《资政殿学士户部侍郎文正范公神道碑铭》，重点体现人物在庆历党争中的作为，在记载范仲淹一生"关天下国家之大"⑪事迹时，着重凸显了范仲淹出身贫孤，却勤学刻苦、立志成才、节行高尚、胸怀天下的崇高品格，所谓"公少有大节，于富贵、贫贱、毁誉、欢戚，不一动其心，而慨然有志于天

---

① 沈德潜选评、于石校注：《唐宋八家文读本》，安徽文艺出版社，1998，第444页。
② 孙琮：《山晓阁选宋大家欧阳庐陵全集》，清康熙刻本。
③ 叶盛：《水东日记》卷七，中华书局，1980，第76页。
④ 茅坤：《唐宋八大家文钞》卷五十二《庐陵文钞》，文渊阁四库全书本。
⑤ 卷九十《颍州谢上表》，第1327页。
⑥ 欧阳修撰《新五代史》卷四十六《王建立传论》，中华书局，1974，第514页。
⑦ 欧阳修、宋祁撰《新唐书》卷一《高祖本纪赞》，中华书局，1975，第20页。
⑧ 卷十七《朋党论》，第297页。
⑨ 脱脱等撰《宋史》卷四百四十六传《忠义传》，中华书局，2011，第13149页。
⑩ 马茂军：《宋代散文史论》，中华书局，2008，第123页。
⑪ 黄震著，张伟、何忠礼主编《黄震全集》卷六十一，浙江大学出版社，2013，第1870页。

下，常自诵曰：'士当先天下之忧而忧，后天下之乐而乐也。'"① 范仲淹仕途连蹇，因废后事被贬，黜吕相又遭贬，虽有心怀天下之志，亦有经邦济世之能，却屡遭挫折，无法施展，但他毫不动摇，仍旧坚定不移地践行着他的政治理想。欧文将范仲淹"每感激论天下事，奋不顾身，一时士大夫矫厉尚风节"②的高尚人格与思想品质表现得淋漓尽致，让后人一睹贤者风采，无怪储欣云"读铭词而思其旨，感慨系之矣"③。王彦章是五代时期欧阳修极力推崇的全节之士，《新五代史》卷三十二《王彦章传》曾专门为王彦章作传，又以之入五代历史人物最高道德典范的《死节传》。其《王彦章画像记》专门为王彦章画像作记，补充前史尚未完善之处，文章一再强调王彦章之忠勇品格："公本武人，不知书，其语质，平生尝谓人曰：'豹死留皮，人死留名。'盖其义勇忠信，出于天性而然。"④储欣云"前提'智勇'字、'忠'字，真乃一篇骨子，篇中非表其智勇，即表其忠，而文尤归重'忠'字上"⑤，孙琮《山晓阁选宋大家欧阳庐陵全集》云"写忠处却用数十言流连赞叹，已自低徊不尽"⑥。文章在凸显人物忠勇品格，塑造人物鲜明形象之时，充分流露出欧公对此人物的赏爱之情。形象的生动鲜明与情感的浓挚郁勃，都使此文风神隽永，感荡人心。

　　颂扬人物耿直刚正、不惧打压的个性品质，也是欧志的重要内容。《尚书度支郎中天章阁待制王公神道碑铭》写范仲淹及同僚因庆历新政被贬，王质钦佩于范仲淹的节行，带病为之送行，丝毫不惧被党人攻击、迫害的危险，反以此为荣，体现王质刚正忠烈的个性特征，并让这一光辉的人格精神深入人心。《尹师鲁墓志铭》以简括的语言推重尹洙之名节："至其忠义之节，处穷达，临祸福，无愧于古君子，则天下之称师鲁者未必尽知之。"并对其"遇事无难易，而勇于敢为，其所以见称于世者"的果敢刚毅称赏不已，为其"亦所以取嫉于人，故其卒穷以死"⑦表示强烈的愤慨。推崇为官廉洁清正的节操品格同样是欧志人物传写的重要内容。推崇为官廉洁清正的节操品格同样是欧志人物传写的重要内容。《泷冈阡表》

---

① 卷二十一《资政殿学士户部侍郎文正范公神道碑铭》，第 333 页。
② 脱脱等撰《宋史》卷三百一十四《范仲淹传》，中华书局，2011，第 10267 页。
③ 储欣：《唐宋十大家全集录·六一居士全集录》卷二，清光绪壬午江苏书局重刻本。
④ 卷三十九《王彦章画像记》，第 570 页。
⑤ 储欣：《唐宋八大家类选》卷九，清光绪壬辰湖北官书处重刻本。
⑥ 孙琮：《山晓阁选宋大家欧阳庐陵全集》卷四，清康熙刻本。
⑦ 卷二十八《尹师鲁墓志铭》，第 432 页。

述其母记父之言，彰显父亲之廉、孝、仁的人格品质。文章细意描写一两件关于父亲的遗事，管中窥豹，可见父亲仁孝廉洁的优秀品质。储欣云："恳恳恻恻，可以教孝。所志不过一二事，而父母之仁贤圣善，炳烁千古矣。彼所见者大也。"① 陈兆仑云："只举一二事，而廉吏节母之全体毕具，所谓铭体尚实，使可信今而传后也。"② 如此等等，都指出了文章事例典型，以少概多，以小见大，从细节以见父亲仁厚宽廉的品质。此外，《太常博士周君墓表》着重凸显墓主之孝节，慨叹当时丧礼之废，茅坤评曰："以孝行一节立其总概，相为感慨始终。"③《尚书户部侍郎赠兵部尚书蔡公行状》"蔡公宽重正直处，摹写有声色"④，《南阳县君谢氏墓志铭》为梅尧臣之妻谢氏夫人作墓志铭，彰显谢氏治家、知人、忧世大节："不必多及琐屑，足称贤妇人矣。字里行间，具带凄惋之气。"⑤

  对于一些不以政治才能与道德功业著称的人物，欧阳修善于挖掘他们的特长、才华，加以叙写记录。或写其善为师道，或叙其长于文才，各有侧重，各具异彩。如《胡先生墓表》，强调胡瑗善为人师，教学得法，学生众多的事迹，极其典型地道出了胡瑗长于师道的人生特点。推重师道的还有《孙明复先生墓志铭》，文章主要以孙明复善于为师、善治经学及高风亮节，写其"一生大事"⑥，"文特表章其学，此外绝不溢美"⑦，都很好地说明了北宋道学先驱孙明复的人生大节。长于文才是欧阳修对一些文士人生成就的嘉许与肯定。如《故霸州文安县主簿苏君墓志铭》为苏洵作墓志，苏洵曾以其一篇《上欧阳内翰第一书》打动了这位名满天下的文坛宗主，受到欧阳修的揄扬与推重。苏洵去世后，欧阳修写了这篇墓志，文中云："君之文，博辩宏伟，读者惊然想见其人。"意为读其书就如同见到其人的风神韵致，文章选材有所侧重，集中于苏洵长于文才，发奋苦读的特点，孙琮《山晓阁选宋大家欧阳庐陵全集》云："明允工于文，故墓志特表其文……写明允为文，闭户发愤，抑不敢发，何等刻苦。"⑧ 沈德潜亦

---

① 储欣：《唐宋八大家类选》卷十三，清光绪壬辰湖北官书处重刻本。
② 陈兆仑：《陈太仆批选八大家文钞·欧文》卷一，清光绪二十六年天津文美斋石印本。
③ 茅坤：《唐宋八大家文钞》卷五十八《庐陵文钞》，文渊阁四库全书本。
④ 茅坤：《唐宋八大家文钞》卷五十九《庐陵文钞》，文渊阁四库全书本。
⑤ 沈德潜选评、于石校注：《唐宋八家文读本》，安徽文艺出版社，1998，第442页。
⑥ 张伯行：《唐宋八大家文钞》卷六《孙明复先生墓志铭》，中华书局，2010，第82页。
⑦ 王文濡：《评校音注古文辞类纂》卷四十六，中华书局，1923。
⑧ 孙琮：《山晓阁选宋大家欧阳庐陵全集》卷四，清康熙刻本。

云：" 圣俞长于诗，故作墓志独表其诗。明允长于文，故作墓志，特表其文……欧公独重此意发挥，能表其生平之大者。"① 文章在传达苏洵文笔之妙与文才之擅的同时，也让我们领略了欧公文笔风神之姿。挚友梅尧臣也是这样一位以诗文垂名青史的人物，欧阳修《梅圣俞墓志铭》云："圣俞诗遂行天下，其初喜为清丽闲肆平淡，久则涵演深远，间亦琢刻以出怪巧，然气完力余，益老以劲。"② 文章 "通篇以诗为案"③，以擅于文才之旨突显人物风神。欧阳修虽然个性温醇笃厚，但他对友人奇伟兀傲、不同流俗的个性是十分赞许的。《石曼卿墓表》曰："曼卿少亦以气自豪，读书不治章句，独慕古人奇节伟行非常之功，视世俗屑屑，无足动其意者。自顾不合于世，乃一混以酒，然好剧饮，大醉，颓然自放，由是益与时不合。"④ 文中活画出曼卿神貌气质，突显其奇伟兀傲、不同流俗的个性，感慨其不遇于时。可见，欧阳修善于抓住人物生平中最重要、最能凸显其精神风貌的特征，使人物形象、一生大节跃然纸上，呼之欲出，使人物、文章、作者 "风神" 得以充分彰显。

（三）条理明晰，细节传神

写历史最基本的功夫，就是要把各种极复杂的历史事件和人际关系，清楚明晰地表述出来。《史记》一书，人物事件、天文地理、礼乐制度等，无所不有，却叙写得有条不紊，清晰明了，达到了各得其所、各臻其妙的水平。欧阳修在叙事方面同样表现出条理明晰、提纲挈领的特点。黄一权《欧阳修散文研究》说："'六一风神' 在叙事技法方面表现出的特点之一，即把乱纷纷的战争场景按照井然的次序进行叙述，使读者感到事景如见的意思。"⑤ 欧阳修墓志写作眉张目举、布局合理、井井有条，储欣云"整序相业，纲提目应，有通身之纲目，有一肢一节之纲目"⑥，沈德潜云"每段中各有纲目，通体中有大纲目，此大将将兵，大匠造宫法也"⑦，徐文昭认为在叙事明晰、勾画明爽方面，苏轼不如欧阳修："区画明爽，苏

---

① 沈德潜选评、于石校注《唐宋八家文读本》，安徽文艺出版社，1998，第 435 页。
② 卷三十三《梅圣俞墓志铭》，第 497 页。
③ 茅坤：《唐宋八大家文钞》卷五十六《庐陵文钞》，文渊阁四库全书本。
④ 卷二十四《石曼卿墓表》，第 373 页。
⑤ 〔韩〕黄一权：《欧阳修散文研究》，华东师范大学出版社，2003，第 134 页。
⑥ 储欣：《唐宋十大家全集录·六一居士全集录》卷二，清光绪壬午江苏书局重刻本。
⑦ 沈德潜选评、于石校注《唐宋八家文读本》，安徽文艺出版社，1998，第 410 页。

不如欧"①。如《王彦章画像记》全篇分为五段,第一段叙王公忠勇,低回不尽;第二段传其逸事,细琐写来;第三段表德胜之捷,凭今吊古,纯是一片低昂思慕心事;第四段写公名垂后世,令人称道;第五段专言画像。条理清晰,脉络分明,又凸显主旨。《泗州先春亭记》第一段说治陂障,二段说礼宾客,三段说待往来,四段说作亭宴息,五段方出议论;前四段是分叙,后一段是总断;以归美张侯之善政,条理清晰,层次井然。《峡州至喜亭记》对象是峡州至喜亭,空间上却先从其上游蜀地三峡写起,时间上则追溯五代时前蜀、后蜀政权直至宋平蜀统一海内,下次叙至喜亭之由来与命名之因由,历史现实,前因后果,清晰可见,条理井然,既见"人情喜幸之深"②,复见"文字布置斡旋之法"③,所以孙琮说:"欧公之文,信笔书来,无不合法如此。"④ 此外,《太尉文正王公神道碑铭》是叙"盛世君臣之际如掌"⑤,《尚书兵部员外郎知制诰谢公墓志铭》是"首叙世次本末,次叙立身终始。于中首叙立言,次叙立政,次叙立德。郁乎其相章,焕乎其相辉也"⑥,《尚书都官员外郎欧阳公墓志铭》"前叙亲情,极恳挚;后叙政绩,不支蔓"⑦,《忠武军节度使同中书门下平章事武恭王公神道碑铭》"记王武恭公本末甚悉"⑧,《镇安军节度使同中书门下平章事赠中书令谥文简程公墓志铭》"序镇蜀处尤核而健"⑨,《与尹师鲁书》是"前后叙事历落有致"⑩。直叙手法的运用,使文章眉目更加清晰、条理更易把握。如《端明殿学士蔡公墓志铭》"直叙"⑪墓主生平事迹,《镇安军节度使同中书门下平章事赠太师中书令程公神道碑铭并序》通篇"发明'劳'字"⑫,是"叙事直而多大体"⑬,《翰林侍读学士给事中梅公墓志

---

① 归有光:《欧阳文忠公文选》卷二,清刻本。
② 楼昉:《崇古文诀》卷十八,文渊阁四库全书本。
③ 楼昉:《崇古文诀》卷十八,文渊阁四库全书本。
④ 孙琮:《山晓阁选宋大家欧阳庐陵全集》卷三,清康熙刻本。
⑤ 茅坤:《唐宋八大家文钞·论例》,文渊阁四库全书本。
⑥ 爱新觉罗·弘历:《唐宋文醇》卷三十二,中国三峡出版社,1997,第414页。
⑦ 王文濡:《评校音注古文辞类纂》卷四十六,中华书局,1923。
⑧ 茅坤:《唐宋八大家文钞》卷五十《庐陵文钞》,文渊阁四库全书本。
⑨ 储欣:《唐宋十大家全集录·六一居士全集录》卷三,清光绪壬午江苏书局重刻本。
⑩ 王文濡:《评校音注古文辞类纂》卷二十,中华书局,1923。
⑪ 茅坤:《唐宋八大家文钞》卷五十三《庐陵文钞》,文渊阁四库全书本。
⑫ 何焯著、崔高维点校《义门读书记》,中华书局,1987,第698页。
⑬ 茅坤:《唐宋八大家文钞》卷五十二《庐陵文钞》,文渊阁四库全书本。

铭》是"直叙逼太史公"①,《与梅圣俞书》是因泉及山,因山及景,因景及作记作诗,也是"据事直书"②。

生动的细节描写,往往是构成文学形象性强的重要因素。细节描写出现在史传著作中,是由《左传》开其端而到《史记》才畅其致的,也是文史结合的产物。"意态由来画不成""丹青难写是精神",细节描写的最高境界是传神。《史记》中给人留下深刻印象的细节轶事很多,陈涉佣耕而叹,张良进履圯上老人,陈平均分社肉,李斯见鼠而叹,韩信忍辱胯下,张汤劾鼠掠治,等等。这些脍炙人口的精妙细节,对表现人物的志趣抱负、性格好尚都起到了积极作用。此即学人所云"史公每于小处著神"③、"借轶事传神,乃史公长伎"④ 之意。在欧阳修散文作品中,我们同样处处可见作者留心细节、注重轶事传神的写法。《王彦章画像记》通过言行细节的描写,突显主人公王彦章善于治军作战、以快取胜的本领。文曰:"公之攻德胜也,初受命于帝前,期以三日破敌,梁之将相,闻者皆窃笑。及破南城,果三日。"语言简洁,细节生动,刻画有力,人物传神,孙琮《山晓阁选宋大家欧阳庐陵全集》云:"传其逸事,细琐写来,确是信史阙疑笔法。"⑤ 这种以细节传神的笔法多得于史传之传,因此能收到"杂之司马传中,几不复辨"⑥ 的效果。《泷冈阡表》更是深得史传文学之传,以细节传神,凸显人物个性特征的绝佳范本。文章以母亲之语,从多处细节突显父亲慷慨、廉洁、仁爱的高尚品节,及对自己的谆谆企盼。写父亲好客待友的慷慨个性,如:"太夫人告之曰:'汝父为吏廉,而好施与,喜宾客。其俸禄虽薄,常不使有余,曰'毋以是为我累'。故其亡也,无一瓦之覆,一垅之殖,以庇而为生。'"写父亲对祖母的思念与孝顺,如:"吾之始归也,汝父免于母丧方逾年,岁时祭祀,则必涕泣曰:'祭而丰不如养之薄也。'间御酒食,则又涕泣曰:'昔常不足而今有余,其何及也!'吾始一二见之,以为新免于丧适然耳。既而其后常然,至其终身未尝不然。吾虽不及事姑,而以此知汝父之能养也。"写父亲治狱谨严,不草菅

---

① 茅坤:《唐宋八大家文钞》卷五十四《庐陵文钞》,文渊阁四库全书本。
② 林景亮:《评注古文读本》,中华书局,1916。
③ 姚苎田:《史记菁华录》卷二《陈丞相世家》,中华书局,2010,第55页。
④ 吴见思、李景星:《史记论文·史记评议·淮阴侯列传》,上海古籍出版社,2008,第56页。
⑤ 孙琮:《山晓阁选宋大家欧阳庐陵全集》卷三,清康熙刻本。
⑥ 孙琮:《山晓阁选宋大家欧阳庐陵全集》卷三,清康熙刻本。

人命的仁爱之心，如："汝父为吏，尝夜烛治官书，屡废而叹。吾问之，则曰：'此死狱也，我求其生不得尔。'吾曰：'生可求乎？'曰：'求其生而不得，则死者与我皆无恨也，矧求而有得邪？以其有得，则知不求而死者有恨也。夫常求其生犹失之死，而世常求其死也。'"写父亲对己的谆谆期待与企盼，如"回顾乳者抱汝而立于旁，因指而叹曰：'术者谓我岁行在戌将死，使其言然，吾不及见儿之立也，后当以我语告之。'"① 林纾对此文以细节传神、活画人物形象，称赏道："文语家常琐事，最不能工。唯读《史记》《汉书》，用其缠绵精切语，行之以己意，则神味始见。欧公之《泷冈阡表》即学班、马而能化者也。"② 此外，《尚书屯田员外郎赠兵部员外郎钱君墓表》也以细节描写突显人物勤勉的个性特点："每夜读书不止，母为灭烛止之，君阳卧，母且睡，辄复起读"③，刻画出一个既孝谨又勤奋苦读的人物形象。为庆历名臣范仲淹作碑，主要"著其系天下国家之大者"④，但也有于细处传神的，如"公少有大节，于富贵、贫贱、毁誉、欢戚，不一动其心，而慨然有志于天下，常自诵曰：'士当先天下之忧而忧，后天下之乐而乐也。'"写其少时远大之志。"初，西人籍其乡兵者十数万，既而黥以为军，惟公所部，但刺其手，公去兵罢，独得复为民"，则通过治兵细节，写其权衡大局，为兵士将来着想的可贵品节。这两处都是细节传神，对于人物个性、风貌的展示都起到了非常重要的作用。梅尧臣主要以诗名闻于世，事业少，无大事可记，故重其纤悉之事，虽记纤悉，但能于细微处见风采。《梅圣俞墓志铭》写道：

> 嘉祐五年，京师大疫，四月乙亥，圣俞得疾，卧城东汴阳坊。明日，朝之贤士大夫往问疾者，骈呼属路不绝。城东之人，市者废，行者不得往来，咸惊顾相语曰："兹坊所居大人谁邪？何致客之多也！"居八日癸未，圣俞卒。于是贤士大夫又走吊哭如前日益多，而其尤亲且旧者相与聚而谋其后事，自丞相以下皆有以赙恤其家。⑤

---

① 卷二十五《泷冈阡表》，第393页。
② 慕容真点校《林纾选评古文辞类纂》，浙江古籍出版社，1986，第440页。
③ 卷十五《尚书屯田员外郎赠兵部员外郎钱君墓表》，第385页。
④ 卷二十一《资政殿学士户部侍郎文正范公神道碑铭》，第333~335页。
⑤ 卷三十三《梅圣俞墓志铭》，第496页。

真是细节传神，使人如见。又如《尚书户部郎中赠右谏议大夫曾公神道碑铭》，详写主人公曾致尧抑强暴，恤佃民，深得百姓爱戴。文章叙其知寿州去任之时曰："既去，寿人遮留数日，以一骑从二卒逃去过他州，寿人犹有追之者。"这一生动风趣的细节充分彰显了曾致尧对寿地百姓的惠爱，及百姓对他的崇慕。欧阳修或通过人物日常言行，或通过平凡事件叙述，皆能以小见大，由微知著，为人物传神写照。

（四）写人逼真，摹物生动

在叙写友朋交游聚散情状的同时，使人物情貌风神，栩栩如生，如在目前，这正是欧阳修所擅长的。方苞云："然常观子美之诗及退之、永叔之文，一时所与游好，其人之精神志趣、形貌辞气若近在耳目间。"① 马茂军说："欧阳修独得史迁风神，不仅史学著作，一般的散文也注意塑造人物形象，写出人物的神韵来。"②《黄梦升墓志铭》以己四见梦升景况之改变，写人物不得志之哀戚与不幸：从第一次的"善饮酒谈笑"、第二次的"怏怏不得志"、第三次的"颜色憔悴"至第四次的"复大醉，起舞歌呼"，颓废困顿。读此文，似与故友话旧，亲切有加，如在目前，即孙琮所云："前幅述其髫年相与，中幅记其饮酒悲歌，恍然风雨联床通宵话旧时也。"③《徂徕石先生墓志铭》将人物秉正嫉邪、劲直果毅之个性，传神写出，王元启云"语语精切，一语移用不到他人身上……'世俗颇怪骇其言'，此节活画出徂徕气岸……摹写刻切，字字须眉毕现，非徂徕不足当之"④，张裕钊云"神气萧飒而兀岸"⑤，可见此确为人物神貌毕显、"风神"发越的文章。《石曼卿墓表》也是曲尽物事、状写有神，茅坤云"欧阳公知得曼卿如印在心，故描画得会哭会笑"⑥，储欣云"欧阳公文说着曼卿，便勃勃有奇气。读墓表，真昂昂若千里之驹"⑦。正因为欧阳修对友朋相知甚深，对其形貌个性了如指掌，又钦佩其品节，感慨其不幸，故描画叙写，极其生动，遂令读者欲哭欲笑，深受感染。《泷冈阡表》从日常细节状欧父风貌神采，令人印象深刻。陈曾则云

---

① 方苞：《方苞集》卷七《送左未生南归序》，上海古籍出版社，1983，第189页。
② 马茂军：《宋代散文史论》，中华书局，2008，第155页。
③ 孙琮：《山晓阁选宋大家欧阳庐陵全集》卷四，清康熙刻本。
④ 王元启：《读欧记疑》卷一，食旧堂丛书本。
⑤ 徐树铮：《诸家评点古文辞类纂》（第4册），国家图书馆出版社，2012，第202页。
⑥ 茅坤：《唐宋八大家文钞》卷五十八《庐陵文钞》，文渊阁四库全书本。
⑦ 储欣：《唐宋十大家全集录·六一居士全集录》卷二，清光绪壬午江苏书局重刻本。

"肃然必有闻乎其容声。欧公叙述先德,怵惕恪恭,真能得其容声者矣"①,林纾云"公虽不见其父,而自贤母口中述之,则崇公之仁心惠政,栩栩如生……至乳者抱儿数言,则绘形绘声,自是欧公长技"②。此外,《尚书都官员外郎欧阳公墓志铭》为叔父欧阳晔作墓志,也是形神毕肖,所谓"孤子志所依之叔父,情文之哀,读之欲泣;及览所次狱事明决如神,读之欲舞"③是也。《大理寺丞狄君墓志铭》叙事详尽,形象鲜明:"叙一廉吏详尽如此。中幅'是尝诉我者'数句,口吻宛然,尤达人所难逮。"④《尚书户部侍郎赠兵部尚书蔡公行状》"蔡公宽重正直处,摹写有声色"⑤。《桑怿传》模仿司马迁手法与文笔,为下层捕盗贼官桑怿作传,极写其忠勇传奇事迹,是欧文中一篇叙事生动、状人传神、深得史迁神髓的佳作。文中重点写了几件桑怿捕盗的事情,凸显了人物善于捕盗的才能以及仁爱百姓的高尚品质,兹选一则片段以述之:

> 岁凶,汝旁诸县多盗,怿白令,愿为者长,往来里中察奸民。因召里中少年,戒曰:"盗不可为也,吾在此,不汝容也。"少年皆诺。里老父子死未敛,盗夜脱其衣,里老父怯,无他子,不敢告县,裸其尸不能葬。怿闻而悲之,然疑少年王生者,夜入其家,探其箧,不使之知觉。明日遇之,问曰:"尔诺我不为盗矣,今又盗里父子尸者,非尔邪?"少年色动。即推仆地,缚之,诘共盗者。王生指某少年。怿呼壮丁守王生,又自驰取少年者,送县,皆伏法。⑥

文章选材典型,裁剪得当,叙事传神,人物形象鲜明生动,语言富于表现力,使人如临其境,如见其人,"此本摹拟史迁"⑦"录此稗传,以见其史笔之大略"⑧,都肯定《史记》在写人叙事手法方面对此文影响颇深。即便在一些议论性文章当中,欧阳修也是极力形容,叙写生动,使文章形

---

① 陈曾则:《古文比》卷二,中华书局,民国二十五年铅印本。
② 慕容真点校《林纾选评古文辞类纂》,浙江古籍出版社,1986,第229页。
③ 储欣:《唐宋十大家全集录·六一居士全集录》卷三,清光绪壬午江苏书局重刻本。
④ 王文濡:《评校音注古文辞类纂》卷四十六,中华书局,1923。
⑤ 茅坤:《唐宋八大家文钞》卷五十九《庐陵文钞》,文渊阁四库全书本。
⑥ 卷六十五《桑怿传》,第969页。
⑦ 茅坤:《唐宋八大家文钞》卷四十七《庐陵文钞》,文渊阁四库全书本。
⑧ 爱新觉罗·弘历:《唐宋文醇》卷二,中国三峡出版社,1997,第284页。

象鲜明。如《为君难论上》"中间两段叙事，如司马太史极力形容"①，《朋党论》"善形容小人之情状，真如铸鼎象物"，等等。

《史记》"不特传其事，而并传其神"②，欧阳修文章摹写情境物事，同样有声有色、生动逼真，令人宛然可见。杨慎云"欧之摹写事情，使人宛然如见"③，钟惺云"永叔如秋山平远，春谷倩丽，园亭林沼，悉可图画"④，皆是言此。在一些写景状物的记体文中，摹物形象、状写生动的特点尤为明显。《真州东园记》状景如画，充满诗情与画意，文章以作园者许子春之口，描绘出一幅充满生机、生意盎然的园林美景园：

  园之广百亩，而流水横其前，清池浸其右，高台起其北。台，吾望以拂云之亭；池，吾俯以澄虚之阁；水，吾泛以画舫之舟。敞其中以为清讌之堂，闢其后以为射宾之圃。芙蕖芰荷之的历，幽兰白芷之芬芳，与夫佳花美木列植而交阴，此前日之苍烟白露而荆棘也。高甍巨桷，水光日景动摇而下上，其宽闲深靓可以答远响而生清风，此前日之颓垣断堑而荒墟也。嘉时令节，州人士女啸歌而管弦，此前日之晦冥风雨、鼪鼯鸟兽之嗥音也。吾于是信有力焉。凡图之所载，盖其一二之略也。若乃升于高以望江山之远近，嬉于水而逐鱼鸟之浮沉，其物象意趣，登临之乐，览者各自得焉。凡工之所不能画者，吾亦不能言也。其为我书其大概焉。⑤

谢有煇云"一一写出，如在目前"⑥，徐文昭云"分明一幅东园画，水墨淋漓尚未干"⑦，无怪乎茅坤直呼"有画意"⑧也。广为传诵的《醉翁亭记》更是如诗如画，美不胜言：

  环滁皆山也。其西南诸峰，林壑尤美，望之蔚然而深秀者，琅琊

---

① 孙琮：《山晓阁选宋大家欧阳庐陵全集》卷三，清康熙刻本。
② 李晚芳：《李蓁猗女史全书·读史管见·魏公子列传》，齐鲁书社，2014，第92页。
③ 杨慎：《丹铅总录》卷十二，明嘉靖三十三年甲寅门人梁佐校刊本。
④ 孙琮：《山晓阁选宋大家欧阳庐陵全集》卷四，清康熙刻本。
⑤ 卷四十《真州东园记》，第582页。
⑥ 谢有煇：《古文赏音》卷九，清康熙五十四年版刻本。
⑦ 归有光：《欧阳文忠公文选》卷七，清刻本。
⑧ 茅坤：《唐宋八大家文钞》卷四十八《庐陵文钞》，文渊阁四库全书本。

也。山行六七里，渐闻水声潺潺，而泻出于两峰之间者，酿泉也。峰回路转，有亭翼然临于泉上者，醉翁亭也……

若夫日出而林霏开，云归而岩穴暝，晦明变化者，山间之朝暮也。野芳发而幽香，佳木秀而繁阴，风霜高洁，水清而石出者，山间之四时也。朝而往，暮而归，四时之景不同，而乐亦无穷也。

至于负者歌于途，行者休于树，前者呼，后者应，伛偻提携，往来而不绝者，滁人游也。临溪而渔，溪深而鱼肥，酿泉为酒，泉香而酒洌，山肴野蔌，杂然而前陈者，太守宴也。宴酣之乐，非丝非竹，射者中，弈者胜，觥筹交错，起坐而喧哗者，众宾欢也。苍颜白发，颓然乎其间者，太守醉也。

已而夕阳在山，人影散乱，太守归而宾客从也。树林阴翳，鸣声上下，游人去而禽鸟乐也。①

不愧是"文中之画"②，亦是画中之文，茅坤叹赏道："昔人读此文，谓如游幽泉邃石，入一层才见一层，路不穷，兴亦不穷，读已，令人神骨倏然长往矣。此是文章中洞天也。"③ 此外，《偃虹堤记》是"摹写甚析"④，《送杨寘序》是"备极形容"⑤，《丰乐亭记》是"太平气象，跃跃从纸上出现"⑥，《憎苍蝇赋》是托物抒怀，善于"形容刻画"⑦，摹写透彻。《秋声赋》写秋声抒悲感，秋声本无可写，却借其色、其容、其气、其意，引出其声，使人感觉一种感慨苍凉之致，凄然欲绝，文章之摹状绘形，更是栩栩如生，如学人所云"写秋声之大，真如狂风怒涛，令人怖恐；读末幅写虫声之小，真如嫠妇夜泣，令人惨伤。一个'声'字，写作两番笔墨，便是两番神境"⑧，真是能将无形之秋声写得形色宛然，读之使人悄然而悲，肃然而恐的"绘风手"⑨。

---

① 卷三十九《醉翁亭记》，第 576 页。
② 茅坤：《唐宋八大家文钞》卷四十九《庐陵文钞》，文渊阁四库全书本。
③ 茅坤：《唐宋八大家文钞》卷四十九《庐陵文钞》，文渊阁四库全书本。
④ 茅坤：《唐宋八大家文钞》卷四十九《庐陵文钞》，文渊阁四库全书本。
⑤ 徐树铮：《诸家评点古文辞类纂》（第 3 册），国家图书馆出版社，2012，第 323 页。
⑥ 归有光：《欧阳文忠公文选》卷七，清刻本。
⑦ 归有光：《欧阳文忠公文选》卷十，清刻本。
⑧ 孙琮：《山晓阁唐宋八大家选·欧阳庐陵》卷四，清康熙刻本。
⑨ 孙琮：《山晓阁唐宋八大家选·欧阳庐陵》卷四，清康熙刻本。

由上可见，欧阳修文章长于叙事的特点，不仅体现于墓志碑铭和史传作品当中，也体现于记体文、序文等不同文体中。在叙事方面，欧阳修能做到重点突出、条理明晰、简约概括、剪裁合理、以少总多、注重细节、刻画逼真，文章叙事方式灵活，在状写人物、景物、事件外在风姿神貌的同时，传达作者与文章内在的思想精髓与精神气质，以形传神，由内而外，使"六一风神"姿彩焕发，极富魅力。

二 表达方式：叙、议、情结合

欧阳修在行文中往往夹叙夹议，或在叙述中融入对人物、事件的感情、评断，或于人物缺乏可陈事迹之处，以议论、抒情替代，或叙事、议论、抒情三者依主旨需要而兼行不悖，如此等等，在行文表达方式上，千变万化，不拘一式。这一手法也有得于《史记》之传，如桐城派初祖方苞所云："《史记》伯夷、孟荀、屈原传，议论与叙事相间。盖四君子之传，以道德、节义，而事迹则无可列者。若据事直书，则不能排纂成篇，其精神心术所运足以兴起乎百世者转隐而不著。故于《伯夷传》叹天道之难知，于《孟荀传》见仁义之充塞，于《屈原传》感忠贤之蔽壅，而阴以寓己之悲愤。其他本纪、世家、列传有事迹可编者，未尝有是也……欧公最为得《史记》法。"① 在人物事迹的传写当中，或以感慨，或以议论，或叙事兼感慨议论，而这正是形成"史迁风神"或"六一风神"极其重要的一环。茅坤说："往往叙事中伏议论，风神萧飒处。"② 何焯说："无限议论都化在叙事中"，否则"一片写去，了无风神"③。熊礼汇说："叙事作论抒慨热衷营造风神之美。"④ 他认为由韩愈的"以诗之神理韵味化入散文中"，发展到论事多发感慨，叙事妙得史迁之髓，形成欧阳修特有的"六一风神"。马茂军在《宋代散文史论》中也认为风神讲究议论和叙事的融化，而议论叙事的剪裁，皆是风神的外在风貌。可见，叙议情的巧妙结合与灵活运用也是欧文富于"风神"之美的重要方面。

---

① 方苞著、刘季高校点《方苞集·书五代史安重诲传后》，上海古籍出版社，1983，第64页。
② 茅坤：《唐宋八大家文钞》卷九十二，文渊阁四库全书本。
③ 何焯著、崔高维点校《义门读书记》，中华书局，1987，第572页。
④ 熊礼汇：《欧阳修对韩愈古文艺术传统的接受和超越》，载刘德清、欧阳明亮编《欧阳修研究》，学林出版社，2008，第29~30页。

第六章·"六一风神"之表现手法与结构艺术 / 191

欧阳修文章在表达方式的运用方面，是富于变化、非常灵活的。叙述、议论、抒情的运用，往往你中有我，我中有你，或者三者并用。有时是"通篇以议论为叙事"①，有时是"叙事感慨"②，有时是"序事中带感慨悲吊以发议论"③，这都离不开对《史记》文章的自觉与主动学习："若史迁之传伯夷"④"得史迁神髓矣"⑤"其机轴本史迁来"⑥。因此，欧阳修不仅是破体为文、"以文体为四六"⑦、"以列传体作序"、以书疏论策体作传⑧、以论为序、以论为记，更是根据文章内容的需要，自由自如地选择表达方式。或以叙述为主，结合议论与抒情；或以议论为主，结合叙述与抒情；或将抒情浑融于议论与叙事之中；或三者水乳交融，不分你我。

欧阳修为友人所作诗文集序，往往于叙事中融入感慨，或就人物生平之不幸抒发叹惋之情，或就交游今昔之异，感慨人物盛衰之变，或以议、慨为叙，表达自己的看法与观点。《苏氏文集序》既叙苏舜钦蒙冤受屈去世之缘由，又记苏舜钦振兴古文之努力与成就，也记其相貌与性格，在记叙中对苏舜钦有才而不为世用，反遭困厄，受贬而死之不幸感慨唏嘘，不胜叹惋。此为叙述中融入深沉感慨，叙事抒情相结合，既有事实的记载，更有情感的生发，兼有对朝廷不能用人的议论与谴责，情、事、理并称，情文并美，风神摇曳，感人至深。《梅圣俞诗集序》直是以论为叙，通篇重点集中在对梅尧臣生平之困厄不遇进行论议感慨，在提出著名的"穷而后工"说之后，欧阳修感慨议论道："若使其幸得用于朝廷，作为雅颂，以歌咏大宋之功德，荐之清庙，而追商、周、鲁《颂》之作者，岂不伟欤！奈何使其老不得志，而为穷者之诗，乃徒发于虫鱼物类、羁愁感叹之言？世徒喜其工，不知其穷之久而将老也，可不惜哉！"⑨储欣《唐宋八大家类选》云："只'穷'、'工'二字往复议论悲慨，古今绝调。"⑩议论悲

---

① 茅坤：《唐宋八大家文钞》卷四十《庐陵文钞》，文渊阁四库全书本。
② 林云铭：《古文析义·初编》卷五，清康熙丙申刻本。
③ 茅坤：《唐宋八大家文钞》卷四十三《庐陵文钞》，文渊阁四库全书本。
④ 茅坤：《唐宋八大家文钞》卷四十《庐陵文钞》，文渊阁四库全书本。
⑤ 林云铭：《古文析义·初编》卷五，清康熙丙申刻本。
⑥ 茅坤：《唐宋八大家文钞》卷四十三《庐陵文钞》，文渊阁四库全书本。
⑦ 陈善：《扪虱新话》卷一，中华书局，1985，第7页。
⑧ 方苞著、刘季高校点《方苞集·书五代史安重海传后》，上海古籍出版社，1983，第64页。
⑨ 卷四十三《梅圣俞诗集序》，第612~613页。
⑩ 储欣：《唐宋八大家类选》卷九，清光绪壬辰湖北官书处重刻本。

慨兼容，文章文情、文势更富曲折变化，自然风神显发。《释祕演诗集序》先叙自己以进士游京师，得以尽交当世贤豪，因结识石延年，又结交释祕演，三人遂畅快交游的往事，又为昔盛今衰的变迁兴发感慨。文章既叙交游，更抒发友朋零落的盛衰之叹，叙事感慨兼容，神思绵邈。《释惟俨文集序》是"直用传体作序"①，"竟是列传体，其奇伟历落亦从太史公游侠传得来者也"②，即学习司马迁夹叙夹议的方法作序，序文略叙交游实事，主要就惟俨老于浮图，不见用于世生发议论，"说惟俨交游却不序交游实事，只序交游议论"③，对惟俨的耿介拔俗表示首肯，而对其不为世用则深表惋惜，文章叙、论结合，富于"机局变化"④。林纾云："愚尝谓验人文字之有意境与机轴，当先读其赠送序。序不是论，却句句是论。不惟造句宜敛，即制局亦宜变。"⑤ 他道出古文家们作序往往以论为叙的技法特点。由上可见，欧阳修序文的表现方式是丰富多样的。有叙事感慨相结合，如《释祕演诗集序》；有夹叙夹议，如《释惟俨文集序》；有以论为叙，兼悲慨抒情，如《梅圣俞诗集序》；有议论叙事抒情相结合，如《苏子美文集序》。有的序文甚至突破了文体之间的严格界限，用列传体作序，其表现方式的运用也更加灵活自如，这多得之于《史记》的影响与濡染，所谓"得司马子长之神髓矣"⑥ "得史迁神髓矣"⑦ "可与子长诸表序参看"⑧，即是言此。

记体文于前人多载事记物而已，自然以记叙为主，但自唐韩愈之后，记体文渐多议论。明代吴讷《文章辨体序说》梳理记体文演变源流，指出宋人作记，专尚议论，则为变体。他说：

　　窃尝考之：记之名，始于《戴记》《学记》等篇。记之文，《文选》弗载。后之作者，固以韩退之《画记》、柳子厚游山诸记为体之正。然观韩之《燕喜亭记》，亦微载议论于中。至柳之记新堂、铁炉

---

① 储欣：《唐宋八大家类选》卷十一，清光绪壬辰湖北官书处重刻本。
② 归有光：《欧阳文忠公文选》卷六，清刻本。
③ 孙琮：《山晓阁唐宋八大家选·欧阳庐陵》卷三，清康熙刻本。
④ 沈德潜选评、于石校注《唐宋八家文读本》，安徽文艺出版社，1998，第377页。
⑤ 林纾：《韩柳文研究法·韩文研究法》，商务印书馆，1933，第22页。
⑥ 茅坤：《唐宋八大家文钞》卷四十五《庐陵文钞》，文渊阁四库全书本。
⑦ 林云铭：《古文析义·初编》卷五，清康熙丙申刻本。
⑧ 毛庆蕃：《古文学余》卷三十二，光绪戊申刻本。

步,则议论之辞多矣。迨至欧苏而后,始专有以论议为记者,宜乎后山诸老以是为言也。

大抵记者,盖所以备不忘。如记营建,当记月日之久近,工费之多少,主佐之姓名,叙事之后,略作议论以结之,此为正体。至若范文正公之记严祠、欧阳文忠公之记昼锦堂、苏东坡之记山房藏书、张文潜之记进学斋、晦翁之作《婺源书阁记》,虽专尚议论,然其言足以垂世而立教,弗害其为体之变也。学者以是求之,则必有以得之矣。①

陈后山云:"退之作记,记其事尔,今之记乃论也。"② 其指的是以《醉翁亭记》为代表的宋人记体文多以记为论,在写景叙事之中融入议论笔墨。林纾也指出欧阳修记体文多以论为叙的特点,他说:"论之为体,包括弥广……欧公至于记山水厅壁之文,亦在在加以凭吊,凭吊古昔,何能无言,有言即论。故曰,论之为体广也。"③ 他指出欧阳修记体文多凭吊,多以论为叙的写作特点。欧阳修在二十多岁时,写过一系列记体文,如《游鯈亭记》《非非堂记》《伐树记》等,均用记叙和议论相结合的方式,记载事实,阐发道理。其中,有的是先议后叙,如《非非堂记》;有的是先叙后议,如《伐树记》;有的是叙议交融,如《游鯈亭记》。其形式丰富多样,反映年轻作者对人生、生活的理解,以及对文章创作手法丰富性的尝试与追求。

随着年岁渐长,阅历渐丰,经验愈足,欧阳修有些记体文,以一事一物为引子,在叙述事实经过的基础上,引发对于历史、现实或个人命运的深刻思索,因事生议,又伴随着抒情与感慨。如《菱溪石记》以菱溪石为主线,紧扣历史变迁,由石头主人刘金之兴衰而生发今昔盛衰之感,文中云:"想其陂池、台榭、奇木、异草,与此石称,亦一时之盛哉。今刘氏之后散为编民,尚有居溪旁者。予感夫人物之废兴。"作者记菱溪石,带起历史兴废之感,又由此生发议论,警戒当权者,引发思考,文中叙述、议论、抒情相结合,俯仰今昔、低回慨叹,遂生风神。《王彦章画像记》是为五代梁将王彦章画像所作的记,文章叙述了王彦章的勇敢善战和高尚

---

① 吴讷著、于北山校点《文章辨体序说》,人民文学出版社,1998,第41~42页。
② 陈鹄:《西塘集耆旧续闻》卷十,中华书局,1985,第66页。
③ 林纾:《春觉斋论文》,人民文学出版社,1959,第61页。

节操，又对他因小人谗害不被信用表示了惋惜同情："盖其义勇忠信，出于天性而然"，"至于公传，未尝不感愤叹息"，文章又由王彦章善用奇谋取胜事实联想到今日局势之危急，以及自己以奇策取胜主张受讥，故感慨良深，文曰："今国家罢兵四十年，一旦元昊反，败军杀将，连四五年，而攻守之计至今未决。予尝独持用奇取胜之议，而叹边将屡失其机，时人闻予说者，或笑以为狂，或忽若不闻，虽予亦惑，不能自信。"① 文章有人物生平事实的记载与补充，有对人物崇高思想品格的歌颂，有对人物不幸的惋惜与同情，有对当今时局的忧虑与议论，有对自己主张不为世用的愤懑，叙述、议论、抒情，夹杂相间，或主或从，或离或合，将丰富多样的形式与纷繁复杂的内容完美地统一在一起，故文情起伏而风姿跌宕。茅坤云："以叙事行议论，其感慨处多情。"② 归有光云："以叙事行议论，更于感慨处着精神。"③ 孙月峰云："议论叙事相间插，纵横恣肆，如蛟腾虎跃，绝为高作。"④ 此皆切中肯綮。《相州昼锦堂记》一文，篇首既开宗明义地揭示所要辩驳的观点："仕宦而至将相，富贵而归故乡，此人情之所荣，而今昔之所同也"⑤，接着以战国时苏秦和汉代朱买臣事实为例证，后却笔锋一转，对前文之观点予以辩驳，指出韩琦建堂，实则与上述诸人之沽名钓誉有天壤之别，从而曲折含蓄地称颂了韩琦的功勋与道德。文章以记为议，既有史实的叙述，又着重于论议观点，与一般流于正面直接歌功颂德的文章有很大的区别，显示出欧阳修高超的立意构思与写作技巧。

欧阳修所撰碑表祭文多在对人物生平事迹记载梳理过程中，或在对往昔时光的追怀中，融入对人物离世的哀悼之情，或寄寓对人物生平不幸的同情惋惜，由人及情，由事及情，叙情相融，抚今追昔之际，不胜嗟叹感慨。有的友人在历史上并无突出的功业和独特的品节，完全用叙事法几乎无法成文，此时就须以夹叙夹议之法加以发挥，以交游之聚散生死感叹成文。如《河南府司录张君墓表》，既叙张尧夫逝后二十五年改葬作墓表缘由："中间叙其出身之正，吏事之勤，持己之庄，及其妻能教子，子能树

---

① 卷三十九《王彦章画像记》，第 571 页。
② 茅坤：《唐宋八大家文钞》卷四十九《庐陵文钞》，文渊阁四库全书本。
③ 归有光：《欧阳文忠公文选》卷七，清刻本。
④ 孙琮：《山晓阁唐宋八大家选·欧阳庐陵》卷三，清康熙刻本。
⑤ 卷四十《相州昼锦堂记》，第 586 页。

立"①，又在此基础上，追怀西京美好时光，俯仰今昔，生发盛衰兴废之感："随发出感慨，转入文字可以无穷"②，复提出借文字流传不朽于世的观点："呜呼！盛衰生死之际，未始不如是，是岂足道哉？惟为善者能有后，而托于文字者可以无穷。"③ 因此，文章叙议情巧妙结合，极富表现力。《祭尹师鲁文》祭悼尹洙，对于这位政治和古文运动中的故交，欧阳修此前已撰有《尹师鲁墓志铭》，祭文则颂扬其人格的伟岸，直以"嗟乎师鲁"兴发浩然长叹，文章充满"哀以愤"④ 的情感，不仅哀其不幸不遇，更愤其受摈斥而贬死，"叙事全用议论驾过"⑤，以议论为叙事，又饱含感情，因此，文章既"特写其磊落之致"，又抒其"悲怆之思"，抑扬跌宕，"绰有情致"⑥。《石曼卿墓表》先是状写石延年"状貌伟然，喜酒自豪"的风貌，凸显其豪迈不羁个性，文末则特为其不遇兴发议论和感慨："古之魁雄之人，未始不负高世之志，故宁或毁身污迹，卒困于无闻，或老且死而幸一遇，犹克少施于世。若曼卿者，非徒与世难合，而不克所施，亦其不幸不得至乎中寿，其命也夫！其可哀也夫！"⑦ 茅坤云："以悲慨带叙事。"⑧ 林纾进行了更为深入的分析："通篇发挥曼卿之能，不遗余力，然开头用四字'不合于时'，则虽有无限之才，总归乌有。处处咸寓惋惜之意，却但叙述而不加议论，此善蓄文势者也。至末幅始大加论断，谓世能用不合于时之人，始是真能用才之人。"⑨ 全文既状其形貌，写其个性，记其事迹，又感情饱满，语带悲慨，为其不幸不遇惋惜、抱不平，描写、记叙、抒情、议论多种方式融为一体，依据内容需要，灵活使用，事理明晰，而人物风神彰显无遗。

《新五代史》中的史传与史论，也往往夹叙夹议，将议论叙事相结合，又兼感慨，如茅坤所云"序事中带感慨悲吊以发议论"⑩。欧阳修有时是在叙述的基础上生发议论，形成观点，如《唐六臣传论》等即如此，在人物

---

① 林云铭：《古文析义·二编》卷七，清康熙丙申刻本。
② 林云铭：《古文析义·二编》卷七，清康熙丙申刻本。
③ 卷二十五《河南府司录张君墓表》，第387页。
④ 归有光：《欧阳文忠公文选》卷十，清刻本。
⑤ 高步瀛撰注《唐宋文举要》，上海古籍出版社，1982，第785页。
⑥ 张伯行：《唐宋八大家文钞》卷六，中华书局，2010，第85页。
⑦ 卷二十四《石曼卿墓表》，第375页。
⑧ 茅坤：《唐宋八大家文钞》卷五十八《庐陵文钞》，文渊阁四库全书本。
⑨ 慕容真点校《林纾选评古文辞类纂》，浙江古籍出版社，1986，第348页。
⑩ 茅坤：《唐宋八大家文钞》卷四十三《庐陵文钞》，文渊阁四库全书本。

史实陈述的基础上,以"呜呼"兴发对历史人物或史实的看法;有时是先行议论,后用事实为论据,如《冯道传论》《宦者传论》等;有时是以论为叙,撇开事实的陈述,直接以议论行文,如《安重海传》,用书疏论策体作传,以论为叙,别开生面;有的是议论、叙事、抒情紧密结合,水乳交融,以议论提出观点,以叙事为依据,以情感统摄全篇,如《伶官传论》是也。现以《伶官传论》中极为精彩的一段为例,以明其特点:

> 世言晋王之将终也,以三矢赐庄宗而告之曰:"梁,吾仇也;燕王吾所立,契丹与吾约为兄弟,而皆背晋以归梁。此三者,吾遗恨也。与尔三矢,尔其无忘乃父之志!"庄宗受而藏之于庙。其后用兵,则遣从事以一少牢告庙,请其矢,盛以锦囊,负而前驱,及凯旋而纳之。方其系燕父子以组,函梁君臣之首,入于太庙,还矢先王而告以成功,其意气之盛,可谓壮哉!及仇雠已灭,天下已定,一夫夜呼,乱者四应,苍皇东出,未及见贼而士卒离散,君臣相顾,不知所归,至于誓天断发,泣下沾襟,何其衰也!①

文章不仅情景如现,而且叙事中带着浓厚的情感色彩,前盛后衰,对比强烈,又抑扬顿挫,起伏跌宕,曲折生动,前之意气使事,后之悲情抒发,何啻天壤之别!文章叙述、议论、抒情融为一体,感情饱满、形象鲜明、议论深刻、语言铿锵、有声有色,令读者有如目睹《史记》中叱咤风云的失路英雄项羽的悲情结局。《冯道传论》更是发挥了欧阳修善于议论的优势,开门见山,直指人伦,力辨不知廉耻于己、于社会、于国的危害:

> 传曰:"礼义廉耻,国之四维;四维不张,国乃灭亡。"善乎,管生之能言也!礼义,治人之大法;廉耻,立人之大节。盖不廉,则无所不取;不耻,则无所不为。人而如此,则祸乱败亡,亦无所不至。况为大臣而无所不取,无所不为,则天下其有不乱,国家其有不亡者乎!②

接着批评五代士人不知忠义廉耻,最后引五代小说一则讽刺五代士人

---

① 欧阳修撰《新五代史》卷三十七《伶官传论》,中华书局,1974,第397页。
② 欧阳修撰《新五代史》卷五十四《冯道传论》,中华书局,1974,第611页。

"不自爱其身尔忍耻以偷生",其识见反不如妇人。全文虽无一字涉及冯道,但提倡廉耻的主旨已先声夺人,作者的爱憎分明为攻击冯道做了充分的铺垫,在此立论下,欧阳修历叙冯道事迹,突出其在天下大乱、生灵涂炭之际,辗转于更迭政权之间、独享荣华富贵并引以为乐、不知廉耻的行为,可谓义正词严,剥落其"厚德伟量"的虚假面目,还原其"无耻之徒"的本质,将这一伪善者永远地钉在了历史的耻辱柱上。而欧阳修切于明理又极富感情的笔墨,使人们在明辨是非之际又激发出无限的正义感与责任心。陈寅恪说:"(《新五代史》)作义儿冯道诸传,贬斥势利,尊崇气节,遂一匡五代之浇漓,返之纯正。故天水一朝之文化,竟为我民族遗留之瑰宝,孰谓空文于治道学术无裨益耶?"① 这是对欧阳修文章褒贬是非,爱憎分明,以叙事为议论,感慨动人的巨大艺术魅力的深刻揭示。

欧阳修史论多是议论叙事相结合,议论指论点的提出、论证与强调,事实的叙述则作为论据,使论证更加扎实有力,不致架空、流于抽象。《宦者传论》运用夹叙夹议的方法,对那些祸国败政的宦官予以抨击,文章先提出中心论点:"自古宦者乱人之国,其源深于女祸。"并警醒国君当防患于未然:"非欲养祸于内而疏忠臣硕士于外,盖其渐积而势使之然也。"② 接着详举后唐庄宗败于宦者马绍宏之事和后唐明宗败于宦者孟汉琼之事,一方面作为论据,更好地论证上文所讲道理,另一方面补充记叙了宦者马绍宏和孟汉琼的反面事迹,进行口诛笔伐,以实现"春秋笔法",最后呼应中心论点,总论宦官、女祸的成因即由于"骄恣",并再次警告人主必须戒骄戒恣。《王进传论》在叙述王进事迹基础上,对任人贤愚不分,是非颠倒,混乱异常的五代社会生发感慨与悲愤之情。《一行传论》是议论兼抒情,文章学司马迁《伯夷传》之低昂屈曲、以议为叙,遂形成感慨悲凉的风格特点,金圣叹云:"史公《伯夷传》低昂屈曲,自是千古绝调。此论低昂屈曲,乃遂欲与抗行。"③《唐六臣传论》篇中前叙事,后议论,诛责唐六臣,并叙及白马之祸:

> 欲孤人主之势而蔽其耳目者,必用朋党之说也。一君子存,群小

---

① 陈寅恪:《陈寅恪集·寒柳堂集·赠蒋秉南序》,生活·读书·新知三联书店,2015,第182页。
② 欧阳修撰《新五代史》卷三十八《宦者传论》,中华书局,1974,第406页。
③ 张国光点校《金圣叹批才子古文》,湖北人民出版社,1986,第459页。

人虽众，必有所忌，而有所不敢为，惟空国而无君子，然后小人得肆志于无所不为，则汉魏、唐梁之际是也。故曰：可夺国而予人者，由其国无君子，空国而无君子，由以朋党而去之也。

呜呼！朋党之说，人主可不察哉！

传曰："一言可以丧邦"者，其是之谓与？可不鉴哉！可不戒哉！①

文章一唱三叹，沉痛哀婉，极富情韵，读之余味无穷。《新唐书·艺文志论》论述了唐代艺文源流和唐代艺文概况，是"序事中带感慨悲吊以发议论"，叙、议、情融合无间，"其机轴本史迁来"②，也是学司马迁笔法。《新唐书·礼乐志论》既叙有唐一代礼乐之源流演变，又慨叹古礼之亡阙，兼有议论笔力，茅坤云"古礼之亡久矣，欧阳公于此亦无限悲慨"③，沈德潜云"叙次有唐一代之礼，明整典核。议论笔力，两擅其胜"④，可见此文叙、议、情相互生发、映衬的特点。

由上观之，欧阳修文章，不论序、记、墓志、史论与史传等，都能自如灵巧地运用多种表达方式，或以叙为议，或以议为叙，或议论感慨，或叙事议论，或叙事感慨，或叙事中带悲慨以发议论，或叙、议、情水乳不分，如此等等，都离不开对司马迁《史记》的自觉学习，习其形而得其神。以悲慨叙事，则空灵而不板滞；叙事兼议论，有事实有理论，有陈述有论证，扎实而有力；议论悲慨，以情为经，以论为纬，纵横交错，沁人以情，折人以理，情理兼容。欧文之议论，或从现实或从历史感慨中生发，笔锋中常带有忧愤之情，形成一种哀伤咏叹的格调，风神摇曳，尤其动人心弦。可以说，欧阳修对文字表达驾轻就熟，能达到呼风唤雨、所向披靡的行文效果，令人心驰神往，欲罢不能。

第二节　立意构思

"若无新变，不能代雄"⑤，创新是发展的前提保障，欧阳修十分注意

---

① 欧阳修撰《新五代史》卷三十五《唐六臣传》，中华书局，1974，第382~383页。
② 茅坤：《唐宋八大家文钞》卷四十三《庐陵文钞》，文渊阁四库全书本。
③ 茅坤：《唐宋八大家文钞》卷四十三《庐陵文钞》，文渊阁四库全书本。
④ 沈德潜选评、于石校注《唐宋八家文读本》，安徽文艺出版社，1998，第454页。
⑤ 萧子显撰《南齐书》卷五十三《文学传论》，中华书局，1999，第617页。

构思命意的创新。他说"意新语工,得前人所未道者"①"穷而后工"②等,虽说的是诗歌创作,但同样可以理解成是欧阳修在散文立意构思与艺术形式方面的高标准、严要求。在本书第一章关于"风神"的渊源及界说中,我们得出"风神"内涵中就包含新颖、杰出、特异、卓然、非凡之意,因此欧文重视构思立意的新奇与巧妙,令人在耳目一新之余,一唱三叹,回味无穷,便是十分自然的。茅坤云"往往叙事中伏议论,风神萧飒处"③,何焯云文章贵在构思布置、"妙有裁剪",否则"一片写去,了无风神"④,因此,风神离不开创意与融裁。关于作文的立意构思,陈衍云"作文必以命意为要"⑤,吕祖谦云"大凡作文,妙处须出意外"⑥,陈兆仑云"大家为文,必循题布置,而后能不为题缚"⑦。作为"智识之高远"⑧的古文大家,欧阳修深受史传文学的濡染与熏陶,对古文艺术中的立意构思深契于心,其创作的文章往往构思巧妙,命意高旷,所谓"欧阳公立意恰出脱自家门面"⑨是也。他提倡"意新语工"与"覃思精微"⑩,肯定创作中立意构思的新颖独特、与众不同,表现作家独特的个性。欧阳修在立意构思上的创新主要体现为:避熟就生,以小见大,同中见异,往往能超出常人惯性思维与文体常规写法之外,所谓"超出象外"⑪"手写题面而神游题外者"⑫,时时独出机杼、别出心裁,令人耳目一新之余,又连连叹赏,回味无穷。金圣叹誉为"异样离奇,异样曲折"⑬,茅坤认为"命意最旷而逸,得司马子长之神髓矣"⑭,可以说欧阳修文章往往是深得"文之以法胜者"⑮,而彰显"风神"的。以下笔者从三个方面对欧阳修散文立意构

---

① 卷一百二十八《六一诗话》,第1952页。
② 卷四十三《梅圣俞诗集序》,第612页。
③ 茅坤:《唐宋八大家文钞》卷九十二,文渊阁四库全书本。
④ 何焯著、崔高维点校《义门读书记》,中华书局,1987,第572页。
⑤ 陈衍撰、陈步编《陈石遗集》,福建人民出版社,2001,第1626页。
⑥ 吕祖谦编《古文关键》卷一,中华书局,1985,第56页。
⑦ 陈兆仑:《陈太仆批选八大家文钞·欧文》卷一,清光绪二十六年天津文美斋石印本。
⑧ 附录卷三王安石《祭欧阳文忠公文》,第2685页。
⑨ 茅坤:《唐宋八大家文钞》卷四十七《庐陵文钞》,文渊阁四库全书本。
⑩ 卷一百二十八《六一诗话》,第1952~1953页。
⑪ 慕容真点校《林纾选评古文辞类纂》,浙江古籍出版社,1986,第63页。
⑫ 唐介轩:《古文翼》卷七,清同治癸酉常熟艺文堂刻本。
⑬ 金圣叹:《天下才子必读书》卷十三,万卷出版公司,2009,第369页。
⑭ 茅坤:《唐宋八大家文钞》卷十七,文渊阁四库全书本。
⑮ 孙琮:《山晓阁选宋大家欧阳庐陵全集》卷三,清康熙刻本。

思的特点试做分析。

一 化实为虚、避熟就生

欧阳修经常能于极其普通、日常的题材中，另辟蹊径，别出心裁。或化俗为雅，或避熟就生，或避实就虚，化腐朽为神奇，时常出人意料，在平淡中收获新意，在熟烂中引发惊喜。如《真州东园记》的写作，欧阳修并未到过真州东园，故而避实就虚，但以请作人许子春之语，勾画东园优美景色，篇中详列许多佳景、许多规制、许多游赏，皆从子春口中述出，自己并不曾费一笔一墨，而凡园中之佳景早已为笔墨之所及者，无不及之；为笔墨之所不及者，亦无不及之，一一如在目前。文章又由今而昔，追叙往昔园池荒芜情景，而显今景之美丽可爱，更嘉许治政者之贤才。通篇不做实景描绘，以虚入实，"左氏所谓避不敏也"[1]，运用《左传》《史记》以来的史家笔法，另辟蹊径，别开生面，构思巧妙，角度新颖，令人作叹，金圣叹云"何曾故作离奇曲折，然而自然离奇，自然曲折，又且异样离奇，异样曲折"[2]，孙琮《山晓阁选宋大家欧阳庐陵全集》云"真是另具一种奇才，另构一篇奇文"[3]。《海陵许氏南园记》一文，从题目而言，本应实写许子春所治南园景致，但欧阳修故意撇开对景物的实笔勾勒，另辟蹊径，以孝悌立论，"特本其世孝一节立论"[4]，文章略其景物描写，而归美于许氏家庭和气的优良传统，详细地叙述了许元抚育兄弟之子的情形，以突出许氏孝悌持家的高尚品质及优良家教传统。这一化实为虚、避熟就生、别开生面的写法，是欧文富于创意、构思巧妙的体现，孙琮嘉许为"文家固有放死着寻活着之一法，是文得之"[5]。《李秀才东园亭记》虽仅为一园之记，却从远处入手，文章开头云："李氏世家随，随，春秋时称汉东大国……"因东园亭无甚可记，因此"直从郡国说起"[6]，写园主人家世历史渊源，写其风土之贫瘠，写旧游园囿，写今昔之慨，写人事时物之变，即孙琮所云"东园亦无胜可记，故止叙其今昔之感"[7]，由此也可见

---

① 谢有煇：《古文赏音》卷九，清康熙五十四年版刻本。
② 金圣叹：《天下才子必读书》卷十三，万卷出版公司，2009，第369页。
③ 孙琮：《山晓阁选宋大家欧阳庐陵全集》卷三，清康熙刻本。
④ 茅坤：《唐宋八大家文钞》卷四十八《庐陵文钞》，文渊阁四库全书本。
⑤ 孙琮：《山晓阁选宋大家欧阳庐陵全集》卷三，清康熙刻本。
⑥ 茅坤：《唐宋八大家文钞》卷四十八《庐陵文钞》，文渊阁四库全书本。
⑦ 孙琮：《山晓阁唐宋八大家选·欧阳庐陵》卷三，清康熙刻本。

欧阳修构思的独特之处。关于《岘山亭记》的主旨，学人持有异议，有的认为此篇不是立足于岘山景色风物，也非立足于凭吊古人羊祜和杜预，而是一篇歌颂襄阳知府史中辉政绩的颂述文字，此说以孙琮为代表，他说："正见此篇，不是吊古文字，并不是揽胜文字，实是一篇颂述文字也。"①也有学人认为欧阳修对请作者史中辉之邀名沽誉，明褒而暗贬，如林纾所云："史中辉想一寻常之俗吏耳，既无元凯之功，亦未必有叔子之仁，千载慕名，窃思附骥，因而求序。此极讨厌之事，然题目太好，不得不应。"②但是，不管是颂述文字，还是贬抑文字，欧阳修此文都不同于一般记体文的写景记事。文章由岘山而思及古人羊祜、杜预，写古人之好名，又由今之史中辉而岘山亭，由岘山亭而作记，思路纡徐曲折，又脉络清晰，观点突出，以"名"作骨、由"思"取义，构思独特，与众不同。《丰乐亭记》写滁州之丰乐亭，却略叙山水亭台，而从五代滁地战乱历史入笔，展现一片昔乱今治、天下太平、百姓和乐的盛世景象。金圣叹云"记山水，却纯述圣宋功德。记功德，却又纯写徘徊山水，寻之不得其迹"③，《古文观止》云"作记游文，却归到大宋功德、休养生息所致"④，唐介轩云"题是丰乐，却从干戈用武立论，辟开新境，然后引出山高水清，休养生息，以点出丰乐正面。此谓纡徐为妍，卓荦为杰"⑤，都指出此文避熟就生的构思创意。文章由写亭而颂世，由乱而治，中间作者还兴发了历史盛衰兴废的感慨，如果省略这一感慨，只叙记山水亭台，复歌功颂德，则成俗文，故吕留良云"醉翁亦不过避熟就生耳"⑥，林纾云"亭曰丰乐，命名已俗，然而一无俗调者，文不俗也……此文本厅壁体，杂以游览，满口说官话，却无纱帽气，所以成为大家"⑦，这就是欧阳修刻意化实为虚、避熟就生、独出机杼的地方。

《有美堂记》为梅挚建有美堂而作。嘉祐二年（1057），梅挚知杭州，宋仁宗赐诗，首联为："地有吴山美，东南第一州。"梅挚在吴山上建堂，取赐诗中"有美"二字以名之，并屡请欧阳修为之作记。两年后，欧阳修

---

① 孙琮：《山晓阁唐宋八大家选·欧阳庐陵》卷三，清康熙刻本。
② 慕容真点校《林纾选评古文辞类纂》，浙江古籍出版社，1986，第415页。
③ 金圣叹：《天下才子必读书》卷十三，万卷出版公司，2009，第368页。
④ 吴楚材、吴调侯选注，安平秋点校《古文观止》卷十，中华书局，1987，第409页。
⑤ 唐介轩：《古文翼》卷七，清同治癸酉常熟艺文堂刻本。
⑥ 吕留良：《晚村先生八家古文精选·欧阳文精选》，清刻本。
⑦ 慕容真点校《林纾选评古文辞类纂》，浙江古籍出版社，1986，第348页。

写下了此记。这篇记文立意构思也非常巧妙，他不就封建文人往往沾沾自喜的皇帝赐诗大做文章，也不媚为堂主梅挚赞歌。此外，这篇记文虽有杭州湖山之美的细致描绘，如"今其民幸富完安乐。又其俗习工巧，邑屋华丽，盖十余万家。环以湖山，左右映带。而闽商海贾，风帆浪舶，出入于江涛浩渺烟云杳霭之间，可谓盛矣"①，但也并不做大肆渲染。文章既避俗又避熟，从五代时乱写起，以金陵相形相较，推出杭州独得山水之丽与都市之繁盛，而有美堂又独得杭州之美，层层推出，新颖巧妙，令人叹赏，如沈德潜所云："不佞赐书言之荣，不赞梅公之品，独从都会之繁华、湖山之明丽着意，见他处不能兼者，而此独兼之。"② 欧阳修在给好友梅尧臣的信中，也道出了作此文希望力避熟俗的意图，他说："梅公仪来要杭州一亭记。述游览景物，非要务，闲辞长说已是难工，兼以目所不见，勉强而成，幸未寄去，试为看过，有甚俗恶幸不形迹也。"③ 可见欧阳修是有意避开熟俗，独出机杼的。这一创意构思深为学人所激赏，茅坤云"胸次清旷，洗绝古今"④，唐顺之云"如累九层之台，一层高一层，真是奇绝"⑤，孙琮云"可谓绝妙章法"⑥。《相州昼锦堂记》为韩琦任相州知州时在州署后园所建昼锦堂作记，堂名化用《汉书·项籍传》"富贵不归故乡，如衣锦夜行"二句意，是篇歌功颂德文章，稍不小心，极易落入陈词滥调的窠臼。欧阳修不愧为文章大家，他力避熟烂，化俗为巧，以堂名之俗反衬主人公韩琦之高节，成为化腐朽为神奇的佳作，茅坤云"昼锦题本一俗见，而欧阳公却于中寻出第一层议论发明。古之文章家，地步如此"⑦，唐介轩云"堂名昼锦，似以仕宦富贵为荣矣。文却随擒随纵，写出魏公心事荦荦；与俗辈不同，可谓手写题面而神游题外者"⑧，过珙云"题曰'昼锦'，却反把衣锦之荣一笔扫开，此最是欧公善于避俗处"⑨，皆为有见之言。此外，《画舫斋记》写斋实欲寓挣脱名利之意，以见作者遗世之想：

---

① 卷四十《有美堂记》，第585页。
② 沈德潜选评、于石校注《唐宋八家文读本》，安徽文艺出版社，1998，第397页。
③ 卷一百四十九《与梅圣俞四十六通》其四十五，第2464页。
④ 茅坤：《唐宋八大家文钞》卷四十八《庐陵文钞》，文渊阁四库全书本。
⑤ 茅坤：《唐宋八大家文钞》卷四十八《庐陵文钞》，文渊阁四库全书本。
⑥ 孙琮：《山晓阁唐宋八大家选·欧阳庐陵》卷三，清康熙刻本。
⑦ 茅坤：《唐宋八大家文钞》卷四十八《庐陵文钞》，文渊阁四库全书本。
⑧ 唐介轩：《古文翼》卷七，清同治癸酉常熟艺文堂刻本。
⑨ 过珙：《古文评注》卷八，清嘉庆庚申刻本。

"一篇大意，只欲逃去利名关头，盖身涉名利，虽安居陆地，自有风涛之险，脱去利名，即终日舟行，自有枕席之安"[1]，"因名写趣，因名设难，因名作解，亦是饱更世故之言"[2]，别开生面。《菱溪石记》因一石思及其主，更忆及当时历史，遂生今昔治乱兴废之感，记文由物而人，由今而昔，由叙而慨，叙事、写景、抒情、议论，内涵饱满，主旨深刻，情韵悠然，别具一番沧桑之感，也可见新意所在。

  欧阳修为友朋作诗文集序或赠送序，写法也是灵活多样的。诗文集序往往绕开文集作品本身，或就对方身世兴慨，或为其不平呐喊，或转体为序，另立新意、力避陈腐。如《苏氏文集序》为苏舜钦文集作序，却将文章主旨放在苏舜钦为保守派所诬陷、诽谤、排挤而致死的人生不幸上，其"专以悲悯子美为世所摈死上立论"[3]，使读者每每读之悲涕不已。欧阳修崇儒排佛，既著《本论》以辟佛，似不应结交浮屠，更不应为之作序，但他为两释者所作诗文集序《释祕演诗集序》和《释惟俨文集序》，却是命意旷逸，妙笔生花。两文均有意辟去对方浮屠身份，以"求士"立意，从好友石延年（曼卿）引出祕演和惟俨，又从祕演和惟俨说到诗集，别出新意，更以交情离合璎珞其间，以生死盛衰兴感，俯仰悲怀，一往情深。吕留良云"欧阳作两释集序，皆有奇气"[4]，林纾云"此是文章善于敛避脱卸之处，真能超出象外矣"[5]。分而言之，《释祕演诗集序》"用一'壮'字，又用'盛'字，又用一'志'字，皆与浮屠毫不相涉"[6]；《释惟俨文集序》则"通篇却不说文集，只说文游；说惟俨交游却不序交游实事，只序交游议论；序交游议论，却不只述惟俨之言，前幅幻出曼卿之言，后幅幻出世人之论，皆是无中生有，凭空结撰出来"[7]。在序文写作中，欧阳修还打破文体固有的特点，特意采用别的文体特征，融入其中，使序文写法灵活多样，也更富于情韵与魅力。如《释惟俨文集序》即"直用传体作序"[8]，就对方生平经历展开，兴发盛衰感慨。林纾云："诸体中，唯赠送

---

[1] 孙琮：《山晓阁选宋大家欧阳庐陵全集》卷三，清康熙刻本。
[2] 浦起龙：《古文眉诠》卷五十八，静寄东轩刻本。
[3] 茅坤：《唐宋八大家文钞》卷四十五《庐陵文钞》，文渊阁四库全书本。
[4] 吕留良：《唐宋八大家古文精选·欧阳文》，清甲申吕氏家塾刊本。
[5] 慕容真点校《林纾选评古文辞类纂》，浙江古籍出版社，1986，第63页。
[6] 慕容真点校《林纾选评古文辞类纂》，浙江古籍出版社，1986，第63页。
[7] 孙琮：《山晓阁唐宋八大家选·欧阳庐陵》卷三，清康熙刻本。
[8] 储欣：《唐宋八大家类选》卷十一，清光绪壬辰湖北官书处重刻本。

序最无着实之体例,可以凭空自成楼阁。"① 欧阳修赠送序的写作确是凭空结撰、难以指实。其《送陈经秀才序》是"通幅读去,竟似一篇游记,读至尾一行,才是送人文字。看他闲闲然似不欲作送人文字者,然已写尽送人文字之妙……真是古人中高手"②。友人杨寘举进士不第,荫调于东南数千里之外的福建南平任县尉,心中郁郁,欧阳修作《送杨寘序》,以琴说为言宽慰之,表面是赠序,却又是琴说,似离似合,若即若离。《古文观止》云"送友序竟作一篇琴说,若与送友绝不相关者。及读至末段,始知前幅极力写琴处,正欲为杨子解其郁郁耳。文能移情,此为得之"③,过珙云"杨子心怀郁郁,而欧公借琴以解之,故通篇只说琴,而送友意已在其中"④,构思新颖,文致曲折,古秀雅淡,言有尽而情味无穷。《送徐无党南归序》亦为赠送序,却就儒家"三不朽"思想立论,伤立言之不足恃,而劝勉徐生修身立行。孙琮《山晓阁选宋大家欧阳庐陵全集》云:"通篇劝勉修身,不曾一字实说,全在言外得之。至其文情高旷、卓越,则固欧公所独擅也。"⑤ 刘大櫆云:"欧公赠送序当以杨寘、田画为第一,而徐无党次之。"⑥ 可见这几篇赠送序立意及写法之巧妙。

欧公墓志碑铭,往往能化平淡为神奇。宝元元年(1038),欧阳修应邀为狄栗作《襄州谷城县夫子庙碑记》,等到狄栗去世,又应其子之请,写下了《大理寺丞狄君墓志铭》。墓主狄栗入葬既久,其子新举进士至京师,请补铭其死父,此乃常事,若如此说,便无意思。欧文入手,先叙其已葬,继惜其无传,特恃己文而传矣,林纾云"三用'止'字,谓年止、名位止,而人又不知,则皆止于是者,说得无限愤懑;忽着上一个'传'字,则足传其人为谁?己也。欲铭之意,即恃己之可以传此君,故欲铭之……看似平平,而语气实足凌跨一切矣",更为誉为"实志铭中所未见之逸调"⑦。《泷冈阡表》是欧阳修晚年为父亲所作墓表,常人为祖先作墓志,往往歌功颂德,极尽称美之辞,终失于浮夸与虚假,而欧阳修只从母亲口中传述,叙及父亲仁慈廉洁之德,只举一二事以概其余,更不多及,

---

① 慕容真点校《林纾选评古文辞类纂》,浙江古籍出版社,1986,第227页。
② 孙琮:《山晓阁选宋大家欧阳庐陵全集》卷三,清康熙刻本。
③ 吴楚材、吴调侯选注,安平秋点校《古文观止》卷十,中华书局,1987,第402页。
④ 过珙:《古文评注》卷八,清嘉庆庚申刻本。
⑤ 孙琮:《山晓阁选宋大家欧阳庐陵全集》卷三,清康熙刻本。
⑥ 王文濡:《评校音注古文辞类纂》卷三十二,中华书局,1923。
⑦ 慕容真点校《林纾选评古文辞类纂》,浙江古籍出版社,1986,第370页。

不做夸饰，只于细节传神，以见真情流露，却能感动千古，顾锡畴云"自家屋里文，亦只淡写几句家常话，遂无一字不入情，无闲语不入妙，欧公集中之至文也"①。此外，《祭石曼卿文》三提曼卿：一叹其声名，卓然不朽；一悲其坟墓，满目凄凉；一叙己交情，伤感不已，"本重在后世之名，却反结穴在同乎万物复归无物上"②，也是用笔变化、与众不同。《祭丁学士文》哀悼好友丁元珍之亡，对他生前受迫害义愤填膺，但祭文中"不说元珍被毁可惜，反惜元珍被毁可乐；不说元珍因毁丧名，反说元珍因毁得名，议论雄辩豪放，通篇一意到底"③，同样令人耳目一新。

欧阳修作书、状、札子等文，也是构思巧妙奇特，令人耳目一新之余，为之信服。此类文章往往援事证理，正说反说，顺说逆说，有切直雄辩处，有委婉迂回处，不一而足。《论美人张氏恩宠宜加裁损札子》是欧阳修大胆向宋仁宗进言之文，因仁宗对张贵妃恩宠太过，易致祸患之渐，故请裁损，以利朝政。但文章论说曲而得体、切而不激，"本是要裁损张氏恩泽，却说正是保全张氏"④，欲裁损之，却处处站在张贵妃的立场上，处处为她着想，以满腔忠爱忧虑之情感动、打动仁宗，终于收到良好效果。此论说方法与《战国策》中触龙说赵太后以长安君为质如出一辙。《朋党论》本意是指斥反对派强加于革新派头上的"朋党"之名，但文章不说君子无朋，反说君子有朋，不说朋党不可用，反说朋党有可用，反意正说，终归到人主能辨一句上去，为欧阳修翻新之论，独出机杼，"明白洞达，意在破君之疑"⑤。《答李大临学士书》也是反言正说，似赞实讽。宋时士大夫类皆耽玩山水，以为清高，亦是一时习气，"欧阳修此书，讽其不可寻山玩水，宜有所表见于世，为一篇主意。今却先将自己耽玩山水说一段在前，见得在我则可为之，在公则不可如此，词意婉切，令人不觉"⑥。《与荆南乐秀才书》答乐秀才问时文科举之事，欧阳修本意寄希望于乐秀才等士子戒去浮华，多做经世之古文士人，不要像自己因"少孤贫，贪禄仕以养亲，不暇就师穷经，以学圣人之遗业"，只得"姑随世俗

---

① 归有光：《欧阳文忠公文选》卷十，清刻本。
② 高步瀛撰注《唐宋文举要》，上海古籍出版社，1982，第788页。
③ 孙琮：《山晓阁唐宋八大家选·欧阳庐陵》卷四，清康熙刻本。
④ 孙琮：《山晓阁唐宋八大家选·欧阳庐陵》卷一，清康熙刻本。
⑤ 孙琮：《山晓阁选宋大家欧阳庐陵全集》卷三，清康熙刻本。
⑥ 孙琮：《山晓阁选宋大家欧阳庐陵全集》卷一，清康熙刻本。

作所谓时文者，皆穿蠹经传，移此俪彼，以为浮薄，惟恐不悦于时人，非有卓然自立之言如古人者"，直意曲说，回旋曲折，婉畅近人，如茅坤所云"乐秀才所问，问举子业之文，而欧阳公不屑论之，又恐误乐秀才所以问举业之意，故挈出'顺时'二字告之"①。

由上可见，欧阳修在文章的立意构思上，是很用心的。他破除陈腐，力避陈熟，或避熟就生，别出新意；或化腐为奇，独铸一格，基本能做到选材相同，写法各异；文体相同，角度有别；主题相似，各有侧重……总之，力求突破，力求创新，匠心独运，独出机杼，是欧阳修对文章构思新颖、立意巧妙、角度多元的明确追求，如此更使文章灵动多变，摇曳生姿，风味盎然，别具姿彩，风韵无限。

二 以小见大、"小题大做"

朱宗洛云："凡题之小者，须从大处立论，乃为高手。"② 景祐三年（1036），欧阳修因指责司谏高若讷诋诮范仲淹而贬峡州夷陵县令，赴任时，途经泗州，写有《泗州先春亭记》。文章记张夏于泗州建先春亭、筑堤防灾一事，却联想到古贤圣世，所谓"皆三代为政之法，而《周官》尤谨著之，以为御备"，推美张夏礼宾客，待往来，善于为政，造福于百姓。由建一亭一堤之"小"生发、联想、推广到善政之"大"，"将游戏小事翻作绝大议论"③，可以说是以小见大手法的具体运用。《丰乐亭记》写滁州之亭，却从丰乐亭引申至滁地由乱而治的历史，展现一派昔乱今治、天下太平、百姓和乐的盛世景象，由一亭而思及历史与国家，归结为颂宋功德、盛世祯祥，由小见大，可见作者之眼界、胸襟之不凡，"自是宇宙间阳和气象"④，无怪学人盛称"记一亭，而由唐及宋，上下数百年之治乱，群雄真主之废兴，一一在目，何等识力"⑤，"作记游文，却归到大宋功德、休养生息所致，立言何等阔大"⑥，"由滁州感南唐之亡，遂及吴、楚、越、汉，为群雄作一大结束，然后归重本朝之功德，分外有力"⑦。所谓"立言

---

① 茅坤：《唐宋八大家文钞·欧阳文忠公文钞》卷十一，皖省聚文堂重校刻本。
② 朱宗洛：《古文一隅》卷下，清光绪十三年撷华书局刊本。
③ 孙琮：《山晓阁选宋大家欧阳庐陵全集》卷三，清康熙刻本。
④ 张伯行：《唐宋八大家文钞》卷六，远方出版社，2001，第121页。
⑤ 沈德潜选评、于石校注《唐宋八家文读本》卷十二，安徽文艺出版社，1998，第393页。
⑥ 吴楚材、吴调侯选注，安平秋点校《古文观止》卷十，中华书局，1987，第409页。
⑦ 慕容真点校《林纾选评古文辞类纂选本》卷九，浙江古籍出版社，1986，第411页。

何等阔大""说得题目如此正大""于小题目中做出大字文"①"胸次有须弥大"②，等等，都揭示了《丰乐亭记》能因小见大、内蕴丰厚的特点，可见欧阳修之胸襟与气魄。《相州昼锦堂记》由一堂记引申到对堂主韩琦眼界、胸襟、识见与功业的肯定，乃至上升到对荣利、功名问题的思考，不以题为囿，能以古人、常人企慕之荣耀反衬韩琦品德之高尚与胸怀之阔大，"真是随手得来，却是绝大议论"③，而以欧阳修之藻采，著魏公（韩琦）之光烈，"正所谓天下莫大之文章"④。对此，黄震云"载韩公大节，出昼锦之荣处"⑤，林云铭云"文亦光明正大，与题相称"⑥。欧阳修所作序文中也有以小见大、"小题大做"的类型。《送田画秀才宁亲万州序》作为赠送序，文章开头却从五代时势及蜀地兵革历史源流说起，展现一幅悠远宏大的时势景象，文云："五代之初，天下分为十三四。及建隆之际，或灭或微，其在者犹七国，而蜀与江南地最大。以周世宗之雄，三至淮上，不能举李氏。而蜀亦恃险为阻，秦陇、山南皆被侵夺，而荆人缩手归、峡，不敢西窥以争故地。及太祖受天命，用兵不过万人，举两国如一郡县吏，何其伟欤！"⑦ 这是典型的小题大做文章，孙鑛云"蜀山川是正意，却自同田生游山玩水说来。又以其祖曾与平两国，遂用两国发端。小题大做，事顺而意则倒，构法最巧"⑧，序文为赠田画秀才入蜀，却做纵向之延展，追及其祖上战业勋功，及今日秀才不遇之处境，又有横向的拓宽，即点染山水，"文情所之，挹尽巴蜀千里江山之秀"⑨，纵横交错，拓展延伸，境界无限开阔，储欣云"叙人世家，本极平常，却以天下说起，末仍挽合，变化不测"⑩。的确，文章由单一的赠别内容扩展到历史、家世、个人、山水，内容充实、含义丰厚，可称得上是一篇因小见大的上好文章。此外，《韵总序》也是一篇"字学所系甚小，欧阳公立意恰出脱自

---

① 林云铭：《古文析义·初编》卷五，清康熙丙申刻本。
② 过珙：《古文评注》卷八，清嘉庆庚申刻本。
③ 孙鑛：《山晓阁选宋大家欧阳庐陵全集》卷三，清康熙刻本。
④ 吴楚材、吴调侯选注，安平秋点校《古文观止》卷十，中华书局，1987，第409页。
⑤ 黄震：《黄氏日钞》卷六十一，耕余楼刻本。
⑥ 林云铭：《古文析义》初编卷五，清康熙丙申刻本。
⑦ 卷四十四《送田画秀才宁亲万州序》，第623页。
⑧ 孙鑛：《山晓阁选宋大家欧阳庐陵全集》卷三，清康熙刻本。
⑨ 储欣：《唐宋十大家全集录·六一居士全集录》卷五，清光绪壬午江苏书局重刻本。
⑩ 储欣：《唐宋八大家类选》卷十一，清光绪壬辰湖北官书处重刻本。

家门面"① 的学术好文章。

三　同中见异、各有侧重

同类型题材，构思、写法却个个不同，故能于同中见异，异中见新。《李秀才东园亭记》名为亭记，其实与《海陵许氏南园记》一样都是园林记，而且这两篇园记，就风物景致而言，并无特别值得人们关注、称道处，那这样的熟材俗料如何能烹制好一道道"美味佳肴"呢？又如何在同一题材类型中彰显不同呢？独具匠心的欧阳修给我们做了很好的示范。《李秀才东园亭记》先言随州地土僻陋，无物产，无人才，继之写登游之旧，旨在叙今昔之异，生发兴废盛衰之情，这是一种写法。《海陵许氏南园记》则是另一种写法，其园本身也是无胜可记，故止称园主许氏孝悌之德，文章详细叙述许元抚育兄子情形，突显许氏孝悌持家的优良家风及高尚品节。孙琮云"同一作法，南园无胜可记，故止称其孝弟，东园亦无胜可记，故止叙其今昔之感。但记南园，前幅一笔扫倒，记东园，前幅极力抬出。如说无园囿，皆是形出此亭，虽无可记，亦自为一州之胜，有可记处，与写南园又是不同"②，是为得之。欧阳修因石延年（曼卿）之故，结识了两位僧人祕演与惟俨，也都受请为他们的诗文集作序。《释祕演诗集序》与《释惟俨文集序》二文，集序之体裁相同，释者之对象身份相同，因曼卿结识之过程相同，"以客形主"③（以曼卿相衬托）之写作手法亦相同，以"奇"相合、磊落纵恣之风格类同，因辟佛而绕开释者身份的意图相同，以盛衰死生聚散兴感的基调相同，如此众多相同之处，而欧阳修又如何同中见异，各领风骚呢？关键在于巧妙区分二者相异之处：第一，祕演能诗，惟俨能文；第二，叙祕演则言其气节，叙惟俨则言其通儒术；第三，"叙祕演，以己欲阴求天下奇士引入；序惟俨，以惟俨所交未见功业如古人引入"④。陈衍说得好："欧阳修为惟俨、祕演两僧作诗文集序，皆以石曼卿一人为联络。盖曼卿奇士，惟俨、祕演皆名僧，两序易于从同。而说祕演则写两人同处，说惟俨则写两人异处，以此命意，则一切布置，自迥乎不同矣。惟俨能文，祕演能诗，曼卿长于诗，不以文著，又其所以

---

① 茅坤：《唐宋八大家文钞·欧阳文忠公文钞》卷十九，皖省聚文堂重校刻本。
② 孙琮：《山晓阁选宋大家欧阳庐陵全集》卷三，清康熙刻本。
③ 茅坤：《唐宋八大家文钞·欧阳文忠公文钞》卷十七，皖省聚文堂重校刻本。
④ 谢有煇：《古文赏音》卷九，清康熙五十四年版刻本。

不同处，故作文必以命意为要"，"秘演、惟俨，皆曼卿友也。不有曼卿，欧公何由识此二僧？处处不释曼卿，见得公重曼卿之故，并重其友，不是有心与方外往来"①。此外，《永春县令欧君墓表》"以三人同里、同志行、特不同遇处相感慨"②，"其人无甚行能可述，能于其县中找出两人来作帮衬点染，是于枯寂中求文字之一法"③，也是同中见异、相形相见的作品。

由上可见，欧阳修在文章的立意构思上，是很用心的。他破除陈腐，力避陈熟，或避熟就生，别出新意；或化腐为奇，独铸一格；或以小见大，出人意表；或同中见异，殊途同归。基本能做到选材相同，写法各异；文体相同，角度有别；主题相似，各有侧重……总之，力求突破，力求创新，匠心独运，独出机杼，是欧阳修对文章构思新颖、立意巧妙、角度多元的明确追求，也是欧阳修学习史传、涵茹多方、成就大家的重要方面。

第三节　结构艺术

司马迁创作《史记》、班固创作《汉书》，以及唐宋古文八大家作文都十分强调结构布局上必须中心突出、主次分明，才会繁而不乱，变不离宗，而且结构周密，又异彩纷呈。刘开云："故文之义法，至《史》《汉》而已备；文之体制，至八家而乃全。"④ 先秦两汉以来，史传文学在篇章布局、结构安排、行文节奏、修辞手段等多方面的成功经验都为唐宋及其后的古文创作积累了非常宝贵的创作财富。欧阳修自然也于其中汲取了丰富的营养，而终成大家之文。在宋代散文大家中，若论叙事水平与能力，当以欧阳修为最，其结构剪裁有法，也多得史传叙事之长。艾南英认为欧阳修为史迁嫡子，以为文至此体备而法严。钱谦益也认为欧阳修为文，上继《左传》《史记》之记事，能做到事有首尾，人有本末，经纬错综，了然于指掌，使史法完备的境地："欧阳氏之作《五代史记》也，上下五十余年，贯穿八姓十国，事各有首尾，人各有本末，而其经纬错综，了然于指掌之

---

① 慕容真点校《林纾选评古文辞类纂》，浙江古籍出版社，1986，第65页。
② 茅坤：《唐宋八大家文钞·欧阳文忠公文钞》卷三十，皖省聚文堂重校刻本。
③ 姚鼐选编，吴孟复、蒋立甫主编《古文辞类纂评注》，安徽教育出版社，1995，第1456页。
④ 刘开：《孟涂文集》卷四《与阮芸台宫保论文书》，扫叶山房石印本。

间,则史家之法备焉。"① 他视欧阳修文是通往司马迁文的媒介与桥梁。贾开宗认为欧阳修等文章承继"六经"、《史记》、《汉书》等,成为定法,不可移易。由此可见,欧阳修深得《史记》《汉书》等史传叙事法之真髓,讲究文章结构章法,或立意新颖,构思巧妙,或错综开阖,谨严周全,或虚实相生,行文灵动,或抑扬跌宕,手法巧妙,等等,皆可成为定法,以为后学者学习之典范。黄一权说:"叙事技法的具体要求其实主要是结构方面的。"② 马茂军说:"风神讲究议论和叙事的融化,讽喻观点的含蓄表达,议论叙事的剪裁,章法上的回顾照应,起伏波澜,叙事人物的宾主搭配,皆是风神的外在风貌。"③ 因此,"风神"的产生既离不开舒缓疏宕的外在风貌,也离不开文章内部谨严精巧的章法结构安排。以下笔者从几个方面试加阐述。

一 紧扣"主眼"、突显主旨

欧阳修在记文写作中,往往围绕关键字眼,组织篇章结构,寓议于叙,突显主旨。如《岘山亭记》"通篇以'名'字作骨"④,全篇涉及三人均围绕垂"名"来展开述说。开篇即以"名"带出岘山因以得名的羊祜、杜预,写两人都汲汲于"名"分,后文又暗讽当今襄阳知府史中辉之求名,在感慨嗟叹中,暗含对史中辉求名的批评,"文中用一个'欲'字,又用一个'与'字,即是眼目所在"⑤。全文以"名"作骨,有跌起,有安放,有翻笔,有申说,有收足呼应,有补写,行文极宕逸之妙。朱宗洛云:"通篇以'名'字作骨,入手从岘山之有名,跌起叔子、元凯,随把两人功业轻轻安放,紧紧将后人思慕两人意,吊起'名'字,此行文最紧凑处。其入'名'字,却用翻笔振出其作势险峭处。下就两人汲汲于名处分写,此申说之法,亦教衍之法也。由山出亭,仍纽合'名'字,遥应'风流余韵'数句,此收足之法,亦呼应之法也。"⑥ 文章因名而寓"思":"以其人之足思,则山之名亦特著。文情起伏顿挫,无限情态具从一'思'

---

① 钱谦益著、钱曾笺注、钱仲联标校《牧斋初学集》卷九十,上海古籍出版社,1985,第1871页。
② 〔韩〕黄一权:《欧阳修散文研究》,华东师范大学出版社,2003,第133页。
③ 马茂军:《宋代散文史论》,中华书局,2008,第38页。
④ 朱宗洛:《古文一隅》卷下,清光绪十三年撷华书局刊本。
⑤ 慕容真点校《林纾选评古文辞类纂选本》,浙江古籍出版社,1986,第416页。
⑥ 朱宗洛:《古文一隅》卷下,清光绪十三年撷华书局刊本。

字取意也。"① 作者寓议于叙，在婉转深秀、令人玩赏不已之中，引人遐思。《丰乐亭记》以"丰乐"为主眼，"铺张丰乐之意"②，叙滁地五代干戈之乱以显今日政治承平、社会安定、百姓和乐的"丰乐"主旨。此外，作于任西京留守推官时期的《游大字院记》，以"游"为中心，"通篇章法全在'游'字，前后布置，层次井然，一丝不乱，一结尤去路悠然"，篇法不记大字院之来历、风景等，但记游时之情景，"著意全在'游'字"③，而余韵深长。《游鲦亭记》作于景祐五年（1038）二月，欧阳修从夷陵赴光化军乾德县舟中，鲦是江中的一种小白鱼。文章为记事兼议论体，受庄子思想影响，抒发一种自得其乐、不为世羁、洒脱超然的理想，"以'浩然其心'为壮作柱义。前后用'壮'字、'勇'字、'乐'字、'适'字等作脉络，而又以江陪池，以池陪亭，为宾主兼照应法"④。因此，在记体文中，欧阳修常将记叙与议论相结合，主要围绕对象的某一特点，或以"名"，或以"丰乐"，或以"适"，或以"忠"等关键字眼为主旨，生发议论，发表看法，阐述自己对事物和人生的理解，从中也可以看出欧阳修的生活哲学、处世理念及价值判断。

    序文中也常以主眼为线索，贯穿全文，生发盛衰聚散之情。如《释祕演诗集序》一文，以"奇"为"主眼"，先写自己游京师，结交廓然有大志，而时人不能用其才的奇士石曼卿，后又因曼卿结交"亦能遗外世俗，以气节相高""隐于浮屠"的又一奇男子释祕演，故而文章求奇士、写奇人、高奇品、称奇行，此外写山水亦奇特，而文章风格自然就疏宕有奇气了。储欣云："'奇'字作骨，又用'盛''衰'二字生情，文亦疏宕有奇气。"⑤ 朱宗洛云："通篇总以'奇'字作骨，而奇者必不合于中，故扬中寓抑，此欧阳修最善用意处。通首又以'老'字作线，言其自幼至老，无一不奇也，则'老'字又从'奇'字生出。"⑥ 在写奇传奇之中，欧阳修历叙人物之盛衰变化，以"盛衰"兴感，又以此为中心线索，作者直抒盛衰之感："曼卿已死，秘演亦老病。嗟夫！二人者，予乃见其盛衰，则余

---

① 过琪：《古文评注》卷八，清嘉庆庚申刻本。
② 吕留良：《晚村先生八家古文精选·欧阳文精选》，清刻本。
③ 林景亮：《评注古文读本》，中华书局，1916。
④ 林景亮：《评注古文读本》，中华书局，1916。
⑤ 储欣：《唐宋八大家类选》卷十一，清光绪壬辰湖北官书处重刻本。
⑥ 朱宗洛：《古文一隅》卷下，清光绪十三年撷华书局刊本。

亦将老矣","因道其盛时,以悲其衰"。因此,过珙云:"通篇妙以宾主陪衬夹叙,而以'盛''衰'二字为眼目,映带收束。"① 何焯云:"'老'、'少'、'盛'、'衰'四字作关键。"② 作者既赏其"奇",又复见曼卿、秘演之"盛衰","奇"与"盛衰"相互交错、结合,如林纾所云"公既以奇男子加秘演,复称其壮,见其盛,悯其志,均不以浮屠之礼待之;但指其为奇男子,隐于浮屠耳。今为秘演作序,正所以赏其奇……始终脱不去一个'奇'字。真有数之至文也"③。《集古录目序》中,欧阳修反复说明铭文、碑碣和法帖得之不易,叙己集古之艰辛过程以及集古的目的、意义与价值。文章以嗜古好古、欲穷力聚之为宗旨,阐发物好力则聚、不好不力则散的体悟与理解。孙琮云:"通篇以寻"好而有力"四字立一篇之议论……通篇只此四字立论。"④ 吕葆中云:"此篇以'聚'、'散'两字为眼。"⑤ 林云铭云:"把一个'好'字、一个'聚'字,缭绕盘旋到底,如走盘之珠,圆转不穷。"⑥ 由上可知,欧阳修在赠序和题序中,都惯于由叙述中融入感触,兴发对人事物盛衰聚散的感慨与嗟叹,"盛""衰""聚""散"这样的字眼,便构成欧阳修序文中的关键字眼,这是多于情、深于情的欧阳修于序文中一种自然的情感流露。

碑铭墓表的写作则以关键字眼概括人物生平,或以此为中心组织思路。《黄梦升墓志铭》记同年进士黄注人生之坎坷与不幸,文章以"意气"一词形容摹写对象,颇见人物风采,如何焯所云"尤以文章'意气自豪',通篇以此四字为眼目"⑦,孙琮亦云"篇中极悲梦升,又是极表梦升,如说意气尚在,文章未衰,皆是极力表出,不徒作欲嘘浩叹语也"⑧。正因为文章突显了人物的精神气质与风姿神态,令读者有如亲眼所见,如在目前,故刘大櫆云:"欧阳修叙事之文,独得史迁风神,此篇遒宕古逸,当为墓志第一。"⑨ 对于挚友石延年,欧阳修在《石曼卿墓表》中既写其"奇"

---

① 过珙:《古文评注》卷八,清嘉庆庚申刻本。
② 何焯:《义门读书记》卷三十八,清乾隆三十四年刻本。
③ 慕容真点校《林纾选评古文辞类纂》,浙江古籍出版社,1986,第63~64页。
④ 孙琮:《山晓阁选宋大家欧阳庐陵全集》卷三,清康熙刻本。
⑤ 吕留良:《唐宋八大家古文精选·欧阳文》,清甲申吕氏家塾刊本。
⑥ 林云铭:《古文析义》二编卷七,清康熙丙申刻本。
⑦ 何焯:《义门读书记》卷三十九,清乾隆三十四年刻本。
⑧ 孙琮:《山晓阁唐宋八大家选·欧阳庐陵》卷四,清康熙刻本。
⑨ 王文濡:《评校音注古文辞类纂》卷四十六,中华书局,1923。

与"才",又以"与时不合"为文章眼目,围绕曼卿之有才不遇展开。浦起龙云:"'负奇'、'难合'等句作骨。"① 林纾云:"通篇以'不合于时'四字为干,唯其不合,故世人不知其才之可用……开头用四字'不合于时',则虽有无限之才,总归乌有。"② 欧阳修为父作《泷冈阡表》时,距父欧阳观去世已六十年。文章开首即言"非敢缓也,盖有待也",当谓等待自己功成名就、祖上有了浩封,方作此墓表以慰先人。阡表以"待"字为眼目,为父之待己、母之待己,又以己后之有为有成回应父母之"知"与"待",林纾对此文评价甚高,评析甚细,他说:"通篇主意,注重即在一个'待'字,佐以无数'知'字……用一'待'字,不止叙朝廷之深思,亦以实其贤母之非妄言也。故文之末段言'迟速有时',举一'时'字,即为待到之日;又曰:'有待于修者,并揭于阡',此文字应有之结束,亦以醒人眼目者也。"③ 唐文治亦云:"此文首段总冒以'吾于汝父,知其一二,以有待于汝'一句,引起'能养'、'有后'二意。"④ 总之,文章以"待"为主眼,带出父亲生平,写尽亡父对儿子的深情。因此,欧阳修所作碑铭墓表,或紧扣对象特点,如黄梦升之"意气自豪"、石延年之"奇"与"不合于时",或围绕一个视角如"待"与"知",形象生动地传达出墓主的风貌神气,使人如亲眼所见,形象生动而传神,真可谓得司马迁史传人物之风神。

二 层递推进、前后照应

古人写文章多有起、承、转、合之章法布置,所谓转接,也就是过渡,一般指文章前后内容和意脉之间的衔接、转换。转接过渡是文章关节枢纽之处,转接过渡得好,才能使文章前后的段落、层次之间脉络清晰,文气流畅。所谓照应,就是文章的前后呼应。事物都有其来龙去脉,要想正确反映事物发展的规律,反映事物间的必然联系,就必须对有关人和事,做适当安排,使其来有交代,去有归宿,首尾圆合。史传文在章法上的递进照应是十分注重的,司马迁"善序事理"的才能也表现在这个方面。《吕后本纪》的重心和重点在王诸吕和诛诸吕,文章的前半部分写吕

---

① 浦起龙:《古文眉诠》卷六十二,静寄东轩刻本。
② 慕容真点校《林纾选评古文辞类纂》,浙江古籍出版社,1986,第348页。
③ 慕容真点校《林纾选评古文辞类纂》,浙江古籍出版社,1986,第352页。
④ 唐文治:《国文经纬贯通大义》卷一,1925年无锡国学专修馆本。

后王诸吕,擅权作恶,刘氏宗室和元老重臣虽心怀不满,但也无可奈何;后半部分写吕后死后刘氏宗室和元老重臣紧密配合,一举粉碎了吕氏集团。文章前后照应贯通,形成了一个浑然的整体。关于层层递进,方苞云欧阳修文章是"承接变换,浑然无迹,始知其笔妙而法精"①,指出欧文承转衔接、富于变化的特点。

在一些序、跋中,欧阳修频频使用递进层深之法。如《书梅圣俞稿后》就是一篇层层承接、步步递进的精工文字。文章前幅从音乐之可知不可知过渡到善工能知之,从善工能知转接到世无善工,从世无善工推进到有善诗人,从有善诗人层接到圣俞,层次分明又井然。《与梅圣俞书》因泉及山,因山及景,因景及作记作诗,也是层层递进、移步换景、逐渐深入的写法:"写山上之布置及山下之路,中间写亭之号及石与牡丹之所由来,皆用递写法,故取裁虽多,仍有一绝穿成之妙。"② 在赠序中,欧阳修往往采用层层转折递进的方式,引领读者深入其中。如《送陈子履赴绛州翼城序》是运用明转法的一篇代表作,全文以作者见到陈子履的感受为线索,写到了六年之间的四次相见:"其始也,纯然气和而貌野。再见之,则道所学问,出其文辞,炜然有出于众人矣。又见之,则挟其艺以较于群士,而以其能胜之。今之行也,又曰我将试其为政于绛,而且力广其学……"③ 作者每次见到陈子履,陈都有层递式的进步,进而引出议论,最后以感慨子履前后之变"有骇然者矣"作结,文章如垒塔,以陈子履的"进步"为线索,一级又进一级,紧扣主题,层层转折深入,行文畅达无碍,情深意切,充分地表达了作者对年轻人的关注之情,也为后面议论打下坚实的基础。《释祕演诗集序》则从自己引出曼卿,从曼卿引出祕演,也是层层导引。《送徐无党南归序》则是层层论说:"此篇文字像一个阶级,自下说上,一级进一级。"④

于写景叙事之文,欧阳修或层层累叠,或层层铺垫宽展,或层层叠说应答,令读者有似移步换景,应接不暇,文章则极富曲折层深、委婉含蓄之美。如《有美堂记》"看去却似无数重阶叠级"⑤,"如累九层之台,一

---

① 方苞:《古文约选·欧阳永叔文约选》,清同治乙巳望三益斋重刻本。
② 林景亮:《评注古文读本》,中华书局,1916。
③ 卷六十六《送陈子履赴绛州翼城序》,第967页。
④ 吕祖谦编《古文关键》卷一,中华书局,1985,第56页。
⑤ 浦起龙:《古文眉诠》卷六十,静寄东轩刻本。

层高一层，真是奇绝"①。《吉州学记》可见欧文层层铺垫、曲折递进之妙："一篇文字，须要看他前后波澜宽展处。如一起，将天子咨治说来，不急入学校，此一宽展法也。第二段，从天子立学说来，又不急入吉州，又一宽展法也。第三段，说三代学校之盛，引入宋之立学，亦不急入吉州，又一宽展法也。至第四段，方说吉州立学。第五段，方写李侯建学，乃是正文。第六段，以学成期后人，又一宽展法也。第七段，说己之乐观其成，又一宽展法也。一篇凡七段，二段是正文，五段是前后波澜，可悟作文宽展之法。"②《偃虹堤记》是层层叠说应答，一篇分作三幅看，前幅详记其作堤之缘由；中幅赞美其作堤之利济，后幅冀望其作堤久存而不坏，"妙在叠说三段，皆是绝妙篇法"③，"'滕侯之所为也'一句领局，其后层层应答"④。《丰乐亭记》是"抉引回环，一线穿定"⑤，《李秀才东园亭记》"记东园，前幅极力抬出。如说地土僻陋，无物产，无人材，无园囿，皆是形出此亭"⑥，也是层层托出，层层铺垫。墓表祭文在叙往事、抒哀情之时，也不是将事实与情感一览无余地直接倾泻，而是层层递进、层层相生、层层相应，使感情曲折含蓄、转折回旋。《祭石曼卿文》在情感的抒发上，是层层递进的："此文三提曼卿，分三段看。第一段许其名垂后世，写得卓然不磨；第二段悲其生死，写得凄凉满目；第三段自述感伤，写得味噫欲绝，可称笔笔传神"⑦，"篇中三提曼卿。一叹其声名，卓然不朽；一悲其坟墓，满目凄凉；一叙己交情，伤感不置"⑧，文情随层次结构逐渐加深。《泷冈阡表》在篇法上也是层层相生、步步结应："以'有待'句为主，却将'能养'、'有后'两段实发有待意，逐层相生，逐层结应，篇法累累如贯珠。"⑨ 此类文体，章法结构上的层层递进与祭表哀情的逐步深化，相为表里，令人读之，感慨低回而不能自已。

欧阳修作文非常讲究章法结构的安排，注重文章前后的呼应照管，体

---

① 茅坤：《唐宋八大家文钞》卷二十《庐陵文钞》，文渊阁四库全书本。
② 孙琮：《山晓阁唐宋八大家选·欧阳庐陵》卷三，清康熙刻本。
③ 孙琮：《山晓阁唐宋八大家选·欧阳庐陵》卷三，清康熙刻本。
④ 浦起龙：《古文眉诠》卷六十，静寄东轩刻本。
⑤ 陈兆仑：《陈太仆批选八大家文钞·欧文》卷一，清光绪二十六年天津文美斋石印本。
⑥ 孙琮：《山晓阁唐宋八大家选·欧阳庐陵》卷三，清康熙刻本。
⑦ 孙琮：《山晓阁唐宋八大家选·欧阳庐陵》卷四，清康熙刻本。
⑧ 吴楚材、吴调侯选注，安平秋点校《古文观止》卷十，中华书局，1987，第402页。
⑨ 过琪：《古文评注》卷八，清嘉庆庚申刻本。

现作者构思的绵密与细致。归有光云:"凡文章前面散散铺叙,后宜总括大意,与前相应,方见收拾处。如柳子厚《答韦中立论师道书》、欧阳永叔《上范司谏书》皆缴应前意,可以为式。"① 不论是论议文、墓志碑铭,还是序、记等文体,欧阳修都重视文章首尾前后的照应。《徂徕石先生墓志铭》开合照应,尤极严密,深得史才之助:"既以徂徕立论,所以篇中言躬耕徂徕,言闲居徂徕,言待次于徂徕,处处提掇,回顾有情。至前,以鲁人起手,从以鲁人之欲收煞,明尊其德者乃当世之公心,而非一人之私誉。开合照应,尤极严密,而行文清刚疏辣,不愧史才。"② 《右班殿直赠右羽林军将军唐君墓表》也是"前后呼应,绵密无间"③。其序、记文也能做到前后首尾呼应。《送徐无党南归序》以"三不朽"立言,阐发作者思想:人若欲不朽,非立功、立德、立言不可,而三者并不平铺直叙,而是"先将'德'字推崇至于极地,趁便带起'功'字、'言'字……又将'功''言'二字,稍一轩轻,似有功可以无言……复提'言'字引起'德'字,言有德者尚不必有功,况于言哉?将三项梯接而下,便捷极矣",如此行文,的确达到了"步步照管,精神极其完足"④ 的境界。《夷陵县至喜堂记》前言始来而不乐,为后面既至而后喜做铺垫、衬托,皆叙细碎事,但"文字照应处得大体"⑤,所以章法巧妙,浑融有体。《醉翁亭记》是"从滁出山,从山出泉,从泉出亭,从亭出人,从人出名,一层二层复一层,如累叠阶级,逐级上去,节脉相生。"⑥ 文章结尾曲韵悠长的还有《岘山亭记》,文章围绕岘山忆及与此相关且闻名的两个历史人物——羊祜和杜预,由山而人,又由人而思索"名"之传世问题。有风流之山色景致,又有风流之人物业绩,遂有风流于世之遐想。以上均可见欧文章法前后照应、浑然一体之妙。

三 虚实相生、主客相形

司马迁从长期的写作实践当中,掌握了艺术的辩证法,无论是写人或

---

① 归有光:《古文举例》评语"结束括应第六十一",清光绪乙巳邹寿祺重辑昆山归氏本。
② 孙琮:《山晓阁唐宋八大家选·欧阳庐陵》卷四,清康熙刻本。
③ 王文濡:《评校音注古文辞类纂》卷四十五,中华书局,1923。
④ 慕容真点校《林纾选评古文辞类纂》,浙江古籍出版社,1986,第231~232页。
⑤ 何焯:《义门读书记》欧阳文忠公文上卷,清乾隆三十四年刻本。
⑥ 过珙:《古文评注》卷八,清嘉庆庚申刻本。

写事，他绝不平均使用力量，而是充分发挥虚实相生的妙用，变化无穷。譬如，《游侠列传》写天下游侠，当中有虚叙，有实写："朱家传虚矣，而剧孟传更虚。盖朱家传尚从正面着笔，而剧孟传皆从四面八方着笔也。"①司马迁在虚实相生的运用上，可以说达到了得心应手的地步。欧阳修散文创作深契于此，在虚实相生的具体写法上，十分灵活丰富。如记体文，欧阳修往往未尝亲历其地，或按图考言而得其景象，或纯凭想象，或故避熟俗，"从虚处生情"②，以"文章虚者实之之法"③，独出机杼，意在创新。其文或"得力在数虚字"④，或"通篇以虚景成文"⑤，或"凭空幻出文字"⑥，虚实相生，灵活多变，遂风神摇曳、韵味隽永。概括起来，主要有以下几类。

一是避开实景描写，以客形主，以他物衬起中心景物。如《有美堂记》，嘉祐二年（1057），梅挚出任杭州知州，在山上建造了一座堂，取仁宗赐诗首句"有美"二字为名，梅挚对这座有美堂十分喜爱，离任后仍眷眷难以忘怀，派人至京城去请欧阳修作记，"其请至六七而不倦"，终于感动了欧阳修，为之作《有美堂记》。从作者给好友梅尧臣的信中所云"兼以目所不见，勉强而成"来看，欧阳修并未到过有美堂，所以在具体写作中，有意避开对有美堂美景的正面描述，而将对象放在五代以来历史兴废治乱的背景下，巧妙地采用层层衬托、层层比照的写法，衬托出杭州得天下之美，而有美堂又得杭州之美的主旨。文章书写灵活、笔法多变、纵横交错，横写以衬起之法突显中心景物，以金陵衬出钱塘；纵写以往昔之乱与废衬出今日之兴与盛，"通篇以虚景成文"⑦，避开实景描写，以虚成实，给读者留下了广阔的遐思空间，故而风韵溢于行间。

二是避开实事叙写，以议为叙，虚实相合。《释惟俨文集序》以感慨议论作为叙事，不序文集，只序交游，又不序交游实事，只序议论，为凭空结撰，以虚运实。孙琮《山晓阁选宋大家欧阳庐陵全集》云："皆是无中生有，凭空结撰出来。前幅以曼卿之言与惟俨作对，后幅以世人之俏与

---

① 姚苎田：《史记菁华录》，中华书局，2010，第162页。
② 陈曾则：《古文比》卷二，中华书局，民国二十五年铅印本。
③ 唐介轩：《古文翼》卷七，清同治癸酉常熟艺文堂刻本。
④ 储欣：《唐宋十大家全集录·六一居士全集录》卷五，清光绪壬午江苏书局重刻本。
⑤ 何焯著、崔高维点校《义门读书记》，中华书局，1987，第690页。
⑥ 孙琮：《山晓阁唐宋八大家选·欧阳庐陵》卷三，清康熙刻本。
⑦ 何焯著、崔高维点校《义门读书记》，中华书局，1987，第690页。

惟俨作对，真是凭空对得整齐。"① 《释祕演诗集序》叙事感慨相结合，开篇不直接说作序，也不直接点出诗集作者，而是写友人曼卿之奇，由此引出祕演之奇，由曼卿之才与不遇，引出祕演之才与不遇，通篇写交游，却不实写其事，重点在抒今昔盛衰之感，"一起先作一番虚写，企想必有其人；第二段方作实写，先出一个石曼卿，却是陪引"②，皆是以虚入实，融感慨议论于叙述之中，行文富于变化，令人回味。《思颍诗后序》中，第一段、第三段是实写思颍，第二段是虚写思颍，虚实相间，如此"两番实写间一番虚写，便令文字不板重"③，而"风韵自在"④。有些墓志作品于事实叙述不多，而主要出于今昔盛衰之感，如林纾所云"凡铭志中事实不多，不能不驾空；驾空须就当时全局发议，出以抚今追昔之语，读者方不能率然舍去。此法宜知"⑤。如欧阳修为张子野作墓志铭，即是于今昔盛衰之间兴发感慨，于虚处生情，极少涉及传主本人事迹："欧公铭墓，于本人之事迹不多者，则用驾空，似空中有实，如子野之志是也"⑥，如此则"往复慨叹，令人玩味无穷"⑦。《祭尹师鲁文》也略于师鲁事迹的叙述，而是以"哀以愤"⑧的笔调，颂师鲁磊落之致，抒己悲怆之思，以感慨议论代替叙事，而且善用"虚"字传情："叙事全用议论驾过，笔笔凌空"⑨，"意义叠生，大气包举，尤能善用虚字"⑩，如此则文章更加抑扬跌宕，富有情致。《石曼卿墓表》一文也是由虚见实之法的具体运用，所谓"曼卿之才，无所表见，只于纵酒豪放中摹写其英雄之概，而曼卿才之有用，已若历历可指数，文章从虚见实，惟永叔能之"⑪，即言此。于此可见，或以感慨，或以议论，或以感慨议论相融、替代叙述，从虚处生情，由虚处传神，令人遐思，又情韵悠长，确是欧阳修文章富于风神的一大特色。

---

① 孙琮：《山晓阁唐宋八大家选·欧阳庐陵》卷三，清康熙刻本。
② 孙琮：《山晓阁选宋大家欧阳庐陵全集》卷三，清康熙刻本。
③ 孙琮：《山晓阁选宋大家欧阳庐陵全集》卷三，清康熙刻本。
④ 茅坤：《唐宋八大家文钞》卷四十七《庐陵文钞》，文渊阁四库全书本。
⑤ 慕容真点校《林纾选评古文辞类纂》，浙江古籍出版社，1986，第355页。
⑥ 慕容真点校《林纾选评古文辞类纂》，浙江古籍出版社，1986，第359页。
⑦ 陈曾则：《古文比》卷二，中华书局，民国二十五年铅印本。
⑧ 归有光：《欧阳文忠公文选》卷十，清刻本。
⑨ 高步瀛撰注《唐宋文举要》，上海古籍出版社，1982，第785页。
⑩ 王文濡：《评校音注古文辞类纂》卷七十四，中华书局，1923。
⑪ 孙琮：《山晓阁唐宋八大家选·欧阳庐陵》卷四，清康熙刻本。

三是抚今追昔，兴发盛衰兴废之感，运实于虚。其中，有由今之兴而忆昔之废者，如《真州东园记》，这是一篇应人请求而作的园林碑记，与有美堂一样，欧阳修并未亲临其地，全凭间接材料却能将真州东园写得如此生动逼真，可见作者高超的文字驾驭能力。同样写山水之景，柳宗元与欧阳修的写作角度是不同的，呈现出来的效果也个个不同。柳宗元往往"从实处写景"，而"欧公记园亭，从虚处生情"①，因此柳宗元山水以幽冷奇峭胜，而欧公园亭以敷娱都雅胜。文章既有园林正面景物的描写，又有今昔之思，巧妙地运用"虚者实之之法"②，"此虚后实"③，虚实结合。如林云铭所云"不但写得已画，并写得未画，不但写得已言，并写得未言，即躬历亦不过此，此布局之巧也"④，如此则使文章变板滞为灵动，风神愈显。有由今治而思昔乱者，如《丰乐亭记》，其中既有简洁精炼的丰乐亭美景的正面描写："其上丰山耸然而特立，下则幽谷窈然而深藏，中有清泉滃然而仰出""掇幽芳而荫乔木，风霜冰雪，刻露清秀，四时之景，无不可爱"⑤，更有五代至北宋滁地治乱兴废往事的追忆与议论，从中流露浓厚的历史沧桑感，"读之使人兴怀古之想"⑥，文章"将实事于虚空中摩荡盘旋"⑦，有实有虚，以虚为主，虚处生情，更得"风神"之美。有由今之兴而思未来之盛者，如《吉州学记》，作者由吉州今日学风之兴畅想未来定当更盛之场景，由今之实想未来之虚，这是"以想望为勖勉"⑧，也是运实于虚之法。此外，《秋声赋》不正面写"秋"与"声"，而于想象形容中摹之："一起先作一番虚写，第二段方作一番实写：一虚一实已写尽秋声"⑨，"首一段摹写秋声，工而切矣，却不放出'秋'字，于空中想象形容，此实中带虚之法也……三段实写'声'字，却不径就'声'字说，先用'其色'、'其容'、'其气'、'其意'等作陪，此四面旁衬之法也"⑩，更是以虚生实、虚实结合的典范文章。

---

① 徐树铮：《诸家评点古文辞类纂》（第4册），国家图书馆出版社，2012，第516页。
② 唐介轩：《古文翼》卷七，清同治癸酉常熟艺文堂刻本。
③ 何焯著、崔高维点校《义门读书记》，中华书局，1987，第691页。
④ 林云铭：《古文析义·二编》卷七，清康熙丙申刻本。
⑤ 卷三十九《丰乐亭记》，第575页。
⑥ 楼昉：《崇古文诀》卷十八，文渊阁四库全书本。
⑦ 陈衍撰、陈步编《陈石遗集》卷五，福建人民出版社，2001，第1623页。
⑧ 浦起龙：《古文眉诠》卷五十八，静寄东轩刻本。
⑨ 孙琮：《山晓阁选宋大家欧阳庐陵全集》卷四，清康熙刻本。
⑩ 朱宗洛：《古文一隅》卷下，清光绪十三年撷华书局刊本。

由实入虚、以虚生实、虚实相生、完美结合,这一手法对于文章起到的作用是非常明显的。首先,它可以使文章构思章法灵动变化,不板滞。如《思颍诗后序》,有实写,有虚写,不同角度的描写,使文章写法更加丰富多变,也更灵活巧妙,富于美感,且情韵悠长,引人入胜。另外,墓表碑志及集序的写作,如果只有墓主人物事迹或文集情况的梳理与陈列,必然呆板枯燥,引不起读者阅读的兴趣,此时,或以感慨,或以议论代替叙事,或感慨、议论、叙事三者相结合,自然使文章变得灵动活泼,如《石曼卿墓表》《祭尹师鲁文》《河南府司录张君墓表》《尚书屯田员外郎张君墓表》《释祕演诗集序》等,即是如此。其次,从虚处落笔,以虚生实,则是实际写作的需要。如《有美堂记》和《真州东园记》的写作,这两篇记文都是受人所托而作,欧阳修本人并未亲临其地,山水记文又以摹状绘形为主要写法的文体,如何避熟就生,扬长避短,是记体文作者面临的一大挑战,从中也可见欧阳修巧妙的创作构思及杰出的创作才能。他或用衬托之法,层层衬出对象的特点,或将对象做今昔盛衰之比较,或避实就虚,或虚处生情,既将景物之美形容、渲染得栩栩如生、生动逼真,又于其中寄托事物变化、今昔盛衰的感慨,真乃绝妙写法。最后,运实于虚、虚处生情、虚处传神,更显含蓄蕴藉,而空灵幽渺,情韵悠长。如《丰乐亭记》以史事低回唱叹、望古情深,关于此文情韵悠长、情文并美、令人流连、别有风神的佳处,后人多有颂扬。林云铭云"若文之流动婉秀,云委波属,则欧公得意之笔也"①,《古文观止》云"其俯仰今昔,感慨系之,又增无数烟波"②,李刚己云"楮墨之外,别有一种遥情远韵,令读者咏叹淫泆,油然不能自止"③,等等。《秋声赋》是大家熟知的咏物抒情名篇,行文也是有虚有实,由虚生情,虚处传神,而令人心旌摇荡、婉叹低回之作。林云铭云:"是物之飘零者在目前,有声之秋;人之戕贼者在意中,无声之秋也,尤堪悲矣。篇中感慨处,带出警悟,自是神品。"④因景生情,情融其中,有令人感伤悲慨而不能已处,而文章自风神摇曳,情韵悠然。

---

① 林云铭:《古文析义·初编》卷五,清康熙丙申刻本。
② 吴楚材、吴调侯选注,安平秋点校《古文观止》卷十,中华书局,1987,第409页。
③ 李刚己:《古文辞约编·序跋类》,民国十四年柏香书屋刊本。
④ 林云铭:《古文析义·初编》卷五,清康熙丙申刻本。

四　抑扬跌宕、纡徐曲折

欧文的纡徐委婉往往又与行文的抑扬顿挫、起伏跌宕紧密联系，共同构成"六一风神"纡徐委婉、吞吐含蓄、"情韵幽折，往反咏唱"① 之美。茅坤云："顿挫纡徐，往往叙事中伏议论，风神萧飒处。"② 顿挫纡徐、跌宕抑扬使文情抒发更为含蓄蕴藉与委婉曲折，助力于"风神"之形成。陈兆仑云："欧公文每于将说未说处，吞吐抑扬作态，令人欲绝。"③ 吴闿生云："文情抑扬吞吐，绝不轻露，所以为高。"④ 林纾云："欧文讲神韵，亦于顿笔加倍留意"⑤，"欧公特为夷犹顿挫之笔，乃愈见风神"⑥。当然，这种顿挫抑扬是随着作者情感的流淌自然而然地表现出来，而非故作曲折，方有风神之韵致，如吕留良所云："唯其笔妙古今，故能多作曲折，而无层累之迹。"⑦ 这种抑扬顿挫、跌宕遒逸多得自史迁风神。沈德潜云："抑扬顿挫，得《史记》神髓。"⑧ 康熙《古文渊鉴》云："抑扬顿放中无限烟波，文之神似龙门者。"⑨ 陈衍云："大略宋六家之文，欧公叙事长于层累铺张……而济以太史公传赞之抑扬动荡。"⑩ 刘熙载云："太史公文，韩得其雄，欧得其逸。雄者善用直捷，故发端便见出奇；逸者善用纡徐，故引绪乃觇入妙。"⑪ 但这种抑扬顿宕并非轻易可及，需要付出极大的艰辛创造，如王文濡《评校音注古文辞类纂》所云："成如容易却艰辛，宕逸处固不可及。"⑫

回环曲折是欧阳修文章结构上另一个十分突出的特点。它摆脱平铺直叙，使文章呈现出一种动荡之美，在时空中跌宕穿梭，充分体现出摇曳之美，而更显风神之宕逸。吕本中云："文章迂徐委曲，说尽事理，惟欧阳

---

① 方东树著、汪绍楹校点《昭昧詹言》卷十二，人民文学出版社，1961，第276页。
② 茅坤：《唐宋八大家文钞》卷九十二，文渊阁四库全书本。
③ 陈兆仑：《陈太仆批选八大家文钞·欧文》，清光绪二十六年天津文美斋石印本。
④ 吴闿生：《古文范》卷四，民国八年上海朝记书庄宁波文明学社刊本。
⑤ 林纾：《春觉斋论文》，人民文学出版社，1959，第119页。
⑥ 林纾：《春觉斋论文》，人民文学出版社，1959，第120页。
⑦ 吕留良：《唐宋八家古文精选·欧阳文》，清甲申吕氏家塾刊本。
⑧ 沈德潜评，于石校注：《唐宋八家文读本》，安徽文艺出版社，1998，第461页。
⑨ 康熙帝选、徐乾学等编《古文渊鉴》（下册），吉林人民出版社，1998，第968页。
⑩ 陈衍撰、陈步编《陈石遗集》，福建人民出版社，2001，第1625页。
⑪ 刘熙载：《艺概》卷一《文概》，上海古籍出版社，1978，第13页。
⑫ 王文濡：《评校音注古文辞类纂》卷四十四，中华书局，1923。

修得之。"① 孙琮云："欧阳修之文，大抵婉转委折，低昂尽致。"② 朱熹曾评论说欧文简淡，却又有法。有法，就是讲究章法，讲究抑扬、呼应、张弛、曲折的艺术技巧，而不是平铺直叙，一股脑地倒出来。魏禧曾评说欧文章法之妙："欧文之妙，只在说而不说，说而又说，是以极吞吐、往复、参差、离合之致。"③ 欧阳修章法的曲折、顿挫、离合、往复之美，也就是我们所称誉的迂徐委曲之美，它是"六一风神"阴柔之美重要的一面。

在序、记文体中，时常可见欧阳修行文曲折往复、回环层深之妙。《峡州至喜亭记》"不言蜀之险，则无以见后来之喜；不言险之不测，则无以见人情喜幸之深。此文字布置斡旋之法"④，本为褒扬地方官员政绩的应制之文，其间却凸显荆江之险、行舟之难，更突出地方官员为百姓造福的美德，回环曲折的结构平添文章波澜起伏之美。《有美堂记》以两地相形，又经历史盛衰，复加议论层折，数层脱却，极纤余袅娜，"多作曲折而无层累之迹"⑤，所以能笔妙古今。《王彦章画像记》分作五段，既叙王彦章忠勇之处，复凭今吊古，思慕心事，又颂其功名，嘉其不朽，以画像为中心，多方叙写议论又兼感慨，真乃"宛转委曲，杂之司马传中几不复辨"⑥也。《樊侯庙灾记》"文不过三百，而十余转折，愈出愈奇，文之最妙者也"⑦。欧阳修记文之写景叙事往往文情起伏顿挫，行文也随之回环婉转、曲韵悠扬。《岘山亭记》是熙宁三年（1070）作者应襄阳知府史中辉之约所作，文章入题，不直接提及请写者史中辉，而从岘山因而得名的两个历史人物羊祜和杜预写起，重点写其求名："元凯铭功于二石，一置兹山之上，一投汉水之渊。是知陵谷有变，而不知石有时而磨灭也。"而名实难于不朽，暗喻今日史中辉欲求名之不可为。"文情起伏顿挫，无限情态具从一'思'字取意也"⑧，又"抑扬唱叹"⑨。朱宗洛对此做了细致深入的分析，他说：

---

① 郭绍虞辑《宋诗话辑佚·童蒙诗训》，中华书局，1987，第600页。
② 孙琮：《山晓阁唐宋八大家选·欧阳庐陵》卷一，清康熙刻本。
③ 魏禧：《魏叔子文集》卷二《杂说》，易堂刊本。
④ 楼昉：《崇古文诀》卷十八，文渊阁四库全书本。
⑤ 吕留良：《晚村先生八家古文精选·欧阳文精选》，清刻本。
⑥ 孙琮：《山晓阁选宋大家欧阳庐陵全集》卷三，清康熙刻本。
⑦ 茅坤：《唐宋八大家文钞·庐陵文钞》卷二十一，文渊阁四库全书本。
⑧ 过琪：《古文评注》卷八，清嘉庆庚申刻本。
⑨ 陈兆仑：《陈太仆批选八大家文钞·欧文》卷一，清光绪二十六年天津文美斋石印本。

一路婉转而入，其郁然深秀之致，自露行间，令人玩赏不穷。文与题正相称。通篇以"名"字作骨，入手从岘山之有名，跌起叔子、元凯，随把两人功业轻轻安放，紧紧将后人思慕两人意，吊起"名"字，此行文最紧凑处。其入"名"字，却用翻笔振出其作势险峭处。下就两人汲汲于名处分写，此申说之法，亦敦衍之法也。由山出亭，仍组合"名"字，遥应"风流余韵"数句，此收足之法，亦呼应之法也。接入史君，正叙作亭，即插入"襄人安其政而乐从其游"句，仍借叔子形出史君志行政事之美，以推奖作亭之人，行文极宕逸之妙。①

《丰乐亭记》写一亭而及一地，又由目前安治之现状推及五代乱亡之历史，最后推出今日天下安定、百姓和乐，均归于宋帝功德，行文"由乱到治与由治回想到乱，一波三折"②，以见作者为文"纡回百折"③、委曲层深的章法之妙。文章由昔而今，由乱至治，俯仰今昔，慨叹古今，抑扬顿宕，别有风韵。林纾云："欧文讲神韵，亦于顿笔加倍留意……本来作一层说即了，而欧阳修特为夷犹顿挫之笔，乃愈见风神。故王元美作文三法，其第二条曰：'抑扬顿挫，长短节奏，各机其致，句法也。'唯能解班、欧二氏之句法，即可悟文家顿笔之法。"④ 因此，其是"文情抑扬吞吐"⑤"俯仰处更多闲情逸韵"⑥"以风致跌宕取胜"⑦ 之文。《画舫斋记》也是一篇"文字宛转"⑧ 的"兴逸"⑨ 之文，文章以舟命斋，以行舟江上之安险喻人生仕途之顺逆，始言为燕居而作，次反言舟之履险，而终归舟行之乐，前后照应之际显出文思之曲折顿宕，如唐介轩所言"此文忽而波澜恣肆，忽而心气安闲，正尔韵致如生"⑩，于跌宕顿挫之结构中彰显"风神"之美。此外，《游鲦亭记》是"跌宕得神，姿势横逸"⑪，《醉翁亭记》

---

① 朱宗洛：《古文一隅》卷下，清光绪十三年撷华书局刊本。
② 陈衍撰、陈步编《陈石遗集》卷五，福建人民出版社，2001，第1623页。
③ 毛庆蕃：《古文学余》卷三十二，光绪戊申刻本。
④ 林纾：《春觉斋论文》，人民文学出版社，1959，第120页。
⑤ 吴闿生：《古文范》卷四，民国八年上海朝记书庄宁波文明学社刊本。
⑥ 康熙帝选、徐乾学等编《古文渊鉴》，吉林人民出版社，1998，第973页。
⑦ 李刚己：《古文辞约编·序跋类》，民国十四年柏香书屋刊本。
⑧ 楼昉：《崇古文诀》卷十八，文渊阁四库全书本。
⑨ 茅坤：《唐宋八大家文钞》卷四十九《庐陵文钞》，文渊阁四库全书本。
⑩ 唐介轩：《古文翼》卷七，清同治癸酉常熟艺文堂刻本。
⑪ 林景亮：《评注古文读本》，中华书局，1916。

是"逐层脱卸,逐步顿跌"①,《真州东园记》是"异样离奇,异样曲折"②,《偃虹堤记》则是人以堤传,堤以文传,"逆来顺往之势,运用得精密变化"③,且"叙次简老,波澜动宕,通体无一平直之笔"④的文章。可以说,纡徐抑扬、曲折顿宕的写作方法及行文特点,使写景叙事又复抒情的记体文,别有一种摇曳生神的风姿美。

欧阳修于诗文集序和赠序中,往往因人发议、由事发议,或低昂顿折,跌宕伸缩,或反复感叹,抑扬顿挫,同样多见曲折回环之生花妙笔。《梅圣俞诗集序》借梅尧臣有才而不遇于时,提出"诗穷而后工"的观点,文章抑扬跌宕,极尽曲折顿挫之美。篇首以"予闻世谓诗人少达而多穷,夫岂然哉"的反问句式开头,然后阐述"凡士之蕴其所有而不得施于世者,多喜自放于山巅水涯。外见虫鱼草木风云鸟兽之状类,往往探其奇怪。内有忧思感愤之郁积,其兴于怨刺,以道羁臣、寡妇之所叹,而写人情之难言,盖愈穷则愈工",文章至此,水到渠成地得出"非诗之能穷人,殆穷者而后工也"的结论。之后方转入诗集序之主角梅尧臣,叙论其不得志于时而长于诗,由此与上文"非诗之能穷人,殆穷者而后工"的命题相应,事与理应,情融其中,低昂婉曲,抑扬顿宕,余韵悠扬。《古文观止》评云:"通篇写来,低昂顿折,一往情深。"⑤孙琮分析得更为具体深入:"此篇妙处,前幅妙在一起写得兀突,又写得郁勃,如朝云出岫,浮浮而上,不知其几千万重也。中幅妙在写得低昂婉转,又写得淋漓满志,如曲终余韵,一唱三叹,不知其几回反复也。得此两处写得出色,便令通篇文字出色,后面只用直叙而已足。若'穷而后工'四字,是欧阳修独创之言,实为千古不易之言。葛端调评:风味宛曲处,能使悲悯之旨畅然而雄迈。'若使其幸得见于朝廷'二段,奇峰突兀。"⑥《送徐无党南归序》也是反复感叹,抑扬顿挫之文。文章意在劝勉徐生修身立行,开首先摆出儒家的"三不朽"观:"修之于身,施之于事,见之于言,是三者所以能不朽而存也",接着驳去"立言",继而再驳去"行事",最后只剩"修身",

---

① 吴楚材、吴调侯选注,安平秋点校《古文观止》卷十,中华书局,1987,第411页。
② 金圣叹:《天下才子必读书》卷十三,万卷出版公司,2009,第369页。
③ 浦起龙:《古文眉诠》卷六十,静寄东轩刻本。
④ 沈德潜选评、于石校注《唐宋八家文读本》,安徽文艺出版社,1998,第395页。
⑤ 吴楚材、吴调侯选注,安平秋点校《古文观止》卷十,中华书局,1987,第400页。
⑥ 孙琮:《山晓阁选宋大家欧阳庐陵全集》卷三,清康熙刻本。

文章并不正面实说道理，而是援引"《诗》、《书》、《史记》所传"及颜回为例，又以感叹之语嗟怀士人片面追求立言以不朽的可悲："予窃悲其人，文章丽矣，言语工矣，无异草木荣华之飘风，鸟兽好音之过耳也……今之学者，莫不慕古圣贤之不朽，而勤一世以尽心于文字间者，皆可悲也。"[1]文思曲折，跌宕起伏，极富顿挫之妙，吕留良云："通篇曲折最多，而读之端如珠贯，亦六一翁平生最得意之文。"[2]欧阳修两作释集序，皆是低昂起伏、抑扬顿宕。《释惟俨文集序》是"忽起忽落"[3]，《释祕演诗集序》是"顿挫伸缩，无不自如"[4]。现以后者为例，《释祕演诗集序》一文目的是作序，却以求士立意，从曼卿引出祕演，从祕演说到诗集，又重点兴发人物前后盛衰之感，为文曲折多变，故唐介轩云"文境迂回曲至"[5]，毛庆蕃云"跌宕雄奇，是欧阳修得意处"[6]，都指向此文曲折回环、跌宕起伏的结构特点。《读李翱文》虽称赞唐代李翱，却是借李翱做引子，把自己一片忧时热血，借古人抛洒。文章将李翱之忧时与韩愈之忧己相对照，又由李翱之忧时思及当今时事之危，极尽顿挫郁勃之妙，林云铭云"文之曲折感怆，能令古今来误国庸臣无地生活"[7]。

关于欧阳修碑志文抑扬顿挫的特点，钱基博说："碑传之文，随事曲注，而工为提缀，跌宕昭彰。"[8]如《江邻几墓志铭》由墓主江邻几才华品德之赞引申到江邻几与苏子美的西京交好畅游，至子美贬死，交游零落，盛衰之际，不甚感伤。所以孙𫓧广云："只是悼亡意，作感慨调，抑扬顿挫，便有无限风致。此文佳处盖在字句外。"[9]《太常博士尹君墓志铭》哀悼尹源之逝，对比于尹洙"蹈忧患以穷死"，尹源是"旷然不有累其心，而无所屈其志"，但寿命亦不长，作者因而感慨生命之无常："岂其所谓短长得失者，皆非此之谓欤？其所以然者，不可得而知欤？"林纾对此文之抑扬曲折、吞吐之妙颇有心得："此篇颇代子渐不平……末段极抒哀惋之

---

[1] 卷四十四《送徐无党南归序》，第631~632页。
[2] 吕留良：《唐宋八家古文精选·欧阳文》，清甲申吕氏家塾刊本。
[3] 吕留良：《唐宋八家古文精选·欧阳文》，清甲申吕氏家塾刊本。
[4] 慕容真点校《林纾选评古文辞类纂》，浙江古籍出版社，1986，第64页。
[5] 唐介轩：《古文翼》卷七，清同治癸酉常熟艺文堂刻本。
[6] 毛庆蕃：《古文学余》卷三十二，光绪戊申刻本。
[7] 林云铭：《古文析义》二编卷七，清康熙丙申刻本。
[8] 钱基博：《中国文学史》，中华书局，1993，第635页。
[9] 孙琮：《山晓阁选宋大家欧阳庐陵全集》卷三，清康熙刻本。

情,举师鲁互相比较。言师鲁之死,死于忧患,而子渐既淡荣利,似不应死,然仍以愤时嫉俗而死。乃偏言无累,不知好善恶恶之过严,即足为子渐之累。乃吞吐不涉痕迹,是行文之神化处。"① 王文濡亦云此文"感慨深挚,神气跌荡,诵之使人心醉"②。《祭尹师鲁文》以悲怆之思哀悼尹洙之亡,文章云师鲁"辩足以穷万物,而不能当一狱吏;志可以狭四海,而无所措其一身","方其奔颠斥逐,困厄艰屯。举世皆冤,而语言未尝以自及","自古有死,皆归无物。惟圣与贤,虽埋不殁",极言尹洙人品学问志向之高远,而人生境遇却极其困顿,但尹洙却豁达乐观,不为介怀。作者有感于师鲁之达观,希冀释其哀恸,但终究无法释怀:"子能自达,予又何悲?惟其师友之益,平生之旧,情之难忘,言不可究。"③ 为文曲折顿挫、跌宕起伏,几经转折,富于变化。在祭文墓表中,也可见欧阳修于转换、顿束、开宕处见精神,富排宕百折之妙的写法。《祭石曼卿文》首段写其名之必传,所以慰死者;中段写死后之凄凉,所以悲死者;结处紧承中段,回环首段,抒发自己思念之诚,而主旨在悲悼曼卿。朱宗洛云:"此文妙处,总在转换处、顿束处及开宕处见精神,故尺幅中有排宕百折之妙。"④ 其在结构变化转换中极抒悲悼之情,有抑扬顿挫之妙。《泷冈阡表》写父亲口中平反死狱,语凡数折:"求而有得"是一折,"不求而死有恨"句又一折,"世常求其死"一句又一折。一段话语,竟凡三折,层层折进,如此逆折之笔但见父亲为吏之恪尽职守、宅心仁厚。《集贤院学士刘公墓志铭》是"通体一直叙下,而因事曲折,波澜自还……观此文回旋转换处,真有意转丝牵之妙"⑤。

陈衍说:"大略宋六家之文,欧阳修叙事长于层累铺张,多学汉人晁错《贵粟重农疏》、淮南王安《谏伐闽越书》、班孟坚《汉书》各传,而济以太史公传赞之抑扬动荡。"⑥ 他认为欧阳修文章在叙事层累铺张之余,学习、借鉴司马迁传赞之抑扬动荡,使文章别具风神。著名的《伶官传论》就是于抑扬顿挫、跌宕遒逸融淋漓之感慨,遂得史迁神髓,而别具风

---

① 慕容真点校《林纾选评古文辞类纂》,浙江古籍出版社,1986,第364页。
② 徐树铮:《诸家评点古文辞类纂》(第4册),国家图书馆出版社,2012,第211页。
③ 卷四十九《祭尹师鲁文》,第694页。
④ 朱宗洛:《古文一隅》,清光绪十三年撷华书局刊本。
⑤ 王元启:《读欧记疑》卷一,食旧堂丛书本。
⑥ 陈衍撰、陈步编《陈石遗集》,福建人民出版社,2001,第1625页。

神之美。康熙云："抑扬顿放中无限烟波,文之神似龙门者。"① 沈德潜云："抑扬顿挫,得《史记》神髓。"② 刘大櫆云："跌宕遒逸,风神绝似史迁。"③ 他们都道出了此文宕逸摇曳的风神之美。不仅是《伶官传论》如此,其他史论文同样于抑扬顿折中寓无限风神。如《新五代史·一行传论》是分合抑扬,"详写五人,或合或分,或扬或抑,写出数人地位各有低昂,恰如江上晴峰,历历可数"④;《新五代史·梁太祖论》是"议论得大体,而文殊圆转澹宕"⑤。《新唐书·艺文志论》论述了艺文源流和唐代艺文概况,文章言经、史、子、集虽分重轻,而均不可使散亡磨灭,又"论中原委分明,而尊尚仍在经术,抑扬顿折,无限风神"⑥,行文"序事中带感慨悲吊,以发议论,其机轴本史迁来"⑦。《新唐书·食货志论》是"论悉,文亦跌宕"⑧。

关于欧阳修文章抑扬顿挫特点,多有评说。所谓"有起伏、有开阖"⑨,"跌宕多姿"⑩,"扬纵伸缩"⑪,"逆来顺往之势,运用得精密变化"⑫,"或合或分,或扬或抑"⑬,"文情复跌荡可喜,直磊落而英多"⑭,"忽起忽落,如隼鹘之疾击"⑮,"文顿挫伸缩,无不自如"⑯,"反复感叹,抑扬顿挫"⑰,"抑扬跌宕,绰有情致"⑱,"备极顿挫郁勃之妙"⑲,等等,难以胜数。明代茅坤对司马迁、欧阳修文章之抑扬曲折、跌宕顿挫尤为喜

---

① 康熙帝选、徐乾学等编《古文渊鉴》,吉林人民出版社,1998,第968页。
② 沈德潜选评、于石校注《唐宋八家文读本》,安徽文艺出版社,1998,第461页。
③ 徐树铮:《诸家评点古文辞类纂》(第1册),国家图书馆出版社,2012,第437页。
④ 孙琮:《山晓阁选宋大家欧阳庐陵全集》卷三,清康熙刻本。
⑤ 茅坤:《唐宋八大家文钞》卷四十三《庐陵文钞》,文渊阁四库全书本。
⑥ 沈德潜选评、于石校注《唐宋八家文读本》,安徽文艺出版社,1998,第459页。
⑦ 茅坤:《唐宋八大家文钞》卷四十三《庐陵文钞》,文渊阁四库全书本。
⑧ 茅坤:《唐宋八大家文钞》卷四十三《庐陵文钞》,文渊阁四库全书本。
⑨ 爱新觉罗·玄烨:《御选古文渊鉴》卷四十五,四库全书本。
⑩ 沈德潜选评、于石校注《唐宋八家文读本》,安徽文艺出版社,1998,第399页。
⑪ 章廷华:《论文琐言》,1914年沧粟斋丛刻本。
⑫ 浦起龙:《古文眉诠》卷六十,静寄东轩刻本。
⑬ 孙琮:《山晓阁选宋大家欧阳庐陵全集》卷三,清康熙刻本。
⑭ 康熙帝选、徐乾学等编《古文渊鉴》(下册),吉林人民出版社,1998,第955页。
⑮ 吕留良:《唐宋八家古文精选·欧阳文》,清甲申吕氏家塾刊本。
⑯ 慕容真点校《林纾选评古文辞类纂》,浙江古籍出版社,1986,第64页。
⑰ 徐树铮:《诸家评点古文辞类纂》(第4册),国家图书馆出版社,2012,第332页。
⑱ 张伯行:《唐宋八大家文钞》卷六,中华书局,2010,第85页。
⑲ 金圣叹选评、王之绩评注《评注才子古文》卷十二,江左书林,1914年石印本。

欢，以至模拟效仿，《四库全书总目》于此评云："坤刻意摹司马迁、欧阳修之文，喜跌宕激射。所选《史记钞》《八家文钞》《欧阳史钞》，即其生平之宗旨。然根柢少薄，摹拟有迹。秦、汉文之有窠臼，自李梦阳始；唐、宋文之亦有窠臼，则自坤始。"① 说明创作者如果不是出于情感抒发的需要，自然形成曲折跌宕的文势，而是刻意为跌宕顿挫、抑扬曲折，则易使文章落入机械模仿的窠臼，这又是我们所应注意和摒弃的。

五　结构谨严、章法完密

"博大整饬中风神自见"②，《史记》《汉书》都以结构谨严完密著称，司马迁《史记》是"曲尽周密"③，班固《汉书》是"极其首尾节奏之密"④；《史记》以"风神"胜，《汉书》以"矩镬"胜，但都能做到规划布置，严谨完密，规矩法度贯穿其中。欧阳修文也深受史传文章结构谨密特点的影响，学人深窥其体，遂有"门户既严，针线复密"⑤，"文情花簇而章法紧严"⑥，"思致周密"⑦，"结构亦极精密"⑧，"处处谨严，如此弹章，令人敛手以避"⑨，"前后开锁严密"⑩，"开合照应，尤极严密""情文周匝，极谋篇之胜"⑪，"章法最为完密"⑫ 等结论与评价。

欧阳修序记之构思用意往往谨严完密，可见作者精心结撰之妙。欧阳修辟佛崇儒，故为释作序文如《释惟俨文集序》《释祕演诗集序》，皆语不涉浮屠，既为释者作序又巧妙地回避对方身份特点，而且文章主眼突出，线索分明，充分体现了作者构思的谨严与细密。林纾云："不是有心与方外往来。故叙秘演，则言其气节；叙惟俨，则言其通儒术。此皆文字着眼

---

① 纪昀总纂《四库全书总目提要》，河北人民出版社，2000，第4714页。
② 王同舟、李澜：《钦定四书文校注》卷四《正嘉四书文》，武汉大学出版社，2009，第174页。
③ 方孝孺著、徐光大点校《方孝孺集》卷十二《张彦辉文集序》，浙江古籍出版社，2013，第461页。
④ 茅坤：《茅坤集》，浙江古籍出版社，1993，第494页。
⑤ 林纾：《古文辞类纂选本》卷二，商务印书馆，1926。
⑥ 过珙：《古文评注》卷八，清嘉庆庚申刻本。
⑦ 林景亮：《评注古文读本》评语，中华书局，1916。
⑧ 余诚：《古文释义》卷八，上海锦章图书局石印本。
⑨ 归有光：《欧阳文忠公文选》卷一，清刻本。
⑩ 林纾：《古文辞类纂选本》卷三，商务印书馆，1926。
⑪ 孙琮：《山晓阁选宋大家欧阳庐陵全集》卷一，清康熙刻本。
⑫ 李刚己：《古文辞约编·序跋类》，民国十四年柏香书屋刊本。

之处……门户既严，针线复密，盖有鉴乎昌黎与大颠往来，见讥于人；所以每下一字，匪不谨慎。"① 过珙云："序秘演诗集，则秘演是主，曼卿是宾，欧阳修自己尤宾中之宾也。通篇妙以宾主陪衬夹叙，而以'盛'、'衰'二字为眼目映带收束，其间觉文情花簇而章法紧严矣。"②《相州昼锦堂记》"从'昼锦'二字中想出个'荣'字来，复从'荣'字上一层，想出个'志'来。于是，以'志'字为经，以'荣'字为纬，写成一篇洋洋洒洒大文。却妙在从人情说起，推进昼锦之所以为荣处，为魏公作反衬。且又不说坏若辈，不过只以富贵之荣衬出公功德之荣来。然使一口竟尽，便索然无味，而文势亦不峥嵘，故前幅既作衬笔而转入韩公，后仍多作顿宕，直至'公在'一段，方才实叙出公之功德足以为荣。字字是韩公实录，毫无溢美之词。崇议闳论，堪传不朽，而结构亦极精密。此当是庐陵最用意之文。"③《岘山亭记》以"思"字生发延展，构思严密，前后照应："亭在岘山，记亭必先记山，奈山是两人之山，撇下一人不得，亭是一人之亭，杜上一人又不得。看他拿个名字双提，紧个思字单表，全在埋伏照应上，闲闲布置，忽双忽单，了无痕迹。末两句扫旧套作结，真化工大手笔。"④《偃虹堤记》是"逆来顺往之势，运用得精密变化，开后人布局无穷法门"⑤。《与梅圣俞书》"因泉及山，因山及景，因景及作记作诗……思致周密，词意尤简洁可爱"⑥。

书信议论文章则是观点鲜明，持论有力，起伏照应，以见章法谨严完密之妙。《本论》议论恣畅，文气完整。《通进司上皇帝书》《答吴充秀才书》观点鲜明，持论有力，层层递进，结构完密。《朋党论》法严语易，起伏照应，尤见严密。《论杜衍范仲淹等罢政事状》《论江淮官吏札子》《新五代史·宦者传论》等，则辩论犀利，论证有力，体裁严整，章法完密。具体来看，《上范司谏书》前后收束照应，中间衔接自然，章法谨严完整："前有总冒，后有总束，中有过脉，是其纪律森严处。"⑦《通进司上皇帝书》言西夏战事，献"通漕运""尽地利""权商贾"等御敌三术，

---

① 慕容真点校《林纾选评古文辞类纂》，浙江古籍出版社，1986，第66页。
② 过珙：《古文评注》卷八，清嘉庆庚申刻本。
③ 余诚：《古文释义》卷八，上海锦章图书局石印本。
④ 林云铭：《古文析义》二编卷七，清康熙丙申刻本。
⑤ 浦起龙：《古文眉诠》卷六十，静寄东轩刻本。
⑥ 林景亮：《评注古文读本》评语，中华书局，1916。
⑦ 朱宗洛：《古文一隅》卷下，清光绪十三年撷华书局刊本。

反复陈说利害，文章"行文论事，纡徐详密"①，因此"结构完密，自是经济大文。"②《朋党论》前有道理阐述，后有史实例证，前后环抱，起伏照应，故结构绵密，论证有力，令人信服。余诚云："前半极言人君宜辨君子小人，后半历引治乱兴亡之迹作证，以人君之不能辨君子小人，多由于未明治乱兴亡之迹也。前后本属一意贯注，而篇首以'自古'句伏后半篇，篇末以'其能辨'句抱前半篇，起伏照应，尤见紧密。"③《论杜衍范仲淹等罢政事状》观点鲜明，持论有力，"不特体裁严整，亦论事之极则也"④。《本论中》此辟佛崇儒文章，贵在以理服人，持论得体，其贵处尤在文气完密，如孙琮所评"篇中前幅议论已尽，中、后承写而畅言之，直处极其直之妙，曲处极其曲之妙，末以八尺之夫、一介之士两两相形，结出礼义为胜佛之本以缴转前意，文气极为完密"⑤。此外，《论江淮官吏札子》是"处处谨严"⑥。《论台谏官言事未蒙听允书》是"前后关锁严密，切挚和婉，所以成为好奏议也"⑦。《答吴充秀才书》正反反复申说"道胜而文至"的观点，这既是对他人的建议，也是欧阳修对自己为文的要求，故写得"情文周匝，极谋篇之胜"⑧。《新五代史·宦者传论》论宦者之祸，层层剥入，节节搜剔，又有迥应起笔，所以"章法最为完密"⑨。

欧阳修于碑志墓表的写作，往往叙事感慨议论结合，宽严舒紧，严整有法，繁简有度，法度精密。《尹师鲁墓志铭》对于盟友既赞其高节，复悲其受诬得谗，用意深至，仿《春秋》谨严之义例，褒贬善恶，"简而有法"，词约而法严，用意精深而严密。《张子野墓志铭》既历叙平生之旧，朋友之恩，复感慨悲欢聚散，俯仰情深。末后补写其善可铭，应前三件，以归结到可哀上，使章法谨严圆密。《河南府司录张君墓表》则突显中心，又泛其波澜，既写西京旧游之盛，又以二十五年情事，收摄通篇，与主旨"表改葬"相应，以见前后照管之周密。《泷冈阡表》叙细碎之事，却能镕

---

① 浦起龙：《古文眉诠》卷五十七，静寄东轩刻本。
② 孙琮：《山晓阁选宋大家欧阳庐陵全集》卷一，清康熙刻本。
③ 余诚：《古文释义》卷八，上海锦章图书局石印本。
④ 孙琮：《山晓阁选宋大家欧阳庐陵全集》卷一，清康熙刻本。
⑤ 孙琮：《山晓阁选宋大家欧阳庐陵全集》卷三，清康熙刻本。
⑥ 归有光：《欧阳文忠公文选》卷一，清刻本。
⑦ 慕容真点校《林纾选评古文辞类纂》卷三，浙江古籍出版社，1986，第108页。
⑧ 孙琮：《山晓阁选宋大家欧阳庐陵全集》卷一，清康熙刻本。
⑨ 李刚己：《古文辞约编·序跋类》，民国十四年柏香书屋刊本。

成整片，而不至散漫烦赘。《忠武军节度使同中书门下平章事武恭王公神道碑铭》《尚书主客郎中刘君墓志铭》是宽严舒紧，严整有法。《徂徕石先生墓志铭》均以徂徕立论，篇中言躬耕徂徕，言闲居徂徕，言待次于徂徕，处处提掇，回顾有情，故"开合照应，尤极严密"①。

但所有这些写作手法的运用，都不是机械的套用，而是欧阳修在长期的创作实践中，对散文创作规律的悉心体悟与精熟把握所致。正如欧阳修自己所言："为文之法，唯在熟耳。变化之态，皆从熟处生也"，最后达到随心所欲不逾矩的目的，所谓"可以从心，成为规矩"，即是言此，"试问此等境界，非熟何能遽臻?"② 正是经过艰辛的努力，千锤百炼，方能成就"绚烂之极"而后的平淡与自然。

---

① 孙琮：《山晓阁唐宋八大家选·欧阳庐陵》卷四，清康熙刻本。
② 林纾：《春觉斋论文》，人民文学出版社，1959，第 115 页。

第七章
"六一风神"之语言特点与审美类型

　　欧阳修重视散文的美感作用，认为文章应该是富于美感的，因此应以审美的心态从事美文的创作，在此思想指导下，欧阳修创作了一批思想丰沛、艺术精湛的古文精品。如《丰乐亭记》之"流动婉秀，云委波属"[①]。《醉翁亭记》之山、水、亭、人、酒，意象纷繁生动，充满诗情与画意。《秋声赋》之由草木零落，百物变衰，而发抒人生悲感，伤秋咏怀，悲壮顿挫，又如箫琴可诵，词致清亮。《真州东园记》之"处处回映，便觉文澜宕住，含蕴无穷"[②]。《送徐无党南归序》之"淋漓悲慨，透露精神""文情高旷卓越"[③]。《岘山亭记》之"长于感叹，况在古之名贤与遥集之思，宜其文之风流绝世也"[④]。《祭石曼卿文》之凄清逸韵，唏嘘欲绝，可称笔笔传神，等等。朱熹说欧文"虽平淡，其中却是美丽"[⑤]，茅坤说"遒丽逸宕，若携美人宴游东山，而风流文物照耀江左者，欧阳子之文也"[⑥]，都是对欧文富有风神之审美特征和美感作用的评价。"六一风神"之美离不开虚词的运用与骈散的结合，离不开文章简洁平易的语言风貌。"六一风神"的审美特征包括感慨淋漓、言近意远、韵外之致、跌宕曲折及一唱三叹等；其美学主体类型倾向于阴柔之美，但还应包括温雅醇厚的中和之美特质。

---

① 林云铭：《古文析义·初编》卷五，清康熙丙申刻本。
② 唐介轩：《古文翼》卷七，清同治癸酉常熟艺文堂刻本。
③ 孙琮：《山晓阁唐宋八大家选·欧阳庐陵》卷三，清康熙刻本。
④ 徐树铮：《诸家评点古文辞类纂》（第4册），国家图书馆出版社，2012，第510页。
⑤ 朱熹撰、黎靖德编《朱子语类》卷一百三十九，中华书局，1986，第3312页。
⑥ 茅坤：《唐宋八大家文钞·论例》，文渊阁四库全书本。

第一节 语言特点

一 虚词唱叹，骈散结合

刘勰说："气有刚柔，学有浅深，习有雅郑。"① 其中"气有刚柔"，指出作品之阳刚或阴柔的属性特征往往取决于作家自身的个性倾向。章学诚指出："凡文不足以动人，所以动人者气也；凡文不足以入人，所以入人者情也。气积而文昌，情深而文挚；气昌而情挚，天下之至文也……气得阳刚而情合阴柔。"② 他指出，气盛则文昌，情深则文挚，故气得阳刚而情合阴柔，以气动人的文章往往得阳刚之美，以情感人的文章常常富于阴柔之美。而"欧、曾之文善用柔"③，无疑是"偏于柔之美者"④，得阴柔之美学风尚，更衍为"六一风神"之艺术属性。学人多指出这一审美旨趣得之于司马迁之传，并在与韩愈文章的比较之中，反复强调这一特点。茅坤在《刻汉书评林序》中，通过对《史记》与《汉书》的比较，提出"风神"概念及其"遒逸疏宕"的特点，他说："太史公与班掾之材，固各天授，然《史记》以风神胜，而《汉书》以矩镬胜。惟其以风神胜，故其遒逸疏宕如餐霞，如啮雪，往往自眉睫之所及，而指次心思之所不及，令人读之解颐不已。"⑤ 这说明司马迁《史记》遒逸疏宕、极富风神韵致之美，与班固《汉书》章法井然、谨于规矩的风格是很不相同的。学人认为太史公文章兼有阳刚与阴柔之美学属性，而又以风神遒逸的阴柔之美为主，欧阳修正是继承了这样一种以情动人、风神摇曳之阴柔美的属性特点。如清人唐文治云："史公于数百年后，得门徒数人，韩、柳、欧、曾是也。韩、柳得其阳刚之美，欧、曾得其阴柔之美。"因其阴柔之美，故欧文"丰神千古不灭"⑥。学者钱基博概括得更为形象具体，他说：

> 窃谓司马迁之文，规模宏大，开合自由，深情劲气，雄视千古，

---

① 刘勰撰、周振甫注《文心雕龙注释·体性》，人民文学出版社，1981，第308页。
② 章学诚：《文史通义·史德》，上海古籍出版社，2015，第68页。
③ 黄式三：《儆居集》卷一，清光绪十四年版刊本。
④ 姚鼐：《惜抱轩全集》卷六，中国书店，1991，第71页。
⑤ 茅坤：《茅坤集》，浙江古籍出版社，1993，第494页。
⑥ 唐文治：《国文经纬贯通大义》卷二，1925年无锡国学专修馆本。

盖兼具阳刚阴柔、气势风神之美。韩文得其阳刚与气势之美为多；欧文得其阴柔与风神之美为多。永叔善绍史公之一端，学韩变韩而不为形似，皆出于性情之所近与所异。退之负气，永叔多情；退之急激，永叔宽和，其文之异也固宜。两公遂以此而为八家中毗阳、毗阴两宗之主；而后世论此两种文风者，其典型亦莫逾于是矣。①

说明欧文偏于阴柔之美，就像波光潋滟的曲池陂塘，柔婉流丽，区别于韩文深浩流转的长江大河般壮阔雄浑的阳刚之美。洪本健认为阴柔之美是"六一风神"的类型属归，并总结说："欧阳修的散文以'六一风神'见称于世，偏向阴柔一路发展，显示出前所未有的以情韵取胜的典型而成熟的艺术风格。"② 这是十分精要恳切的评价。

欧文在趋向阴柔美之属性特征，形成情韵摇曳的"六一风神"的过程中，多得益于虚字、叹词所起的作用。虚字、叹词的得当运用，使文章语气优柔、情思摇曳、节奏舒缓、风致标举、神韵绵邈。刘大櫆云："文必虚字备而后神态出。"③ 刘淇云："构文之道，不过实字、虚字两端，实字其体骨，而虚字其性情也。"④ 吴汝纶更是感叹道："因叹文章之难，第一在用虚字。"⑤ 谢鼎卿云："实字求义理，虚字审精神。"⑥ 沈祥龙说："前呼后应，仰承俯注，全赖虚字灵活。"⑦ 袁仁林说："故虚字者，所以传其声，声传而情见焉。"⑧ 可见，前人是非常注重散文中虚字的运用，认为它可以使作者性情、神情生动毕现，更好地传达文章的精神气貌。较之韩文，欧文使用虚字频率高得多。台湾何寄澎论欧文创作方法，几乎每种文体都会谈及"虚词不断重复使用"的特点⑨，但欧文中用得最好的无疑是那类舒缓语气、词语优美、情味深长的虚词。如熊礼汇所云："用得最多最好、最能显出其特点的，是不断重复使用虚字，用以曼引声韵、舒缓文

---

① 钱基博：《现代中国文学史·编首》，上海古籍出版社，2011，第17页。
② 洪本健：《略论"六一风神"》，《文学遗产》1996年第1期，第68页。
③ 刘大櫆：《论文偶记》，人民文学出版社，1959，第9页。
④ 刘淇著、章锡琛校注《助字辨略·自序》，开明书店，1940，第1页。
⑤ 姚永朴撰、许振轩校点《文学研究法》卷三，黄山书社，2011，第153页。
⑥ 谢鼎卿：《虚字阐义·总论》，北京图书馆静电复制本，第1页。
⑦ 沈祥龙：《论词随笔》，载郑奠、麦梅翘编《古汉语语法学资料汇编》，中华书局，1964，第96页。
⑧ 袁仁林：《虚字说》，中华书局，1989，第128页。
⑨ 何寄澎编著《唐宋古文新探》，北京大学出版社，2010，第141页。

气、放慢节奏，使用辞气宛转、情味绵远、神志毕出而文风柔婉平和。"① 而在具体使用时，虚词又常与感慨深长、曲折跌宕、纡徐委婉等特点联系在一起，愈增文章声情曼妙、情韵悠长之美。

《醉翁亭记》是使用虚词而生神的最典型篇章之一。文章充满诗情画意，潇洒跌宕，极富情韵绵邈的阴柔之美，又多用虚词，整散相间，骈散结合。俞文豹感叹道："《醉翁亭记》：'夕阳在山，人影散乱'，'树林阴翳，鸟声上下'……此类如仲殊所谓'费尽丹青，只这些儿画不成'。"说明了这篇名作难以描摹的"容止气象"②。特别是二十一个"也"字的运用，增强了节奏感和音乐性，更使文章文气舒缓、潆洄曲折、声韵悠长、情味隽永而沁人心脾。吴楚材、吴调侯《古文观止》云："通篇共用二十个'也'字，逐层脱卸，逐步顿跌，句句是记山水，却句句是记亭，句句是记太守。似散非散，似排非排，文家之创调也。"③ 余诚《古文释义》云："直记其事，一气呵成，自首至尾，计用二十个'也'字……风平浪静之中，自具波澜潆洄之妙。笔歌墨舞，纯乎化境，洵是传记中绝品。"④ 虚词的频繁运用使文章节奏舒缓，自然而流畅，行云流水一般，如金圣叹所云："一路逐笔缓写，略不使气之文。"⑤ 不仅如此，《醉翁亭记》还连用二十三个"而"字，如何寄澎所论："欧文重复使用虚字词，尤好用'而'字，实为求气调之宛转曼引，比增地文章婀娜之姿。"⑥ 可见，此文虚词的使用，备极风神，深受学人之肯定与推崇。又如《真州东园记》多用"之"字、"而"字、"以"字，也使文章节奏放慢、文气舒缓、韵致悠长、情思绵邈。《有美堂记》中"今其江山虽在，而颓垣废址，荒烟野草，过而览者莫不为之踌躇而凄怆"，"盖钱塘兼有天下之美，而斯堂者又尽得钱塘之美焉，宜乎公之甚爱而难忘也"⑦ 等，也是借虚词将作者浓郁的感慨之情以唱叹之调反复抒发。《石曼卿墓表》中"而人之从其游者，皆知曼卿落落可奇，而不知其才之有以用也"一句，两个"而"字的使

---

① 熊礼汇：《欧阳修对韩愈古文艺术传统的接受和超越》，载刘德清、欧阳明亮编《欧阳修研究》，学林出版社，2008，第 20～32 页。
② 俞文豹撰、张宗祥校订《吹剑录全编》，古典文学出版社，1958；第 107 页。
③ 吴楚材、吴调侯选注，安平秋点校《古文观止》卷十，中华书局，1987，第 411 页。
④ 余诚：《古文释义》卷八，上海锦章图书局石印本。
⑤ 金圣叹：《天下才子必读书》卷十三，万卷出版社，2009，第 367 页。
⑥ 何寄澎编著《唐宋古文新探》，北京大学出版社，2010，第 141 页。
⑦ 卷四十《有美堂记》，第 585 页。

用，使文章既富转折委曲之势，又有一种变化错综之感，句尾再加一个"也"字宕出，使语气舒缓而唱叹有致。像《丰乐亭记》《吉州学记》《相州昼锦堂记》等文，其雍容典雅、容与闲易之态，也多借虚词的反复频繁表现而得以展示与呈现，如《相州昼锦堂记》中"仕宦而至将相，富贵而归故乡。此人情之所荣，而今昔之所同也"，"唯德被生民而功施社稷……此公之志，而士亦以此望于公也。岂止夸一时而荣一乡哉"①。范公偁云"于'仕宦'、'富贵'下，各添一'而'字，使文义尤畅"②，楼昉云"文字委曲，善于形容"③。又如《王彦章画像记》在叙事中融入议论与情感，"岂无"的反问句式与"也"的感叹虚词的共同作用，使文章感慨生情、摇曳多姿、情韵绵长，更富风神之美。此外，毛庆蕃评价《外制集序》"进退揖让，有君子之风。数虚字宕逸入神，造汉人之堂而啐其哉矣。"④王文濡《评校音注古文辞类纂》评《祭尹师鲁文》"意义叠生，大气包举，尤能善用虚字"⑤，王安石云《论贾昌朝除枢密使札子》"此篇多用虚语"⑥，储欣评价《有美堂记》"说有美堂为天下游观第一，而议论层折，得力在数虚字"⑦ 等，都是以虚字虚词传情传神的很好例子。虚字的使用，还有助于欧文平淡、自然风格的形成，并进一步助力于风神美之呈现。何寄澎认为，欧有些古文（如赠序）由于学韩而易致奇健之风，亦因"加以虚词重复之手法不变，或多或少中和了奇健的风格"⑧，不无道理。

　　五代十国是典型的乱世，短短五十三年，中原政权经历了五代八姓十三君的更替与变化，战乱频繁，礼崩乐坏，生灵涂炭，是中国历史上一个动乱黑暗的时期。欧阳修撰《新五代史》，以其秉直耿介又饱含激情的笔墨，记载史实，书写真相，褒善贬恶，字里行间无不充溢着浓郁的情感。《新五代史》中虚词的使用同样是非常普遍的，其中史论几乎每篇都用"呜呼"发端，评断历史人物与事实，发表看法，感情强烈，感慨深长，又曲折抑扬、跌宕多姿，同样富于"六一风神"之美。李涂说："欧阳永

---

① 卷四十《相州昼锦堂记》，第 586 页。
② 范公偁：《过庭录》，中华书局，1985，第 5 页。
③ 楼昉：《崇古文诀》卷十八，文渊阁四库全书本。
④ 毛庆蕃：《古文学馀》卷三十二，清光绪戊申刊本。
⑤ 王文濡：《评校音注古文辞类纂》卷七十四，中华书局，1923。
⑥ 吕留良：《唐宋八家古文精选·欧阳文》，清甲申吕氏家塾刊本。
⑦ 储欣：《唐宋十大家全集录·六一居士全集录》卷五，清光绪壬午江苏书局重刊本。
⑧ 何寄澎编著《唐宋古文新探》，北京大学出版社，2010，第 148 页。

叔《五代史》赞首必有'呜呼'二字，固是世变可叹，亦是此老文字，遇感慨处便精神。"① 王琦珍说："行文之中，又辅之以感叹句和反诘句，将深情的感慨寓之于精辟的论述之中，形成一唱三叹、摇曳多姿的艺术风神。"② 日本学者东英寿在对《新五代史》中的虚词分布情况，做了详细的统计研究之后，得出结论说，虚词的使用更好地传达了史论的情感色彩与文学性，他说："一旦到了能够自由自在地表达自己情感的论赞部分，终于可以从这种文字桎梏中解放出来，其郁积在心中的感情冲动就一口气喷发出来。因此在《五代史记》论赞中，其虚词的使用量，而且特别是明显带有感情色彩的虚词，比起其通常的文章还要多得多"，"由知《五代史记》不仅仅是一部史书，更是作为欧阳修古文的代表作品而流芳于百世。而本文所揭示的欧阳修因作文体裁而对虚词的灵活使用，更是彰现其古文魅力的一大亮点"③。可见，虚词的运用既增其情感性特征，也更显其风神之美，从而增加了史书的文学色彩。所谓"虚字其性情也"④，"虚字备而后神态出"⑤，欧文常以虚字、叹词助成语意含蓄、情味盎然、声情绵邈、风神隽永，助其"风神"阴柔美之形成。罗大经说："韩柳犹用奇字、重字，欧、苏唯用平常轻虚字，而妙丽古雅，自不可及。"⑥ 蒋湘南也说："永叔情致纡徐，故虚字多。"⑦ 刘德清《欧阳修论稿》指出："文章神气，骈文在音律，散文在虚字，是有一定道理的。"⑧ 这些都有助于我们对欧阳修叙事作论抒慨，偏取以虚字助成语气优柔、语意含蓄的一面，并热衷营造风神美特点的认识与了解。

对于西昆派骈文"穷妍极态，缀风月，弄花草，淫巧侈丽，浮华纂组"⑨ 的弊端，欧阳修是明确反对的，他说："所谓时文者，皆穿蠹经传，

---

① 李涂：《文章精义》，人民文学出版社，1960，第 70 页。
② 王琦珍：《〈新五代史〉文学特色漫议》，载刘德清、欧阳明亮编《欧阳修研究》，学林出版社，2008，第 82 页。
③ 〔日〕东英寿：《从虚词的使用来看欧阳修〈五代史记〉的文体特色》，载刘德清、欧阳明亮编《欧阳修研究》，学林出版社，2008，第 233、238 页。
④ 刘淇著、章锡琛校注《助字辨略·自序》，开明书店，1940，第 1 页。
⑤ 刘大櫆：《论文偶记》，人民文学出版社，1959，第 9 页。
⑥ 罗大经著、王瑞来点校《鹤林玉露》卷十四，中华书局，1983，第 93 页。
⑦ 蒋湘南著、李叔毅等点校《七经楼文钞》卷四，中州古籍出版社，1991，第 135 页。
⑧ 刘德清：《欧阳修论稿》，北京师范大学出版社，1991，第 273 页。
⑨ 石介：《徂徕集》卷五，文渊阁四库全书本。

移此俪彼，以为浮薄。"① 但欧阳修反感的是那类内容虚空而专务辞藻声律的空洞之文，并非对所有骈文一概加以摒弃。在《论尹师鲁墓志》中他明确说："偶俪之文苟合于理，未必为非。"② 此可见欧阳修思想的通脱与开放。他既反对空洞虚浮的文风，但并未全盘否定讲究偶俪的骈文。他本人早年为了应付科举考试，同样在骈文上下了很大功夫，具有扎实的骈文基础。宋邵伯温《闻见后录》记载："欧阳文忠公早工偶俪之文，故试于国学、南省，皆为天下第一。"③ 吴子良在《荆溪林下偶谈》中也指出："本朝四六，以欧公为第一，苏、王次之。然欧公本工时文，早年所为四六，见别集，皆排比而绮靡，自为古文后，方一洗去，遂与初作迥然不同。"④ 因此，他在致力于创作古文之后，自觉不自觉地运骈于散、化骈为散，以文体为四六，融通文体之间的创作经验，促进文体的革新与发展，如《醉翁亭记》《秋声赋》等，都是他融通骈散，打破文体之间严格界限的积极尝试与成功实践。

打破文体之间森严的规定性，或以诗为文、以辞赋为文，或以骈文为文，本来就是韩愈、柳宗元创建新体古文十分重要的写作策略。钱穆云："韩、柳二公，实乃承于辞赋、五七言诗盛兴之后，纯文学之发展，已达灿烂成熟之境，而二公乃站于纯文学之立场，求取融化后起诗、赋纯文学之情趣、风神以纳入于短篇散文之中，而使短篇散文亦得侵入纯文学之阃域，而确占一席地。故二公之贡献，实可谓在中国文学园地中，增殖新苗，其后乃蔚成林薮，此即后来之所谓唐宋古文是也。"⑤ 钱穆这里说的是韩、柳，其实欧文亦是如此。欧阳修继承韩愈以来运骈于散的努力，在散文实践中，以四六为古文，化骈为散，将诗歌与辞赋的韵律、节奏与美感，融入散文创作中，愈使散文富于声韵之美、节奏之美，骈散结合，灵活自如，千变万化。欧阳修赠序中"六一风神"的表现方式，如曾国藩所说，用的正是类似韩愈以诗为文的做法。⑥ 不仅如此，欧阳修散文取用诗美而得风神者不在少数，刘熙载即云："欧阳公几于史公之洁，而幽情雅

---

① 卷四十七《与荆南乐秀才书》，第660页。
② 卷七十二《论尹师鲁墓志》，第1046页。
③ 邵博：《闻见后录》卷十五，文渊阁四库全书本。
④ 吴子良：《荆溪林下偶谈》卷五，文渊阁四库全书本。
⑤ 钱穆：《中国学术思想史论丛》（4），九州出版社，2011，第66页。
⑥ 曾国藩云《送王秀才序》"淡折夷犹，风神绝远"，见马其昶校注《韩昌黎文集校注·送王秀才序》补注引，上海古籍出版社，1986，第257页。

韵，得骚人之指趣为多。"① 洪本健则将散文诗化作为"六一风神"的标志②，并且认为欧文蕴蓄吞吐、一唱三叹、声韵动人、节奏鲜明等特点，莫不是散文诗化的表现。散文诗化，化骈为散，使欧文愈加情韵深美，意态动人，读后有余味不尽的感觉。如《祭石曼卿文》中"呜呼曼卿！生而为英，死而为灵。其同乎万物生死而复归于无物者，暂聚之形；不与万物俱尽而卓然其不朽者，后世之名。此自古圣贤，莫不皆然，而著在简策者，昭如日星。"③ 如此一个短篇当中，即有"卿""英""灵""形""名""星"韵脚的运用，再加上长短句运用的错综交错与驰骤有度，遂使文章声韵回环萦绕，构成一唱三叹的清音幽韵之感，此又与文章情感基调的凄伤悲切以及作者对友人的深切思念与追怀交相辉映，情感抒发与形式要素达于堪称完美的交融，从而共铸文章情韵深长的风神之美。还有《泷冈阡表》中欧母郑氏夫人的一段话，由"吾于汝父，知其一二，以有待于汝也"至"吾不能教汝，此汝父之志也"，和《醉翁亭记》一样，用"也"字煞尾，寓齐整之声韵于参差的语句中，也使文情跌宕而情思悠扬。熊礼汇认为，由于欧阳修将模拟《史记》格调和以诗为文结合起来，故能在注入诗歌神理韵味的基础上，别创风神之美。④ 尹砥廷说："欧公散文，思虑绵远而情深意长，叙事论理则温文尔雅，章法开合而万转千回。这是将诗歌的情致和意韵融于散文创作，在俯仰慷慨的叙写中，表现人生性情；在婉曲逶迤的笔调中，展示雍容和顺的气度，从而使他的散文缠绵悱恻，情感厚重而细腻，具有诗的韵味和秀美。"⑤ 这都是体悟欧文艺术美的心得之言。总之，虚字与叹词的运用、以诗化的韵律节奏、骈文的齐整句法等入于古文创作，使古文在博采众长之际，愈显风韵之悠长、风神之宕逸与风姿之摇曳。

二 简洁省净，平易自然

（一）简洁省净

文章简净能使所述事理明晰条畅，也能删去烦冗，保留主干，而致人

---

① 刘熙载：《艺概》卷一《文概》，上海古籍出版社，1978，第28页。
② 洪本健：《略论"六一风神"》，《文学遗产》1996年第1期，第64~65页。
③ 卷五十《祭石曼卿文》，第705~706页。
④ 熊礼汇：《欧阳修对韩愈古文艺术传统的接受和超越》，载刘德清、欧阳明亮编《欧阳修研究》，学林出版社，2008，第29~30页。
⑤ 尹砥廷：《论欧阳修散文的美学特质》，载刘德清、欧阳明亮编《欧阳修研究》，学林出版社，2008，第239页。

物风神凸显。关于欧阳修文章简约明洁、畅达省净的特点，时人苏轼曰："其言简而明，信而通，引物连类，折之于至理，以服人心，故天下翕然师尊之。"① 这篇《六一居士集序》影响很大，它明确道出了欧阳修文章简洁明达的创作特点。此后，指出并强调欧阳修散文简洁明达的学人不在少数。茅坤说欧阳修文章"整洁可诵"②，沈德潜云"叙次简老"③"简而有法，详略得宜"④，陈曾则云"欧阳叙事简净"⑤，何焯云"雅洁不烦滥"⑥，王文濡云"叙事能扼其大，措词不觉其繁"⑦。储欣更是多次强调欧阳修散文语言简洁、文旨扼要的特点："简而核"⑧ "修洁"⑨ "简洁"⑩。黄虞稷云："简质平淡，欧、曾所擅，此犹世所称耳。"⑪ 所谓"简洁""简老""简而有法""简净""简而核""简质""雅洁""整洁""修洁"等，都共同指向欧阳修散文以简洁为要、以简约为尚的创作旨趣。

在欧阳修的各体文章之中，墓志碑铭的写作更加鲜明地体现了简约明洁这一特点。欧阳修撰写碑志，因墓主事迹冗杂繁多，往往不暇具书，故而要坚持"文学简略，止记大节"⑫ 的创作原则，尽可能做到重点突出，事迹典型，材料集中，文笔简练。《资政殿学士户部侍郎文正范公神道碑铭》是"直叙事系天下国家之大者耳"⑬，《镇安军节度使同中书门下平章事赠中书令谥文简程公墓志铭》是"叙事直而多大体"⑭。欧阳修撰写墓志碑铭，往往能依据对象特点，选取人物生平经历中最能突显人物风貌的特征，予以集中刻画，使人物事迹典型，重点突出，言简意赅，明洁畅达。沈德潜云："作文必寻一事作主，如欧公于苏子美，则以不遇为主，于石守道则以刚介为主，于苏明允则以能文为主，于梅圣俞则以能诗为主……

---

① 附录卷五《六一居士集序》，第 2756 页。
② 茅坤：《唐宋八大家文钞》卷七十四《张希崇传》，文渊阁四库全书本。
③ 沈德潜选评、于石校注《唐宋八家文读本》，安徽文艺出版社，1998，第 359 页。
④ 沈德潜选评、于石校注《唐宋八家文读本》，安徽文艺出版社，1998，第 440 页。
⑤ 陈曾则：《古文比》卷三，中华书局，民国二十五年铅印本。
⑥ 何焯著、崔高维点校《义门读书记》，中华书局，1987，第 709 页。
⑦ 王文濡：《评校音注古文辞类纂》卷四十四，中华书局，1923。
⑧ 储欣：《唐宋十大家全集录·六一居士全集录》卷二，清光绪壬午江苏书局重刻本。
⑨ 储欣：《唐宋十大家全集录·六一居士全集录》卷三，清光绪壬午江苏书局重刻本。
⑩ 储欣：《唐宋十大家全集录·六一居士全集录》卷四，清光绪壬午江苏书局重刻本。
⑪ 周亮工：《明三百家尺牍》卷十五，贝叶山房刻本。
⑫ 卷七十《与杜䜣论祁公墓志书》，第 1020 页。
⑬ 叶盛：《水东日记》卷七，中华书局，1980，第 76 页。
⑭ 茅坤：《唐宋八大家文钞》卷五十二《庐陵文钞》，文渊阁四库全书本。

盖主意为干而枝叶从之,所以能一线贯穿也。"① 孙琫《山晓阁选宋大家欧阳庐陵全集》云:"圣俞工于诗,故墓志特表其诗;明允工于文,故墓志特表其文……"② 因人取材,各表其异,使不同人物风貌尽显,而文章又简洁明达、语简意丰。

《胡先生墓表》是欧阳修为北宋著名经学家胡瑗所作,因为墓表写得简括赅要,《宋史》本传即以此文为蓝本,文章重点突出胡瑗"大端在为师儒一节"③,又写得简洁而概要:"此篇赞胡公处,只跌宕数处,而胡公身份已见。"④ 此文彰显了一代儒学宗师的形象与风范。为苏洵撰写的《故霸州文安县主簿苏君墓志铭》颇为"纯粹明洁"⑤,令读者如见苏老泉之形貌生色。《徂徕石先生墓志铭》写得言简意赅:"分明畅足,尤妙在起处十行已尽其生平"⑥,凸显了墓主石介"秉正嫉邪"⑦ 的高尚品节。《南阳县君谢氏墓志铭》是为挚友梅尧臣之妻谢氏夫人而作,文章写谢氏生平大节——治家、知人、忧世,沈德潜言"不必多及琐屑,足称贤妇人矣"⑧,塑造了一个有识见的贤能妇人形象。此外,为已故宰相杜衍所撰《太子太师致仕杜祁公墓志铭》是"法度严整"⑨,"志墓大篇最雅洁者"⑩。《翰林侍读学士右谏议大夫杨公墓志铭》是"专就事迹之不同乎人处著笔。入首错举五六事,皆关兵政,并及为御史时言事之切,杨公大节已竟。至其毕生履历,则于篇末及之,才至百余字,其中叙次又极变化有法"⑪。《江邻几墓志铭》是"简洁"⑫"雅洁不烦滥"⑬,《尚书户部郎中赠右谏议大夫曾公神道碑铭》被称为"欧阳叙事简净"⑭,《尚书户部郎中赠右谏议大夫曾

---

① 沈德潜选评、于石校注《唐宋八家文读本》,安徽文艺出版社,1998,第444页。
② 孙琫:《山晓阁选宋大家欧阳庐陵全集》卷四,清康熙刻本。
③ 孙琫:《山晓阁唐宋八大家选·欧阳庐陵》卷四,清康熙刻本。
④ 蔡世远:《古文雅正》卷十,清光绪乙巳宏道堂重刻本。
⑤ 孙琫:《山晓阁选宋大家欧阳庐陵全集》卷四,清康熙刻本。
⑥ 徐树铮:《诸家评点古文辞类纂》(第4册),国家图书馆出版社,2012,第201页。
⑦ 沈德潜选评、于石校注《唐宋八家文读本》,安徽文艺出版社,1998,第424页。
⑧ 沈德潜选评、于石校注《唐宋八家文读本》,安徽文艺出版社,1998,第442页。
⑨ 茅坤:《唐宋八大家文钞》卷五十二《庐陵文钞》,文渊阁四库全书本。
⑩ 浦起龙:《古文眉诠》卷六十一,静寄东轩刻本。
⑪ 王元启:《读欧记疑》卷一,食旧堂丛书本。
⑫ 储欣:《唐宋十大家全集录·六一居士全集录》卷四,清光绪壬午江苏书局重刻本。
⑬ 何焯著、崔高维点校《义门读书记》,中华书局,1987,第698页。
⑭ 陈曾则:《古文比》卷三,中华书局,民国二十五年铅印本。

公神道碑铭》是"简而核"①,《翰林侍读学士右谏议大夫赠工部侍郎张公墓志铭》是"修洁"②,等等,都一致指出欧阳修碑志文创作以简为贵、简约修洁的语言风格特点。当然,简洁并非为文的最终目的,省净而事理清晰,简约而人物生神,才是简洁与欧文"风神"的最佳联结。

为文简洁的创作意识在欧阳修任西京留守推官时,与文友尹洙、谢绛等的诗文唱和切磋活动中愈加明晰。凭借时文斩获功名的欧阳修,用心学习同僚好友创作古文力求简古的做法,努力提高古文创作水平。尹洙长于研习《春秋》,志于古文,为文师法《春秋》,简而有法,欧阳修古文创作多有得于尹洙指点。刘熙载《艺概》载:"钱文僖起双桂楼,建临园驿,尹、欧皆为作记。欧记凡数千言,而尹只用五百字,欧服其简古。是亦'简而有法'之一证也。"③ 王若虚《湘山野录》载:"谢希深、尹师鲁、欧阳永叔各为钱思公作《河南驿记》,希深仅七百字,欧公五百字,师鲁止三百八十余字。欧公不伏在师鲁之下,别撰一记,更减十二字,尤完粹有法。师鲁曰:'欧九真一日千里也。'"④ 从这两则材料可以看出,欧阳修在西京幕府时期,就常与僚友切磋古文,经师鲁等人指点和自身的不断学习,水平日渐精进,简约明洁的散文特点日渐形成,而欧文之"风神"也于此时有了最初的萌发与彰显。尹洙的古文创作深得《春秋》"简而有法"撰写原则的精髓,欧阳修用心向这位古文创作的前辈兼挚友学习。为尹洙撰写墓志铭时,更是自觉遵循这一创作原则。《尹师鲁墓志铭》一开首就用极简括的语言,给予师鲁以极高评价:

> 然天下之士识与不识皆称之曰师鲁,盖其名重当世。而世之知师鲁者,或推其文学,或高其议论,或多其材能。至其忠义之节,处穷达,临祸福,无愧于古君子,则天下之称师鲁者未必尽知之。
>
> 师鲁为文章,简而有法。博学强记,通知今古,长于《春秋》。⑤

不仅高度推许其才学、议论和才能,更突显其不以穷达祸福为意的高

---

① 储欣:《唐宋十大家全集录·六一居士全集录》卷二,清光绪壬午江苏书局重刻本。
② 储欣:《唐宋十大家全集录·六一居士全集录》卷三,清光绪壬午江苏书局重刻本。
③ 刘熙载:《艺概》卷一《文概》,上海古籍出版社,1978,第28页。
④ 王若虚:《滹南遗老集》卷三十六,四部丛刊本。
⑤ 卷二十八《尹师鲁墓志铭》,第432页。

尚品节。文末铭辞，也极为简洁精炼，与墓主尹洙为文"简而有法"的原则与风格保持高度一致："藏之深，固之密。石可朽，铭不灭。"既简明扼要，又铿锵有力，从而鲜明地凸显了尹洙的人生高节，并传达了传世不朽的坚定信念。

欧阳修墓志碑铭叙事简约明洁、裁节有体的特点，有来自《左传》《史记》等史传文学的熏陶与濡染。苏轼说欧阳修"论大道似韩愈，论事似陆贽，记事似司马迁"①。刘熙载曰："欧阳公文几于史公之洁。"②《资政殿学士户部侍郎文正范公神道碑铭》为范仲淹撰碑文，范公一生高风亮节、忠于国事、不惧强权、锐意革新，生平事迹繁多，不胜枚举，而欧阳修借鉴《史记》传人叙事止记大节、以简为贵的创作方法，所选材料皆"关天下国家之大"③ 者，又以极省净概括的语言写道："公生二岁而孤……其起居饮食，人所不堪，而公自刻益苦。居五年，大通六经之旨，为文章，论说必本于仁义。""公少有大节，于富贵、贫贱、毁誉、欢戚，不一动其心，而慨然有志于天下，常自诵曰：'士当先天下之忧而忧，后天下之乐而乐也。'"④ 寥寥数语，就道出了范公出身贫寒，却"幼孤刻苦，慨然有志于天下"⑤ 的崇高理想与坚韧毅力。全文裁节有体，详略得当，言简意赅，确如茅坤所云："欧阳公碑文正公，仅千四百言，而公之生平已尽……盖欧得史迁之髓，故于叙事处裁节有法，自不繁而体已完。"⑥ 如此等等，都是欧阳修散文善于学习、借鉴传统史传文学，创作力求简洁而生神的有力证明。行文简洁有时是依据文体的特点而定。欧阳修的墓志、序、记等文体往往写得简洁明了、扼要精炼，这既是欧阳修撰写创作的自觉要求，也有文体自身的特点所致。林纾云："以志取简要，不如史体可铺陈其文字也。"⑦ 关于题跋、序、记等文体的写作，学人也普遍追求一种简健峭拔的风格。例如题跋，郎瑛在追溯文体渊源时，指出了其简拔明洁

---

① 附录卷五《六一居士集序》，第 2756 页。
② 刘熙载：《艺概》卷一《文概》，上海古籍出版社，1978，第 28 页。
③ 黄震著，张伟、何忠礼主编《黄震全集》卷六十一，浙江大学出版社，2013，第 1870 页。
④ 卷二十一《资政殿学士户部侍郎文正范公神道碑铭》，第 332~333 页。
⑤ 黄震著，张伟、何忠礼主编《黄震全集》卷六十一，浙江大学出版社，2013，第 1870 页。
⑥ 茅坤：《唐宋八大家文钞》卷五十《庐陵文钞》，文渊阁四库全书本。
⑦ 慕容真点校《林纾选评古文辞类纂》，浙江古籍出版社，1986，第 364 页。

的特点，他说："题跋，汉、晋诸集未载，惟唐韩、柳有读某书某文题；宋欧、曾又有跋语，其意不大相远，故《文监》《文类》总曰'题跋'。其义不可堕入窠臼，其辞贵乎简健峭拔，跋尤其于题也。"① 林纾亦云："序贵精实，跋贵严洁。"② 在十分讲究文法的林纾看来，序、跋等当属精实严洁的文体无疑了。

由上可知，欧阳修的散文创作，包括序、记、题跋，特别是墓志碑铭的写作，都深受《春秋》"简而有法"及司马迁《史记》的濡染与熏陶，始终秉持"法严而词约"的创作要求，以简洁明达、言约意赅为特点。这一特点还影响到他的史书修撰，形成并内化为欧阳修的一个重要的学术观念与创作原则。史学家赵翼云："欧史不惟文笔洁净，直追《史记》"，"不阅《旧唐书》，不知《新唐书》之综核也。不阅薛史，不知欧史之简严也"③。蔡世远在评《〈新五代史·职方考〉论》时亦云："极繁碎，叙得极简明，故曰马、班以后诸史，不但学识无欧公比，即文笔亦当推第一。"④ 他们都认为欧阳修所撰史书，特别是《新五代史》文笔洁净、叙述简明，在诸史中直追《史记》，为《史记》《汉书》之后其他史书所难以匹敌。

艾南英对欧阳修等人为文简洁的特点极为推崇，认为文章情感之抒发、章法之变化皆有赖于简洁，并认为此为大家之文传于后世的重要原因。他说："文必洁而后浮气敛，昏气除，情理以之生焉。其驰骤迭宕，鸣咽悲慨，倏忽变化，皆洁而后至者也……韩、欧、苏、曾数君子，其卓然能立言于后世，未有不由于洁者也。"⑤ 金之俊也认为，非博学强记、通知古今者是无法为文简洁的："非大哉博学之孔子，不能为《春秋》之简；非博闻强记、通知今古之师鲁，亦不能为师鲁之简；非博极群书、集古千卷、藏书万卷之欧阳氏，亦不能为欧阳氏之简。而能以'简而有法'一句遂尽师鲁之为文也，此简之所以有足贵，而能为简者之匪易言欤！"⑥ 他甚至断言："由是言之，文之学为古者，必能为简；而能为简者，方可以语

---

① 郎瑛：《七修类稿》卷二十九，中华书局，1959，第444页。
② 慕容真点校《林纾选评古文辞类纂》，浙江古籍出版社，1986，第45页。
③ 赵翼：《廿二史札记》卷二十一，中华书局，1963，第416页。
④ 蔡世远：《古文雅正》卷十，清光绪乙巳宏道堂重刻本。
⑤ 艾南英：《天傭子集》卷三，清康熙己卯重刻家塾藏本。
⑥ 金之俊：《河南先生文集》卷二十八附录《读尹河南文集》，四部丛刊本。

古。"① 他以能简、尚简为学古、通古的必要手段。欧阳修行文简洁平易，又参以"雅"与"博"，如此便不流于率易。如吴德旋所云："人皆喜学欧、苏，以其易肖，且免艰涩耳。然此两家当于学成后，随笔写出，无不古雅，乃参之以博其趣，庶不流于率易。"② 简洁平易唯由苦心经营，益之有根有本，方不失于"弱"与"率"，平易非平淡，而是力求文章语言风格之严洁斩截、洗练精粹。林纾说得很好："欧文语语平易，正其严洁，不可猝及。昔人见欧公《醉翁亭记》草，起手本有数行，后乃一笔抹却，只以'环滁皆山也'五字了之，何等斩截！然但观此五字，亦有何奇？似尽人皆能。不知洗伐到精粹处，转归平淡；浅人以平易为平淡，便不是矣。"③ 但是，简洁本身并不是目的，文章创作的意图是，尽可能使作者的思想情感得以充分流畅地表达和抒发。欧阳修无疑意识到了这一点，所以在《与渑池徐宰无党》中强调说："（文章）少去其繁，则峻洁矣。然不必勉强，勉强简节之，则不流畅，须待自然之至。"④ 又云："君子之欲著于不朽者，有诸其内而见于外者，必得于自然。"⑤ 以简为贵，简明峻洁，还需自然流畅，不必勉强为简，否则刻意为简，使事理粗疏、人物模糊，则有害而无益。

（二）平易自然

大家之文多用意工深而往往出以自然："太史公文字多自然，班氏多作为。韩有自然处，而作为处亦多。柳则纯乎作为。欧、曾俱出自然，东坡亦出自然，老苏则皆作为也。"⑥ 关于平易自然，欧阳修是这样理解的，他说："君子之欲著于不朽者，有诸其内而见于外者，必得于自然。"⑦ 又说："不必勉强，勉强简节之，则不流畅，须待自然之至"⑧，"孟、韩文虽高，不必似之也，取其自然耳"⑨。他为文"务求平淡典要"⑩，提出"其

---

① 金之俊：《河南先生文集》卷二十八附录《读尹河南文集》，四部丛刊本。
② 吴德旋：《初月楼古文绪论》，人民文学出版社，1959，第23页。
③ 林纾：《春觉斋论文》，人民文学出版社，1959，第117页。
④ 卷一百五十《与渑池徐宰无党》其五，第2474页。
⑤ 卷一百四十《集古录跋尾·唐元结阳华岩铭》，第2239页。
⑥ 刘埙：《隐居通议》，中华书局，1985，第192页。
⑦ 卷一百四十《集古录跋尾·唐元结阳华岩铭》，第2239页。
⑧ 卷一百五十《与渑池徐宰无党》其五，第2474页。
⑨ 曾巩：《曾巩集》卷十六，中华书局，1984，第255页。
⑩ 附录卷三吴充：《欧阳修行状》，第2696页。

言易明而可行"①，"当从常法，不可以为怪"②，反对怪异奇险之风，提倡平易自然。他是如此主张，也是这样实践的。《泷冈阡表》中"太夫人告之曰"一段，通过母亲之口叙说父亲的廉洁仁厚，语语平易，句句感人，自然而真实，顾锡畴评曰："自家屋里文，亦只淡写几句家常话，遂无一字不入情，无闲语不入妙。"③孙𨰔亦以"不事藻饰，但就真意写出，而语语精绝"④称之。出以自然之文还有如《送徐无党南归序》"波澜出之自然"⑤，《醉翁亭记》"点染穿插，布置呼应，各极自然之妙非人所及"⑥，《王彦章画像记》"错综开阖，自然入妙"⑦，《集贤院学士刘公墓志铭》"波澜态度一本于自然"⑧，《上范司谏书》"行文自然容与简易，无艰难劳苦之态"⑨。此外，《有美堂记》之"能多作曲折而无层累之迹"⑩，《送徐无党南归序》之"读来如云气空潭，绝无缝级之迹"⑪，《太常博士尹君墓志铭》之"吞吐不涉痕迹，是行文之神化处"⑫等，也是文之自然的体现。因此，韩琦称欧文"得之自然，非学所至，超然独骛，众莫能及"⑬，苏轼说欧阳修"其文采字画，皆有自然绝人之姿"⑭，朱熹云"欧公文章及三苏文好处，只是平易说道理"⑮"惟欧、曾平正，易于入手"⑯，谢肃说"平易说理，气脉浑厚者，欧阳修、苏轼、曾巩之文也"⑰"自然温润，欧阳公其俦也"⑱，王之绩说"欧以自然胜之"⑲等，都是对欧文平易自然风格特

---

① 卷六十七《与张秀才棐第二书》，第977页。
② 卷六十八《与石推官第二书》，第992页。
③ 归有光：《欧阳文忠公文选》卷十，清刻本。
④ 孙琮：《山晓阁唐宋八大家选·欧阳庐陵》卷四，清康熙刻本。
⑤ 高步瀛撰注《唐宋文举要》，上海古籍出版社，1982，第694页。
⑥ 林云铭：《足本古文析义合编》卷十四，民国十一年上海锦章图书局刊本。
⑦ 爱新觉罗·玄烨：《御选古文渊鉴》卷四十五，四库全书本。
⑧ 王元启：《读欧记疑》卷一，食旧堂丛书本。
⑨ 过珙：《古文评注》卷八，清嘉庆庚申刻本。
⑩ 吕留良：《晚村先生八家古文精选·欧阳文精选》，清刻本。
⑪ 林云铭：《古文析义·二编》卷七，清康熙丙申刻本。
⑫ 慕容真点校《林纾选评古文辞类纂》，浙江古籍出版社，1986，第364页。
⑬ 附录卷三韩琦：《欧阳文忠公墓志铭》，第2704页。
⑭ 苏轼著、孔凡礼校点《苏轼文集·跋刘景文欧公帖》，中华书局，1986，第2198页。
⑮ 朱熹：《朱子语类》卷一百三十九，中华书局，1986，第4288页。
⑯ 张文虎：《覆瓿集·答刘恭甫》，载吴小林编《唐宋八大家汇评》，齐鲁书社，1991，第250页。
⑰ 谢肃：《密庵集》卷六，四部丛刊本。
⑱ 谢采伯撰《密斋笔记·续记》卷三，中华书局，1985，第27页。
⑲ 金圣叹选评、王之绩评注《评注才子古文》卷十二，江左书林，1914年石印本。

点的精要总结与概括。

欧阳修崇尚平易自然，既反对西昆体的雕琢失真，也反对太学体的险怪艰涩。其文学韩愈处甚多，但他不取韩文"怪怪奇奇"①的一面，而取其"文从字顺"②的特点，变韩愈文怪奇恣肆的风格为自己平易自然的文风，更影响到宋代其他古文大家之创作。刘埙《隐居通议》说："欧、曾俱出自然，东坡亦出自然。"③贺裳说："欧、苏主盟，文尚平易，奇崛一种，遂无复置喙耳。"④姚永朴也指出："永叔与南丰曾氏、眉山三苏氏，皆变退之之奇崛而为平易。"⑤钱基博说："盖韩愈扬班、马之长，字字造出奇崛。至欧阳修变为平易；而奇崛乃在平易之中。"⑥嘉祐二年（1057）欧阳修知贡举时更借用行政力量，黜斥、改变险怪艰涩的"太学体"，大力擢拔苏轼、苏辙、曾巩等人，在欧阳修的大力倡导与创作实践的影响下，这一为文平易自然的思想成为古文创作的主流，对宋代其他五大家产生了深远的影响，尤其是苏轼更将这一思想推广深化，在理论与实践上都有提升与飞跃。苏轼肯定"自然绝人之姿态"⑦，主张"如行云流水""常行于所当行，常止于所不可不止，文理自然，姿态横生"，反对"好为艰深之词以文浅易之说"⑧，其为文亦真正做到了"文理自然"，正如人们所论："其文涣然如水之质，漫衍浩荡，则其波亦自然成文"⑨，"文态如天际白云，飘然从风，自成卷舒"⑩，可以说达到了自然天成之极点。所谓"宋代诸公，变峭厉为平畅"⑪，"宋以文从字顺为至"⑫，正是在欧阳修的开

---

① 韩愈著、岳珍校注《韩愈文集汇校笺注·选穷文》，中华书局，2010，第2741页。
② 韩愈著、岳珍校注《韩愈文集汇校笺注·南阳樊绍述墓志铭》，中华书局，2010，第2575页。
③ 刘埙：《隐居通议》，中华书局，1985，第192页。
④ 贺裳：《载酒园诗话·宋》卷一，载郭绍虞、富寿荪编《清诗话续编》，上海古籍出版社，1983，第426页。
⑤ 姚永朴撰、许振轩校点《文学研究法·奇正》，黄山书社，1989，第155页。
⑥ 钱基博：《现代中国文学史》，上海三联书店，2014，第34页。
⑦ 苏轼著、孔凡礼校点《苏轼文集·跋刘景文欧公帖》，中华书局，1986，第2198页。
⑧ 苏轼著、孔凡礼校点《苏轼文集·答谢民师书》，中华书局，1986，第1679页。
⑨ 释德洪：《石门题跋·跋东坡忧池录》，中华书局，1985，第90页。
⑩ 张国光点校《金圣叹批才子古文》，湖北人民出版社，1986，第515页。
⑪ 蒋湘南著、李叔毅等点校《七经楼文钞·与田叔子论古文第二书》，中州古籍出版社，1991，第135页。
⑫ 查慎行：《新辑查慎行文集·曝书亭集序》，中州古籍出版社，2012，第38页。

启、影响和宋代其他五大家的承继、发展下，形成了宋文平易自然的新风貌与新传统。

平易自然又与纡徐曲折、抑扬顿宕相联系，共同构成"六一风神"的组成要素。林云铭在《古文析义》中评价欧文"起落衔接，极其变化，又皆出于自然，毫不费力"①，林纾更进一步指出在文章写作中，可以通过用"熟字"、换"常用之字"的方法，使文章平易自然，"风神"愈显，他说："用熟字为生涩之句，亦有于不经意中，以常用之字稍为移易，乃见风神。"② 而文章情韵美、曲折含蓄美之"风神"显发，既是经过再三酝酿、琢磨，又是自然而然地呈现出来，并非矫情所致、故作曲折，否则极易失却"自然之致"。林纾云："世之论文者恒以风神推六一，殆即服其情韵之美……必再三苦虑，磨剔吐弃，始铸此伟词；若临文时故为含蓄吞咽，则已先失自然之致矣，何名情韵？"③ 又云："欧文语语平易，正其严洁，不可猝及……不知洗伐到精粹处，转归平淡；浅人以平易为平淡，便不是矣。"④ 可见，平易自然并非率易之事，不可轻视之。郭预衡说得好："一般地说，是平易自然。但又不仅是平易自然。于平易自然之中又委婉曲折。这里包含着宋代文风的共性，也有欧阳修自己的个性。宋代散文，尤其是北宋散文，多半都近于平易自然。平易自然，可以说是这个时代的散文的共同特征。但委婉曲折则不是所有的文章都能做到。"⑤ 黄一权认为，从内容角度来看，欧文自然的特点并不只在文句的流利舒畅中表现出来，还在对动荡历史的慨叹中、对自己与已故知己交往的真挚回忆与哀悼中、对怀才不遇人物的深切同情中以及对现实生活中遇到的非理而流露的不满情绪中，毫无假饰、动人肺腑地呈现出来，这也更进一步突出地展示出欧文的"自然"是构成欧文"风神"的基础。⑥ 因此，自然与平易虽不是直接构成"六一风神"的要素，但大有助于"六一风神"的情感表达。它又与行文的委婉曲折、纡徐往复有关，共同助力于"六一风神"的彰显与呈现。

---

① 林云铭：《古文析义》卷十四，清康熙丙申刻本。
② 林纾：《春觉斋论文·用字四法·换字法》，人民文学出版社，1959，第129页。
③ 林纾：《春觉斋论文·情韵》，人民文学出版社，1959，第85页。
④ 林纾：《春觉斋论文》，人民文学出版社，1959，第117页。
⑤ 郭预衡：《中国文学探讨集》，北京师范大学出版社，1985，第344页。
⑥ 〔韩〕黄一权：《欧阳修散文研究》，华东师范大学出版社，2003，第155页。

第二节 审美类型

散文大家之文,往往气昌法严、变化无方、不主一体、风格多样,太史公司马迁是如此,"唐宋八大家"亦是如此,他们都是众体兼备、风格多样的散文大家。如张伯行所云:"大家之文,其气昌明而俊伟,其意精深而条达,其法严谨而变化无方,其词简质而皆有原本,若引星辰而上也,若决江河而下也,高可以佐佑六经,而显足以周当世之务。"① 欧阳修自不例外,吴充《欧阳公行状》云:"盖公之文备众体,变化开阖,因物命意,各极其工。"② 他指出欧文兼备众体,具有多元的艺术风貌。艾南英肯定欧阳修文章大家地位的同时,对其文备众体的特点也称赏不已,他说:"文章大家,亦复无所不有,方为大家,古文中惟欧公足当之。欧公有《史记》文,有韩文,有柳文,又有六朝鲜藻文,而亦自具宋时同时之文,如苏,如王,如李纲奏议,皆苦于欧集先见之。此所以为大家。"③ 归有光则认为欧文变化多端,不拘于一体,他在《欧阳文忠公文选》中说:"永叔文穷极古今,变态如卿云从风,卷舒万状,不可以常理待之也。"④ 金圣叹认为欧文"又简峭,又精练,又径直,又波折"⑤,王世贞认为"(欧)记序之辞,纡徐曲折;碑志之辞,整暇流动"⑥ 等,都肯定欧阳修文章不主一体、文成多方的多元风格特点。但在欧文多元风格中,居于主导地位,与其"六一风神"密切相关的,无疑是纡徐委婉的阴柔风格与醇粹温雅的中正风格,以下试做阐述。

一 纡徐委婉之阴柔类型

太史公的文章,有的如浑浩的长江大河,雄奇奔放,豪迈不羁,表现出明显的阳刚之美;有的却像微波荡漾的清池曲水,委婉曲折,平易自然,偏于阴柔之美。而欧阳修散文便深得这一曲折含蓄、纡徐委婉的阴柔

---

① 张伯行:《唐宋八大家文钞·序》,中华书局,2010,第1页。
② 附录卷三吴充:《欧阳公行状》,第2693页。
③ 艾南英:《天傭子集》卷五,清康熙己卯重刻家塾藏本。
④ 归有光:《欧阳文忠公文选》卷四,清刻本。
⑤ 金圣叹选评、王之绩评注《评注才子古文》卷十二,江左书林,1914年石印本。
⑥ 王世贞:《读书后》卷三,清乾隆丙子刊本。

之美。刘大櫆云:"意尽而言止者,天下之至言也,然言止而意不尽者尤佳。意到处言不到,言尽处意不尽,自太史公后,惟韩、欧得其一二。"①他指出《史记》行文有"言尽处意不尽"的委婉含蓄之妙,而欧阳修对司马迁这一寄于笔墨之外的"微情妙旨"是深契要领的。钱基博说:"趣永则弥觉其渊邃,殆所谓阴柔之文也。凡文近于阴柔者,恒深沉而善思",又说:"叙哀而述情者,粹然其阴柔也。而欧公则寓阳刚于阴柔之中"②。他指出欧文善叙哀述情、趣永渊邃,深得阴柔之美。关于欧阳修文章曲折婉转、纡徐委备的风格,以苏洵的评价为较早,也极具代表性。苏洵《上欧阳内翰第一书》云:"执事之文,纡余委备,往复百折,而疏畅条达,无所间断;气尽语极,急言竭论,而容与闲易,无艰难劳苦之态。"既反复曲折、纡徐委婉,又明畅条达,从容自若,成为欧公散文风格之主导,以此区别于"语约而意尽,不为峭刻斩绝之言,而其锋不可犯"的"孟子之文",及"如长江大河,浑浩流转,鱼鼋蛟龙,万怪惶惑""不敢迫视"的"韩子之文"③。此后,学人多有对这一特点的反复阐发与强调。宋人多单纯从欧文特点方面提及,陈亮说欧文"纡徐宽平"④,吕本中云"纡徐委曲"⑤,朱熹云"纡徐曲折"⑥,到了明清时期,学人从更"文艺"的角度,深化了作家作品风格美学层面上的研究。茅坤将欧文与苏轼文做比较后,得出欧文曲而复、苏文直而畅的特点,他说:"予览欧、苏二家论不同。欧次情事甚曲,故其论多确而不嫌于复;苏氏兄弟则本《战国策》纵横以来之旨而为文,故其论直而畅,而多疏逸遒宕之势。欧则譬引江河之水而穿林麓,灌亩浍;若苏氏兄弟,则譬之引江河之水而一泻千里,湍者萦,逝者注,杳不知其所止者已。语曰,同工而异曲,学者须自得之。"⑦ 唐顺之云:"行文委曲幽妙,零零碎碎作文,欧阳公独长。"⑧ 明代学风和文艺理论都更偏于"文艺",学人更多地将纡徐委婉与欧文情韵悠长的特点相

---

① 刘大櫆:《论文偶记》,人民文学出版社,1959,第8页。
② 钱基博:《现代文学史·古文学》,上海古籍出版社,2011,第129页。
③ 苏洵著,曾枣庄、金成礼等笺注《嘉祐集笺注·上欧阳内翰第一书》,上海古籍出版社,2001,第328~329页。
④ 陈亮:《龙川文集》卷十六,明崇祯癸酉刊本。
⑤ 郭绍虞辑《宋诗话辑佚·童蒙诗训》,中华书局,1987,第600页。
⑥ 朱熹:《晦庵先生朱文公文集》卷一百三十七,四部丛刊本。
⑦ 茅坤:《唐宋八大家文钞·论例》,文渊阁四库全书本。
⑧ 茅坤:《唐宋八大家文钞》卷四十八《庐陵文钞》,文渊阁四库全书本。

结合，并在阐述《史记》特点时，提出了"风神"概念。方孝孺云："永叔厚重渊洁，故其文委曲平和，不为斩绝诡怪之状，而穆穆有余韵。"① 茅坤是较早在欧文研究中拈出"风神"概念的，他说："西京以来，独称太史公迁，以其驰骤跌宕，悲慨呜咽，而风神所注，往往于点缀指次外，独得妙解……（欧）序、记、书、论，虽多得之昌黎，而其姿态横生，别为韵折，令人读之，一唱三叹，余音不绝。予所以独爱其文，妄谓世之文人学士得太史公之逸者，独欧阳子一人而已。"② 在此基础上，艾南英更提出"（欧）得《史》《汉》之风神"③。到于"集大成"的清代，"风神"概念在欧文研究中，得到越来越多的运用，人们已经意识到"风神"是对欧阳修散文艺术的最佳概括，并对其感慨深长、曲折纡徐及情韵绵邈相结合特征的认识也更深化了。金圣叹云："（欧文）不知是论，是记，是传，是序，随手所到，皆成低昂曲折。"④ 方东树云："（欧文）往返曲折，总是古文章法。"⑤ 此外，郑瑗云"欧阳文纡徐曲折，偃仰可观，最耐咀嚼"⑥，孙奕云"观其词语丰润，意思婉曲"⑦，林纾云"文之含蓄处，是欧公长技"⑧，更将这一文势的顿折抑扬，与文章含蓄婉曲、余味深长的风神摇曳之美相结合。抑扬顿挫，跌宕遒逸，无限风韵，纡徐委婉的"六一风神"终于呼之欲出了。"六一风神"像"风骨""神韵""兴趣"等美学概念一样，往往含义模糊，不易把握，有种似乎只可意会不可言传的感觉。但这一概念较之"纡徐委备""深纯温厚"等评语，其内涵较宽较深，更能概括、传神地表达出欧文那种精力弥满、感情充沛又形象生动、摇曳多姿、情韵深长的审美意味。同时，它也可以涵盖作品的思想内容与精神气度，与谋篇布局、语言风格、文字技巧等艺术要素。所以说，它是一个比较纯粹的美学概念。

但是，仅仅具备了纡徐委备的特点，还不能说文章就具备了"风神"之美，一些论说文、表启等应用文字也具有纡徐委备的特点，但不一定就

---

① 方孝孺：《逊志斋集》，宁波出版社，2000，第402页。
② 茅坤：《唐宋八大家文钞·庐陵文钞引》，文渊阁四库全书本。
③ 艾南英：《天傭子集》卷五《再与陈怡云公祖书》，清康熙己卯重刻家塾藏本。
④ 金圣叹选评、王之绩评注《评注才子古文》卷十二，江左书林，1914年石印本。
⑤ 方东树著、汪绍楹点校《昭昧詹言》卷十二，人民文学出版社，1961，第280页。
⑥ 郑瑗撰《井观琐言》卷一，中华书局，1985，第2页。
⑦ 孙奕撰《履斋示儿编》卷七，中华书局，1985，第62页。
⑧ 慕容真点校《林纾选评古文辞类纂》，浙江古籍出版社，1986，第229页。

是富有"风神"的作品。如《论台谏官言事未蒙听允书》一文，作者弹劾陈执中，却不直接切入正题，而是以"好疑自用"为眼目，"以下六、七层委曲打出，如川云，如岭月，其出不穷"①，"纡回袅娜"②，有曲折纡徐、转折变化之美，但"风神"特征并不明晰。《论杜衍范仲淹等罢政事状》激切地为庆历重臣杜衍、韩琦、范仲淹、富弼的相继罢黜鸣不平："臣窃见自古小人谗害忠贤，其说不远。欲广陷良善，则不过指为朋党；欲动摇大臣，则必须诬以专权……夫正士在朝，群邪所忌，谋臣不用，敌国之福也。今此数人一旦罢去，而使群邪相贺于内，四夷相贺于外，此臣所为陛下惜之也。"③ 作者激切愤慨、感触良深，文章"情激而文婉"④"曲尽其情"⑤"曲折入情"⑥，欧表如《进新修唐书表》等也是"曲折如意，开二苏之先"⑦，但都与"风神"似无大关联。因此，吕思勉指出："欧公文亦有以雄奇为上者，如《新五代史》中诸表志序是。然仍不失其纡徐委备之态，人之才性固各有所宜也。"⑧ 强调"纡徐委备之态"是欧文十分突出的特点，但这一特点只有与一往情深的感情抒发、一波三折的结构特点及一唱三叹的韵致神味水乳交融，才最终形成感慨淋漓、曲折层深、余韵悠扬、风致摇曳、偏于阴柔的"风神"之美。如《画舫斋记》由旅途之凶险推及仕宦之险恶，又言及燕居之安乐及当下心灵之闲逸安适，"文字宛转"⑨，波澜曲折，步骤极尽其妙。归有光云："先模出画舫景趣，中用三层翻跌，后潇潇收转，极有法度。"⑩ 文章时而波澜恣肆，时而心气安闲，章法既一波三折，又极尽心理的动宕变化，再出以遗世之想，逸兴飘扬，趣味迭出，"韵致如生"，"纡回恬静，令观者目不给赏"⑪。《送杨寘序》本是一篇为友人送别的赠送序，可通篇更似一篇说琴之文，似乎与送友、赠友主题丝毫不相关，读者要读至末段："予友杨君，好学有文，

---

① 茅坤：《唐宋八大家文钞》卷三十《庐陵文钞》，文渊阁四库全书本。
② 储欣：《唐宋八大家类选》卷一，清光绪壬辰湖北官书处重刻本。
③ 卷一百零七《论杜衍范仲淹等罢政事状》，第1626~1628页。
④ 归有光：《欧阳文忠公文选》卷二，清刻本。
⑤ 楼昉：《崇古文诀》卷十九，文渊阁四库全书本。
⑥ 王元启：《读欧记疑》，食旧堂丛书本。
⑦ 归有光：《欧阳文忠公文选》卷三，清刻本。
⑧ 吕思勉：《宋代文学》，商务印书馆，1929，第14页。
⑨ 楼昉：《崇古文诀》卷十八，文渊阁四库全书本。
⑩ 归有光：《欧阳文忠公文选》卷七，清刻本。
⑪ 唐介轩：《古文翼》卷七，清同治癸酉常熟艺文堂刻本。

累以进士举，不得志。及从荫调为尉于剑浦，区区在东南数千里外，是其心固有不平者。且少又多疾，而南方少医药，风俗饮食异宜。以多疾之体，有不平之心，居异宜之俗，其能郁郁以久乎？然欲平其心以养其疾，于琴亦将有得焉。故予作《琴说》以赠其行，且邀道滋酌酒进琴以为别。"① 方知作者前面极力写琴处，正是想为对方舒泄抑郁不平之气，"为解杨子郁郁耳"②。文章感情深挚，文致曲折，古秀雅淡，言有尽而情味无穷，能移人性情，因此"风韵尤绝"③，深具"风神"之美。《送田画秀才宁亲万州序》也是一篇"情闲致逸"④ "风韵跌宕"⑤ 的"风神"美文。文章本是为赠别秀才田画入蜀而作，却追溯其祖先勋业，其文情所至，又"挹尽巴蜀千里江山之秀"⑥，其中又寄寓对田画及自己不得志的感慨，"已形诸笔墨之外"⑦，含蓄而曲折，也富于"风神"。《新五代史》之《宦者传论》，评写宦官之祸，凡用八九转笔层层转入，"令文字转折不穷"⑧，而且"笔愈转则势愈紧，势愈紧则意愈切，如千岩万壑，洑流回澜"⑨，又"犹如引绳环环而转"⑩，均可见此文回环曲折、波澜动宕的结构特点。作者在评论之中，又融入浓郁的情感，遂"读之使人愤痛而悲伤"⑪，令人遐思，因此也是一篇彰显"风神"的文章。因此，在"风神"显发的文章中，一往情深的抒情特点与一波三折的章法结构、一唱三叹的韵味传达三者的结合是十分必要的。一往情深的感情抒发使欧文感慨淋漓、感思郁勃、感喟深长，其与一波三折、波澜起伏、纡徐委婉的章法结构相结合，就更使文情跌宕抑郁、顿挫摇曳、往复回环、一唱三叹，这样文章也就情思绵邈、余味袅袅、韵致悠扬而富于"风神"之美了。

对欧文委曲往复的特征，学人多于具体文章的评点中，反复提及。茅坤云《论台谏官言事未蒙听允书》是"委曲打出，如川云，如岭月，其出

---

① 卷四十四《送杨寘序》，第 629 页。
② 吴楚材、吴调侯选注，安平秋点校《古文观止》卷十，中华书局，1987，第 402 页。
③ 毛庆蕃：《古文学馀》卷三十二，光绪戊申刻本。
④ 王符曾：《古文小品咀华（甲种本）》卷四，书目文献出版社，1983，第 249 页。
⑤ 茅坤：《唐宋八大家文钞》卷四十六《庐陵文钞》，文渊阁四库全书本。
⑥ 储欣：《唐宋十大家全集录·六一居士全集录》卷五，清光绪壬午江苏书局重刻本。
⑦ 慕容真点校《林纾选评古文辞类纂》，浙江古籍出版社，1986，第 229 页。
⑧ 孙琮：《山晓阁唐宋八大家选·欧阳庐陵》卷二，清康熙刻本。
⑨ 爱新觉罗·玄烨：《御选古文渊鉴》卷四十五，四库全书本。
⑩ 金圣叹：《天下才子必读书》卷十三，万卷出版公司，2009，第 355 页。
⑪ 楼昉：《崇古文诀》卷十九，文渊阁四库全书本。

不穷"①,《与郭秀才书》是"议论甚曲而采"②,《与张秀才棐第一书》是"婉而逸"③,《代人上王枢密求先集序书》是"思尤婉而正"④,《新五代史·梁太祖论》是"文殊圆转澹宕"⑤;金圣叹言《答吴充秀才书》是"笔笔清深,笔笔曲折"⑥,《真州东园记》"离奇曲折"⑦,《秋声赋》是"又简峭,又精练,又径直,又波折"⑧;楼昉云《相州昼锦堂记》是"文字委曲,善于形容"⑨;储欣云《代人上王枢密求先集序书》是"相抱相生,穷极文家往复之妙"⑩,《代杨推官洎上吕相公求见书》是"纡余"⑪,《乞罢政事第三表》"最为婉畅"⑫,《论台谏官言事未蒙听允书》是"行文极纡回袅娜"⑬;王之绩云《上范司谏书》"波浪层叠,而婉曲中又后直捷"⑭,《答吴充秀才书》"婉宕自如"⑮;何焯云《论选皇子疏》"婉而不迫"⑯;浦起龙云《与陈员外书》"更如武夷六曲,曲曲移人"⑰,《春秋论中》"愈曲愈爽"⑱;蔡世远云《新唐书·艺文志论》"以含蓄委折之笔出之"⑲;过珙云《送杨寘序》"文致曲折,古秀雅淡,言有尽而情味无穷"⑳。而这种文情的曲折往复,又常常与自然平易畅达的表达联系在一起,是既"纡余委备,往复百折",又"疏畅条达,无所间断""容与闲易"㉑,这也就是

---

① 茅坤:《唐宋八大家文钞》卷三十《庐陵文钞》,文渊阁四库全书本。
② 茅坤:《唐宋八大家文钞》卷三十八《庐陵文钞》,文渊阁四库全书本。
③ 茅坤:《唐宋八大家文钞》卷三十九《庐陵文钞》,文渊阁四库全书本。
④ 茅坤:《唐宋八大家文钞》卷三十九《庐陵文钞》,文渊阁四库全书本。
⑤ 茅坤:《唐宋八大家文钞》卷四十三《庐陵文钞》,文渊阁四库全书本。
⑥ 金圣叹选评、王之绩评注《评注才子古文》卷十二,江左书林,1914年石印本。
⑦ 金圣叹选评、王之绩评注《评注才子古文》卷十二,江左书林,1914年石印本。
⑧ 金圣叹选评、王之绩评注《评注才子古文》卷十二,江左书林,1914年石印本。
⑨ 楼昉:《崇古文诀》卷十八,文渊阁四库全书本。
⑩ 储欣:《唐宋十大家全集录·六一居士全集录》卷一,清光绪壬午江苏书局重刻本。
⑪ 储欣:《唐宋十大家全集录·六一居士全集录》卷一,清光绪壬午江苏书局重刻本。
⑫ 储欣:《唐宋十大家全集录·六一居士全集录》卷一,清光绪壬午江苏书局重刻本。
⑬ 储欣:《唐宋八大家类选》卷首,清光绪壬辰湖北官书处重刻本。
⑭ 金圣叹选评、王之绩评注《评注才子古文》卷十二,江左书林,1914年石印本。
⑮ 金圣叹选评、王之绩评注《评注才子古文》卷十二,江左书林,1914年石印本。
⑯ 何焯著、崔高维点校《义门读书记》,中华书局,1987,第677页。
⑰ 浦起龙:《古文眉诠》卷五十八,静寄东轩刻本。
⑱ 浦起龙:《古文眉诠》卷五十八,静寄东轩刻本。
⑲ 蔡世远:《古文雅正》卷九,清光绪乙巳宏道堂重刻本。
⑳ 过珙:《古文评注》卷八,清嘉庆庚申刻本。
㉑ 苏洵著,曾枣庄、金成礼等笺注《嘉祐集笺注·上欧阳内翰第一书》,上海古籍出版社,2001,第328页。

储欣所云"婉畅"①,王之绩所云"婉曲中又后直捷"②,浦起龙所云"愈曲愈爽"③之意。

下面,笔者对"六一风神"迂徐委曲风格的形成试做分析。首先,迂徐委曲的风格形成与欧文构思立意的另辟蹊径、别开生面有关。如《真州东园记》《海陵许氏南园记》《李秀才东园亭记》《有美堂记》等,皆有意避开实景的直接正面描写,特于文中俯仰今昔、感怀盛衰,文势曲折而文情抑扬,自然"风神"跌宕;为浮屠作诗文集序,《释祕演诗集序》和《释惟俨文集序》皆有意避开对方释者身份,从交游零落、盛衰之变着手生发,也是俯仰兴怀,感慨良深,文情抑扬顿挫而曲折变化,又动人以情,余韵悠扬。其次,与欧文多用虚词、叹词以助文脉迂回曲折有关。欧文中虚词、叹词的反复使用,在语言上形成了一种摩荡盘旋、气韵回荡的韵律感,陈曾则云:"往复慨叹,令人玩味无穷,乃欧公之所长也。"④ 如《江邻几文集序》中,每段都以"是可叹也""文可悲夫""又可衰也欤"等感叹词语结尾,感慨淋漓,情思郁勃,一唱三叹,韵味深长,不绝如缕。又如《祭石曼卿文》中,作者三次呼叹"呜呼曼卿",缠绵悱恻,凄咽哀婉,极尽悲愤与哀情,而且声韵绵长,动人心魄。再如,《祭尹师鲁文》以三个"嗟乎师鲁"起首,极尽往复之能事,动人心魄,感人肺腑,而声情摇曳,风神隽永。再次,与欧阳修跌宕顿挫、俯仰古今的文章创作方法有关,这鲜明地体现为文章结构上的迂回曲折。方东树云:"往返曲折,总是古文章法。"⑤ 以《祭石曼卿文》为例,文中三次叹呼"呜呼曼卿",这不仅在声韵上形成一唱三叹的韵律感,而且在结构文脉上也构成一种回环往复的照应摇曳之感。文章情致之缠绵凄恻、与排宕百折之结构相结合,共同构成祭文文情浓至,音节悲哀,感伤叹惋的艺术效果。而《真州东园记》的创作,则集中了结构之迂回曲折与虚词之唱叹生情两个方面的元素。在文章中,作者着眼于东园今日的优美景致,加以细致的摹写与形容,接着一一追溯其往日的荒芜,在俯仰今昔之际,表现唱叹有致的情感波澜。在句式上,文章运用了三层对比的手法,又把"之""而"

---

① 储欣:《唐宋十大家全集录·六一居士全集录》卷一,清光绪壬午江苏书局重刻本。
② 金圣叹选评、王之绩旁评注《评注才子古文》卷十二,江左书林,1914年石印本。
③ 浦起龙:《古文眉诠》卷五十八,静寄东轩刻本。
④ 陈曾则:《古文比》卷二,中华书局,民国二十五年铅印本。
⑤ 方东树:《昭昧詹言》卷十二,清光绪十七年版刊本。

"也"等虚词镶嵌其中，构成咏叹的音节，如此，章法之迂回曲折就与虚词咏叹的章节结合，再加上"因兴而追忆其废"①的感慨，处处回映，便觉文澜宕往，含蕴无穷。最后，还有出于文章意旨含蓄蕴藉表达的需要。欧阳修对《易》钻研极深，在散文创作方面，致力于含蓄委曲情感的表达，李治《敬斋古今黈》记载，欧阳修曾经写信给第三子欧阳棐说："藏精于晦则明，养神以静则安。晦所以蓄用，静所以应物。善蓄则不竭，善应则无穷，虽学则可至，然性近则得之易也。"②发挥《易·明夷》"用晦而明"的思想，着力表现文章委婉曲折、含蓄蕴藉的美，这有时也造成文章意旨表达上一定的隐晦之感。如《岘山亭记》到底是一篇吊古文字，还是一篇颂述文字？它是颂美襄阳知府史中辉的政绩，还是批评他沽名钓誉？文章并没有明白点出，以至学人各执己见，如孙琮认为"实是一篇颂述文字也"③，而林纾则认为是"暗中即斥中辉之好名"④，如此文章意旨含蓄而曲折，再加上写景抒情、叙事议论的综合表达，遂使文情起伏变化，跌宕多姿，文境绵远，神韵缥缈。再如《相州昼锦堂记》的创作意旨除了颂美韩琦不以政绩、勋业而矜世俗之荣，能超然于富贵之外，是否还暗含讽喻韩琦不应矜于功劳的用意？文中并没有明白显豁予以表达，因此文章也是"文字委曲，善于形容"⑤。《菱溪石记》表面上是记载菱溪石之来历及沿革，其本质意图则是慨叹历史更替与朝代兴衰，劝诫"富贵者"不要再因好奇而侵夺珍物，用意颇为深切。可见，创作意旨的隐晦含蓄、表达的曲折顿挫，也是形成文章迂徐委婉文风的重要原因。我们仅从以上数例中，就不难发现，欧阳修的散文，善于把咏叹的虚词句式与立意构思的巧妙、含蓄的表达等有机结合起来。感慨淋漓、一往情深，着眼于"情"的表达；迂回委曲、一波三折，立足于结构需求；而余音袅袅、一唱三叹，则归旨于"韵"味的追求。三者的水乳交融、神契结合，是欧文极富情思之美、语言之美、声情之美、韵味之美的重要方面，使欧文既有摇曳生姿的音韵之美与回甘之味，又生发出妙不可言的"情韵意态"⑥，以

---

① 孙琮：《山晓阁唐宋八大家选·欧阳庐陵》卷三，清康熙刻本。
② 李治撰、刘德权点校《敬斋古今黈》，中华书局，1995，第149页。
③ 孙琮：《山晓阁唐宋八大家选·欧阳庐陵》卷三，清康熙刻本。
④ 慕容真点校《林纾选评古文辞类纂》，浙江古籍出版社，1986，第415页。
⑤ 楼昉：《崇古文诀》卷十八，文渊阁四库全书本。
⑥ 陈曾则：《古文比》卷二，中华书局，民国二十五年铅印本。

使读者徘徊嗟叹、流连忘返、不能自已。

这一文情的曲折含蓄、文势的抑扬起伏，形成了欧阳修文章悠游和缓、韵味隽永、余韵深长之美，是构成其偏于阴柔风格的重要方面。姚鼐《复鲁絜非书》云：

> 鼐闻天地之道，阴阳刚柔而已。文者，天地之精英，而阴阳刚柔之发也……且夫阴阳刚柔，其本二端，造物者糅而气有多寡进绌，则品第亿万，以至于不可穷，万物生焉。故曰：一阴一阳之为道。夫文之多变，亦若是已。糅而偏胜可也，偏胜之极，一有一绝无，与夫刚不足为刚，柔不足为柔者，皆不足以言文……宋朝欧阳公、曾公之文，其才皆偏于柔之美者也。①

人的先天气质才性各有不同，偏刚则易为雄健，偏柔则趋于婉曲，欧文之主体风格无疑是偏于柔而美的。刘熙载亦云："欧、曾来得柔婉。"② 它唱叹有致，宕逸悠远，令人回味无穷，所谓"抑扬顿挫，便有无限风致"③ 也。它"姿态横生，别为韵折，令人读之，一唱三叹，余音不绝"④；它使文气舒徐闲静，"文澜宕往，含蕴无穷"⑤ "读之醰醰有味"⑥；它"舂容雅澹，一唱三叹"⑦，使文章"言有穷而情不可终"⑧ "逶迤不穷"⑨ ……比之他文，平添了许多唱叹深长的韵致与情味，确如马茂军所说："纡徐委曲之美，它是六一风神阴柔之美重要的一面。"⑩

二 醇粹温雅之中正类型

袁晓薇、李本红在论文《"富贵山林"与"六一风神"——对欧阳修散文艺术风格的一种文化心理阐释》中说："'六一风神'的审美特质是欧

---

① 姚鼐：《惜抱轩全集》卷六《复鲁絜非书》，中国书店，1991，第71页。
② 刘熙载：《艺概》卷一《文概》，上海古籍出版社，1978，第31页。
③ 孙琮：《山晓阁唐宋八大家选·欧阳庐陵》卷一，清康熙刻本。
④ 茅坤：《唐宋八大家文钞·庐陵文钞引》，文渊阁四库全书本。
⑤ 唐介轩：《古文翼》卷七，清同治癸酉常熟艺文堂刊本。
⑥ 慕容真点校《林纾选评古文辞类纂》，浙江古籍出版社，1986，第66页。
⑦ 吕留良：《晚村先生八家古文精选·欧阳文精选》，清刻本。
⑧ 储欣：《唐宋八大家类选》卷十一，清光绪壬辰湖北官书处重刻本。
⑨ 王葆心：《古文辞通义》，武汉大学出版社，2008，第398页。
⑩ 马茂军：《宋代散文史论》，中华书局，2008，第150页。

阳修的人物风神和人格境界的外化，这一艺术风格也与欧阳修的精神状态和处世态度具有内在的一致。其从容娴雅的意态和深婉不迫的气度，既来源于作者丰裕的物质社会和显达的社会地位，也源于其人格精神上的道德自信和自适放达、淡定从容的人生态度。"① 从"富贵山林"角度肯定了"六一风神"淳雅雍容、深婉不迫的艺术风貌，笔者认为，"六一风神"雍容温雅风貌的形成，还与欧阳修醇深笃厚的儒学修养密切相关，所谓"柔婉正复见涵养也"②。

在古人观念当中，儒家经典具有"垂训昭纪，用之则治，不用则乱，直与覆载同功，日星并耀"③ 的崇高地位。欧阳修对儒家"六经"十分推崇，认为"六经"承载儒家思想："六经皆载圣人之道。"④ 以"六经"为治世法则："昔者孔子当衰周之际，患众说纷纭以惑乱当世，于是退而修六经，以为后世法。"⑤ "六经"并非空疏抽象，而是切于世用，讲究实际的："六经之所载，皆人事之切于世者"⑥，"六经者，先王之治具，而后世之取法也"⑦。在具体古文写作中，他每每维护、承继、阐发、弘扬儒家思想。他的《本论》高扬辟佛崇儒的主张，《春秋论》《正统论》等宣扬《春秋》"大一统"的儒家思想。在欧阳修看来，儒家经典与儒家思想终将永恒存在，不朽于后世："夫六经非一世之书，其将与天地无终极而存也"⑧，"能亘万世，可行而不变也"⑨。陈亮云："其（指欧阳修）于经术，务明其大本，而本于情性。其所发明，简易明白。其论《诗》曰：'察其美刺，知其善恶，以为劝戒。'""公之文，根乎仁义而达之政理，盖所以翼六经而载之万世者也。"⑩ 这都可见欧阳修对儒学浸染之深。

在儒家思想影响下，欧阳修更形成宽厚仁和的个性。他不介怀纤微小

---

① 袁晓薇、李本红：《"富贵山林"与"六一风神"——对欧阳修散文艺术风格的一种文化心理阐释》，《福建论坛》2012 年第 12 期，第 144～148 页。
② 刘熙载：《艺概》卷一《文概》，上海古籍出版社，1978，第 31 页。
③ 唐龙：《渔石集》卷二，丛书集成本。
④ 卷四十四《送王陶序》，第 633 页。
⑤ 卷十八《泰誓论》，第 313 页。
⑥ 卷四十七《答李诩第二书》，第 669 页。
⑦ 卷七十一《问进士策三首》，第 673 页。
⑧ 卷四十三《廖氏文集序》，第 615 页。
⑨ 卷六十七《与张秀才棐第二书》，第 979 页。
⑩ 陈亮：《龙川文集》卷十六，明崇祯癸酉刊本。

事，对他人十分宽容，不仅奖掖、推荐了许多后学，而且对不满、排挤甚至是陷害他的人，都能以宽宏博大的襟怀予以包容。欧阳发《先公事迹》记载：

> 先公为人……气度恢廓宏大，中心坦然，未尝有所屑屑于事。……至于接人待物，乐易明白，无有机虑与所疑忌……一切出于诚心直道，无所矜饰，见者莫不爱服。而天资劲正高远，无纤毫世俗之气，常人亦自不能与之合也。
>
> ……
>
> 先公尝言：平生为学所得，惟平心无怨恶为难。故于事未尝挟私喜怒以为意，虽仇雠之人，尝出死力挤陷公者，他日遇之，中心荡然，无纤芥不足之意。尝曰："孔子言以直报怨。夫直者，是之为是，非之为非。是非付之至公，则是亦不报也。"
>
> 先公初贬滁州，盖钱明逸辈为之。自外还朝，遇明逸于京师，屡同饮宴，不以为嫌。其后公在中书，明逸罢秦州归，复用为翰林学士。①

可见欧阳修是非常仁厚宽和之人，韩愈有云："仁义之人，其言蔼如也。"② 欧阳修十分敬仰、推崇韩愈，甚或有"宋之韩愈"③ 之称，那么，他对韩愈观点的吸纳与实践，便是十分自然的事了。因此，欧阳修对温厚和缓、从容平正文风的喜好，既出于天性，也与儒家思想的长期熏陶密不可分。在《论尹师鲁墓志》中，欧阳修云："《春秋》之义，痛之益至则其辞益深，'子般卒'是也。《诗》人之意，责之愈切则其言愈缓，'君子偕老'是也……其语愈缓，其意愈切，诗人之义也。"④ 意即作者情意愈痛切，则语言文辞的表达愈显深沉舒缓，而这也正是欧阳修对自己的创作要求。欧阳修对他人文章平正和雅的风格是十分推许的，称赞友人江邻几"文章淳雅"⑤ "学问通博，文辞雅正深粹"⑥，肯定刘敞"文辞典雅"⑦，

---

① 附录卷二欧阳发：《先公事迹》，第 2626~2629 页。
② 韩愈著、岳珍校注《韩愈文集汇校笺注·答李翊书》，中华书局，2010，第 699 页。
③ 附录卷五苏轼：《六一居士集序》，第 2755 页。
④ 卷七十二《论尹师鲁墓志》，第 1046 页。
⑤ 卷三十四《江邻几墓志铭》，第 500 页。
⑥ 卷四十三《江邻几文集序》，第 617 页。
⑦ 卷三十五《集贤院学士刘公墓志铭》，第 524 页。

释祕演"雅健有诗人之意"①,称颂宋仁宗"其辞彬彬笃厚纯雅"②,赞誉梅尧臣诗"英华雅正"③,等等。在儒家学养的长期熏陶、宽和仁厚个性的影响及明确理论认识的作用下,欧阳修的文章创作逐渐形成了深醇浑厚、雍容和缓、宽平温雅的风格特点,学人于此多有指出。宋祁与欧阳修一同修撰《新唐书》,他在给朝廷的奏书上赞誉欧阳修是:"学术淹该""措辞温雅,有汉、唐余风"④,肯定其学问宽博,温和典雅,有汉唐醇和纯美的文章风范。苏洵说欧"词令雍容似李翱"⑤。门生曾巩强调欧阳修文章深得儒家"六经"之濡染、儒学素养之熏陶,遂形成深纯温厚的风格特点:"观其根极理要,拨正邪僻,掎挚当世,张皇大中,其深纯温厚,与孟子、韩吏部之书为相唱和,无半言片辞踳驳于其间,真六经之羽翼,道义之师祖也。"⑥苏辙也认为座师欧阳修的文章风格丰约中度、雍容和缓,深得儒者治学之风范:"公之于文,天材有余,丰约中度,雍容俯仰,不大声色,而义理自胜,短章大论,施无不可。"⑦欧阳修去世后,僚友韩琦在祭文中,高度肯定欧阳修的文章创作,认为他继承司马迁、韩愈的古文特色,不仅伟赡闳肆,而且醇厚纯粹。韩琦说:"公之文章,独步当世。子长、退之,伟赡闳肆。旷无拟伦,逮公始继。自唐之衰,文弱无气。降及五代,愈极颓敝。唯公振之,坐还醇粹。复古之功,在时莫二。"⑧以上皆为时人的评价,而后人于此也多所肯定与推崇。朱熹云:"词气蔼然,宽平深厚,精切的当,真韩公所谓仁义之人者!"⑨罗大经云:"文章各有体,欧阳公所以为一代文章冠冕者,固以其温雅醇正,蔼然为仁人之言,粹然为治世之音;亦以其事合体合故也。"⑩方孝孺称颂道:"俨尔儒者,故其文粹白纯正,出入礼乐法度中。"⑪它秉持中和纯粹之质,呈现雍容温厚之美:"欧阳文忠公生宋盛时,禀中和之粹,作为文章,雍容温厚,炳然一

---

① 卷四十三《释祕演诗集序》,第611页。
② 卷六十五《仁宗御集序》,第952页。
③ 卷七十二《书梅圣俞稿后》,第1048页。
④ 宋祁:《景文集》卷三十,武英殿聚珍版丛书本。
⑤ 茅坤:《唐宋八大家文钞》卷二十九《庐陵文钞》,文渊阁四库全书本。
⑥ 曾巩:《曾巩集》卷十五《上欧阳学士第一书》,中华书局,1984,第232页。
⑦ 苏辙:《栾城集》卷二十三《欧阳文忠公神道碑》,四部丛刊本。
⑧ 附录卷三韩琦:《祭少师欧阳公永叔文》,第2683页。
⑨ 朱熹:《晦庵先生朱文公文集》卷三十四《答周益公书》,四部丛刊本。
⑩ 罗大经撰、王瑞来点校《鹤林玉露·丙编》卷二,中华书局,1983,第264页。
⑪ 方孝孺:《逊志斋集》,宁波出版社,2000,第402页。

代之制。"① 虞集更是极力推崇,以为这是空前未有的,他说:"昔者庐陵欧阳公秉粹美之质,生熙洽之朝,涵淳茹和,作为文章,上接孟、韩,发挥一代之盛。英华醲郁,前后千百年,人与世相期,未有如此者也。"② 以上评价都共同肯定了欧阳修文章上承儒家优秀传统,富有粹美之质,表现出涵淳茹和、英华醲郁的温雅风格。这里有欧阳修的朋友、门生以及后人对他的评价,这些当时知名人物的观点,可以说代表了文坛的主流评价。另外,欧阳修文章醇和温厚的文风,是十分符合宋文中正自然之旨趣的。因为宋人所追求的文章学最高境界,既是扬长避短,寓兼美于中正,又是以平淡简古,达于返璞归真的自然之境。③

涤荡杂质、纯浸儒学,不仅使欧阳修古文呈现雍容和缓、典雅温厚的特点,而且使其文章风格更加精醇纯粹。而这又与欧阳修明道复古、革新时政、振兴古文的理想追求与现实努力密切相关。学人在与其他古文大家的比较当中,特别强调欧阳修散文风格的这一特点。陶宗仪云:"宋文章家尤多,老欧之雅粹,老苏之苍劲,长苏之神俊,而古作甚不多见。"④ 杨慎云:"欧阳公之文,粹如金玉;苏公之文,浩如江河。"⑤ 张子韶云:"欧公文粹如金玉,东坡之文浩如河濩,盛矣哉!"⑥ 何乔新云:"宋有天下三百年,作者益众。如欧阳子之精纯典雅,苏老泉之雄俊明白,苏子瞻之雄浑瑰伟。"⑦ 贝琼云:"盖韩之奇,柳之峻,欧阳之粹,曾之严,王之洁,苏之博,各行其体,以成一家之言。"⑧ 这一涤荡了诸家"不纯"杂质,只留存儒家思想精华的精醇与纯粹,又与欧阳修明道复古、兴政振文的理想与努力息息相关。它力摒佛道,扫却浮靡,如苏轼所云"自汉以来,道术不出于孔氏,而乱天下者多矣。晋以老庄亡,梁以佛亡,莫或正之。五百余年而后得韩愈,学者以愈配孟子,盖庶几焉。愈之后二百有余年而后得

---

① 苏天爵著,陈高华、孟繁清点校《滋溪文稿》卷三十《题欧阳公与刘原父手书》,中华书局,1997,第501页。
② 虞集:《道园学古录》卷三十三,四部丛刊本。
③ 杨昊鸥:《宋代文章学视野下的〈史记〉》,《江西社会科学》2011年第4期,第103~107页。
④ 陶宗仪:《南村辍耕录》卷九《文章宗旨》,中华书局,1959,第107页。
⑤ 杨慎:《丹铅总录》卷十二,明嘉靖三十三年甲寅门人梁佐校刊本。
⑥ 王构:《修辞监衡》卷二,载《万有文库》第2集,商务印书馆,1939。
⑦ 何乔新:《何文肃椒丘先生策府群玉文集·文章》卷上,清雍正九年刊本。
⑧ 贝琼:《清江贝先生文集》卷二十八,四部丛刊本。

欧阳子，其学推韩愈、孟子以达于孔子，著礼乐仁义之实，以合于大道。"① 欧阳修以韩愈的继任者自居，不仅学其古文创作方法的精髓，更力图承继韩愈，直至上溯孔子、孟子以来儒家的理想，革新文弊，光耀古文，复兴儒学，明道振文。《宋史》在重复上述苏轼的话语后，更强调道："三代而降，薄乎秦、汉，文章虽与时盛衰，而蔼如其言，晔如其光，皦如其音，盖均有先王之遗烈。涉晋、魏而弊，至唐韩愈氏振起之。唐之文，涉五季而弊，至宋欧阳修又振起之。挽百川之颓波，息千古之邪说，使斯文之正气，可以羽翼大道，扶持人心，此两人之力也。"② 揭傒斯云："欧阳文忠公以古文正天下之宗，明王道之本。"③ 储欣云："辟佛老，明周孔之道，排轧茁上，追古六艺之进，大体合矣。"④ 欧阳修复道振文的努力，不仅承继了儒家思想，"使斯文正气可以扶持人心，羽翼六经者"⑤，而且使古文创作走上了无限宽广的发展道路。

下面我们来考察一下，在具体文本中这一温雅醇粹、雍容和缓的特点是如何呈现的。被朱熹誉为"六一文之最佳者"⑥ 的《丰乐亭记》，记一亭而思及由乱而治的历史现实，体现欧阳修对当今国家安定太平局势的肯定，对百姓和乐生活的颂美，"能画出太平气象"⑦，"意虽慷慨，辞犹和平"⑧，"通篇皆是宣上德意，自是盛世祯祥，不同衰飒陋习"⑨，是一篇典型的文辞雅正、风格醇和、温雅深厚的作品。《醉翁亭记》中与民同乐的思想深得儒家文化精髓，也是"和平深厚，得文章正气"⑩。庆历三年（1043），范仲淹等人上书要求革新政治，"庆历新政"从此开始。兴办学堂则是新政重要内容之一。欧阳修于庆历四年（1044）为家乡所作《吉州学记》，记叙了吉州学堂建立前后情况，同时强调了学校教化的重要作用及意义。文章云：

---

① 附录卷五苏轼：《六一居士集序》，第2755页。
② 脱脱等撰《宋史》卷三百一十九《欧阳修传》，中华书局，1985，第10383页。
③ 揭傒斯：《揭文安公全集》卷十《杨氏忠节祠记》，四部丛刊本。
④ 储欣：《唐宋十大家全集录·六一居士全集录》卷首，清光绪壬午江苏书局重刻本。
⑤ 金幼孜：《金文靖公集》卷首，明成化四年刻本。
⑥ 朱熹：《朱子语类》卷一百三十九，中华书局，1986，第3308页。
⑦ 李涂：《文章精义》，人民文学出版社，1960，第73页。
⑧ 吴子良：《荆溪林下偶谈》卷二，宝颜堂秘笈续集本。
⑨ 孙琮：《山晓阁选宋大家欧阳庐陵全集》卷三，清康熙刻本。
⑩ 张鼐：《评选古文正宗》卷九，明刊本。

其明年三月，遂诏天下皆立学，置学官之员，然后海隅徼塞四方万里之外，莫不皆有学。呜呼，盛矣！学校，王政之本也。古者致治之盛衰，视其学之兴废。《记》曰："国有学，遂有序，党有庠，家有塾。"此三代极盛之时大备之制也。宋兴，盖八十有四年，而天下之学始克大立，岂非盛美之事，须其久而后至于大备欤？是以诏下之日，臣民喜幸，而奔走就事者以后为羞。

其年十月，吉州之学成。①

文章感慨治政盛衰、学校兴废，"赞扬天子立学致治之盛，而以学之大成，勖其乡之吏与望其乡之人"②，议论正大、蕴思深远、气象醇和、浑厚朴茂、典则森然，"卓然儒者之文"③。《相州昼锦堂记》颂美韩琦功勋与品节："然则高牙大纛不足为公荣，桓圭衮冕不足为公贵。惟德被生民而功施社稷，勒之金石，播之声诗，以耀后世而垂无穷，此公之志，而士亦以此望于公也。岂止夸一时而荣一乡哉！"④ 文章由主人公一己之荣耀推广到国家与百姓，认为只有这样方能勒之金石，声名播于后世而垂于不朽。主旨由小及大，由浅入深，"词调敷腴"⑤、风貌雍和、醇粹典雅。《真州东园记》是为江淮荆浙六路发运使许子春所建园林作记，文章记园林之广大、亭台之高耸、景物之繁丽、游赏之欢乐，雍容宏阔、敷娱都雅："园之广百亩，而流水横其前，清池浸其右，高台起其北。台，吾望以拂云之亭；池，吾俯以澄虚之阁；水，吾泛以画舫之舟。敞其中以为清谯之堂，辟其后以为射宾之圃"；"若乃升于高以望江山之远近，嬉于水而逐鱼鸟之浮沉，其物象意趣，登临之乐，览者各自得焉。凡工之所不能画者，吾亦不能言也。其为我书其大概焉"；"真，天下之冲也。四方之宾客往来者，吾与之共乐于此，岂独私吾三人者哉？然而池台日益以新，草树日益以茂，四方之士无日而不来……"⑥ 其也是雍容典雅、气象浑融之作。同样，《有美堂记》在欧阳修笔下，既有都会之繁华，又有湖山之明丽，人

---

① 卷三十九《吉州学记》，第 572 页。
② 储欣：《唐宋十大家全集录·六一居士全集录》卷五，清光绪壬午江苏书局重刻本。
③ 蔡世远：《古文雅正》卷十，清光绪乙巳宏道堂重刻本。
④ 卷四十《相州昼锦堂记》，第 586 页。
⑤ 张伯行：《唐宋八大家文钞》卷六，中华书局，2010，第 78 页。
⑥ 卷四十《真州东园记》，第 582 页。

物盛丽、都邑雄富,既可"放心于物外",亦能"娱意于繁华"。文章"风雅溢于行间"①,雍容雅致,醇粹可人。除了诸多记事写景的记体文呈现风雅醇和、温厚雍容的特点之外,一些序文及时政论议性文章,亦时含温裕之气。如欧阳修担任馆职时起草奏议表序及为通宦名臣所作墓志碑铭时,也呈现这一雍容和缓、温厚典雅的特点。《外制集序》是欧阳修为自己知制诰期间所拟诏令的结集——《外制集》(一名《庆历制草》)撰写的序文。庆历三年(1043),宋仁宗召范仲淹、韩琦、富弼回朝推行新政,欧阳修于序中叙及此事及由此生发感慨,文章是"一路顺叙,风度雍容"②,"尔雅深厚"③,"雍容古雅"④,有西汉文辞的气度与风尚。《集古录目序》叙集古之不易,显得"清贵闲雅"⑤,《诗谱补亡后序》"文颇醇洁"⑥。此外,"窃以右文兴化,乃致治之所先。著录藏书,须太平而大备"的《谢赐汉书表》是"浑雄典则"⑦,《上范司谏书》是"情义谆笃,文思安雅,大家中有数文字"⑧,《新唐书·礼乐志论》论述了古代和唐时礼仪制度的嬗变与得失,文章"气体从容宽博,亦足以包罗并世诸文家"⑨,《论台谏官言事未蒙听允书》以曲折委婉之笔,助御史弹劾陈执中之蔽聪塞明,被林纾誉为"议论切实中,却含温裕之气,此欧公一生之本领也"⑩,等等。欧公墓志碑铭的撰写同样体现其一贯的醇和儒雅文风。由于欧阳修在当世的成就及声望,求撰墓志碑表的达官显贵可谓众多,甚或可以说,在当时比欧阳修早离世的显宦名臣,其墓志碑表鲜有不出于欧阳修之手。《太尉文正王公神道碑铭》是枢密直学士、右谏议大夫王素为其父王旦请作神道碑。王旦为宋真宗侍臣,位高权重。文章"端庄肃穆"⑪、雍容典雅的风度,与墓主之高位威望相一致,因文之典雅雍容、庄赡有制、

---

① 徐树铮:《诸家点评古文辞类纂》卷五十四,都门印书局,1916。
② 浦起龙:《古文眉诠》卷五十九,静寄东轩刻本。
③ 储欣:《唐宋十大家全集录·六一居士全集录》卷五,清光绪壬午江苏书局重刻本。
④ 储欣:《唐宋八大家类选》卷十一,清光绪壬辰湖北官书处重刻本。
⑤ 陈兆仑:《陈太仆批选八大家文钞·欧公》,清光绪二十六年天津文美斋石印本。
⑥ 何焯著、崔高维点校《义门读书记》,中华书局,1987,第688页。
⑦ 茅坤:《唐宋八大家文钞》卷三十七《庐陵文钞》,文渊阁四库全书本。
⑧ 爱新觉罗·玄烨:《御选古文渊鉴》卷四十五,四库全书本。
⑨ 方苞:《古文约选·欧阳永叔文约选》,清同治乙巳望三益斋重刻本。
⑩ 慕容真点校《林纾选评古文辞类纂》,浙江古籍出版社,1986,第106页。
⑪ 沈德潜选评、于石校注《唐宋八家文读本》,安徽文艺出版社,1998,第410页。

平正和缓，被誉为是"大人物，大文章"①。归有光云"不独诏撰元勋，体当如此，盛世君臣之际遂如指掌"②，浦起龙云"诏撰元臣碑版，庄而不夸，赡而有制，所谓辞尚体要者如此"③，的确如此。《太子太师致仕杜祁公墓志铭》为仁宗时宰相、庆历新政重臣杜衍所作墓志，写杜衍立朝孤峻，雍容持节："公自曾、高以来，以恭俭孝谨称乡里，至公为人尤洁廉自克。其为大臣，事其上以不欺为忠，推于人以行己取信。故其动静纤悉，谨而有法。至考其大节，伟如也。"④ 同样写得温厚醇正、雅洁庄重。《尚书户部侍郎参知政事赠右仆射文安王公墓志铭》为参知政事王尧臣所作。王尧臣是政堂中卓有才识者，其"体量西事，荐用韩、范；安抚泾、原，言将不中御；权三司使，去蠹弊积钱数千万；为枢密副使，裁损滥恩"⑤，功勋至伟，故文章概写其政绩，为"纯雅之文"⑥。《观文殿大学士行兵部尚书西京留守赠司空兼侍中晏公神道碑铭》是奉诏作文，墓主晏殊为欧阳修座师，其于政事无甚显功，然能使众贤聚于朝廷，则荐贤为国之功不应泯灭，因此文章写得"端重醇正，得《雅》《颂》之遗"⑦。《胡先生墓表》突出胡瑗善为人师、教学得法的主要事迹，摹写其弟子之众且贤，淋漓生色："先生之徒最盛""教学之法最备""始来居太学，学者自远而至，太学不能容，取旁官署以为学舍。礼部贡举，岁所得士，先生弟子十常居四五。其高第者知名当时，或取甲科，居显仕，其余散在四方，随其人贤愚，皆循循雅饬，其言谈举止，遇之不问可知为先生弟子。其学者相语称先生，不问可知为胡公也……东归之日，太学之诸生与朝廷贤士大夫送之东门，执弟子礼，路人嗟叹以为荣。"⑧ 文章极郑重而又不失于夸大，稳当而称情。孙琮《山晓阁选宋大家欧阳庐陵全集》云："安定一生，其大端在为师儒一节，欧公特表而出之，其写居湖学太学，并传其弟子处，真写得彬彬儒雅，教育流风，百代可兴。"文章"思理醇致"⑨、"古

---

① 储欣：《唐宋十大家全集录·六一居士全集录》卷二，清光绪壬午江苏书局重刻本。
② 归有光：《欧阳文忠公文选》卷八，清刻本。
③ 浦起龙：《古文眉诠》卷六十一，静寄东轩刻本。
④ 卷三十一《太子太师致仕杜祁公墓志铭》，第466页。
⑤ 黄震著，张伟、何忠礼主编《黄震全集》卷六十一，浙江大学出版社，2013，第1871页。
⑥ 茅坤：《唐宋八大家文钞》卷五十二《庐陵文钞》，文渊阁四库全书本。
⑦ 沈德潜评选、于石校注《唐宋八家文读本》，安徽文艺出版社，1998，第415页。
⑧ 卷二十五《胡先生墓表》，第389~390页。
⑨ 孙琮：《山晓阁选宋大家欧阳庐陵全集》卷四，清康熙刻本。

雅峻洁"、彬彬儒雅。学者所云"永叔之文雅而则"①，"唐而下，正大称欧阳氏之文"②等，都是对欧阳修文章思理醇致、纯粹明洁、从容宽博、浑厚朴茂、雍容和缓、浑雄典雅等突出特点的强调与肯定，并非夸大无实之言。

欧阳修文章这一温和醇正、典雅纯粹的特点，其实是儒家思想崇尚中和雅正之美观念的折射。王恽云："欧公文尊经尚体，于中和中做精神。"③正因为尊经尚体，故文章才愈显中和平正。欧文有的悲怨有度，倾抒有节，深得中正平和之美。治平四年（1067），御史彭思永、蒋之奇弹劾欧阳修"帷薄不修"，与长媳吴氏关系暧昧，欧阳修连上三表自辩，请付有司调查处理。神宗终察其诬，黜彭、蒋。其《乞罢政事第三表》曰："至于赖天地保全之力，脱风波险陷之危，使臣散发林丘，幅巾衡巷，以此没地，犹为幸民。"④他对小人的无故诬陷诽谤表现了极大的愤怒与痛苦，寄希望于朝廷查实辨诬，满腔悲愤郁勃之情，化为恳挚深切的疏奏，"其自叙处，恳恻而不伤于激。非惟立言有体，而忠爱之诚，与洁身之义具见"⑤。《送田画秀才宁亲万州序》亦得儒家"怨而不怒之旨"⑥，合乎中正平和之道。这一"和气多"⑦、不偏不倚、不刚不柔、不怒不诽的文章风格自然是和缓从容，正大雅则："其文瀚漫，既不可以篇数，深味之，尤见纯而正，典而雅，锋采随伏不外见，有古人遗风，诚为学者宗匠。"⑧这种深醇浑厚是对浮靡雕琢与险怪艰涩不良文风的矫正与修复，使文体复归古雅。刘埙云："我宋盛时首以文章著者，杨亿、刘筠，学者宗之，号'杨刘体'。然其承袭晚唐、五代之染习，以雕镌偶俪为工，又号曰'西昆体'。欧阳公恶之，嘉祐中，知贡举，思革宿弊，故文涉浮靡者，一皆黜落，独取深醇浑厚之作。一时士论虽哗，而文体自是一变，渐复古雅。"⑨它依靠科举的力量，转变文坛不良风气，使文章重复古雅醇正。何乔新

---

① 王世贞：《读书后》卷三，清乾隆丙子刊本。
② 赵士麟：《读书堂全集》卷八，浙江书局，清光绪十九年版。
③ 王恽：《秋涧先生大全文集》卷九十四，明代弘治刻本。
④ 卷九十三《乞罢政事第三表》，第1373页。
⑤ 张伯行：《唐宋八大家文钞》卷五，中华书局，2010，第66页。
⑥ 慕容真点校《林纾选评古文辞类纂》，浙江古籍出版社，1986，第409页。
⑦ 王若虚：《滹南遗老集》卷三十六，四部丛刊本。
⑧ 郭云鹏：《欧阳先生遗粹》，明嘉靖二十六年郭云鹏刻本。
⑨ 刘埙：《隐居通议》，中华书局，1985，第144页。

云:"张方平知举,而赋尚典要;欧阳公持衡,而文变浑雅。为司主者,皆能如比,何患不得寔材以为用哉?"① 这也是一种以国家社稷为重、关注百姓民生福祉,并深具忠义之气,直言正行而形成的雍容醇厚气度。杨士奇云:"三代而下,以仁厚为治者,莫踰于宋;宋三百年,其民安于仁厚之治者,莫踰昭陵之世,当时君臣一德,若韩、范、富、欧,号称人杰,皆以国家生民为心,以太平为己任,盖至于今,天下士大夫想其时,论其功,景仰歆慕之无己也……欧阳文忠公以古文奥学,直言正行,卓卓当时,其懔然忠义之气,知有君而已,知有道而已……'三代以下之文,惟欧阳文忠有雍容醇厚气象。'"② 这种平正、简约、中和的特点,也反映在欧阳修《新五代史》的写作当中,如杨慎所云"六一公《五代十国世家序》也,其文丰约中程,精彩溢目,欧文第一篇也"③。此严谨醇正的作风更影响其子弟门生,特别是曾巩,便深得这种醇和儒雅的风姿之美。姜洪《重刊元丰类稿序》云:"南丰天资高,学力超诣,其所得宏博无津涯,所趋则约守而恕行之,其言之而为文,亦雄伟奔放,不可究极。要其归,则严谨醇正,推其所从来,实尝师友于欧公之门。"④ 艾南英云:"以欧阳公之明识,而曾子固又常受业于其门,子固以六经之文,典重醇深,为公所推服。"⑤ 而这一中正温醇的风格也易于为后人所效仿,所以在文章章法结构及艺术风格等方面,每每被后人推为古文创作的典范与圭臬。张文虎云:"惟欧、曾平正,易于入手,故中材以下喜效之。"⑥ 清代桐城派则由归有光上溯欧、曾,再由欧、曾上溯秦、汉。这种平正和缓、温醇典雅的风格甚至被后世有些学者视为简易平庸,过于随性效仿,故而往往学而不至,变为浅薄率易。针对这一点,林纾为之分辩说:"须知欧、曾之文,心平气和,有类于庸,实则非庸。敛其圭角,不使槎枒于外;蓄理在中,耐人寻味。盖几经烹炼,几经洗伐,始得此不可移易之言,不矜怪异之语。乍读之似庸,味之既久,又觉其不如是说,便不成文理。知此,足悟

---

① 何乔新:《何文肃椒丘先生策府群玉文集·科举》卷中,清雍正九年刊本。
② 杨士奇著,刘伯涵、朱海点校《东里文集》卷二《滁州重建醉翁亭记》,中华书局,1998,第18~19页。
③ 杨慎:《丹铅总录》卷十一《五代史学史记》,明嘉靖三十三年甲寅门人梁佐校刊本。
④ 曾巩:《曾巩集》附录,中华书局,1984,第812页。
⑤ 艾南英:《天傭子集》卷二《易三房同门稿序》,清康熙己卯重刻家塾藏本。
⑥ 张文虎:《覆瓿集·答刘恭甫》,载吴小林编《唐宋八大家汇评》,齐鲁书社,1991,第250页。

庸中之非庸者矣。"①

欧阳修文章温雅古厚的特点，还受到司马迁《史记》与班固《汉书》等史传作品风格的影响。欧阳修古文创作既是承"六经"之脉络，又是继史迁之波澜，遂形成深醇正大之美的。对此，韩琦有云："子长、退之，伟赡闳肆。旷无拟伦，逮公始继。自唐之衰，文弱无气。降及五代，愈极颓敝。唯公振之，坐还醇粹。复古之功，在时莫二。"② 叶盛亦云："夫六经而下，左丘明传《春秋》，而千万世文章实祖于此。继丘明者司马子长，子长为《史记》。而力量过之，在汉为文中之雄。继子长者韩子，深醇正大，在唐为文中之王。继韩子者欧阳公，渊永和平，在宋为文中之宗。"③ 班固《汉书》的崇儒尚孔、崇尚礼乐，对欧阳修文章创作思想也是有很大影响的。郭预衡云："在汉代文章的作者之间，班固的思想是最正统的，文风也是最'醇正'的。"④ 班固非常重视礼制对于国家政治的重要作用，认为礼之产生乃用以"通神明，立人伦，正情性，节万事者也"⑤，强调如果没有礼制，整个社会秩序就会陷入混乱，并最终导致国家政权的沦亡："故婚姻之礼废，则夫妇之道苦，丽淫辟之罪多；乡饮之礼废，则长幼之序乱，而争斗之狱蕃；丧祭之礼废，则骨肉之恩薄，而背死忘先者众；朝聘之礼废，则君臣之位失，而侵陵之渐起。"又云："六经之道同归，而《礼》《乐》之用为急。"⑥ 所以无论对于修身还是治国而言，礼乐都是最重要的。欧阳修对礼乐制度也十分重视，他曾经于俯仰今古之际，慨叹古礼丧亡。宝元元年（1038），欧阳修应湖北谷城县令狄栗之请，为作《襄州谷城县夫子庙碑记》，文中所云"大宋之兴，于今八十年，天下无事，方修礼乐，崇儒术，以文太平之功""修礼兴学，急其有司所不责者，諰諰然惟恐不及，可谓有志之士矣"⑦ 等，都透露出欧阳修对古代礼乐毁亡的感慨嗟叹与对国家重修礼乐典制的期待。另外，在《太常博士周君墓表》中欧阳修又感慨丧礼之亡，而盛赞墓主周尧卿"居父丧，结庐三年，

---

① 林纾：《春觉斋论文》，人民文学出版社，1959，第92页。
② 附录卷三韩琦：《祭少师欧阳公永叔文》，第2683页。
③ 叶盛：《水东日记》卷二十三，中华书局，1980，第230页。
④ 郭预衡：《班固的思想和文风》，《社会科学战线》1983年第1期，第258~266页。
⑤ 班固撰《汉书·礼乐志》，中华书局，2007，第137页。
⑥ 班固撰《汉书·礼乐志》，中华书局，2007，第137页。
⑦ 卷三十九《襄州谷城县夫子庙碑记》，第565页。

不饮酒，不食肉，言必戚，哭必哀；丧母癯然，盖久而后复"① 的笃厚重礼行为，故茅坤云："以孝行一节立其总概，相为感慨始终。"② 在学界，班固《汉书》"叙事典赡"③ "尔雅深厚"④ "雍容可观"⑤，且 "不激诡，不抑抗，赡而不秽，详而有体"⑥，能于严格法度之下呈现雍容娴雅之美，已是共识。何焯在评点欧阳修《孙明复先生墓志铭》一文时，曾指出文章之雅正纯洁可与班固《汉书》相比肩："如此古雅峻洁，何必减班孟坚。"⑦ 可见，欧阳修文章之雍容和缓、醇厚雅正也有得于《汉书》之传。

由上可知，欧阳修崇尚儒学，长期接受儒家思想的浸染与熏陶，遂形成宽和仁厚、蔼然平易的个性及典雅宽平、雍容和正的文章创作旨趣，他又以明道复古、革新时政、振兴古文为人生理想与追求目标，且接受《史记》《汉书》等史传文学崇儒尚礼思想及风格特点的影响，遂最终形成雍容和缓、醇粹典雅、仁厚宽博的文章特点。如前人所云："公之文雍容典雅，纡余宽平，反复以达其意，无复毫发之遗，而其味常深长于言意之外，使人读之，蔼然足以得祖宗致治之盛。"⑧ 这一雍正平和的特点，既是欧文"风神"的重要体现，同时也是北宋一代醇和儒雅时代风气的投射与写照。

作为文章大家，欧阳修贯通古今，涵茹多方，博取精择，形成丰富多元的散文风格。艾南英认为欧阳修文兼众体，有《史记》文风，有韩愈文风，有柳宗元文风，又有六朝骈文风习，当然还有宋文之鲜明风貌，"皆若于欧集见之，此所以为大家也"⑨。无所不有方为大家，如果只会一种文体，只有单一的文章风格，焉能称为大家之文，又如何担得上"大家"的称号呢？欧阳修之所以称得上"大家"，"名家"，正在于他既有独特的、区别于其他大家的鲜明风格，这就是令历代读者叹赏不已的，既纡徐柔婉又雍容和雅、气质超群、风度飘逸的"六一风神"，又有为文"不止一体"，而具备"各体皆工"的多方面表现才能。

---

① 周必大：《庐陵周益国文忠公集》卷三十五《平园续稿》，清道光二十八年刻本。
② 茅坤：《唐宋八大家文钞》卷五十八《庐陵文钞》，文渊阁四库全书本。
③ 凌稚隆：《汉书评林·总评》引，光绪甲申重刊本。
④ 刘熙载：《艺概》，上海古籍出版社，1978，第15页。
⑤ 凌稚隆：《汉书评林·总评》，光绪甲申重刊本。
⑥ 范晔撰《后汉书·班彪传》，中华书局，2007，第405页。
⑦ 何焯著、崔高维点校《义门读书记》，中华书局，1987，第710页。
⑧ 陈亮：《龙川文集》卷十六《书欧阳文粹后》，明崇祯癸酉刊本。
⑨ 艾南英：《天傭子集·与年家子温伯芳书》，清康熙己卯重刻家塾藏本。

第八章
"六一风神"之形成原因与价值定位

第一节 "六一风神"之形成原因

对每一种事物的出现及其特点的形成，人们总是会自觉不自觉地追本溯源，去探寻其背后的原因。所谓"格物致知"，这是人类不断向未知挑战，而不断取得成果的因由。对于欧阳修散文"六一风神"的形成原因，在前面的章节，虽未加以专门的阐述，但或多或少，也涉及一些，以下笔者尝试从现实、个人两个方面，对"六一风神"形成的因缘，尽力做一些阐述与探究，很难说就是切入问题的本质，因为事物的构成本身就是复杂而多样的，对其做包罗全面的解释显然不切实际，而且也不大可能。

一 现实原因

首先，是欧阳修经世致用，裨益当代的用意使然。宋代"崇文"政策的推行是对文人政治责任感与历史使命感的一种积极召唤，于是以天下为己任的自觉担当精神油然而生。庆历时期，范仲淹说："先天下之忧而忧，后天下之乐而乐。"[①] 李觏说："诵孔子，孟轲群圣人之言，纂成文章，以康国济民为意。"[②] 其后的张载更是明确地说："为天地立心，为生民立命，为往圣继绝学，为万世开太平。"[③] 钱穆概括总结道："宋朝的时代，在太平景况下，一天一天的严重，而一种自觉的精神，亦终于在士大夫社会中渐渐萌出。所谓'自觉精神'者，正是那辈读书人渐渐自己从内心深处涌

---

① 范仲淹：《范文正公文集》卷三《岳阳楼记》，中华书局，1985，第19页。
② 姜国柱：《李觏评传》，南京大学出版社，1996，第34页。
③ 张载：《张载集·张子语录》，中华书局，1978，第320页。

现出一种感觉，觉得他们应该担负着天下的重任。"① 严杰说："这样，一代具有高尚人格、广阔胸怀的新型士大夫成为历史舞台的主角。"② 欧阳修自然也是宋士人这一时代精神的积极践行者与典型代表，他忧国忧民忧生，坚持出处大节，砥砺士风，振作士气，与范仲淹等士大夫一道开创了良好的宋代士大夫的形象与丰碑。《宋史》论曰："士大夫忠义之气，至于五季，变化殆尽……真、仁之世，田锡、王禹偁、范仲淹、欧阳修、唐介诸贤，以直言谠论倡于朝，于是中外搢绅知以名节相高，廉耻相尚，尽去五季之陋矣。"③ 而"作为文章，极陈古今治乱成败，以指切当世。贤愚善恶，是是非非，无所讳忌"④，说的是友人石介，其实更是欧阳修自己生命追求与人生理想的写照。

北宋内忧外患的社会背景、宽松而自由的学术氛围等使欧阳修在感怀古今、俯仰今昔之际，更加注重以文重建五代以来分崩离析的伦常道德与封建纲纪，也使其文更为感喟深长、曲折顿宕。欧阳修说："道德仁义，所以为治，而法制纲纪，亦所以维持之也。自古乱亡之国，必先坏其法制而后乱从之。乱与坏相乘，至荡然无复纲纪，则必极于大乱而后返，此势之然也，五代之际是已。"⑤ 将"三纲五常"的伦理规范提升为维系社会治乱兴衰的根本。历史盛衰、朝代更替及道德伦理、纲常制度之沦丧，所谓"君不君，臣不臣，父不父，子不子，至于兄弟、夫妇人伦之际，无不大坏，而天理几乎其灭矣"⑥，不能不使欧公仰天长叹、悲愤感怀。浦起龙评欧作《新五代史》云："当文残俗坏之余，求为世道人心表率，俯仰情深，可以得作史之用心焉。"⑦ 谢肇淛云："欧阳永叔、苏子瞻之文章，洪忠宣、文信国之忠义，皆灼无可议，而且有用于时者，其它瑕瑜不掩，盖难言之矣。"⑧ 梁启超对欧阳修的做法给予高度评价："他在隋唐、五代空气沉闷以后，能够有自觉心，能够自成一家之言，不惟想作司马迁，而且要做孔

---

① 钱穆：《国史大纲》，商务印书馆，1994，第558页。
② 严杰：《醉翁的两种身份——解读〈醉翁亭记〉及〈丰乐亭记〉》，载刘德清、欧阳明亮编《欧阳修研究》，学林出版社，2008，第57页。
③ 脱脱等撰《宋史》卷四百四十六传《忠义传》，中华书局，2011，13149页。
④ 卷三十四《徂徕石先生墓志铭》，第506页。
⑤ 欧阳修撰《新五代史》卷四十六附《王建立传》，中华书局，1974，第514页。
⑥ 欧阳修撰《新五代史》卷三十四《一行传序》，中华书局，1974，第370页。
⑦ 浦起龙：《古文眉诠》卷六十二，静寄东轩刻本。
⑧ 谢肇淛：《五杂组》卷十三《事部一》，中华书局，1959，第391页。

子,这种精神是很可嘉尚的……所以,欧阳修所著的书,不管他好不好,而他本人总不失为'发愤为雄'的史家。"① 除了在史书著述中感慨兴怀之外,在其他文章创作中,欧阳修也是俯仰情深,融入嗟叹与评判。他或于《准诏言事上书》等奏疏中,直接发表政见,"以明治乱之原,谨采当今急务,条为三弊五事"②;或于《襄州谷城县夫子庙碑记》中颂盛世之太平:"大宋之兴,于今八十年,天下无事,方修礼乐,崇儒术,以文太平之功"③;或于《徂徕石先生墓志铭》等文中推誉友人汲汲用世之德:"其遇事发愤,作为文章,极陈古今治乱成败,以指切当世。贤愚善恶,是是非非,无所讳忌。世俗颇骇其言,由是谤议喧然,而小人尤嫉恶之,相与出力必挤之死"④;或于《太常博士周君墓表》中俯仰今古,慨古礼之亡;等等。即使是集古治经,也希望能以此达于资世的目的,如在诸多跋尾中欧阳修一再重申"余家所藏,非徒玩好而已"⑤,并进一步指出,"余家集录古文,不独为传记正讹谬,亦可为朝廷决疑议也"⑥,"俾览者得以迹其盛衰治乱"⑦。关注时事,指陈时政,经世致用,裨益于当代,这是欧公汲汲于现实、朝政的迫切用世之心在文章中的鲜明呈现,它时而激切高昂,时而低回慨叹,都使欧文"六一风神"的思想内涵更为深厚、充实。

其次,是欧阳修两次贬谪,仕途坎坷,遇挫兴慨使然。天圣九年(1031),欧阳修来到西京洛阳任职留守推官,开始走上仕途。明道二年(1033),宋仁宗酝酿改革朝政,任范仲淹为右司谏,欧阳修遂作《上范司谏》一文,勉励范仲淹积极进言,有裨时政,文章激切昂扬,使人想见其风节慷慨。景祐三年(1036),欧阳修因积极参政,支持范仲淹,作《与高司谏书》,触怒以吕夷简为代表的保守一派,终至被贬夷陵。夷陵之贬对欧阳修散文创作的影响是深远的,在很大程度上增进其理性思考,深化了散文内涵,也使欧文更富于感叹,更为曲折,极富情韵之美,逐渐形成纡徐曲折、反复吞吐、风姿摇曳、一唱三叹的"六一风神"。林纾说欧阳修"夷陵一贬……即不牢骚,竟成为口头纯熟之语,一触即及其事,非介

---

① 梁启超:《中国历史研究法补编》,上海科学技术文献出版社,2015,第228页。
② 卷四十六《准诏言事上书》,第645页。
③ 卷三十九《襄州谷城县夫子庙碑记》,第565页。
④ 卷三十四《徂徕石先生墓志铭》,第506页。
⑤ 卷一百三十八《集古录跋尾·唐孔颖达碑》,第2194页。
⑥ 卷一百四十《集古录跋尾·唐盐宗神祠记》,第2246页。
⑦ 卷一百三十九《集古录跋尾·唐开元圣像碑》,第2225页。

介于怀也"①，不无道理。这个时期，欧阳修创作了一批风神勃发、兴味盎然的名篇佳作，有《送田画秀才宁亲万州序》《释祕演诗集序》《张子野墓志铭》《黄梦升墓志铭》《画舫斋记》等。庆历三年（1043），欧阳修被召回京师，以太常丞知谏院，他踔厉风发，奋不顾身，积极地为朝政改革制造舆论，推进新政。他上《准诏言事上书》《本论》《朋党论》《论吕夷简札子》等众多针砭时弊、指斥政敌、推进革新的文章，被守旧势力视为眼中钉、肉中刺，欲拔之而后快。最后庆历新政失败了，庆历党人全部被贬出京城，欧阳修也受诬成"张甥案"，并被贬滁州。"国家不幸诗家幸"，欧阳修却因此创作了一系列"风神"名篇，如《丰乐亭记》《醉翁亭记》《菱溪石记》等。"六一风神"便形成于这两次贬谪时期，而且第一次尚能悠游于心，处之泰然，不大介怀，第二次改革的失败又加上人身的攻击、人格的侮辱，于是满腔悲怀无处宣泄，在内心兴发酝酿、辗转沉潜，更形成曲折顿挫、抑扬跌宕、吞吐含蓄、风韵悠远的"六一风神"。马茂军《庆历党议与欧阳修的文学成就》一文认为，庆历党议失败后，欧阳修经历了仕途与人生的痛苦，文风低沉委曲，并进而形成了风神萧飒、含蓄蕴藉的"六一风神"，玉成了欧阳修散文大家的形成。② 马茂军又说："建立外在功业、改革朝政的冲天壮志不能实现，便被压抑成为一种回肠荡气的仰天长叹，悲慨咏叹之情便成为欧文中的主要情绪。"③ 其肯定庆历议政及被贬的经历是触发"六一风神"的重要因素。台湾学者许东海也说："欧阳修从庆历革新起，素以抗言谠议的谏臣身份，冲撞当朝权贵，则其虽因好于疾言厉色，得罪当道，屡肇言祸，并迭招谤谮之祸，诚为左右一生其宦海浮沉的忧患危机，岂能无感其心？"④ 这也是对这一因由的肯定。因此可以说，景祐三年（1036）的夷陵之贬与庆历五年（1045）的滁州之贬，于欧文纡徐委婉、曲折往复、抑扬顿宕、风致畅然的"六一风神"的形成，实有触发、推动之功。

---

① 慕容真点校《林纾选评古文辞类纂》，浙江古籍出版社，1986，第 355 页。
② 马茂军：《庆历党议与欧阳修的文学成就》，《赣南师范学院学报》1997 年第 2 期，第 47~51 页。
③ 马茂军：《宋代散文史论》，中华书局，2008，第 149 页。
④ 许东海：《变声·衰体·梦田——欧阳修:〈秋声赋〉之困境隐喻及其世变写真》，载刘德清、欧阳明亮编《欧阳修研究》，学林出版社，2008，第 68 页。

二 个人原因

风格即人,文章风格在很大程度上取决于作家先天的才性气质与后天的学习陶染。曹丕《典论·论文》云:"文以气为主,气之清浊有体,不可力强而致。"① 他侧重于先天的才性气质对文章风格的影响。刘勰说:"夫情动而言形,理发而文见,盖沿隐以至显,因内而符外者也。然才有庸俊,气有刚柔,学有浅深,习有雅郑;并情性所铄,陶染所凝。"② 则涉及作品风格形成的内、外原因,它既本于作家先天的才气、情性,同时也包含作家后天的学习与陶染两个方面。欧阳修曾在《与乐秀才第一书》中说:"闻古人之于学也,讲之深而信之笃,其充于中者足,而后发乎外者大以光。譬夫金玉之有英华,非由磨饰染濯之所为,而由其质性坚实,而光辉之发自然也。"③ 他肯定士人先天内在坚实质性对形成个人综合气质的重要性。孙琮在《山晓阁选宋大家欧阳庐陵全集》序中说:"其(指欧阳修)渊源大要得于退之,而丰骨峻整,体度天然,则又本之性成而笃学以深之。"④ 他肯定欧文之"丰骨峻整,体度天然"本于天性与后学。从这一标准考察"六一风神"形成的作者原因,应该比较接近问题研究的实质。梳理欧阳修生平经历,我们自然能够发现欧阳修刚柔相济的个性,这一个性中既包含幼年失怙、孤儿寡母、孤独无依带来的悲婉凄凉、偏于阴柔的性格心理,也有长期儒学濡染熏陶而形成的蔼然宽厚的仁和个性,还有年轻时英气逼人、踔厉风发、耿介忠直的刚毅个性与积极参政的忧世情怀,因此刚柔相济、柔中带刚,又温厚忠良、仁和宽缓的个性气质,共同形成"六一风神"的作家气质与创作前提。刘大櫆说:"行文之道,神为主"⑤,即"神"是作品的灵魂,是贯注于作品中的精神。作者由于个性、气质、出身、阅历、学养、知识等众多因素综合而成的精神气度,自然使其作品呈现出独特的风格特点。

首先,欧阳修具有积极参政、忧世忧国之刚毅忠直个性。欧阳修是宋

---

① 曹丕撰、孙冯翼辑《典论》,中华书局,1985,第1页。
② 刘勰撰、周振甫注《文心雕龙注释》二十八《体性》,人民文学出版社,1981,第308页。
③ 卷七十《与乐秀才第一书》,第1024页。
④ 孙琮:《山晓阁选宋大家欧阳庐陵全集》卷首,清康熙刻本。
⑤ 刘大櫆:《论文偶记》,人民文学出版社,1959,第3页。

代新型士大夫的杰出代表之一，始终忧国忧民，坚持出处大节，砥砺振作士风。在诗文中，欧阳修每每抒发不能报国的忧思。即便被贬滁州，欧阳修仍在书信中写道"愚拙之心，本贪报国……今而冒宠名，饱食自便，何以为颜也"①，"唯尸禄端居，未能报国，此为愧尔"②，其诗中亦常有"唯有壮士独悲歌，拂拭尘埃磨古剑"③ 之类，抒发怀抱壮志、无由报国悲愁的诗句。在《论杜衍范仲淹等罢政事状》中，欧阳修更是借为杜、范两人辩白之际，向皇帝恳挚地剖白自己的忠正之心，他说：

> 臣闻士不忘身不为忠，言不逆耳不为谏。故臣不避群邪切齿之祸，敢干一人难犯之颜。惟赖圣明，幸加省察……然臣窃见自古小人谗害忠贤，其说不远。欲广陷良善，则不过指为朋党；欲动摇大臣，则必须诬以专权……
>
> 昔年仲淹初以忠言谠论闻于中外，天下贤士争相称慕，当时奸臣诬作朋党，犹难辨明。自近日陛下擢此数人，并在两府，察其临事，可以辨也……四人为性，既各不同，虽皆归于尽忠，而其所见各异，故于议事，多不相从……此四人者，可谓天下至公之贤也。平日闲居，则相称美之不暇；为国议事，则公言廷诤而不私。以此而言，臣见衍等真得汉史所谓忠臣有不和之节，而小人谗为朋党，可谓诬矣。
>
> ……
>
> 惟愿陛下拒绝群谤，委任不疑，使尽其所为，犹有裨补……伏望陛下早辨谗巧，特加图任，则不胜幸甚。臣自前岁召入谏院……今群邪争进谗巧，正士继去朝廷，乃臣忘身报国之时，岂可缄言而避罪？敢竭愚瞽，惟陛下择之。④

撰于嘉祐四年（1059）的《论包拯除三司使上书》，也一陈谏诤对于君国社稷利害得失之重要性：

> 国家自数十年来，士君子务以恭谨静慎为贤。及其弊也，循默苟

---

① 卷一百四十五《与曾宣靖公书》，第2357页。
② 卷一百四十四《与韩忠献王书》其三，第2332~2333页。
③ 卷一百三十八《新霜》，第2186页。
④ 卷一百零七《论杜衍范仲淹等罢政事状》，第1626~1628页。

且，颓惰宽弛，习成风俗，不以为非……陛下奋然感悟，思革其弊，进用三数大臣，锐意于更张矣。于此之时，始增置谏官之员，以宠用言事之臣，俾之举职。由是修纪纲而绳废坏，遂欲分别贤不肖，进退材不材。而久弊之俗，骤见而骇，因共指言事者而非之……群言百端，几惑上听。上赖陛下至圣至明，察见诸臣本以忘身徇国，非为己利……而中外之人，久而亦渐为信。自是以来，二十年间，台谏之选，屡得谠言之士。中间斥去奸邪，屏绝权幸，拾遗救失，不可胜数。是则纳谏之善，从古所难，自陛下临御以来，实为盛德，于朝廷补助之效，不为无功……凡所举动，每畏言事之臣，时政无巨细，亦惟言事官是听。原其自始开发言路，至于今日之成效，岂易致哉！可不惜哉！①

可谓满腔热忱、耿耿忠心，溢于言表。

其次，欧阳修个性中亦有幼年失怙、孤苦无依之悲凄阴柔。欧阳修四岁时父亲去世，由孤母郑氏抚养长大。早年失怙，备尝孤艰，使欧阳修对人生有一种挥之不去的悲情体验，更产生珍视感情、悲凄执着的补偿心理；年轻即表现出易感多感的心理特点；体质羸弱使他更为敏感；对往昔美好时光、人事物的深切留恋与追怀也强化了这一多情的心理特点。吴充《欧阳公行状》云："公幼孤，家贫无资，太夫人以荻画地，教以字书。"②韩琦《欧阳文忠公墓志铭》云："公自四岁而孤，母韩国太夫人郑氏守志不夺，家虽贫，力自营赡，教公为学。"③ "幼孤" "家贫"是欧阳修童年现实生活境况的真实写照，而这一孤苦不幸的遭际在欧阳修内心刻下了极其深刻的印痕，使他在年长之后每每忆及，都忍不住反复叨念与嗟叹。在为亲人撰写碑表墓铭或与友朋同僚的书信中，每涉身世，口不离"幼孤""孤艰""孤苦""孤穷""孤贱""孤拙""孤危""孤心"之语，而且多次反复出现。④ 至熙宁三年（1070），已入暮年的欧阳修仍在为父亲所作墓表中嗟叹自己"四岁而孤"之"不幸"⑤。这种"孤危之迹，势渐难安"⑥

---

① 卷一百一十二《论包拯除三司使上书》，第 1693 页。
② 附录卷三吴充：《欧阳公行状》，第 2693 页。
③ 附录卷三韩琦：《欧阳文忠公墓志铭》，第 2700 页。
④ 陈湘琳：《欧阳修的文学世界与生命情境》，博士学位论文，复旦大学，2010，第 15~21 页。
⑤ 卷二十五《泷冈阡表》，第 393 页。
⑥ 卷一百五十二《与薛少卿公期》其十一，第 2508 页。

的状态与感受自少至老,一直持续,伴随终生。在人生不同时期的书信中,欧阳修一如既往地袒露着心中这种孤苦无依、感伤无奈的苦痛之情。可见,在欧阳修内心深处,幼年失去父爱,孤苦无依的感受实在是太深刻了:有"同母之亲,惟存一妹"① 的形单影只,"孤危失恃"②、无人援引、"恩怜"③ 的孤苦无靠,"绝无人相助,又无弟侄可使""惸然无依"④ 的孤寂无奈,"惘然"⑤"进退遑遽,莫知所为"⑥"茫然中心,未知所措"⑦ 的彷徨困惑,"孤拙多累"⑧"孤拙无庸"⑨ 的孤独谦卑,"某以孤拙之姿,不求合世"⑩ 的孤高耿介,"孤危之迹,势渐难安"⑪ 的孤愤不平……充斥着欧阳修的整个人生体验。孤、穷、苦、艰、贱、危、拙、累、惘然、难安、遑遽……这些字眼几乎构成了欧阳修对这一体验的全部诠释。年轻多病、体质羸弱是导致欧阳修善感思、易伤怀的另一原因。所谓"老病之人独易感而多涕也"⑫,欧阳修从年轻时起,身体时有病痛,甚至久病卧床。中年之后,欧阳修又患上严重的目疾。这不仅影响到欧阳修的阅读与创作,而且多病集于一身,严重影响了日常生活:"自从中年来,人事攻百箭。非惟职有忧,亦自老可叹。形骸苦衰病,心志亦退懦。前时可喜事,闭眼不欲见。"⑬ 历数中年以来,人事之攻、职场之忧、年老之叹、衰病之苦、心志之懦,如此等等,更因病多次上书请求致仕,希冀早日致仕归田。这种孤苦与病痛的感受与体验如形随影,自然地外化为欧阳修文章创作之主题而反复出现。幼年失恃孤苦的飘零感、孱弱多病的老衰感及由此形成的易感、善感、多感的心灵世界,使欧阳修一方面更珍视自己与他人(包括事、物)的感情,珍惜美好的事物与情感,对美好情感体验不断咀

---

① 卷九十《滁州谢上表》,第 1321 页。
② 卷一百四十四《与韩忠献王稚圭》其三十三,第 2344 页。
③ 卷一百四十五《与苏丞相子容》其八,第 2366 页。
④ 卷一百四十五《与苏丞相子容》其三,第 2364 页。
⑤ 卷一百四十四《与韩忠献王稚圭》其三十三,第 2344 页。
⑥ 卷一百四十五《程文简公天球》其六,第 2361 页。
⑦ 卷一百四十五《与苏丞相子容》其三,第 2364 页。
⑧ 卷一百四十四《与韩忠献王稚圭》其二,第 2332 页。
⑨ 卷一百四十五《与程文简公天球》其六,第 2361 页。
⑩ 卷一百四十五《与吴正献公冲卿》其一,第 2369 页。
⑪ 卷一百五十二《与薛少卿公期》其十一,第 2508 页。
⑫ 卷五十《祭吴尚书文》,第 700 页。
⑬ 卷九《读书》,第 139 页。

嚼、酝酿、玩味、追怀；另一方面当他失去心中所爱（或亲友，或物事）时，便常常难以释怀，感慨情深、反复唱叹、纡旋回环、不能自已。

最后，欧阳修身上也体现出"英气"渐弱、"和气"愈增的性情变化，及内在悠游与外在安适的融合与统一。洪本健《欧阳修的"和气"与"六一风神"》一文，认为欧阳修个性气质中的"和气"，早年甚弱，贬滁后变强，至晚年甚强，与之相反的是"英气"则因年纪的增长由强而弱，而欧文"六一风神"风格的形成正源于欧阳修以"和气"为主导的人格修养。例如《丰乐亭记》与《岘山亭记》，便是中老年时期欧公充满"和气"的爱国爱民、谦恭博大情怀的杰作，最见令人心驰神往的风神。洪本健认为"六一风神"即极致的抒情，欧文从容的气度、荡漾的笔调、无穷的唱叹和韵味，都发自欧公真挚阔大的情怀，自然也离不开他那"和气"主导的令人崇敬的人生。[1] 这一立足于欧公个性气质中的"和气"，对"六一风神"形成原因的阐析，是不无道理的。而"和气"的生成当与欧阳修对儒学经典的长期濡染密不可分。欧阳修从景祐年间，即开始研究经学，后先后撰成《易童子问》三卷和《诗本义》十六卷等，他对儒家"六经"十分推崇，认为"六经"承载儒家思想，"载圣人之道"[2]，"以为后世法"[3]，"皆人事之切于世者"[4] 等。因此，陈亮《书欧阳文粹后》云："公之文，根乎仁义而达之政理，盖所以翼六经而载之万世者也。"[5] 可见欧公对儒学浸染之深。在儒家思想影响下，欧阳修更形成宽厚仁和的个性。他不介怀纤微小事，对他人十分宽容，不仅奖掖、推荐了许多后学，而且对不满、排挤甚至是陷害他的人，都能以宽宏博大的襟怀予以包容。欧阳发《先公事迹》记载："先公为人……器度恢廓宏大，中心坦然，未尝有所屑屑于事"，"故于事未尝挟私喜怒以为意，虽仇雠之人，尝出死力挤陷公者，他日遇之，中心荡然，无纤芥不足之意"[6] 等，以见欧公个性之仁厚宽和、温良恭谨。此外，欧阳修由于人生际遇带来的平和、淡泊、闲适的人生态度，也是"六一风神"形成的原因之一。尹砥廷说："欧阳修散文的神韵，

---

[1] 洪本健：《欧阳修的"和气"与"六一风神"》，《国学学刊》2014 年第 2 期，第 119 - 127 页。
[2] 卷四十四《送王陶序》，第 633 页。
[3] 卷十八《泰誓论》，第 311 页。
[4] 卷四十七《答李诩第二书》，第 668 页。
[5] 陈亮：《龙川文集》卷十六《书欧阳文粹后》，明崇祯癸酉刊本。
[6] 附录卷二欧阳发：《先公事迹》，第 2626 ~ 2629 页。

皆出于他的涵养和学问,源于他淡定从容的人生态度。"① 阮忠说:"在论人与说常理中,欧阳修都有明确的是非观,逻辑的推断和道理的陈述,都是那样平和,体现出学者风度儒雅的一面。"② 此外,"丰裕的物质社会和显达的社会地位","人格精神上的道德自信和自适放达、淡定从容的人生态度"③ 及深厚博富的学养才情、高雅深厚的道德情操、悠游闲淡的心境、丰盈饱满的精神状态,使欧阳修文章由内而外地表现出一种从容娴雅的意态和深婉不迫的气度,以及自然清雅、风流脱俗、情韵悠长的韵致。这种内在气质自然而然地呈现出来,它超越了外在的细致的形式技巧和具体的艺术特征,表现为一种既近在眉睫、如在目前,又难以指实、把握,缥缈高旷的神韵与意味。因此,宋代士大夫待遇优厚带来的丰裕悠游的物质文化生活、醇深博厚的儒家修养带来的道德自信,及孔颜乐处、知足常乐的人生观与处世态度,多元且深厚的文学艺术修养带来的高雅情操,综合而成欧公内在精神世界的安宁闲适,都使欧阳修其人其文散发出一种自适放达、从容娴雅、和缓纡徐的气韵与风度之美,也就是被我们誉为"六一风神"的内在本质特征。此外,欧阳修趣涉多方,博闻多识,深厚的学者修养以及晚年退居颍州西湖而具有的隐士操守,使他的散文因此更显得闲适悠然、淡泊空灵,等等。所有这些因素都给"六一风神"带来雍容和缓、悠游隽永的风姿仪态美。

第二节 "六一风神"在欧阳修散文中的价值定位

学界普遍肯定,"六一风神"是对欧阳修散文艺术风格特征与审美内涵的精要概括。林纾《春觉斋论文》说:"世之论文者恒以风神推六一。"④ 陈衍《石遗室论文》说:"世称欧阳文忠公文为'六一风神',而

---

① 尹砥廷:《论欧阳修散文的美学特质》,载刘德清、欧阳明亮编《欧阳修研究》,学林出版社,2008,第240页。
② 阮忠:《欧阳修散文的性情表达及其人格蕴含》,载刘德清、欧阳明亮编《欧阳修研究》,学林出版社,2008,第110页。
③ 袁晓薇、李本红:《"富贵山林"与"六一风神"——对欧阳修散文艺术风格的一种文化心理阐释》,《福建论坛》2012年第12期,第144~148页。
④ 林纾:《春觉斋论文·情韵》,人民文学出版社,1959,第85页。

莫详其所自出"①，肯定欧阳修散文独特风格为"六一风神"。吕思勉《宋代文学》有云："今观欧公全集，其议论之文，如《朋党论》《为君难论》《本论》，考证之文，如《辨易系辞》，皆委婉曲折，意无不达，而尤长于言情，所谓'六一风神'也。"②他指出欧阳修散文多种文体都长于言情，且委婉曲折，富于"风神"。刘德清将"六一风神"视为欧阳修散文独特的艺术风格，他说："欧阳修的散文创作，追求新意，不拘成规，常常从表达思想感情出发，率性而作，信笔所至，形成自己独特的艺术风格。这就是后人一再艳称的'六一风神'。"③洪本健说："欧阳修的散文以'六一风神'见称于世，偏向阴柔一路发展，显示出前所未有的以情韵取胜的典型而成熟的艺术风格，这是对古代散文多姿多态的发展所作出的杰出贡献。"④他特别强调"六一风神"深于情韵且富阴柔之美的特点。周明认为，"六一风神"四个字是清代文评家陈衍对欧阳修散文美学风貌的概括，得到了众多散文研究家的肯定，但这一概括不是陈氏凭空臆想而得，而是在自宋代以来几百年间欧文研究成果的基础上提炼而成的。⑤黄一权说："历来评论欧文艺术风格的术语不可胜数。其中，最为简明扼要地抓住欧文的艺术成就的恐怕莫过于'六一风神'一词。"⑥马茂军说："'六一风神'是历来评论家对欧阳修散文独特风格的美称。"⑦熊礼汇认为："由韩愈的'以诗之神理韵味化入散文中'，发展到论事多发感慨，叙事妙得史迁之髓，形成欧阳修特有的'六一风神'。"⑧他侧重于从渊源与表现两方面认识"六一风神"。张新科说："（欧阳修散文）以平易自然、委婉含蓄、情韵悠扬著称于世，被人誉为'六一风神'。"⑨刘宁说："欧文深于叙事，且在叙事方式上与《史记》多有近似，'六一风神'的情韵之美要

---

① 陈衍撰、陈步编《陈石遗集》，福建人民出版社，2001，第1623页。
② 吕思勉：《宋代文学》，商务印书馆，1929，第14页。
③ 刘德清：《欧阳修论稿》，北京师范大学出版社，1991，第262页。
④ 洪本健：《略论"六一风神"》，《文学遗产》1996年第1期，第61~68页。
⑤ 周明：《论"六一风神"——欧阳修散文的审美特质》，《江苏教育学院学报》1999年第7期，第54~60页。
⑥ 〔韩〕黄一权：《欧阳修散文研究》，华东师范大学出版社，2003，第109页。
⑦ 马茂军：《宋代散文史论》，中华书局，2008，第149页。
⑧ 熊礼汇：《欧阳修对韩愈古文艺术传统的接受和超越》，载刘德清、欧阳明亮编《欧阳修研究》，学林出版社，2008，第29页。
⑨ 张新科：《论欧阳修的杂体传记》，载刘德清、欧阳明亮编《欧阳修研究》，学林出版社，2008，第91页。

与六一之文独特的叙事之法，结合起来观察。"① 这些都立足于其审美特点及艺术表现的观照。林春虹说："风神论虽然早已存在，但进入史传批评领域却是茅坤的发明，它为史传文以及广义上的叙事文提供了一个艺术美学范式，也启发了古人在散文层面的审美取向。"② 他主要从茅坤"风神论"的角度切入探究"六一风神"。张德建认为"六一风神"中包含着"闲散的生活态度和生活方式"③，袁晓薇、李本红认为"'六一风神'作为对欧阳修散文艺术风格的概括，也是从一个侧面折射出宋代士人独特的文化心态"④，陈湘琳说："欧阳修的六一风神所体现的，就不只是一种文学的书写方式，或者美学的意趣观照，而更是一种独特的文学观念的养成，是对宋初崇尚率意敏速风气的反拨。这种文学风神不只成为欧阳修长时间的个人标志，同时依托这种感慨淋漓的文字承载，欧阳修与其同代人，还有他们的文学创作、他们的文化性情、他们的精神理念、他们动人的生命体验，因此而得以穿越长远时空的限制，感染、影响无数后人——不朽由此成为可能，而北宋一代新观念、新文风的形成亦因此成为可能。"⑤ 他则将"六一风神"的内涵作用推广开来，认为它其实体现了欧阳修乃至宋人，不同于其他时代士人的一种生活方式、生命体验与时代文化特点。尹砥廷认为："儒家那强烈的外部事功以及独善其身和追求个体独立人格完善的思想，道家崇尚清静无为、自得其乐的观念，佛教禅宗寻求精神解脱的禅悦之风，在欧阳修身上得到完善的统一，化为旷达超脱的处世哲学和高雅飘逸的审美情趣，从而使他的散文呈现出一种随意自适、情感内敛而风神摇曳的艺术风格。"⑥ 他则从儒、释、道三家思想作用于欧阳修而形成一种综合的审美情趣上把握"六一风神"。总之，可以说，众多学人的研究，都从不同角度丰富了我们对"六一风神"的认识与了解。

---

① 刘宁：《叙事与"六一风神"——由茅坤"风神观"切入》，《文学遗产》2011 年第 2 期，第 100~107 页。
② 林春虹：《茅坤风神论与古代散文叙事美学的形成》，《福州大学学报》2011 年第 6 期，第 81 页。
③ 张德建：《"欧学"的提出与明初台阁文学》，载刘德清、欧阳明亮编《欧阳修研究》，学林出版社，2008，第 292 页。
④ 袁晓薇、李本红：《"富贵山林"与"六一风神"——对欧阳修散文艺术风格的一种文化心理阐释》，《福建论坛》2012 年第 12 期，第 144~148 页。
⑤ 陈湘琳：《欧阳修的文学世界与生命情境》，博士学位论文，复旦大学，2010，第 187 页。
⑥ 尹砥廷：《论欧阳修散文的美学特质》，载刘德清、欧阳明亮编《欧阳修研究》，学林出版社，2008，第 241~242 页。

笔者认为，欧阳修散文作为大家之文，首先具备大家之文的风范，它气昌神远、宏博深厚，又不主一体、风格多样。吴充《欧阳公行状》云："盖公之文备众体，变化开阖，因物命意，各极其工"①，肯定欧阳修众体兼擅，风格多样。艾南英更加推崇欧公大家之文的地位，他说："文章大家，亦复无所不有，方为大家，古文中惟欧公足当之。"②归有光亦云："永叔文穷极古今，变态如卿云从风，卷舒万状，不可以常理待之也。"③他们都肯定欧阳修文章不主一体、文成多方的风格特点。但在欧文多元风格中，居于主导地位，真正奠定欧阳修在散文史上地位的，则是这一纡徐委婉、醇粹温雅，偏于阴柔美，具备巨大艺术魅力的"六一风神"。

"六一风神"以其感慨淋漓、感喟深长、纡徐委婉、抑扬曲折、摇曳宕逸、情韵绵邈等特点而自成风格，彰显欧文具有标志性的特点及其不同于他人的独特性。欧文纡徐委备、往复百折的风格不同于语约意尽、锋芒犀利的孟子文章，也不同于浑浩流转、万怪惶惑使人不敢逼视的韩愈古文，它属于欧阳修散文自身别具的独特风格。苏轼在《六一居士集序》中也说："愈之后二百有余年而后得欧阳子，其学推韩愈、孟子以达于孔子，著礼乐仁义之实，以合于大道。其言简而明，信而通，引物连类，折之于至理，以服人心，故天下翕然师尊之。"④同样将欧阳修与孟子、韩愈等人之文相比较，肯定其语言简明、信实流畅的特点，不仅表现出欧文的独特性，而且对当时古文创作产生了深远的影响，凸显了欧阳修在当时及散文史上的地位。

欧阳修散文文成诸方，特别是学习司马迁与韩愈二家，终成大家之文。他在学习过程中均能做到"皆以神似，不以形似"⑤，遗形取神、出神入化，如继承"史迁风神"，"摹《史记》之格调，而曲得其风神"⑥，"学班、马而能化者也"⑦，遂形成感慨淋漓、纡徐往复、抑扬顿挫、一唱三叹、摇曳遒逸的风姿神韵，令人涵咏回味，称赏不已。同样学韩又变韩，也能遗形取神而自成风格，袁枚说："欧公学韩文，而所作文全不似韩，

---

① 附录卷三吴充：《欧阳公行状》，第2693页。
② 艾南英：《天傭子集》卷五《与温伯芳论大家书》，清康熙己卯重刻家塾藏本。
③ 归有光：《欧阳文忠公文选》卷四，清刻本。
④ 附录卷五苏轼：《六一居士集序》，第2756页。
⑤ 邓绎：《藻川堂谭艺·日月篇》，清光绪刊本。
⑥ 方苞：《古文约选·序例》，清同治乙巳望三益斋重刻本。
⑦ 慕容真点校《林纾选评古文辞类纂》，浙江古籍出版社，1986，第440页。

此八家中所以独树一帜也。"① 林纾亦云："若庐陵者，实从昌黎入，不自昌黎出者也。"② 之所以在学习、继承前人的基础上，能自成一体，别具风格，这与欧阳修对作家自我个性风格的重视是分不开的。欧阳修曾说："孟、韩文虽高，不必似之也，取其自然耳"③，正是对自然、自我个性特征及艺术风格的重视。欧阳修能入乎其中，而出乎其外，独铸一格，更形成独具特色的"风神"美，区别于其他古文大家之文。郑瑗云："欧阳文纡徐曲折，偃仰可观，最耐咀嚼；荆公文亦高古，意见超卓，所乏者雍容整暇气象尔；曾子固文敦厚凝重，如秦碑汉鼎；老苏一击一刺，皆有法度；东坡胡击乱刺，自不出乎法度。"④ 在比较中方显个性差异，茅坤亦云：

> 屈、宋以来，浑浑噩噩，如长川大谷，探之不穷，揽之不竭，蕴藉百家，包括万代者，司马子长之文也。闳深典雅，西京之中独冠儒宗者，刘向之文也。斟酌经纬，上摹子长，下采刘向父子，勒成一家之言者，班固也。吞吐骋顿，若千里之驹，而走赤电，鞭疾风，常者山立，怪者霆击，韩愈之文也。巉岩册屻，若游峻壑削壁，而谷风凄雨四至者，柳宗元之文也。遒丽逸宕，若携美人宴游东山，而风流文物照耀江左者，欧阳子之文也。行乎其所当行，止乎其所不得不止，浩浩洋洋，赴千里之河而注之海者，苏长公也。呜呼！七君子者，可谓圣于文矣。⑤

在将欧阳修与司马迁、班固、韩愈、柳宗元、苏轼等文章风格特点，做了生动鲜明的比较之后，得出欧文"遒丽逸宕"的特点。储欣云："唐宋之有八家，类乎？夫人而知其不类也。奥若韩，峭若柳，宕逸若欧阳，醇厚若曾，峻洁若王，既已分流而别派矣。"⑥ 他也指出欧文"宕逸"的主要艺术特征，不同于他人。

---

① 袁枚：《随园诗话》卷六，浙江古籍出版社，2011，第 105 页。
② 林纾：《春觉斋论文》，人民文学出版社，1959，第 113 页。
③ 曾巩撰，陈杏珍、晁继周点校《曾巩集·与王介甫第一书》，中华书局，1984，第 255 页。
④ 郑瑗：《井观琐言》卷一，中华书局，1985，第 2 页。
⑤ 茅坤：《茅鹿门先生文集》卷三十《评司马子长诸家文》，明刊本。
⑥ 储欣：《唐宋八大家类选》卷首《唐宋八大家类选序》，清光绪壬辰湖北官书处重刻本。

"六一风神"的形成是欧阳修自觉追求文章审美感受与审美价值的体现,它使欧文更富美感与魅力。欧阳修推重文章创作的意义与价值。景祐四年（1037）春,他贻书荆南乐秀才,云:"古人之于学也,讲之深而信之笃,其充于中者足,而后发乎外者大以光。譬夫金玉之有英华,非由磨饰染濯之所为,而由其质性坚实,而光辉之发自然也。"① 在《送梅圣俞归河阳序》中他说:"故珠潜于泥,玉潜于璞,不与夫蜃蛤、珉石混而弃者,其先膺美泽之气,辉然特见于外也。士固有潜乎卑位,而与夫庸庸之流俯仰上下,然卒不混者,其文章才美之光气,亦有辉然而特见者矣。"② 以珠玉之光芒难掩,称美梅尧臣的文学才华。在《苏氏文集序》中,又以金玉比喻苏舜钦的诗文,他说:"斯文,金玉也,弃掷埋没粪土,不能销蚀。其见遗于一时,必有收而宝之于后世者。虽其埋没而未出,其精气光怪已能常自发见,而物亦不能掩也。"③ 这对宋代其他五大家,特别是对苏轼影响很深。苏轼曾多次把文比喻为金玉,如"文章如金玉,各有定价"④,"斯文如良金美玉,自有定价"⑤,"文章如金玉珠贝,未易鄙弃也"⑥,这都是强调文章创作自有其独特的审美作用与价值。在这一理论思想的引领与作用下,欧阳修的文章创作极富美感。如《醉翁亭记》之琅琊幽谷,山水奇丽,泉鸣空涧,醉翁啸咏,与民同乐,声和流泉,"笔端有画"⑦,萧然自远;《丰乐亭记》之俯仰今昔,感慨流连,又盛世祯祥,太平气象,"和平深雅"⑧,风神宕逸;《岘山亭记》之跌宕多姿,神情绵邈,超尘离俗,神韵缥缈,风流绝世;《秋声赋》之摹写之工,形色宛然,感慨苍凉,凄然欲绝,又萧琴可诵,词致清亮,可谓"情文绝胜"⑨。如此等等,不一而足。所以,朱熹说欧文"虽平淡,其中却是美丽"⑩。茅坤说:"遒丽逸

---

① 卷七十《与乐秀才第一书》,第 1024 页。
② 卷六十六《送梅圣俞归河阳序》,第 963 页。
③ 卷四十三《苏氏文集序》,第 613 页。
④ 苏轼撰、孔凡礼点校《苏轼文集》卷五十三《答毛泽民七首》,中华书局,1986,第 1571 页。
⑤ 苏轼撰、孔凡礼点校《苏轼文集》卷三《苏轼佚文汇编》,中华书局,1986,第 2499 页。
⑥ 苏轼撰、孔凡礼点校《苏轼文集》卷四十九《答刘沔都曹书》,中华书局,1986,第 1429 页。
⑦ 楼昉:《崇古文诀》卷十八,文渊阁四库全书本。
⑧ 何焯著、崔高维点校《义门读书记》,中华书局,1987,第 694 页。
⑨ 朱宗洛:《古文一隅》,清光绪十三年撷华书局刊本。
⑩ 朱熹:《朱子语类》卷一百三十九,中华书局,1986,第 4288 页。

宕，若携美人宴游东山，而风流文物照耀江左者，欧阳子之文也。"① 他们都肯定欧文富有审美特征和美感作用。可以说，"六一风神"增添了欧阳修散文的情感之美、技法之美、叙事之美、语言之美与韵味之美。

欧文追求"风神"美也有助于打破传统的板滞的文章格式与套路，如打破文体之间森严的壁垒，像以传为序的《释惟俨文集序》，以四六为文的《醉翁亭记》等作品的出现；还有超越文体传统规定性的"逸调""变调"不断出现，如《大理寺丞狄君墓志铭》"实志铭中所未见之逸调"②，《祭资政范公文》全为朋党论抒愤，言之不足，长言之，故为"祭文中正体逸调"③，《太常博士周君墓表》是"以孝行一节立其总概，相为感慨始终"的"变调"④，《秋声赋》是别有文情、殊有深致的"赋之变调"⑤，等等。欧文还学习继承"史迁风神"感慨宕逸的特点，使文章既有诗歌的浓郁情感、咏叹风调，又有骈文的排参齐整的句式与韵律，还有历史叙事散文以形传神、表达灵活的特点，从而避免了"一片写去，了无风神"的不足，使文章似正似谐，风味宛曲，更富风姿、风韵、韵味之美，风神婉妙。同时，"风神"又是一种中和之美，执两用中，免于各执一端。它中正平和，圆融通达，既有情感表达，又有叙事特征，还兼思想探究与议论生发，往往融事、理、情、景于一体，浑融而通脱。它灵活又有规则，重抒情，又有叙事写景的扎实与稳健，情景交融、情事相兼，充满诗情与画意；它有议论，又以议为叙，不损害文章的形象性与情感性；它善叙事，又熔铸情与理，情感深沉，内涵丰富；它严谨细密又疏宕飘逸，它既有整饬博大之美，又有婉曲迂回之致；它深厚庄重又轻盈飘逸，蔼如长者，逸若仙子。总之，它是一种多元的、丰富的艺术美，作为一种极致的高标准的艺术追求，是欧阳修内在精神与外在笔法的高度统一。⑥

"六一风神"是古代文论审美范畴从"形神论"至"风神论"，在古文创作实践方面的重要环节，是对"风神"理论的重要实践支撑。中国古典散文理论不少，宗经说、文道说、文气说、辞章说、义理说等，都分别

---

① 茅坤：《唐宋八大家文钞·论例》，文渊阁四库全书本。
② 慕容真点校《林纾选评古文辞类纂》，浙江古籍出版社，1986，第370页。
③ 浦起龙：《古文眉诠》卷六十二，静寄东轩刻本。
④ 茅坤：《唐宋八大家文钞》卷五十八《庐陵文钞》，文渊阁四库全书本。
⑤ 储欣：《唐宋十大家全集录·六一居士全集录》卷一，清光绪壬午江苏书局重刻本。
⑥ 参见马茂军《中国古典散文风神论——从"六一风神"说起》一文的相关阐述，载刘德清、欧阳明亮编《欧阳修研究》，学林出版社，2008，第255页。

从不同的角度阐发了散文的特质。而在"形神论"影响下的"风神"理论在从魏晋时期的人物品藻、画乐理论、诗文理论，至明代茅坤的"风神论"，直至清代桐城派及清末民初以来陈衍、林纾、吕思勉等的相关评说，可见"风神"这一散文理念审美范畴经历了一个漫长的发展演变阶段。而"六一风神"是"风神"这一理论形态在散文创作实践中的重要运用及体现。如果没有欧阳修在散文中的创作实践与表现，很难说有"风神论"在散文理论领域的重要发展与成熟，那明代茅坤至清末民初评论家在散文理论领域，对"风神论"的探究与阐释，则很可能成为泡影。如果没有"六一风神"的创作实践，明清以来的散文创作包括"台阁体"、归有光散文、桐城派散文等形成发展，将受到不小的影响，自然也难以出现对"六一风神"在艺术上做深入细致的探究，"六一风神"这一专门术语恐怕也无由出现于我们的视阈。所以说，"六一风神"是古代文论审美范畴从"形神论"至"风神论"在古文创作实践方面的重要环节，是对"风神"理论的重要实践支撑。反之，历代不断丰富的"风神"理论，是"六一风神"得以最后提出并最终形成定评的前提与基础。可以说，"六一风神"是理论界对欧阳修散文独特艺术风格准确、精要的定义与概括，它细化、深化了人们对欧阳修散文独特风貌的认识与把握。

第三节 "六一风神"在中国散文史上的价值定位

欧阳修散文是中国古典散文发展中重要的一环，它符合"大家之文"的高上标准："大家之文，其气昌明而俊伟，其意精深而条达，其法严谨而变化无方，其词简质而皆有原本，若引星辰而上也，若决江河而下也，高可以佐佑六经，而显足以周当世之务。此韩、柳、欧、曾、苏、王诸公，卓然不愧大家之称，流传至今而不朽者，夫岂偶然也哉？"① 它上承"六经"、《左传》、《史记》、《汉书》和唐代韩、柳文章，下接宋五家："三苏"、王安石、曾巩，是中国古文文脉发展演变中重要的一环。邵长蘅云："古称文章家足当此者，自左、迁、固而下，唐则韩愈、柳宗元、李翱，而韩愈氏为最；宋则欧阳、苏氏父子、曾巩、王安石，而欧阳氏为最。故二氏之文，焯然并行于世，而欧阳

---

① 张伯行：《唐宋八大家文钞》卷首《唐宋八大家文钞序》，中华书局，2010，第1页。

文，世之好之者尤多。盖其行文，即之如浅，复而弥深，而纡徐俯仰之态，往往百折而愈舒，宜好之者之众也……夫龙门、昌黎，其祖父也；六经，其大宗也；子、史、百家则其旁支族属也。吾由子孙而识其祖父，由祖父而考其昭穆，然后源流了然矣。"① 叶盛同样指出了古文由《左传》至《史记》至韩愈至欧阳修的发展脉络，他说："夫六经而下，左丘明传《春秋》，而千万世文章实祖于此。继丘明者司马子长，子长为《史记》。而力量过之，在汉为文中之雄。继子长者韩子，深醇正大，在唐为文中之王。继韩子者欧阳公，渊永和平，在宋为文中之宗。"② 欧阳修继承司马迁、班固"质直无华"③ 的特点，发展韩愈古文优良传统，变而为"理明辞达"④，积极变革不良文风，成为唐宋古文八大家中承上启下的关键："庐陵欧阳修出，以古文倡，临川王安石，眉山苏轼，南丰曾巩，起而合点，宋文日趋于古矣"⑤，"至修文一出，天下士皆响慕，为之唯恐不及，一时文章大变"⑥。因此，吴小林说："欧阳修与宋代其他五大家之间的开启传承的关系不仅表现在对其他五大家的培养、提携上，而且更重要地体现在思想、散文主张和创作实践的影响、启迪上，从而形成宋代古文的新风貌、新传统。"⑦ 而这一宋代古文的新风貌、新传统，与欧阳修独特的散文艺术风格——"六一风神"的影响是密不可分的。陈湘琳博士说："欧阳修的六一风神所体现的，就不只是一种文学的书写方式，或者美学的意趣观照，而更是一种独特的文学观念的养成，是对宋初崇尚率意敏速风气的反拨。这种文学风神不只成为欧阳修长时间的个人标志，同时依托这种感慨淋漓的文字承载，欧阳修与其同代人，还有他们的文学创作、他们的文化性情、他们的精神理念、他们动人的生命体验，因此而得以穿越长远时空的限制，感染、影响无数后人——不朽由此成为可能，而北宋一代新观念、新文风的形成亦因此成为可能。"⑧ 这是有道理的。

具体而言，欧阳修散文之"风神"，对宋代其他五大家有一定的影

---

① 邵长蘅：《邵子湘全集·青门簏稿》卷七《重刻欧阳文忠公全集序》，青门草堂刊本。
② 叶盛：《水东日记》卷二十三，中华书局，1980，第230页。
③ 方孝孺：《逊志斋集》，宁波出版社，2000，第329页。
④ 方孝孺：《逊志斋集》，宁波出版社，2000，第329页。
⑤ 脱脱等撰《宋史》卷四百三十九《文苑一》，中华书局，1985，第12997页。
⑥ 附录卷二《神宗旧史·欧阳修传》，第2672页。
⑦ 吴小林：《论欧阳修在"唐宋八大家"中的地位》，载刘德清、欧阳明亮编《欧阳修研究》，学林出版社，2008，第38页。
⑧ 陈湘琳：《欧阳修的文学世界与生命情境》，博士学位论文，复旦大学，2010，第187页。

响。如苏洵的《上欧阳内翰书》，凡三段，一段历叙诸君子之离合，见己慕望之切，二段称欧阳公之文，见己知公之深，三段自序平生经历，欲欧阳公之知之也，文章主要指出并称誉欧文"纡余委备，往复百折"，"容与闲易，无艰难劳苦之态"的艺术特点。而该文本身也是"情事婉曲周折，何等意气，何等风神"①，表现与欧文风神之美相似的流风余韵。刘大櫆说："行文之道，神为主，气辅之……然气随神转，神浑则气灏，神远则气逸，神伟则气高，神变则气静，故神为气之主。"② 这在苏轼文中尤为明显，苏轼重视书画诗文的风神韵致，强调"得其意思所在"③，"得其理者"④，肯定"神逸"⑤，其《前赤壁赋》《后赤壁赋》《游白水》《赠别王文甫》《灵璧张氏园亭记》等都写得神韵缥缈，风致翩翩。茅坤说："神者，文章中渊然之光，膏然之思，一唱三叹，余音袅袅，即之不可得，而味之又无穷者也……下如苏子瞻前后《赤壁赋》，并吾神助。"⑥ 这里的"神"就是指风神。

　　欧阳修散文"六一风神"还下启明清散文创作，深刻影响了明代"台阁体"、归有光散文及清代桐城派作家的古文创作。首先，欧文对"台阁体"文风的形成发展影响巨大，宋元以来文坛尚欧之风至于极盛，流行明初百年之久。在明人看来，欧文中以《丰乐亭记》《醉翁亭记》《吉州学记》《御书堂记》等为代表的雍容和缓、淳雅深厚的气象风神，堪称典范。在当时，"欧阳修成为集政治风范、通经学古之学、文史之才于一身的典范作家，其六一风神也成为台阁文学的精神榜样"⑦。赵秉文云欧文"有从容闲雅之态，丰而不余一言，约而不失一辞"⑧，虞集云"昔者庐陵欧阳公秉粹美之质，生熙洽之朝，涵养茹和，作为文章，上接孟韩，发挥一代之盛"⑨，苏天爵云欧阳修"禀中和之粹，雍容温厚，炳然一代之制"⑩，方

---

① 茅坤：《唐宋八大家文钞·苏文公文钞》卷三，文渊阁四库全书本。
② 刘大櫆：《论文偶记》，人民文学出版社，1959，第3页。
③ 苏轼撰、孔凡礼点校《苏轼文集·传神记》，中华书局，1986，第401页。
④ 苏轼撰、孔凡礼点校《苏轼文集·净因院画记》，中华书局，1986，第367页。
⑤ 苏轼撰、孔凡礼点校《苏轼文集·画水记》，中华书局，1986，第408页。
⑥ 茅坤著、张梦新、张大芝点校《茅坤集》（第3册），浙江古籍出版社，2012，第863页。
⑦ 张德建：《"欧学"与明初台阁文学》，《天津师范大学学报》2008年第1期，第65页。
⑧ 赵秉文：《滏水集》卷十五《竹溪先生文集引》，文渊阁四库全书。
⑨ 虞集：《道园学古录》卷三十三《庐陵刘桂隐存稿序》，文渊阁四库全书。
⑩ 苏天爵撰，陈高华、孟繁清点校《滋溪文稿》卷三十《题欧阳公与刘原父手书》，中华书局，1997，第501页。

孝孺云"永叔厚重渊洁，故其文委曲平和，不为斩绝诡怪之状，而穆穆有余韵"①。学习欧文成为台阁派的共识，明仁宗云"三代以下之文，唯欧阳文忠有雍容醇厚气象"②，杨荣称欧为"文章宗主"③，崔铣称"（明）文法欧"④，王世贞云"（明文）源出欧阳氏，以简淡和易为主"⑤，董其昌云"自杨文贞而下，皆以欧、曾为范"⑥等，可见，永乐以来的台阁文风是深受欧文影响的，"在欧文的影响下，形成了'纡余委备'之风，也包含这种文风的种种变体，诸如博大、深厚、温厚、正大、质直、典正"⑦。在深受欧文雍容典雅风格影响的文学流派与体裁中，首推以杨士奇为首的"台阁体"作家群，如学人所云"能得欧文风神者，也不得不推杨士奇"⑧。杨士奇的优秀散文作品，简而有法，淡而有味，纡徐跌宕，余韵悠扬，回味不绝，"浑涵温润，谨严而静密，如精金粹玉"⑨，能得欧公风神。此外，杨荣文"雍容平易"⑩，金幼孜文"雍容雅步，颇亦肩随"⑪，黄淮文"雍容安雅"⑫，贝琼文"冲融和雅，有一唱三叹之音"⑬等，这些文士所作文章，学习欧公"风神"，大都仪态雍容安雅，格调纯正平和，具庙堂之象，存典雅之音，世称"台阁体"。因此，张德建说："士大夫所羡称的'六一风神'中所包含的闲散的生活态度和生活方式，在明初台阁大臣心目中也具有榜样和范式的意义。"⑭台阁体后虽遭到复古派的讨伐，但是唐宋文脉和宗欧传统并未衰歇，后经王慎中、唐顺之、茅坤、归有光等著名散文家的大力推扬和成功实践，更加深入人心，获得后世散文家的广泛认同。

---

① 方孝孺：《逊志斋集》，宁波出版社，2000，第402页。
② 杨士奇：《东里文集》卷二《滁州重建醉翁亭记》，中华书局，1998，第18～19页。
③ 杨荣撰《文敏集》卷九《欧阳文忠公祠堂重创记》，文渊阁四库全书。
④ 崔铣：《洹词》卷十《胡氏集序》，文渊阁四库全书。
⑤ 王世贞：《艺苑卮言》卷五，凤凰出版社，2009，第72页。
⑥ 董其昌：《容台文集》卷一《重刻王文庄公集序》，明崇祯三年董庭刻本。
⑦ 张德建：《"欧学"的提出与明初台阁文学》，载刘德清、欧阳明亮编《欧阳修研究》，学林出版社，2008，第291页。
⑧ 夏咸淳：《明初文坛宗欧风气》，载刘德清、欧阳明亮编《欧阳修研究》，学林出版社，2008，第302页。
⑨ 李时勉：《古廉文集》卷四《东里续文稿序》，四库全书本。
⑩ 纪昀总纂《四库全书总目提要》卷一百七十，河北人民出版社，2000，第4422页。
⑪ 纪昀总纂《四库全书总目提要》卷一百七十，河北人民出版社，2000，第4423页。
⑫ 纪昀总纂《四库全书总目提要》卷一百七十，河北人民出版社，2000，第4423页。
⑬ 纪昀总纂《四库全书总目提要》卷一百六十九，河北人民出版社，2000，第4377页。
⑭ 张德建：《"欧学"的提出与明初台阁文学》，载刘德清、欧阳明亮编《欧阳修研究》，学林出版社，2008，第293页。

其次，欧文对明代古文的另一个重要影响，就是归有光的散文创作。归有光是明代散文大家，甚至被称为"有明一代文宗"①，其散文上继韩愈、欧阳修，下开桐城古文，是明代学习"史记风神""六一风神"的典型代表。他学习欧阳修《泷冈阡表》，作《项脊轩志》，善于从日常小事抒发深厚浓至、隽永细腻的情感，又风致疏淡，清新雅正，动人以情，韵味悠远。王世贞云："（指归有光）于古文词，虽出之自《史》《汉》，而大较折衷于昌黎、庐陵。当其所得，意沛如也。不事雕饰，而自有风味，超然当名家矣。"②归有光在《明太仆寺寺丞归公墓志铭》中自言："所谓抒写怀抱之文，温润典丽，如清庙之瑟，一唱三叹，无意于感人，而欢愉惨恻之思，溢于言语之外，嗟叹之，淫佚之，自不能已已。"③张士元《震川文钞》序云归有光文"读之使人喜者忽以悲，悲者忽以喜，不自知其手舞足蹈而不能已也！"④可以说，归有光深得《史记》欧文叙事之法，注重从平凡琐事中传达幽微深远、韵味悠长的独特韵味，得文章情思摇曳、冶荡人心之"风神"。吴德旋云其文"风韵疏淡"⑤，钱谦益谓"能得风神脉理"⑥。这一古文创作的"风神"，得于史迁，自然也少不了欧公"六一风神"的熏陶与濡染，马茂军说："（欧文）正是从大散文向明代小品文、随笔过渡，是从古典向近代过渡，从政治向艺术过渡。"⑦这是很有道理的。

清代桐城派古文更是深得欧文慨叹之神与叙事之法，而专以风神唱叹为宗，如张文虎所云："桐城由震川以上溯欧、曾，固古文正轨，然专以风神唱叹为宗。"⑧林纾十分推崇归有光、方苞与姚鼐的文章，其中一个重要原因就是，三者之文"往往于不经意处作缠绵语，令人神往"⑨，何家琪云："近时讲桐城派者主归熙甫而少矫侯、魏，往往毗于阴柔。"⑩他指出

---

① 张传元、余梅年：《归震川年版谱·自序》，商务印书馆，1936，第1页。
② 归有光：《震川先生集》，上海古籍出版社，2007，第975页。
③ 归有光：《震川先生集》，上海古籍出版社，2007，第981页。
④ 张士元：《震川文钞》，吴江李龄寿过录本。
⑤ 吴德旋：《初月楼古文绪论》，人民文学出版社，1959，第29页。
⑥ 归有光：《震川先生集》，上海古籍出版社，2007，第977页。
⑦ 马茂军：《中国古典散文风神论——从"六一风神"说起》，载刘德清、欧阳明亮编《欧阳修研究》，学林出版社，2008，第255页。
⑧ 张文虎：《覆瓿集·答刘恭甫》，载吴小林编《唐宋八大家汇评》，齐鲁书社，1991，第250页。
⑨ 马其昶：《抱润轩文集》卷十五，民国京师刊本。
⑩ 王水照编《历代文话》，复旦大学出版社，2007，第6064页。

桐城派古文雅洁隽永，雅好阴柔，富于神韵。桐城派的代表人物，如方苞、姚鼐、刘大櫆都对欧文之"风神美"有深刻的认识与精到的评价。方苞认为"永叔摹《史记》之格调，而曲得其风神"①，并以学行继程、朱之后，文章介韩、欧之间作为自己的人生理想。姚鼐认为欧文神韵缥缈、"其才皆偏于柔之美者也"②，刘大櫆认为欧文善于"从虚处生情""更有情韵意态"③，他"参伍韩、欧，创为大篇"④，更被称为"今世韩、欧才也"⑤。他们的散文创作也多以欧文为学习的典范，并深得"六一风神"摇曳宕逸之美。以记体文创作为例，欧公记文名篇如《醉翁亭记》《丰乐亭记》《有美堂记》《岘山亭记》等，往往不是专注于景物精雕细刻的描绘，而是在想象、联想基础上的虚写，并出以议论抒情，借景物来抒发人生感慨或人生哲理，表达对社会人生的观点和看法，如此使文章内涵更加丰厚，且情景交融，风神荡逸。如体现这一特点的《岘山亭记》，就深为姚鼐所推崇，认为"欧公此文神韵缥缈，如所谓吸风饮露、蝉蜕尘埃者，绝世之文也"。他的《岘亭记》很明显是模仿欧阳修《岘山亭记》而写的。其游记散文在重视景色细致描绘的基础上，常常夹杂一些考证或抒发人生的感慨，如《登泰山记》，既对泰山景色做极其形象生动的描绘："苍山负雪，明烛天南。望晚日照城郭，汶水、徂徕如画，而半山居雾若带然"，又对泰山地理位置做考证："泰山之阳，汶水西流；其阴，济水东流。阳谷皆入汶，阴谷皆入济。当其南北分者，古长城也"⑥，则带有考证文章的色彩，有欧阳修《浮槎山水记》等文的痕迹。刘大櫆称赏欧阳修《岘山亭记》说："欧公长于感叹，况在古之名贤兴遥集之思，宜其文之风流绝世也"，又评点《真州东园记》说："欧公记园亭，从虚处生情……更有情韵意态。"⑦ 推崇欧文虚处生情，俯仰生姿的情韵美。刘大櫆的一些游记散文更是自觉学习欧文，如《游万柳堂记》从万柳堂的兴衰变化中，发出"人世富贵之光荣，其与时升降，盖略与此园等。然则，士苟有以自得，宜其不外慕乎富贵。彼身在富贵之中者，方殷忧之不暇，又何必腹民之膏以为

---

① 方苞：《古文约选·序例》，清同治乙巳望三益斋重刻本。
② 姚鼐著、刘季高标校《惜抱轩诗文集·复鲁絜非书》，上海古籍出版社，1992，第94页。
③ 徐树铮：《诸家评点古文辞类纂》（第4册），国家图书馆出版社，2012，第516页。
④ 姚鼐著、周中明注评点《姚鼐文选》，苏州大学出版社，2001，第624页。
⑤ 姚鼐著、周中明注评点《姚鼐文选》，苏州大学出版社，2001，第119～124页。
⑥ 姚鼐：《惜抱轩诗文集·登泰山记》，上海古籍出版社，1992，第220页。
⑦ 徐树铮：《诸家评点古文辞类纂》（第4册），国家图书馆出版社，2012，第516页。

苑囿也哉"① 的感慨。《游晋祠记》则通过晋地的古今变迁，表达了"山川常在，而昔之人皆已泯灭其无存。浮生之飘转无定，而余之幸游于此，无异鸟迹之在太空"② 的议论与感思，在文中抒发哲理，感慨人生，与欧文之俯仰古今、感慨流连极为接近。我们再以桐城后学马其昶为例。马其昶在清末民初素有桐城派古文殿军的美誉，被陈宝琛、林纾称为当时第一作手，他往往将个人的不幸遭际与国家的衰败联系起来，在昏乱、动荡、没落的时代大背景中咀嚼文化崩塌、沦丧的深重失落感与悲哀之情。马其昶的散文长于抒情，尤其善于抒发身处易代之际的哀婉、感伤之情，又出之以"六一风神"，感喟无穷，清遒深婉，一波三折，一唱三叹，令人回味。王树枏称"其思深，其辞婉，其言虽简而意有余，往往幽怀微恉，感喟低徊，令人读之，有不知涕泗之何自者"，"善于言情，左萦右绕，低徊欲绝"，"念往感来，情辞悱恻，极似欧公"③。林纾读马其昶文章后也感叹道："气味醇美，而无意中流出悲音，此六一所长也。"④ 陈宝琛评云："清遒深婉，感喟无穷，庐陵学韩有此风力。"⑤ 他们都指出桐城后学马其昶古文得力于欧文"六一风神"处甚多，由此形成感慨深长、摇曳多姿、"辞尽意不尽"乃至"词意俱不尽"⑥ 的含蓄风格与宕逸风神。王镇远说："其文（指马其昶文）低徊顿挫，颇富情韵，追求文外之旨……马氏的文章保持了桐城派文章雅洁醇厚的传统，同时情韵深长，颇有一唱三叹的特点"⑦，这与欧阳修散文"善用纡徐"⑧ "来得柔婉"⑨ "吞吐抑扬" "令人欲绝"⑩ 的精髓特质又是何其接近。桐城派文评中关于"意到处言不到，言尽处意不尽，自太史公后，唯韩、欧得其一二"⑪，"宋朝欧阳修、曾公

---

① 刘大櫆著、吴孟复标点《刘大櫆集·游万柳堂记》，上海古籍出版社，1990，第 302 页。
② 刘大櫆著、吴孟复标点《刘大櫆集·游晋祠记》，上海古籍出版社，1990，第 296 页。
③ 马其昶：《抱润轩文集》卷三，宣统元年安徽官纸印刷局刊本。
④ 马其昶：《抱润轩文集》卷十四，宣统元年安徽官纸印刷局刊本。
⑤ 马其昶：《抱润轩文集》卷十九，宣统元年安徽官纸印刷局刊本。
⑥ 陈衍：《陈石遗集》，福建人民出版社，2001，第 490 页。
⑦ 王镇远：《论桐城派与时代风尚——兼论桐城派之变》，《文学遗产》1986 年第 4 期，第 88 页。
⑧ 刘熙载：《艺概》卷一《文概》，上海古籍出版社，1978，第 13 页。
⑨ 刘熙载：《艺概》卷一《文概》，上海古籍出版社，1978，第 31 页。
⑩ 姚范：《援鹑堂笔记·文史》，清道光姚氏刻本。
⑪ 刘大櫆：《论文偶记》，人民文学出版社，1959，第 8 页。

之文，其才皆偏于柔之美者也"① 等观点，都是对欧文叙事感慨、言近意远、余味悠长，富于阴柔之美的"风神"特点的肯定与推崇。

洪本健在《欧阳修入主文坛在庆历而非嘉祐》② 一文中，对南宋以来诸多古文选本，包括如陈亮《欧阳文忠公文粹》、茅坤《欧阳文忠公文钞》、归有光《欧阳文忠公文选》、姚鼐《古文辞类纂》、储欣《唐宋八大家类选》、林云铭《古文析义》、吴楚材等《古文观止》、高步瀛《唐宋文举要》等，做了泛览与统计，得出欧文入选次数最多的 18 个篇目是：《新五代史·伶官传论》《丰乐亭记》《泷冈阡表》《纵囚论》《释祕演诗集序》《新五代史·宦者传论》《上范司谏书》《送徐无党南归序》《祭石曼卿文》《岘山亭记》《朋党论》《梅圣俞诗集序》《送杨寘序》《醉翁亭记》《张子野墓志铭》《秋声赋》《苏氏文集序》《释惟俨文集序》。可以看出，这些作品几乎都是"六一风神"的代表篇目。夏汉宁在《从历代古文选本看欧阳修散文的经典化过程》③ 一文中，对宋、元、明、清以来的古文选集收录欧阳修散文的情况，做了更为详细的数据统计。根据其研究，在所选宋、元时期 15 个选本，包括《宋文选》、吕祖谦《皇朝文鉴》与《古文关键》、真德秀《续文章正宗》、赵汝愚《宋名臣奏议》、杜大珪《名臣碑传琬琰之集》、王霆震《古文集成》、祝穆《古今事文类聚》、魏齐贤和叶棻同编《五百家播芳大全文粹》、楼昉《崇古文诀》、谢枋得《文章轨范》、汤汉《妙绝古今》和元代富大用《古今事文类聚新集》《古今事文类聚遗集》及杜仁杰《欧苏手简》，入选欧阳修散文作品共 464 篇，其中入选频率最高的是《上范司谏书》，共 8 次；第二是《相州昼锦堂记》，共 7 次；第三是《送徐无党南归序》，共 6 次；第四是《丰乐亭记》《画舫斋记》《朋党论》《有美堂记》《醉翁亭记》，共 5 次。这入选频率最高，排名前四的 8 篇文章，几乎都是"六一风神"的代表作，都是在宋、元时期最为选家看好的。④ 明、清时期，作者选取了 9 个影响较大的选本作为考察文本，包括明代唐顺之编选的《文编》、茅坤编选的《唐宋八大家文钞》之

---

① 姚鼐撰、刘季高标校《惜抱轩诗文集·复鲁絜非书》，上海古籍出版社，1992，第 94 页。
② 洪本健：《欧阳修入主文坛在庆历而非嘉祐》，《华东师范大学学报》1999 年第 5 期，第 119~120 页。
③ 夏汉宁：《从历代古文选本看欧阳修散文的经典化过程》，《江西社会科学》2010 年第 3 期，第 102~113 页。
④ 夏汉宁：《从历代古文选本看欧阳修散文的经典化过程》，《江西社会科学》2010 年第 3 期，第 107 页。

《庐陵文钞》和《庐陵史钞》、贺复徵编选的《文章辨体汇选》、清代徐乾学选注的《古文渊鉴》、清张伯行选编的《唐宋八大家文钞》、清高宗弘历选的《唐宋文醇》、清吴楚材和吴调侯编选的《古文观止》与清陈兆仑选批的《陈太仆批选八家文钞》，共选欧阳修作品447篇，其入选频率最高的有24篇，篇目为：《丰乐亭记》《泷冈阡表》《胡先生墓表》《吉州学记》《祭石曼卿文》《论台谏官唐介等宜早牵复札子》《梅圣俞诗集序》《朋党论》《上范司谏书》《送徐无党南归序》《送杨寘序》《新五代史·伶官传论》《纵囚论》《祭尹师鲁文》《孙明复墓志铭并序》《相州昼锦堂记》《议学状》《与高司谏书》《醉翁亭记》《释祕演诗集序》《苏氏文集序》等，也多是"六一风神"的代表作。① 由上可见，欧公文章中最能彰显"六一风神"风貌的作品，也往往是宋、元、明、清以来古文选本主要的入选对象，它们充分体现了欧阳修散文不同于其他古文大家的独特审美特质与艺术风貌，这也是这些名篇佳作深为不同时代读者赏爱的重要缘由吧。

　　综上所述，"六一风神"实是对欧阳修散文独特风貌及内涵的精要、准确概括与定义。它是欧文独具的艺术特点，是欧文区别于其他人古文的标志性特征。它得自于"史迁风神"的影响与濡染，又与欧阳修的创作观念、审美追求及人生经验密不可分。它使欧文摇曳动人、一唱三叹、情韵悠长，使欧文更富于纯粹的审美的艺术美感，使人们真正从审美角度认识中国古典散文的美。同时，它也是宋代士人悠然恬淡、从容自适生活方式与审美心态的写照。它对后代散文创作，特别是明代"台阁体"、归有光及清代桐城派产生了极其深远的影响，其富于"风神美"的作品往往是明清以来不同时期古文选本的选取对象。它是散文史上独标异帜的个性与审美相结合的典范，为中国散文史异彩纷呈的园地增添了别样的姿彩，如马茂军所说："（'六一风神'）体现了独特的古典的韵味、中国的韵味。表现了理性与感性、热情与冷静、气势与节制、情与理的完美统一，体现了散文中典型的中国精神、中国性格"，以"六一风神"为典范特征的欧阳修散文创作，"可以说是中国古典散文的高峰"②。

---

① 夏汉宁：《从历代古文选本看欧阳修散文的经典化过程》，《江西社会科学》2010年第3期，第108页。
② 马茂军：《宋代散文史论》，中华书局，2008，第35页。

结　论

　　通过以上多个章节的阐述与分析，笔者认为，欧阳修散文以"六一风神"为代表的独特艺术特质，区别于其他唐宋散文大家，形成欧文最具代表性和标志性的典型风格特征。中国传统哲学及文论中的"形神论"思想，是"风神"概念产生的直接思想基础，表现为由内而外，既重形似，更重以形传神的艺术表现，它以散文的具体形态表现、传达作品对象之神，包括传达人物形象之神、事件之神、景物之神；不仅如此，它还传达文章作品本身悠远绵长的风致神韵，一唱三叹，令人回味。更重要的是，它传达了作者自己，也就是欧阳修本人的思想、人格、性情与精神，表现他对宇宙、人生、社会、历史的深刻认识与思索，呈现与众不同、独一无二的作者自身的思想内涵、主体精神与个性气质。"风神论"思想在其发展的过程中，也吸收了"风骨论"兼及作品思想内涵与艺术形式的特点，借鉴了"神韵论"中注重悠远情思、风韵绵邈的特点。"六一风神"的审美内涵，主要包括悲慨呜咽、感慨淋漓、兴象超远、一唱三叹，纡徐抑扬、跌宕遒逸、感染人心、移人性情等方面，它更为鲜明而集中地体现于序、记、墓志碑表与史论史传等文体中。

　　纵观欧阳修一生，"六一风神"的显现与呈示经历了由隐到显，由模糊到清晰，由次要到主导的过程。欧阳修虽在青少年时期，就对韩愈古文的深厚宏博大为惊叹，极为钦慕，但幼年失怙的作者不得不基于现实的考量，选择利用时文应举来改变自身命运。因此，在天圣九年（1031）入西京幕府任职以前，欧阳修主要从事骈文的学习，其时文曾经深受胥偃的激赏与推荐，并携欧游历都城，扬其声誉，且以女妻之。入洛阳西京幕府之后，得益于宽松的从仕氛围，欧阳修在与友人尹洙、谢绛等人的歌呼游赏、诗酒唱和的快意生活中，学习古文创作，并逐渐开始了文章创作由骈入散的学习与努力，也创作了两三篇略显"风神"风貌的文章。可见此期富于"风神"的欧文创作还处于隐性、模糊、次要且不自觉的阶段，此为第一阶段。景祐三年（1036），欧阳修因为范仲淹辩护，上《与高司谏书》触怒当政，被贬夷陵。以此为标志，欧阳修在其人生历程中第一次遭受了政治的挫折与打击，其浪漫感性、自然放逸的性格有所改变，增加了对政治现实的理性思考。此时的散文创作风格中出现了不少新的因子，而富于"风神"的创作无疑是其中最凸显和鲜明的，这在多种文体中均有所体现，此为第二阶段。庆历五年（1045）的滁州之贬，大概可以称得上是欧阳修人生历程中最为惨痛的打击，庆历革新的失败、人格的受辱、身体的病痛等，都使欧阳修的心态更为沉潜，失意、不满、愤激而力为通脱、豁达与旷达。至此，欧阳修散文"风神"特征已经非常典型，出现了《丰乐亭记》《醉翁亭记》《送杨寘序》《祭尹师鲁文》等一大批情味隽永、风韵悠然的代表篇目，是欧文"六一风神"花朵全面绽放的时期，即为第三阶段。至治平二年（1065）之后，欧阳修又卷入"濮议之争"，受诬"长媳案"而自罢参政，年老体衰，政事蹉跎，无意朝政，期以早退，此期文章同样以感喟深长见称，但更见老年通达与俊逸之态，"风神"艺术趋于精熟、老成，《岘山亭记》《泷冈阡表》可为代表，此为欧公人生最后一个阶段。

　　"六一风神"的思想内涵与情感意蕴是丰富而具体的。它包括欧阳修鲜明的生命意识，关注生命的盛衰、存亡、短暂、不幸、无常等状态与本质特征，充满了浓厚的悲情色彩。欧阳修重视生命永恒意义与文章存世价值，寄希望于留名不朽、传诸将来，这在其墓志碑表中有鲜明的印记。欧阳修关注人、事、物的盛衰兴废，注重事物的留存纪念，渗透着浓郁的人文情怀与历史情怀，对历史之兴废、现实之不幸、政治之忧怀、朋友之离合聚散等问题，都进行了深入的思考与慨叹。"六一风神"富有丰厚浓挚的情感意蕴，在作品中，欧阳修情真意切、感慨淋漓地抒发了幼年失怙、孤苦无依的身世之悲及身体病痛，这也是欧阳修散文悲情内蕴触发的最初本源；成年后的欧阳修珍视友谊、珍惜美好时光，特别眷怀西京洛阳留守与嘉祐礼部贡举这两段人生当中最为难得的快乐时光，友朋唱和、歌呼游赏，极尽纵恣与快意，但此后朋友之间的离合盛衰、聚而复散、生死存亡，都不能不引发欧公深沉的感思与喟叹。北宋时期朝廷党争、军事失利、外交受困等内忧外患，是笼罩在包括欧阳修在内的北宋士大夫心头挥之不散的浓重阴霾，激发他们深沉的忧患意识与政治悲思；独立撰史，面对五代社会朝代更替、伦常失序、道德倾颓的现实，欧公由历史思及现实，深感旧弊难革，遂兴以史为鉴的浩然长叹，等等。这一基于不同因缘的悲思感慨，借文生发，遂为人生之叹、友情之慨、现实之忧与历史之思。

"六一风神"的彰显既得益于欧阳修浓郁丰厚弥漫的情感，也离不开欧文长于叙事，叙事性特征鲜明的重要特点。其序文、记文往往在记事写人或写景状物中抒发感情，具有较强的叙事性，而墓志碑表与史传作品本身就是以叙事为主的文体，叙事性之重要意义自不待言。作为文史兼擅的作家，欧阳修在创作中，有意识无意识地将《春秋》《左传》《史记》《汉书》以来的叙事手法、叙事技巧、语言风格等表现形式与艺术特点融入散文的创作中，文、史交融，在重视抒情的基础上，追求叙事的明晰条畅、裁剪详略、重点突出、人物生动、细节传神等叙事性特征。"六一风神"的呈现也与欧公文章巧妙的立意构思与精心的谋篇布局密切关联，特别是独具匠心、谨严细密的章法结构及叙、议、情相结合的表现手法等，都使"六一风神"特征得到更好的呈示。

"六一风神"的美学主体类型倾向于阴柔之美，虚词的运用、感叹反问等句式、简洁精练的语言风貌等更增添欧文唱叹生神、委婉跌宕之形貌美。在"六一风神"偏于阴柔之美类型属性的前提下，也应考虑作者由长期的儒学熏陶及蔼然宽厚个性，带来的温雅醇厚之纯正中和风格属性，以区别于主要作于年轻阶段、英气勃发、议论激切带来的雄奇劲健的阳刚风格属性。"六一风神"的这种综合的、成熟形态的美源于欧阳修温雅醇厚的思想修养与淡定从容的人生状态，这使欧阳修文章由内而外地表现出一种从容娴雅的意态和深婉不迫的气度，以及自然清雅、风流脱俗、情韵悠长的韵致，表现为一种意在言外、难以指实又缥缈悠远的风神与韵致。

"六一风神"的形成离不开北宋"右文"政策下激发的士大夫文人高涨的从政热情、强烈的历史使命感与高度的责任担当精神，它与欧阳修个人刚正耿介又宽厚仁和的性情、遭遇仕途波折又力图消解豁达的思想经历，及直承"史迁风神"的文学因缘都关系甚密。"六一风神"形成与彰显的关键点，是景祐三年（1036）的夷陵之贬与庆历五年（1045）的滁州之贬这两次贬谪经历，以及治平年间发生的"濮议之争"。因积极参与庆历新政而遭到诬陷的"张甥案"与由"濮议之争"而再次蒙冤的"长媳案",是对欧阳修积极参政热情、忧国忧政强烈使命感与高度担当精神的巨大考验,是对其"以道德文章为一代宗师"①之人生理想与人格尊严的巨大侮辱,是其高贵心灵与精神世界遭受的重大打击。"建立外在功业、改革朝政的冲天壮志不能实现,便被压抑成为一种回肠荡气的仰天长叹,悲慨咏叹之情便成为欧文中的主要情绪"②,而这就是"六一风神"形成的最直接的触因与情感基础。作为散文大家,欧阳修文备众体,其文章风格是丰富多元的,既有时文的雕琢藻饰、婉丽典雅,也有论说文的慷慨激昂、议论恺切,叙事文的简洁明达、详略得宜,抒情文的感喟深长、深情绵邈,其风格中还有雄奇劲健、豪迈奔放的一面。在这多种风格中,感慨淋漓、曲折往复、抑扬顿挫、情韵悠长、一唱三叹、余味袅袅、偏于阴柔的"风神"美,无疑在欧文中居于主导地位,最能彰显其独特风貌与典型特征的风格。这一堪为典范的散文美学类型,对后代特别是明代的台阁体、归有光及清代桐城派的散文创作都产生了深远的影响。

因此,"六一风神"体现了欧阳修散文独具特色的特点、美感与韵味,这是一种独特的古典散文的美、中国的韵味的美,是欧阳修散文艺术在文、史交融基础上达到的高超成就。它体现了欧阳修思想的光芒与感情的激荡,体现了作者个性的豁达与从容,体现了历史与现实的交融,体现了社会与人生的思索,体现了散文疏荡阴柔之外在形貌与谨严绵密之内在结构的统一,是"理性与感性、热情与冷静、气势与节制、情与理"③、疏宕与谨严、阴柔与阳刚、外在与内在、内容与形式等的完美统一,体现了散文中典型的中国特色与中国性格,这是一种成熟的、综合的散文典范。这一存在逐渐沉淀为一种独特的、古典的、优美的、典范又极具魅力的审美类型,千百年来在中国散文史上散发着迷人的光芒。

本书在"风神"与"形神"、"风骨"、"神韵"的概念比较联系的阐发方面,在"六一风神"的文体分布、动态考察与其情感内涵分类阐析方面,在"风神"叙事特征的深入剖析、史学渊源追溯、史学特点勾勒及价值定位方面,都有基于前人研究基础上的自己的理解与创新。但基于笔者学识才力的局限,本书也存在明显的不足,如对"风神"这一美学范畴内涵意蕴的具体、深度的挖掘、剖析与阐发方面,还有很大的探究空间,这

---

① 脱脱等撰《宋史》卷三百一十九《欧阳修传》,中华书局,1985,第 10375 页。
② 马茂军:《宋代散文史论》,中华书局,2008,第 149 页。
③ 马茂军:《宋代散文史论》,中华书局,2008,第 35 页。

主要是笔者理论水平的局限所致。在"风神"形成与彰显阶段划分，特别是第三阶段与第四阶段的分界点上，是否完全科学，也是值得进一步推敲的。此外，"六一风神"在欧阳修散文总体风格与中国散文史上的价值定位部分，还可以继续深入挖掘。这都是笔者今后需要继续努力学习与研究的方面，衷心希望见教于大方之家。

参考文献

艾南英：《天傭子集》，清康熙己卯重刻家塾藏本。
爱新觉罗·弘历：《唐宋文醇》，中国三峡出版社，1997。
爱新觉罗·玄烨：《御选古文渊鉴》，四库全书本。
蔡世明：《欧阳修的生平与学术》，文史哲出版社，1980。
蔡世远：《古文雅正》，清光绪乙巳宏道堂重刻本。
陈必祥：《欧阳修的散文艺术》，香港三联书店，1993。
陈飞：《中国古代散文研究》，福建人民出版社，2005。
陈亮：《龙川文集》，明崇祯癸酉刊本。
陈平原：《中国散文小说史》，北京大学出版社，2010。
陈善：《扪虱新话》，中华书局，1985。
陈祥耀：《唐宋八大家文说》，福建教育出版社，1994。
陈衍：《石遗室论文》，无锡国学专修学校丛书本。
陈寅恪：《陈寅恪集·寒柳堂集·赠蒋秉南序》，生活·读书·新知三联书店，2015。
陈幼石：《韩柳欧苏古文论》，上海文艺出版社，1983。
陈曾则：《古文比》，中华书局，1916。
陈兆仑：《陈太仆批选八大家文钞》，清光绪二十六年天津文美斋石印本。
陈柱：《中国散文史》，上海书店，1984。
储欣：《唐宋八大家类选》，清光绪壬辰湖北官书处重刻本。
储欣：《唐宋十大家全集录·六一居士全集录》，清光绪壬午江苏书局重刻本。
褚斌杰：《中国古代文体概论》，北京大学出版社，1984。
〔日〕东英寿著、王振宇等译《复古与创新：欧阳修散文与古文复兴》，上海古籍出版社，2005。

方苞：《古文约选·欧阳永叔文约选》，清同治乙巳望三益斋重刻本。

方东树著、汪绍楹校点《昭昧詹言》，人民文学出版社，1961。

方孝孺：《逊志斋集》，四部丛刊本。

冯志弘：《北宋古文运动的形成》，上海古籍出版社，2009。

傅璇琮、蒋寅总编《中国古代文学通论》（宋代卷），辽宁人民出版社，2005。

高步瀛选注《唐宋文举要》，上海古籍出版社，1992。

高海夫主编《唐宋八大家文钞校注集评·庐陵文钞》，三秦出版社，1998。

高克勤：《北宋散文》，上海书店出版社，2000。

顾永新：《欧阳修学术研究》，人民文学出版社，2003。

顾永新：《斯文有传 学者有师：欧阳修的文学与学术成就》，大象出版社，2000。

归有光：《震川集》，上海古籍出版社，1981。

归有光：《震川先生集》，上海古籍出版社，1981。

郭绍虞：《照隅室古典文学论集》，上海古籍出版社，1983。

郭绍虞辑《宋诗话辑佚》，中华书局，1987。

郭英德等：《中国古典文学研究史》，中华书局，1995。

郭预衡：《中国散文史》，上海古籍出版社，1993。

郭预衡：《中国文学探讨集》，北京师范大学出版社，1985。

何焯：《义门读书记》，清乾隆三十四年刻本。

何寄澎：《唐宋古文新探》，北京大学出版社，2010。

何敬群：《欧阳修研究》，台湾商务印书馆，1989。

洪本健：《醉翁的世界 欧阳修评传》，中州古籍出版社，1990。

洪本健编《欧阳修资料汇编》（全三册），中华书局，1995。

洪本健编著《宋文六大家活动编年》，华东师范大学出版社，1993。

胡念贻：《中国古代文学论稿》，上海古籍出版社，1987。

〔韩〕黄一权：《欧阳修散文研究》，华东师范大学出版社，2003。

黄进德：《欧阳修评传》，南京大学出版社，1998。

李涂：《文章精义》，人民文学出版社，1960。

李泽厚、刘纲纪：《中国美学史》，中国社会科学出版社，1987。

梁启超：《要籍解题及其读法·史记》，岳麓书社，2010。

梁启超：《中国历史研究法补编》，上海科学技术文献出版社，2015。
林纾：《春觉斋论文》，人民文学出版社，1959。
林纾：《古文辞类纂选本》，商务印书馆，1926。
林云铭：《古文析义》，清康熙丙申刻本。
凌稚隆辑《汉书评林》，光绪甲申重刊本。
刘大櫆：《论文偶记》，人民文学出版社，1959。
刘德清：《欧阳修纪年录》，上海古籍出版社，2006。
刘德清：《欧阳修论稿》，北京师范大学出版社，1991。
刘德清、欧阳明亮编《欧阳修研究》，学林出版社，2008。
刘熙载：《艺概》，上海古籍出版社，1978。
刘埙：《隐居通议》，丛书集成本。
刘子健：《欧阳修的治学与从政》，新亚研究所，1967。
楼昉：《崇古文诀》，文渊阁四库全书本。
吕留良：《唐宋八家古文精选·欧阳文》，清甲申吕氏家塾刊本。
吕思勉：《宋代文学》，商务印书馆，1929。
罗大经著、王瑞来点校《鹤林玉露》，中华书局，1983。
马茂军：《宋代散文史论》，中华书局，2008。
毛庆藩：《古文学余》，光绪戊申刻本。
茅坤：《唐宋八大家文钞·庐陵史钞》，文渊阁四库全书本。
茅坤：《唐宋八大家文钞·庐陵文钞》，文渊阁四库全书本。
茅坤编纂、王晓红整理《史记抄》，商务印书馆，2013。
慕容真点校《林纾选评古文辞类纂》，浙江古籍出版社，1986。
欧阳修、宋祁撰《新唐书》，中华书局，1975。
欧阳修著、洪本健校笺《欧阳修诗文集校笺》（全三册），上海古籍出版社，2009。
欧阳修著、李逸安点校《欧阳修全集》（全六册），中华书局，2001。
欧阳修撰《新五代史》，中华书局，1974。
浦起龙：《古文眉诠》，静寄东轩刻本。
钱基博：《现代文学史》，上海古籍出版社，2011。
钱基博：《现代中国文学史》，上海三联书店，2014。
钱穆：《中国学术思想史论丛4》，九州出版社，2011。
阮忠：《唐宋散文创作风貌与批评》，天津教育出版社，2010。

沈德潜：《唐宋八大家文读本》，清光绪壬寅宁波汲绠斋石印本。

宋柏年：《欧阳修研究》，巴蜀书社，1995。

孙琮：《山晓阁唐宋八大家选》，清康熙刻本。

孙琮：《山晓阁选宋大家欧阳庐陵全集》，清康熙刻本。

谭家健：《中国古代散文史稿》，重庆出版社，2006。

唐介轩：《古文翼》，清同治癸酉常熟艺文堂刻本。

唐顺之：《唐宋八大家文钞·欧阳文忠公文钞》，浙江古籍出版社，1994。

王符曾：《古文小品咀华》（甲种本），书目文献出版社，1983。

王更生：《欧阳修散文研读》，文史哲出版社，1996。

王水照、崔铭：《欧阳修传：达者在纷争中的坚持》，天津人民出版社，2008。

王水照编《历代文话》，复旦大学出版社，2007。

王水照主编《宋代文学通论》，河南大学出版社，1997。

王文濡：《评校音注古文辞类纂》，中华书局，1923。

王元启：《读欧记疑》，食旧堂丛书本。

吴楚材、吴调侯选注，安平秋点校《古文观止》，中华书局，1987。

吴德旋：《初月楼古文绪论》，人民文学出版社，1959。

吴闿生：《古文范》，朝记书庄宁波文明学社，民国八年刊本。

吴小林：《中国散文美学史》，黑龙江人民出版社，1993。

谢有煇：《古文赏音》，清康熙五十四年刻本。

徐树铮：《诸家评点古文辞类纂》，都门印书局，1916。

严杰：《欧阳修年谱》，南京出版社，1993。

杨庆存：《宋代散文研究》，人民文学出版社，2002。

余敏辉：《欧阳修文献学研究》，人民出版社，2010。

曾子鲁：《韩欧文探胜》，中国文学出版社，1993。

张伯行：《唐宋八大家文钞》，中华书局，2010。

张梦新：《中国散文发展史》，杭州大学出版社，1996。

张仁福：《中国南北文化的反差：韩愈与欧阳修的文化透视》，中国社会科学出版社，2009。

张兴武：《宋初百年文学复兴的历程》，中华书局，2009。

张毅：《宋代文学思想史》，中华书局，1995。

张毅：《宋代文学研究》，北京出版社，2000。

章廷华：《论文琐言》，1914年刊沧粟斋丛刻本。

章学诚:《文史通义》,上海古籍出版社,2015。

郑孟彤、黄志辉:《醉翁艺苑探幽》,广东人民出版社,1991。

周振甫注《文心雕龙注释》,人民文学出版社,1981。

朱刚、刘宁:《欧阳修与宋代士大夫》,上海人民出版社,2007。

朱心炯:《古文评注便览》,清乾隆三十四年刊本。

朱宗洛:《古文一隅》,清光绪十三年撷华书局刊本。

祝尚书:《北宋古文运动发展史》,巴蜀书社,1995。

后 记

本书是在博士学位论文的基础上修订而成。翻阅论文之际，读博所经历的一幕幕场景映现眼前。时光荏苒，自 2002 年从福建师范大学硕士毕业，迄今已经十多年了，我也完成了从学生到教师的身份转变。毕业之初，就计划着重回校园攻读博士，但知行难合，这个目标一直搁浅着。终于在 2011 年的秋天，有幸迈入博士生涯。机缘巧合，成为欧明俊先生的开门弟子。欧先生从入学伊始，就主动与我探讨论文选题，悉心传授研究方法，耐心指导写作规划，一次次予以教导、督促、关怀与希望，又一次次宽容与鼓励，让我在感动感激之余，为自己的踌躇不前感到无比羞愧与内疚！万分感激欧先生不厌其烦地指导、点拨，使天性愚钝的我渐所开悟。没有欧老师的一路帮扶，我根本无法完成这一艰巨任务，此情此恩，将铭记终身。欧老师还带领我和同门进入学术圈，鼓励我们向更多的前辈、学人请教、学习，提升专业素养，深化研究。感谢师母的循循善诱，师母的善良、热情与温婉、关切，轻声细语，深锲脑海，难以忘怀。

同样万分感激陈庆元先生。如果不是陈先生长期以来的关怀、指点、提携与帮助，我是无法踏入博士门槛的，此恩此德，终身铭刻在心。上本科时，陈先生开设的"福建文学发展史"是我非常喜欢的课程，先生亲切的话语、清晰的讲述、宏观的勾勒与微观的阐释，都使我们受益匪浅。陈先生严谨认真的治学精神、渊深宏博的学问造诣与温文儒雅的学者气质，堪称楷模，是晚辈学习的典范。师恩深重，不是只言片语所能尽道。我还要特别感谢提供过大力帮助的王汉民先生。王先生不仅给我们传授科研方法，而且风趣幽默、率性任真的个性也给我们留下了深刻的印象。郭丹先生在考博期间也给予我有力的帮助。郭先生的和蔼关怀及其史传研究的成果，都给我极大的营养供给。难以忘怀的还有涂秀虹老师亲切的微笑，轻柔的话语，她在科技节报告会上精到的评点与热心的指导，都让我备受启迪，也备感温暖。还有李小荣老师、郗文倩老师、蔡彦峰老师等都对论文提出了宝贵的修改意见，使我深受启发。在感念师恩之际，我深切思念着已经数年未见的硕士生导师陈定玉老师，陈老师待我如女儿一般，备极关怀，从学习到工作到生活，在这里遥祝远在新西兰的陈老师和师母身体安康，福寿绵长！感谢华东师范大学的洪本健先生，洪先生是欧阳修研究领域的专家，其倾极大心力编纂的《欧阳修资料汇编》及一系列关于"六一风神"研究的论文沾溉学人无数。我便是其中受其沾溉、影响颇深的晚辈。

读博的这几年，是我人生中读书最为艰苦的日子，同时也是我收获最多的时光。我不仅收获了专业知识、科研方法、思维训练，端正了研究态度，提升了专业素养，培养了学术信心，这一路走来，更收获了满满的师恩、同门情、同学情、友情，以及浓浓的亲情。这是迄今为止我人生中不多见的充实时刻，它的艰辛、苦痛、愉悦与欢欣，都将是我一生拥有的重要精神财富。不见风雨哪得见彩虹，虽然前面的路仍然漫长，而且充满艰辛，但怀抱美好与向往，我们终将坚定前行，不管是风雨，还是彩虹……

在拙作即将付梓之际，再次感谢恩师欧明俊先生的提携与厚爱，感谢福州大学哲学社会科学学术著作出版基金对此项目的资助，感谢社会科学文献出版社谢寿光社长的关爱，同样十分感谢谢蕊芬女士的辛勤付出与鼎力相助！我深知，本书还有不少缺陷与不足，唯愿本书的出版，能抛砖引玉，见教于方家！

卓希惠
2017 年 5 月

图书在版编目(CIP)数据

欧阳修散文"风神"研究/卓希惠著.-- 北京：
社会科学文献出版社，2017.11
　ISBN 978-7-5201-1702-9

　Ⅰ.①欧…　Ⅱ.①卓…　Ⅲ.①欧阳修（1007-1072）
-古典散文-古典文学研究　Ⅳ.①I207.62

中国版本图书馆CIP数据核字（2017）第267709号

欧阳修散文"风神"研究

著　　者 / 卓希惠

出 版 人 / 谢寿光
项目统筹 / 谢蕊芬
责任编辑 / 谢蕊芬

出　　版 / 社会科学文献出版社·社会学编辑部（010）59367159
　　　　　 地址：北京市北三环中路甲29号院华龙大厦　邮编：100029
　　　　　 网址：www.ssap.com.cn

发　　行 / 市场营销中心（010）59367081　59367018
印　　装 / 北京季蜂印刷有限公司

规　　格 / 开　本：787mm×1092mm　1/16
　　　　　 印　张：19.75　字　数：333千字

版　　次 / 2017年11月第1版　2017年11月第1次印刷
书　　号 / ISBN 978-7-5201-1702-9
定　　价 / 89.00元

本书如有印装质量问题，请与读者服务中心（010-59367028）联系

▲ 版权所有 翻印必究